KB274507

이야기문학 징검돌

글누림 학술 총서 4

이야기문학 징검돌

조 희 웅

이 책에는 필자가 써왔던 글 중 비교적 전공성이 덜하거나 포괄적 성격이 있는 글들을 모았다. 그런 의미에서 잡록집이라고 할 수도 있겠다. 하지만 내용을 세밀히 검토해 보면 꼭 그렇지만은 않다. 특히 구비문학에 관한 외국논문들의 번역이 그러하다. 하지만 그것들도 세부 전공논문이라기보다는 이야기문학 전반에 관한 개론적인 글들이기 때문에 포괄적 성격을 띄고 있다.

필자는 작년 1학기 말로 40여 년간에 걸친 교직생활을 끝내고 모처럼 서재에서 여유 있는 시간을 갖게 되었다. 그리하여 오래 전부터 해보고 싶었던, 이왕에 썼던 글을 모두 모으고, 또 늘 생각으로만 가지고 있었지만 미처 문자화하지 못했던 글감들을 책으로 엮는 일에 착수했다. 그 결과 태어난 것이 앞서 빛 보였던 『이야기문학의 가을갈이』와 『이야기문학의 실타래』다. 본서 출간은 그 작업의 연속이다. 이번에 묶이는 글 중에는 이전과 달리 이야기문학과 다소 거리가 있는 것들이 있지만, 어찌 생각하면 전연 무관한 것도 아니어서, 이야기문학의 징검다리가 된다는 뜻에서 서명을 『이야기문학 징검돌』이라 붙여 보았다.

이 책에는 필자가 오래 전 글쓰기를 시작하였을 때부터 최근에 이르기까지 쓴 매우 다양한 글들이 두루 섞여 있다. 모은 글들을 새삼 읽노라니 어떤 글은 너무 유치하여 책으로 묶기에 부끄러움이 앞서고, 혹은 글의 일부가 중복되기도 하여 아낌없이 내칠까도 생각했지만 개인적인 사고의 흐름을 정리한다는 구실로 그냥 남겨 두기로 하였다.

여기 싣는 글들은 그 성격이 다양하고 수준 차이가 적지 않다. 그 중에는 이미 낡은 지식이 되었거나 전문가에게 새삼스럽지도 않은 내용의 글도 포함되어 있다. 혹 필자의 안목이나 지식의 정도가 너무나 현격해 보이는 글도 있으리라 생각된다. 원고를 실었던 원게재지의 성격 탓에다 시간의 흐름으로 변명하고 싶다.

제1부 제1장에는 한국문학 전반에 대한 성찰들을 모았고, 제2장에는 시가문

학에 관한 편편상을 모았다. 제3장에는 세시에 따른 일부 동물상들에 대한 상징적 의미를 살펴보았으며, 제4장에는 서평이나 서지 해설문 들을 모았다. 이 중 제1장의 "세종시대의 산문문학"은 원래 당대의 원문 읽기를 주목표로 하고 원문에 앞서 서지적 해설을 덧붙였던 것이었으나, 여기에서는 해설 부분만을 떼어 수록하였다. 따라서 글의 내용이 너무 개괄적인 혐이 있으나, 우리 문학사 중 한 시대, 특히 세종 성세의 문학사를 조감해 볼 수 있다는 데에서 의미를 찾을 수 있지 않을까 한다. 제4장에 수록한 일정 때의 최장수 잡지 중의 하나였던 『문교의 조선』지를 대충이나마 소개한 글은 관계 연구자들에게 자그나마 도움이 될 줄 안다.

제2부의 제1장과 제2장은 모두 구비문학에 관한 서구 명론들을 번역한 것인데, 그 하나하나가 대체로 구비문학 연구사에 있어서 이정표가 된 것들이다. 실제 톰슨이나 올릭, 테일러, 던데스, 클락혼, 라글란의 글들은 수십 년의 세월이 흐른 오늘날에도 빛나는 정채를 잃지 않고 학자들 간에는 자주 인용되고 있다. 그 중에는 이미 국내에 번역 소개되었던 것도 있겠으나 대부분 새로 번역한 것임을 밝혀 둔다. 그리고 뉴파운드랜드대 교수였던 부챈의 글은 원필자의 승낙을 받을 길이 없어 임의로 사용하였음을 송구스럽게 생각하며 혜량하심을 간절히 비는 바이다.

제3부 제1장에 수록한 글들은 대부분 『한국민족문화대백과사전』에 기고했던 글들로서 당초 발행 주체인 한국정신문화원의 후신인 현 한국학중앙연구원의 허락을 받아 수록하였다. 십수 년 전 모출판사에서 이 백과사전 중 한국학 관계의 항목들만 따로 뽑아 원집필자명은 모두 삭제하고 하나의 사전으로 무단 간행한 적이 있었다. 당시 도용당한 총 100여 항목이 넘는 글들 중에는 소논문에 값할 만한 것도 꽤 많았다고 필자는 생각한다. 따라서 늘 이를 확실히 해 둘 필요

성을 느껴왔다. 이번 간행의 기회를 타 다른 편편의 글들도 보태고 문면을 모두 새로 손질하여 수록하게 되었다. 제2장 역시 『한국문화상징사전』에 기고했던 글들로서, 편집 과정에서 수정 혹은 삭제됐던 것을 원문 그대로 실었다.

이 책을 계획하면서 당초 발표되었던 원고의 오기를 바로잡는 선에서 손질하다가, 기왕의 글이지만 새 책에 담는 바에야 문장을 고치는 일 외에도 일부 내용을 추가하여 보다 충실한 책을 만들려고 힘썼다. 한자 사용은 가급적 자제하되 난해하거나 오해의 소지가 있는 단어들에는 한자를 작은 활자로 병기하였다. 그리고 일본어 등 그 밖의 서구어를 병기할 경우에도 괄호 없이 작은 활자로 표기하였다.

처음에 글을 발표하였던 원게재지가 학술지이냐 대중지이냐에 따라 글의 전개 방식, 문장의 표현, 전공 용어나 어휘 사용, 주(註)의 유무 등에 차이가 있으며, 경우에 따라 서술 중복이 눈에 띄어 거슬릴 것이다. 일부 글은 미처 원게재사 측의 동의 없이 재수록한 글도 있으리라 생각한다. 이런 점들을 문제 삼아 지적해 주신다면 차후에 성실히 수정할 것을 약속드린다.

책을 준비하는 도중 태어나서 곧 첫돌을 맞는 손자 해민에게, 그리고 안팎 일에 시달리면서 끝까지 잘 참아준 아내에게 이 책을 선사한다. 아울러 이 책의 출간을 위해 헌신해주신 여러 분들에게 감사드린다. 우선 김주필 교수는 본서의 전체적 구성 및 표현, 나아가서는 교정 작업에까지 커다란 도움을 주셨다. 그리고 글누림출판사 최종숙 사장은 어려운 여건 속에서도 이 책의 간행을 선뜻 받아들여 주셨고, 편집부 권분옥 팀장은 지루할 정도로 반복된 편집과 교정 작업을 잘 마무리해 주셨다. 다시 한번 깊은 감사의 말씀을 드린다.

아차산 자락 파정재에서
2009. 2. 20

III. 세시歲時와 동물상

IV. 독서와 비평

Ⅰ. 정의 및 장르

Ⅱ. 유형론과 테마론

원문자료 목록

제1부 한국문학 연구 이삭줍기

Ⅰ. 한국문학의 어제와 오늘

1. 한국문학과 세계문학

1)

거시적으로 볼 때 인류 간의 문학적 교류는 문학 발생의 초기부터 있었을 것으로 생각된다. 따라서 국문학 연구도 필연적으로 비교문학적 과제로 귀결될 것이다. 더구나 최초의 인류가 가상의 시원지로부터 점차 사방으로 확산되어 갔다고 한다면 문학의 제상諸相은 발생적으로 유사성을 드러낼 수밖에 없다. 혹은 인류의 사상 감정의 유사성은 필연적으로 문학 작품의 유사성을 초래할 것이다. 이것은 마치 구비문학 연구자들이 단원론과 다원론적 입장에서 구비문학의 기원이나 발생을 두고 논쟁을 벌여 왔던 것과 마찬가지이다. 사실 보기에 따라서 특정 문학 작품의 고유성을 따지고 국적을 따진다는 것은 무의미한 일이라고 할 수도 있다. 그럼에도 불구하고 국문학은 현실에서 엄연히 존재한다. 국문학이 민족을 근간으로 하든 언어를 근간으로 하든 우리의 문학은 존재해 왔고 앞으로도 존재할 것이다. 그러면 국문학과 세계문학은 서로 화합할 수 없는 양극적인 것이며, 이들을 조화시킬 수 있는 길은 없는 것인가?

문학적 영향의 면에서 생각할 때 우리 문학사는 근대문학 이전과 이후의 사정이 확연히 구분된다. 주지하다시피 고전문학기에는 중국문학이 국문학에 끼친 영향이 지대했음에 비해, 그 이후에는 서구문학이 끼친 영향이 절대적이었다. 그렇다고 해서 한국문학이 중국문학의 일부라든가 서구문학의 아류가 아님은 분명하다. 한국문학은 엄연히 세계문학과 일정 부분 차이가 있는 국문학으로서 존재한다. 구태여 향가라든가 시조, 가사를 초들어 말하지 않더라도 우리 문학의 특이성은 인정하지 않을 수 없는 것이다. 그렇다고 하여 이러한 특이성들이 전연 세계문학과 절연된 상태에서 존재한다고 할 수는 없다.

세계문학 속의 한국문학을 생각하면 우선 머리에 떠오르는 것은 '외국문학의 수용'이다. 앞서 중국문학이 국문학에 끼친 영향이 지대하였음을 언급한 바 있지만, 엄밀히 말하여 이러한 영향 관계는 좀 더 시야를 넓혀 동양문학권의 차원에서 논해야 할 것이라 생각한다. 그 중에는 인도문학의 영향도 받았을 것이고, 확실치는 않지만 페르시아 문학이나 기타 지역의 문학에도 영향을 받았을 가능성이 있다. 그럼에도 종전에는 영향을 받았다는 엄연한 사실을 드러내기를 꺼려하는 경향이 없지 않았다. 이는 아마 영향을 받았다는 사실을 곧 주체 상실이나 예속으로 단정 짓는 성향 때문이었을 것이다. 그러나 어떤 문학이 다른 어떤 문학의 영향을 주고받았다는 사실만 강조하여 영향을 준 문학은 우월하고 영향을 받은 문학은 저급하다는 식으로 양분하는 태도는 옳지 않다.

사실 외래 문화의 수용이 없는 문화는 존재하지 않으며, 나아가 외래 문화의 변용 없는 순수 수용이란 있을 수 없다. 이러한 관점에서 외국문학의 수용이란 사실 자체를 부정적인 시각으로 볼 필요는 없다. 중요한 것은 수용의 과정이나 결과에서 빚어진 한국문학의 특질 탐구가 아닐까 생각된다. 수용은 반드시 변화를 초래한다. 복사기적 수용이란 극히 드물다. 영향 못지않게 변질적인 수용 양상이 중요하며, 그 때문에 국문학은 독자적 발전을 하였다고 말할 수 있는 것이다. 영향 탐구는 한국문학에 끼쳤던 외국문학의 단순한 영향을 살피기 위한 것만이 아니라, 나아가 한국문학과 외국문학의 개별적 특질을 명확히 하기 위한 것이어야 한다. 다시 말하면 외국문학이 우리나라에 어떻게 수용되었는지에 대한 사실의 기술에 그칠 것이 아니라, 그것이 한국문학의 발전이나 변화에 어떤 영향을 미쳤는가 하는 것을 규명해 낼 필요가 있다는 것이다.

또 영향은 일방적으로 어느 한 쪽에서 다른 한 쪽으로 미치기만 하는 것이 아니다. 어느 한 방향으로의 영향이 더 크게 미칠 수도 있지만, 상호 영향을 주고받는 것이 일반적이지 않나 생각된다. 그러므로 영향을 받은 것만이 아닌 전신자傳信者의 역할도 중요하다. 중국과 일본의 문학사에 있어서 한국문학이 그러한 역할을 했던 것으로 생각된다. <구운몽>과 <구운기>의 관계가 그렇고, 『전등신화』→『금오신화』→『가비자伽婢子』의 관계, 조선시대 사신·역관들이 중국이나 일본의 문인들과 교류한 사실 등은 그 좋은 본보기가 될 것이다. 이러한 관점에서 일본의 한 비교문학 연구서에 보이는 다음과 같은 발언은 고전문학기에 있어서의 한국문학의 위상을 일깨워주는 일례가 될 것이다.

> 1860년 이전의 문학으로 말한다면, 일본은 기기記紀·만엽萬葉시대부터 일관하여 중국 대륙과 조선 반도의 문화·문물에 대해 수입 전일專一의 입장이었다.[1]

'세계문학 속의 한국문학'이란 다분히 '일반·공통'적 측면을 드러내는 말이다. 이 말에서는 비교문학에서 말하는 '일반문학'적 성향이 강하게 드러나고 있는 것이다. 반면 '국문학과 외국문학'이라고 한다면 '특수·차별'의 측면이 함축되어 있어서, 이 말에서는 곧 '국민문학'적 성향이 강하게 드러난다. 그러나 '국문학과 외국문학'은 모두 비교문학의 대상이며, 비교문학을 전제로 하는 것이다. 따라서 이들 사이에는 단순히 영향의 주고받음(수수)만이 아니라 이들 모두를 대상으로 하는 일반문학으로서의

---

1) 고보리 게이치로[소굴계일랑小堀桂一郎], "'영향' 연구를 둘러싼 여러 문제·影響'研究を めぐる諸問題", 『비교문학의 이론比較文學の理論』, 강좌비교문학, 8, 동경대출판회, 1976, p. 27.

비교문학 연구도 가능하다. 요즈음 비교문학의 과제를 종전처럼 '사실 관계'에 한정(프랑스류의)치 않고, 사적으로 무관한 문학 현상의 비교 곧 '대비 연구'(미국류)까지 확대하고 있음은 바람직한 현상으로 생각된다. 예컨대 '자연관 연구'와 같은 접근은 분명 문학사가 아닌 문학비평에 속하는 일로서, 비교문학적 작업이고 세계문학적 작업이다. 문학의 모티프 나아가 주제, 또는 장르, 심지어 기법 따위도 인간 세계 어느 곳에서라도 근본적으로 인간이라는 동일점 때문에 비교문학적 접근이나 세계문학적 접근이 가능하다. 즉 이들은 역사적 영향 관계에 의한 것이 아니라 하더라도 국문학과 외국문학은 유사성을 가질 수 있기 때문에, 우리는 국문학을 비교문학이나 세계문학의 차원에서 논할 필요도 있는 것이다.

2)

　고전문학회의 대주제를 '국문학과 세계문학'으로 잡은 것은 세계화에 부응한다는 시대적 의미도 있겠지만, 그렇다고 하여 무턱대고 유행을 따르자고 하는 것은 아니라고 생각된다. 이제 우리는 한국문학의 정체성 Identity 및 위상을 종합 점검해 보고 나아갈 길을 모색해 봐야 할 시점이 되었기 때문에 이러한 주제가 절실히 요망되는 것이다.

　세계문학과의 관계를 염두에 둘 때 국문학은 수용·전수傳授·특질 등의 제 측면에서 다룰 수 있다. 이 중 전수의 측면을 살피기란 아무래도 여러 가지 제약이 따르고, 그 결과도 현재로서는 자신할 수 없다. 그만큼 연구 결과의 축적이 미미한 때문이다. 반면 수용의 측면은 지금까지 상당한 업적이 쌓였으므로 이를 종합·정리할 필요가 있다. 한편 특질의 측면도 그간 미미하기는 하였으나 어느 정도 성과가 있었던 것도 사실이므로, 앞으로 연구 결과에 따라 좋은 결과를 얻을 듯도 싶다. 이러한 예상 하에 앞으로 4차에 걸친 본 세미나의 기획 주제가 진행될 것이다.

우선 제1차 기획 주제는 이제까지 많은 연구업적이 있었던 외국문학 수용 문제를 종합 정리하기로 하였다. 이에 이어질 제2차~제3차의 기획 주제는 특질 면에 치중하되, 제2차의 기획 주제에서는 장르 및 장르 체계 면에, 제3차의 기획 주제에서는 주제 및 모티프 면에 치중하고, 마지막 제4차의 기획 주제에서는 세계문학을 향한 국문학 연구의 과제와 전망으로써 마무리 짓고자 한다. 그리고 매 기획 주제는 국문학의 연구분야별로 구성하여 발표하고자 한다. 즉 한국 고전문학을 구비문학, 한문학, 시가문학, 산문문학의 4대 분야로 구분지어 논의하고자 하는 것이다.

다음에는 지금까지의 국문학 연구에 대한 업적을 중심으로 문학적 차용 문제를 종합하여 논급하고자 한다.

① 장르 : 구비문학 하위 장르 중 설화나 민요가 워낙 일반문학적 성향을 지니고 있기 때문인지 장르적 차원에서 논의된 예는 거의 없었던 것 같다. 다만 서사민요와 서구의 발라드의 비교 연구가 눈에 띨 뿐이다. 이에 비하면 국문학적 특성이 농후한 가면극이나 판소리에 대한 장르적 비교 연구는 상당한 성과가 있었다. 예컨대 중국의 당희唐戱, 강창문학, 명곡明曲, 기타 중극 극과의 비교연구 등이 그것이다. 지금까지의 연구 성과가 그다지 만족스럽지 못하지만, 앞으로는 중국문학과의 대비를 넘어선 동양문학적 차원에서의 비교 연구도 기대해 봄직하다. 시가문학의 경우에도 적으나마 성과가 있었다. 한시는 물론 향가·여요·시조·가사 들의 외래 연원설들이 이를 잘 대변해 주고 있다. 산문 분야에서의 연구 성과가 제일 미약하기는 하지만, 가전이나 설說문학의 경우처럼 앞으로 하위 장르별 연구도 진척되리라 기대한다.

② 유형 : 구비문학 특히 이야기문학 분야에서의 연구 성과가 현저하다. 문학 연구자들(특히 민속학자 내지 구비문학자)은 18세기에 이르러 국경을 초월한 설화 유형이나 영웅상의 유전(이른바 영웅의 일생)을 추구하고, 설화의 타입 정리에 착수하여 오늘날에는 대체로 주요 지역별 유형 인덱

스가 이루어지고 있는 형편이다. 국내에서도 일찍부터 이러한 연구 성과가 적지 않았으나, 아직까지 세계문학의 시각에서 만들어진 유형 인덱스는 출간되지 못한 상태에 있다. 앞으로 한-불전佛典, 한-페르샤, 한-몽고 등등의 비교 연구가 기대된다. 최근 신화 연구의 지평이 동북아적 차원으로 넓혀지고 있는 점은 그런 면에서 매우 소망스럽다.

　③ 소재 : 지금까지 가장 많은 업적이 쌓여진 분야이지만, 주로 특정 작품을 중심으로 한 비교 연구의 형태로 이루어졌다. 개중에는 중국소설과 한국소설이라는 장르적 차원의 연구 논제도 눈에 띄지만, 그 내용을 살펴보면 사실상 개별 작품의 비교 차원에 지나지 않는다. 소재의 비교 연구가 시가보다는 소설분야에서, 그것도 주로『전등신화』, 3언2박, 4대 기서, <서상기>와의 비교 연구가 성했다. 한편 일반문학적 비교의 경우를 보면 예컨대 '<춘향전>과 <주홍글씨>', '<홍길동전>과 <톰 존스>', '<홍길동전>과 피카레스크 소설'와 같은 것이 있었다. 소재적 차원에서의 모티프나 유형 비교 연구도 활발히 전개되어, 트릭스타담이나 탐색담, 이상향(낙원) 탐색 같은 것이 있었는데, 이들은 다분히 아래에서 이야기할 사상적 측면과도 관련되는 것들이다. 그리고 한중 가전의 소재적 원천 탐색, 한중일 소담집의 비교 같은 것도 소재 차원의 비교 연구였다.

　이 밖에 또 하나 짚고 넘어가야 할 것은 한국문학에 나타난 중국적 시공간의 설정이나 고사故事・인물・한시구 등의 차용 문제이다. 아마도 이러한 것들은 원문으로부터의 직접적인 차용이라기보다 2중 3중의 차용인 경우가 많을 듯한데, 이들도 연구 과제임은 분명하다. 우리 고전소설의 배경이나 고사적 인물이 대부분 중국적인 점을 고려하면 이들에 대한 종합・정리도 필요하리라는 생각이 든다.

　④ 사상 : 주제와 관련하여 흔히 유・불・선 3교의 비교 연구가 활발히 행하여졌다. 한편 사상과 관련하여 특정 작가를 중심으로 한 영향 문제도 논의되었다. 예컨대, 두보나 이백 혹은 도연명, 한퇴지의 시가 국문

학 작품 혹은 작가에 미친 연구가 그것이다. 지금까지 미처 다루지 못한 작가나 작품에 대한 연구도 앞으로 더 이루어져야 할 것으로 생각된다.

⑤ 형식 : 시가의 정형론定型論, 포뮬러론, 또는 특정 소설 형식인 액자소설이니 메타소설이니 하는 예들을 들 수 있고, 혹은 설화 창작의 기법 문제(서사법칙)도 매우 흥미있는 과제이다.

⑥ 문체 : 연구의 양으로 보면 별로 두드러지지는 않지만, "한시의 대구對句와『용비어천가』의 체제", "가사에 미친 당시唐詩의 연구(특히 형태론을 중심으로)", "한국 고전소설에 미친 명대 화본話本소설(문체적 차원)" 같은 예들을 들 수 있다.

3)

국문학 연구가 영향 연구에만 매달리면 자칫 부분만 보고 전체를 보지 못하는 오류를 저지를 수 있으며, 반대로 영향 연구를 애써 부정하게 되면 그 역逆의 우愚를 범할 가능성이 있다. 앞으로 국문학 연구의 차원은 일반문학·세계문학의 차원으로 확대되어야 하며, 영향 관계에 대한 연구도 단순한 비교에서 한걸음 더 나아가야 할 것이다.

그리고 이제까지 연구 성과가 적었던 문제들, 예컨대 언제 어느 문헌(특히 문학서)이 어떤 경로로 유입되었는가 하는 이른바 이입사移入史의 문제는 물론,『시경』,『장자』등의 문학적 경서 ; 초사楚辭 ; 사서史書(특히 열전류) ; 당대 전기소설 ;『수신기』·『태평광기』등 ;『문심조룡』·『시품』등 ;『문선』·『옥대신영』·『예문유취』같은 앤솔로지들과의 거시적 비교 연구도 요망된다. 또한 이야기의 전달 기법, 국가 간의 이미지, 심벌(숫자, 색깔 등)의 비교, 장르(판소리, 민속극, 정형시, 서사시 내지 신화)의 비교 (테마 비교는 물론 세계성, 일반성·보편성 추구) 등도 주요한 연구 과제들이다.

국문학의 연구 분야가 너무나 광범위하기 때문에, 위에서 살펴본 제문제들을 개인이 감당하기란 불가능하다. 컴퓨터의 글자나 그림이, 보이지 않는 무수한 점들이 모여 완성체로 나타나듯이 만족할 만한 가설이 이루어지기까지에는 무수한 개별 작업이 필요하다. 물론 인문학적 성과가 다 그러하듯 그 결과가 단번에 완성도로서 나타날 수는 없겠지만, 우리에게 근사한 윤곽이나마 그려질 날이 있지 않을까 한다.

금번 기획 주제를 계기로 많은 연구자들이 더 한층 분발하여 보다 훌륭한 업적이 쏟아지기를 기대하면서 이 소론을 휘갑한다.

● 참조 원고
"국문학과 세계문학". 원래 한국고전문학회 하계학술대회(국민대, 2001. 8. 13)에서 기조基調 발제發題로 발표했던 것을, 『고전문학연구』 20(한국고전문학회, 2001. 12)에 재수록했다.

2. 국문학 연구의 과제와 전망

고전문학회의 기획 발표는 '세계문학과 한국문학'이라는 공통 주제 하에 2년간에 걸쳐 모두 네 번 실시되어, 그간 시가, 소설, 한문학, 구비문학의 네 분야에서 매번 네 편씩 도합 16편이 발표되었다. 이 중 2001년 8월의 제1회 발표에서는 각 분야별로 연구사적 종합 검토가 있었고, 이후 2002년 2월 및 동 8월, 그리고 2003년 2월에는 각론에 해당하는 장르 간, 지역 간, 작품 간의 비교 연구들이 발표되었다.

이왕에 각 발표자들이 지금까지의 연구 업적을 종합하거나, 자신의 연구 업적을 토대로 하여 앞으로의 연구 성과를 예시하거나, 혹은 기왕의 연구에 대한 반성 내지는 미래의 방향까지 제시한 바 있으므로, 이를 다시 요약 제시할 필요는 없겠다. 하지만 당초 학회에서 각 연구자에게 분야별로 발표를 요청했던 까닭에, 국문학 전반에 걸친 종합적인 검토가 충분히 이루어지지 못한 아쉬움은 남아 있다.

이제 본 기획 발표의 대미를 장식하는 시점을 맞아 그간 얻어진 빛나는 성과들을 바탕으로 하여 우견을 더하여 간략히 종합하여 봄으로써 마무리 짓고자 한다. 물론 기왕에 이와 유사한 제목으로 된 개별적인 발표의 글들이 적지 않게 있었던 것으로 알고 있다. 하지만 이번 학회의 기획 발표를 기획하고 경청하였던 사람 중의 하나로서, 그간 느꼈던 단상들을 다시 정리하여 보는 것도 그다지 무익할 것 같지 않아 소견을 피력해 보기로 한다.

연구 제목이 '국문학과 외국문학', 혹은 '한국문학과 세계문학'과 관계하는 것이었을 때, 가장 먼저 마주치는 용어 중의 하나는 '비교문학'일 것이다. 그런데 비교문학은 문자 그대로 상대적 개념을 내포한 말이다. 따라서 문학 연구상에 있어 비교문학적 연구의 방법은 특정 문학과 특정 문학의 비교가 전제되어야 하고, 그 결과 동질성과 이질성의 추구의 규명이 최종 목표가 된다. 동질성의 추구는 자칫하면 일방적인 영향 수수라든가 전파론이라는 획일적인 결론으로 떨어질 위험은 상존한다. 실제로 우리는, 과거 선학들의 논문 중 상당수는 이같은 작업으로써 탁월한 업적을 남기기도 했지만, 반면 주체성의 결여라는 비난을 완전히 면할 수는 없었음을 알 고 있다. 때문에 수용은 인정하되 우리의 풍토 속에서 우리 작가에 의해 재창조된 면모, 다시 말하면 우리 문학 작품의 특질을 찾아내고자 하는 움직임도 일어나게 되었다. 이러한 자성론이 더욱 현저해지고 있는 근자의 학자들의 연구 태도는 매우 바람직한 것이라 아니할 수 없다.

원칙으로 말한다면 문학 사상事象은 독자적 발생과 독자적 발전이 가능할 듯하다. 왜냐하면 모든 사상事象이 근원적으로는 특정 시대 특정 장소에서 비롯되었을 것이기 때문이고, 또는 이본이 아니라면 이 지상에 어디에도 똑같은 작품은 존재하지 않을 것이기 때문이다. 따라서 특질론이 중시되는 학문 연구의 경향이 틀렸다고 할 수는 없다. 그러나 특질론의 탐구가 아무리 중요하다 하더라도, 많은 문학 작품이나 문학 사상, 혹은 문학 장르상에 미친 외래적 영향을 부인할 수는 없다. 역사상 아무리 위대한 민족이라도 외래적 영향을 전연 받지 않고 고유문화만을 창조하였던 예는 존재하지 않는다. 문화의 흐름은 결코 일방적인 것이 아니기 때문이다. 하지만 영향을 지나치게 강조한 나머지 독자성, 주체성마저 부정한다면 마침내 자기 부정에 이르게 되고, 자기 존재의 가치마저도 부정하게 되는 모순에 빠지게 된다. 결국 앞으로의 한국문학 연구가의 제1 과업은,

좀 더 다방면에 걸친 외국문학 작품과의 비교를 통한 한국문학의 자생적 특질 분석이 요청된다 하겠다.

또한 문학의 비교 연구는 직접적인 영향의 수수만을 대상으로 하는 것은 아니다. 세계문학적 관점은 영향 수수론이 아닌 세계 인류의 일원으로서의 문학 창작이 문제다. 따라서 동질적인 테마의 비교도 주요한 문제가 된다. 이를테면 '낙원사상' 탐구라든지 '탐색' 모티프 추구 같은 것은 직접적인 영향 수수가 아니더라도 이질적인 문학상에도 얼마든지 존재할 수 있다. 이는 양문학 간의 거리가 언어나 민족, 지리 등에 의해 격절되어 있다고 하더라도 비교문학상의 논의는 얼마든지 가능하다는 뜻이 된다. 때문에 우리는 『금오신화』의 뿌리를 반드시 『전등신화』에서 찾을 필요도 없으며, 반면 <홍길동전>의 면모도 <톰 존스>와 비교할 수 있는 것이다. 요컨대 한국문학은 세계문학의 하나이며, 모든 문학은 비교문학의 대상이 될 수 있다. 앞으로 비교문학적 연구의 성과에 따라 한국문학이 지닌 참된 가치가 드러나고, 세계문학상에서 차지하는 위상도 더욱 확고해질 수 있을 것으로 간주된다.

문학의 연구에는 두 가지 태도가 있을 수 있다. 추상적, 전체적 입장에서 보려는 태도와 구체적, 개별적 입장에서 보려는 태도이다. 어느 시대에나 이러한 거시적 혹은 미시적 연구 태도는 있어 왔다. 하지만 연구 대상 자료의 양이 적고 연구자의 층도 얇았던 과거에는 미시적 연구 태도보다 거시적 연구 태도가 주류를 이루어 왔다고 할 수 있다. 자료와 연구자의 숫자가 점증함에 따라 미시적 연구가 차차 활발해지는 경향을 보여 왔다. 이는 최근에 있어서의 외국문학과 한국문학과의 비교 연구 — 예컨대 소설 연구 — 를 상기하여 보면 분명한 사실이다. 그런데 문제는 여전히 남아 있다. 흔히 거시적 연구의 폐단으로 지적되었던 '숲'만 보고 '나무'를 못 본다는 비판을, 미시적 연구에서는 반대로 '나무'만 보고 '숲'을 못 본다는 비판을 면할 수가 없었던 것이다. 때문에 앞으로의 연구자는 이러한 문제점에 대해 정세함을 기하여야 함은 물론이거니와, 아울러 좀 더 폭넓은 시야를 가질 필요가 있다. 그리하여 미세한 비교 연구의 결과가 전체적 세계문학의 틀 속에서도 여전히 유효할 수 있도록 함이 중요하다는 사실을 잊어서는 안 될 것이다.

한때 한국문학 연구가들 사이에 외국 이론의 수용이 매우 활발하였던 적이 있었다. 그때에는 전연 이름도 생소한 혹은 지나치게 이름이 우레같은 외국 대가들의 이론들이 금과옥조처럼 논문의 한 부분을 장식하곤 하였다. 심지어는 프로이드의 문외한이 심층 심리를 운운한다든가, 논문의 주장과 전연 배치되거나 혹은 별로 관계도 없는 개소에 우연히 주워들은 니체의 '경구'를 끼워 넣고 현학자연하던 풍도 있었다. 물론 문학 연구가들의 층이 꽤 넓어지고 그 연구의 깊이도 심화된 오늘날의 연구에서는 이러한 허세를 별로 찾을 수 없지만, 간혹 글을 읽다보면 과거의 악습(?)이 아직도 남아 있는 듯한 느낌을 받을 때가 종종 있다.

그렇다면 외국문학의 이론은 외국문학 연구자들에게 맡기고 국문학자는 오로지 자기 문학 이론에만 매달려야 할 것인가? 과거 우리 선인들은 이상한 역사적 운명 속에서 한문이나 일본어 따위를 본의 아니게 체득하여야만 했고, 또 그로써 지식의 장을 넓힐 수 있었을 때가 있었다. 그런데 요즈음에는 제2 외국어의 개념도 거의 사라져가는 듯하다. 물론 서구어 대신 주변국 언어를 체득할 기회는 보다 많아지고 있으나, 오히려 서구 문학 이론을 수용하기에는 역부족의 여건으로 변하고 있다. 당분간은 그간 배출되었던 서구문학 연구가 내지 번역가들에 의해 일시 활발한 이론 소개가 이루어지겠지만, 장래의 상황은 매우 비관적이다. 때문에 여기에서 강조하고 싶은 것은 세계문학 이론 수용에 등한히 하지 말자는 주장이다. 우리가 세계문학에 근접하고 이를 이해할 수 있는 유일하고도 빠른 통로는 외국문학 이론의 수용이라 여겨지기 때문이다.

역사상 우리 민족과 가장 교섭이 많았던 민족, 국가가 중국이었음은 지리상으로 보아 두말할 필요도 없다. 이러한 사정은 문학의 경우에도 예외가 아니었다. 양자 간에는 작가나 작품, 나아가 문학 사상의 수수가 끊임없이 이루어졌다. 하지만 우리 문학의 영향 수수는 중국에 한정될 것이 아님은 분명하다. 전 문학사를 통하여 볼 때, 우리 문학은 북방 민족 혹은 남방 민족, 심지어 중동이나 중앙아시아 민족, 근대에 이르러서는 서양인의 문학까지 혼효된 종합적 산물이라고 하지 않을 수 없다. 최근에 이르러 점차로 각 지역 문학 연구가들의 시야가 새로이 확대되고 있음은 매우 바람직한 일이다. 하지만 아직도 그러한 연구 태도로 얻어진 문학적 성과는 그다지 만족스럽지 않은 실정이다. 연구 시야의 수평적 확대는 앞으로 한국문학 연구가들에게 부여된 커다란 과업이다.

오늘날 우리는 누구나 마음을 먹고 찾는다면, 특정 연구 자료의 입수는 반드시 이룰 수 있는 그런 열린 시대에 살게 되었다. 특정 자료가 일부 특정 개인에게 더 이상 묻혀 있지 않고 많은 사람에게 개방되는 시대가 도래한 것이다. 이제 원본의 소장자는 장서 자체로서 만족해야 하고, 모든 자료의 연구는 만인에게 개방되게 되었다. 우리는 매일같이 많은 자료가 쏟아져 이제는 자료들을 주체할 수 없을 정도에 이르렀다. 가까운 장래에 대부분의 국문학 자료들이 전산화되고 인터넷 상에 공개되어 누구나 검색하여 작업할 수 있게 될 것임은 거의 확실하다. 이전처럼 연구 자료를 갖추지 못해 연구를 제대로 하지 못하는 시대는 지난 것이다. 그러나 연구 결과의 질이 연구 자료의 양에 비례하여 자동적으로 향상되는 것은 아니다. 왜냐하면 이와는 역행적으로 연구보고서가 인터넷상으로 얻은 수많은 웹문서들에서 적당한 대목만을 발췌 나열하는 것으로 급조될 위험성도 증대되기 때문이다. 실제 학생들의 리포트들이 이를 여실히 증명하고 있다. 학사·석사·박사 학위 논문들의 수준도 상향 조정되는 것이 아니라, 하향 조정되는 세태를 본다고 하더라도 그것이 새로운 사건도 아닌 상태에 이르렀다. 아마도 국내 자료들은 물론 외국 소재의 자료들도 머지않아 안방에서 샅샅이 검색하고 손쉽게 입수할 수 있는 날이 곧 이르리라 생각한다.

미적 가치나 사상 추구 같은 추론적 연구가 중요하다고 하여 실증주의적 방법의 가치가 부정될 수는 없다. 자료 발굴의 좀 더 적극적 태도가 필요하다. 물론 비교문학적 차원에서 의미를 지니는 자료가 그리 흔한 것은 아니지만, 그렇다고 하여 실증주의적인 태도로 비교문학을 연구하는 것이 전연 불가능한 것은 아니다. 최근의 성과만을 보더라도『금오신화』판본의 발견, <구운기>의 국적 확인, 또는 <숙향전>의 창작 연대를 시사해 주는, 외국에서의 새로운 자료 발굴 사례들이 있었다. 어찌 보면 매우 미미해 보이는 이러한 성과들이 국문학사의 지평을 엄청나게 바꾸어 놓을 수도 있는 것이다. 한-중, 한-일 간의 역사상의 교류를 생각해 볼 때, 외국 소재 자료 발굴을 기대하는 것은 결코 요행을 바라는 것은 아니리라 본다.

구비문학 분야 중 특히 설화를 예로 하여 약술하기로 한다. 설화는 문학의 여러 장르 중 형식이 비교적 간단하고 명확하게 전달할 수 있는 서사적 내용이 있으며, 따라서 흥미롭고 기억이 용이하다는 점 때문에 세계적으로 시·공간적 이동이 매우 활발하였다. 우리나라도 예외는 아니어서 설화의 이동 증거는 역사시대 초기로부터 찾을 수 있고, 후대로 올수록 자료의 양은 팽대해진다. 이 때문에 기왕에 설화에 대한 단편적 혹은 다면적 비교들이 풍부히 이루어진 바 있다. 그러나 사실을 말하자면 아직도 자료의 발굴이 진행 중이어서, 지금까지 신뢰할 만한 자료의 집성이 이루어진 적은 없었다고 해도 과언은 아니다. 학문 연구의 과정으로써 이야기한다면, (1) 자료의 발굴, (2) 자료의 정리, (3) 비교 연구 분석의 세 단계 중에서 아직도 첫 번째 단계인 자료 발굴 수준에 머물고 있는 것이다. 제3단계, 즉 세계문학 차원에서의 연구가 가능하려면 필연적으로 제1단계의 연구가 완수되어야 함은 물론, 제2단계 즉 총체적 인덱스의 완성이 전제되어야 한다. 이러한 설화 연구의 현재적 성과와 전망은 구비문학의 여타 장르들에 대해서도 동일하게 적용할 수 있을 것이다.

이제까지 거의 모든 하위 장르에 대한 비교문학적 성과가 이루어진 시가문학에 관하여 살펴보자. 중국의 고시, 시경, 악부, 한·당시, 악부, 원곡, 4·6문, 사부辭賦, 변문變文들은 우리의 고시가, 향가, 고려 속요, 경기체가, 악부, 악장, 시조, 가사 등에 다양하게 영향을 끼친 것으로 논의되어 왔다. 따라서 지금까지의 연구 업적 중 상당수는 이러한 장르적 형식면을 중심으로 한 비교 연구가 주종을 이룬 반면 내용면의 비교 연구는 드물었던 것으로 생각된다. 앞으로는 당연히 장르 비교에서 나아가 작가별 비교는 물론, 작품별 비교 연구에도 힘을 기울여야 할 것으로 생각된다. 이를 위해서는 각 작가 혹은 작품에 대한 문체, 주제, 사상, 비평, 사조상의 비교 연구가 좀 더 활발히 이루어져야 할 것이다.

지금까지 이루어진 고전문학 분야의 연구 중에서, 양적으로 보아 가장 다량의 비교문학적 업적이 어느 정도 축적된 분야가 고전소설 분야임은 이론의 여지가 없다. 그 원인을 생각해 보면 소설 장르에는 비교의 논거가 되는 내용상의 유사점과 차이점이 분명히 드러나기 때문이라고 판단된다. 그러나 지금까지 이루어진 대부분의 비교 연구는 중국소설과의 내용 비교가 그 주종을 이루어 왔다. 그러나 앞으로는 좀 더 대국적인 차원에서 소설의 편년을 염두에 둔 비교 연구가 필요할 것 같다. 즉 소설 장르의 발생 시기를 비롯하여 소설의 제양식(예컨대, 전기소설, 꿈소설, 군담소설) 들의 발전 과정의 해명, 중국 외 다른 나라 소설과의 관계도 심도 있게 고구되어야 할 문제들이다. 기왕에 논의된, 우리 소설이 중국의 3언2박, 또는 4대 기서 등과 갖는 관계는 좀 더 세밀히 연구되어야 할 것이다. 그 밖에 미확인된 중국소설의 번역 혹은 번안 양상에 대한 확인 작업도 계속되어야 할 것이다.

마지막으로 한문학의 경우를 보면, 선인들이 남긴 태산과도 같은 자료 더미에 비하면 그동안에 이루어진 연구의 양적, 질적 성과는 아직 미미하다. 작품 분석은 고사하고 작품 파악조차 덜 된 것이 상당수에 이른다면 지나친 말일까? 그러나 분명한 사실은 작품 정리 및 파악이 어느 정도 이루어졌다 하더라도, 작가, 작품, 내용, 사조, 문체 등등의 연구는 상당한 시일을 요할 것이라는 점이다. 그러니 이런 문제들에 대한 국내적인 연구를 국외적 비교 차원에까지 확대시킴은 장래의 연구가들이 떠맡아야 할 커다란 책무라고 생각된다.

● 참조 원고

"세계문학을 향한 국문학 연구의 과제와 전망", 『국문학과 세계문학 (4)』(2003 한국고전문학회 동계학술대회 발표요지집, 2003. 2. 12).

3. 한국문학의 위상

　한국문학에 대한 극단적인 회의론자들은 말한다. "도대체 한국문학에 역사 또는 전통이란 게 있는가? 고유 문자의 사용이 늦어 문학의 출발부터가 늦었거니와 문학이 본연의 지위를 누려본 적이 없다. 문학은 정치를 위한 방편이 아니면 그들의 한사閑事꺼리가 아니었던가? 더더구나 서구적인 의미에 있어서 문학 장르들의 정립은 한 세기도 채 못 된다. 설사 한국문학의 역사와 전통은 인정한다손 치더라도 작품의 질·양 그 어느 것 하나 자랑하여 내세울 만하던가?………"

　이상과 같은 항변은 한국문학, 특히 고전문학에 대한 극단적인 회의론자들의 의견을 집약한 것이 될 것이다. 이러한 주장들은 과연 타당한가? 물론 한국문학의 존재에 관한 부정적 태도들은 과장된 강변임이 분명하지만, 이에 대응하는 반론 역시 너무나 자아의식에 집착하여 필요 이상의 보호색을 취할 필요는 없다고 생각한다. 내 것에 대한 지나치게 집착하는 쇼비니스트는 필요 이상으로 고유성을 강조하고 우수성을 과장한다. 그러나 문학에 있어서 고유성이란 논하기 어려운 것이며, 우수성이란 것도 상대적인 것이어서 어떤 대상에 대하여 절대적인 가치 평가를 논하기 어렵다. 그러므로 문학의 감상 및 평가에 관한 한 내 것에 대한 지나친 애정은 자국 문학을 위해서도 매우 바람직하지 못한 일이다. 이러한 태도를 가진 사람일수록 한국문학의 진정한 이해자가 되기는 어렵다고 생각된다. 오히려 사심邪心 없는 비평적 안목으로써 현상을 정시할 때 비로소 한국문학의 본모本貌와 가치가 제대로 인식되고 평가될 수 있는 것이다.

그러면 내 것에 대한 선입관적인 비하나 남의 것에 대한 무조건적인 존숭의 근거는 어디에 연유하는가?

첫째, 문학의 개념에 대한 동서고금의 차이를 망각한 데에서 비롯된다. 시공에 따라 매우 큰 차이가 있었던 문학의 개념을 자기 본위가 아닌 타자 본위로써, 즉 서구적인 눈으로써 보는 데에서 오해는 발생된다.

둘째, 널리 인구에 회자되고 있는 몇몇 명작의 예를 기준으로 하여 내 것을 상대적으로 평가하려는 태도에서도 이러한 극단적인 태도가 비롯된다. 사실 그와 같은 높은 수준의 작품은 문학사상에 매우 드문 것임을 알아야 한다. 여기 덧붙여 애기하지만 문학의 연구는 각개 작품의 우수성과는 무관하게 이루어지는 일이 많음을 기억해 두도록 하자.

한국문학에 역사라고 할 만한 것이 있는가? 있다면 그 기점은 언제일까? 문학의 최고 연원을 구비문학에 둔다면 한국문학의 역사는 남 못지않은 장구한 연륜을 가진 셈이 된다. 기록이 남아 있지 않은 시대의 것을 무어라 확언할 수는 없지만, 원시 가요의 흔적은 아직도 영·호남 지방 부녀자들의 집단 가무에서 찾아낼 수 있고 '우연의 행운담' 같은 것은 삼국시대 <온달> 설화 및 <서동> 설화를 거쳐 아직까지도 민간에서 전승되는 <내 복에 산다>라는 설화로 맥락을 잇고 있다.

확언할 수 없는 구비문학의 역사는 그만 두고라도 기록문학의 역사는 『삼국유사』 등에서 따져도 1천여 년이나 된다. 혹은 여기에 사용된 문자가 내 것이 아니라 수긍할 수 없다면 훈민정음 창제로부터 따져도 우리 문학의 역사는 수백 년의 연륜을 갖고 있는 셈이 아닌가? 구체적인 예를 들어 보아도, 서양 소설의 선구라 할 수 있는 복카치오의 『데카메론』이 이루어진 것이 14세기 중엽의 일인 데 비해 김시습의 『금오신화』는 15세기 중엽에 지어졌다. 또한 <홍길동전>은 17세기 초, <구운몽>이나 <춘

향전>은 17세기 말경의 작품으로 알려지고 있다. 반면 세르반테스의 <돈키호테>는 17세기 초, 근대소설의 효시라고 일컬어지는 리처드슨의 <파멜라>는 18세기에 이루어진 것이다. 이러한 사실은 남의 것과 내 것에 대한 올바른 인식을 가지는 데 커다란 도움이 된다.

한국문학에는 과연 전통이 없는가? 전통을 주장하는 사람들이 흔히 빠지기 쉬운 오류는 전통이란 용어를 '고유한 것'과 혼동하고, 또 같은 사회집단 속에서 전통이란 마치 단절될 수 있는 것으로 생각하고 있다는 점이다. 그러나 한 집단의 생활이 계속적으로 영위되는 한 전통의 단절이란 있을 수 없듯이, 문학이 인간의 사고나 감정의 표현이라면, 그 속에 흐르는 집단의 전통은 단절될 수 없는 것이다. 또 전통이란 결코 '고유한 것', '순수한 것'과 동일시될 수 없다. 도대체 외래적인 요소가 없는 순수한 것이 존재할 수 있을까? 전통이란 외래적인 것을 받아들여 이것을 바탕으로 새로운 것을 창조할 때 가능한 것이다. 엄밀히 따진다면 문학은 보편성을 가진 것이다. 구태여 순수한 것, 고유한 것으로써 전통성을 찾는다면 외래문화의 터전 위에 피어난 우리의 문학, 가령 향가, 여요, 시조, 가사 따위들에서 우리의 전통을 찾을 수 있을 것으로 보인다.

한국문학은 질적으로나 양적으로 빈약한가? 한국문학의 양이 빈약하다는 것은 상고시대에 한한 말일 것이다. 이 시대의 문학서로서는 우리는 불행히도『삼국유사』를 비롯한 극소수의 문적文籍을 가지고 있을 뿐이기 때문이다. 그러나 이러한 사정은, 몇몇 특수한 국가나 민족을 제외하면, 우리보다 그다지 나은 경우가 없지 않을까 한다. 이 시대를 지내 고려 말에 이르면 우리의 선인들은 비록 남의 문자를 빌려 표현을 했더라도 무수한 문학 작품을 남기기 시작했다. 우리가 현재 미처 연구에 손댈 수도 없을 만큼 적지 않은 문학 작품이 산재해 있다. 우리 문학이 양적으로 빈약하다는 말은 이해하기 곤란하다. 작품의 질에 관해서도 그렇다. <춘향전>이나 <흥부전> 같은 작품의 원전을 완독한 후 포폄을 하는 사람이 얼마나 될까? 셰익스피어의 문학은 논해도 신재효申在孝의 문학은 논하지 않는 것이 우리의 세태다. 민족이라는 동질감으로부터 논한다면 신재효의 문학이 우리의 생리에 맞을 것이라는 논리는 조금도 과장이 아니다. 또 서구 문학에 대한 선입견 없이 시조를 낭송해 보라. 이규보李奎報의 작품을, 연암燕巖의 작품을 읽어 본다면, 그 속에서 서구의 수필이나 단편소설에 못지않은 우수성을 찾게 되리라.

● **참조 원고**

"한국의 문학", 『국민대학보』, 1979. 3. 19(제273호).

4. 세종시대의 산문문학

　세종시대의 문학이 우리 문학사에서 차지하고 위치는 어떠하며 그 의의는 어디에 있는가? 긴 말을 더할 필요도 없이 이 시대의 문학은 정음의 창제라는 획기적인 역사적 사실로 말미암아 어떤 의미에서는 참다운 우리 문학의 출발점이 되고 있다. 물론 국자의 제정으로 곧 우리 문학의 주류가 정음문학으로 바뀐 것은 아니었으며, 적어도 당대 및 상당히 후대까지 우리 문학의 대다수는 외래문자로써 이루어졌다. 따라서 우리 문학을 논할 경우 한문학을 논외로 할 수는 없으며, 정음문학에 못지않게 한문학의 연구도 중요하다. 하지만, 정음의 창제로서 비로소 우리의 글로써 우리의 사상과 감정을 제대로 표현할 수 있게 되었다는 것은, 새삼 이 시대 문학의 종합적 연구의 중요성을 일깨워주고 있다. 세종 대는 조선 초기 한문학의 발전기이기도 하려니와 후대의 진정한 우리 문학의 전범을 보여준 또 다른 출발기이기도 하다. 세종의 훈민정음 창제는 분명 진정한 의미의 우리 문학의 출발을 선언한 것이요, 또 그 방향을 제시한 것이었다.

　문학이란 무엇이며 그 범주가 어디까지인가 하는 문제는 쉽사리 단언할 것이 아니며, 그 문제에 대하여 여기에서 굳이 중언부언할 필요도 없다. 다만, 한 가지 분명한 것은 세종 대 문학의 범주가 지금보다는 훨씬 폭넓은 것이었다는 점이다. 가령 그것은 문·사·철을 아우르는 것으로 학문 전체를 포괄하는 것이기도 했다. 따라서 세종 연간의 문학을 논하면서 역사와 철학을 분리해 낸다는 것은 용이한 일이 아닐 뿐더러 사실상 무의미한 일이다. 이 점을 고려하지 않고 당대의 문집들을 살펴보았을 때, 그 '문학서'의 대다수를 차지하고 있는 시문학적 작품들을 제외하고 현대적 의미의 산문문학으로 골라낼 수 있는 글들이 얼마나 될 것인가? 세종 대 문학의 규정은 당시의 잣대로 하여야 할 것이지 결코 오늘날의 잣대로 하여서는 안 된다.

산문문학은 시문학의 혹은 시가문학의 상대 개념이다. 과거의 문학자들은 문학의 본령을 일단 시에 두었었기 때문에 그들의 창작 및 평가 작업도 자연 시가 위주였다. 산문문학은 줄글, 곧 문장에 다름 아니었다. 허구적인 산문의 개념이 그다지 확립되어 있지 않았던 때문으로 당대의 문장은 대개 지식 계급들의 통치 목적을 실현하기 위한 수단으로 쓰인 실제적인 것이었거나 아니면 순전히 철학적인 글들이었다. 예컨대, 정통 한문학의 논변論辨·주의奏議·조령詔令·서독書牘·증서贈序·전장傳狀·비지碑誌·잡기雜記·서발序跋 등이 그러하다. 한편 세종 대에 남상을 보인 정음문학 쪽의 산문문학은 시가문학에 비하면 결실이 훨씬 적었다. 기껏해야 불경언해나 기타의 번역문들에서 시도되었을 따름이다. 하지만, 당대에 공을 들인 산문적 실험 정신은 후대 산문문학 발흥에 훌륭한 밑거름이 되었고, 17세기 말에 이르러 마침내 국문소설 발달을 보게 하였다.

그런데 이른바 '세종 대'란 정확히 어느 기간을 일컬음일까? 문자대로라면 일단 세종의 재위 기간 즉 1418~1450년의 37년간을 가리킴이 정확할 것이다. 그러나 문학사를 기술함에 있어 어느 개인의 재위 연대만을 일기一期로 삼는다는 것은 그다지 적합하다고 할 수 없다. 문화의 발생과 발전이란 일조일석에 발생하거나 완성되고 혹은 끝나는 것은 아니기 때문이다. 때문에 문학사가들은 어떤 왕조를 시대 구분의 준거로 삼는 경우라도, 당해 군왕을 중심으로 상당 기간 동안을 폭넓게 잡고 있는 형편이다. 세종 대의 경우도 세종의 재위 기간은 물론, 그의 사후 다른 군왕 대까지 활약을 하였던 인물이라도 세종대의 인물로 간주할 수 있겠다. 또한 작품집의 경우, 거기에 수록된 작품의 원제작 연대가 불확실할 경우가 많아, 양조 혹은 그 이상의 왕조 즉 세종-문종-단종-세조에 걸쳐 활약한 인물의 작품은 창작 연대를 판별하기가 어렵다. 그렇지만 이러한 경우 이 네 임금은 모두 한 때는 동 시대를 살았던 군왕들이며 작가 또한 그러했을 것이므로 일단 세종 대의 문학 작품으로 규정하여도 큰 문제가 없을 것으로 생각한다. 나아가 경우에 따라서는 제작 연대가 명백하여 세종 대를 좀 벗어난다 하더라도, 그 작자의 내적 체험은 이전의 이루어졌을 것임을 감안한다면 논의에 포함시킬 수도 있겠다. 요컨대 앞으로 필자는 세종 대의 문학을 넓게는 15세기로 잡고, 좁게는 세종의 즉위 및 그 아들 세조의 작고시까지인 1418~1468년간을 기준으로 하고자 한다.

이 기간은 50년, 즉 꼭 반세기에 걸친 동안이다. 다만 당초 하한선 내에 포함시켜 다루기로 생각했던 1430년대 출생 작가들, 즉 김종직·김시습 같은 사람들에 관한 논의는 그들의 주 활동 시기가 세종 대를 좀 벗어나고 있을 뿐더러, 할당된 원고의 분량을 감안하여 할애하기로 하였다. 그러나 매월당의 『금오신화』처럼, 최초의 단편소설집이라는 동 작품집이 갖는 산문문학상의 중요성을 생각하면, 마땅히 이 시기에 산출된 산문 작품 속에 포함하는 것이 좋을 것으로 생각된다. 그리고 위에서 말한 바와 같이 앞으로 논의할 '산문'의 범위는 문예성이 있는 산문을 위주로 하되, 문예성은 덜하지만 과거에 주요 산문 양식으로 여겨졌던 작품이거나, 혹은 후대 작품과 관련하여 시대적 의미가 있는 작품까지도 폭넓게 다루기로 하겠다.

세종 대의 문화적 생활이 유교와 불교의 2중 구조로 되어 있었고, 문자 현실도 점차 한문과 정음의 2중 구조로 나아갔다는 것은 잘 알려진 사실이다. 조선조는 건국 초기부터 숭유억불 정책을 국시로 내세워 왕권을 강화함으로써 전제국가의 기틀을 확고히 하려 하였다. 따라서 자연 치자治者

계층은 백성들을 다스리기 위해 유학의 윤리 의식, 특히 주자학 이론의 확립에 모든 힘을 바쳤다. 자연 한문학이 주류을 이루었음은 말할 것도 없는데, 문인들의 성향도 문장의 수식에 힘쓰는 사장詞章보다는 전달 내용 자체에 치중하는 경학으로 흘렀다. 이른바 재도문학載道文學의 성행이었다. 그러나 한편으로는 일반 서민 계층 내지 부녀자 층에서는 여전히 불교가 공공연히 신봉되었고, 일부 식자층들도 내밀히 불교에 심취하는 경향이 적지 않았다.

이러한 시대에 왕위에 오른 세종은 학문을 사랑하여 스스로 학문에 정진하였을 뿐 아니라 학술 진흥에 남다른 천품을 보이었다. 세종은 인재를 등용하기 위하여 과거제도를 확립하였을 뿐만 아니라, 성균관이나 오부학당, 향교 같은 각급 교육기관을 확충하였다. 또한 인재를 양성하기 위해 집현전을 설치하였으며, 삼각산에는 독서당을 두어 청년학자들을 양성케 하기도 하였다. 한편 일반 백성들이 제 뜻을 바로 펴지 못함을 안타까이 여겨 정음을 창제하여 쉽게 배워 쓸 수 있게 함으로써, 만인의 자주 평등권을 크게 높이었다. 정음의 창제를 통하여 일반 백성들도 글로써 의사 표출이 용이하게 되었다. 이것은 곧 대중의 문학화와 직결된다. 그러나 상층 계급의 문학 독점욕은 정음의 사용을 방해할 의도로써 이를 천시하고 외면하여, 한문은 '진서'로 한글은 '언문'으로 치부하여 버렸다. 때문에 정음은 일반 서민이나 부녀자와 같은 하층에서나 명맥을 유지하게 되었다. 그나마 정음이 없었더라면 우리의 문학은 아마도 일부 식자층만이 이해할 수 있는 문학만이 남았을 것으로 생각하면, 정음 창제가 문학사상에 끼친 중대성은 두말할 필요조차 없다. 물론 세종이 우리 문화에 기여한 공로는 비단 언어와 문학만이 아니라 그 밖의 모든 분야에서 탁월하였지만, 그 무엇보다도 중요한 것은 문화를 전승시키고 발전시키는 원동력이 되는 문자의 창제였다고 할 수 있다.

세종 대의 문화에 대한 지금까지의 연구는 무수하였으나, 문학에 관한 종합적인 검토는 별로 없었던 듯하다. 같은 자료를 놓고 어학적인 면에서의 고찰은 상당히 많았으나 문학적 면에서의 고찰은 비교적 적었던 것이다. 특히 산문 분야에 대한 연구는 소수의 개별적인 논문을 제외하면 매우 한산하였다. 따라서 그간의 문학서나 개론류에도 정음 창제라는 역사적 사실 자체의 기술 및 그것이 우리 문학사에 끼친 의의에 관하여 강조하였을 뿐, 당대의 문학을 제대로 개관한 경우가 드물었다. 더구나 산문이라면 아직 본격적인 정음 산문문학이 없었다는 일반적 선입관 때문인지 별다른 언급이 없기 일쑤였다. 그러나 세종 대에도 분명히 산문문학은 상당하였다. 거대한 한문학 작품들이 산출되어 그 중 상당수가 세월의 흐름 속에서 인멸되기도 하였으나, 아직 상당량의 문집이 남아 있어, 당대의 산문문학을 가늠케 하여 주고 있다. 뿐만 아니라, 아직 정음으로 된 산문문학의 창작은 나타나지 않았으나, 언해문학은 그 후대에 나타날 산문문학 발달의 선구가 되었다. 또한 이 시대에는 소설문학의 탄생과 설화문학의 집성이 이루어지고 있었다.

이 글에서는 세종 대 산문문학 자료들을 개괄할 작정이다. 우선 정음 산문문학의 태동을 살필 것이다. 세종의 <어제 훈민정음>은 일종의 '문학정신'의 선언이었다. 몇 줄에 지나지 않는 이 글을 통하여 이 땅의 백성들은 민족문학의 존립 근거를 마련할 수 있게 되었고, 문학 창작의 자유를 얻게 되었다. 따라서 이 글을 첫머리에 놓고자 한다. 『석보상절』은 일종의 종교문학이라는 점, 그 원천으로 보아 전적으로 독창적 창작물이 아니라는 한계점은 있으나, 부분적으로 창작이 가해졌으며, 무엇보다도 아름다운 우리말을 구사하여 정음 산문문학을 시험하였다는 점에서 소중하다. 그리고 일부는 후일의 우리 소설문학의 모티프와 삽화가 되었다는 점에서 작품적 가치를 인정할 수 있다.

『용비어천가』는 시가문학 편에서 본격적으로 다루겠지만, 시가에 붙여 있는 해설 부분은 훌륭한 산문문학으로 꼽을 만하다. 이 부분은 한문으로 쓰였다는 이유로 등한시되어 왔고 또한 너무 단편적·역사적인 설화들의 점철로서 간주되었을 뿐만 아니라, 국문으로 쓰인 시가 부분에 비해 문학적 평가가 소홀했던 감이 없지 않지만, 작품 전체를 아우르면『용비어천가』는 영웅 서사문학으로서 별로 손색이 없는 것이다. 한편『삼강행실』과『명황계감』은 원래 한문으로 편찬되었다가 후대에 다시 국문으로 번역되기에 이르렀지만, 이들은 모두 세종 대에 편찬된 문학서로서 소재사적 차원에서 후대 문학 발달에 적지 않은 영향을 끼친 것으로 생각된다.

　이 시대의 산문문학을 이야기함에 있어『금오신화』를 지나칠 수는 없다. 이 단편집에 수록되어 있는 다섯 편의 단편들은 비록 그 제재들이 초유의 것이라 할 수는 없겠으나, 중요한 점은 작가가 전대의 문학적 전통 위에 서서 뚜렷한 작가정신을 담아 창작함으로써, 뒤이을 우리 소설문학 작품들의 선구가 되었다는 사실이다. 이 단편집으로써 우리 문학계는 설화와 전 문학의 시대를 지나 소설의 시대로 나아가게 되었다. 물론 이같은 소설문학의 등장은『태평광기』등 수입 유서들의 유행에 상당한 영향을 받았을 것으로 간주되나, 이에 못지 않게 우리 패설문학의 영향도 컸을 것으로 생각된다. 이처럼 패설문학은 소설문학 발달에 밑거름이 되는 한편, 그 자체로도 자료가 축적되어 감에 따라 서서히 결집되어, 당시의 패설집은 우리 문학사상 또 하나의 장르를 이룩하게 되었다.

　세종 대의 문학을 살피는 데 있어서 이 시기는 전대에 비하면 그래도 문헌 자료가 풍부한 편이지만, 그렇다고 하여 충분하다고 할 수 있는 형편은 아니었다. 사실 이 시대의 문학 실상에 대한 고찰은 현전하는 얼마 간의 문집들과『동문선』이라는 시문 총서에 수록된 자료들에 의거하는 수밖에 도리가 없다. 주지하다시피『동문선』소재의 문장들은 문체적으로 너무 정교政敎나 의례儀禮적 편향을 지니고 있다. 이 점은 문집 소재의 산문들 역시 마찬가지다. 따라서 그 중에서 근대적 의미의 문예성, 가령 현실적 삶의 생생한 모습이라든가, 내면적 정서의 표현, 허구성 따위를 찾기란 매우 어렵다. 세종 대의 문학은 당대 문학의 관행을 인정·수용함이 이해의 지름길임을 확신한다.

　다음은 세종 연간에 활약한 문인들의 문집들이다(이름 앞의 *표는 이 글에서 참고문을 뽑아 다룬 작가를 나타낸 것임).

*윤상尹祥	(1373 공민 22~1455 단종　3)	『별동집別洞集』
박흥생朴興生	(1374 공민 23~1446 세종 28)	『국당유고菊堂遺稿』
신개申槩	(1374 공민 23~1446 세종 28)	『인재문집寅齋文集』
하연河演	(1376 우왕　2~1453 단종　1)	『경재집敬齋(文)集』
윤회尹淮	(1380 우왕　6~1436 세종 18)	『청경집淸卿集』
하위지河緯地	(1387 우왕 13~1456 세조　2)	『단계유고丹溪遺稿』
권제權踶	(1387 우왕 13~1445 세종 27)	『지재집止齋集』
*유방선柳方善	(1388 우왕 14~1443 세종 25)	『태재집泰齋集』
강석덕姜碩德	(1395 태조　4~1459 세조　5)	『완역재집玩易齋集』
*정인지鄭麟趾	(1396 태조　5~1478 성종　9)	『학역재집學易齋集』
유의손柳義孫	(1398 태조　7~1450 세종 32)	『회헌일고檜軒逸稿』
김문기金文起	(1399~1456 세조 2)	『백촌선생문집白村先生文集』
정극인丁克仁	(1401 태종　1~1481 성종 12)	『불우헌집不憂軒集』
신석조辛碩祖	(1407 태종　7~1459 세조　5)	『연빙당집淵氷堂集』
남수문南秀文	(1408 태종　8~1443 세종 25)	『경재집敬齋集』(유고遺稿)
*최항崔恒	(1409 태종　9~1474 성종　5)	『태허정집太虛亭集』
*김수온金守溫	(1409 태종　9~1481 성종 12)	『식우집拭疣集』
이석형李石亨	(1415 태종 15~1477 성종　8)	『저헌집樗軒集』
*양성지梁誠之	(1415 태종 15~1482 성종 18)	『눌재집訥齋集』
김담金淡	(1416 태종 16~1464 세조 10)	『무송헌문집撫松軒文集』
권람權擥	(1416 태종 16~1465 세조 11)	『소한당집所閑堂集』
*박팽년朴彭年	(1417 태종 17~1456 세조　2)	『박선생유고朴先生遺稿』
*신숙주申叔舟	(1417 태종 17~1475 성종　5)	『보한재집保閑齋集』
*안평대군安平大君	(1418 태종 18~1453 단종　1)	『비해당집匪懈堂集』
*성삼문成三問	(1418 태종 18~1456 세조　2)	『성근보집成謹甫集』
*강희안姜希顔	(1419 태종 19~1464 세조 10)	『양화소록養花小錄』
*서거정徐居正	(1420 세종　2~1488 성종 19)	『사가집四佳集』
성임成任	(1421 세종　3~1484 성종 15)	『안재집安齋集』
*이승소李承召	(1422 세종　4~1484 성종 15)	『삼탄집三灘集』

*강희맹姜希孟	(1424 세종 6~1483 성종 14)	『사숙재집私淑齋集』
*성간成侃	(1427 세종 9~1456 세조 2)	『진일유고眞逸遺稿』
어세겸魚世謙	(1430 세종 12~1500 연산 6)	『서천집西川集』
김종직金宗直	(1431 세종 13~1492 성종 23)	『점필재집佔畢齋集』
홍유손洪裕孫	(1431 세종 13~1529 중종 24)	『소총유고篠叢遺稿』
최숙정崔淑精	(1433 세종 15~1480 성종 11)	『소요재집逍遙齋集』
김시습金時習	(1435 세종 17~1493 성종 24)	『매월당집梅月堂集』

이상은 대체로 세종 연간에 생존하였던 인물들 중 문집을 남긴 사람들을 생년순으로 정리한 것이다. 물론 개중에는 주 활약 연대가 세종대의 인물로 보기에 어려운 경우도 있겠으나, 대체로 세종–세조의 재위 연간(1418~1468)을 중심으로 뽑아보면 위와 같다. 물론 이 시기의 문인 중에는 비록 후세에 문집을 남기지는 않았다 하더라도, 당대에 명성을 날렸던 인물들이 매우 많을 것이다. 그러나 당시의 문학사는 필연적으로 실제 작품을 가지고 논할 수밖에 없으므로, 오늘의 시점에서『동문선』같은 사화집에 작품이 올라 있거나, 문집으로 글들을 남긴 문인 중심으로 살필 수밖에 없는 것이다.

1)『훈민정음訓民正音』(세종, 1446)

세종대의 산문문학을 살핌에 있어 <훈민정음 서문>부터 내세운 것은 이 글이 지닌 역사적 중요성 때문이다. 비록 국문 원문 자체가 108자로 된 선언문에 지나지 않지만, 그 속에 담긴 의미는 수백 수천 자로 된 장문 못지않다. 물론 이 글이 세종이 직접 지은 것인지, 아니면 신하가 지은 것을 임금의 이름으로 발표한 것인지 확실히 알 수는 없다. 하지만 누가 쓴 것이든, 그것이 세종의 의도를 반영한 것이라면, 이 글의 작자가 세종이라 함은 그다지 문제되지 않을 것이다.

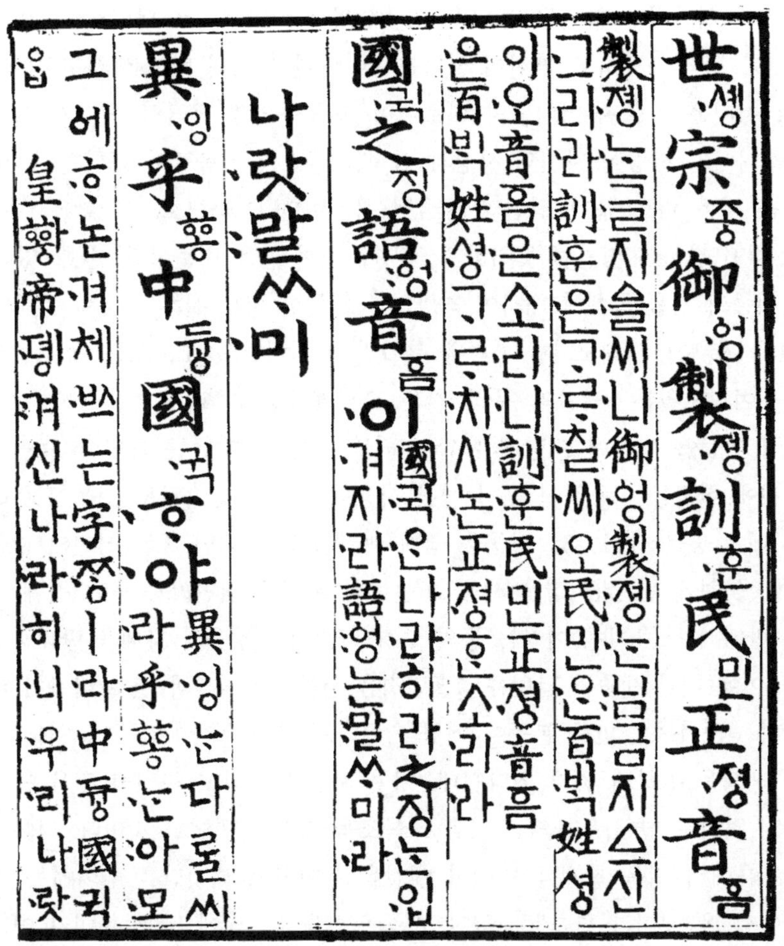

[원문자료 1] 『훈민정음』 언해

　일찍이 세종은 궁중에 정음청(언문청)을 설치하고 최항·박팽년·신숙
주·정인지·성삼문 같은 학자들과 함께 이해하기 어렵고 배우기 어려운
한자·한문 대신에 알기 쉽고 배우기 쉬운 우리 문자·우리 글을 창제하
였다. 정음을 창제하고 이 새 문자를 해설하는 책의 서문으로 세종은 이
글을 썼다. 이 <훈민정음 서문>에 담긴 뜻을 한마디로 말한다면, 자주·

애민의 정신이라 할 것이다. 인간이 제 의사를 마음대로 나타낼 수 있다는 것, 지식의 소유에 제한이 없다는 것, 딱한 처지의 백성을 사랑한다는 것, 이것은 바로 휴머니즘의 발로이며, 민주주의의 궁극적 목표가 아닌가? 나아가 사람이 자신의 사상과 감정을 글로써 자유로이 표현할 수 있다는 것은 바로 문학 정신의 궁극적 목표이다. 그러므로, 이 짧은 글은 그 어떤 장문의 명연설 못지않게 역사에 길이 남을 명문이라 할 수 있다.

세종의 정음 창제에 대하여 최만리를 비롯한 일부 신하들은 새 문자[諺文]의 창제가 사대모화事大慕華에 부끄러운 일이라 하고, 또는 몽고·서하·여진·일본·서번의 무리 같은 오랑캐들만이 제 문자를 가졌는데, 새삼 언문을 만들어 오랑캐와 같이 되는 것은 문명에 큰 폐단이라는 것, 기왕에 한자를 이용하여 수천 년간 사용해 온 이두만으로도 뜻을 표현하는 데에 충분하다는 것, 언문을 쉽게 배워 관리가 되면 중국 성현의 글을 읽지 못하게 될 것(이상은 세종 26년 2월 20일에 최만리가 올린 정음 창제 반대 상소문 내용)이라는 등의 주장을 내세워 정음의 창제를 반대하였다. 이에 대한 세종의 답변은 <훈민정음 서문>의 정신과 별로 다르지 않았다. 즉 이두를 만든 본뜻이 백성을 편하게 하기 위함이었듯이, 언문 또한 백성을 편하게 하기 위함인데, 이두 사용은 옳다고 하면서 정음은 그렇지 않다고 한 상소문의 잘못을 조목조목 따지며 반박한 것이다. 나아가 상소문에서 정음 창제를 빗대어 옛것을 싫어하고 새것만을 좋아하는 폐단에서 온 것이라 한 데 대하여, 세종은 '내 늘그막에 날을 보내기 어려워서 서적으로 벗을 삼을 뿐인데, 어찌 옛것을 싫어하고 새것을 좋아하여 하는 것이겠느냐? 또는 전렵으로 매사냥을 하는 예도 아닌데, 너희의 말은 너무 지나침이 있다.'고 통렬히 나무랐다.

일부 신하들의 반대에도 불구하고 우여곡절 끝에 정음이 햇볕을 보게 된 것은, 우리 문자의 필요성에 대한 세종의 확고한 신념 때문이었다. 당초 정음이 완성된 것은 세종 25년(1443) 12월이었고 이를 정식으로 세상에 반포한 것은 동 28년(1446) 9월이었다. 세종은 정음에 대한 몰이해를 씻어 없애고, 그 사용의 모범을 보이기 위하여 관계 학자들로 하여금 예의例義를 만들게 한 데 이어,『훈민정음해례』를 편찬 간행하게 하니, 이것은 훈민정음이 창제된 지 3년여 만인 1446년의 일이었다. 이러한 사정은 실록의 기사나『훈민정음해례』에 붙어 있는 정인지의 서문을 통하여 알 수 있다.

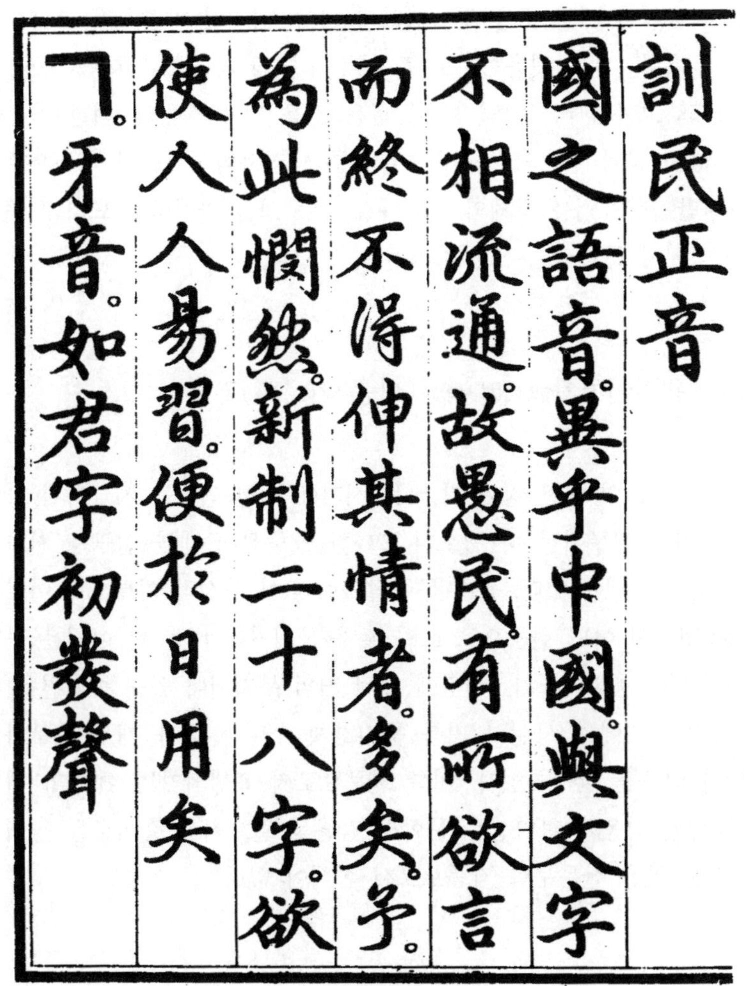

[원문자료 2]『훈민정음』해례

<정인지 서문>에서 우리가 한자를 빌어 우리말을 쓰려는 것은 '둥근 데 모진 것을 끼움과 같다'고 하고, 우리말이 중국과 달라 글자를 배움에 깨닫기 어려움을 지적하고, 비록 관청과 민간에서 한자를 빌어 쓴 이두가 통행되나 언어의 만분의 일도 통할 수 없던 차에, 새로 정음 28자가 만들매, 스승이 없어도 지혜로운 자는 하루아침이면 통할 수 있고, 어리석은 자라도 열흘이면 배워 뜻을 펼 수 있게 되어, 심지어 바람소리 · 학의 울음 · 닭의 홰침 · 개의 짖음까지도 표현할 수 있게 되었으니, 이는 바로 성인의 제도라고까지 극찬하였다. 이 글은 정음 창제 상황에 대한 기록이 그다지 없는 터에 당시의 사정을 알려 주는 역사적 · 어학적 기록으로도 중요하지만, 한편 정음 창제의 의의와 그 우수성을 곡진하게 드러내 주고 있다는 점에서 문학적으로도 의의가 매우 크다.

2) 『용비어천가龍飛御天歌』(세종 외, 1447)

『용비어천가』의 편찬 경위 및 국문 시가에 대한 연구는 지금까지 상당히 심도 있게 이루어진 바 있으나, 그 한문 주석에 대한 연구는 전자에 미치지 못한 상태에 있다. 물론 문학적으로 보아 사실적 기록으로 여겨지고 또한 정음이 아닌 한문으로 쓰인 후자가 전자에 비할 바 아님은 분명하다. 그러나 『용비어천가』 전장에 걸쳐 거의 부기되어 있는 주석편을 검토해 보면 거기에는 사실적 기록 못지않게 구비 설화가 매우 풍부하게 정착되어 있음을 알 수 있다. 비록 한문으로써 표현되기는 했지만, 실감나게 묘사된 영웅의 활약상은 문학적 감흥을 일으키고 흥미도를 높이고 있어, 수준 높은 산문문학 작품으로서 손색이 없다.

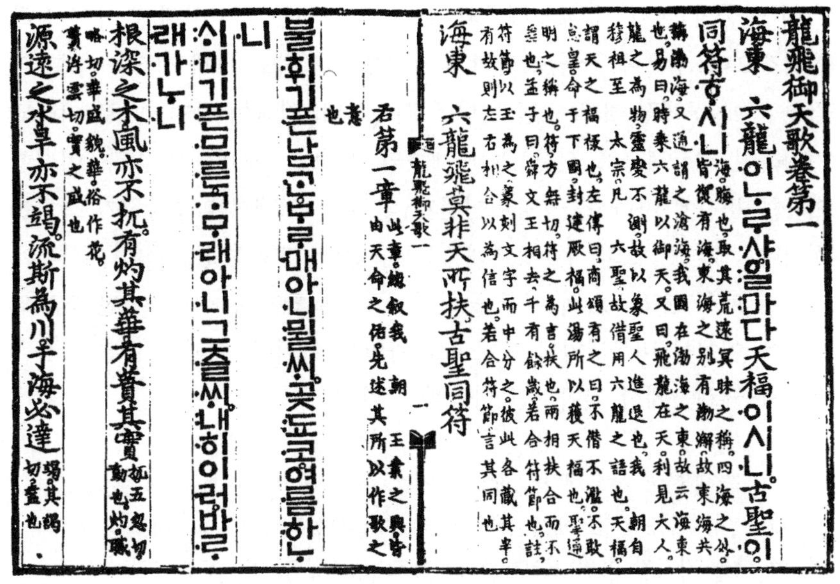

[원문자료 3] 『용비어천가』 권1

　『용비어천가』는 전체 구성은 전 125장을 10권에 나누어 장마다 국문 시가에 이어 한문 역을 싣고, 다시 그 노래를 이해하는 데에 참고가 될 만한 역사적 사실을 기술하였다. 그 내용은 먼저 중국 역대 제왕들의 사적을 내세운 뒤 이에 비교되는 조선조의 육조六祖 즉 목조·익조·도조·환조·태조·태종의 영웅적 활약상을 제시하였다. 각 장의 내용으로 보면 활동 주체도 다르고 서술된 행위도 단편적 일화에 지나지 않아 일관성이 결여되어 있다. 그러나 전체적으로 보면 태조 이성계를 중심으로 한 역대 조종祖宗들이 온갖 고난을 극복하고 영웅적인 행위로써 창업을 이룩한 전 과정을 차례로 서술함으로써, 고려 때의 <동명왕편>이나 『제왕운기』 같은 영웅서사시에 이은 장편서사시로 일컬어지고 있다. 물론 이 같은 『용비어천가』의 장르 규정은 국문 시가 쪽보다는 산문에 해당하는 한문 주해 쪽을 고려할 때에 보다 분명해진다.

이 작품의 실제 작자는 세종의 명을 받아 작품을 완성시킨 여러 신하들이겠으나, 당초에 작품 창작의 필요성을 절감하고 관계 서적을 두루 열람한 끝에 구체적 자료 수집 방법을 지시하며, 작품이 마지막으로 이룩되기기까지 적극적으로 선도先導한 세종의 역할을 무시할 수 없다. 이러한 이유로 논자에 따라서는 『용비어천가』의 세종 어제설을 주장하기도 하는 것이다. 세종은 『고려사』 및 『태조실록』 등에 기록된 선조들의 기사들에 대하여 매우 불만스럽게 여긴 듯하다. 『용비어천가』를 짓고자 한 의도의 발단은 이에서 비롯되었다고 하여도 과언은 아니다. 이와 관련된 기사들을 『세종실록』에서 찾아보면 다음과 같다

> 임금(세종)이 예문제학藝文提學 안지安止와 직집현전直集賢殿 남수문南秀文에게 이르기를, "태조께서 잠저潛邸 때부터 신성하고 용무勇武하였던 행적이 한두 가지가 아니었는데, 지금 실록(『태조실록』)을 보니 어찌 이다지 간략한가." 하니, 지가 대답하기를, "신 등도 역시 전하여 들은 일이 있으나, 다만 기사한 것이 소략함을 한스럽게 생각합니다." 하였다. 임금이 말하기를, "경 등은 옛 늙은이들을 방문하여 실지로 있었던 사적을 갖추어 기록하도록 하라." 하였다.[1]

> 경상도와 전라도 관찰사에게 전지傳旨하기를, "홍무洪武 13년 9월(우왕 6년, 1380)에 왜구倭寇가 떼를 지어 육지로 올라와 우리의 경계를 침략하였을 때에, 우리 태조께서 부오部伍를 정비하여 이끌고서 바로 운봉雲峯에 이르러 한 번에 소탕하였으니, 그 훌륭한 공과 위대한 업적은 후세에까지 전하지 아니할 수 없는 것이다. 그러므로, 그 때의 군마軍馬의 수효와 적을 제어한 방책과 접전한 수와 적을 함락시킨 광경 등을 반드시 본 사람이 있을 것이니, 경은 도내 여러 고을에 산재하여 살고 있는 늙은이들에게 널리 다니며 방문하여 상세히 기록하여 아뢰라." 하였다. 이때에 임금이 바야흐로 『용비어천가』를 짓고자 하여 이러한 전지를 내린 것이었다.[2]

---

1) 『세종실록』 95, 24년 3월 2일(계해).

세종이 이처럼 선조의 공훈을 드러내는 일에 집착하였던 이유는 무엇일까? 이는 물론 왕족과 신하, 나아가 온 백성들에게 국가 건설의 유원함과 그 어려움을 노래하여 영세 무궁함을 기리기 위함이었고, 내면적으로는 왕조 건립이 개인의 영달을 위함이 아니라 하늘의 뜻이었음을 백성들에게 주지시키기 위한 것이었다. 그리하여 『용비어천가』를 통하여 고려 왕씨 왕조가 조선 이씨 왕조로 바뀐 것, 즉 역성혁명易姓革命의 당위성을 대내외적으로 천명한 것이었다.

『용비어천가』가 이루어지기까지의 경위에 대하여는 이 책 첫머리에 실린 <진용비어천가전進龍飛御天歌箋>과 끝에 실린 <용비어천가발龍飛御天歌跋>에 잘 나타나 있다. 전에 의하면 1445년(세종 27)에 4월 5일에 권제權踶·안지安止·정인지鄭麟趾 등이 6조의 행적을 담긴 우리말 노래를 지어 올리니, 세종은 이를 판각 간행할 것을 명하였다고 한다.

　　의정부 우찬성 권제權踶·우참찬 정인지鄭麟趾·공조 참판 안지安止 등이 『용비어천가』 10권을 올렸다. 전箋에 이르기를, “어진 덕을 세상에 널리 베푸시고 큰 복조를 성하게 열으시매, 공을 찬술撰述하고 사실을 기록하여 가장歌章에 폄이 마땅하오니, 이에 거친 글을 편찬하와 예감睿鑑에 상달하옵니다. 그윽이 생각하옵건대, 뿌리깊은 나무는 가지가 반드시 무성하고 근원이 멀면 흐름이 더욱 긴 것이옵니다. …… 공경하여 생각하옵건대, 주상 전하께서는 학문이 오직 한결 같으시고 정밀하시며, 선업先業을 잘 잇고 행하시어 도道가 흡족하고 정사가 다스려져서 패연沛然히 덕택이 널리 젖었고, 예禮가 갖추어지고 악樂이 화하여 밝게 문물이 극히 나타났사오니, 생각하옵건대, 시가를 지음은 이 성하고 태평한 시기에 속하옵니다. 신 등은 조전雕篆의 재주로써 외람되게 문한文翰의 임무를 더럽히와 삼가 민속의 칭송하는 노래를 캐 모았사오니 어찌 조정과 종묘의 악가樂歌에 비기오리까. 이에 목조穆祖의 처음 터전을 마련하실 때로부터 태종의 잠저潛邸 시대에 이르기까지 무릇 모든 사적의 기이하고 거룩함을

---

2) 『세종실록』 95, 24년 3월 1일(임술삭壬戌朔).

빠짐없이 찾아 모으고, 또 왕업王業의 어려움을 널리 베풀고 자세히 갖추었으며, 옛 일을 증거로 하고 노래는 국어를 쓰며, 인해 시詩를 지어 그 말을 풀이하였습니다. 천지를 그림하고 일월을 본뜨오니 비록 그 형용을 다하지 못하였사오나, 금석에 새기고 관현에 입히면 빛나는 공을 조금 드날림이 있을 것이옵니다. 만약 살피어 들이시고 드디어 펴 행하사, 아들에게 전하고 손자에게 전하여 큰 업業이 쉽지 아니함을 알게 하시고, 시골에서 쓰고 나라에서 써서 영세永世에 이르도록 잊기 어렵게 하소서. 편찬한 시가는 총 1백 25장이온데, 삼가 쓰고 장황裝潢하여 전箋을 아뢰옵니다.” 하니, 판에 새겨 발행하기를 명하였다.3)

그러나 『용비어천가』는 시가가 완성된 즉시 간행되지 못한 듯하다. 즉 『용비어천가』 125장이 완성된 지 2년이 경과한 1447년(세종 29) 2월에 쓴 것으로 되어 있는 이 책 발문에 의하면, 당초 세종은 권제 등이 지은 125장의 노래를 보고 기뻐하여 ‘용비어천가’라는 이름을 내렸다. 그리고 『용비어천가』의 시가 내용에 나타나는 역대 조종들의 역사적인 사실이 비록 역사책에 기록되어 있다고 하나, 이를 사람들이 모두 보기는 어려우므로, 박팽년朴彭年・강희안姜希顔・신숙주申叔舟・이현로李賢老・성삼문成三問・이개李塏・신영손辛永孫 같은 신하들에게 『용비어천가』 시가에 자세한 주해를 붙이게 하여 10권의 책으로 간행케 한 것으로 되어 있다. 이로써 보면, 『용비어천가』는 1445년(세종 27)에 곧바로 간행된 것이 아니라, 한문 주해를 추가하여 1447년(세종 29)에야 비로소 간행된 것임을 알 수 있다. 그리고 동년 10월 16일(갑술甲戌)자 실록 기사에는 세종이 새로 간행된 『용비어천가』 550질을 신하들에게 나누어 주었다는 기록도 보인다. 이러한 기록으로 보아 『용비어천가』의 제작에 세종을 비롯한 다수 문인들이 참여하였음은 분명하다.

　『용비어천가』의 산문 부분의 내용을 중심으로 살펴보면, 제1장~제2장은 조선 왕조의 건립의 당위성을 노래한 부분으로, 여기에는 따로 산문

---

3) 『세종실록』 108, 27년 4월 5일(무신戊申).

주해는 붙어 있지 않다. 제3장~제8장에는 목조에서 환조에 이르기까지의 사적이 서술되어 있는데, 특히 이 부분에서는 여러 선조들의 덕치의 결과 민심이 귀의하였음을 강조하였다. 제9장~제14장까지에는 태조 이성계의 위화도 회군에서 추대에 의한 왕위 등극, 한양 천도까지의 과정을 대체로 사실적으로 설명하였다. 제15장~제16장에는 이른바 풍수 참위설讖緯說에 의해, 고려 태조가 지역에 따른 인재 등용설을 훈요십조訓要十條에 담게 된 연유와 고려 숙종이 한때 한양을 남경으로 정하여 천도하려다 중지한 이야기를 하였다. 제17장~제26장에는 목조에서 환조에 이르기까지의 사적을 통하여 조선 왕조 건립의 조짐이 일찍부터 있었음을 강조하였다. 제27장~제89장에서는 태조의 비범한 재주와 신용神勇, 인품과 학식, 외교적 수완 등에 대하여 서술하였다. 특히 이 부분에서는 그가 신묘한 무술로써 왜구·여진·원나라 등의 침략을 물리치는 대활약이 중점적으로 그려져 있는데, 인간의 솜씨를 뛰어넘는 활쏘기, 칼쓰기, 말달리기 재주를 거듭 보여주고 있다. 그 중 제35장의 원나라 나하치와의 싸움, 제50장의 왜장 아기바톨과의 싸움, 제57장 여진의 호발도와의 싸움은 상당한 감동을 자아내도록 그리고 있다. 제90장~제110장은 태종 이방원의 이야기이다. 이 부분은 비교적 역사적 사실 위주로 되어 있어 문학성이 상당히 미약하다. 제111장~제125장은 후세 임금들에 대한 경계심을 고취시키기 위한 부분으로, 제125장에서 중국의 하나라 태강太康의 고사를 인용한 것을 제외하면 산문 주석은 결여되어 있다. 이야기의 성향으로 보나, 또는 전체 장회 중 태조 80회, 태종 21회, 익조 9회, 도조 6회, 목조 3회, 환조 2회의 순으로 등장하는 사실로 보나, 이 작품은 이성계라는 역사적 인물을 주인공으로 찬양한 한 일대 영웅서사시임을 단언할 수 있다.

『용비어천가』의 현전 판본은 수 종이 전하고 있으나, 그 중 최고의 판본은 목각본인 가람본이나 이것은 아쉽게도 1~2권만 전한다. 규장각본은 권5·6 결본과 권6 낙장본의 2종이 있는데, 이들은 모두 복각 목각본으로 탈자 및 탈획이 많다. 이 밖에 『세종실록』 악지에도 『용비어천가』가 수록되어 있는데, 여기에는 국문가사만 수록되어 있다. 서울대 규장각에 소장되어 있는 만력본은 1612년(광해 4)에 간행된 목판본으로 태백산본과 오대산본의 2종이 있다. 그리고 1659년(효종 10)에 간행된 순치본과 1765년(영조 41)에 간행된 건륭본 등도 있다.

3) 『석보상절釋譜詳節』(세조, 1447)

『석보상절』은 국문으로 이루어진 최초의 산문문학 작품으로, 그 소재 및 문체는 후대의 고전소설 형성에 큰 영향을 끼쳤을 것으로 여겨진다. 『석보상절』은 여러 불경 속에서 뽑아낸 석가의 일대기를 중심으로 우리말로 번역 혹은 수식을 가하여 정음으로 쓴 전기로, 정음이 우리의 문학어로써 손색이 없음을 증명해 보인 것이다.

이 책의 간행에 대하여는 『월인석보』 권1에 있는 <석보상절 서>와 <어제 월인석보 서>에 자세히 기록되어 있어 참고가 된다. 세종 28년(1446) 병인 3월에 세종의 정비正妃인 소헌왕후昭憲王后가 승하하자, 그 명복을 빌기 위해, 세종이 제2자인 수양대군首陽大君(후에 세조世祖)에게 명하여 석가의 일대기인 『석보상절』을 짓게 하니, 명을 받은 대군은 중국 양나라의 승僧 우우祐의 『석가보釋迦譜』와 당나라 승 도선道宣의 『석가씨보釋迦氏譜』 및 김수온金守溫이 보충 편찬한 것 등을 참조하여 정음으로 주를 달고 번역하였다. 이 『석보상절』 편찬에는 부처의 전기뿐 아니라 그 밖에도 『법화경』·『아미타경』 등 여러 불경이 참조되었다.

『석보상절』의 편찬 연대는 권1 서문 끝에 명기되어 있는 세종 29년(1447) 7월(정통正統 12) 25일자의 수양대군의 서문으로 미루어 볼 때, 이때 완성되었음을 알 수 있다. 대군이 편찬한 『석보상절』을 살핀 세종은 곧 석가의 공덕을 찬양한 『월인천강지곡』을 친히 지었다고 한다. 이로써 『석보상절』과 『월인천강지곡』은 세종 29년에 창작 간행되었음을 알 수 있다. 당초에 『석보상절』과 『월인천강지곡』은 갑인자 활자로 간행되었는데, 현재 초간본으로는 권6, 권9, 권13, 권19(국립중앙도서관 소장) 및 권23과 권24(동국대 소장) 각 1책씩 전 6권 6책만 전할 뿐이며, 복각된 중간본도 권3(천병식千炳植 소장), 권11(심재완沈載完 소장)의 2책만 전한다.

> 釋·셕 譜:뽕 詳썅 節·졇 第·똉 卅·십 四:
> 世·솅 尊존 이 涅·녏 槃빤 ·ᄒᆞ거시· 瞿꿍 曇땀 이
> 道·똠 ᄅᆞᆯ 돌·히 것·거 ᄂᆞᆯ·오·ᄃᆡ 瞿꿍 曇땀 이
> 싏 ·저·ᄅᆞᆫ 敎·교ᇢ 法·법 이 ·믈·곤·ᄒᆞ·더·니 이·제
> ㅿ·아·니·오·라 아 ·ᄡᅥ·리·라 ·ᄒᆞ·거·늘 梵·뼘 王·왕 이
> 왕 ·과 帝·뎽 釋·셕 ·과 天텬 王·왕 ·돌·히 ·다·와
> 大·땡 迦강 葉·셥 ·ᄭᅴ 請·쳥 ·ᄒᆞ·ᄃᆡ 如셩 來링
> 正·정 法·법 眼:안 ·ᄋᆞ·로 尊존 者:쟝 ·ᄭᅴ 付·붕

[원문자료 4] 『석보상절』 권24

『석보상절』의 전체 내용은 완질이 전해지지 않으므로 정확히 알 수 없다. 그러나 현전 잔본 및 『월인천강지곡』 및 『월인석보』 등의 현전 잔본을 참고하여 살펴보면 대략 다음과 같다. 『석보상절』의 내용 구성은 권1의 『훈민정음』의 바로 다음 『월인석보』의 맨처음에 나오는 팔상도八相圖가 대체적인 골격을 이루고 있는 듯하다. 즉 권1은 팔상 중 석가의 과거세의 전생담에 해당하는 '도솔래의兜率來儀'(도솔천에서 내려옴)에 해당한다. 책머리에 나타나는 구담씨瞿曇氏 이야기(석가현겁초성구담연보釋迦賢劫初姓瞿曇緣譜) 및 수도승 선혜善慧와 꽃팔이 처녀 구이俱夷의 이야기(포발수기布髮授記)는 비교적 널리 알려진 내용이다. 권2는 석가의 탄생담이 중심이 되어 있는 '비람강생毘藍降生'(룸비니 동산에서 이 세상에 태어남)이다. 권3은 석가의 성장·출가·수도하여 득도得道하기 전까지의 내용으로 8상 중 '사문유관四門遊觀'(사대문으로 나가 봄)·'유성출가踰城出家'(성을 넘어 출가함)·'설산수도雪山修道'(설산에서 도를 닦음)에 해당할 듯하다. 다음 권4~권5의 내용은 석가의 성도成道에서부터 녹야원의 설법까지의 사실을 나타내는 내용 즉 8상 중 '수하항마樹下降魔'(나무 아래에서 마군의 항복을 받음)와 '녹원전법鹿苑轉法'(녹야원에서 설법함)에 해당한다.

다음 권6에는 석가의 상두산象頭山에서의 설법으로부터 아들 나운羅云의 출가(<가섭출가연기迦葉出家緣起>) 및 기원정사를 건립한 사실(<석가기원정사연기釋迦祇洹精舍緣起>)이 기록되어 있다. 이 두 편 <나운출가기>와 <사리불항마기>는 훌륭한 소설적 구성을 가지고 있어 산문문학 작품으로 주목할 만하다. 권7에는 아나율阿那律·난타難陀 등 석가족의 출가 사실에 이어 후반부에는 『불설관불삼매해경佛說觀佛三昧海經』·『불설아미타경佛說阿彌陀經』 등의 경전들이 들어와 있고, 권8에는 『불설관무량수경佛說觀無量壽經』·『불설무량수경佛說無量壽經』·『안락국태자경安樂國太子經』(원앙부인극락왕생연기鴛鴦夫人極樂往生緣起)들이 기반으로 되어 있다. 이 중 마지막 이야기는 일명 <지림사연기祇林寺緣起>라 하는 것으로, 후일 소설 <안락국태자전>으로 되었을 정도로 유명한 내용이다. 권9는 『약사경藥師

經』 권10은 <석가부정반왕이원기釋迦父淨飯王泥洹記> 및 <석가이모대애도출가기釋迦姨母大愛道出家記> 및 『대방편불보은경大方便佛報恩經』·『대운륜청우경大雲輪請雨經』의 번역이며, 권11~권19는 모두 『묘법연화경妙法蓮華經』(법화경法華經)의 번역이다. 다음 권20은 미상이며, 권21은 『지장보살본원경地藏菩薩本願經』의 전역, 또는 『증일아함경增一阿含經』 등을 원인하여 도리천忉利天 설법을 이야기하고 있고, 권22는 『대방편불보은경』의 권4 악우품惡友品 등을 번역하여 싣고 있으며, 권23에는 『목련경目連經』과 『우란분경盂蘭盆經』의 번역되어 있다. 권21에 포함된 <성녀구모담聖女救母談>·<광목구모담廣目救母談>·<인욕태자전忍辱太子傳> 및 권22의 <선우태자전善友太子傳>, 권23의 <목련전目連傳> 등은 모두 소설적 구성이 뛰어난 산문문학 작품들이다. 마지막으로 권24는 8상의 마지막 쌍림열반雙林涅槃(쌍림에서 열반함)에 해당되는데, 법장결집法藏結集, 법등전수法燈傳授, 아쇼카왕[아육왕阿育王]의 불교 보호 같은 불타의 열반 뒤의 사실이 기록되어 있다. 특히 아쇼카왕이 만든 8만 4천의 탑 가운데 중국에 19기가 있고, 우리나라에도 2기 — 전라도 천관산天冠山과 강원도 금강산 — 가 있다는 기록이 주목되는데, 이러한 부분이 『석보상절』이 완역으로만 된 것이 아니라 부분적으로 창작이 가미되었다는 사실을 보여준다.

4) 『월인석보月印釋譜』(세조, 1459)

『월인석보』는 1459년(세조 5)에 2월에 세조가 부왕인 세종이 지은 『월인천강지곡』을 본문으로 하고 자신이 지은 『석보상절』을 설명부로 하여 합편한 것이다. 따라서 이 문헌은 위에서 살핀 『석보상절』 및 『월인천강지곡』과 불가분의 관계를 지닌다. 월인과 석보는 모두 『석가보』에서 취재한 것이나 그대로 번역한 것이 아닌 일종의 창작이며, 쉬운 훈민정음으로 기록된 산문으로서의 최초의 전범典範이었다는데 문학사적 의의가 있다.

세조가 본서를 편찬하게 된 동기는 부왕인 세종과 소헌왕후 및 요절한 세자(의경세자懿敬世子)의 명복을 빌기 위하여 위의 두 책을 합본하여 만든 것이다. 세조는 당시 학승이었던 신미信眉·수미守眉·학조學祖 및 문신 김수온金守溫 등의 도움을 받았다. 합편을 함에 있어 조권調卷도 달라지고 내용도 상당한 변개를 가해. 사실상『월인석보』는『월인천강지곡』이나『석보상절』과는 전혀 새로운 문헌이 되었다.

원래 총 권수는『석보상절』과 같이 대략 24권이었을 것으로 추정되나 현재 초간본으로 권1~권2(서강대), 권7(동국대), 권8(단국대·홍윤표洪允杓), 권9~권10(김민영金敏榮), 권11~권12(김경숙金敬淑), 권13~권14(연세대), 권17(강원 수타사壽陀寺·삼성출판문화박물관三省出版文化博物館), 권18(강원 수타사), 권23(삼성출판문화박물관) 등 총 13권이 전하며, 중간본으로 권1~권2, 권7~권8, 권21~권23 등 총 7권이 전한다.

체제상으로 비교하여 볼 때,『월인천강지곡』을 본문으로 하여 앞에 싣고, 이어『석보상절』을 주석으로 하여 뒤에 실었다. 그러나 본문과 주석이 매 장마다 붙어 있는『용비어천가』와 달리『월인석보』에서는『월인천강지곡』 여러 장의 내용에 해당하는『석보상절』을 몰아 실었다. 그리고 원래『월인천강지곡』은 한글로 쓰고 한자를 달아 놓고,『석보상절』은 한자로 쓰고 한글로 그 음을 단 것이었으나, 이 둘을 합본하여『월인석보』로 낼 때에는『석보상절』의 방식으로 통일하였다.

5)『명황계감明皇誡鑑』(박팽년 외, 1443)

『명황계감』의 간행 사실은『동문선』(권94)에 수록되어 있는 박팽년의 <명황계감서>에 의하여 그 경위를 알 수 있다[『세종실록』 권93, 23년 (1441) 9월 임술(26일)조 기사와 거의 같음].

임금(세종)이 호조 참판 이선李宣·집현전 부수찬 박팽년朴彭年·저작랑
著作郎 이개李塏 등에게 명하여 말하기를, "옛사람이 당唐 명황明皇과 양귀
비楊貴妃의 일을 그린 자가 퍽 많았다. 그러나, 희롱하고 구경하는 자료에
불과하였다. 내가 개원開元·천보天寶의 성패成敗한 사적을 채집하여 그림
을 그려 두고 보려 한다. 예전 한漢나라 때에 승여乘輿와 악좌幄坐와 병풍
屏風에 주紂가 취하여 달기妲己에게 걸어앉아 긴 밤[장야長夜]의 즐거움을
짓던 것을 그렸다 하니, 어찌 세상 인주人主들로 하여금 전철前轍을 거울
삼아 스스로 경계하게 하려는 것이 아니었겠는가. 명황은 영주英主라고
이름하였었는데, 만년晚年에 여색에 빠져 패망하기에 이르렀으니, 처음과
끝의 다름이 이 같은 자가 있지 않았다. 월궁月宮에 놀았다든가, 용녀龍女
를 보았다든가, 양통유楊通幽 등의 일은 지극히 허황하고 망령되어 쓸[서
書] 만한 것이 못된다. 그러나, 주자朱子가 강목綱目에다 역시 '황제가 공중
에서 귀신이 말하는 것을 들었다.'고 써서, 명황이 기괴한 것을 좋아하는
사실을 보인 것이니, 무릇 이런 말들은 역시 국가를 맡은 자가 마땅히 깊
이 경계하여야 할 것이다. 너희들은 이를 편찬하여라." 하니, 이선 등이
명령을 받들어 찬집撰集하되, 먼저 그 형상을 그리고 뒤에 그 사실을 기록
하였는데, 혹은 선유先儒의 논한 것을 기록하기도 하고, 혹은 고금의 시를
써 넣기도 하였다. 서書가 다 이룩되매, 세종은 이름을 『명황계감』이라고
내렸다.

이처럼 『명황계감』은 세종의 명에 의하여 집현전 학사들이 찬집한 것
으로, 당 명황과 양귀비의 고사를 통하여 후손들에게 귀감을 삼도록 한
것이다. 이때 『명황계감』 편찬에 이용된 작품들은 주로 중국의 『구당서』
및 『신당서』, 『자치통감』 같은 정사 외에 『안녹산사적安祿山事迹』, 『양태진
외전楊太眞外傳』, 『개원천보유사開元天寶遺事』, 『명황잡록明皇雜錄』, 『장한가전
長恨歌傳』, 『매비전梅妃傳』 등의 야사 및 패사소설류들이었다. 이 책 서문
에 의하면, 세종 23년(1443)에 박팽년 등이 왕명에 따라 관계 자료들을
수집하여 그림을 그리고 간단한 사적을 적어 올리니, 세종은 책 이름을
'명황계감'이라 하고, 또 손수 가사 168장을 만들어 대문마다 그 사실을

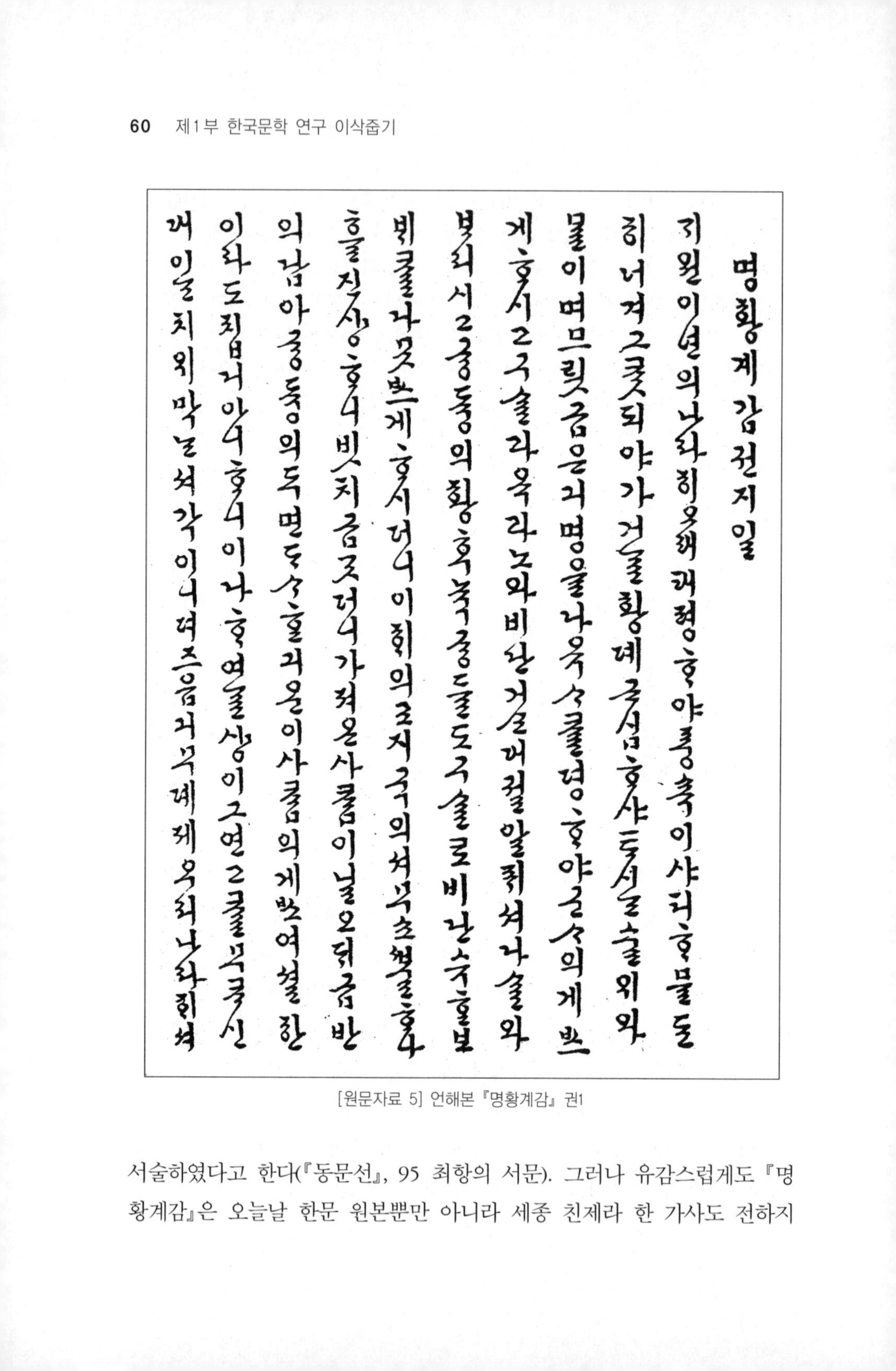

[원문자료 5] 언해본 『명황계감』 권1

서술하였다고 한다(『동문선』, 95 최항의 서문). 그러나 유감스럽게도 『명황계감』은 오늘날 한문 원본뿐만 아니라 세종 친제라 한 가사도 전하지 않는다.

그런데『세조실록』6년 4월 기유조에는,

> [세조가] 충순당忠順堂에 나아가서 필선弼善 홍응洪應을 인견引見하고 말
> 하기를, "『명황계감』은 내가 세종의 명을 받고 처음으로 찬집하였고, 뒤
> 에 또 가사를 정하였다. 계양군桂陽君 등에게 명하여서 여러 책을 고증하
> 여 주註를 달게 하였더니, 잘못된 것이 많다. 네가 그 출처와 주를 더 달
> 수 있는 곳을 고증하여서 아뢰어라."

라고 되어 있어,『명황계감』초본의 찬자가 세조이며 가사도 그가 지은
것처럼 되어 있어 혼란된다. 이는 처음 세종 명찬시에 수양대군도 참여하
였기 때문인 것으로 보인다. 하여튼 세조는『명황계감』편찬에 계속 관심
을 가져, 초간본이 너무 소략함을 염려하여 최항 등에게 명하여 보정판補
正板을 만들도록 하였다. 이에 최항 등은 기왕의 한문본에 사설을 보충하
고 내용에 수정을 가한 뒤 주해까지 붙여 개산본改刪本을 만든 후, 이를
다시 우리말로 번역하여 정음으로 써서 편찬하였다.『세조실록』7년
(1461) 8월 갑오조에,

> 예문관 제학藝文館提學 이승소李承召, 행 상호군行上護軍 양성지梁誠之・송
> 처관宋處寬・김예몽金禮蒙, 예조 참의禮曹參議 서거정徐居正・첨지중추원사僉
> 知中樞院事 임원준任元濬 등을 불러 언문諺文으로 ≪명황계감明皇誡鑑≫을 번
> 역하게 하였다.

라는 것이 보인다. 한편『동문선』(권95)에 수록되어 있는 최항崔恒의 <명
황계감서>에는『명황계감』의 수정 및 주해 작성의 어명이 세조 8년
(1462) 5월에 있었던 것으로 되어 있고, 그에 따라 보정 작업이 끝난 후
다시 언해하여 3교를 거쳐 완성하여 올리니, 세조는 그 이름을『명황계감』
이라 하고, 최항에게 그 서문을 짓게 하였다고 한다. 현전 언해본의 이름

이 『명황계감언해』가 아닌 『명황계감』으로 되어 있는 것을 보면, 세조가 명명했다는 『명황계감』은 언해본이었음이 분명하다. 한편 『세조실록』 9년(1463)조에는 『명황계감』의 가사를 번역케 하였다는 기록이 두 번(5월 15일 ; 5월 16일), 교정케 하였다는 기사가 한 번(5월 19일), 수교케 하였다는 기사가 한 번(9월 5일) 나온다.

현전 언해본 말미에 "『명황계감』이 진셔로 ᄒᆞ야시니 아ᄒᆡ와 겨집은 모를 거시니 번거ᄒᆞᆫ 것과 의논ᄒᆞᆫ 거ᄉᆞ란 다 더러 ᄇᆞ리고 보왐ᄌᆞᆨᄒᆞᆫ ᄉᆞ셜과 글로 ᄲᅡ 언셔로 번역ᄒᆞ야 아ᄒᆡ와 녀편닉 보와……"라 한 것을 보면, 당초의 한문본에서 부녀자들을 위하여 흥미있는 대목만을 뽑아 언역해 낸 것임을 알 수 있다. 이 언해본에는 박팽년의 서문과 최항(1409~1474)의 서문에 이어 영조의 부마 월성위月城尉 김한신金漢藎 1720~1758)이 쓴 <명황계감언역등츌쇼디明皇誡鑑諺譯謄出小識>가 있고, 이어 본문은 2권으로 나뉘어져 있다. 이본은 두 종이 알려져 있는데, 즉 백순재白淳在가 공개한 자신의 소장본과 김일근金一根이 공개한 원장희元暲喜 소장본이 그것이다.

『명황계감』의 원자료는 비록 대부분 중국 문헌에서 가져 온 것이라 하더라도, 잡다한 자료를 모아 소설적으로 재구성하고 이를 다시 언해하여 일반 독자로 하여금 읽게 하였는데, 이것은 본격적인 국문소설의 출현에 앞서 소설 형식이 실험된 것으로 볼 수 있다. 마찬가지로 이 무렵을 전후하여 활발히 진행된 불경 및 문학 서적들의 언해 작업은 뒷날 우리의 산문문학 형성 및 발전에 귀중한 체험이 되었을 것임에 틀림없다.

6) 『삼강행실도三綱行實圖』(설순薛循 외, 1432)

조선조에는 숭유억불책을 국시로 내세우고 출발한 만큼 자연 유교적 윤리관에 기초한 충·효·열 의식을 널리 보급 실천케 함으로써 국가의

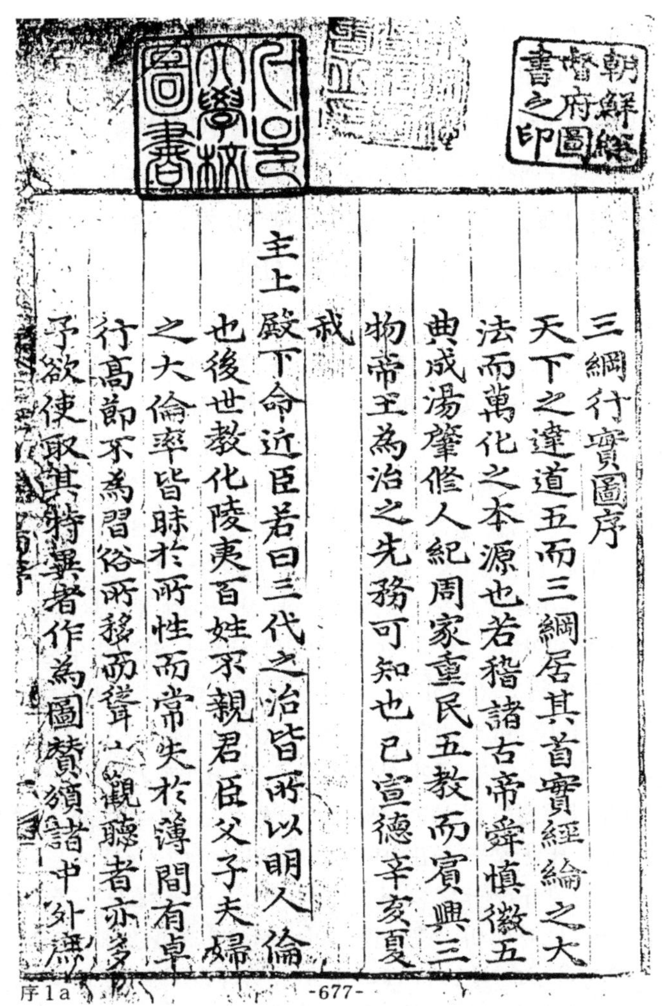

三綱行實圖序
天下之達道五而三綱居其首實經綸之大
法而萬化之本源也若稽諸古帝舜慎五
典成湯肇修人紀周家重民五教而寶興三
物帝王為治之先務可知也已宣德辛亥夏
戒
主上殿下命近臣若曰三代之治皆所以明人倫
也後世教化陵夷百姓不親君臣父子夫婦
之大倫率皆昧於所性而常失於薄間有卓
行高節不為習俗所移而聳觀聽者亦多
予欲使取其特異者作為圖贊頒諸中外憑

[원문자료 6]『삼강행실도』 서문

기강을 튼튼히 하고자 하였다. 세종조의『삼강행실도』편찬 사업은 그러한 국책 사업의 대표적인 사례였다.『삼강행실도』는 우리나라와 중국의 군신·부자·부부의 삼강에 모범이 될 만한 충신·효자·열녀의 행실을 모아 만든 것으로서, 책이 완성되자 세종은 이를 종친, 신하 및 각도에 나누어 주게 하고, 또 우부우부愚夫愚婦나 가동항부街童巷婦에 이르기까지 상하 귀천의 구별없이 널리 보급할 것을 명령하였다. 책을 꾸밈에 있어 먼저 각각의 행실에 대한 그림을 넣고 이어 한문 설명을 넣게 한 것도, 실은 무식한 대중에게까지 삼강의 윤리 체계를 심어 주려한 때문이었다.

세종이 『삼강행실도』의 편찬을 뜻하게 된 직접적인 계기에 대하여는 『세종실록』 권42에 구체적으로 나타나 있다.

임금이 일찍이 진주晉州 사람 김화金禾가 그 아비를 살해하였다는 사실을 듣고, 깜짝 놀라 낯빛을 변하고는 곧 자책自責하고 드디어 여러 신하를 소집하여 효제孝悌를 돈독히 하고, 풍속을 후하게 이끌도록 할 방책을 논의하게 하니, 판부사判府事 변계량卞季良이 아뢰기를, "청하옵건대 『효행록孝行錄』4) 등의 서적을 널리 반포하여 항간의 영세민으로 하여금 이를 항상 읽고 외게 하여 점차로 효제와 예의의 마당으로 들어오도록 하소서." 하였다. 이에 이르러 임금이 직제학直提學 설순偰循에게 이르기를, "이제 세상 풍속이 박악薄惡하여 심지어는 자식이 자식 노릇을 하지 않는 자도 있으니, 『효행록』을 간행하여 이로써 어리석은 백성들을 깨우쳐 주려고 생각한다. 이것은 비록 폐단을 구제하는 급무가 아니지만, 그러나 실로 교화하는 데 가장 먼저 해야 할 것이니, 전에 편찬한 24인의 효행에다가 또 20여 인의 효행을 더 넣고, 전조前朝와 및 삼국시대의 사람으로 효행이 특이한 자도 또한 모두 수집하여 한 책을 편찬해 이루도록 하되, 집현전集賢殿에서 이를 주관하라." 하니, 설순이 대답하기를, "효도는 곧 백행百行의 근원입니다. 이제 이 책을 편찬하여 사람마다 이를 알게 한다면 매우 좋은 일입니다. 그러하오나 『고려사』로 말씀하오면 춘추관春秋館에 수장되어 있어 관 밖의 사람은 참고하여 살펴볼 수 없사오니, 청컨대 춘추관으로 하여금 이를 초록抄錄해 보내도록 하소서." 하니, 즉시 춘추관에 명하여 이를 초抄하도록 하였다.5)

---

4) 1346년(고려 충목왕 2)에 권부權溥에 의해 편찬된 책으로, 동서에는 편자의 사위인 이제현李齊賢의 찬贊이 붙어 있다. 이 책은 조선조에 들어와 1413년(태종 13)에 그 중에서 일부를 뽑아 그림을 그리고 이제현의 찬과 권근權近의 주를 붙여 다시 간행되었다.
5) 세종 10년 10월 신사辛巳.

그 후 세종 13년(1431) 여름에 세종이 집현전 부제학 설순에게『삼강행실도』편찬을 지시하니, 어명을 받은 지 약 1년 후인 세종 14년(1432) 6월에 편찬 작업이 완료되었다. 동서에는 권채權採의 서문과 전문箋文이 붙어 있는데, 동 서문에 의하면 중국과 조선의 서적들에서 뛰어난 효자・충신・열녀 각 330인[6]을 뽑고 각각 그림, 한문 설명 및 풍영諷詠을 위한 시로 나타냈다고 하고 있다. 세종 15년(1433) 2월에 정초鄭招의 발문跋文이 이루어지고, 다시 동 16년(1434)년 4월에는 책을 인쇄 반포하는 하교문이 내려지고, 이어 같은 해 11월에『삼강행실도』가 간행 반포되기에 이르렀다.

그러나 이때 이루어진『삼강행실도』는 한문으로 된 것이었다. 세종은 한문을 모르는 일반 백성을 위해 언해의 필요성을 인식하고 정창손에게 언해를 명했으나[7] 세종대에는 결국 책이 이루어지지 못하고 말았다. 언해본이 이루어진 것은 훨씬 후의 일로서, 1481년(성종 12년) 3월경에 와서야『삼강행실열녀도』가 번역 간행되었다.[8] 그 후 다시 성종 20년(1489)에 이르러 경기관찰사 박숭질朴崇質이『삼강행실도』가 너무 한만汗漫하여 백성들이 두루 보기 어려우니 그 중 특이한 절행만을 골라 인쇄할 것을 청하매, 이에『삼강행실도』를 산정刪定하여 효자・충신・열녀 각 35인씩을 뽑아 총 105장을 3책으로 만들었다. 각 장마다 한 인물의 사적 한 가지씩을 싣고, 앞면에는 그림, 뒷면에는 사적을 한문으로 적었으며, 끝에는

---

6) 총 330명의 인물 중 중국 인물은 275명, 우리나라 인물은 55명이다.

7) 이 사실은 정음 창제에 대한 최만리의 상소문 속에 들어 있는 기록으로 알 수 있다(『세종실록』, 26년 2월 경자).

8) 예조에 전지하기를, "국가의 흥망은 풍속의 순박한 것에 말미암는데, 풍속을 바루는 일은 반드시 집안을 바루는 데에서 비롯해야 한다. 예전에는 동방은 정신貞信하여 음란하지 않다고 일컬었는데, 근자에는 사족士族의 부녀 중에도 혹 실행失行하는 자가 있으니 내가 매우 염려한다. 언문으로 된『삼강행실열녀도三綱行實列女圖』의 질帙을 약간 박아서 경중京中의 오부五部와 제도諸道에 반사頒賜하여, 촌항村巷의 부녀가 다 강습講習할 수 있게 하라. 그러면 아마도 풍속을 바꿀 수 있을 것이다." 하였다(『성종실록』권127, 12년 3월 무술戊戌).

이 사적을 다시 추려 시로 읊어 놓았는데, 어떤 얘기에는 찬贊을 붙이기
도 하였다. 그리고 앞뒷면의 머리 여백에는 한문으로 된 원문을 다시 정
음으로 풀어 적어 누구든 알아보기 쉽게 되어 있다. 이처럼 개찬된 책이
흔히 언해본이라고 불리는 것으로서, 거기에 수록된 인물 105인 중 중국
인물이 89명이었음에 비하여, 우리나라의 인물은 고작 16명뿐이었다. 참
고로 언해본에 수록된 우리나라 인물의 항목들을 들어보면 다음과 같다.

효자도 : 4
　① 누백포호婁伯捕虎 (고려)
　② 자강복총自强伏塚 (조선)
　③ 석진단지石珍斷指 (조선)
　④ 은보감오殷保感烏 (조선)

충신도 : 6
　① 제상충렬堤上忠烈 (신라)
　② 비녕돌진丕寧突陣 (신라)
　③ 정이상소鄭李上疏 (고려)
　④ 포은운명圃隱殞命 (고려)
　⑤ 길재항절吉再抗節 (고려)
　⑥ 원계함진原桂陷陣 (조선)

열녀도 : 6
　① 미처담초彌妻啖草 (백제)
　② 최씨분매崔氏奮罵 (고려)
　③ 열녀입강烈女入江 (고려)
　④ 임씨단지林氏斷指 (조선)
　⑤ 김씨박호金氏撲虎 (조선)
　⑥ 김씨동폄金氏同窆 (조선)

7) 『별동집別洞集』(윤상尹祥, 1373~1455)

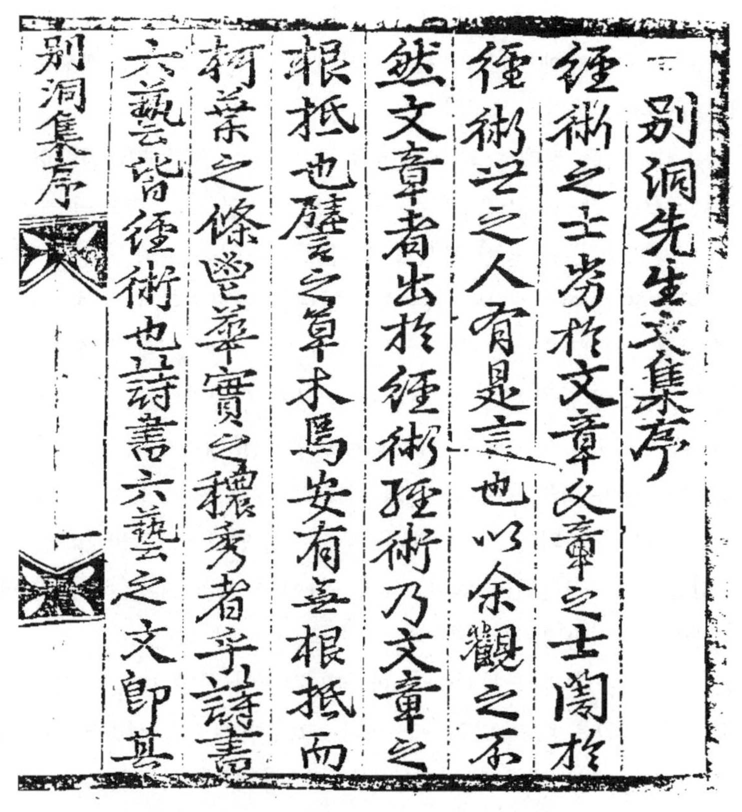

[원문자료 7] 『별동집』 서문

윤상의 자는 실부實夫, 호는 별동이다. 그는 예천 출생으로, 정몽주鄭夢周의 문인인 조용趙庸이 1392년 역성혁명에 반대하다가 예천에 유배되자, 그 문하에 나아가 공부하여 바로 그 해에 진사시에 합격한 뒤 이듬해에 생원시에도 합격하였다. 1396년(태조 5)에는 24세의 나이로 문과에 급제한 후 예조정랑·성균관사예·사성 등을 거쳐 대사성에 올랐다. 1448년 (세종 30)에 예문관제학으로서 원손元孫(단종)의 입학례를 거행할 때 특명으로 박사가 되어 선비들이 이를 영예롭게 여겼다. 그는 오랫동안 성균관에서 교육에 종사하여 그의 문하에서 공부하여 과거에 합격한 사람이 많았다. 문종 초에 고령으로 고향에 돌아가게 되자 임금이 사궤食饋를 내렸는데, 고령으로 벼슬에서 물러나는 재상에게 음식을 내리는 제도는 이에서 비롯되었다고 한다.

『별동집別洞集』은 원래 그의 넷째아들 계은季殷이 초간본을 간행한 듯하나 자세한 것은 알 수 없다. 현전 중간본은 목판본으로, 1745년(영조 21)에 10세 후손 삼징三徵 등이 부록을 붙이고 이광정李光庭의 교정과 편차編次를 거쳐 1749년 아산재사莪山齋舍에서 간행한 원집 3권과, 후손 우진友進 등이 수집하고 유도헌柳道獻의 편차를 거쳐 1900년에 간행한 속집 2권이 있다. 책머리에 김종직金宗直의 서문과 책끝에 이광정李光庭의 발문이 있다. 권1에는 부 1편, 시 90수, 표전表箋 12편, 권2에는 소疏와 진언陳言 4편, 서書 1편, 서序 1편, 기記 2편, 제축문祭祝文 4편, 책策 1 편, 습유拾遺 2편, 가요 6편이 수록되어 있고, 권3은 부록으로 연보 · 묘갈명墓碣銘 · 문견록 · 봉안문 등이 수록되어 있다. 속집 권1에는 시와 표전(9편), 권2에는 행장 · 행록 · 신도비명 · 문견록 및 상언上言이 들어 있다.

그는 천품이 순수하고 독실하며 학문이 갖추어 통했으며, 의리의 정미함에서 스스로 얻은 바가 많았다고 한다. 그리하여 능히 시골에서 일어나서 조정에 등용되어 태학에 있기를 전후 20여 년에 이르렀으며, 지도와 교육을 늙기까지 게을리 하지 아니하였고, 당시의 높은 관리와 유명한 사람이 모두 그의 문하에서 나왔으나, 스승으로서의 존엄함이 양촌陽村(권근權近) 이후에 한 사람뿐이었다. 문장을 짓는 것은 비록 그의 본업이 아니었지만, 그의 문장은 평이하여 간결하고 타당하여 얼핏 보면 속된 듯하면서도 자세히 이를 감상하면 여유가 있고 깊은 맛이 있으니, 모두 육경六經 가운데로부터 우러나와서 이루어진 것이다(김종직金宗直, 『별동집』 서문)9)

---

9) 『속동문선』 권16에는 <윤선생상시집서尹先生祥詩集序>란 제목으로 수록되어 있다.

그가 남긴 글 중 <황간여금영동서黃澗與琴永同書>(권1) 등은 자신의 솔직한 감정을 우아하고 청신한 문장으로 아름답게 쓴 글이며, <진언陳言>(권2)은 임금이 가뭄의 대책을 물은 데 대하여, 공법貢法을 손실수조법損失收租法으로 바꿀 것과 축성을 삼가 백성들의 노역勞役을 면해 주자는 주장을 담은 것이다. 그는 책문策問에서도 학문적 이론 정립에 도움이 큰 논술을 전개하여, 유교적 원리가 국가 사회에 밑거름이 되는 구실을 하게 하였다.

그 밖에 습유拾遺에 수록된 <의흥개간향약구급방발義興開刊鄕藥救急方跋>은 1417년 7월 당시 안동유학교수관安東儒學敎授官으로 있던 윤상이, 의흥군수 최자하崔自河가 간행한 『향약구급방』을 중간重刊하매, 그 전말을 발문으로 쓴 것이며, <각두률발刻杜律跋>은 1430년 대구관찰사 조치수曺致受가 두시 회전杜詩會箋을 얻어 판각에 착수하여 이듬해 11월에 완성한 전말을 기록한 글이다. 문견록聞見錄은 권3 및 속집 권2에 각각 들어 있는데, 이는 자작自作이 아니라, 『필원잡기』·『용재총화』·『사재척언』·『해동명신록』·『이존록彝尊錄』(이상 권3)·『동국문헌비고』·『국조보감』·『여지승람』·『대동운부군옥』·『성원현록姓源顯錄』·『조야회통朝野會通』·『조두록俎豆錄』·『문형보선文衡補選』(이상 속집 권2) 등의 문헌에서 별동 선생에 대한 기록들을 모은 것이다. 한편 『동문선』 권38에는 별동이 쓴 <의의정부사사마전擬議政府謝司馬箋>이 뽑혀져 있는데, 이 글은 준마駿馬를 하사하여 준 임금에 대한 감은感恩을 나타내고 있다. 이상의 글들에서 저자는 당시 전형적인 관각문학館閣文學 문장의 전범을 보여주고 있다.

8) 『태재집泰齋集』(유방선柳方善, 1388~1443)

유방선의 자는 자계子繼, 호는 태재이다. 어려서 권근·변계량에게 배우고 일찍부터 문명이 높았다. 1405년(태종 5) 국자사마시國子司馬試에 합격하고 성균관에서 수학하였다. 1409년 아버지가 민무구閔無咎 옥사에 관련된 것으로 연좌되어 청주로 유배되었다가 이듬해 영천에 이배되니, 태연히 서산西山의 경치를 즐기며 송곡松谷에 서당을 짓고 고을 아이들을 가르쳤다. 1415년 풀려나 원주에서 생활하며 서거정徐居正·한명회韓明澮·권람權擥·강효문康孝文 등의 문하생을 길러 내었다. 이 무렵 참소로 인하여 다시 영천에 유배되었다가 1427년(세종 9) 풀려났다. 유배 생활 중에 학행이 높이 드러나 유일遺逸로 천거되어 주부主簿에 천거되었으나 사양하였다. 그는 시학詩學으로 특히 이름이 높았다.

서거정은『필원잡기』에서 "주부 유방선은 금고禁錮에 걸려 기용되지 않았으나, 학문과 문장이 조수趙須와 더불어 백중하였고, 시구의 청신함은 오히려 조수를 능가하였다. 세종이 또한 집현전 학사에 명하여 왕복하며 질문하게 하였으나 밝힌 바 많았다. 나는 과거에 오르기 전에 길창부원군吉昌府院君 권람權擥과 상당부원군上黨府院君 한명회韓明澮와 더불어 선생에게 수업을 4, 5년 같이했다. 내가 문명文名을 도절盜竊하여 오늘에 이르게 된 것은 모두 선생의 은혜이다."라고 하였다.

『태재집泰齋集』은 5권 2책의 목판본으로, 초간본은 1450년(세종 32) 그의 문인門人 이보흠李甫欽과 아들 윤겸允謙이 편집하여 1450년 영천永川 북습서당北習書堂에서 간행하였고, 중간본은 1815년(순조 15) 14대손 천식天植과 하시찬夏時贊이 부록과 함께 재편하여 원주原州 송곡서원松谷書院에서 간행하였다. 권두에 서거정徐居正의 서문과 이주정李周禎의 중간서가 있고, 권말에 이보흠 등의 발문이 있다. 권1~권3에는 시 524수, 권4에는 부賦 1편, 서序 6편, 기記 2편, 제문 3편, 잡저 2편, 권5에는 부록으로 세계도世系圖·연보·행장 각 1편, <송곡서원묘우상량문松谷書院廟宇上樑文> 2편, <봉안축문奉安祝文> 2편, <개기축문開基祝文> 2편 등이 실려 있다.

문집의 대부분이 시로 채워져 있으며, 산문은 겨우 권4 일부에 약간 보인다.

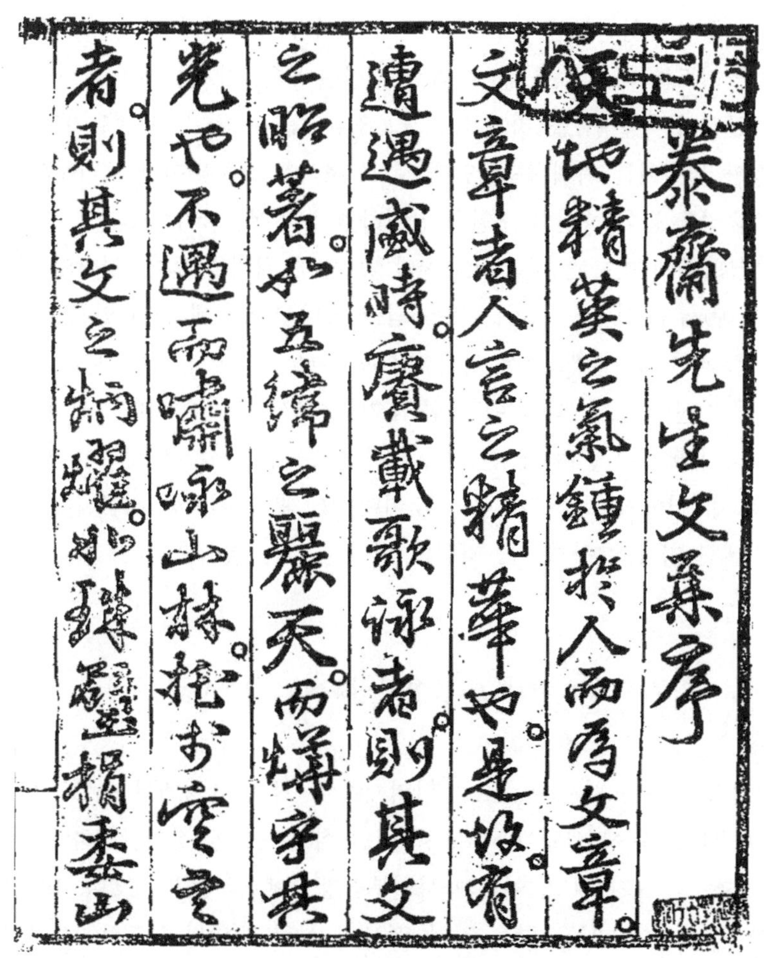

[원문자료 8] 『태재집』 서문

　　<증박생시서贈朴生詩序>에서는 학문하는 도道는 궁리존심窮理存心하는
것으로서, 성인의 글을 읽고 외워서 우리의 도가 세상에 다시 밝아야 유
자儒者의 명분을 잃지 않게 될 것이라고 하였다. <송배생귀근서送裵生歸觀
書>는 『동문선』(권93)에도 있는 글로서, 노모의 간절한 소망에 따라 글공
부에 전심하던 배생이 벼슬을 얻음이 뜻 같지 않아 학업을 포기하고 낙

향하려 하자, '입신양명이 효도의 마지막'이라는 공자의 말을 들어 그의 뜻을 돌리도록 타이르는 내용이다. <김장관댁죽헌기>는 해직 후에 고향으로 물러나 죽헌竹軒을 지어 놓고 그 곁에 대나무를 심어 유유자적하는 전 장관 김영지를 위해 쓴 글인데, 온갖 초목보다도 뛰어난 대나무의 고고한 품성을 들어 죽헌의 주인을 찬미하였다. <백련암기>도 안덕현安德縣 모자산母子山에 이룩된 백련암白蓮庵의 탈속脫俗 취미를 들어, 암자의 주인 원명곡圓明谷의 인품을 그리는 뜻을 담고 있다. '잡저'에 들어 있는 <서파삼우설>과 <태재골계록>은 각각 이이립李而立의 자호自號인 '서파삼우'와 유방선 자신의 호인 '태재'에 대한 호기號記로서 쓴 글들이다. '서파삼우'란 서파리西坡里에 살며 세 친구 즉 양수·뿔술잔·쇠칼을 벗삼아 산다는 뜻으로서, 이이립 스스로가 붙인 것이며, '태재'란 어떠한 위급이나 가난에도 태연 자락自樂하겠다는 자신의 의지를 담은 것이다.

9) 『학역재집學易齋集』[10] (정인지鄭麟趾, 1396~1478)

정인지의 자는 백저伯雎, 호는 학역재이다. 권우權遇에게서 수학하여 태종 11년(1411)년에 생원이 되고, 동 14년 식년 문과에 장원급제하여 예빈시주부禮賓寺主簿가 되고, 이듬해 사헌부감찰·예조좌랑을 지냈다. 1418년 (세종 원년) 8월 병조좌랑을 거쳐 1421년 상왕(태종)의 고명顧命)으로 병조정랑에 승직하고, 이후 세종의 신임을 받아 이조·예조의 정랑을 역임하였다. 1427년 문과중시에 장원으로 급제하고, 집현전직제학·부제학 등 벼슬을 지내면서 성삼문·신숙주·최항 등과 함께 훈민정음을 창제하는 데에 큰 공을 세웠다. 그 후 각 조曹의 판서를 거쳐 판중추원사判中樞院事가 되었다. 계유정난癸酉靖難 때 수양대군의 참모격으로 활동하여 우의

---

10) 유감스럽게도 미처 『학역재집』을 구하지 못하여, 정인지 관계의 글들은 『동문선』·
    『훈민정음』·『용비어천가』에 수록된 것들을 참조하였다.

정에 올라 공신의 호와 하동부원군의 봉군封君을 받았으며, 세조 등극 후 영의정이 되었다. 세조의 숭불崇佛을 반대하다가 부여로 쫓겨난 일도 있었으나, 곧 소환되었고, 성종 즉위와 더불어 공신의 호를 받았다. 시호는 문성文成이다.

그는 천품이 호매豪邁하고 활달하며 학문이 해박하여 통하지 아니함이 없었다. 천문역산天文曆算에 유의하는 세종의 뜻을 받들어 대소 간의大小簡儀 규표圭表와 흠경보루欽敬報漏를 만들 때에 주도적 역할을 담당하였다. 1431년(세종 13)에는 대제학 정초鄭招와 함께『대통력大統曆』을 개정하고, 『칠정산내편七政算內篇』을 지어 역법曆法을 고쳤다. 1442년 예문관 대제학으로서『사륜요집絲綸要集』을 편찬하고, 1451년에는 김종서 등과 함께『고려사』를 개찬改撰하였고, 이듬해 김종서 등과 함께『고려사절요』를 편찬하였다. 1445년에『치평요람』을 찬진撰進하였고, 1447년에는『태조실록』을 증수하는 데에 참여하였으며, 1452년부터 1454년에 걸쳐서는『세종실록』편찬의 총 감수를 맡았다. 그 밖에도 그는『자치통감훈의』·『역대병요歷代兵要』·『국조보감』등의 편찬,『훈민정음』주해와 서문,『동국정운』편저,『용비어천가』의 찬진과 서문 제진製進 등 지대한 업적을 남겼다.

10)『태허정집太虛亭集』(최항崔恒, 1409~1474)

최항의 자는 정부貞夫, 호는 태허정 또는 동량幢梁이다. 1434년(세종 16) 알성문과에 장원으로 급제하여 집현전 부수찬이 되고, 같은 해에『자치통감훈의資治通鑑訓義』의 편찬에 참여하였다. 이어 박팽년·신숙주·성삼문 등과 같이 훈민정음 창제에 참여하였고, 1444년 집현전 교리로서『오례의주五禮儀注』를 상정하는 일에 참여하였으며, 같은 해 박팽년·신숙주·이개 등과 함께『운회韻會』를 정음으로 번역하였다. 1445년 집현전 응교로서『용비어천가』를 짓는 일에 참여하고, 이어『동국정운』·『훈민정음

해례』 등을 찬진하였다. 1447년 문과 중시에 5등으로 합격하여 집현전 직제학 겸 세자 우보덕에 임명되었다. 1450년(문종 1) 7월 집현전 부제학이 되었고, 『대학연의大學衍義』를 주석하는 일을 맡았으며, 『고려사』 열전을 집필하였다. 1452년 2월 『세종실록』 편찬 때는 수찬관으로 참여하였다. 이어 동부승지를 거쳐 1453년(단종 1) 계유정난 때 협찬한 공이 있다 하여 1등공신의 호를 받고 도승지가 되었다. 같은 해 12월에 이조참판에 임명되고, 영성군寧城君에 봉해졌다. 1455년 2월 대사헌이 되고, 6월에 세조가 즉위하면서 좌익공신佐翼功臣 2등에 녹훈된 데 이어 호조・이조참판, 형조・공조판서를 차례로 역임하였다. 1458년(세조 4)에 『신육전新六典』의 초안을 작성하여 올렸고, 1460년에 이조판서가 된 데 이어 1461년 양성지梁誠之의 『잠서蠶書』를 정음으로 번역하여 간행하였다. 1463년 의정부 우참찬이 되고, 1464년 9월 왕명으로 『병장설주兵將說註』를 산정刪定하였으며, 1465년에는 좌참찬 겸 세자 이사世子貳師가 되었고, 사서오경의 구결口訣을 바로잡는 일에 참여하였다. 1467년에 좌찬성을 거쳐 우의정・좌의정・영의정에까지 올랐다. 1469년 경국대전 상정소 제조提調를 겸하여 『경국대전』을 찬진하였고, 이어 『무정보감武定寶鑑』을 찬수하였다. 1470년 (성종 1) 부원군에 봉해졌고, 『역대제왕후비명감歷代帝王后妃明鑑』을 찬진하였다. 그의 시호는 문정文靖이다.

『태허정집』은 목판본 2권 2책이다. 아들 영린永隣・영호永灝가 자료를 수집하다가 죽자, 저자의 처남인 서거정이 이를 이어 1486년(성종 17) 편집을 끝내고 간행하였다. 그 뒤 1569년(선조 2) 증손 흥원興源이 경상도 도사로 있으면서 경상우도 수영慶尙右道水營(통영)에서 중간하였다. 그러나 그 중간본이 잘못 된 곳이 많아, 7대손 온薀이 1625년(인조 3)에 그 내용을 더하고 깎아 다시 간행하였고, 1707년(숙종 33) 8대손 정현鼎鉉과 9대손 계옹啓翁 등이, 계옹의 부父 휘지徽之가 수집한 보유補遺 및 7대손 온薀이 교정한 두주頭註를 추가하여, 해남에서 목판으로 3간본을 간행하였다. 권두에 서거정의 서문이 있고, 권말에 흥원의 구간기사舊刊記事, 온의 간기

刊記, 그리고 시옹是翁의 발문이 각각 있다. 이 책은 일반적인 문집 체계와는 달리 맨 앞에 저자의 묘비명과 강희맹이 쓴 묘지문이 있고, 이어 시집 권1에는 시 215수, 문집 권1에는 서序 12편, 기記 5편, 책策 2편, 권2에는 발跋 3편, 서書 1편, 표表 7편, 전箋 13편, 소疏 5편, 제문 3편, 찬贊 1편(십이준도찬十二駿圖贊 병서幷書), 비명碑銘 2편, 보유補遺 2편이 실려 있다.

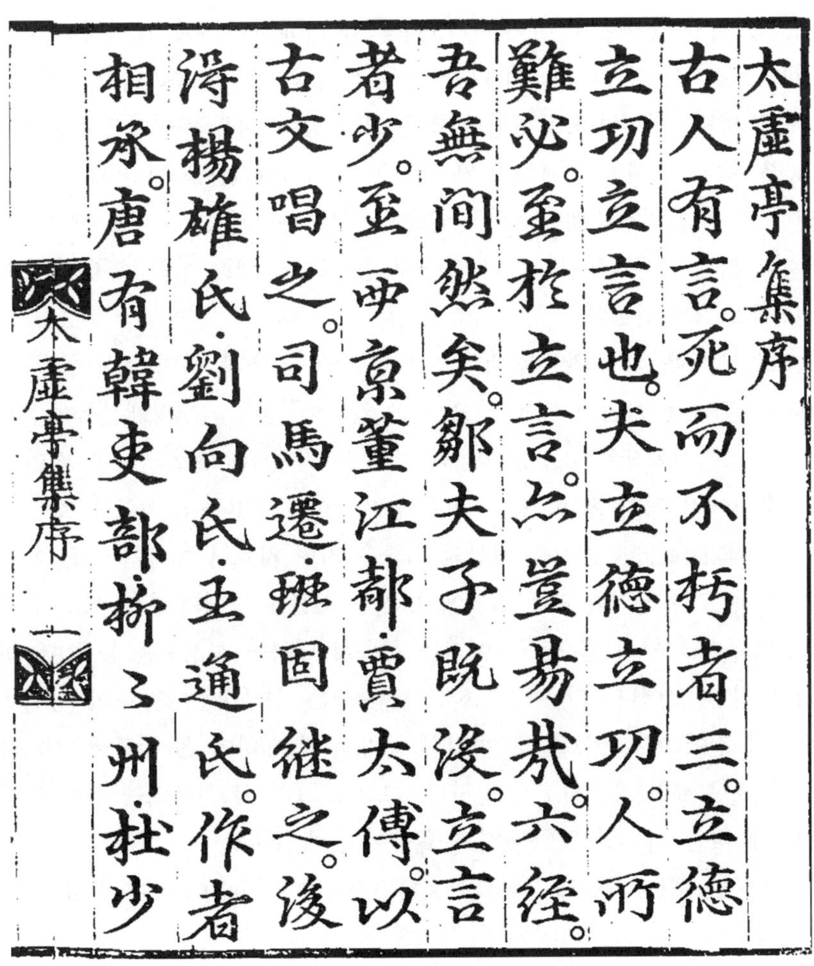

太虛亭集序

古人有言。死而不朽者三。立德立功立言也。夫立德立功人所難必至於立言,豈易哉。六経吾無間然矣。鄒夫子既没。立言古文唱之。司馬遷·班固継之後者少。迺而京董江都·賈太傳以得楊雄氏·劉向氏·王通氏。作者相承。唐有韓吏部折之州杜少

[원문자료 9] 『태허정집』 서문

그는 18년 동안 집현전 관원으로 있으면서 경연관·지제교知製敎로서뿐만 아니라 유교적인 의례·제도를 마련하기 위한 고제 연구와 각종 편찬 사업에서 주도적인 역할을 하였다. 『필원잡기』에서는 그의 문장을 평하여 말하기를, "문정공 최항은 …… 글을 짓는 데에도 옛 사람의 규범을 따르지 아니하고 자기의 솜씨대로 하였으며, 마음껏 분방하고 웅호부섬雄豪富贍하여 장강 대하와 같이 물결이 뛰고 넘치고 솟구치고 구비치듯 형세가 그치지 않았으며, 더욱 변려문騈驪文에 공교하여 무릇 조정의 사대표전事大表箋[11]이 다 그 손에서 나왔다. 중국 사람이 매양 우리나라 표사表辭가 정밀하고 적절하다고 칭찬한 것은 모두 공이 지은 바이다."라고 하였다. 성현의 『용재총화』에도 그가 사륙문에 정밀하였음을 말한 대목이 보인다. 그는 훈민정음訓民正音의 창제創製, 『고려사』 개찬改撰, 『동국정운』·『경국대전』·『동국통감』 등의 찬수에 참여하고, 세종 이하 예종의 실록 편찬에도 참여하였다.

그의 문文은 대개 왕실을 배경으로 한 것이 많은데, 특히 조선 초기 명明과의 관계를 살피는 데에 참고 되는 글들이 많다. <명황계감서明皇誡鑑序>와 <어제유장설서御製諭將說序>, <후비명감서后妃明鑑序> 등은 성리학의 입장에서 왕과 왕비, 또는 장수가 지켜야 할 것들을 언급한 것이다. <기영회기耆英會記>는 2품 이상의 벼슬을 지낸 자로서 70세가 넘은 기로耆老들을 모아 잔치를 베푼 자리에서, 성종이 불교 정책과 혼인 제도에 있어, 남자가 여자의 집으로 들어가는 풍속에 대하여 시정책을 물은 데 대하여 답한 글이다. <십이준도찬十二駿圖贊>은 수양대군首陽大君이 왕위에 오르기 전에 아껴 기르던 12마리의 준마駿馬에 대하여 쓴 글로서, 서序와 함께 그 문세가 웅건하고 발랄하다. 그리고 그의 글 가운데는 각종 문헌 편찬에 따른 서·발 및 전箋류가 많음이 눈에 띈다.

『동문선』에는 최항의 문文으로 <하평정북방전賀平定北方箋> 외 표전表箋

---

11) 중국에 보내는 글.

작품 총 12편(권33), <유도장상사사연전留都將相謝賜宴箋>(권38), <진어제병장설전進御製兵將說箋>, <진무정보감전進武定寶鑑箋>, <진경국대전전進經國大典箋>(이상 권44), <십이준도찬> 외(권5), <인천향교중수기仁川鄕校重修記>(권82), <진산세고서晉山世稿序>, <팔가시선서八家詩選書>, <어제유장설서>, <명황계감서>, <오월춘추서吳越春秋序>, <후비명감서>, <사사연예문관서謝賜宴禮文館序>(이상 권95) 등과 같은 작품이 수록되어 있다.

11) 『식우집拭疣集』(김수온金守溫, 1409~1481)

김수온의 자는 문량文良, 호는 괴애乖崖, 또는 식우다. 1441년(세종 23) 식년 문과에 병과로 급제 세종의 특명으로 집현전 학사가 되었다. 1446년 부사직副司直이 되어 『석가보釋迦譜』를 증수하고, 이어서 훈련주부·승문원교리·병조정랑을 거치는 동안 집현전에서 『치평요람治平要覽』·『의방유취醫方類聚』 등을 편찬하였다. 1457년(세조 3) 문과 중시에 2등으로 급제 첨지중추부사가 되고, 이듬해 동지중추부사에 올라 정조부사正朝副使로 명나라에 다녀왔다. 1459년에 한성 부윤, 이듬해 상주 목사, 1464년 지중추 부사·공조 판서를 역임하고 1466년에 발영시拔英試에 이어 등준시登俊試에 모두 장원, 판중추 부사에 오르고 쌀 20석을 하사받았는데, 문무과 장원에게 쌀을 하사하는 것은 이로부터 시작되었다고 한다. 이어서 호조판서를 거쳐 1468년(예종 원년) 보국숭록대부輔國崇祿大夫에 오르고, 1471년(성종 2) 영산부원군永山府院君에 봉해졌으며, 1474년 영중추부사를 역임하였다. 시호는 문평文平이다.

『식우집』은 성종의 명에 따라 갑진자로 간행된 초간본의 잔권 2권(권2, 권4)과 저자의 14대손 우준禹濬이 수집·추록追錄한 사본으로 되어 있다. 전체 내용은 권2에 기기 35편, 서序 1편(<동인시화 서東人詩話序>), 권4에 부賦 2편, 시 200여 편, 보유에 시 10편, 서 5편, 비명 1편(<대명조선국원각사비

명大明朝鮮國圓覺寺碑銘>], 잡저 1편(<고몽문告夢文>), 전전 1편, 찬讚 1편, 행장 1편, 묘지 1편, 신도비명 1편, 찬贊 1편, 제문 1편으로 이루어져 있다.

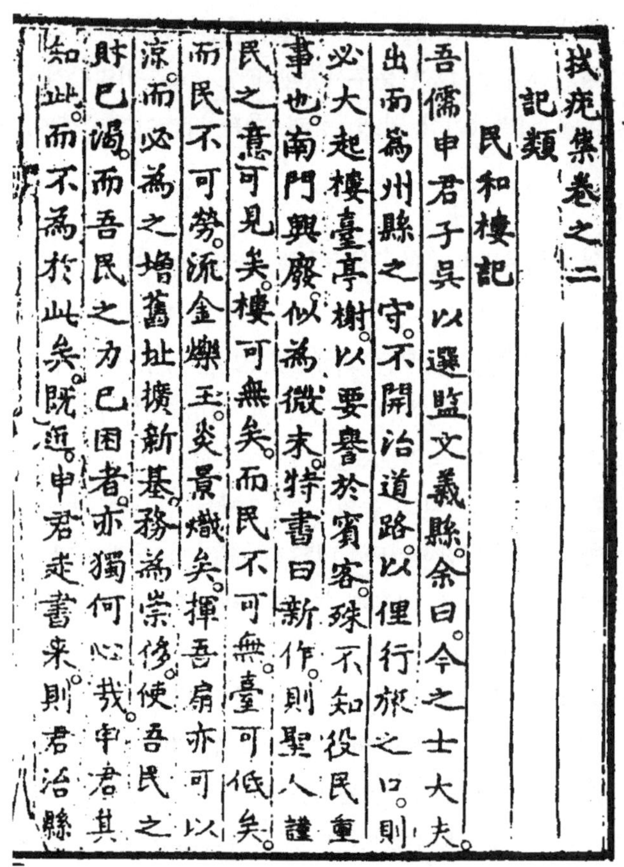

[원문자료 10] 『식우집』 권2

그는 고전에 밝고 시문에 능하였는데, 명나라 사신으로 왔던 한림 진감陳鑑과 <희정부喜晴賦>로 화답한 내용은 명나라에까지 알려졌으며, 성삼문·신숙주·이석형 등 당대의 석학들과 문명을 다투었다. 성현의 『용재총화』에서는 그를 평하기를, "김수온은 문文을 읽으면 반드시 외었으므로, 모든 시문의 체體를 잘 얻었고, 그의 문은 웅방호건雄放豪健, 인물은 그 예봉銳鋒에 미치지 못하였다. 그러나 성性은 얽매임이 없고, 시의 압운에 틀림이 많아 시법에 맞지 않았다.”고 하였다. 『필원잡기』에도 “문평공 김수온이 소년 시절부터 학문을 좋아하고 게으르지 않아 널리 보고 많이 기억했으며, 경사자가經書子家와 열장노불列莊老佛의 서적을 읽고, 그윽한 곳은 비쳐 보지 않는 바가 없었으며, 깊은 곳은 탐색하지 않은 바가 없었으니, 글을 짓는 데 있어서도 또한 기위奇偉하고 엄준하였다.”고 하였다.

그는 세조의 명으로 원각사圓覺寺 비명을 지었고, 『금강경』·『명황계감』 등을 정음으로 번역하였으며, 사서오경의 구결口訣 작업에도 참여하였다. 그는 수양대군·안평대군이 존경하던 고승 신미信眉의 아우로, 제자백가와 육경에 달통하여 세조의 총애를 받았다. 한때 불도에 탐닉한 나머지 회암사檜巖寺에서 중이 되려고 한 적도 있었다.

『속동문선』에 <걸해전乞骸箋>(권11), <금헌기琴軒記>, <열운정기悅雲亭記>, <압구정기狎鷗亭記>, <동지성균임공수겸소수유서후기同知成均林公守謙所受諭書後記>, <석가산기石假山記>(이상 권13) ; <증민대선서贈敏大選序>, <송법경도자서送法冏道者序>, <증철수좌서贈喆首座序>, <좌찬성노공사신효사정시권후서左贊成盧公思愼孝思亭詩卷後序>, <송공조판서성공임부경서送工曹判書成公任赴京序>, <낙한헌시서樂閑軒詩序>, <영돈녕댁상매서領敦寧宅賞梅書>(이상 권15), <고몽문告夢文>(권18), <대명조선국대원각사비명병서大明朝鮮國大圓覺寺碑銘幷序>(권20) 등이 선록되어 있다.

<걸해전>은 벼슬을 사임에 대한 윤허允許를 간청한 글이다. <금헌기>는 작자가 거문고 연주를 들은 후 감상을 적은 글로서, 예와 악은 어느 한 쪽도 폐할 수 없는 것이다. 그는 이 책에서 후세에 예와 악을 말하는 이가 예만 자상하고 악을 빠뜨림을 한탄하고, 예는 공경을 위주하고 악은 화평을 위주하는 것으로, 크게는 군신 사이에서, 작게는 부부 사이에서 예와 악은 하루라도 떠날 수 없음을 논하였다. <열운정기>는 이천에 있는 정자에 올라 그곳을 감도는 구름을 사랑한 나머지 ‘열운정’이란 액호

額號를 정하고 기를 쓴 것이다. <압구정기>는 상당 부원군 한명회韓明澮가 한강 가에 정자를 지어놓고 갈매기를 벗삼아 노닐다가, 명나라에 사신으로 가서 예겸倪謙에게 정자 이름을 '압구狎鷗'로 하라는 청을 받아, 이로써 편액함과 동시에 괴애에게 기를 짓게 한 것으로, 한명회가 세조를 보좌하여 왕위에 오르게 하고, 성종으로 하여금 대통을 잇게 하였는데, 두 번이나 임금을 보좌하여 그 공업이 극대한 지경에 이르렀음에도 만년에는 흔연히 흰갈매기를 벗삼아 강호 밖에서 한가롭게 노닐었음을 찬양하였다. <석가산기>는 성염조成念祖가 별당 곁에 쌓은 석가산을 옛날 중국의 소노천蘇老泉(소순蘇洵)의 목가산木假山에 비견하며, 소노천이 그 목가산에서 기를 지어 자신의 3부자(순洵·식軾·철轍)를 세 봉오리에 빗대었듯이, 성염조의 석가산의 세 봉우리를 그의 세 아들(임任·간偘·현俔)에 빗대고, 나아가 석가산의 의미를 해석하여, "세 아들로 하여금 학문을 배우되 돌같이 확고하여 이지러짐이 없게 하고, 도덕과 절의가 산과 같이 움직이지 않게 하자는 것"이라 하였다.

<증민대선서> 이하 2편의 기문은 모두 승려에게 준 글로, 작자의 지식의 향방이 유도와 불도에 모두 있음을 알 수 있게 해준다. <증민대선서>는 유자儒者와 불자佛者가 모두 작자를 반유자·반불자라 비난해도, 그는 유와 불의 도가 다른 것이 아닌 하나임을 논하고, 시서인의로써 이야기해 주곤 했는데, 화엄종의 대선大選인 성민省敏이 찾아와 가르침을 청하였을 때에도 그는 같은 논리로써 설득했다고 적었다. <송법경도사서>는 서문을 지어 주기를 부탁한 경도자悶道者에게 지어 준 글로서, 세상에 도가 그릇된 때를 당하여 포부를 실현할 수 없으면 속세를 떠나 자기의 옳은 길을 행함이 옳으나, 어진 정치가 베풀어져 예악이 일어난다면, 마땅히 벼슬자리에 나아가 포부를 실현함이 옳다고 설파하였다. <증철수좌서>에서는 범부와 중생은 같은 것에서 다른 것을 주장함에 비해, 부처와 성인은 그 다른 것에서 다른 것을 주장하지 않는다고 하고, 나아가 모든 법이 비록 다르나 이를 융합하면 한 근본으로 돌아갈 수 있는 것이요, 근

본은 비록 같으나 이를 흩어 놓으면 만 가지 법으로 나누어지므로, 다르다는 것이 원래는 다른 것이 아니며, 같다는 것이 원래는 같은 것이 아니라고 하였다. 이는 곧 <증민대선서>에서 유도와 불도가 하나라고 했던 주장과 맥을 같이 하는 것이라 할 수 있다.

12) 『눌재집訥齋集』(양성지梁誠之, 1415~1482)

양성지의 자는 순부純夫, 호는 눌재, 또는 송파松坡다. 그는 6세에 독서를 시작하여 9세에 글을 짓고, 1441년(세종 23)에 진사·생원 양시에 이어 식년 문과에 을과 3인 중 한 사람으로 급제하여, 성균 주부를 지내고 이듬해 집현전에 들어가 부수찬과 교리 등을 지내며 세종의 총애를 받았고, 춘추관 기주관記注官으로 고려사 수사관을 겸직하여 『고려사』 개찬에 참여하였다. 이어 집현전 직제학을 거쳐 이듬해 집현전이 폐지되자 세자 좌보덕世子左輔德에 전임되었다. 사육신의 변을 보고 벼슬을 버리려 하였으나 세조의 권유로 동지중추부사를 지내고 제학으로 취임하였으며, 그 이듬해 구현시求賢試에 급제하여 이조판서에 오르고, 대사헌에 재직 중에 『오륜론』을 찬진하였다. 1466년(세조 12)에 발영시에 급제하였으며, 1469년(예종 1)에 지중추부사·홍문관제학·춘추관사를 겸직하여 『세종실록』과 『예종실록』 편찬에 참여하였다. 그리고 공조판서를 거쳐 1471년(성종 2)에 남원군南原君에 봉함을 받았다. 1477년에 대사헌에 재임하다가 지춘추관사가 되었고, 1481년 홍문관 대제학으로 승진하였으며, 이 해에 문신 정시文臣庭試에 장원하였다. 그는 세종조부터 성종조에 이르기까지의 6대에 걸쳐 벼슬을 하며 각 분야에 걸쳐 주창했던 의견들은 모두 당시를 일깨우고 후세에 거울이 되었다. 세종이 그를 일컬어 '해동의 제갈량'이라 하고, '왕좌지재王佐之才'가 있다고 한 것은 결코 과찬만은 아니었다. 그의 시호는 문양文襄이다.

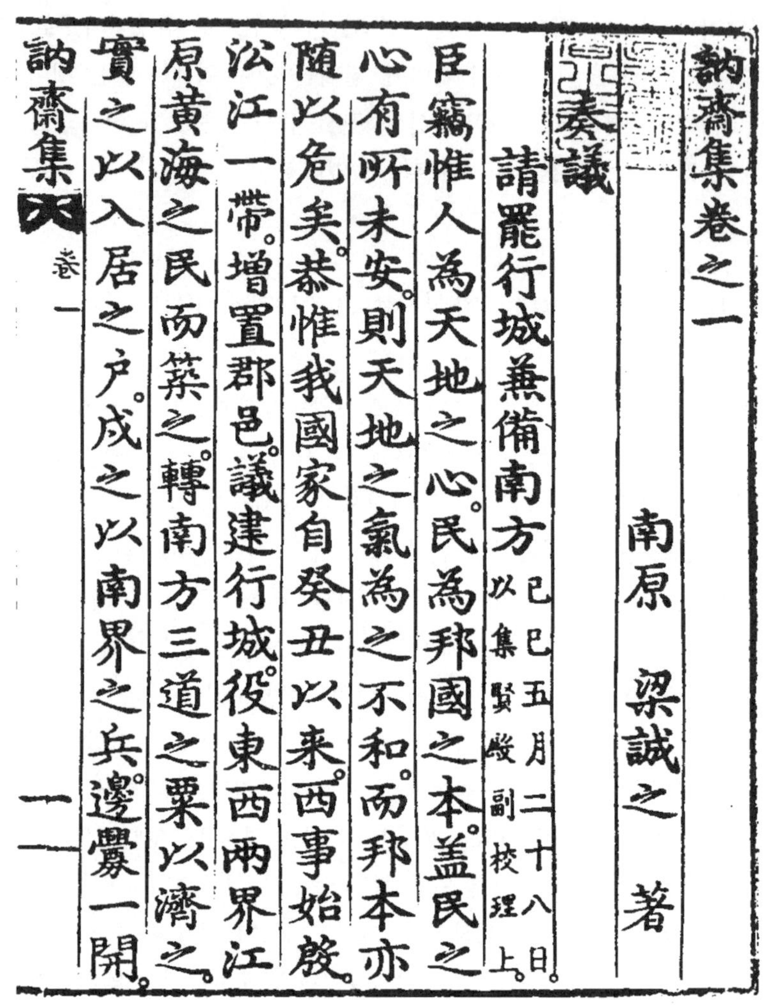

[원문자료 11] 『눌재집』 권1

『눌재집』은, 1481년(성종 12) 4월에 김수온이 찬한 <남원군정안南原君政案>에 의하면, 주의奏議 10권, 가집歌集 6권이 있었다고 한다. 김휴金烋의 『해동문헌총록海東文獻總錄』에도 가본家本 6권이 등재되어 있다. 그러나 이들 원고는 수차에 걸친 병화로 인하여 모두 산일된 듯하고, 그의 문집 초간은 정조가 규장각 설치를 건의했던 저자의 유의遺意를 기리고자 1791년 (정조 15) 각신閣臣 서영보徐榮輔 등으로 하여금 공사 문헌에 흩어져 실려 있는 그의 주의·잡저·고금시 들을 모으게 하여『눌재집』세 책으로 간행케 하였으니, 이것이 정유자丁酉字로 된 원집이다. 그 뒤 이것을 대본으로 그의 출신지인 남원에서 목판본으로 중간하였음이 서유구徐有榘의『누판고鏤板考』에 나타나 있다.『눌재집』현전본은 원집 3, 속집 1, 합 4책으로 된 석인본으로, 1938년 그의 14세손 주겸柱謙이『조선왕조실록』·『국조보감』등에서 원전에 수록되어 있지 않은 주의·기송記頌 등 수십 편을 찾아내어 원집의 보완으로 속집을 추가하여 중간한 것이다. 권두에 이병모李秉模의 봉교서문奉敎序文과 권말에 이복원李福源의 봉교발문 및 속집에 주겸의 발문이 있다. 본집은 권1~권4에 주의奏議 34편, 권5는 잡저로 서序 2편, 기 3편, 전箋 1편, 시 14수, 권6은 부록으로 어사시御賜詩·교서·서序·기·명·화상찬畫像贊·신도비명·유사·묵적墨蹟, 속집은 권1에 주의 21편, 권2에 잡저 4편, 권3·권4는 부록으로 전지傳旨·묘비명·유사 등으로 구성되어 있다. 이 중 가장 많은 숫자를 차지하는 주의들은 소疏·책策·차箚·사事 등을 모은 것들로서, 이들은 저자가 세종에서 성종까지 6대 왕조를 거치는 기간에 올린 330여 조의 상소문류로, 주로 조선 초기 문물제도의 창립 및 정비에 관계되는 자료들이다. 그의 유능한 관료·사상가로서의 경국經國의 이념, 대외 문제 해결의 기본 방향, 민족 문화에 대한 긍지는 물론, 당시의 전반적인 정치·경제·역사·도덕·문화·지리·문교·국방·무략武略·농잠農蠶·목축牧畜·의방醫方 등을 연구하는 데 귀중한 자료가 된다. 부록에는 김수온金守溫·서거정徐居正·김안국金安國 등이 저자에 관하여 쓴 서序·기·찬贊·비명 등이 수록되어 있다.

그는 천성이 총명하고 기억력이 우수하여 한번 보면 잊는 일이 없었다고 한다. 그의 학문은 넓고도 깊이가 있었으며, 또 정精하여 다방면에 걸쳐 많은 공적을 남겼다. 그는 글재주가 비상하여 시를 잘 지었지만 문예에도 뛰어났다. 그의 글은 탄탄하고 평이하며 자연스러워, 수식을 더하여 재주를 부리려 하지 않았다. 그가 남긴 문 중 특히 두드러지는 것들은 국사를 위한 주의奏議들이다. 따라서 그의 글들은 다분히 경국제세의 실용적인 면에 치중된 감이 있다. 정조 때에 원집을 간행하면서 일반 문집 편찬의 관례를 버리고 첫머리에 주의를 싣고 잡저·고금시의 차례로 수록하였던 것도 이 점을 고려한 것으로 생각된다.

<비변십책備邊十策>은 1450년(세종 32) 국방에 관한 근본 방침을 주의한 것이다. 국방정책의 확립, 장수와 사졸의 선택, 군량의 축적, 무기와 기재의 정비, 성보城堡의 보수 등 변방을 방비하는 방책 10조를 각 조목별로 체계 있게 해설하였다. 그 가운데 특히 주목되는 것은 군사를 뽑는데 있어서 반드시 시험을 치러 우수한 군사를 선발할 것, 병력의 토대가 되는 호적에 정확성을 기할 것, 독자獨子의 군복무를 면제할 것 등를 주장하여, 이 세 가지 내용을 군정의 3대 원칙으로 삼았다는 점이다. <군정십책軍政十策>에서는 군법을 엄하게 할 것, 군호軍戶를 구제할 것 등 군정에 관한 10조의 방책을 제의하였는데, 특히 군정의 여러 가지 결함을 지적하고, 신라의 풍속을 예로 들어 전쟁에서 사망한 자는 벼슬을 한 등 올려주어 영예롭게 하고 그 유가족들은 관록으로 부양할 것을 강조하여 군호의 중요성을 역설하였다. 그 밖에 국방 정책에 관한 것들로 <군국편의십사軍國便宜十事>·<변방사책邊防四策>·<군정사사軍政四事>·<병사육책兵事六策>·<군국비계이사軍國秘計二事>·<북방비어北方備禦> 1, 2, 3소疏 같은 많은 글들이 있다.

한편 <논군도論君道>는 1453년 어린 임금 단종에게 올린 주의로서, 임금된 이의 마음가짐의 요점을 인仁·명明·강剛의 셋이어야 함을 강조한 것이다. 또한 <논군도십이사論君道十二事>는 1455년(세조 1) 직제학으로 있을 때 주의한 것으로, 민심을 얻을 것, 제도를 정할 것, 전대前代를 본받을 것, 대체大體를 알 것 등 12조를 열거하였는데, 특히 문관과 무관을 동일하게 대우할 것과 서정 쇄신책을 주장하였다. <권농사사勸農四事>에서

는 둑을 쌓고 수리 시설을 갖추며, 유휴 인력을 농사에 힘쓰게 하고, 농우農牛의 도살을 금하며, 씨앗을 비축하게 하라고 건의하였다. <제서찬집시청병찬사기병서지도諸書撰輯時請並撰史記兵書地圖>는 여러 서적을 편찬할 때 사기·병서·지도 등을 함께 편찬할 것을 건의한 내용이다. <청수찬어제시문급찬집동국승람등십이사차請修撰御製詩文及撰輯東國勝覽等十二事箚>는 역대 임금들의 시문을 모아 편찬하고, 『고려사』·『치평요람』·『동국승람』·『지리지』, 기타 각종 서적들의 편찬 및 간행 반포를 청한 내용이다.

권5 잡저에 들어 있는 <평삭방서平朔方序>는 이시애란을 평정한 경과를 기념한 것이며, <홍문관서弘文館序>는 서적을 수장하는 기관으로서의 홍문관의 역사를 간략히 기록한 글이다. 속집의 잡저 중 <용비어천도서龍飛御天圖序>는 그가 『용비어천가』를 그림으로 그린 것으로, 임금들의 업적·성덕成德·대공大功·천명天命·민심 등의 내용을 서술한 서문이다. 속편 권1의 <편의이십팔사便宜二十八事>는 비교적 장문으로, 그 중에 저자가 평소에 지니고 있던 온갖 의견을 망라하여 개진하였다. 한편 『속동문선』 권11에는 아들 찬瓚이 동부승지에 임명된 데 대하여 임금께 감사의 뜻을 나타낸 <사남찬배동부승지전謝男瓚拜同副承旨箋> 1편이 수록되어 있다.

13) 『박선생유고朴先生遺稿』(박팽년朴彭年, 1417~1456)

박팽년의 자는 인수仁叟, 호는 취금헌醉琴軒이다. 1434년(세종 16) 알성문과謁聖文科에 을과로 급제, 1438년 삼각산 진관사에서 사가독서賜暇讀書를 하였다. 1447년 문과 중시에 을과로 다시 급제하였다. 성삼문 등과 함께 집현전 학사가 되어 여러 가지 편찬사업에 참가하였다. 세종의 유명遺命을 받들어 황보인皇甫仁·김종서金宗瑞 등과 함께 문종을 보살피다가, 문종이 재위 2년만에 승하하매 역시 고명을 받아 어린 단종을 보필하였다.

1453년(단종 1)에 우승지를 거쳐 이듬해에는 형조 참판이 되었다. 그 뒤 1455년(세조 1)에 충청도 관찰사가 되었을 때, 수양대군이 황보인·김종서·안평대군을 죽이고 왕위를 찬탈하였다. 세조가 박팽년을 형조 참판에 임명하였으나, 그는 성삼문 등과 단종 복위를 도모하다가 김질金礩의 밀고로 탄로나 삼대三代가 멸문지화滅門之禍를 당하였다. 1691년(숙종 11)에 복권되어 충정忠正이란 시호를 받았다.

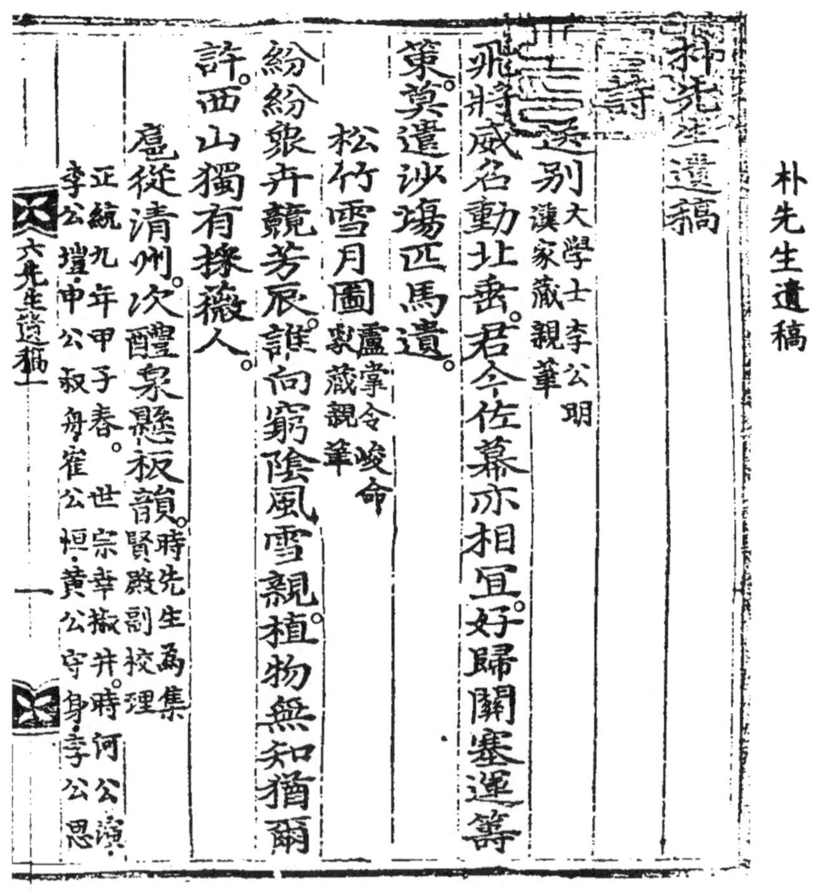

朴先生遺稿

朴先生遺稿
詩

別〔大學士李公塏讓家藏親筆〕
飛將威名動北塞，君今佐幕亦相宜。好歸關塞運籌策，莫遣沙場匹馬遺。

松竹雪月圖〔盧掌令峻家藏親筆〕
紛紛眾卉競芳辰，誰向窮陰風雪親。植物無知猶爾許，西山獨有採薇人。

廬從清州次醴泉懸板韻。〔時先生爲集賢殿副校理。〕
正統九年甲子春。〔世宗辛酉採井時，河公演·李公塏·申公叔舟·崔公恒·黃公守身·李公思…〕

六先生遺稿 一

[원문자료 12] 『박선생유고』

현전하는 그의 문집 『박선생유고』는 1권 1책으로 된 목판본이다. 이는 저자의 7대손 현감 숭고崇古가 그의 부父 종남宗南이 수집한 약간의 유시遺詩와 정곤수鄭崑壽가 집일輯佚한 평양유고平陽逸稿를 바탕으로 『육선생유고六先生遺稿』의 제1책으로 편집하여, 1658년(효종 9년) 관찰사 이경억李慶億의 협조 하에 영춘永春에서 목판으로 간행한 초간본의 후쇄본後刷本이다. 이 책은 사육신의 시문詩文을 모두 수집하여 간행한 총집總集 『육선생유고』의 제1책으로도 실려 있다. 권두에 조경趙絅·이경억·이인구李寅龜 등의 서문이 있고, 권말에 박숭고·홍재현洪在鉉·김상헌金尙憲·윤사국尹師國 등의 발문이 있다. 시 28수, 부賦 1편, 전箋 1편, 잠箴 1편, 송頌 1편, 책문冊文 1편, 서序 25편, 기記 7편, 발跋 1편, 설說 1편, 서書 1편, 장狀 2편, 사실事實과 유묵遺墨 등으로 구성되어 있다.

그는 경술·문장·필법이 모두 뛰어나 당대의 제가들이 모두 그에게로 집대성되었다는 명성을 얻었고(『용재총화』), 특히 필법은 중국 남북조시대의 종요鍾繇와 왕희지王羲之에 버금간다는 칭찬도 받았다.

그가 남긴 문 중 <청름양유기아전請庫養遺棄兒箋>은 기근饑饉으로 인하여 기를 수 없어 버려진 아이들을 국가의 비축미로 길러야 한다고 건의한 것이다. <명황계감서明皇誡鑑序>에서는 세종이 당나라 현종玄宗이 양귀비楊貴妃에게 빠져 국정을 그르친 모습을 그림으로 그려서 여색을 경계하는 자료로 삼게 하고, 왕이 정심正心을 잃고 향락에 빠지면 끝내 나라를 그르치게 된다고 역설하였다. <몽도원서夢桃園序>는, 『몽유도원도』를 만들어 여러 문인들의 글을 실은 안평대군에게 서문을 부탁받아 쓴 글이다. 먼저 무릉도원의 고사를 떠올린 다음, "인간이 이 세상에 사는 것도 역시 하나의 꿈이며, 또 옛사람은 현실에서 직접 본 것인데, 현재의 사람이 꿈 속에서 본 것이라고 하여, 옛사람만 그 기괴함을 독점하고 오늘날 사람은 그럴 수 없다고 할 수 있겠는가?"라고 하여, 예술가들의 신비적 체험에 대한 긍정적 입장을 내비치고 있다. <팔가시선서八家詩選序>12)에서는 천지간에는 하나의 기가 있을 따름임을 전제한 다음, 사람이 이 기를 받아

발표하면 말이 되는 것이요, 이 말의 정화가 시라 한 다음, 따라서 시가로써 천지 기운의 성쇠를 알 수 있다고 하였다. <수마설瘦馬說>은 천리마일지라도 잘 기르지 않으면 보통 말밖에 되지 못함에 비유하여 임금이 신하 기르는 도를 설명한 글이다. 이 밖에 <우잠愚箴>·<사직장辭職狀> 등에는 그의 충의와 인품이 잘 나타나 있다.

14) 『보한재집保閒齋集』(신숙주申叔舟, 1417~1475)

신숙주의 자는 범옹泛翁, 호는 보한재保閒齋 또는 희현당希賢堂이다. 1438년(세종 20)에 사마 양시에 합격하여 동시에 생원·진사가 되었다. 이듬해 친시 문과에 을과로 급제하여 벼슬길에 나간 후 1441년에는 집현전 부수찬을 역임하였다. 1442년에 훈련 주부가 되었다가 일본에 통신사를 보낼 때 서장관書狀官에 뽑혔다. 일본에 이르러 그의 글재주를 듣고 시를 써달라는 사람들이 마구 모여들자 즉석에서 붓을 들고 시를 줄줄 써 주니 모두들 감탄하여 마지않았다고 한다. 돌아오는 길에 대마도에 들러 무역 협정을 체결하니 이것이 계해조약이다. 세종이 훈민정음을 창제할 때 가장 공이 컸는데, 마침 죄를 짓고 요동遼東에 귀양와 있던 명나라 한림학사 황찬黃瓚을 찾아 13번이나 요동을 왕래하여 음운에 관한 것을 의논하였다. 1447년(세종 29) 가을 중시重試 문과에 을과로 급제하여 집현전 응교應敎가 되고, 1451년(문종 1)에는 명나라 사신 예겸倪謙 등이 당도하자 왕명으로 성삼문과 함께 시짓기에 나서 동방거벽東方巨擘이라는 찬사를 받았다. 1453년 승정원 동부승지에 오른 뒤 우부승지·좌부승지를 거치고, 그 해 수양대군이 계유정난을 일으켰을 때 밀모에 참여하여 1등 공신이 되어 도승지에 올랐다. 1455년 세조가 즉위한 후 예문관 대제학에 초배超

---

12) 『동문선』 권94에는 박팽년이 쓴 것에 이어 이개와 성삼문이 쓴 <팔가시선서>가 모두 수록되어 있다.

拜된 후 고령군高靈君에 봉하여졌다. 1456년 병조판서·우찬성·대사성을 역임하고, 1457년에 우의정, 1459년에 좌의정左議政이 되었고, 1460에는 강원도·함길도咸吉道 도체찰사都體察使가 되어 야인野人들을 소탕하고 돌아왔다. 1462년(세조 8) 영의정領議政이 되었으나 일단 사임하였다가, 세조가 돌아가고 예종睿宗이 어려서 즉위하니, 원상院相으로 승정원에 들어가 서정庶政을 처결하고, 남이南怡 장군을 숙청하여 보사공신保社功臣의 호를 받았다. 예종이 재위 1년으로 돌아가고 성종成宗이 즉위하니, 또 공신의 호를 내리고 영의정에 임명하였다. 시호는 문충文忠이다.

그는 1472년에 『세조실록』과 『예종실록』 편찬에 참여하였고, 이어 세조 때부터 작업을 해 온 『동국통감』의 편찬을 성종의 명을 받아 총관하였다. 또 세조 때부터 편찬 명을 받았던 『국조오례의國朝五禮儀』의 개찬·산정刪定을 위임받아 완성시켰다. 그는 정음에 대한 연구가 깊었고 한어漢語에도 능통하여 『홍무정운洪武正韻』을 번역하여 한음漢音을 배우는 사람들에게 큰 도움을 주었다. 일본에 다녀와서는 『해동제국기』를 지어 일본과의 교빙交聘에 도움이 되도록 하였으며, <여진지도>의 제작에도 기여하였다. 그 밖에도 『용비어천가』의 주해, 『치평요람』·『국조보감』·『경국대전經國大典』 등의 편찬 작업에 참여하였다.

현전 『보한재집』은 7권 4책의 목판본이다. 초간본은 아들 정瀞·준浚 등이 유고를 모아 편찬한 것을 1487년(성종 18) 왕이 교서관校書館에 명하여 간행케 하였으나 현재 전하지 않는다. 그 뒤 임진·병자 양란을 거치면서 초간본이 거의 인몰되었다가, 7세손 숙洬이 경상도 영천 군수로 있을 때 완질을 찾아내어, 1645년(인조 23) 이식李植의 발문을 붙여 간행하였다. 1922년에는 신흥우申興雨가 신용체申龍體의 발문을 첨가하여 청주에서 간행하면서 『해동제국기海東諸國記』를 속편 부록으로 함께 발간하였다. 책 머리에 서거정徐居正·홍응洪應·김유金紐·김종직金宗直·임원준任元濬 등 5인의 서문이 수록되어 있다. 권1부터 권11까지는 시집이고, 이하 권12에 요해편遼海篇 23수, 권13에 가훈·책策, 권14에 기, 권15에 서, 권16

에 제題·발, 권17에 행장·신도비 등으로 구성되었는데, 뒤에는 보유와 부록이 첨부되어 있다.

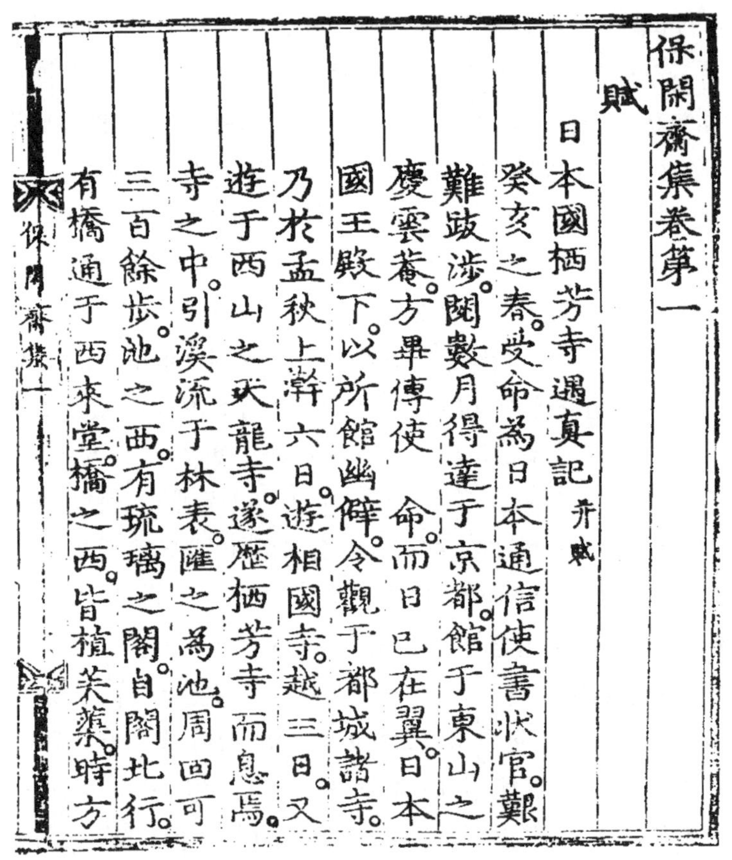

[원문자료 13] 『보한재집』 1

그는 명문장가 또는 음운학자로, 그리고 외교가로 이름을 떨쳤는데, 그의 시문집에는 그러한 면모를 단편적으로 보여주고 있다. 특히 그의 가훈은 변절자로 지탄을 받았던 저자로서 근신·권학을 내세우고 있다. 그러나 후세에 그의 시문을 많이 유실한 처지에서 이루어져서 소루함을 면하지 못하고 있다. 『용재총화』에서는 그가 "문장과 도덕에서 일세의 존숭尊崇을 받았다."고 하였다.

『동문선』에는 <답종정국서答宗貞國書>(권63), <화기畵記>, <영남루기嶺南樓記>, <성주백화헌기星州百花軒記>, <태안군벽기泰安郡壁記>(이상 권82), <진산세고서晉山世藁序>, <청경선생윤공유고서淸卿先生尹公遺稿序>, <홍무정운서洪武正韻序>, <해동제국기서海東諸國記序>(이상 권95), <유명조선국익평공권공비명병서有明朝鮮國翼平公權公碑銘並書>(권121) 같은 글들이 선록되었다.

<화기>는 안평대군이 수장하였던 총 222축의 그림들에 대하여 해설한 글로, 표현된 각 그림들의 문학적 형상화도 보암직하지만, 보다 중요한 것은 미술사적 측면에서의 자료적 가치일 듯싶다. 지금은 흔적조차 사라진 동 자료 목록만으로도 당시의 회화사를 재구하는 데에 매우 중요한 기록이 될 수 있어 다행이지만, 한편 생각하면 이들이 그대로 전해졌더라면 우리도 남부럽지 않은 세계적인 미술관을 가질 수 있을 텐데 하는 마음에 안타깝기 짝이 없다. <동래현성문루기東萊縣城門樓記>·<함양성문루기咸陽城門樓記>·<평양부벽루어제기平壤浮碧樓御製記>·<영남루기>·<수원부동루기水原府東樓記>·<성주백화헌기>·<희경루기喜慶樓記> 등은 모두 누정을 새로 세우거나 중수한 다음 이를 기려 쓴 글들인데, 전반부의 각 건물들에 관한 상세한 유래는 역사적 가치가 높은 내용이며, 후반부의 건립자들에 대한 찬사 속에는 문학적 수식이 개재되어 있으며, 그 내용도 솔직하고 따스한 인간미가 배어 있어 매우 정겹게 느껴진다. 그 밖에 보한재는 『어제시서御製詩序』·『삼봉정선생집三峯鄭先生集』·『청경선생윤공유고』·『진산세고』·『해동제국기』·『홍무정운역훈洪武正韻譯訓』 등의 문집들의 서문을 남겨, 당대 그가 지녔던 문학적 위치를 가늠케 하여 준다.

15) <몽유도원도 발문夢遊桃源圖跋文>(안평대군安平大君, 1418~1453)

안평대군은, 이름이 용瑢, 자가 청지淸之, 호가 비해당匪懈堂·낭간거사琅玕居士·매죽헌梅竹軒으로 세종의 셋째아들이다. 1428년(세종 10)에 안평대군에 봉해지고, 1430년 성균관에 입학하였다. 함경도에 육진六鎭이 신설되자 1438년 왕자들과 함께 야인을 토벌하였으며, 황보인·김종서 등 문신들과 제휴하여 수양대군 측의 무신 세력과 맞서 인사 행정의 하나인 황표정사黃票政事를 장악하는 등 점차 조정의 배후 세력자로 등장하였다. 1452년 단종이 즉위하자 수양대군이 사은사로 명나라에 다녀와 황표정사를 폐지하였다. 안평대군은 이의 회복을 위하여 힘썼으나, 1543년 계유정난으로 황보인·김종서 등이 살해된 뒤 강화도로 귀양보내졌다가 교동喬洞으로 보내져 사사賜死되었다.

박팽년은 그의 <유화시권후서榴花詩卷後敍>라는 글 속에서 "비해당은 천성이 총명하고 학문이 날로 새로워져 육경六經의 업적들을 연구하지 않은 것이 없으며, 시에 있어서는 더욱 깊었다."라고 하였으며, 성현은 『용재총화』에서 "비해당은 왕자로서 학문을 좋아하고 시문에 특히 뛰어났다. 서법書法이 뛰어나 천하에 제일이 되었고, 또 그림과 음악을 잘하였다. 성격은 들뜨고 방탕하며 옛것을 좋아하고 경치를 탐하여, 북문 밖에 무이정사武夷(武溪)精舍13)를 또 남호南湖에 임하여 담담정淡淡亭을 지었다. 만 권의 책을 소장하고 문사들을 불러 모아 12경景시를 짓고 48영詠을 지었다. 혹은 밤에 등불을 켜고 이야기하고, 혹은 달이 뜰 때 뱃놀이를 하며, 혹은 도박을 하거나 음악을 계속하면서 술을 마시고 취하여 떠들기도 하였다. 당대의 이름난 선비로서 그와 교제를 갖지 않은 사람이 없었고, 잡업에 종사하는 무리들도 또한 그에게 돌아갔다. 바둑알은 모두 옥을 사용했고, 금니金泥를 사용하여 글씨를 썼으며, 또한 사람들에게 비단을 짜

---

13) 현 종로구 부암동 329-4번지 일대에 현재도 그 터가 남아 있다.

게 한 다음 붓을 휘둘러 해서楷書와 초서草書를 마구 쓰기도 하였다. 그의 글씨를 구하는 사람이 있으면 즉석에서 이를 들어주었다.”라고 하였다.

歲丁卯四月二十日夜余方就枕精神蓬栩
睡之熟也夢亦至焉忽與仁叟至一山下層
巒深壑嶜崒窅宥有桃花數十株微徑抵林
表而分歧細徑竛立莫適兩之遇一人山冠
野服長揖而謂余曰從此往以北入谷則桃
源也余與仁叟策馬尋之崖磴卓犖林莽薈
巖溪回路轉蓋百折而欲迷入其谷則洞中
曠豁可二三里四山壁立雲霧掩靄遠近桃
林照暎蒸霞又有竹林茅宇樂扁半開其砌

[원문자료 14]『몽유도원도』 발문

박팽년의 <비해당기>에 의하면, '비해당'이란 호는, 1942년(세종 24) 6월 어느 날 안평대군이 세종대왕을 알현했을 때, 세종대왕이 '안평'이란 이름이 '안일하다'는 뜻을 담고 있으니 '부지런하다'는 뜻의 '비해匪懈'를 당호로 삼으라 하여 사용하게 된 것이라 한다. 안평대군은 어려서부터 학문을 좋아하고 시문·서·화에 모두 능하여 삼절三絕이라 칭하여졌으며, 식견과 도량이 넓어 당시 사람들의 명망을 받았다. 특히 그는 당대 제일의 서예가로 유명하였는데, 그가 그처럼 대성할 수 있었던 바탕에는 뛰어난 천품을 타고난 데에다가, 어릴 적부터 궁중 내부에 소장된 많은 진적眞蹟을 보고 수련하였으며, 그 스스로도 서화 수장이 상당하였기 때문이었다. 신숙주의 <화기畵記>(『보한재집』)에 의하면, 그는 대략 17세 경부터 서화를 모으기 시작하여 불과 10여 년 만에 안견의 작품 30여 점을 비롯하여 중국 역대 명가들의 작품 192점, 도합 222축을 수장하였는데, 그 중에는 동진東晉의 고개지顧愷之, 당唐의 오도자吳道子, 원元의 조맹부趙孟頫 등의 작품까지 포함되어 있었다고 한다.

현존하는 그의 친필로는 『몽유도원도』 발문이 대표적이다. 원래 1450년에 주조된 경오자庚午字는 그의 글씨를 바탕으로 한 것이었으나, 그가 사사된 후 바로 녹여 을해자를 주조하였기 때문에, 그의 친필로 현전하는 것은 매우 드물다.

16) 『성근보집成謹甫集』(성삼문成三問, 1418~1456)

성삼문의 자는 근보謹甫, 호는 매죽헌이다. 그가 태어날 적에 공중에서 세 번 났느냐고 묻는 소리가 들려서 '삼문三問'이라고 이름을 지었다고 한다. 1438년(세종 20)에 식년 문과에 정과로 급제하고, 1447년에 문과 중시에서 장원으로 급제하였다. 집현전 학사로 뽑혀 세종의 지극한 총애를 받으면서 수찬修撰·직집현전直集賢殿으로 승진했다. 1442년에 사가독서賜

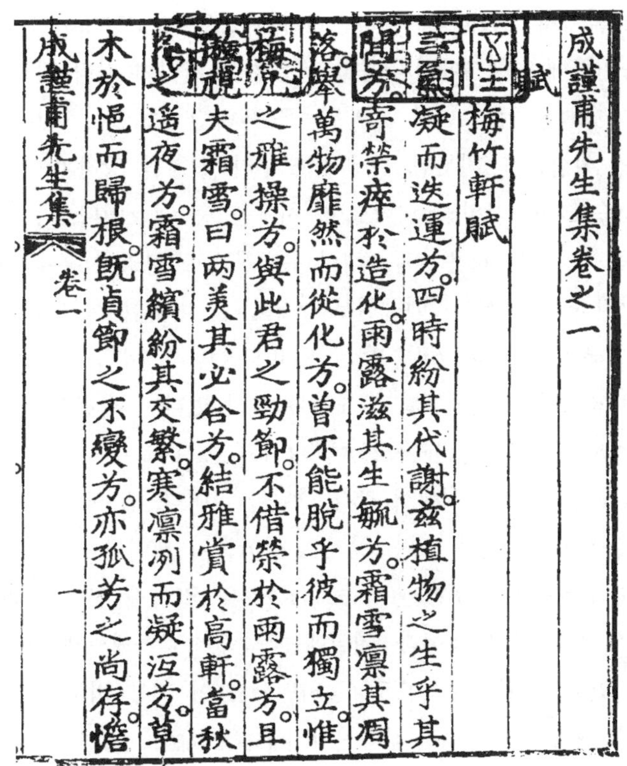

[원문자료 15] 『성근보집』 권1

暇讀書를 하였고, 세종이 훈민정음 28자를 만들 때에 정인지·최항·박팽년·신숙주·이개 등과 함께 이를 도왔으며, 특히 신숙주와 같이 명나라 요동을 여러 번 왕래하면서, 그곳에 유배 중인 명나라의 한림학사 황찬을 만나 음운을 질문하였다. 또한 명나라 사신을 따라 명나라에 가서 음운과 교장敎場의 제도를 연구해 와서 1446년 9월 29일에 역사적인 훈민정음을 반포하는 데 크게 공헌하였다. 1453년(단종 1) 좌사간으로 있을 때에 수양대군이 계유정난을 일으켜 황보인·김종서 등을 죽이고 스스로 정권과 병권을 잡으면서 그 추종자들과 함께 그에게 내린 정난공신靖難功臣 3등의 칭호를 사양하는 상소를 올렸다. 1454년에 집현전 부제학이 되고, 이어서 예조 참의를 거쳐, 1455년에 예방승지가 되었으나, 수양대군이 단종을 몰아내고 즉위하매, 그는 아버지 승勝의 은밀한 지시에 따라 박팽년·유응부·이개·유성원 등과 단종 복위운동을 꾀하던 중, 일이 탄로되어 1456년(세조 2) 성삼문을 비롯한 관계자 모두가 처형을 당하기에 이르렀다. 1691년(숙종 17)에 신원伸寃되었으며, 시호는 충문忠文이다.

현전하는 『성근보집』은 4권 1책의 목판본으로 영조 이후에 편찬된 것으로 추정된다. 권1에는 <매죽헌부梅竹軒賦>을 비롯한 시편 다수가 수록되어 있고, 권2에는 서序 6편, 발跋·인引·설說 각 1편, 송頌 2편, 명銘 1편, 신도비명 2편, 전箋·책策 각 1편이 실려 있다. <집현전진팔준도전集賢殿進八駿圖箋>은 1447년(세종 29)에 실시된 중시重試에서, <중시대책重試對策>은 같은 해 중시대책에서 각각 장원한 글이다. 권3에는 부록으로 세계世系와 실기實記가 실려 있다. 실기는 성삼문이 태어난 1418년(태종 18)부터 그가 신원伸寃된 1691년(숙종 17)까지의 업적과 신원 등의 기사를 연대순으로 엮어 놓은 것이다. 권말에는 숙종의 <어제사제육신문御製賜祭六臣文>이 있다. 권4는 부록으로, 송시열宋時烈이 지은 비문 등 3편이 있고, 이어 박태보朴泰輔의 <영월육신사기寧越六臣祠記>, 김상헌金尚憲의 <육신유고발六臣遺稿跋>이 실려 있으며, 권말에는 윤유후尹裕後의 발문이 실려 있다. 그 발문에 의하면, 그의 집에 누가 편집한 것인지 알 수 없는, 사본으로 된 『성근보유고成謹甫遺稿』 1권이 가전家傳으로 전해 오므로, 거기에다가 『동문선』·『황화집』·『청구풍아』·『동문수東文粹』·『용재총화』·『대동시림』 등에서 성삼문의 작품을 뽑아 모으니, 시부 89수, 전·찬·잠·서·인·설·비명·대책 등이 모두 16편에 이르러, 이 책의 기초로 삼았다고 한다.

그는 사대외교의 요직에 있어서 다년간 문명을 중국까지 널리 떨쳐 명사 예겸倪謙을 경복시킬 정도였다. 속담에 '글 잘하면 성삼문이 되느냐'는 말이 있듯, 그는 문장거벽文章巨擘의 대명사가 되었다. 『용재총화』에서는 그를 평하여, "문란호종文瀾豪縱이지만 시가 짧다."고 평하고 있다.

『동문선』에는 <집현전진팔준도전>(권44), <팔가시선서>, <동자습서童子
習序>, <송최주부귀양시서送崔注簿歸養詩序>(이상 권94)가 선록되었다. <집
현전진팔준도전集賢殿進八駿圖箋>은 태조가 타던 말 여덟 필을 그려 바친다
는 내용의 글로서, 그 중에서 문학의 역할을 논하여 '칭송하고 수식하는
데 있다'고 하였다. <팔가시선서>는 그가 남긴 글 중에도 가장 이름 높
은 것으로, 먼저 시체詩體를 나누어 말한 데 이어 수많은 시 속에서 좋은
시를 선택하는 기준 등을 서술하고, 궁극적으로 시의 기능은 감동과 징계
에 있음을 강조하여, 시평의 본보기를 보이고 있다. <동자습서>는 초급
중국어 학습서격인『동자습』의 편찬 의의를 서술한 글로서, 중국어와 우
리말의 차이를 논한 다음, 세종의 훈민정음 창제와 세조의 본서 제작을
백대에 뛰어난 사업이라 기리고 있다.

17) 『양화소록養花小錄』(강희안姜希顔, 1449)

강희안은 자가 경우景遇이고, 호가 인재仁齋이다. 1441년(세종 23) 식년
문과에 정과로 급제하여 돈녕 부주부가 되었다. 1443년에 정인지 등과
함께 세종이 지은 정음 28자에 대한 해석을 상세하게 덧붙였다. 1444년
에 최항·박팽년·신숙주 등과 함께 정음으로『운회韻會』를 번역하였고,
1445년에는 최항 등과『용비어천가』의 주석을 붙였다. 1447년에 이조 정
랑이 되었고, 같은 해 최항·성삼문·이개 등과『동국정운』을 완성하였
다. 1454년(단종 2)에 집현전 직제학에 올랐고, 1456년 단종 복위 운동에
관련된 혐의로 심문을 받았으나 화를 면하였다. 1460년 호조 참의 겸 황
해도 관찰사가 되었고, 1463년에 중추원 부사가 되었다.
그는 시, 글씨, 그림에 모두 뛰어나 삼절三絶이라 불리었으며, 특히 전
서·예서와 팔분八分에도 일가를 이루었다. 시는 위응물韋應物·유종원柳宗
元과 같다는 평이 있었으나, 글을 세상에 발표하기를 꺼려 전하는 문집이

없다. 그의 그림은 송나라의 유용柳墉·곽희郭熙, 글씨는 진晉나라의 왕희지王羲之와 원나라의 조맹부趙孟頫에 비견되기도 하였다. 세조 때에 임신자壬申字를 녹여 글자를 새로 주조할 때 그가 글씨를 썼으며, 이를 을해자乙亥字라고 한다.

[원문자료 16] 『진산세고晉山世稿』 수록 『양화소록』 서

그는 천성이 침정아담沈正雅淡하고 관평낙이寬平樂易하였다. 문장사조화의 묘함에 이르러서는 일세를 독보獨步하였으나, 이를 모두 숨기고 알리지 않았다. 자제들 중에서 혹 서화를 구하는 사람이 있으면, 서화는 천기賤技이므로 후대에 전해지면 사대부의 이름에 욕이 된다고 하였다. 그의

수적手蹟은 이 때문에 세상에 전하는 것이 거의 없다.14)

그가 지은 『양화소록』은 일종의 원예서로서, 이 책에서 그는 예로부터 사람들이 가꾸어 완상玩賞하던 여러 초목들의 재배법과 이용법을 설명하고, 그 품격과 의미, 상징성들에 대하여 서술하였다. 각 초목들에 대한 실용적인 서술 외에 문학적인 향훈이 넘치는 대목도 적지 않게 눈에 띈다. 이 책의 현전본으로는 규장각 소장 『진산세고』에 수록되어 있는 것과 국립중앙도서관 등에 소장되어 있는 필사본들이 있다.

18) 『사가집四佳集』(서거정徐居正, 1420~1488)

서거정은 자가 강중剛中, 호가 사가정四佳亭이다. '사가정'은 서거정이 송경 남녘 수십 리에 있는 도라산都羅山 정자에 자편自扁한 것인데, '사시가흥여인동四時佳興與人同'이라는 정자程子의 시구15)에서 취함이니, 명나라 사신 축맹헌祝孟獻이 그 경치를 탄상하고 그 경개를 그려 갔다고 한다.16) 사가는 권근의 외손자요, 그의 자형姊兄이 최항이다. 조수趙須 · 유방선柳方善 등에게 배웠는데, 학문이 매우 넓어서 천문 · 지리 · 의약 · 복서卜筮 · 성명性命 · 풍수에까지 관통하였으며, 문장에 일가를 이루고, 특히 시에 능하였다. 1438년(세종 20) 생원 · 진사 양시에 합격하였고, 1444년 식년 문과에 을과로 급제하여 사재감직장司宰監直長에 제수되었다. 그 뒤 1447년 부수찬副修撰을 거쳐, 1451년(문종 1) 부교리에 올랐고, 1456년 집현전이 혁파되자 성균사예成均司藝로 옮겼다. 일찍이 조맹부趙孟頫의 <적벽부赤壁賦> 글자를 모아서 칠언절구 16수를 지었는데, 매우 청려하여 세조가 이

---

14) 『진산세고晋山世稿』 권2, <인재강공행장仁齋姜公行狀>.
15) 정호程顥가 지은 <추일우성시秋日偶成詩>의 뒷구로, 앞구는 '만물정관개자득萬物靜觀皆自得'이다.
16) 『동문선』 권80, <사가정기四佳亭記>.

를 보고 감탄하였다고 한다. 1457년 문과 중시에 병과로 급제하여 우사간·지제교에 초수招授되었고, 1458년 정시庭試에서 우등하여 공조 참의·지제교에 올랐다가 곧 이어 예조 참의로 옮겼다. 세조의 명으로『오행총괄五行摠括』을 저술하였다. 1460년 이조 참의로 옮기고, 사은사謝恩使로서 중국에 갔을 때 통주관通州館에서 안남 사신安南使臣을 만나 시재詩才를 겨루어 탄복을 받았으며, 요동인 구제丘霽가 그의 초고를 보고 감탄하였다 한다. 1465년에 예문관제학·중추부동지사中樞府同知事를 거쳐, 다음 해 발영시拔英試에 합격하여 예조 참판이 되고, 이어 등준시登俊試에 3등으로 합격하여 행동지중추부사行同知中樞府事에 특가特加되었으며,『경국대전』의 편찬에 참가하였다. 1467년 형조 판서로서 예문관 대제학·성균관 지사를 겸하여 문형文衡을 관장하였으며 국가의 전책典冊과 사명詞命이 모두 그의 손에서 나왔다. 1470년(성종 1) 좌참찬이 되었고, 1471년 달성군達城君에 봉하여졌다. 1476년 원접사遠接使가 되어 중국 사신을 맞이하였는데, 수창酬唱을 잘하여 기재奇才라는 칭송을 받았다. 이해 우찬성에 오르고,『삼국사절요』를 공편하였다. 1477년 도총관都摠管을, 다음 해에는 대제학을 겸직하였고, 곧 이어 한성부 판윤에 제수되었다. 이 해『동문선』130권을 신찬하였다. 1479년 이조 판서가 되어 송나라 제도에 의거하여 문과의 관시館試·한성시漢城試·향시鄕試에서 일곱 번 합격한 자를 서용敍用하는 법을 세웠다. 1480년『오자吳子』를 주석하고,『역대연표』를 찬진하였다. 1481년『신찬동국여지승람』50권을 찬진하고 병조판서가 되었으며, 1483년 좌찬성에 제수되었다. 1485년『동국통감』57권을 완성하였고, 1486년『필원잡기筆苑雜記』를 저술하여 사관史官의 결락을 보충하였다. 1487년 왕세자가 입학하자 박사가 되어『논어』를 강하였으며, 다음 해 죽었다. 시호는 문충文忠이다.

그는 무려 여섯 왕을 섬겨 45년간 조정에 봉사하고 26년간 문형을 관장하였으며, 23차에 걸쳐 과거 시험을 관장하여 많은 인재를 뽑았다. 그러나 김종직, 강희맹, 이승소가 모두 공에게 낙방되었다고 한다. 서거정에

서 조선 초기의 한문학이 대성하고 또 장래의 한문학이 여기에 기점을
두어 새 출발하였다고 하여도 지나친 말이 아니다. 그의 박학다식과 문장
의 웅방호건雄放豪健한 점은 다른 사람의 추종을 불허하였다. <정지거시화
靜志居詩話>에는 "성화成化 병신(1476, 성종 7)에 기순祁順이 사신이 되어
왕국(조선朝鮮)에 가니, 서거정이 관반館伴이 되어 서로 수창酬唱하였다. 기
순은 그가 옛 경서에 두루 통하고 장단편의 문장이 모두 깊이 근본이 있
으며 널리 무궁하다고 찬탄하였다. 대개 거정의 글은 중국 식자들의 것과
그다지 차이가 없다."라고 하였다.

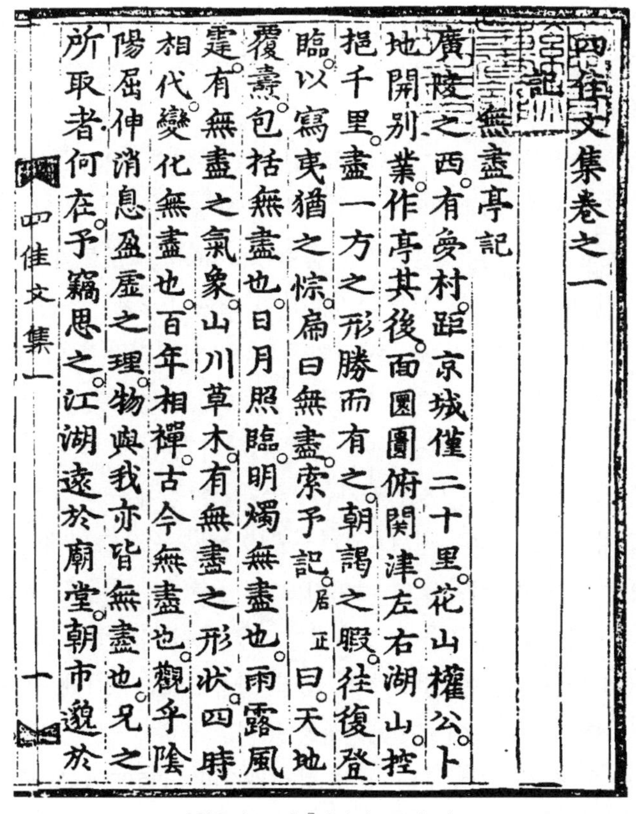

[원문자료 17]『사가집』문집 권1

한편 성현의 『용재총화』에서는 "서거정은 문장이 화미華美하여, 오직 한유·육유陸遊의 체를 본받았고, 문을 지을 때 염려艶麗하여 오래 동안 문단을 주름잡았다."라고 하였고, 신위는 그 박학함을 읊어, "사가의 번화하고 넉넉한 그 울타리를 누가 엿보겠는가? / '한압유봉'의 시는 경치를 그림이 웅혼雄渾하네 / 한 줄기 맑고도 번화한 재상의 글 기운이 있으니 / 흰 구름이 바다와 같아 / 마을 앞에 가득 차 있네(四佳繁富孰窺藩 閑鴨游蜂寫景渾 一種淸繁廊廟氣 白雲如海滿前村)"라고 하였다.

그의 박학함은 많은 저서로서 증명된다. 그의 시문집인 『사가집』을 비롯하여, 공동 찬집인 『동국통감』·『동국여지승람』·『동문선』·『경국대전』·『연주시격언해聯珠詩格諺解』 등이 있고, 개인 저술로는 『역대연표』·『동인시화東人詩話』·『태평한화골계전太平閑話滑稽傳』·『필원잡기』·『동인시문東人詩文』 등이 있다.

『사가집』 현전본은 63권 26책으로 된 목판본이다. 1488년(성종 19) 왕명으로 교서관에서 간행되었으나, 중간에 산일되었고, 1705년(숙종 31) 족손 문유文裕 등이 남은 원간본을 바탕으로 보유를 덧붙여 개간하였다. 권두에 임원준任元濬이 쓴 서문이 있다. 이 밖에 1929년 후손 정준廷俊·정규廷圭 등이 발문을 쓴 '수창세가인본壽昌世家印本'이란 본이 있는데, 숙종 때의 개간본과는 다소 차이가 있다. 1980년 오성사에서 숙종조의 개간본을 저본으로 이본을 보충하여 영인, 간행하였다. 이 책에는 시집·문집·『동인시화東人詩話』·『필원잡기』·『골계전』 등이 수록되었다. 시집은 원래 52권이었으나, 권6·권11, 권15~권19, 권23~권27, 권32~권43, 권47~권49 등 27권이 없어졌고, 나머지 25권만 수록하였다. 보유는 원래 3권이었으나, 이본에서 1권을 보태 4권이 되었다. 문집 권1·2는 기기, 권3은 기류記類, 권4~권6은 서序이다. 문집 보유편에는 권1에 비지류碑誌類 권2에 잡저류와 후손들의 발문이 실려 있다.

『동문선』은 신라시대로부터 편찬 당시까지의 약 500여 문인들의 작품 4300여 편을 55종의 문체별로 나누어 수록한 방대한 사화집詞華集이다.

상권 첫머리에 서거정이 쓴 서문과 양성지가 쓴 <진동문선전進東文選箋>
이 실려 있다. 서거정은 그 서문 중에서 작품의 선정 기준에 대해서 '사
리詞理가 순정醇正하고 치교治敎에 도움이 되는 것'을 골랐다고 한 것으로
보아, 이 책의 성향이 이른바 관각문학館閣文學 중심임을 알 수 있다. 실제
수록 작품 가운데 시는 약 4분의 1 정도이고 나머지는 문文에 속하는 것
으로서, 그 중에도 조직·교서·제고制誥·비답批答·주의奏議·차자箚
子·첩牒·책제策題 등 정교政敎 관계 문장과 표전表箋·축문祝文·소疏·
도량문道場文 등 의례적인 문들이 1,130편 가량 되며, 특히 표전 한 종류
만도 460여 편이나 된다. 대부분의 문헌이 인멸된 오늘날 이 책은 그야말
로 우리나라 문학사 대부분을 담고 있다고 해도 과언이 아닐 정도로 귀
중한 것이다. 이본으로는 1478년의 을해자 초간본과 1482년 갑인자 재간
본이 있고, 규장각에 소장되어 전하는 연대 미상의 목판본이 있다. 이 책
의 속편으로 만들어진 문헌으로 신용개申用漑 등이 편찬한 『속동문선』과
송상기宋相琦 등이 편찬한 신찬 『동문선』이 있다.

　『동인시화』는 1474년(성종 5)에 간행되고 1639년(인조 17)에 중간된
목판본 2권 2책으로 된 책이다. 이들 간본 이외에 여러 필사본이 전한다.
권두에 강희맹·최숙정崔淑精의 서문과 김수온의 <서동인시화후書東人詩話
後>가 실려 있고, 권말에는 이필영李必榮의 발이 수록되어 있다. 모두 143
편의 시화가 들어 있는데, 그 내용은 주로 중국과 우리나라 역대 문인들
의 시를 논한 것이다. 『동인시화』는 순수 시화집으로서의 문학사적 의의
가 크며, 우리 비평 문학의 남상이기도 하다.

　『필원잡기』는 목판본 상·하 2권으로, 우리나라 역대 왕세가 및 공경
사대부의 도덕·언행·문장·정치 중 가장 모범이 될 만한 내용과, 국가
의 전고典故나 여항閭巷의 풍속으로 사회교육과 관련되는 내용들을 추려
모은 것이다. 이 책에는 상당수의 설화들도 포함되어 있어 저자의 또 다
른 저서인 『태평한화골계전』(『골계전』이라고도 함)과 더불어 설화문학 연
구에 좋은 참고가 된다. 초간본은 유호인兪好仁이 의성 군수로 재임 중인

1487년(성종 18)에 간행한 것으로, 서거정의 조카 팽소彭召와 문인 표연말表沿末·조위曹偉 등의 서문 및 이세좌李世佐의 발문이 붙어 있다. 중간본은 서거정의 6대손 정리貞履가 1642년(인조 20) 청풍淸風에서 자신의 발문을 덧붙여 간행하였다.

상·하 2권으로 된『태평한화골계전』은 권두에 서거정의 자서와 양성지·강희맹의 서문이 있으며, 자서 끝부분에 '창룡정유중칠蒼龍丁酉重七'이라 있다. 이 기록을 통하여 이 책이 1477년(성종 8)에 이루어졌음을 알수 있다. 이 책의 이본으로는 유인본『고금소총』제 2권 수록본(총 146화), 정병욱 소장본(110화), 일본의 이마니시(금서今西)문고 소장본(187화) 등이 있다. 이 책에 수록되어 있는 이야기들은 고려 말과 조선 초에 고관·문인·승려들 사이에 떠도는 해학적 일화를 들은 대로 적은 것으로, 각 편에 등장하는 인물이 주로 양반층을 중심으로 하고 있어서 무명 서민들의 이야기인 민간설화와 성격이 매우 다르다. 강희맹은 서문 속에서『골계전』에 대하여, "사실에는 좋고 싫은 것이 따로 없으며, 풍속을 경계하는 것이 소중하고, 말에는 정교하고 거친 것이 따로 없으며, 이치에 이르는 것이 귀중하다."라고 하였다.

『삼국사절요』·『동국여지승람』·『동국통감』에 실린 서거정의 서문과『필원잡기』에 실린 내용 등에 의하여 우리는 그의 역사 의식을 살필 수있다.『삼국사절요』의 서문에서는 고구려·백제·신라 삼국의 세력이 서로 대등하다는 이른바 삼국균적三國均敵을 내세우고 있으며,『동국여지승람』의 서문에서는 우리나라가 단군에 의해 건국되어 기자箕子가 수봉受封한 이래로 삼국·고려시대에 넓은 강역을 차지하였음을 자랑하고 있다.『동국여지승람』은 이러한 영토에 대한 자부심과 역사 전통에 대한 신뢰를 바탕으로 하여, 중국의『방여승람方輿勝覽』이나『대명일통지大明一統志』와 맞먹는 우리나라 독자의 지리지로서 편찬된 것이다.

『속동문선』에는 ＜진삼국사절요전進三國史節要箋＞, ＜진동문선전進東文選箋＞, ＜진동국통감전進東國通鑑箋＞(이상 권11), ＜죽당기竹堂記＞, ＜가산기假

山記>, <허곡기虛谷記>, <효우정기孝友亭記>(이상 권13), <진일집서眞逸集序>, <계정집서桂庭集序>(이상 권15), <수직守職>(권18), <소격서뇌성보화천존기우昭格署雷聲普化天尊祈雨>(권19), <…증시문정공비명병서…贈謚文靖公碑銘幷序>, <…상당부원군한공신도비명병서…上黨府院君韓公神道碑銘幷序>(이상 권20) 등이 선록되어 있다.

그의 글 중 <송일본국경극전강남장주시서送日本國京極殿江南藏主詩序>는 사신으로 왔다 돌아가는 일본 승려에 대한 환송시의 서문으로 쓰인 것으로, 국적을 초월한 인간적 교류의 정이 진솔하게 표현되어 있다. <진일집서>는 안재安齋 성임成任이 요절한 아우 간侃의 유고를 모아『진일유고』로 엮으매 그 서문을 부탁받아 쓴 글로, 뛰어난 글재를 갖고 태어난 일대의 문장재사가 미처 그 뜻을 펴지도 못하고 사라져 갔음을 안타깝게 여기고, "이제 이 시집이 전하면 족히 사람의 귀와 눈을 감동시키며, 후세에까지 빛을 드리울 것이다. 현세에서 요행으로 부귀를 획득하여 한 세상을 뽐내고 살았으나, 아무런 훌륭한 이름도 남기지 못하고 죽는 사람과 비교한다면, 하늘과 땅과의 차이뿐이 아닐 것이니, 이것은 하늘이 화중(성간成侃)을 빼앗아 간 것이 도리어 화중에게 잘해 준 것이 아닌 줄 어찌 알리요? 화중 씨는 참으로 없어지지 아니 하였구나!"라고 맺고 있다. <계정집서桂庭集序>는 조선조 초기의 시승으로 이름 높은 계정스님의 문집 서문으로 쓴 글이다. 그 밖에도 문헌을 편찬하여 올리면서 지은 글로 <진삼국사절요전>·<진동문선전>·<진동국통감전> 같은 것들이 비교적 널리 알려져 있다.

<죽당기竹堂記>는 신숙서申叔胥가 별장에 대나무로 둘러싸인 죽당을 지어놓고 기를 지어주기를 요청하매 쓰게 된 글인데, 대나무에 덕을 빌어 죽당의 주인을 칭송하고 있다. 즉 '대란 그 성질이 곧으니, 곧으면 사곡邪曲하지 않고, 그 속이 비었으니 비면 받아들일 수 있으며, 통하되 마디진 것은 예禮가 되고, 절節이 있으되 잘 꺾어지는 것은 의義가 되고, 여러 가지 아름다운 점을 갖춘 것은 인仁이 여러 덕을 포함한 것이요, 겨울에 알

맞은 것은 지智에 속한 것이요, 우뚝히 빼어나고 굳세게 굽힐 줄 모르는 것은 용勇의 기상이요, 사시를 통해서 가지와 잎새가 바뀌지 않는 것은 그 지조요, 눈과 서리를 무시하고 겨울을 나는 것은 굳건한 그 절개요, 봉황새가 아니면 깃들지 못하고 군자가 아니면 벗할 수가 없으니, 그 덕이 아닌가?'라고 하였다. <허곡기>는 육통六通님의 호기號記로 쓴 글이며, <효우정기>는 쌍계雙溪(이종검李宗儉)와 암곡嵓谷(이종겸李宗謙) 형제가 창건한 '효우정'의 누정기樓亭記로 쓴 글이다.

19) 『삼탄집三灘集』(이승소李承召, 1422~1484)

이승소의 자는 윤보胤保, 호는 삼탄三灘. 1438년(세종 20) 17세로 진사시에 합격하고, 1447년 식년 문과에 장원으로 급제하여 집현전 부수찬을 배수받았다. 이어 부교리·응교에 승진하고, 1454년(단종 2) 장령이 되었다. 세조가 즉위하자 집현전 직제학으로서 원종공신原從功臣 2등에 책록되었다. 1458년(세조 4) 예조 참의가 되어 『초학자회언해본初學字會解本』을 찬정하였다. 이어 형조·호조 참의를 역임한 후, 1459년 사은사의 부사로 명나라에 다녀오고, 이조 참의·예문관 제학을 지냈다. 1462년 사성을 겸하고, 세조가 지은 『병장설兵將說』을 찬수하였다. 1467년 충청도 관찰사로 있을 때 신병을 얻어 위중하자 국왕이 의약을 내렸다. 예종이 즉위하자 예조 참판이 되어 명나라와의 외교 사무를 잘 처리하였다. 1471년(성종 2) 양성군陽城君에 봉해졌다. 이어 예조 판서가 되어 지경연사로서 경연 활동을 크게 일으켰다. 1472년 민간에 산재한 조종의 법전을 거두어 춘추관에 보관하게 하였고, 제사諸史의 간행·보급을 주청하였으며, 1475년에는 교육의 강화와 해불론害佛論을 제의하였다. 또한 여러 차례에 걸쳐 과거를 주관, 인재 등용에 힘썼으며, 왜인·야인 접대를 주관하였다. 1480년 이조·형조의 판서를 역임하면서 신숙주申叔舟 등과 『국조오례의

國朝五禮儀』를 편찬하였다. 1480년 주문사奏聞使의 부사로 다시 명나라에 다녀왔다. 그 뒤 이조판서·형조판서·우참찬·좌참찬으로서 문명을 드날렸으나, 1483년 신병이 심해져 사직을 상소하자, 한직인 중추원의 지중추부사가 되어 녹봉을 특별히 급여받았다. 시호는 문간文簡이다.

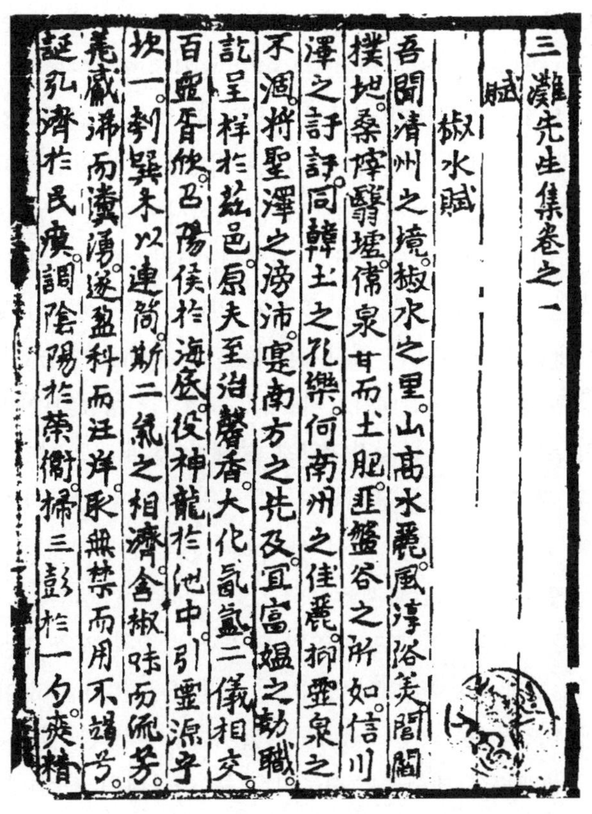

[원문자료 18] 『삼탄집』 권1

『삼탄집』은 두 가지의 이본이 전해온다. 그 하나는 1514년(중종 9)에 아들 희熙와 외손자 이수동李壽童이 편집, 간행한 6권 2책의 목활자본이다. 권두에 신용개申用漑와 남곤南袞의 서문이 있으며, 그의 행장과 묘지 각 1

편이 실려 있고, 권1~권6에 부부賦 1편, 사辭 2편, 시 693수가 수록되어 있다. 또 하나는 1535년 외손자 이수동이 충청 관찰사로 있을 때 청주목에서 간행한 것으로, 총 15권으로 편집된 목판본이다. 이 중 권9부터 권15까지의 2책이 전해진다. 권9에 시 139수, 권10·권11에 기記 4편, 서序 21편, 발跋 3편, 해解 1편, 권12에 잠箴·논論·의議 각 1편, 잡저 7편, 책제策題 7편, 권13에 서書 1편, 제문 6편, 책冊 3편, 청사靑詞 2편, 교敎 1편, 전箋 5편, 권14·권15에 비갈碑碣 8편, 묘지 8편, 행장 1편 등이 수록되어 있다. 1514년 간행본의 서문에서 남곤은, 성종이 간행하려고 수집하다가 명을 내리기 전에 죽어 출판되지 못하였음을 밝히고 있다.

두 본을 아울러 살펴보면, 기記 중 <명석사만경헌기楡石寺萬景軒記>는 불가佛家의 글이다. 서序에는 송서送序가 5편, 시편詩編 서문이 11편, 『황화집皇華集』 등 관판본에 대한 서문 5편이 있다. 발은 시편의 발문들이고, 병서兵書에 대한 발문이 1편 있다. 송서送序나 시서詩序에는 상인上人[17]과 관계되는 글이 많다. <회간대왕묘의懷簡大王廟議>는 성종의 아버지인 덕종德宗이 이미 중국으로부터 회간대왕에 봉해진 점과, 또 사친私親에 대한 중국 조정의 전례를 들어 그 신위를 문소전文昭殿에 합부하여야 한다고 주장한 글이다. 잡저는 형조 판서 사직소와 계契에 관계된 글들이다(<유생금란계儒生金蘭契>·<난파계鸞坡契>·<장병관계掌兵官契>·<관서열읍태수계關西列邑太守契>). 책제는 북쪽의 야인과 남쪽의 왜와 유구, 또 여러 섬들의 추수酋帥에 대한 접대와 방비 등 국방문제를 다룬 것이 대부분이다. 이 밖에 비갈들은 신숙주申叔舟·김질金礩 등에 관한 것이다. 그의 글에 대하여 『용재총화』에서는, "시문이 모두 아름다워 교장巧匠이 다듬은 듯하며, 연장의 흔적이 보이지 않았다."라고 평하였다.

『속동문선』에는 <진오례의주전進五禮儀注箋>(권11), <세심정기洗心亭記>(권13), <약태평광기서略太平廣記序>, <송영천경유송경시서送永川卿遊松京詩

---

17) 지혜와 덕을 갖춘 승려의 존칭.

序>, <송법경상인유금강산시서送法冏上人遊金剛山詩序>, <송홍문관교리김군흔봉사일본시서送弘文館校理金君訴奉使日本詩序>, <사우정시서四雨亭詩序>(이상 권15), <태일초太一醮>, <뇌성보화천존초雷聲普化天尊醮>, <태일초기우청사太一醮祈雨靑詞>(이상 권19), <고령부원군신숙주문충공묘비명병서高靈府院君申叔周文忠公墓碑銘幷序>(권20) 등이 선록되었다.

<약태평광기서>는 성임成任이 편찬한 『상절태평광기詳節太平廣記』에 붙인 서문이다. 대체로 유자는 성경현전이나 역사가 아니면 제자백가서류는 '사문난적斯文亂賊'이요 이단으로 여겨졌다. 때문에 패관소설이란 장르는 문학 속에 발디딜 틈조차 없었다. 이러한 분위기에도 불구하고 성임은 온갖 이담패설異談稗說들의 총집總輯인 『태평광기』를 받아들여 요점을 추려 상절詳節을 만들어 간행하였고, 이로써 우리 문학사에도 이른바 패관문학서의 산출을 보게 되기에 이르렀다. 이승소의 <약태평광기서>에도 그 의의에 대하여 말하기를, "비록 그것이 모두 성인의 경전과 합치되지는 않으나, 반드시 일단의 볼 만한 것이 없지 않으며, 오히려 견문을 넓히는 데 이바지한다."라고 긍정적인 평가를 내린 데 이어 "만일 육경의 도리를 배워서 학문이 이미 정대고명한 경지에 이르렀다면, 비록 거리의 이야기와 골목의 말(가담항설街談巷說) 같은 저속한 것이라도 모두 이치가 담겨 있는 것이니, 반드시 나를 돕는 소득이 있을 것이다. 더구나 한가하고 울적할 때에 이것을 얻어서 읽고 있으면, 곧 옛사람과 함께 한자리에 얘기하며 웃으며 희학하는 듯하여, 심심하고 불평한 기분이 얼음 녹듯이 확 풀리며 족히 마음을 소탕疏蕩하게 할 것이니, 어찌 한번 팽팽하게 했다가 한번은 늦추어 주는 방법이 아니겠는가? 그렇지 아니하면 예로부터 패관이란 관직을 설치할 필요가 없으며, 소설을 하는 학자들도 후세에 전하지 아니할 것이다."라고 하였다. 이는 바로 소설문학의 타기唾棄 및 폄시가 주조를 이루던 시대적 분위기 속에서 감히 반기를 들고 도리어 그 필요성을 적극 주창한 발언으로서 문학사에서 높이 평가되어야 할 것이다.

<세심정기>는 은천군銀川君이 새로 강가에 정자를 짓고 '세심'이라 편

액을 하니, 이승소가 그 뜻을 풀이한 글이다. 그 내용은 오직 사심이 없이 物物에 응하고, 그 물이 능히 마음을 더럽힐 수 없는 경지에 이른 후에야 마음을 씻었다 할 것인데, 세심정의 주인은 이 같은 성인의 마음 씻는 법으로 그 마음을 씻은 데다, 이제 맑고 넓어 티끌이 없는 경계에 임했으니, 안팎이 서로 수양되어 마땅히 성현과 함께 돌아갈 것이라고 찬양하는 것으로 되어 있다. <사우정시서> 역시 한 왕손의 '사우정四雨亭'이란 정자에 부친 글로서, 시를 옳게 감상하려는 사람은 그 어구나 음운이 잘 된 것을 보지 않고, 그 자연의 참 경지를 얻어야 하며, 따라서 시의 바른 뜻은 모두 말뜻 밖에서 얻을 것이요, 문장에 구애되어서는 안 된다고 하였다. 이는 문장의 작법 내지는 감상의 요체를 잘 드러낸 것이 아닐 수 없다.

20) 『사숙재집私淑齋集』·『촌담해이村談解頤』(강희맹姜希孟, 1424~1483)

강희맹의 자는 경순景醇, 호는 사숙재私淑齋이다. 1447년(세종 29) 별시 문과에 18세로 장원급제한 뒤 종부시주부宗簿寺主簿가 되었다. 1453년(단종 1)에 예조 정랑과 돈녕 판관을 역임하고, 1455년(세조 1) 2등 공신에 봉해진 후 예조 참의·이조 참의를 거쳐, 1463년 중추원 부사로서 진헌부사進獻副使가 되어 명나라에 다녀왔다. 이듬해 부윤으로서 어제구현재시御製求賢才試에 2등 합격하고, 1466년 발영시拔英試에 3등, 등준시登俊試에 2등으로 급제, 세자 빈객이 되었으며, 예조 판서를 거쳐 1467년에는 형조 판서로 특배되었다. 1468년(예종 1)에 남이南怡의 옥사獄事를 다스린 공으로 진산군晉山君에 봉해졌다. 1471년에 지춘추관사로서 신숙주 등과 함께 『세조실록』·『예종실록』의 편찬에 참여하였다. 1473년에는 병조 판서가 되고, 이어서 판중추 부사·이조 판서·판돈녕 부사·우찬성을 역임한 뒤 1482년에 좌찬성에 이르렀다. 시호는 문량文良이다.

그는 인품이 겸손하고 치밀하여 맡은 일을 잘 처리하였으며, 또 경사經

史와 전고典故에 통달한 당대의 뛰어난 문장가였다. 그는 할아버지와 아버지, 형의 시집인 『진산세고晉山世稿』를 편찬하였으며, 세조 때 『신찬국조보감新撰國朝寶鑑』·『경국대전』의 편찬과 사서삼경의 언해, 성종 때는 『동문선』·『동국여지승람』·『국조오례의』·『국조오례의서례』의 편찬에 참여하였다. 또한 소나무와 대나무 및 산수화를 특히 잘 그렸고, 글씨로는 원각사비圓覺寺碑 등을 썼다. 저서로는 성종의 명에 따라 서거정徐居正 이 편찬한 『사숙재집私淑齋集』 17권 이외에 『금양잡록衿陽雜錄』·『촌담해이村談解頤』 등이 있다.

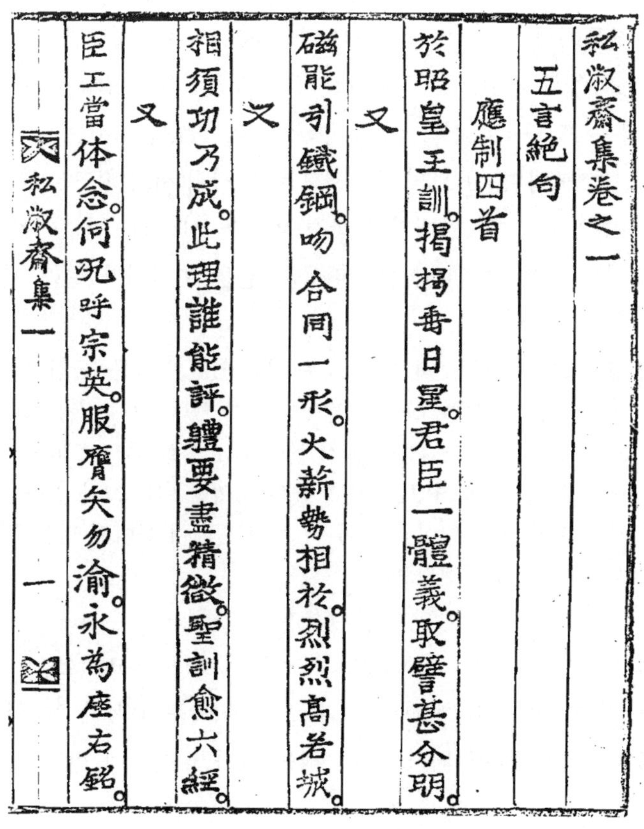

[원문자료 19] 『사숙재집』 권1

『사숙재집』은 12권 5책의 목활자본이다. 1805년(순조 5) 후손들에 의해 무장茂長 선운사禪雲寺에서 간행되었다. 권두에 서거정徐居正의 구서舊序와 권말에 10대손 주선柱善의 발문이 있다. 권1~권4는 시, 권5는 사辭·부賦·잡저·가사歌辭, 권6은 소疏·교서敎書·제문·계문契文·소문疏文·상량문·책策, 권7은 서書·행장·비명·비음기碑陰記·전傳, 권8은 기·서序, 권9는 설, 권10은 발, 권11은 <금양잡록>, 권12는 부록으로 행장·신도비명·유사로 되어 있다.

강희맹의 문재에 대한 평가로, 신용개申用漑의 『삼탄집三灘集』에서는 그를 서거정·김수온과 더불어 '3대수三大手'라 칭하였으며, 서거정은 <사숙재집> 서문에서 '조부 통정通亭(1357~1402)의 단려端麗함, 부 석덕碩德(1395~1459)의 간결함, 형 희안希顔(1417~1464)의 충담沖澹함을 겸유하였다'고 칭송하였다. 또 신흠申欽의 『청창연담晴窓軟談』에서는 그의 시문은 '정치홍아精緻興雅하며, 규모의 큰 것으로는 사가(서거정)도 미치지 못한다'고 극찬하였다. 그의 당대의 문학적 비중을 시사해 주는 이야기로, 이수광李晬光의 『지봉유설芝峯類說』에 다음과 같은 이야기가 실려 전한다.

> 서거정이 26년 동안 오래 문형文衡을 쥐고 있었기 때문에, 김종직·강희맹·이승소 같은 이들이 모두 문형이 되지 못했다. 그래서 당시에 서거정은 '문병文柄을 오래 독점함이 옳지 못하다'는 말을 듣고, '내가 물러나면 누가 이 소임을 감당하겠는가?'고 했는데, 어떤 이는 그가 김종직·강희맹들과 사이가 좋지 않아 문병이 이 두 사람에게 돌아갈 것을 두려워하여 내놓지 않았다고 한다.[18]

『촌담해이』는 일종의 소담집으로, 유인본油印本 『고금소총古今笑叢』에 수록되어 있는 것(총 10화)과 고려대 도서관본(총 4화)의 2종의 이본이 알려져 있다. 자서自序에 의하면, 이 책은 편자가 시골에 한거閑居하던 중

---

18) 『지봉유설芝峯類說』 권4, 관직부官職部 학사學士.

I. 한국문학의 어제와 오늘 **113**

촌로村老들과 나누었던 극담劇談들을 모은 것이라 하는데, 그 대부분이 음담패설에 속하는 내용들이다. 편자 자신은 이들 이야기를 음미하여 일상생활에 반영한다면 수신修身 제가齊家에도 도움이 되고, 이를 확대 적용하면 어디에서든지 그 공功이 나타날 것이며, 성현들의 교훈도 여기에서 크게 벗어나지 않을 것이라고 그 의의를 토로하였다.

[원문자료 20] 『촌담해이』(고려대 소장) 소수 〈모란탈재〉

『용재총화』에는 그의 글을 평하여 '시문이 전아하여 천기天機가 스스로 잘 이르렀고, 제사諸士 중에서 가장 정절精絶'이라고 하였다. 〈금양잡록〉은 농사 기술에 관한 기록으로, 농가農家·농담農談·농자대農者對·제풍변諸風辨·종곡의種穀宜·선농기選農記의 6단으로 분류되어 있다.

『사숙재집』의 <진국세편음부해소進國勢篇陰符解疏>는 그가 세조의 명에 의하여 『음부경陰符經』을 주소注疏한 후 붙인 '음부해'라는 글과, 시사時事에 대하여 견문한 바를 쓴 '국세편國勢篇' 합하여 편찬한 책을 올리면서 진상한 글로서, 유자儒者로서 군사에 관한 의견을 진술한 데 대한 겸양의 뜻을 드러내 보이고 있다. <송가취성수찬세명유관동서送家贅成修撰世明遊關東序>는 그가 고려 때 이곡李穀의 <동유기東遊記> 및 안축安軸의 <관동와주關東瓦注>를 읽고 관동 유람을 동경하다가 마침내 꿈을 이룬 후 그 감동을 적은 소기행문이다.

그가 지은 설 작품 가운데 <기조설誋蚤說>·<승목설升木說>·<훈자오설訓子五說> 등은 저자의 문학적 재능을 잘 보여주는 우언寓言과 해학에 뛰어난 글들이다. 이 중 <훈자 오설>에 들어 있는 다섯 편은 저자가 아들(구손龜孫)을 위하여 지은 것이다. 첫 번째 <도자설盜者說>은 도둑질을 업으로 삼는 어떤 부자父子에 관한 예화로, 아버지가 꾀를 써서 아들 스스로 천하에 제일가는 도둑이 되게 한다는 이야기인데, 학문은 남이 가르쳐 주기보다는 자득하여야 한다는 뜻을 담고 있다. 두 번째 <담사설啗蛇說>은 처음에 뱀을 먹는 악습을 비난하던 사람이 차차 자신도 그 악습에 빠져드는 비유담을 통하여 사람들의 탐욕이 가져오는 폐해를 경계하고 있다. 세 번째 <등산설>은 노나라 사람의 아들 3형제에 대한 이야기이다. 세 아들 중 하나는 착실하나 다리를 절고, 하나는 호기심은 많으나 몸은 완전하고, 하나는 경솔하나 용력이 있었는데, 이 셋이 등산을 한 결과 결국에는 절름발이 아들이 정상을 정복하였다는 이야기로, 힘이나 재주보다는 성실함이 성공의 요체임을 설파한 내용이다. 네 번째 <삼치설三雉說>은 사냥꾼이 덫으로 꿩을 꾀어들여 잡게 되는데, 꿩의 성질에 따라 어떤 놈은 단번에 잡히기도 하고, 혹은 두 번째나 혹은 세 번째에야 잡히는 것처럼, 선비도 친구의 유혹에 빠지기 쉬움을 경계한 것이다. 마지막 <요통설溺[尿]桶說>은 부친의 명령을 듣지 않던 아들이 부친 사후에 망신을 당한 다음에야 뉘우치는 이야기로, 부훈을 따를 것을 강조한 내용이다.

　한편 <기조설蟣蚤說>은 평소에 벼룩을 꺼리지 않던 사람이 벼룩을 두려워하게 되어, 그 이유를 추구한 끝에 기운의 전일조— 여부에 달려 있음을 깨닫게 되는 이야기로, 기운이 전일하지 못하기 때문에 마음이 온갖 생각으로 나뉘어 근심 걱정이 생긴 끝에 마침내 죽음에까지 이르게 된다고 하였다. <승목설升木說>은 솜씨 좋은 나무꾼과 그렇지 못한 나무꾼에 대한 이야기로, 전자는 자신의 재주를 자랑하던 끝에 결국에는 높은 나무에서 떨어져 폐인이 되었다는 내용이다. 이 비유담을 통하여 작자는 탐욕의 해와 소욕의 이利를 후손들에게 경계하고자 하였다.

　작자는 이러한 많은 설문說文들에 나타나는 바와 같이, 비유담에 평설을 더하는 수법으로, 이른바 문학당의설文學糖衣說을 훌륭히 수행하고 있다. 아마도 강희맹은 우리 문학사상 가장 대표적인 우화 작가로 내세워도 별로 손색이 없을 듯하다. 이 글에서 그의 설 작품 모두를 원작 그대로 소개하지 못함이 유감이다.

　『속동문선』에는 <가산찬假山贊>(권11), <청류함양수김군종직서請留咸陽守金君宗直書>, <답이중평서答李仲平書>(권11~97), <조우인상자서弔友人喪子書>(이상 권12), <소산만계정사기梳山灣溪精舍記>, <만휴정기萬休亭記>(이상 권13), <역대연표서歷代年表序>, <홍문박사조태허영친서弘文博士曹太虛榮親序>, <양화소록서養花小錄序>, <송유수찬귀양서送兪修撰歸養序>, <송사구상인서送師舊上人序>(이상 권15), <춘추사전발春秋四傳跋>(권17) 등이 선록되었다.

21) 『진일유고眞逸遺稿』(성간成侃, 1427~1456)

　성간의 자는 화중和仲, 호는 진일재眞逸齋이다. 유방선의 문인으로, 1441년(세종 23) 진사시에 합격하였고, 1453년(단종 1) 증광시 문과에 급제한 후, 전농직장典農直長·수찬을 거쳐 정언正言에 임명되었으나, 부임하기 전에 병으로 죽었다. 그는 경사經史는 물론 제자백가서도 두루 섭렵하여 문장·기예技藝·음률·복서卜筮 등에 밝았다.

『진일유고』는 4권 1책의 목판본으로, 저자의 형인 임任이 1467년에 유고를 수집 정리하여 간행한 것이다. 권두에 서거정과 성현의 서문이 있고, 권말에 이승소의 발문이 있다. 권1~권3은 고시·율절律絶·사詞 241수를 수록하고, 권4는 부賦·기記·서발序跋·설說·전傳·전箋 들이 수록되어 있다. 성간은 나이 서른을 못 넘기고 죽었으나 문재가 뛰어났고, 김수온·서거정·이승소·강희맹·노사신盧思愼·임원준任元濬·이파李坡·김수녕金壽寧 등 당대 명사들과 교유하여 문학적 성가가 대단히 높았다.

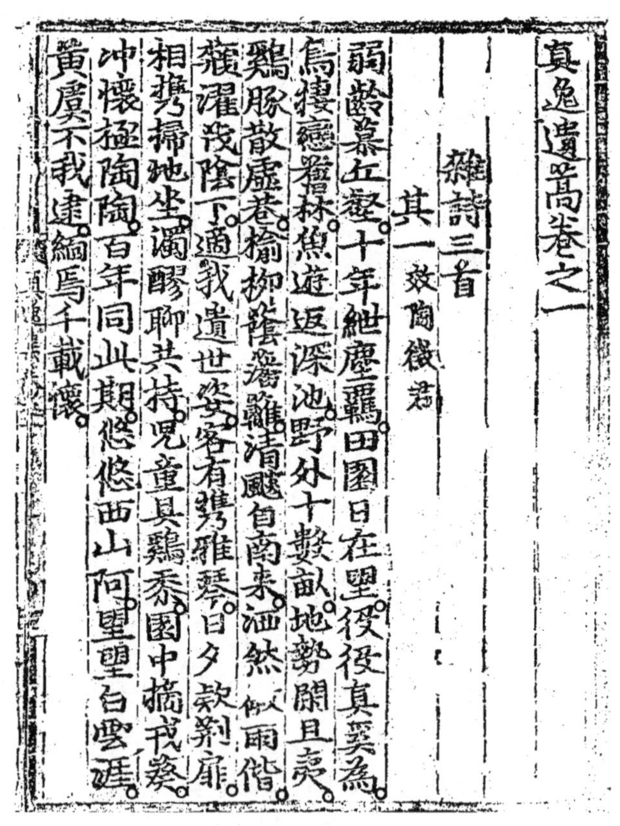

[원문자료 21] 『진일유고』 권1

　서거정은『필원잡기』에서, "수찬 성간이 어려서부터 널리 보고 많이 기억하여 읽지 않은 서적이 없었으니, 경사經史로부터 제자백가와 천문·지리·의약·복서卜筮·도경圖經·석교釋教·산법算法·역어譯語의 넓고 좁은 것을 모두 섭렵하였으며, 사대부와 붕우의 집에 희귀한 서적이 있다는 얘기를 들으면 반드시 구해보고야 말았다. 내가 집현전에 있을 때에, 성간이 장서각 속에 있는 비장본을 보았으면 하고 원하기에 내가 말하기를, '궁중 비장본은 경솔히 외인에게 보일 수 없다.' 하고 난처해했다. 하루는 혼자서 연일 숙직하고 있던 바 홀연히 기침하는 소리가 들렸는데 바로 성간이었다. 비장도서 보기를 더욱 간절히 청하여 비로소 허락하였더니, 밤새도록 등불을 켜고 한 번도 눈을 붙이지 않고 거의 다 열람하였는데, 뒤에 장서각 속의 서적 체제와 권질을 말하는 데도 또한 조금도 착오가 없었다. 그 후 10년 후에 성간이 과거에 올라 집현전에 들어와 항상 장서각 속에 파묻혀 좌우의 서적을 밤낮으로 다 열람하니, 동료들이 '서음전벽書淫傳僻'으로 기롱하였다. 그러나 독서에 과로하여 몸이 여위고 파리하게 되어 나이 30세에 죽으니 애석하다."라고 하였다.

　『진일유고』권4의 문 부분에는 탁전托傳인 <용부전傭夫傳>, 서거정의 초기 시집에 대한 발문인 <서강중시고후書剛中詩藁後>, 집현전 수명찬受命撰의『국조오례의』에 대한 서문인 <오례서五禮序> 등 글이 실려 있다. 시문을 통틀어 유불 교섭의 흔적이 두드러지게 나타나 있다.『동문선』에는 <유관악산북암기遊冠岳山北巖記>, <훈련원사청기訓練院射廳記>, <성균관기成均館記>(이상 권82), <구일등고시서九日登高詩序>, <송이수재서送李秀才序>, <송범사유방서送梵師遊方序>(이상 권94), <용부전>(권101) 등의 문들이 선록되었다. 이 중 <유관악산북암기>와 <구일등고시서>는 모두 유산기遊山記적 성격이 강한 글들로서, 전자는 소품이기는 하지만 산정에 올라 사방을 관망할 때의 심경 묘사가 매우 절실하게 그려져 있고, 후자는 왕유王維의 고사19)를 본따 지은 '등고시登高詩'에 붙여 지은 서문으로 서정성이 돋보여 매우 삽상 청신하게 느껴진다. <훈련원사청기> 및 <성

균관기>는 이들과 전연 다른 성향을 보여주는 글들로, 새로운 관청의 설치에 즈음하여 그 의의를 되새기고 강조하는 실용적 성격이 강하게 나타나는 것들이다. 한편 <송이수재서>와 <송범사유방서>는 각각 이수재(이경李庚)와 범상인(범사梵師)이란 특정 인물의 요청을 받아 쓴 송서送序이다. <송이수재서>는 상경을 앞둔 이경이 서울에서 무슨 책을 구득할까 문의한 데에 대하여, 성간은 군자와 범인의 선서選書법의 차이를 장석匠石과 범인의 나무 고르는 것에 비유하여 당부하는 내용으로, "산림 속에 들어간 범인은 각기 자기의 재력에 따라 쓸 만한 것을 베어 가지만, 장석은 온갖 종류의 목재가 모두 합당하여 쓰지 못할 것이 없다."라고 하였다. <송범사유방서>에서는 "사람이 한 곳에 머무름은 애착이 생긴 때문이요 범스님이 이제 떠나려 함은 애착을 버린 때문이니, 다시 돌아왔을 때에는 필연 견문도 해박해질 것이므로 떠남을 조금도 주저하지 말라."라고 하였다.

<용부전>은 고려 때의 이규보가 지은 <용풍傭風>의 영향을 받은 것으로 알려져 왔다. 근수자勤須子(부지런하고 적극적인 심성)가 평소의 학덕으로 용부(게으른 심성)를 설득하려다 실패하고, 주색으로 유혹하자, 용부가 비로소 게으른 병을 떨쳐버렸다는 내용의 작품으로서, 단순한 감이 없지 않으나 뒷날 이른바 '천군' 계열 작품들의 선구적 작품으로 평가할 만하다.

● **참조 원고**

"세종시대의 산문문학", 『세종문화사대계 I 어학·문학』(세종대왕기념사업회, 1998. 12).

---

19) 왕유가 지은 시 작품 <구월구일억산중형제九月九日憶山中兄弟>.

5. 창조적 의지의 자세

1)

　우리는 19세기 말 서구문화 이입의 결과, 흔히 전통문화가 단절되었다는 이야기를 들어왔다. 그러나 이러한 인과론은 매우 잘못된 견해가 아닐 수 없다. 왜냐하면 기나긴 우리의 역사 속에서 외래문화의 이입 현상은 19세기 말뿐만 아니라 유사 이래 계속되어 온 것이고, 이에 따라 전통문화 역시 끊임없이 변모되어 왔기 때문이다. 유교문화나 불교문화가 이 땅에 전래된 것은 그러한 문화적 이입의 중요한 것이 될 것이다. 그러나 유교문화나 불교문화의 전래가 우리의 전통문화를 단절시켰다고 말할 수는 없을 것이다. 외래문화의 이입 결과 전통문화가 단절될 수 있다는 결론은 논리적 비약이 아닐 수 없다. 서구 문화의 이입을 전통문화의 단절로 규정짓는다면 현재 우리가 살고 있는 문화는 우리의 전통문화가 아니고 서구의 전통문화라는 이야기가 된다.

　도대체 ‘전통문화’란 무엇인가? 이 말의 실체를 정확히 파악한다는 것은 매우 어려운 일이겠지만, 요컨대 거기에는 과거로부터 현재라는 시간 의식과 한반도라고 하는 공간 의식이 작용하고 있고, 또한 정신문화와 물질문화를 모두 포괄하는 개념임은 분명하다. 전통문화란 하루아침에 이루어지는 것이 아니요, 하루아침에 소멸될 수 있는 것도 아니다. 문화적 실상 중에서 어느 세부적 구체적 사례가 소멸되는 수는 있을 수 있으나 전체적 문화 전통이 송두리째 바뀐다는 일은 있을 수 없기 때문이다. 이는 가령 의식주 생활 가운데 어느 구체적 습관은 바뀐다 하더라도 근본적인 생활 방식은 좀처럼 바뀌지 않는 것과 같다.

2)

전통의 단절론이 부당한 것처럼, 전통의 부정론 역시 매우 온당치 못하다. 전통의 부정론자들은 흔히 "우리에게는 고유의 문화적 전통이 없다."라고 말한다. 이들에게 '고유한 것'만이 '전통'인 셈이다. 그러나 전통을 이런 식으로 규정한다면 도대체 세계 어디에 고유 전통을 인정해 줄 수 있는 민족이나 국가가 있을까? 역사상에 그 어떤 문화도 독창적인 문화는 없다고 보는 것이 타당하다. 찬란한 시대의 찬란한 문화일수록 문화의 건널목에 위치하여 외래문화의 수용을 토대로 이루어지는 것이 일반적이기 때문이다. 서양의 대표적인 문화인 그리스나 로마의 문화도 끊임없는 외래문화와의 접촉 속에서 피어난 것을 구태여 처들 필요도 없는 것이다. 이러한 관점에서 남을 모방하기에 바빴던 일본의 경우에도 전통 문화가 없다고 말할 수는 없는 것이다.

그러므로 전통을 찾는 데에는 오로지 고유의 것만을 찾을 것이 아니라 일반성, 세계성 속에서 특수성이나 독자성을 찾아야 할 것이다. 한국 문화의 전통 계승 문제도 이러한 관점에서 추구하여 꼭 한국 고유의 것만을 찾는 데에 주력할 것이 아니라 세계 문화의 일반적 현상 속에서 일어난 외래적 요소의 한국적 수용과 그를 통한 한국 문화의 변형을 밝히는 데에 역점이 두어져야 할 것이다. 아무리 문화의 이입이라 하지만 원문화 그대로가 우리 문화 속에 복사된 것은 아니고 그때까지 지녀왔던 문화적 터전 위에서 어느 정도의 변화가 생기게 마련이므로, 원래의 모습에서 변화된 모습을 밝히고, 나아가 그 변화의 원인을 추구하여 이를 더욱 가다듬고 계승하는 태도가 바람직한 것으로 생각한다.

3)

전통은 반드시 과거의 것으로 생각하여 과거의 것 그대로에 집착하려는 태도는 전통문화 계승을 위한 바른 태도가 되지 못한다. 원래적인 것에 끊임없이 창조적 요소가 가해졌을 때 전통문화의 발전은 이룩되는 것이요, 만약 과거의 것만을 고집하는 문화가 있다면 그것은 정체된 문화 혹은 죽은 문화에 지나지 못할 것이다. 그렇다고 하여 필자가 시대에 영합하여 함부로 전통문화를 개변시키는 태도까지 옹호하려는 의도는 조금도 없다. 우리는 전통문화의 재현이라는 기치를 높이 들고 행해지는 각종의 전시성 행사들이 완전히 일회적인 쇼로서 끝나 버리고 마는 실례들을 많이 보아왔다. 일시적인 신기함으로써 대중에 영합하려는 행사의 내용들은 결코 전통이 될 수는 없을 것이다.

전통이란 역사적 시간과 반드시 비례하여 존재하는 것은 아니다. 다시 말하면 시대가 오래다는 사실만으로 전통이 되는 것은 아니란 말이다. 우리는 거리에서 '수십 년 전통 운운'의 캐치·프레이즈를 내걸고 손님의 주의를 끄는 상술을 자주 볼 수 있다. 그러나 이 경우 전통이란 말의 의미는 시간이 오래 되었다는 의미 외에는 아무것도 아니다. 이것은 국가나 민족의 경우도 마찬가지일 것이다. 유구한 역사를 지니고 있는 국가라 하더라도 뚜렷이 내세울 전통이 없는 국가가 있는가 하면, 그 반대로 역사는 짧지만 매우 훌륭한 전통을 창조해 낸 국가도 적지 않음을 우리는 잘 알고 있는 것이다.

4)

전통의 창조 및 계승이 쉬운 일이 아님은 두말할 여지도 없다. 우리는 전통문화가 단절될 수도 부정될 수도 없는 것이라는 긍정적인 입장에 서서, 전통의 고정 불변 관념을 갖지 않고, 전통에 대한 창조적 의지를 기울여간다면, 우리 미래의 전통은 기대하여도 좋으리라. 물론 전통의 창조는 많은 사람들에 의한 오랜 세월에 걸친 끊임없는 노력을 필요로 할 것이다.

이제까지 전통에 대한 논의는 무수히 이루어져 왔지만 전통의 실체에 대한 구체적인 지적은 별로 없었으며, 설령 있었다 하더라도, 그들은 단순한 현상의 지적에서 끝내 버렸든가, 아니면 전통에 대한 맹목적인 추종을 강요한 경우가 꽤 많았다. 앞으로는 이러한 풍토가 지양되어 전통에 대한 비판과 점진적인 개선책도 논의되어야 할 줄로 믿는다.

● **참조 원고**

"창조적 의지의 자세 ― 전통 문화론을 반성한다 3", 『연세춘추』, 900호(1981. 6. 15).

◈ ◈ ◈

6. 하성夏城[창녕] 문학사 시고

　　1989년 9월 필자는 정말 우연한 인연으로 미국 동부 캠브리지 시에 있는 하버드대 객원 교수로서 1년 간 유학할 수 있는 기회를 얻게 되었다. 다행히도 미국 유수한 이 학교의 하버드-옌칭 도서관에는 중국과 일본의 장서는 물론 한국학 관계의 도서도 약 10여 만 권이 소장되어 있어 미국 제일의 한국학 연구 본산임을 자랑하고 있었다. 이 도서관을 이용하는 동안에 놀라지 않을 수 없었던 것은, 비록 지하실 한 구석에 자리 잡고 있기는 하지만, 수천 여 책에 이르는 우리나라의 족보가 개가식 서가에 잘 진열되고 있었다는 점이다. 뿐만 아니라 바로 옆에는 상당량의 문집들이 수장되어 연구자들이 열람하여 주기를 기다리고 있었다. 솔직히 말해서 모국에서 학위 논문인『조선후기 문헌 설화의 연구』라는 글을 쓰면서, 몇몇 족보들과 문집들을 참고하기 위하여 얼마나 많은 시간과 경비와 노력을 경주하여야 했던가? 그러나 이곳에서는 일반서는 물론, 고서까지도 마음대로 접근하여 손쉽게 이용할 수 있었다. 개중에는 창녕 조씨의 족보 4종과 문집 20여 종도 포함되어 있었다.

　　창녕 후인으로서의 '귀소본능'이 일깨워졌음인지, 아니면 자신의 존재를 확인하기 위한 충동에서였는지 자연스레 창녕 조씨의 족보에 먼저 손이 가게 되었다. 서갑을 열고 조심스레 책갈피를 넘기려는데 무엇인가가 발밑으로 툭 떨어져 내렸다. 무심코 집어보니 그것은 다름 아닌 '가승家乘'이었다. 가로 60cm, 세로 8.5cm 가량의 한지를 가로로 착착 접어놓은 것이었는데, 내용을 살펴보니 표지에는 '시조 휘 겸始祖諱謙'이라 되어 있고, 안에는 대충 시중공파 오중공파의 19대 손이 되는 어느 집안 것임을 알 수 있었다. 또 다른 족보를 들추니 거기에도 가로 55cm, 세로 8.5cm 정도의 것이 들어 있었는데, 그것은 표지에 '세보'라 적혀 있고 뒤에는 '경술오월회정간유신庚戌五月晦丁間有新'이라는 기록이 있었다. 그 내용은 24세 상치공尙治公으로부터 시작하여 27세 부제학공파 우찬성부원군을 거쳐 34세에까지 이르고 있었다. 두 문건 모두 원 소유자의 무수한 손길이 스쳤음인지 앞뒷장은 종이가 피어져 글씨의 형체조차 알아보기 힘들었다. 아마도 이곳의 족보들은 동란을 겪는 와중에서 우연히 서사로 흘러들어갔다가 기이한 인연으로 이 곳 이역 만리까지 흘러오게 된 것인데, 그 바람에 이들 가승까지 따라 오게 된 모양이었다.

이들을 도로 챙겨 책갈피 속에 넣을까 망설이다가 후손된 도리로서 고국으로 가져가는 것이 옳다는 판단을 하였다. 물론 공공도서관의 재산에 손을 대는 것이 아닌가 하는 점 때문에 매우 주저하기도 했지만, 이들은 등록된 책의 일부가 아니요, 필연 매매 과정에서 잘못 끼어 들어갔을 성싶은 한 장짜리의 문건이란 점, 더구나 우려스러웠던 것은 지질 상태로 보아 조만간 어떤 사람에 의하여 휴지 취급을 당해 영영 내던져 버려지기 십상일 것이라는 우려 때문에 두 눈을 감고 지참해 버리기로 하였다. 물론 가승이란 것이 대개 그렇듯이 이들 역시 뭐 특별한 내용을 담고 있는 것은 아니었고, 이들이 그냥 그곳에 남아 있음으로써 두고두고 그 족보의 유출처까지 시사케 해주는 것은 그다지 쾌한 일이 못된다고 판단하였음도 가승을 무단 반출(?)하게 된 핑계가 되었음을 실토하지 않을 수 없다.

족보에 이어 조문曹門의 선조들이 남긴 몇 종의 문집들을 뒤지는 동안 불현듯 이번 기회에 문학도로서 선조가 한국문학에 기여한 바를 정리해 보면 어떻겠는가 하는 생각이 떠올랐다. 시간도 넉넉하고, 문헌도 완전하다 할 수는 없지만 어느 정도 갖추어져 있는 터이니 당장이라도 착수해 볼 만한 일이었다. 그리하여 역대의 문헌들을 시대를 따라 내려오면서 문적을 뒤적여 창녕 후인들의 문학상 업적을 찾기 시작하였다.

1) 한문학

먼저 『삼국사기』와 『삼국유사』를 뒤졌지만 유감스럽게도 이 양 문헌에서는 아무런 자료도 찾아낼 수가 없었다. 다음은 『고려사』의 차례였다. 이 책에는 군데군데 창녕인들의 개인적인 기록이 나타나는 외에 열전이 설정되어 있는 경우도 6개 처나 있었다. 즉 권108 열전21 익청益淸 ; 권121 열전34 효립孝立·희삼希參 ; 권123 열전36 윤통允通 ; 권126 열전39 민수敏修 ; 권128 열전41 원정元正 ; 권131 열전44 적頔편이 그것이다. 그러나 이들 항목들은 정치사를 중심으로 한 역사적 사실이 중심을 이루고 있으므로, 그 곳에서 문학적 기록을 찾을 수 없었음은 당연하였다. 그 밖에 고려시대의 자료를 얻기 위하여 현전하는 여러 개인 문집들을 뒤져 보았으나, 약간의 단편적인 자료를 얻는 데 그쳤을 뿐이었다.

조선조에 이르러 제9대 성종의 명을 받아 서거정徐居正(1420~1488) 등에 의해 편찬된 『동문선』(1478)에는 당대까지의 시문들이 망라되어 있다. 이 책은 본권 130권, 목록 3권을 합하여 113권 45책으로 이루어져 있는데, 그 중에는 약 500여 가의 작품 4,302편이 수록되어 있다. 이 문헌을 통하여 창녕인 두 분(서庶, 계방繼芳)의 주옥 같은 작품들을 접할 수 있었다. 물론 총서의 전체 분량에 비하면 창녕인의 작품 수가 너무 적은 듯해 유감스러웠지만, 그래도 이 글들이 '타고 남은 구슬들'로서 수백 년에 걸쳐 만인에 회자되었을 것을 생각하면 정말 귀중하게 생각지 않을 수 없었다.

『동문선』에 이어 약 40여 년 후인 1518년에 편찬된『속동문선』(신용개申用漑 편찬)을 살펴보았다. 이 책은 본권 21권, 목록 2권을 합하여 총 23권 11책으로서, 여기에는 총 1,281편이 수록되고 있는데, 개중에는 매계공梅溪公의 작품들이 다수 수록되어 있다. 이 양 문헌에 수록되지 못한 작품으로 1713년에 송상기宋相琦(1657~1723)가 편찬한『동문선』(총 1,215편 수록)에 오른 작품도 약간 편이 있다. 한시 부문에서 최근의 문헌이긴 하지만 가장 호한한 내용을 담고 있는『대동시선』을 빼어놓을 수 없다. 이 책은 1918년 장지연張志淵(1864~1921)이 편찬한 것으로, 위로는 고조선으로부터 밑으로는 한말에 이르기까지 시대 순에 의하여 2,000여 인의 각체시를 편찬해 놓은 것으로, 범례에서 밝히고 있는 바와 같이『동문선』,『청구풍아』,『기아』,『동시선』,『소대풍요』,『풍요속삼선』,『대동명시선』등과 같은 역대의 시선집을 토대로 하여 증선 속보하였기 때문에, 이 한 책으로 다른 문헌을 망라하였다고 하여도 지나친 말은 아니다. 참고에 이바지하기 위하여『동문선』과『대동시선』에 선록된 창녕인의 시문을 정리하여 보기로 하겠다.

(1) 한시문

* 동=『동문선』, 대=『대동시선』수록분

서庶　　　7언고시　<증진사인贈陳舍人>(동1)

　　　　　5언절구　<증본국해수사贈本國海守師>(동19)

　　　　　7언절구　<경안부慶安府>(동22 / 대2) ; <오령묘五靈廟>(동22)

　　　　　5언율시　<송주자란送朱子蘭>(동1)

　　　　　7언율시　<중구유감重九有感>(동17 / 대2)

계방繼芳 7언절구　<헌홍시중언박獻洪侍中彦博>(동21) ; <산거山居>(동21 / 대1)

상치尙治사詞　　　<봉화단종자규사奉和端宗子規詞>(대2)

위偉　　　5언고시　<부설용왕형공운賦雪用王荊公韻>(속동3) ; <계림팔관병서鷄林

八觀并序 집경전集慶殿 무열왕릉武烈王陵 영묘사靈妙寺＞(속동3)

7언고시 ＜반월성半月城＞(속동5) ; ＜총석정叢石亭＞(속동5) ; ＜첨성대瞻星臺＞(속동5) ; ＜옥적玉笛＞(속동5) ; ＜부여회고차가정운扶餘懷古次家亭韻＞(속동5) ; ＜남당행희증이교수계종겸동유제자南堂行戲贈李教授季宗兼同遊諸子＞(속동5) ; ＜가섭암迦葉庵＞(속동5 / 대2)

5언절구 ＜기긴이절寄伸二絶＞(속동9) ; ＜기주寄冑＞(대2)

7언절구 ＜기의로寄誼老＞(속동9) ; ＜유남호시동유이자성중엄정희량遺南湖示同遊二子成重淹鄭希良＞(속동10) ; ＜용만즉사龍灣卽事＞(속동10) ; ＜남천과한강南遷過漢江)＞(속동10) ; ＜제강매화족題江梅畫簇＞(대2)

5언율시 ＜영흥객관야좌永興客館夜座＞(속동6 / 대2) ; ＜차운답순부次韻答淳夫＞(속동6 / 대2) ; ＜차운부영설운次韻夫詠雪韻＞(속동6)

7언율시 ＜숙직지사여선원동부宿直旨寺與善源同賦＞(속동8) ; ＜기증종제존신寄贈從弟存愼＞(속동8) ; ＜차운답순부次韻答淳夫＞(속동8) ; ＜금장대 2수金藏臺 二首＞(속동8) ; ＜취승정차운聚勝亭次韻＞(대2)

기기 ＜독서당기讀書堂記＞(속동14) ; ＜규정기葵亭記＞(속동14)

신신申 5언율시 ＜서교구원주書交龜院柱＞(대2)

7언율시 ＜우음偶吟＞(대2)

식식植 5언절구 ＜우음偶吟＞(대2) ; ＜천왕봉天王峯＞(대2)

7언절구 ＜희증이황강戲贈李黃江＞(대2) ; ＜만성漫成＞(대2)

수성守城 7언절구 ＜차정가원운次鄭可遠韻＞(대3)

신준臣俊 5언절구 ＜규원閨怨＞(대3) ; ＜강행江行＞(대3) ; ＜고의古意＞(대3)

7언절구 ＜송이경력지경送李經歷之京＞(대3)

5언율시 ＜감춘感春＞(대3)

7언률시 ＜송정주서여확파관귀향送鄭注書汝確罷官歸鄉＞(대3) ; ＜박진사민첨운朴進士民瞻韻＞(대3)

문수文秀 7언율시 ＜유수遺愁＞(대4)

한영漢英 7언율시 ＜반옥답청일정청음潘獄踏青日呈淸陰＞(대4)

석석錫 7언절구 ＜고의古意＞(대5) ; ＜문작聞鵲＞(대5)

5언율시　<주酒>(대5)

7언율시　<희성戱成>(대5)

하망夏望 7언절구　<상봉행相逢行>(대6) ; <청루곡靑樓曲>(대6) ; <적성수박계량사한별어赤城倅朴季良師漢別語>(대6)

5언율시　<임사강용두운기래의운각기任士强用杜韻寄來依韻却寄>(대6)

7언율시　<경포대鏡浦臺>(대6) ; <금강정화오서파판시錦江亭和吳西坡板詩>(대6) ; <월산지감越山志感>(대6)

영진英振 7언율시　<송조자현귀향送趙子賢歸鄕>(대8)

준민俊民 7언율시　<과창도역過昌道驛>(대8)

익환益煥 7언율시　<경구여성운엄참봉주만전춘京口與省雲嚴參奉杜萬餞春>(대10)

조씨曺氏 7언절구　<야행夜行>(대12)

　이상의 16가 66편이 상기 두 문헌에 수록된 창녕 문원(文苑)의 전모이다. 다음은 앞으로의 연구를 위하여 창녕인들이 남긴 문집들을 정리하여 보았다.

(2) 문집

이이李怡　[퇴사헌退思軒]　(태종조)　『퇴사헌유집退思軒遺集』

위위韋偉　[매계梅溪]　(1454~1503)　『매계집梅溪集』

신신申伸　[적암適庵]　(1454~1528)　『적암시고適庵詩稿』

식식植植　[남명南冥]　(1501~1572)　『남명집南冥集』

식식湜湜　[매암梅庵]　(1526~1572)　『매암견고梅庵遺稿』

광익光益　[취원당聚遠堂]　(1537~1578)　『취원당선생문집聚遠堂先生文集』

호익好益　[지산芝山]　(1545~1609)　『지산선생문집芝山先生文集』

대중大中　[정곡鼎谷]　(1549~1590)　『정곡선생문집鼎谷先生文集』

여흠汝欽　[취곡翠谷]　(1549~1597)　『취곡집翠谷集』

홍립弘立　[수죽數竹]　(1558~1640)　『수죽선생문집數竹先生文集』

우인友仁	[매호梅湖]	(1561~1625)	『매호집梅湖集』
수홍守弘	[사촌沙村]	(1573~1607)	『사촌유집沙村遺集』
신준臣俊	[영내寧耐]	(1573~?)	『영내유고寧耐遺稿』
행립行立	[태호兌湖]	(1580~1663)	『태호집兌湖集』
정립挺立	[오계梧溪]	(1583~1660)	『오계선생문집梧溪先生文集』
문수文秀	[설정雪汀]	(1590~1647)	『설정시집雪汀詩集』
황엽	[구봉九峰]	(1600~1665)	『구봉유집九峰遺集』
한영漢英	[회곡晦谷]	(1600~1670)	『회곡집晦谷集』/『설교수창집雪窖酬唱集』
			(김상헌金尙憲 공저)
여충汝忠	[경당敬堂]	(1613~1678)	『경당일고敬堂逸稿』
수성守誠	[청강淸江]	(1613~1678)	『청강유집淸江遺集』
이추爾樞	[사우당四友堂]	(1661~1707)	『사우당선생문집四友堂先生文集』(유고)
구령九齡	[정옹酊翁]	(1657~1719)	『정옹선생문집酊翁先生文集』
하위夏瑋	[소암笑菴]	(1678~1752)	『소암선생문집笑菴先生文集』
			* 득운得雲의『탁성재일고濁惺齋逸稿』합.
익한翼漢	[묵암默庵]	(1680~1741)	『묵암집默庵集』
하망夏望	[서주西州]	(1682~1747)	『서주집西州集』
광국光國	[감로재感露齋]	(1691~1758)	『감로재유고感露齋遺稿』
용한龍翰	[자계慈溪]	(1694~1741)	『자계선생유집慈溪先生遺集』
정룡挺龍	[초당草堂]	(1694~1769)	『초당선생문집草堂先生文集』
선적善迪	[치재恥齋]	(1697~1756)	『치재유고恥齋遺稿』
득운得雲	[독성재獨惺齋]	(1698~1766)	『독성재일고獨惺齋逸稿』
용석龍錫	[북계北溪]	(1705~1774)	『북계선생문집北溪先生文集』
서구舒九	[손재巽齋]	(1710~1772)	『손재유고巽齋遺稿』
림霖	[신재新齋]	(1711~1790)	『신재문집新齋文集』
채신采臣	[일암一庵]	(1717~1797)	『일암선생문집一庵先生文集』
득신德臣	[둔암遯庵]	(1722~1791)	『둔암집遯庵集』
진옥振玉	[상옥相玉]	(1731~1819)	『일호선생문집一皓先生文集』
희유喜有	[경은耕隱]	(1742~1814)	『경은집耕隱集』

윤대允大　[동포東浦]　　　(1748~1813)　『동포유고東浦遺稿』

천택天澤　[회당悔堂]　　　(1764~1821)　『회당집悔堂集』

　　　　　　　　　　　　　　　　　　　　＊병모秉模의 『하성세고夏城世稿』에 합집

계황啓晃　[괴정槐亭]　　　(1787~1831)　『괴정유고槐亭遺稿』

성근誠謹　[침암沈菴]　　　(1792~1858)　『침암집沈菴集』

　　　　　　　　　　　　　　　　　　　　＊병모秉模의 『하성세고夏城世稿』에 합집

극승克承　[구애龜厓]　　　(1803~1877)　『구애선생문집龜厓先生文集』

봉묵鳳默　[화교華郊]　　　(1805~1883)　『화교유고華郊遺稿』

선장善長　[병애屛厓]　　　(순조조)　　　『병애선생집屛厓先生集』

석원錫元　[소운紹雲]　　　(1817~ ?)　　『소운유고紹雲遺稿』

극승克承　[죽계竹溪]　　　(1824~1899)　『죽계유고竹溪遺稿』

학승學承　[야옹野翁]　　　(1825~1894)　『야옹유고野翁遺稿』

석주錫疇　[융산隆山]　　　(1826~1885)　『융산집隆山集』

　　　　　　　　　　　　　　　　　　　　＊병모秉模의 『하성세고夏城世稿』에 합집

규승逵承　[성재省齋]　　　(1827~1908)　『성재유고省齋遺稿』

파승怕承　[눌암訥庵]　　　(1828~1897)　『눌암유고訥庵遺稿』

의곤毅坤　[동오東塢]　　　(1832~1893)　『동오유고東塢遺稿』

백승栢承　[임거林渠]　　　(1835~1893)　『임거일고林渠逸稿』

익승翊承　[창계昌溪]　　　(1841~1918)　『창계문집昌溪文集』

택승澤承　[굴헌掘軒]　　　(1841~1907)　『굴헌선생집掘軒先生集』

병의柄義　[소리재素履齋]　(1842~1901)　『소리재집素履齋集』

화승華承　[두계杜溪]　　　(1843~1897)　『두계유고杜溪遺稿』

시영始永　[후계後溪]　　　(1843~1912)　『후계문집後溪文集』

병소秉沼　[창래滄萊]　　　(1846~1921)　『창래유고滄萊遺稿』

원순垣淳　[복암復菴]　　　(1850~1903)　『복암집復菴集』

봉우鳳愚　[동산東山]　　　(1852~1918)　『동산집東山集』

세환世煥　[시남市南]　　　(1854~1941)　『시남집市南集』

석룡錫龍　[소산小山]　　　(1862~1943)　『소산집小山集』

　　　　　　　　　　　　　　　　　　　　＊병모秉模의 『하성세고夏城世稿』에 합집

백순百淳	[모재慕齋]	(1863~1932)	『모재사고慕齋私稿』
석일錫一	[오암梧巖]	(1868~1916)	『오암선생문집梧巖先生文集』
용섭龍燮	[위당韋堂]	(1870~1930)	『위당유고韋堂遺稿』
용상庸相	[현재弦齋]	(1870~1929)	『현재집弦齋集』
긍섭兢燮	[심재深齋]	(1873~1933)	『심재선생문집深齋先生文集』：『심재선생속집深齋先生續集』；『암서선생문집巖棲先生文集』
덕승悳承	[흠재欽齋]	(1873~1960)	『흠재선생문고欽齋先生文藁』
유찬有贊	[성재惺齋]	(고종조)	『성재집惺齋集』
석일錫日	[강재强齋]	(1886~1969)	『강재선생문집强齋先生文集』
규철圭喆	[숙야재夙夜齋]	(1906~1981)	『숙야재총고夙夜齋叢稿』

(연대미상)

병후秉侯	[행치行癡]	『행치선생집行癡先生集』
한경漢卿	[만와晩窩]	『만와집晩窩集』
기종夔鍾	[여암餘庵]	『여암문집餘庵文集』
병만秉萬	[회계晦溪]	『회계집晦溪集』
병선秉善	[기헌寄軒]	『기헌유고寄軒遺稿』
병원秉元	[송간松澗]	『송간유고松澗遺稿』
명엽命燁	[가헌稼軒]	『가헌유고稼軒遺稿』
한방翰邦	[농아당聾啞堂]	『농아당문집聾啞堂文集』
적遏	[용주龍洲]	『용주집龍州集』
남승湳承		『조공금진유고曺公金鎭遺稿』
?	[독기獨碁]	『독기선생집獨碁先生集』[1)

　　이상과 같이 인쇄본을 중심으로 총 83가의 문집을 찾아볼 수 있었다. 그러나 이 밖에도 미조사분이 더 있을 것으로 생각되며, 특히 필사본이나

---

1) 원고가 발표된 후 동국대 조은曺恩 교수의 고마우신 지적을 받아 성근誠謹, 천택天澤, 석주錫疇, 석룡錫龍 네 분의 생몰연대를 보정할 수 있었음을 밝혀둔다.

사가본 유일본들은 상당히 많을 줄로 믿는다. 또한 위에서 살펴본 문집들이 도처 각 기관들에 산재되어 있어 일일이 확인하지 못하였으나 개중에는 간혹 오인된 것도 있을 것으로 생각된다. 특히 연대 미상의 경우는 파보를 확인하면 상당수 정정될 것으로 생각되나 시간 관계상 일단 미루어 두었음을 송구스럽게 생각한다. 앞으로 반드시 보정작업이 있어야 할 것이다.

(3) 시조

시조 문원에 있어서는 단연 남명의 경우가 시대적으로나 작품 수로 돋보인다. 시조문학의 확실한 출발기를 15세기경으로 보는 견해에 따른다면, 남명의 작품들은 불과 1세기 가량밖에 뒤지지 않는 것이다. 물론 남명 작으로 기록되고 있는 작품들에 대하여 그 진위에 대하여 많은 논란이 있는 것도 사실이지만, 문헌 기록에는 여덟 작품이 남명의 작으로 알려지고 있다. 다음 작품은 남명의 작으로 일컬어지고 있는 것 중에서 이론이 없는 유일한 예이다.

> 頭流山(두류산) 兩端水(양단수)를 예 듣고 이제 보니
> 桃花(도화) 뜬 맑은 물에 山影(산영)조차 잠겼세라
> 아희야 武陵(무릉)이 어디오 나는 옌가 하노라

이 작품은 남명이 만년에 두류산에 들어 산천재山川齋를 이룩하고 살았으니 그 무렵의 심경을 읊은 것이 아닌가 한다. 남명은 중종과 선조 양조에 걸쳐 수차에 걸쳐 부름을 받았으나 끝까지 벼슬을 마다하고 산야에 은거하여 독서를 일삼으며 후진 양성에 힘써 후손에게 모범을 보이었다.

다음은 이러한 고결한 기품을 잘 드러내 보이고 있는 작품으로 국정교과서에도 수록되기도 하여 꽤 널리 알려진 작품이다.

嚴冬(엄동)에 베옷 입고 巖穴(암혈)에 눈비 맞아
구름 낀 볕뉘도 쬔 적이 없건마는
서산에 해진다 하니 눈물 겨워 하노라

여기에서 <서산의 해>란 바로 중종을 가리킨다고 한다. 이 두 작품
외에 <碧海渴流後(벽해갈류후)에> ; <金烏玉免(금오옥토)들아> ; <淸凉山(청
량산) 六六峰(육육봉)을> ; <男兒(남아)의 少年身世(소년 신세)> ; <漁村(어촌)
에 落照(낙조)하고> ; <자네 집에 술 익거든> 등의 작품들이『악학습령樂
學拾令』,『청구영언』(연민본淵民本) 등에 남명 작으로 되어 있다. 또한 이들
시조집에는 <樂遊原(낙유원) 깊은골에>가 회곡晦谷(한영漢英, 1608~1670)
작으로, <봄이 간다커늘>이 윤성允成 작으로, <아희 없는 깊은 골에>가
송하옹松下翁(윤형允亨, 1725~1799) 작으로 올라 있다.

(4) 가사

가사 문원에 있어서는 매계, 남명, 매호梅湖 세 분의 작품을 거론할 수
가 있다. 우선 매계의 <만분가萬憤歌>는『잡동산이雜同散異』(제43책)에 수
록되어 있다. 이 가사는 매계가 무오사화(1490)에 화를 당하여 전라도 순
천으로 유배되었을 때 지은 것으로, 이른바 '유배가사'의 첫 작품으로 알
려지고 있다. 매계는 이 가사를, 초나라의 굴원이 <천문天門>을 지어 그
의 안타깝고 억울함을 풀려던 것에 비하여, 어느 누구에게도 호소할 길이
없는 비분함을 옥황(즉 성종)에게 하소연하였다고 한다. 그러나 매계는
끝내 순천 땅에서 풀려나지 못한 채 병몰하였다. 이 가사의 끝부분인 다
음 대목은 한글이 창제된 지 불과 30여 년 만에 이루어진 것이라고는 믿
어지지 않을 정도로 아름다운 우리말을 구사하여 곡진한 심정을 표현하
고 있다는 점에서 우리 문학의 절창이라고 아니할 수 없다. 더구나 이 작
품은 연대적으로 보아 가사문학의 효시적 작품으로 일컬어지는 불우헌(정

극인, 1401~1481)의 <상춘곡>에 불과 반세기 뒤진 때에 지어져, 이에
버금가는 작품으로도 귀중하다.

하늘이 높고 높아 말 없이 높은 뜻을
구름 위에 나는 새야 네 아니 알었더냐
어와 이 내 가슴 산이 되고 돌이 되어
어디어디 쌓였으며
비 되고 물이 되어 어디어디 울어옐꼬
아무나 이 내 뜻 알 이 곧 있으면
百世交遊(백세교유) 萬世相感(만세상감)하리라

　남명이 <남명가>를 지었다는 기록은 『지봉유설』(권14)에 보이나 실제
작품은 현전하지 않으며, 어떤 사람은 현전하는 <권선지로가>가 동일
작품일 것으로 추정하기도 한다. <권선지로가>는 『순오지』에도 남명 작
임이 명기되어 있어 작자에 관한한 이론의 여지가 없다. 『순오지』의 저자
현묵자(홍만종, 1623~1659)는 이 작품에 대하여 '성리학의 근원을 나타
내고 도학을 닦는 길을 가르쳤으니, 실로 유학의 지침을 주고 있다.'고 높
이 평가하였다. 그 내용은 대체로 유학의 근본 가르침을 '큰 길 / 낮(밝음)'
에 비유하여 세상 사람들이 이 큰 길을 취하지 않고 '작은 길 / 밤'을 다
님을 경계하고자 한 것이다.
　매호(우인友仁, 1561~1625)는 <매호별곡>, <자도사自悼詞>, <속관동
별곡>, <출새곡出塞曲> 등을 남기어 모두 『이재영언』(이재頤齋는 우인의
또 다른 아호) 속에 현전하고 있다. 이처럼 여러 작품을 남기고 있다는
점에서 우인은 노계(박인로, 1561~1642)와 더불어 17세기 가사문학계의
쌍벽이라 하여도 지나친 말은 아니다. 특히 <매호별곡>은 우인이 만년
에 경북 상주군 사벌면 매호리에서 지은 것으로, 한역 작품까지 나왔을
정도로 당대 문학에 상당한 영향을 끼친 것으로 알려져 있다. 한편 <출
새곡>은 1616년 가을 그가 경성 판관으로 부임하게 되어 치재恥齋(조탁曺

偉, 1552~1621)를 찾아 갔더니, 치재가 매호에게 송강(정철, 1536~1593)의 <관동별곡>과 기봉岐峯(백광홍, 1522~1556)의 <관서별곡>, 즉 동과 서에 대하여 북에 관한 노래를 지어 보라는 말을 듣고 지은 것이라 한다.

(5) 번역문학, 언해문학

창녕인이 번역문학 혹은 언해문학에서 남긴 흔적은 우뚝하다. 가장 대표적인 것을 들어 보면 매계의 『분류두공부시』('두시언해'로 통칭)와 적암의 『이륜행실도』가 그것이다. 이들은 문학 분야뿐만 아니라 언어 분야에서도 매우 중요한 위치를 점하고 있어, 특히 국어국문학 전공자들에게는 필독의 책들이다. 아마도 중등 교육과정를 마친 경우라면 누구나 고등 국어 교과서를 통하여 이들을 배우지 아니한 사람이 없을 줄 안다.

『두시언해』(초간본)는 시성으로 일컬어지는 두보의 한시 1,647편을 왕명에 의하여 매계 등이 번역한 것으로, 1481년에 활자본으로 간행되었는데, 그 서문을 매계가 썼다. 초간본이 간행된 지 150여 년이 지난 후 1632년에 초간본을 교정한 중간본이 목판본으로 간행되었다. 이 두 본 중에서 초간본이 특히 중시되는데, 그 이유를 몇 가지만 들어 보면 다음과 같다. 즉 최초의 국역 한시집이라는 점, 더구나 번역이 우수하여 후일의 번역문학의 모범을 보이고 있다는 점, 초간본과 중간본 사이에 언어 차이가 상당하여 국어사적 가치가 매우 크다는 점, 다시 말한다면 음운적으로 어휘면으로 중기 고어 연구에 귀중하다는 점, 특히 지금은 사라진 고유 어휘가 풍부히 구사되고 있다는 점, 전 25권 17책 중 중간본은 완본이 전하나 초간본은 아직까지도 1, 2, 4, 5, 12의 5권이 발견되지 않고 있다는 점 등이다.

적암이 편찬한 『이륜행실도』는 장유유서와 붕우유신의 이륜의 도덕에 특출한 중국의 주나라로부터 원나라에 이르는 인물 48명의 행적을 판화로 그리고 한문으로 설명한 뒤에 이를 우리말로 언해하여 훈민정음, 즉 한글로 표기한 책이다. 판화의 뛰어난 그림 솜씨와 성의 있는 번역으로 정평이 나 있고『두시언해』처럼 국어학 연구에 있어서 빼어놓을 수 없는 귀중한 문헌으로 알려져 있다. 내용의 편차를 보면 대개 형제, 종족, 붕우, 사생師生 순으로 되어 있다. 이 책은 정조 때에 이르러『삼강행실도』와 합친 후, 손질을 가하여『오륜행실도』로 간행된 바 있다.

2) 결어

거창한 이름의 가칭 '창녕 문학사'를 정리하면서 깊이 통감한 점은 선인들의 문학적 업적이 너무나 알려져 있지 않다는 점이다.『소문쇄록』과『이륜행실도』의 저자로 알려져 있는 적암의 항목이『한국민족문화대백과사전』에는 빠져 있다. 길게 말할 것도 없고 남을 탓할 것도 없다. 이것은 순전히 후손들의 잘못일 수밖에 없으니 현재로선 자신을 반성하고 발분하여 앞으로의 시정 기회를 기다리는 수밖에 없겠다.

지면과 시간 제한에 쫓기어 이것으로써 글을 끝맺고자 한다. 글의 성격상 선인들께 대하여 일일이 경어와 경칭을 붙여 드리지 않고 평어와 아호로써 대신했음을 매우 송구스럽게 생각하며, 배움이 너무 얕은 탓으로 필시 오류와 유루가 많을 것으로 생각하는데, 이에 대하여 많은 질정 있기를 간절히 바란다.

● **참조 원고**

"창녕인과 국문학 상·하",『일원一源』, 창간호(창녕조씨중앙화수회, 1993. 12) 및『일원』(재창간호, 도서출판 일원, 1995. 5).

II. 시가문학의 세계

1. 한국 고전시가 메타포 논고

1) 머리말

시란 운율과 메타포Metaphor의 건축물이다. 즉 시는 음악적·미술적 구성을 통한 상상의 계시啓示로 이루어진다는 말이다. 실로 시가 산문과 구별될 수 있는 가장 큰 요인은 설명적인 요소를 압축할 대로 압축하여 함축적인 이미지image로서 독자의 상상력과 결부되는 창조성에 기인하는 것이다.

말라르메Stéphane Mallarmé는, "시는 훌륭한 음악이다."라고 하였으며, 또 "시의 즐거움은 어느 정도의 추측을 통한 희열 속에서 이루어지는 암시의 과정에 있다."라고 하였다. 여기서 말라르메가 '시'를 '음악'이라 한 것은 시의 음악적인 특질인 '운율'과 아울러 암시의 과정 즉 '은유적 기능'도 염두에 두고 한 말이다.

시는 메타포의 사용에 의해서 보다 새로운 의미의 뉘앙스를 가지게 함으로써 그 표현력이 풍부하게 된다. 그러나 메타포는 항상 참신하고 개성적이어야 하며 언외언言外言을 지시하여야 한다는 필연성 때문에 시가 난해하다는 비난을 면치 못하는 요인이 되기도 한다. 시작에 있어서 메타포의 중요성에 대하여는 『시학詩學』의 저자 아리스토텔레스Aristoteles이나 『시

론詩論』의 저자 호라티우스Horatius 때부터 강조되어 왔다. 그리하여 우리
는 구태여 허버트 리드H. E. Read나, 루카스T. L. Lucas, 레르너L.D. Lerner,
랭거S. K. Langer 여사 들의 말1)을 빌리지 않더라도 메타포가 작품 성공의
에센스임을 인지認知하고 있는 것이다.

그러나 우리의 고전시가를 조심스럽게 읽어 볼 기회를 가졌던 사람이
라면 누구나 이내 상상의 여지가 없는 너무나 평범한 서술적 묘사에 실
망하고 말았을 것이다. 시 작품의 가치 평가에 있어서 '운율'과 '메타포'
의 효용이 절대적 척도가 될 수 없다고 하더라도 그 기본적인 요소가 된
다는 점을 인정한다면, 우리의 고전시가에 대한 종래와 같은 무비판적 찬
양의 태도는 지양하고 새로운 객관적 분석 비판에 의한 가치관이 확립되
어야 할 것이다.

따라서 본고의 목적은 우리의 고전시가에서 메타포가 어떻게 사용되었
는가를 살피려는 데에 있다. 당초의 생각으로는 우리의 고전문학 전반에
서 나타나는 메타포에 대한 고찰을 시도하려 하였으나, 천학비재淺學非才
로서의 필자에게 그것은 너무나 광범위한 일로 여겨졌고, 또 상당한 분량
을 요할 것 같아, 국문학 전반에 걸친 고찰은 후일로 미루고, 우선 시가
— 그것도 여요와 시조에 국한하여 살펴보기로 하였다.

그리고 이론 전개에 있어서 서구의 방법론을 도입하였던 것은 '문학예
술'의 근본 원리에 동서의 '벽'이 있을 수 없다는 필자의 생각도 있었지
만, 무엇보다도 주된 원인은 본격적인 문학연구의 역사가 짧은 우리의 현
빈로서는 부득이한 일이었다.

---

1) 아리스토텔레스 : "무엇보다 중요한 일은 메타포를 자유로이 구사할 수 있는 능력이
   다. 그러나 이 능력만은 다른 사람에게 배울 수가 없는 독창적인 천재의 표징表徵인
   것이다."(『Poetica』, 제22장) ; 허버트 리드 : "우리는 언제나 한 사람의 시인을 평가할
   때 그의 메타포의 힘과 독창성에 의하지 않으면 안 된다." ; 루카스 : "메타포 없는
   문체는 나에게 태양이 없는 날과 같고 새 없는 동산이나 다름 없다." ; 레르너 : "메타
   포는 시의 심장이다." ; 랭거 : "메타포야말로 추상약으로 볼 수 있는 표상적表象的 심
   벌을 사용할 수 있는 인간정신의 가장 현저한 증거다."

2) 메타포의 정의

일찍이 아리스토텔레스는, "메타포는 유사안식類似眼識 an eye for resemblance을 검출檢出해 내는 것을 의미한다."[2]라고 하였고, 워렌A. Warren은 "메타포는 완곡적婉曲的인 기술"이라 전제하고 나아가 "이 완곡적인 기술은 제제諸세계를 부분적으로 대조 표현하며 그 테마를 다른 관용어로 옮김으로써 정밀히 표현하는 것"[3]이라고 하였다. 또 리드는 "등가等價 equivalence에 대한 섬광적閃光的 조명", 울만S. Ullmann은 "의미의 상사相似에 의한 명칭 이전",[4] 카르납R. Carnap은 "의미의 이중관계"[5]로 설명하였다. 이와 같이 메타포는 제1의 내용 이 외에 제2의 내용을 형성케 하는 것으로서, 구체적인 언어 A를 매체媒體로 하여 다른 제2의 추상적 대상 B로 지시referent하는 수사법이다. 그러므로 본체tenor가 겉으로 드러나 있고 여기에 매체vehicle가 직접 비교되는 직유 혹은 명유明喩 simile의 형성과는 본질적으로 다른 것이다.[6]

다음과 같은 시조의 예들을 보라.

갓나희들이 여러 層(층)이오레 松骨(송골)미도 갓고 줄에 안즌 져비도 갓고 百花園裡(백화원리)에 두루미도 갓고 綠水波瀾(녹수파란)에 비오리도 갓고 짜히 픽 안즌 쇼로기도 갓고 석은 등걸에 부헝이도 갓데 그려도 다 各各(각각) 님의 스랑인이 皆一色(개일색)인가 ᄒ노라.

우레것치 소리 난 님을 번기것치 번쩍 만느 비것치 오락기락 구름것치

---

2) 앞의 책.

3) 르네 웰렉René Wellek과의 공저 『문학의 이론Theory of Literature』(백철白鐵 · 김병철金秉喆 공역, 신구문화사新丘文化社, 1959) 참조.

4) 『의미론의 원리The Principles of Semantics』(Basil Blackwell, 1963).

5) 『의미론 서설Introduction to Semantics』(Harvard University Press, 1942).

6) Tenor와 Vehicle의 關係는 리차즈I.A. Richards의 『수사학의 철학The Philosophy of the Rhetoric』(Oxford University Press, 1965) 참조.

혜여지니 胸中(흉중)에 ㅂ람것튼 한숨이 ᄂ셔 안기 퓌듯 ᄒ여라.

슈박것치 두렷한 님아 츠뮈것튼 단 말삼 마소 가지가지 ᄒ시는 말이
말마ᄃ 왼 말이로다 九十月(구시월) ᄲᅵ동아것치 속 성권 말 마르시소.

싀어마님 며ᄂ라기 낫바 벽바흘 구루지 마오. 빗에 바든 며ᄂ린가, 갑
세 쳐온 며ᄂ린가 밤나모 서근 등걸에 휘초리나 ᄀᆺ치 알살픠신 싀아바님
볏 뷘 쇳동ᄀᆺ치 되죵고신 싀어마님 三年(삼년) 겨론 망태에 새 송곳 부리
ᄀᆺ치 ᄲᅩ족ᄒ신 싀누으님 당피 가론 밧틔 돌피 나니ᄀᆺ치 싀노란 욋곳 ᄀᆺ
튼 핏똥 누는 아들 ᄒ나 두고 건밧틔 멋곳ᄀᆺ튼 며ᄂ리를 어듸를 낫바 ᄒ
시는고[7]

위의 인례引例와 같이 직유는 보통 '같이, 인양, 듯, 답다'(한문에서는
유猶·약若·여如·사似·비比 등, 영어에서는 as, like 등이 쓰인다) 등의
어사語辭를 동반하여 유사점을 강조한다. 그러나 우리가 여기서 하나 주
의해야 할 것은 메타포와 직유의 차이를 리드는 다만 문체상의 세련 여
하에 두고, 직유를 문학적 표현의 초기 단계라고 규정하였던 것은 좀 생
각해 볼 문제이다.[8] 왜냐하면, 이제껏 논술한 바는 모두 형식면에 치중하
여 내용면으로는 고찰하지 않았기 때문이다. 도이취바인Deutschbein은 직
유와 메타포는 형태만이 아니라 그 본질적인 면에서도 차이가 있음을 지
적하고 있다. 그는 이 양자의 비교 관계가 분리적인 것이냐, 아니면 일치
하거나 부합하느냐에 근본적인 상이점이 있다고 하였다.[9] 한편 워렌은
직유를 메타포에서 독립시키지 않고, 시의 비유를 '인접의 비유'와 '상이
의 비유'로 나누었다.[10]

---

7) 본 논고에서 인용되는 시조는 정병욱鄭炳昱의 『시조문학사전』(신구문화사, 1970)에 의
  거했음을 밝혀 둔다.
8) 허버트 리드Herbert Read는 직유를 정의하여 '비유에 있어서 두 목적물 사이에서 행하
  여지는 것으로 문학적 표현의 초기에 속한다.'고 하였다.
9) 도이취바인Deutschbein의 소론은 이어령李御寧의 『문학비평론』 노트에서 발췌 중인함.
10) 앞의 책, p. 262.

3) 메타포의 발생

그러면 이제 메타포의 발생에 대하여 잠깐 살펴보기로 하자.

원초에는 언어가 사물을 지칭하는 사인sign(現象)인 동시 심벌象徵이기도 한 미분화 상태에서 사피어Sapir[11]나 리차즈I.A. Richards[12]에 의할 것 같으면 원시인들의 사고방식으로는 존재와 의미가 일치되고, 심벌은 생명체로서 신비적·주술적 힘을 지녔을 것으로 생각되었다고 한다. 그리하여 우리는 상당히 후대의 작품들인 <구지가龜旨歌>·<해가海歌>·<혜성가彗星歌>·<처용가處容歌> 같은 고대가요나 무가들에서도 모두 샤만적 관념에서 나온 주술적 힘을 지니고 있어서 마력을 발휘한다고 믿어졌음을 볼 수 있다. 사실 원시종합예술은 제천祭天·제신祭神의 의식에서 발생되는 것이니만치 이들 고대가요가 천신天神에 대하여 공포나 고통에의 해방, 위기에의 초극超克을 위한 주술적인 내용을 가진다는 것은 하등 이상스러울 것이 없는 것이니. 문화의 발전에 따라 존재와 의미가 확연히 분화된다. 언어란 원래 매우 불완전하고 한정적인 것이어서, 인지人智의 발달로 인한 문화의 진보는 점점 세분되는 사고—특히 복잡 미묘한 인간 감정을 표현하는 데는 너무나 용어의 부족을 느끼게 되었으므로 이왕에 있었던 언어 가치의 질적 변화를 일으키게 되었던 것이다.

언어의 이와 같은 불완전성을 보충하고, 사인으로서의 언어를 유사 관념을 갖는 언어로 전용轉用하려 할 때, 메타포가 발생하는 것이다.

비유적 전용은 단순한 정동情動의 표출이었던 발성이 한 가지 사물을 대신하는 사인 단계를 지나 대상에 대한 표질表質conception, 즉 일정한 의미

---

11) "미개민족에게는 말과 사물은 실질상 동일한 것이거나 또는 밀접히 대응한다고 느끼며, 나아가서는 주문呪文의 마술까지 발생시키는 그러한 감정이 널리 퍼져 있는 것이다."

12) "고대에는 언어도 인간과 같이 인격을 가졌다."(리차즈I. A. Richards와 오그덴C. K. Ogden의 공저, 『의미의 의미*The Meaning of Meaning*』).

를 실어 나르는 심벌로서의 승격을 의미한다. 그리하여 캇시러E. Cassirer[13] 나 랭거S. K. Langer 여사[14] 등은 모두 사인과 심벌을 엄밀히 구별하고, 인간이 인간일 수 있는 가장 현저한 특질은 사인 단계를 지나 심벌에 의한 사고를 하는 데에 있다고 강조한다(이상에서 메타포와 심벌을 동질적인 것으로 다루었지만 학자에 따라서는 명백히 구별하기도 한다.[15] 그러나 메타포도 광의로는 심벌에 귀속될 것은 두말할 필요도 없다).

4) 시적 메타포(Poetic Metaphor)의 특징

(1)

셸리Shelly의 말과 같이, "언어는 발생적으로 메타포적이다." 원초 언어에서 '산山'이란 심벌을 [san]으로 발성하지 않고 [chɔn]으로 발성했다면 어떻게 되었을까? '산'은 [san]이 아니라 [chɔn]으로 발음되어 왔을 것이다. 그리하여 언어란 일종의 사회계약으로부터 출발하였으므로 개개의 단어가 메타포가 된다. 그러나 시에서 문제가 되는 것은 언어와 같이 일상생활에서 의식되지 않은 채 사용되는 사은유死隱喩 dead metaphor가 아니라 생명이 있는, 또 성장할 수 있는 시적 은유poetic metaphor인 것이다. 워렌은 웰렉과의 공저인 전게서에서 캠벨George Campbell,[16] 분트Wundt,[17] 콘

---

13) 그는 『인간론An Essay on Man』에서 인간을 '상징적 동물symbolical animal'이라고 부르고 있다.

14) *Philosophy in a New Key*, p. 49에서 "사인Sign은 대상을 알려 주고, 심벌symbol은 대상에 대한 개념을 알려 준다. 심벌은 사고의 도구다."

15) 예를 들면 브룩스Cleanth Brooks와 워렌Robert Penn Warren의 공저 『현대 수사학Modern Rhetoric』.

16) 언어학적 은유와 시적 은유를 구별하여 전자를 문법학자에게 할당하고 후자는 수사학자에게 할당하고 있다. 문법학자는 말을 어원에 의해서 판단하지만 수사학자는 말을 듣는 사람에게 은유로서 효과를 가지고 있나 없나에 의하여 판단한다.

17) 테이블의 'leg'와 나의 'foot'와 같은 언어상의 전치轉置에 은유라고 하는 용어를 사

라드Hedwig Konrad[18] 들의 언어학적 은유와 시적 은유(미학적 은유)의 구별을 자세히 소개하고, 또 바이C. Bally의 메타포 분류를 ① 시적 메타포 poetic metaphor, ② 의례적(고정적) 메타포ritual[fixed] metaphor, ③ 언어적(어원론적, 혹은 매몰된) 메타포linguistic [etymological or buried] metaphor로 요약한 바 있다.[19]

(2)

　　牧丹(모란)은 花中王(화중왕)이요 向日花(향일화)는 忠孝ㅣ(충효+ㅣ)로다 梅花(매화)는 隱逸士(은일사)요 杏花(행화) 小人(소인)이요 蓮花(연화)는 婦女(부녀)요 菊花(국화)는 君子(군자)요 冬栢花(동백화)는 寒士(한사)요 朴(박)곳은 老人(노인)이요 石竹花(석죽화)는 少年(소년)이요 海棠花(해당화) 갓나희로다 이 中(중)에 梨花(이화)는 詩客(시객)이요 紅桃(홍도) 碧桃(벽도) 三色桃(삼색도)는 風流郎(풍류랑)인가 ᄒ노라.

위의 예는 메타포에 있어서 가장 초보적인 것이다. 모란=화중왕, 향일화=충효, 매화=은일사, 행화=소인, 연화=부녀, 국화=군자, 동백화=한사, 박꽃=노인, 석죽화=소년, 해당화=갓나희[계집아이]], 리화=시객, 홍도·벽도·삼색도=풍류랑 등등으로 되어 본체tenor와 매체vehicle 간에는 리드Herbert Read가 말한 등가等價 equivalence의 관계가 성립한다. 즉 A＝B의 공식이다. 그러나 이것이 직유simile로 되면 A＝B의 관계가 아니라 A≒B의 관계인 것이다. 그러므로 이 짤막한 사설시조 속에 나타난 열둘의

　　용할 것을 거부하였다. 그리고 참된 은유법의 규준規準을 그것을 사용하는 사람이 주정적 효과를 자아내기 위해서 신중히 그리고 적극적으로 갖는 의도라 하였다.
18) 언어적 은유와 미학적인 은유와를 대조하여 전자(예를 들면 테이블의 'leg'는 대상의 중심적인 특질을 강조하나 한편 후자는 대상의 인상을 주게끔, 또는 대상을 새로운 환경 속에 놓게끔 의도되어 있다.
　　이상 주 16), 17), 18)은 워렌Warren의 앞의 책으로부터 인용(p. 265).
19) 동상 p. 427 주 28) 참조.

메타포는 '모란=화중왕……'이 아니라 '모란≒화중왕', 즉 '모란은 화중왕 같고……'로 표현된다.

'A는 B다'의 형식을 통하여 모란은 화중왕이 되기도 하고, 향일화는 충효가 되기도 하는 것이다. 이것은 유추analogy에 의한 이미지로, 시인 자신의 개성적 안식眼識에서 메타포 형태로 재창조되기 때문이다. 이 경우 왜 '모란'이 '화중왕'인가를 학술 용어에서와 같이 논리적·과학적으로 해석하려 든다면 해석되지 않을 것은 물론이려니와 사실상 '모란'과 '화중왕' 사이에는 아무런 논리적 필연성도 존재하지 않는다. 그렇지만 시인의 초논리인 상상력이 아리스토텔레스가 말한 유사안식을 감지感知하고 연쇄 반응을 일으켜 마침내는 '모란'이 '화중왕'으로 되기에 이르는 것이다. 다시 말한다면, 언어활동(시)에 있어서 언어의 논리성이란 학술 용어에서와 같이 그렇게 절대적인 것은 아닐 뿐더러 또 중요하지도 않은 것이다.

그러므로 메타포는 주관적인 인상이나 감정적인 판단에 의한 것이라고 할 수 있다. 메타포가 문학 작품, 특히 시에서 많이 쓰이는 것도 그것이 개인의 감정을 주관적으로 표현할 수 있다는 이러한 특질 때문인 것이다. 그렇다고 하여 주관적 인상이나 감정적 판단으로 표현되었다고 하여 모두 메타포가 될 수 있는 것은 아니다. 그것은 공통 언어를 사용하고 역사나 풍속 습관을 갖는 것이라야 한다(융Carl Gustav Jung은 개인의 경험에서 생긴 이미지가 아니고 그의 먼 조상들의 경험에서 생겨 대대로 유전되어 내려온 것을 '원시영상'이라 불렀다). 이와 같이 메타포는 공통 사회의 인간 내부에 잠재해 있는 '공감각共感覺'20)에 호소하는 것이라야 하기 때문에 주관적인 인상이나 감정적 판단은 듣는 사람에게 곧 용이하게 승인될 수 있 것이 아니면 안 된다. 그러므로 '향일화=충효'란 논리는 어떤 특정한 언어 집단 또는 사회 집단에만 호소할 수 있는 것, 즉 서구적이 아닌

---

20) '공감각'에 대한 상세한 연구는 울만Stephen Ullmann의 『의미론의 원리』 참조.

동양적인 사고에서만 통할 수 있는 것인지도 모른다.

(3)

누누이 말해 온 바와 같이 시란 A를 표면에 내세워 B를 의미한다는 완곡어법을 사용하고 있다. 그러므로 독자는 표면상에 나타난 A만을 보고 시를 이해하려 한다면 이해되지 않을 것임은 물론, 작자가 의도한 B는 끝내 파악치 못하고 만다.

　　思郞(사랑) 思郞(사랑) 庫庫(고고)히 매인 思郞(사랑) 왼 바다를 다 덮는 그
　물처럼 맺은 사랑

이 예 중에서 '사랑思郞'은 순수 국어의 '사랑'이요, '고고庫庫히' 역시 순수 국어의 '고이고이'다. 그러면 작자는 어찌하여 구태여 이런 표기를 했으며, 이러한 표기를 통하여 어떤 효과를 노린 것일까? (물론 필자가 민간어원설folk etymology[21]의 존재를 모르는 바 아니다.) 여기에서 '사랑思郞'이란 '그대를 생각한다'는 뜻을 가지고 있으며, 또 '고고庫庫히'는 '창고倉庫'에서 유추되는 '가득가득히'란 내용을 담고 있다. 즉 '사랑'은 '사랑'이란 제1의 의미 외에 유추에 의한 제2의 의미를 형성하고 있으며, 마찬가지로 '고고히'도 '고이고이'란 제1 의미 외에 '가득가득히 담긴'이란 또 다른 의미를 형성한다. 그러므로 독자에게 전달되는 이미지는 본래 '사랑'과 '고이고이'로부터는 상당히 변질되어 창조력을 발휘하게 된다.

떼느Taine는 『영문학사』에서 말했다.

　우리들의 귀에 들리는 언어는 우리들의 내심의 귀에 들리는 언어의 천

---

21) 이숭녕, 『중세국어문법』, p. 73.

분지일도 못된다.

고. 시가 일상용어 이상의 의미를 표현하려는 데서 시의 다의성多義性 ambiguity이 나타난다. 따라서 시에서는 이중의 의미를 가진 어휘나, 문맥상 의미가 다양한 말 혹은 정서를 환기喚起시키는 말을 즐겨 쓰고 있으며 또는 잡다한 어휘들을 골라 뉘앙스가 짙은 하나의 시를 조직하는 것이다.

다음과 같은 예를 보라.

 스랑스랑 긴긴 스랑 기천ᄀ치 내내 스랑 九萬里(구만리) 長空(장공)에 넌
즈러지고 남는 스랑 아마도 이 님의 스랑은 ᄀ업슨가 노라

'긴긴'은 '기천'의 속성이다. 그리하여 '스랑'은 '기천'과 직유로 연결된다. 밝고 순수하고 시간적으로나 공간적으로 '가 없는' 냇물, 무심한 아동이 혹 조약돌을 던져도 일시 파문을 지었다가는 이내 천연스러운 표정을 짓는 냇물, 이렇게 곡절이 많지만 면면히 이어지는 냇물에서 시인은 '스랑'을 보았다. 무엇보다도 이 시의 장점은 메타포의 선용善用에 있다고 하겠다. '스랑'과 연결된 '기천'이 다시 '내내'로 이어질 때 '내내'는 이중 삼중의 의미를 파생한다. 즉 '내내'는 ① 내와 내[천천川川] ② 나와 나[아아我我] ③ 영원불변으로 치환될 수 있다.
    리드H. Read는, '두 개의 이미지든가 또는 한 아이디어와 한 이미지가 서로 어울리고 동시에 부합되어 서로 맞부딪치고 의미가 상응하는 데에서 하나의 섬광이 나타나 독자를 놀라게 한다.'라고 하였다.

    梧桐(오동)열매 桐實桐實(동실동실) 보리뿌리 麥根麥根(맥근맥근)

이것은 다분히 어희적 장난에 지나지 않겠지만, 그 말장난에 메타포를

사용하고 있음은 사실이다. ‘동실동실桐實桐實’은 ‘동실동실하다’(제1내용)라는 오동나무 열매의 생김새를 그렸고, ‘맥근맥근麥根麥根’은 ‘매끈매끈하다’(제1내용)라는 보리 뿌리의 성질을 그렸다. (보리뿌리가 정말 그런지의 여부는 그만 두고라도……) 그러나 전자는 ‘동실桐實’ 즉 ‘오동 열매’(제2내용)로 유추되고, 후자는 ‘맥근麥根’ 즉 ‘보리 뿌리’(제2내용)로 유추되는 것이다. 그리하여 이러한 연상 유추로 이루어진 제2의 내용인 ‘동실’과 ‘맥근’은 각각 ‘오동 열매’와 ‘보리 뿌리’를 거듭 강조하고 있는 것이다.

(4)

메타포는 B가 A만을 지시해 주는 간단한 형태로만 나타나는 것은 아니다. 때로는 B, C 등이 A를 동시에 지시해 주기도 한다.

> 百草(백초)를 다 심어도 대는 아니 심으리라
> 젓대는 울고 살대는 가고 그리나니 붓대로다
> 구태여 울고 가고 그리는 대를 심어 무삼하리오

이 예에서 보면 ‘젓대(笛) → 울다’, ‘살대(矢) → 간다’, ‘붓대(筆) → 그린다’라는 대나무(竹)의 속성들이 ‘이별’에 오버랩되어 있다. 그 과정을 도시圖示하면 다음과 같이 될 것이다.

제1내용	제1내용 속성	제2내용	결과
젓대[笛] : 울리다[鳴] →	울다[泣]		
살대[矢] : 날다[飛] →	가다[行]		이별
붓대[筆] : 그리다[畵] →	그리다[戀]		

여기서 물론 대나무는 의인화personalize되어 있는 것이다.

5) 알레고리Allegory의 유형

　　메타포 중에는 '알레고리'(풍유諷諭 혹은 대유代喩)라는 것이 있다. 이것은 콜리지Coleridge가 말했듯이, '대상에서 감각을 추상抽象한 것 외에 아무 것도 아닌, 회화적 언어로서 추상적 개념을 번역한 것'을 말한다. 환언하면 본의本義를 드러내지 않고, 넌지시 한 편의 문장이나 이야기로 빗대어 말하는 것이 곧 '알레고리'인 것이다. 그러므로 문학예술 자체가 발생적으로나 궁극적으로는 알레고리가 아닐 수 없다고 하겠다.

　　저 유명한 황진이黃眞伊의, '靑山裏(청산리) 碧溪水(벽계수)야…… 明月(명월)이 滿空山(만공산)ᄒ니 수여 간들 엇더리'나, 같은 여류시인들의, '梅花(매화) 옛 등걸에 봄철이 도라오니'(매화) ; '오늘은 찬비 맞았으니 녹아잘가 하노라'(한우寒雨) ; '柳一枝(유일지) 휘여다가 굿이굿이 미얏는되(구지求之)' ; '솔이솔이라 혼이 므슨 솔만 넉이는다'(송이松伊)와 같은 시조는 모두 작자의 이름을 작품에 사용하여 메타포를 표현하고 있다.

　　우리 고전에는 충성·연군을 주제로 한 시가가 이루 헤아릴 수 없을 만큼 많다. 저 향가의 <원가怨歌>, 여요麗謠의 <정석가鄭石歌>, <정과정鄭瓜亭>, 그리고 여말 시인 포은圃隱의 <단심가丹心歌> 외 기타 시인들의 회고·연군의 시조, 또 근조의 사육신을 비롯한 많은 시조작가들의 작품, 혹은 <사미인곡思美人曲>으로 대표되는 가사, 그 밖에 허다한 문학 장르 작품에서 우리는 쉽사리 찾아낼 수 있다. 그 중 알레고리로 표현된 몇 수를 보기로 하자.

　　　　首陽山(수양산) ᄇ라보며 夷齊(이제)를 恨(한)ᄒ노라
　　　　주려 주글진들 採薇(채미)도 ᄒᄂ 것가
　　　　비록애 푸새엣 거신들 긔 뉘 짜헤 낫ᄃ니

　　　　嚴冬(엄동)에 뵈옷 입고 巖穴(암혈)에 눈비 마자

구룸 낀 볏뉘를 쬔 적이 없건마는
西山(서산)에 히지다 ㅎ니 눈물겨워 ㅎ노라

엊그제 버힌 솔이 낙낙장송 아니런가
적은덧 두던들 동량재 되리러니
어즈버 명당이 기울면 어느 낡이 바치랴

또 다른 알레고리의 작품들을 보라.

① 구룸이 無心(무심)탄 말이 아마도 虛浪(허랑)ㅎ다
中天(중천)에 써 이셔 任意(임의)임의 둔니면서
구틱야 光明(광명)혼 날 빗출 짜라가며 덥ㄴ니

② 白雲(백운)이 ᄌ자진 골에 구루미 머흐레라
반가온 梅花(매화)는 어니 곳에 픠엿ᄂ고
夕陽(석양)에 홀로 셔 이셔 갈 곳 몰라 ㅎ노라

③ 곶이 진다 ㅎ고 새들아 슬허 마라
ㅂ람에 훗눌리니 곳의 탓 아니로다
가노라 희짓ᄂ 봄을 새와 무삼ㅎ리오

이들 작품 속에서 우리가 발견할 수 있는 공통점 중의 하나는 선악의
대비이다. 즉 ① 광명한 날빛과 구름, ② 반가운 매화와 구름, ③ 낙락장송
과 바람, ④ 꽃과 바람 등에서와 같이 'A와 B'는 '선善과 악惡'의 메타포
다. 이들은 유사성보다는 상반되는 성질이 비교되고 있다.[22]

① 가마귀 싸호ᄂ 골에 白鷺(백로)ㅣ 야 가지 마라
성낸 가마귀 힌 빗출 새올셰라

---

22) 리차즈 I.A. Richards는 『수사학의 철학*The Philosophy of Rhetoric*』에서 메타포의 '의미의 상
사성'보다는 '상이'를 강조한다.

　　　　淸江(청강)에 잇것 시슨 몸을 더러일가 ᄒ노라

　　② 가마귀 검다 ᄒ고 白鷺(백로) ㅣ 야 웃지 마라
　　　　것치 검은들 속조차 거믈소냐
　　　　아마도 것 희고 속 검을손 너뿐인가 ᄒ노라

　여기서도 '가마귀＝흑黑', '백노＝백白'이란 가시적 사실로 '선과 악'이란 불가시적 사실을 풍유하고 있다. 그러나 전자에 있어서 '흑'이 '악'의 메타포이며, '백'이 '선'의 메타포라면, 후자의 경우에는 오히려 '백'이 '악'의, '흑'이 '선'의 메타포로 된다. 이는 후술할 바의 메타포의 공시적 synchronic 가변성을 잘 보여주고 있는 것으로 한 어휘가 상반되는 이미지를 가지고 사용될 수 있음을 알겠다. 그러나 이와는 반대로 상이한 단어가 하나의 이미지를 형성하는 경우도 있다.

　　① 玉(옥)에 흙이 뭇어 길ㄱ의 불엿신이
　　　　온은이 가는 이 흙이라 ᄒ는고야
　　　　두워라 알 리 잇실 쎤이 흙인듯시 잇걸아

　　② 나모도 병이 드니 뎡ㅈ라도 쉬 리 업다
　　　　호화히 셔신 제논 오가리 다 쉬더니
　　　　닙 디고 가지 걱근 후논 새도 아니 안는다

　①의 '옥'과 ②의 '나무'는 시인 자신이다. 그러므로 '흑'이 '선'·'악'으로 되어 A가 B·C로 되는 것과는 달리 여기서는 B·C가 A로 되었다. 하지만 ①에서 시인은 '다가올 영광의 날'을 참고 기다리지만 ②에서는 '사라져 간 영광의 날'을 회상하고 인세의 무정을 노래하고 있다.
　알레고리는 다음과 같은 과장법을 사용하기도 한다. 예를 들어 보이며 본 항을 휘갑하기로 한다.

大鵬(대붕)을 손으로 잡아 번기불에 구어 먹고
崑崙山(곤륜산) 엽헤 끼고 北海(북해)를 건너쮜니
泰山(태산)이 발긋해 차이여 왜각데걱 흐더라

千歲(천세)를 누리소셔 萬歲(만세)를 누리소셔
무쇠기동에 꼿픠여 여름이 여러 짜드리도록 누리소셔
그밧긔 億萬歲(억만세) 外(외)에 萬歲(만세)를 누리소셔

즁놈은 승년의 머리털 잡고 승년은 즁놈의 샹토 쥐고
두쓰니 맛밀고 이 왼고 져 왼고 쟉쟈공이 쳣는 듸 뭇 쇼경이 구슬 보니
어듸셔 귀머근 벙어리는 외다 올타 흐는니

6) 여요의 메타포

(1)

현전하는 고려가요 13편[23]을 놓고 보건대 모두 평면적인 서술에 불과
하여 메타포에 의한 '완곡한 상상력'을 일으켜 주는 작품은 별로 없는 것
같다. 그리하여 시적 이미져리imagenery는 빈약하고 극히 단순한 산문으로
서의 '평범한 의미'밖에는 갖고 있지 않다. 종래 수작이라 일컬어 왔던
<가시리>와 <정과정鄭瓜亭> 같은 작품은 특히 그러하다. 이러한 주된
원인은 여요의 대부분이 문학적 의식을 가지고 창작된 '창작가요'가 아니
라 작가와 연대를 알 수 없는 '자연발생적 속가'이기 때문일 것이다.
   그리고 은유적 표현의 가능성을 보이고 있는 다음과 같은 구절들도 어

---

23) 경기체가景幾體歌를 제외한 <동동動動>·<처용가處容歌>·<쌍화점雙花店>·<서경
   별곡西京別曲>·<청산별곡靑山別曲>·<만전춘별사滿嚴春別詞>·<정석가鄭石歌>·
   <이상곡履霜曲>·<사모곡思母曲>·<가시리>·<상저가相杵歌>·<유구곡維鳩曲>·
   <정과정鄭瓜亭>.

학적 해석조차 끝나지 않아 속단을 불허하는 형편이므로 여요에 나타난 은유적 표현은 별로 없게 된다.

〈미해결구〉
- 별해 브론 빗 다호라. 〈동동〉
- 熱病神(열병신)이아 膾(회)ㅅ가시로다. 〈처용가〉
- 잉무든 장글란 가지고 믈 아래 가던 새 본다. 〈청산별곡〉
- 사스미 짒대예 올아서 奚琴(해금)을 혀겨를 드르라. (동상)
- 내 님 두옵고 년뫼를 거로리. 〈이상곡〉
- 올하 올하 아련 비올하 여흘란 어듸 두고 소해 자라 온다. 〈만전춘별사〉

(2)

이제 여요의 메타포에 대해서 살펴보기로 하자. 먼저 〈정석가〉와 〈서경별곡〉에는 알레고리를 사용한 것을 볼 수 있는데, '불가능의 사실'에 대비하여 작자의 '소망'을 기원하는 내용이 특징을 이루고 있다.

① 삭삭기 셰몰애 별혜 구은 밤 닷 되를 심고이다.
　　그 바미 우미 도다 삭 나거시아
② 玉으로 蓮(연)ㅅ고즐 사교이다 바회 우희
　　接柱(접주)하요이다
　　그 고지 三同(삼동)이 퓌거시아
③ 므쇠로 텰릭을 몰아 鐵絲(철사)로 주름 바고이다　　｝ 유덕ᄒ신 님
　　그 오시 다 헐어시아　　　　　　　　　　　　　　여ᄒ아와지이다
④ 므쇠로 한쇼를 디여다가 鐵樹山(철수산)에 노흐이다.
　　그 쇠 鐵草(철초)를 머거아
⑤ 구스리 바회예 디신둘 긴힛둔 그츠리잇가
　　즈믄 ᄒ룰 외오곰 녀신둘 信(신)잇둔 그츠리잇가

위의 ①~④(<정석가>)에서의 인용 예는 '유덕하신 님을 여읠 수 없다'는 신념을 과장적으로 표현하였다. ⑤는 <정석가>와 <서경별곡>에 공통으로 나타나는 부분으로서, 가시적 물체로서의 '끈'이 불가시적 정서로서의 '신信'으로 유추하여, 구슬과 구슬을 이어 주는 '끈'을 임과 작자를 연결해 주는 인연의 끈, 즉 '신의」로 바꿔 놓고 있다. 그러나 이 부분 역시 과장적인 알레고리로 표현되어 헨리 웰즈Henry Wells가 분류한 이미지의 7개 유형24) 중에 부자연적violent인 은유라 하겠다.

워렌은 전게서에서, '미학적으로 보아서 가장 조야組野한 핵심은 부자연스러운 것violent과 장식적인 것decorative, 즉 대중의 은유와 인위적인 은유'라 하였다.25)

(3)

메타포는 가변성의 것이다. 그리하여 메타포는 (1) 공시적synchronic으로한 어휘가 상반되는 이미지를 가지고 사용될 수도 있으며, 그런가 하면 (2) 통시적diachronic으로 시대에 따라 낡아지기도 한다.

　　回回(회회)아비 내 손모글 주여이다 <쌍화점>
　　셜리 나 내 신고홀 미어라 <처용가>

'손의 목', '신의 코'는 모두 유추로 해서 인간의 신체의 부분을 인간의 또 다른 신체의 부분이나 혹은 사물에 해당시킨 것이다. '인간의 코'와 '신의 코'는 뾰족하다는 형상적 특질을 가지고 있다. 또 '손목'도 잘룩하다는 점에 있어서 '목'과 유사하다. 그러므로 '손목·신코'는 모두 '목·

---

24) 헨리 웰즈Henry Wells의 이미지 7형七型은 ① Decorative(장식적), ② Sunken(침잠적), ③ Violent(부자연적) 혹은 Fustian(과대적), ④ Radical(근본적), ⑤ Intensive(내포적·집중적), ⑥ Expansive(전개적·분산적), ⑦ Exuberant(화려적) 이미지다.

25) p. 271.

코'와의 유추로 인하여 성립된 의미의 확대enalrgement of meaning인 것이다. 그러나 이러한 확장된 용어 속에 동화하게 되었으며, 문화적으로 또는 언어적으로 민감한 사람들에게는 일반적으로 이미 은유적이라고 느껴지지 않는다. 이러한 것은 '낡은' 혹은 '죽은' 은유인 것이다.26)

드러 내 자리롤 보니 <처용가>

이 예에서의 '자리'는 '잠자리'(침물寢物)을 의미한다. '자리'는 원래 위치를 가리키던 것이 '진자리 마른자리(침석), 못자리(묘판), 명당자리(터), 헌뎃자리(자국), 장관자리(지위), 내 자리(좌석)'에서와 같이 넓은 범위에 걸쳐 사용하게 되었으며, 추상적인 의미의 '꿈자리'까지 확장되었다.

千金(천금)을 주리여 處容(처용) 아바 七寶(칠보)를 주리여 處容(처용) 아바
<처용가>

이 '천금'·'칠보'는 일종의 제유提喩 synechoche라 할 수 있는 것으로, 워렌이 말한 인접의 비유에 해당한다.27) 전체로써 부분을, 혹은 부분으로써 전체를 표현하는 비유의 방법인 것이다. 그러므로 '천금·칠보'는 '천'과 '칠'로 한정되는 것이 아니라 '다량의 재보'를 의미하고 있다(아리스토텔레스는 이러한 것을 은유의 제2범주에 넣었다).28)

---

26) 워렌, 앞의 책, p. 265.
27) '전통적인 인접의 비유는 환유換喩와 제유提喩다.'(동, p. 262)
28) 전게서 제22장에서 다음과 같이 4종으로 분류하였다. ① 유개념類概念이 종개념種概念으로. ('배가 서 있다'에서 '서 있다'는 유개념이고, '정박하다'는 종개념) ; ② 종개념이 유개념으로. ('우듀써우스는 실로 일만一萬의 선행을 하였다.'에서 '일만'은 '다수'의 종개념) ; ③ 종개념에서 종개념으로. ('구리쇠로 그의 생명의 물을 푸면서'는 '구리쇠로 만든 칼로 베어 피를 흘리게 하면서'의 뜻) ; ④ 비유anagon '인생 황혼'(날 : 황혼 = 인생 : 노경의 관계에서 치환) *이상에서 『시학詩學』의 인용은 손명현孫明鉉 역(박영사 간)을 참조한 것임.

(4)

> 아으 저미연 ㅂ릇 다호라
> 것거 ㅂ리신 後(후)에
> 디니실 훈 부니 업스샷다. <동동>

> 大同江(대동강) 너븐디 몰라셔 ㅂㅣ 내여 노혼다 샤공아
> 네 가시럼 난듸 몰라셔 널 ㅂㅣ에 연즌다 샤공아
> 大同江(대동강) 건너편 고즐여 ㅂㅣ 타 들면 것고리이다 <서경별곡>

'꽃을 꺾다'란 말이 '섹스의 정복'을 의미한 것은 상당히 오래 된 인간적 사고인 것 같다. 그리하여 혹자는 멀리 향가의 <헌화가獻花歌>에서 실명失名 노인과 수로부인과의 일사逸事를 섹스의 관점에서 처리하려 든다. 그러나 그 타당성 여부는 일단 논외로 하더라도, <동동>과 <서경별곡>의 용례는 누구에게나 확연하다. '꺾은' 후에는 '꽃'이 신선함과 생기발랄함을 잃는다는 사실에서 '처녀성의 상실'을 의미하게 되었으리라. 무엇보다도 꽃이 여성에 은유된 원인을 생각해 본다면 상당한 사고의 여과 과정을 거쳐 성립되었음을 알 수 있다. 김우종金宇鍾은 그의 논문29) 속에서 '청춘기 여성'의 '꽃'으로의 유추과정을 다음과 같이 설명하고 있다.

> a. 빛깔이 곱다.
> b. 생명이 짧다.
> c. 어떤 절박한 욕구 충족을 목적으로 집요하게 접송接送하려 드는 무엇
>   이 있다.
> d. 수정 작용受情作用이 있다.
> e. 보다 피동적被動的이다.

---

29) 김우종金宇鍾, "은유법 논고", 『현대문학』 1957. 3(통권 27호).

그러면 '여성'을 '꽃'으로 비의比擬하는 대신 '남성'은 무엇에다 비겼을
까. 다음 예를 보아주기 바란다.

곳아 色(색)을 밋고 오는 나비 禁(금)치 마라
春光(춘광)이 덧없는 쥴 년들 아니 斟酌(짐작)ᄒ랴
綠葉(녹엽)이 成陰子滿枝(성음자만지)만 어늬 나뷔 오리요

나뷔야 靑山(청산)에 가쟈 범나뷔 너도 가쟈
가다가 져므러든 곳듸 드러 자고 가쟈
곳에서 푸對接(대접)ᄒ거든 닙혜서나 ᄌ고 가쟈

위의 예에서 '나비'는 두말할 것도 없이 '남성'이다. '꽃'과는 달리 '나
비'는 능동적이며 방탕성(이 꽃 저 꽃으로)을 가지고 있기 때문에 이런
나비의 속성은 곧 남성의 속성과도 통한다. 그리하여 언어의 연금술사인
시인에 의하여 남성은 나비로 은유된다.

(5)

<쌍화점>은 메타포를 선용하여 상당히 성공하고 있는 작품이다. 동
작품을 통하여 우리는 당시의 사회상을 어느 정도 엿볼 수 있고, 또 비판
적인 작가정신을 어렴풋이나마 엿볼 수 있다.

[제1연]   雙花店(쌍화점)에 雙花(쌍화) 사라 가고신딘 回回(회회)아비 내 손모
글 주여이다.
[제2연]   三藏寺(삼장사)에 블 혀라 가고신딘 그 뎔 社主(사주)ㅣ 내 손모글
주여이다.
[제3연]   드레우므레 므를 길라 가고신딘 우믓龍(용)이 내 손모글 주여이다.
[제4연]   술 풀 지븨 수를 사라 가고신딘 그 짓아비 내 손모글 주여이다.

이에 대하여는 이미 정병욱鄭炳昱이 "쌍화점고雙花店致"[30]에서 상론한
바 있으므로 아래에 인용하여 본론을 대신하려 한다.

> '회회아비'는 충열왕조 다수 주둔하였던 몽고의 점령군을 상징한 것이
> 고, '사주'는 '승려'를, '용'은 '군주'를, 그리고 '술집 주인'은 '상인'을 각
> 각 상징하였고, 따라서 이 개념을 좀 더 보편적으로 정리한다면 제1연은
> '외국 군대'를, 제2연은 '종교계'를, 제3연은 '궁정'을, 제4연은 '일반 민
> 중'을 각각 상징한 것이라 보겠다. 그렇다면 본가는 그러한 각계각층 즉
> 정치적으로 절대적인 권한을 장악하고 있는 외국 군대와, 심령 생활을 지
> 도하는 종교계와, 모든 인간 생활의 권위를 장악하고 있는 궁정과, 장삼
> 이사張三李四의 서중庶衆을 대표하는 주점 등에서 전개되고 있는 혹종或種
> 의 상태를 주제로 삼되, 그 표현은 상징적인 수법으로써 제작된 작품이라
> 할 수 있는 것이다.

7) 결어

고전작품의 가치평가에 있어서 흔히 외적 고찰에 주력하여 내용면에
대한 천착穿鑿이 결여되어 온 감이 있다. 그러하여 어학적인 주석이나 작
가론·문헌자료정리 혹은 생성 연대 등의 서지학적인 면을 중시하여 실
제 작품분석(예컨대 언어미言語美 연구라든가 이미지 분석, 메타포 사용)
을 시도한 연구는 희소하였다고 본다.

필자는 실제적인 작품 분석의 일환으로 우선 우리 문학 유산인 고전(여
요 및 시조)을 중심으로 하여 메타포를 논해 왔다(텍스트가 된 몇몇 작품
들이 대표작이라고 착각해서는 안 된다. 필자는 다만 이론을 전개하기 위
한 수단으로 적당한 작품을 인용했을 뿐이다).

대체적으로 보아 여요에는 은유적 표현이 빈약한 감이 있다고 보겠다.

---

30) 『문리대학보』 제10권 제1호(통권 17호), 1962. 5.

<정석가> 같은 작품은 인위적이고 과장적인 알레고리를 사용하고 있으나 이는 은유 중에도 가장 조야粗野한 것이며, 또 그 밖에 <동동>·<서경별곡>·<이상곡>·<만전춘별사>·<처용가> 등에서는 은유적 표현의 편린이 엿보일 뿐이다. 여요 중에서 메타포를 사용하여 비교적 성공한 작품으로는 <쌍화점>을 들 수 있겠다.

이와 같이 여요에 은유적 표현이 빈곤한 원인을 찾아보면 대부분의 작품들이 작가와 연대를 알 수 없는 '자연발생적 속가'이기 때문이라 생각된다. 반면 근조에 들어 와서 문학적 의식을 가지고 창작된 시조 중에서는 간혹 고차적인 메타포를 사용하고 있는 예를 꽤 발견할 수 있다.

여하간 우리 고전에 조금이라도 경청하였던 사람이라면, 우리 선인들이 현대의 서구적 메타포론을 인식하고 작품을 창작했든 못했든 간에 때로는 대단히 우수한 메타포를 사용하였음을 알 수 있을 것이다. 이것은 그들이 이론을 체계화하지는 못했을지언정 메타포의 필요성을 충분히 자각하였던 결과인 것이다. 그렇다면 필요성의 자각, 그리고 실제 창작시에의 적용 — 그것만으로서 충분充分한 것이고 이론의 체계화란 부차적인 문제이다. 우리는 이제 다시금 자신의 위치를 돌아보고 무조건 경시 타매唾罵의 비평 정신과 무조건적으로 찬양하는 태도는 반성하여야 될 줄 안다.

● **참조 원고**
- -
"한국고전시가 Metaphor 논고論考", 『문리대학보』 13 : 1·2(서울대 문리대, 1967. 12).

2. 고려가요

고려가요는 문자 그대로 고려의 가요 즉 운문 전반을 뜻하는 것이어서 때로는 이것을 생략하여 '여요'라 하기도 하고, 혹은 '고려가사'라 하기도 한다. 그리하여 '고려가요'라고 하면 고려 말에 발생한 시조와 같은 작품을 비롯한 고려 때의 시가 전반을 포함시켜 말하는 것이 될 것이다. 그러나 실제로는 이러한 넓은 의미의 고려가요란 명칭보다는 좁은 의미의 명칭이 보통 사용되어 왔다. 즉 고려가요란 고려 때의 운문 중에서도 어떤 특수한 형식의 시가만을 가리키는 학술 용어로서 사용된다는 것이다. 하지만 좁은 의미의 고려가요라 하더라도 그 형태들이 반드시 일치하는 것만은 아니다. 왜냐하면 그 속에는 신라 향가의 계통으로 생각되는 것도 있고(예 : <정과정곡>, <도이장가>), 이른바 '경기체가'라고 하는 특수한 형태의 것도 있으며(예 : <한림별곡>, <관동별곡>, <죽계별곡>), 속요로 생각되는 것들도 있어서(예 : <청산별곡>, <서경별곡>) 사실상 '고려가요'라는 명칭 자체가 그다지 적합한 것은 못된다.

학자에 따라서는 이러한 용어 자체의 애매 모호성을 피하기 위하여, 또는 다른 문학 장르 명칭에 유독 고려 때의 시가에만 고려란 왕조 명칭을 덧붙이는 것은 온당치 못하다고 하여 '고려가요'('여요') 혹은 '고려가사'란 용어 대신에 다른 용어를 내세워 바꿔 쓰기를 주장한 이도 있기는 하다. 가령 '별곡'이니 '장가'니 하는 따위가 그것이다. 또는 아예 고려가요를 귀족 문인들의 작품 군과 서민들의 작품 군으로 분류하여, 앞엣것을 '별곡'이라 하고 뒤엣것을 '별곡체'라 하여 구별하기도 하고(이병기), 혹은 앞엣것을 '고속가古俗歌', 뒤엣것을 '경기체가景幾體歌'로서 구분하기도 하였다(조윤제).

여기에서 이들에 대하여 자세한 논평을 할 겨를은 없으나 결론만 말한다면, 이들 용어 역시 여러 의미로 혼란을 일으킬 수 있다는 점에서 필자는 이 글 속에서는 이제껏 익히 써왔던 '고려가요'란 명칭을 그대로 쓰고자 한다.

고려가요는 모두 얼마나 될까? 기록의 인멸로 그 전체를 가늠한다는 것은 전연 불가능하지만, 현재 전하고 있는 작품만을 본다면, 후대인 조선시대에 한글로 기록한 작품 14편에 이두로 된 작품 3편(＜관동별곡＞, ＜죽계별곡＞, ＜도이장가＞)만이 전할 뿐이다(백제 때의 작품이라고 하는 ＜정읍사井邑詞＞는 제외한다). 이들 17편을 형태에 따라 분류하여 보면 다음과 같다.

- 향 가 계 2 : ＜도이장가悼二將歌＞, ＜정과정곡鄭瓜亭曲＞
- 경기체가 3 : ＜한림별곡翰林別曲＞, ＜관동별곡關東別曲＞, ＜죽계별곡竹溪別曲＞
- 속   요 12 : ＜처용가處容歌＞, ＜쌍화점雙花店＞, ＜동동動動＞, ＜서경별곡西京別曲＞, ＜청산별곡靑山別曲＞, ＜정석가鄭石歌＞, ＜사모곡思母曲＞, ＜이상곡履霜曲＞, ＜가시리＞, ＜만전춘滿殿春＞, ＜유구곡維鳩曲＞, ＜상저가相杵歌＞

이들 작품을 수록하고 있는 문헌으로는 『악장가사樂章歌詞』, 『악학궤범樂學軌範』, 『시용향악보時用鄕樂譜』, 『근재집謹齋集』, 『평산신씨장절공유사平山申氏壯節公遺事』가 있다.

『악장가사』는 '국조악장國朝樂章' 또는 '국조사장國朝詞章'이라고도 하는

데, 편찬 연대 및 편찬자가 알려져 있지 않다. 어떤 사람은 이퇴계의 '농암야록聾巖野錄 발문拔文'에 '밀양의 박준朴浚이란 사람이 간행한 가집歌集을 보니 그 중에 옛 어부가漁父歌의 전조全調가 있더라.'라는 기록과 『악장가사』에 여기에 해당되는 <어부가>가 수록되어 있다는 사실로 미루어 박준의 편찬설을 주장하기도 하지만, 이는 지나친 억측이라 아니할 수 없겠다. 하여간 이 『악장가사』 중에 <정석가>, <청산별곡>, <서경별곡>, <사모곡>, <쌍화점>, <이상곡>, <가시리>, <한림별곡>, <처용가>, <만전춘>과 같은 작품들이 실려 있다.

『악학궤범』은 성현成俔 등이 성종 24년(1493)에 완성하여 광해군 2년(1610)에 간행한 책으로서 <처용가>, <동동>, <삼진작三眞勺>, <정과정> 및 <정읍사>가 수록되어 있다. 『시용향악보』 역시 편자 및 연대가 미상이다. 그러나 방점傍點이나 'ㆁ, △'이 쓰인 것으로 보아 대체로 중종中宗 이전에 간행된 것으로 여겨진다. 이 책은 6·25 사변 후에 발견되어 1954년에 연세대 동방학연구소에서 영인 간행함으로써 일반에게 널리 알려지게 되었다. 그 내용 중에는 <사모곡>, <서경별곡>, <정석가>, <청산별곡>, <귀호곡歸乎曲>, <가시리>와 같은 『악장가사』에 실려 있는 작품들의 한 연聯씩 수록되어 있으며, 이들 작품 외에도 <유구곡>과 <상저가>를 비롯한 고려 말 내지 조선조 초기 작품으로 추정되는 무가巫歌 계통의 작품 26편이 수록되어 있어 이 무렵의 시가 연구에 크나큰 도움이 되고 있다.

『근재집』은 고려 말 안축安軸(1282~1348)의 시문집으로, 조선조 숙종 6년(1680)에 비로소 간행되었으며, 안축이 이두로써 지은 두 편의 경기체가 <관동별곡>과 <죽계별곡>이 수록되어 있다. 『평산신씨장절공유사』는 줄여서 그냥 '장절공유사'라고도 하며, 고려의 개국공신이자 평산 신씨의 시조인 장절공 신숭겸(?~927)의 유문집인데, 이 역시 편자 및 연대 미상이다. 여기에는 <도이장가>가 실려 있다.

그런데 이상에서 살펴본 17편의 작품이 과연 고려 때의 작품인가, 또는 설사 고려 때의 작품임이 틀림없다 하더라도 원전原典 그대로인가 하는 데에는 많은 의문이 따른다. 작자나 저작 동기 따위가 알려져 있는 예종睿宗의 <도이장가>, 정서鄭叙의 <정과정곡>. 안축의 <관동별곡>과 <죽계별곡>, 작자 미상의 <유구곡>, <상저가>, 고종 때 한림제유翰林諸儒의 소작이라고 하는 <한림별곡>은 별문제로 하고, 그 외 <처용가>와 <동동>은 『고려사高麗史』 악지樂志의 기록 내용으로 보아 고려 때의 작품으로 믿어도 좋을 것이며, <쌍화점>은 그 둘째 연이 삼장三藏이란 제목으로 한역되어 『고려사』 악지에 실려 있는 점, <서경별곡>도 『익재난고益齋亂藁』 소악부小樂府에 둘째 연이 한역되어 있는 점으로 미루어 고려 때의 작품으로 추정할 수 있다.

그러나 그 나머지의 작품들은 작자와 연대도 미상일 뿐 아니라, 『고려사』를 비롯한 문헌에 그 명칭이나 내용에 대한 기록이 없으므로 고려가요라고 단정할 수는 없고, 다만 그 형식과 내용 또는 운율적 정조情調가 다른 고려가요와 통하며 조선 조의 노래와는 경향이 다른 바 있어 고려 때의 작품으로 추정하여 왔을 뿐이다. 가령 <청산별곡>, <정석가>, <사모곡>, <이상곡>, <가시리>, <만전춘>의 6편 및 『시용향악보』의 <유구곡>, <상저가>가 그러한 예들이다. 이 중에서 <정석가>의 경우는 그 끝 연이 <서경별곡>의 둘째 연과 서로 같은 바 있으나, 그렇다고 하여 조선조 때의 작품이 아닌 고려 때의 작품이라는 확실한 증거는 못된다. 또한 <유구곡>은 예종이 지었다는 <벌곡조伐谷鳥>일 것이라고 추정하는 것이나, <상저가>와 신라 때 백결百結이 지었다는 대악碓樂과 결부시키고자 하는 주장은 근거나 너무나 미약한 비약이 아닐 수 없다.

또한 고려가요는 고유한 문자를 아직 가지지 못하였던 우리 선조들이 구전口傳의 형태로 전하여 오다가 세종 때에 이르러 비로소 문자를 가지게 되어 그 이후에 비로소 앞서 말한 여러 문헌들에 수록된 것임을 생각해 볼 때, 현전 작품들이 과연 원전과 얼마나 같을까도 생각해 볼 문제가 아닐 수 없다.

그러나 이제까지의 통설에 의하여 17편을 그대로 인정하고, 그 외에 한문으로 번역된 것이나 한시에 토를 단 작품 3편 <자하동紫霞洞>, <풍입송風入松>, <야심사夜深詞>, 그리고 가사가 전하지 않고 그 제명만 알려져 있는 40여 편을 합치더라도 고려가요는 모두 60여 편에 불과하다. 이 작품의 수는 이웃 나라와 비교하여 본다면 너무나 차이가 많다. 중국의 경우는 그만 두고라도, 일본의 경우 8세기 때 『만엽집萬葉集』이라는 책에 4,500여 수를 남기고 있다는 사실과 비교해도 그 양적인 차이는 현격함을 알 수 있기 때문이다.

우리의 경우 이렇게 작품의 수가 적어지게 된 원인을 생각해 보면 여러 가지를 이유를 찾을 수 있겠으나, 우선 고유 문자의 창제가 늦었다는 점 외에, 유학儒學의 숭상, 한문의 숭상이 모국어 폄시의 결과를 초래하였다는 점 등을 들 수 있다. 더구나 윤리 도덕에 대한 고정관념이 충효나 교훈적인 내용이 아닌 남녀 간의 애정을 읊은 내용이라면 무조건 '남녀상열지사男女相悅之詞'니 '사리부재詞俚不載'니 하여 몰아쳐 버렸다는 점도 간과할 수 없는 이유였을 것으로 생각된다. 이에 간신히 전하여지던 작품조차도 하루아침에 사라져 버린 것으로 보이기 때문이다. 그러므로 이러한 우여곡절 속에서도 살아남은 작품들이야말로 정말 '타고 남은 구슬'들로서 너무나 귀중한 민족의 유산이 아닐 수 없다.

고려가요의 작자 층을 그 내용적 특성으로 미루어 살펴보면, 경기체가는 대개 무신 집권 이후에 대두한 신흥 사대부 층일 것으로 추측됨에 비하여, 속요는 좀 복잡하다. 가령 <청산별곡>이나 <쌍화점>과 같은 작품은 그 세련된 내용으로 미루어 개인이 지은 시일 가능성이 있음에 비하여, <가시리>와 같은 것은 원래 민요로 전승되던 것이 궁중 악곡으로 채택되면서 다듬어진 것으로 생각된다. 그러나 속요가 경기체가에 비하여 서민성이 두드러져 보임은 부인할 수 없는 사실이라 하겠다. 그 내용도 경기체가가 사물이나 경치를 나열하여 서술하고 있는 반면 속요는 사랑과 이별을 읊고 있으며, 개중에는 육감적이고 노골적인 장면도 적지 않음

을 들 수 있다. 이것이 조선조에 들어와서 앞서 말한 바와 같이 유학자들
로부터 배척을 받게 된 원인이 된 것이다.

　고려가요의 형태적 특성으로 들 수 있는 점은 이러하다. 첫째, 3음절의
음수율音數律[자수율字數律이라고도 함]이 우세하다. 둘째, 일반적으로 3음
보격三音步格이다. 셋째, 구수율句數律은 6구(句)를 중심으로 좀 더하거나
덜하다. 넷째, 분절성分節性을 지녔다. 다섯째, 몇 연이 중첩되어 한 가요
를 형성한다.

　이 중에 분절성을 가진다는 것은 다시 말한다면 가요의 전체가 몇 개
의 절로 나눠진다는 것이다. 고려가요의 분절은 크게 다음과 같은 세 종
류가 있다. 즉 각 분절에 낙구落句가 붙는 것(예 : 경기체가)과 각 분절에
후렴구가 붙는 것(예 : 대부분의 속요), 낙구도 후렴구도 없으나 분절을
의식할 수 있는 것(예 : <정석가>, <만전춘>)이 그것이다.

● **참조 원고**

　"고려 가요", 『유아발달』 3 : 12(26)(유아발달사, 1975. 12).

◈ ◈ ◈

3. 시조문학의 우수성

1)

　시조는 우리 민족을 대표하는 문학 장르라고 할 수 있다. 물론 우리 민족에게는 시조 외에도 향가·여요·악장·가사·판소리·가사 등의 여러 문학 장르가 아울러 존재한다. 그럼에도 불구하고 유독 시조를 대표적인 문학 장르로 내세운 데에는 그럴 만한 이유가 있는 것이다. 여기서 시조의 특성을 일일이 이야기할 겨를은 없지만, 개략적으로 간추려 보면 다음과 같다.

　첫째, 역사성 및 전통성 : 시조의 발생 연대에 대하여는 종래에 삼국시대 발생설, 혹은 고려 초나 고려 중엽, 고려 말 설, 더 나아가서 조선조 초엽 발생 설 등이 있어 확언할 수는 없지만, 일반적으로 고려 중엽에서 싹이 터서 그 말엽에 형태가 완성된 것으로 보는 견해가 지배적이다. 문헌에 보이는 고구려 을파소乙巴素 또는 백제 성충成忠의 작품이 전혀 신빙성이 없는 후대인의 위작임은 누구나 짐작할 수 있는 것이려니와, 고려 말엽이 되면, ‘늙는 길 가시로 막고 오는 백발 막대로 치려더니’로 시작되는 우탁의 작품을 필두로 작자를 알 수 있는 작품이 대략 열댓 수 정도가 현전하기 때문이다. 이렇게 시작된 시조는 수백 년 동안 우리 민족 특유의 문학 장르로 지속되어 오면서 많은 공감을 주어왔고, 오늘날에 이르러도 오히려 그 세력을 잃지 않고 민족의 시로서 성장하여 가고 있다. 우리는 이러한 시조의 역사성 내지 전통성을 새삼 기리지 않으면 안 되겠다.

둘째, 장르적 보편성 : 다른 문학 장르의 향유자들이 모두 양반이 아니면 평민 한 쪽에 치우쳐 있어 온 국민의 호응을 받지 못하였던 데에 비하여, 시조는 그러한 장르적 편재성을 보이지 않았다는 점이다. 다시 말한다면 시조는 위로 군주를 비롯하여 많은 양반 계급들이 애용하였을 뿐만 아니라, 아래로는 일반 서민, 부녀자, 심지어는 천민 계급에 이르기까지 수많은 작가군 들을 배출하였다.

셋째, 막대한 작품의 양 : 현재까지 전하는 시조의 수에 있어서는 말할 것도 없거니와. 아직도 인구에 회자되는 명작의 수로도 시조는 찬양받아 마땅하다. 참고로 여말로부터 조선조 5백여 년간을 통하여 창작된 시조 작품 수를 들어본다면, 정병욱 편저 『시조문학사전』(1966)에 수록된 것이 총 2,375수였고, 그 후 다시 심재완 편저 『교본 역대시조전서』(1972)에 이르면 총 3,335수로 대폭 증가되었다. 물론 이 작품 수는 앞으로도 계속적인 발굴 작업을 통하여 상당히 늘어날 가능성이 있고, 또한 이 '타고 남은 구슬'들이야말로 역대 병화(兵火) 등의 천재지변을 용케 피해 살아남게 된 것임을 생각할 때, 그 산출되었던 시조 작품의 총수가 실제 얼마였던가는 넉넉히 미루어 알 수 있으리라.

넷째, 정형시조로서의 위치 : 일본이 세계에 자랑하는 '와카[화가和歌]' 또는 '하이쿠[배구俳句]' 그리고 중국을 대표하는 '절구絶句' 또는 '율시律詩' 혹은 서구의 '소네트' 등이 정형시임은 새삼 말할 필요도 없는 것이다. 세계 여러 민족이 그들의 고유한 정형시를 민족의 자랑으로 내세우고 있듯이, 우리도 시조를 내세워 하등 손색이 없다고 본다. 모든 민족이 다같이 가지고 있는 시 형식이라면 그것은 조금도 자랑이 될 수 없으나, 어떤 민족만이 가지고 있는 고유의 정형시는 그 민족의 긍지인 것이다. 시조는 우리 민족만이 가진 독특한 형식의 시임을 알고 이를 키우도록 노력하자.

다섯째, 음수율의 신축성 : 정형시라 하면 흔히 일본처럼 17음(하이쿠)·31음(와카), 또는 중국처럼 5언·7언과 같이 절대 고정 불변의 음수율을 생각하게 된다. 그러나 우리의 정형시인 시조는 이들과 좀 다르다. 즉 사설시조나 엇시조가 아닌 평시조의 경우라고 하여도 총 45자를 중심으로 하여 몇 자씩의 더함과 덜함은 허용되는 것이다. 좀 더 자세히 설명한다면, 시조의 형식은 3장 6구로 이루어지고 매 구마다 7자를 기준으로 하여 한두 자의 가감을 마음대로 할 수 있어, 정형시이면서 정형시가 아닌 면도 가지고 있다. 그리하여 정형시라는 움직일 수 없는 증거는 다만 종장 첫구 첫절이 반드시 3자로 고정되어 있다는 데서나 찾아볼 수 있을 정도다. 이와 같은 시조 형식의 신축성은, 정형시가 빠지기 쉬운 무미건조함을 극복하는 데 커다란 구실을 한다. 종장 첫구의 둘째 절이 다섯 자 이상이라는 유별난 규정은 이러한 의미에서 매우 시사적이다.

여섯째, 민족적인 운율 : 시조의 기본 운율이 3 내지 4임은 누구나 알고 있는 바와 같다. 그러나 좀 더 자세히 검토해 보면 이 3·4조야 말로 우리 민족의 전통적인 운율로, 멀리 향가로부터, 여요 또는 악장, 가사, 민요 등등의 모든 시가에 공통되는 것임을 발견할 수 있을 것이다. 좀 더 근본적으로 살펴보면 우리 말 단어의 조직은 본래 3자 내지 4자로 이루어진 것이 대부분이다. 명사의 경우 3자 또는 4자 단어가 적지 않음은 물론이려니와 2자나 3자 단어라도 1자 내지 2자의 조사가 붙게 되면 자연적으로 3자 내지 4자로 되기 마련이요, 동사·형용사의 경우도 원형 또는 어미 활용형이 붙으면 위와 마찬가지 결과로 된다. 요컨대 이러한 국어의 특질이 우리의 시가문학의 운율 형성에도 그대로 적용된 것으로 보인다.

2)

시조의 우수성을 실제의 작품을 통하여 살펴보기로 하자. 그리하여 우리 선조가 남겨 놓은 민족의 위대한 유산들이 조금도 과장이나 허구에 의한 찬사를 받고 있지 않음을 증명해 보기로 하자.

시조의 작품성을 분석하기 위해서는 다각적인 방법이 요청될 수 있다. 그러나 극히 제한된 지면 속에서, 필자는 다른 것은 덮어 두고라도, 시가 문학의 제일 요건인 비유법부터 살펴보지 않을 수 없다. 시란 본질적으로 운율과 비유의 건축물이기 때문이다. 말하자면 시는 음악적·미술적 구성을 통한 상상의 계시로 이루어지는 것이어서, 시가 산문과 구별될 수 있는 가장 큰 요인은 설명적인 요소를 압축할 대로 압축하여 함축적인 이미지로서 독자의 상상력과 결부되는 창조성에 기인하는 것이다. 그러나 한 가지 전제해 둘 것은 비유법의 체계 역시 매우 복잡한 것이어서 이 짧은 글 속에서 일일이 살펴본다는 것은 전혀 불가능한 일이므로 여기에서는 다만 비유법 중 중의법重義法에 한정하여 살펴보기로 한다.

중의법이란 간단히 말한다면 하나의 단어를 써서 두 가지의 의미를 나타내게 하는 방법이다. 그러므로 중의법은 항상 동음이의어同音異義語 곧 음은 같으나 뜻이 다른 말로써 표현되는 비유법의 일종이다. 여류 시조에 많이 쓰인 다음과 같은 예들은 모두 인명을 중의법으로 쓴 예들이다.

> 장송長松으로 배를 무어[1] 대동강에 띄워 두고
> 유일지柳─枝[2]를 휘어다가 굳이굳이 매었는데
> 어디서 망령엣것은 소沼[3]에 들라 하느니
>
> ─ 구지求之

* 무어[1] = 만들어 / 유일지柳─枝[2] = 버드나무 한 가지. 또는 '유일지'는 작가인 기생의 애부愛夫를 가리키는 말이라고도 함 / 소沼[3] = 늪.

매화 옛등걸에 봄빛이 돌아오니
옛 피던 가지에 피염즉도 하랴마는
춘설春雪이 난분분亂紛紛하니[1] 필동말동하여라.

— 매화梅花

* 난분분亂紛紛하니[1] = 어지러이 흩날리니.

한성漢城서 떠나온 나비 백화총百花叢[1]에 들었구나
은하월銀河月에 잠간 쉬어 송대松臺에 올라 앉아
이따금 매화색梅花色에 흥을 겨워하더라.

— 송대춘松臺春

* 백화총百花叢[1] = 온갖 꽃떨기.

솔이 솔이라 하니 무슨 솔만 여기는다[1]
천심절벽千尋絶壁에 낙락장송落落長松 내 긔로다[2]
길 아래 초동樵童[3]의 접낫[4]이야 걸어 볼 줄 이시랴

— 송이松伊

* 여기는다[1] = 여기느냐 / 내긔로다[2] = 내가 그로다 / 초동樵童)[3] = 땔나무
　를 하는 아이 / 접낫[4] = 접는 낫 혹은 자그마한 낫.

철이 철이라커늘 섭철[1]만 여겼더니
이제야 보아 하니 정철正鐵[2]일시 분명하다
내게 골풀무[3] 있더니 녹여 볼까 하노라

— 철이鐵伊

* 섭철[1] = 순수하지 못한 쇠 / 정철正鐵[2] = 잡것이 섞이지 않은 순수한
　쇠 / 골풀무[3] = 불을 피우는 데 바람을 일으키는 기구의 하나.

어이 얼어 자리 무슨 일 일어 자리

원앙침鴛鴦枕 비취금翡翠衾을 어디 두고 얼어 자리
오늘은 <u>찬 비</u> 맞았으니 녹아 잘까 하노라

— 한우寒雨

<u>청산리靑山裏</u>[1] <u>벽계수碧溪水</u>[2]야 수이 감을 자랑마라
일도창해一到滄海[3]하면 돌아오기 어려우니
명월[4]이 만공산滿空山[5]하니 쉬어 간들 어떠리

— 황진이黃眞伊

* 청산리靑山裏[1] = 푸른 산 속 / 벽계수碧溪水[2] = 푸른 시냇물. 또는 이조
　종실宗室의 사람 이름 / 일도창해一到滄海[3] = 한 번 푸른 바다에 이름 /
　명월[4] = 밝은 달. 또는 황진이 / 만공산滿空山[5] = 온 산에 가득함.

　이상의 시조에서 밑줄 친 부분이 중의법을 사용한 예들이다. 이 중 특히 순수 국어와 한자의 배합, 즉 '찬 비=한우寒雨', '솔이=송이松伊', '군이=구지求之'의 경우는 고도의 중의법을 쓴 것이라 아니 할 수 없으며, '매화'의 시심 역시 범인으로서는 감히 넘겨다 볼 수 없는 신품이라 하겠다. 한편 '구지', '한우', '황진이' 들의 시조에 쓰인 중의법을 이해하기 위해서는 이들 시조가 쓰이게 된 유래를 알아보는 것이 보다 더 효과적이리라 생각한다.

상공相公을 뵈온후에 사사事事[1]를 믿자오매
졸직拙直한[2] 마음에 병들까 염려되니
이리마 저리차하시니 백년동포同抱[3]하리라

* 사사事事[1] = 모든 일 / 졸직拙直한[2] = 어리석고 고지식한 / 백년동포同[3]
　= 백년해로.

　이 시조는 광해군 때 박엽朴燁이 평안도 관찰사로 있을 때 손님과 장기

를 두면서 기생 소백주小栢舟를 시켜 지은 노래라고 하는데, 전 시구가 장기와 관련된 중의법으로 이루어졌다는 데 특징이 있다. 즉 본문의 '상공'은 상象과 궁宮, '사事'는 사士, '졸拙'은 졸卒, '병病'은 병兵, '마'는 마馬, '차'는 차車, '포抱'는 포包와 각각 통하고 있는 것이다.

> 사랑사랑 긴긴사랑 개천같이 내내사랑
> 구만리 장공長空에 넌즈려지고 남는사랑
> 아마도 이님의 사랑은 가없는가 하노라

무엇보다도 이 시조의 장점은 중의법을 훌륭히 썼다는 데 있다고 본다. '사랑'과 연결된 '개천'이 다시 '내내'로 이어질 때 '내내'는 2중 3중의 의미를 파생한다. 즉 '내내'는 '① 시대, ② 나, ③ 영원불변'으로 바꾸어질 수 있는 것이다.

🔷 **참조 원고**
....
"시조문학의 우수성", 『유아발달』 3 : 9(23)(유아발달사, 1975. 9).

$$\Diamond \ \Diamond \ \Diamond$$

4. 사설시조의 세계

1)

17세기를 지나면서부터 조선조의 사상계에는 주목할 만한 변화가 보이기 시작하였다. 당시 국내외의 여러 가지 사정, 예컨대 왜란이나 호란, 또는 당쟁에 대한 반성, 서양 문물에 대한 개안開眼 등으로 인하여 이제까지 실생활과 거리가 멀었던 다분히 관념적이고 형이상학적으로 치닫던 성리학에 대한 반성이 일게 되고, 그 대신 현실을 토대로 한 과학적인 실사구시實事求是의 학풍, 즉 이른바 실학實學이 생겨나게 되었던 것이다. 그리하여 이 땅의 정신생활면에 선풍적인 반향을 일으킨 실학사상은 정치·경제 등의 사회과학 분야에서뿐만 아니라, 지리·자연과학·농학 심지어는 경학經學 등에 이르기까지 새로운 전환점을 마련하기에 이른 것이다.

이러한 사정은 문학 부문에서도 예외는 아니었다. 이제껏 양반들의 전유물인 양 생각해왔던 문학은 일반 대중에게까지 파급되었다. 그러나 과거 양반들의 장기長技는 운문 중심의 시가문학이 주된 위치를 차지하고 있었으나, 시가문학의 까다로운 형식적 계약을 일반 대중이 그대로 받아들이기는 힘들었다. 그리하여 이 땅에도 운문시대로부터 산문시대로의 전환이 이루어졌다. 앙란雨亂을 겪고 영·정조 시대에 이르는 동안 많은 소설 작품이 창작되었고, 한편 판소리가 발흥하여 차차 소설로 정착되어 갔다. 또한 산문 정신의 대두는 시가문학 자체에도 본질적인 변화를 미치게 하였으니, 가령 잡가의 발생, 가사의 장편화, 평시조의 사설시조로의 이행 등이 그 현저한 예다.

2)

평시조平時調(또는 단시조短時調라고도 하며 보통 시조라고 하면 이 단시조를 가리키는 것이다)의 형식이 보통 3장 6구 총 45자 내외로, 각 구가 7~8자로 많아도 10자 미만인데 비하여, 엇시조旕時調, 또는 중시조中時調는 평시조의 기본 틀에서 어느 한 구가 10자 이상으로 늘어난 것을 말한다. 이에 비하여 사설시조辭說時調, 또는 장시조長時調는 평시조의 규칙에서 어느 두 구 이상이 10자 이상으로 벗어난 시조를 말한다. 다음 예를 보라.

> 귀또리[1] 저 귀또리 어여쁘다 저 귀또리,
> 어인 귀또리 지는 달 새는 밤에 긴소리 짧은 소리 절절이[2] 슬픈 소리
> 제 혼자 우러 네어[3] 사창紗窓 여윈 잠[4]을 살뜰히도 깨우는구나.
> 두어라 제 비록 미물微物이나 무인동방無人洞房[5]에 내 뜻 알 이는 저뿐
> 인가 하노라.

> * 1) 귀또리 : 귀뚜라미. 2) 절절이 : 구절마다. 3) 우러 네어 : 울며 가서,
> 울어서. 4) 여윈 잠 : 깊이 들지 않은 잠. 5) 무인동방 : 빈 방에서 혼
> 자 자는

이 작품은 3장 6구로 되어 있다는 점, 종장 제1분절이 3자라는 점, 또 종장 제2분절이 5자 이상으로 되어 있다는 점에서 시조임은 분명하다. 그러나 이 시조의 총 자수는 90자로서 시조의 기본 자수에서 크게 벗어난

다. 즉 초장과 종장 제1구(3·7로 제2분절이 7자가 되었지만 벗어난 것은 아니다)를 제외하면, 종장 제1구 26자, 중장 제2구 22자, 종장 제2구 17자로 되어 있다.

　그런데 사설시조가 다음과 같이 늘어지면 분장의 구별조차 힘들어지게 된다.

> 　이리야 낄낄 소 몰아가는 노랑대궁이 더벅머리 아희 놈아 게 좀 섰거라 말 물어보자.
> 　저기 저 건너 웅덩이 속에 지지난 밤 장마에 고기가 숙굴 많이 모였기로 조리종다리키에 가득 담아 짚을 많이 추려 마개를 찔러 네 쇠궁둥이에 얹어 줄게 지내는 역로歷路에 님에 집에 전해 주렴
> 　우리도 사주팔자 기박하여 남의 집 무엄 사는 고로 식전이면 쇠물을 하고 낮이면 농사를 짓고 밤이면 새끼를 꼬고 정밤중이면 언문자나 뜯어보고 한 달에 술 담배 곁들여 수백 번 먹는 몸이기로 전할 둥 말 둥.

　이쯤 되면 사설시조는 이미 시조라기보다는 창가나 가사처럼 보인다. 『해동가요海東歌謠』에는 '양춘이 포덕하니'로 시작되는 총 387자의 시조도 있고, 또 『청구영언靑丘永言』에는 '이제사 못 보게'로 시작되는 총 231자의 시조도 있으니, 위에 든 시조는 오히려 짧은 편이라고나 할까? 그런데 초·중·종장의 어느 구가 기본 자수 이상으로 불어나는가는 정해져 있지 않다. 가령 현전 3,400여 수의 시조 중 사설시조로 볼 수 있는 작품은 약 450수 정도인데, 이들을 분석해 보면 대략 다음과 같은 결과를 얻을 수 있다.

초장만 길어진 것	5%
중장만 길어진 것	28%
종장만 길어진 것	4%
초·중장이 길어진 것	15%
중·종장이 길어진 것	33%

초 · 종장이 길어진 것   3%
초 · 중 · 종장이 길어진 것   12%

이로써 본다면 대체로 평시조의 기본 자수에서 중장이 길어짐을 알 수 있다.

3)

사설시조의 발생설로는 다음과 같은 견해들이 있다. 즉 첫째, 평시조에서 분화되었다. 둘째, 잡가에서 파생되어 발달하였다. 셋째, 시조와는 별개로 거의 동시에 또는 그 이전에 발생했다는 것 등이다. 이 중에서 첫 번째의 견해 곧 평시조에서 분화되었다는 견해가 보편적으로 받아들여지고 있다.

발생 연대를 좀 더 한정시켜 보면, 앞에서도 말했듯이 임 · 병 양란 이후 산문정신의 대두와 함께 시적 교양이나 운문에 대한 지식이 부족한 가객이나 서민들이 평시조적인 정형에 구애되지 않고, 자유스런 저들의 성미대로 파격 형태의 사설시조를 만들어냈으리라고 생각된다. 그러나 사설시조의 태동은 임란 이전에 벌써 시작되었던 것으로 보이는 증거가 있다. 왜냐하면 송강松江 정철鄭澈(1536~1587)과 송암松巖 권호문權好文(1532~1587)의 작품이 현전하기 때문이다.

그러나 대개의 경우 사설시조의 작자는 알려져 있지 않다. 이것은 사설시조의 작자 층이 일반적으로 서민 계급이었다는 사실에서 비롯된다. 현전 450여 수의 사설시조 중 27명의 75수 정도가 알려진 편이니, 비율로 따진다면 17% 정도의 작품의 작자가 밝혀져 있는 셈이다. 이 중 전문적인 가객歌客, 예컨대 김수장金壽長, 김두성金斗性, 임의식任義植, 김묵수金默壽, 이정진李廷藎, 김민순金敏淳 등이 모두 사설시조의 창작에 관여한 점으로 미루어 사설시조는 가객들이 즐겨 지은 것으로 볼 수 있겠고, 기타 작품의 내용으로 미루어 일반 부녀자 또는 기녀妓女, 평민들의 작품인 듯싶은 것이 많이 보인다.

일신一身이 사자 하니 물것 겨워[1] 못 살리로다.
피겨[2] 같은 가랑니, 보리알 같은 수통니,[3] 주린 이 갓깐 이, 잔벼룩, 굵은 벼룩, 강벼룩, 왜벼룩, 뛰는 놈 기는 놈에, 비파 같은 빈대 새끼, 사령 같은 등에아비[4], 갈따귀, 삼의약이,[5] 센[6] 바퀴, 누런 바퀴, 바금이[7], 고자리, 부리 뾰족한 모기 다리, 기다란 모기, 야윈 모기, 살찐 모기, 그리마,[8] 뾰로기, 주야로 빈 때 없이 물거니 쏘거니 빨거니 뜯거니, 심한 당비리[9]에서 어려워라.
그 중에 차마 못 견딜 쏜 유월 복더위에 쉬파린가 하노라.

* 1) 겨워 : 못 이겨. 2) 피겨 : 피의 껍질. 3) 수통니 : 크고 굵은 살찐 이.
  4) 등에아비 : '등에'의 옛말. 5) 심의약이 : 버마재비. 6) 센 : 흰. 7) 바금이 : '바구밋과의 곤충'을 통틀어 이르는 말. 8) 그리마 : 그리맛과의 동물. 지네와 가까운 종류로 다리가 여러 쌍이며 머리에 긴 더듬이가 있다. 9) 당비리 : 깽비리.

시어머님 며늘아기 나빠[1] 벽바흘[2] 구루지 마오.
빚에 받은 며느린가, 값에 쳐 온 며느린가, 밤나무 썩은 등걸에 회초리나 같이 앙살프신[3] 시아버님, 별 뵌 쇠똥같이 되종고신[4] 시어머님, 3년 결은 망태에 새 송곳 부리같이 뾰족하신 시누이님, 당피[5] 같은 밭에 돌피[6] 나니 같이 샛노란 외꽃 같은 피똥 누는 아들 하나 두고, 건밭[7]에 멋꽃[8] 같은 며느리를 어디를 나빠하시는고.

* 1) 나빠 : 미워서. 2) 벽바흘 : 부엌 바닥을. 3) 알살프신 : 매서운, 앙상한. 4) 되종고신 : 말라 빠진. 5) 당피 : 좋은 곡식. 6) 돌피 : 품질이 낮은 곡식. 7) 건밭 : 흙이 기름지고 양분이 많아서 농작물이 잘되는 밭. 8) 멋꽃 : 메꽃?

4)

　평시조에 비교해 본 사설시조의 형식상의 특징은 ① 길이가 길어졌다, ② 가사나 민요풍이 혼입되었다, ③ 대화가 않다는 점 등이다. 이 중 대화의 형식을 잘 살리고 있는 사설시조의 예를 들어 보이면 다음과 같다.

　“댁들에 동난지이[1] 사오” “저 장사야, 네 황화(黃貨)[2] 그 무엇이라 외는다. 사자.”
　“외골내육外骨內肉, 양목兩目이 상천上天, 전행 후행前行後行, 소小아리[3] 팔 쪽八足, 대大 아리 이족二足, 청장淸醬[4] 으스슥하는 동난지이 사오.”
　“장사야 하[5] 거북히 외지 말고 게젓이라 하려믄.

　　* 1) 동난지이 : 게젓. 2) 황화(黃貨) : 잡화. 3) 소아리 : 작은 다리. 4) 청
　　　장 : 진하지 않은 간장. 5) 하 : 많이, 매우.

　한편 사설시조의 내용상 특징을 살펴보면 평시조에 비하여 관념적인 것이 아닌 구체적인 사물을 노래하고 있다는 것이다. 그리하여 양반들의 작품 대부분이 도덕적이고 교훈적임에 비하여, 사설시조는 속어俗語 또는 비어卑語, 재담才談, 욕설 등을 대담하게 도입하여 생활의 주변에서 부딪치는 가족 간의 불화, 가난한 생활, 생업生業, 사련私戀, 사랑과 이별, 노골적인 정사情事, 기롱譏弄 등을 비롯하여 심지어는 돈이나 ‘물것’에 이르기까지 이른바 양반들의 점잖음에 대한 의식적인 도전을 꾀하고 있다는 점이다. 그러므로 강렬한 애정의 표출이나 육욕이 두드러지게 나타나는 것 — 다시 말한다면 숨김없는 인간성을 우리가 고전문학 속에서 찾아보려 한다면 판소리와 아울러 사설시조가 아니면 안 된다고 할 것이다. 끝으로 이러한 시조 한 편을 덧붙여 둔다.

　이르겠다, 이르겠다. 내 아니 이르랴, 네 서방더러.

거짓 것으로 물 긷는 체하고 통일랑 내리어 우물 전에 놓고 또아리 벗어 통 조지에 걸고 건넌집 작은 김서방 눈 끔쩍 불러내어 두 손목 마주 덤썩 쥐고 수근수근 말하다가 삼밭으로 들어가서 무슨 일 하던지 잔 삼은 쓰러지고 굵은 삼대 끝만 남아 우쭐우쭐 하더라고 내 아니 이르랴, 네 서방더러.

저 아이 입이 보드라와 거짓말 마라스라. 우리도 마을 지어민[1] 전차[2]로 실삼 캐러 갔더니라.

* 1) 지어민 : 지어미인. 2) 전차 : 까닭.

● **참조 원고**

"사설시조의 세계", 『유아발달』 3 : 11(25)(유아발달사, 1975. 11).

5. 홍낭과 황진이

1)

묏버들 갈해 꺾어 보내노라 님의 손대
자시는 창밖에 심어 두고 보소서
밤비에 새잎곧 나거든 날인가도 여기소서

이 시조는 선조 때의 홍원洪原 기생 홍낭洪娘의 작품이다. 홍낭이 이 작품을 짓게 된 데에는 다음과 같은 이야기가 전한다.

선조 6년(1573) 가을, 당시 삼당파三唐派 또는 팔문장八文章으로 이름 높던 고죽孤竹 최경창崔慶昌이 북도평사北道評事란 벼슬을 하여 함경북도 경성鏡城에 갔을 때 홍낭도 따라가 그 막중에 있었다. 그러나 이듬해 봄에 최경창이 서울로 오게 되매 홍낭은 할 수 없이 쌍성雙城까지 따라와 작별하고 돌아서지 않으면 안 되었다. 이때 홍낭이 함관령咸關嶺에 이르러 시조 한 수를 지어 최경창에게 보낸 것이 위에 든 작품이다. 그 후 3년 동안 소식이 서로 끊겼다가 최경창이 병석에 누웠다는 말을 듣고 홍낭은 그 날로 떠나 7주야 만에 서울에 도착하였다. 그러나 결국 이것이 문제가 되어 최경창은 벼슬을 그만두지 않으면 안 되었고, 홍낭은 고향으로 돌아갔다. 얼마 되지 않아 최경창은 세상을 떠났다(1583).

홍낭은 최경창이 죽은 후에 파주에 가서 그의 묘를 지켰으며, 다시 임진왜란이 일어나자(1592) 최경창의 시고詩稿를 안고 피란을 하여 최경창의 글들이 병화에도 타지 않고 후세에 전할 수 있게 되었다. 이에 최경창의 가문에서는 홍낭이 죽으매 최경창의 묘 아래에다 장사 지내 주었다 한다.

이러한 아름다운 이야기의 주인공인 홍낭이 지은 윗시조에는 그녀의 따뜻하고도 애틋한 마음이 서려 있다. 여러 가지 주위의 여건 특히 신분의 제약 같은 것으로 인하여 사랑하는 사람을 떠나보내지 않으면 안 되는 안타까움을 작자는 결코 눈물로 하소연하려 하지는 않았다. 더구나 체념 같은 것이랴! 임은 갔지만 임은 결코 떠나간 것이 아니요, 임은 항상 나(홍낭)의 곁에 있다는 신념이 홍낭으로 하여금 체념 내지는 앙탈을 생각지 못하게 하였으리라. 사실 홍낭의 변함없는 사랑에의 헌신은 위에서도 이야기한 바 있듯이 일생을 두고 단 한 번이라도 끊긴 적이 없었다. 홍낭은 조선조 시대 어느 사대부의 부녀에 못지않은 정절한 부인이었으며, 또한 기녀답지 않은 기녀였던 것이다.

문학 작품이 교훈성을 띤 것이 아니라면 모두 문학 작품으로 인정할 수 없다는 것이 과거 대다수 도학군자들의 문학관이었다. 그러므로 작품 속에서 '군주君主'가 아닌 '임'을 노래한 '사랑의 노래'란 그들이 천시하는 하층 백성 또는 기생들의 손에 의해서 이루어진 것에서가 아니면 거의 찾을 수가 없는 형편이다. 그러한 의미에서도 이 작품은 조선조가 남긴 극소수의 연가 중에서도 특히 뛰어난 작품이라 하겠다.

작품 기법 면에서 생각해 보더라도 이 작품은 우수하다. 가령 전편이 순수 국어로써 표기되어 읽는 사람으로 하여금 전연 부담을 주지 않을 뿐더러, '보내노라 님의손대'와 같은 도치법의 적절한 사용으로 인하여, 자칫하면 평면적으로 흐르기 쉬운 시의 전개에 변화를 주고 있다는 점, '묏버들', '밤비', '새 잎' 등등의 참신한 이미지로써 시의 신선도를 더해 주고 있다는 점 등등은 작자의 시적 천분을 충분히 엿볼 수 있게 하는 것이 아닐 수 없다.

     2)

　필자는 위에서 동양적인 정절의 여인상으로 홍낭을 들고 그의 문학의 일단을 이야기하였다. 이번에는 그와는 전연 대조적인 황진이와 그의 문학을 살펴보기로 하자. 홍낭과 황진이라는 두 기녀 시인에 대하여는 전설로 전하여 오는 이야기를 제외하면 전연 상고할 수 있는 자료가 없어 단정 짓기 곤란하지만, 하여튼 필자는 일단 홍낭을 정적·동양적·보수적·폐쇄적 여인상으로 가상하고, 황진이를 동적·서양적·진보적·개방적 여인상으로 가상하여 보기로 한다.

> 청산리 벽계수야 수이 감을 자랑마라
> 일도창해—到創海하면 돌아오기 어려우니
> 명월이 만공산滿空山하니 쉬어 간들 어떠리

　이 시조가 지어지게 된 배경에는 다음과 같은 이야기가 전한다. 그 당시 종실에 벽계수라는 사람이 있었는데 성격이 근엄하여 여자를 늘 멀리하고, "아무리 잘난 여자라도 내 마음을 움직일 수는 없다."고 큰소리를 하며 또 말하기를, "요새 사람들이 황진이를 몹시 사랑하는 모양이나 사랑은커녕 만나면 쫓아 버리겠다."고 하였다. 황진이가 이 말을 듣고 사람을 시켜서 한양서 일부러 벽계수로 하여금 송경(개성) 구경을 오게 하였다. 때는 바야흐로 가을, 달 밝은 밤 벽계수는 만월대 구경을 나섰다. 만월대를 휘돌아 올 때 어디서 아름다운 노래가 들려왔다. 가만히 귀를 기울여 들어보니 자기 이름뿐 아니라 기생 명월이(황진이의 별명)의 이름도 넣어 지은 위의 시조였다. 이윽고 소복한 미인이 나타났다. 벽계수는 말고삐를 잡고 노래를 불렀다. 틀림없이 그는 기생 황진이였다. 벽계수는 말에서 내려 그를 따라 술잔을 아니 들 수 없었다고 한다. 한편 황진이의 남성 함락 작전(?)은 이뿐만이 아니었던 모양이어서, 지족선사知足禪師나 소세양蘇世讓과의 일화도 전한다. 그 중 지족선사와의 이야기만 간단히 애기해 보면 다음과 같다.

지족선사는 송도 근교 깊은 산속 암자에서 30년이란 오랜 세월을 수도해 온 스님이었다. 송도 사람들은 그를 모두 생불이라 불렀다. 이에 황진이는 소복을 하고 지족선사를 찾아가 자기는 청상青孀이라 하고 제자가 되기를 애원하였다. 그러나 깊은 산 중에서 50년간을 주야로 독경만 일삼고 살아온 선사는 난데없는 미인의 출현에 마음이 흔들림을 깨닫고 자신의 수양 부족을 의아해 하면서 마귀를 쫓는 주문만 열심히 외웠다. 황진이는 두 번 세 번 전략을 바꿔도 지족선사를 움직이지 못하자 나중에는 비를 맞아 착 달라붙은 옷을 입고 접근하였다. 이 마지막 공세 앞에 30년 동안 벽을 마주보고 해 오던 지족선사의 수업도 허사가 되고 말았다. 뜻을 이룬 황진이는 살짝 몸을 빼어 달아나고, 지족선사는 법복도 염주도 다 내버리고 황진이를 찾아 헤매었다. 이로부터 송도 거리에는 반미치광이, 반 걸인이 되어 거리를 방황하는 지족선사를 볼 수 있었고, 끝내는 그의 생사조차 아는 사람이 없게 되었다는 것이다.

이러한 황진이의 공세가 끝내 실패로 끝났던 것은 오직 화담花潭 서경덕徐敬德의 경우뿐이었다. 화담은 당시 도학군자로 학덕과 인격이 세상에 널리 알려져 있었고, 황진이의 농락에도 끝내 눈썹 하나 움직이지 않았다고 한다. 어느 날 황진이는 최후의 수단으로 화담의 거처로 놀러갔다가 돌아갈 시간이 되어 별안간 복통을 일으키어 몹시 신음하기 시작하였다. 서경덕은 황진이를 한 채밖에 없는 이불을 펴 눕히고 자기는 늦도록 책을 읽었다. 마침내 날이 밝고 해가 높이 솟아 황진이가 눈을 떠 보니 서경덕은 어느새 윗목에 조그마한 포대기를 얌전히 개어 놓고 세수까지 하고 단정히 책상 앞에 앉아 어제의 자세 그대로 책을 읽고 있었다. 황진이는 속으로 자기 자신의 행동을 매우 부끄럽게 여겼다. 그리하여 황진이는 스스로 '송도삼절'을 일컬어 박연폭포와 서경덕, 황진이 자신을 들었다는 것이다.

황진이의 성격을 드러내 보이기 위하여 좀 이야기가 길어졌지만, 하여튼 그녀는 전통적인 동양사회의 여성상으로는 상상조차 할 수 없던 첨단의 여성이었다. 이 점은 위에서 보인 '벽계수'에게 주었다는 시조에서도 엿볼 수 있지만 다음 시조에서는 더욱 뚜렷이 나타난다.

> 동짓달 기나긴 밤을 한 허리를 도려 내어
> 춘풍 이불 아래 서리서리 넣었다가
> 얼은 님 오신 날 밤이어든 굽이굽이 펴리라

그렇지만 얼른 보아 매우 육감적인 것으로 보이는 이 시조가 별로 속된 느낌이 없이 훈훈하게 느껴짐은 어인 까닭일까? 그것은 작자의 시어를 구사하는 재능이 속인으로서는 감히 따라갈 수 없는 경지에까지 이르렀기 때문이다. 가령 '동짓달 기나긴 밤' 다시 말하면 눈보라가 치고 꽁꽁 얼어붙은 겨울날의 긴긴 밤을 작자 멋대로 두 동강을 내어 '춘풍 이불 아래' 서리서리 넣을 수 있다는 것은 그만큼 시간과 공간의 처리 능력이 우수함을 말해 준다. '겨울'이라는 시간과 '이불 속'이라는 공간이 별 무리 없이 어울리어 따스함을 주게끔 고려되어 있는 것이다. 여기서 느껴지는 황진이 문학의 '굵은 선'은 그의 딴 작품에서도 으레 느껴진다. 다음 예들을 보라.

> 산은 옛산이로되 물은 옛물이 아니로다
> 주야에 흐르니 옛물이 있을쏘냐
> 인걸도 물과 같도다. 가고 아니 오노매라

청산은 내 뜻이요 녹수는 님의정이
녹수 흘러간들 청산이야 변할쏜가
녹수도 청산을 못 잊어 울어 예어 가는고

이 두 시조에서도 우리는 앞의 시조 '청산리 벽계수야'에서 보았던 것과 같은 '산'과 '물'의 대칭적인 비유 수법을 찾아낼 수 있다. 말하자면 우리는 예외 없이 황진이의 문학 속에서 남성적인 호방스러움을 마주 대하게 되는 것이다.

● 참조 원고
"홍낭과 황진이", 『유아발달』 3 : 10(24)(유아발달사, 1975. 10).

Ⅲ. 세시歲時와 동물상

1. 기미년에 붙이는 양덕송羊德頌

양은 착한 중생衆生이다. 양은 거역보다는 순종을, 교활함보다는 우둔함을 천성으로 지니고 태어났다. 하느님은 그에게 뿔이란 무기를 내려주었지만 이건 겉치레뿐인 투구이며 무딘 칼날이다. 양은 성악설을 주장하는 인간에게 성선설을 주장하는 인간에게 교훈을 주기도 한다. '양과 같은 사람'이란 양들의 사전에서 인간이 꾸어온 말이다. 인간은 또한 '양두구육羊頭狗肉'이니 '양두마포羊頭馬脯'라 하여 저들의 훌륭함을 찬양한다. '견마지로犬馬之勞'조차 잊고서.

어미 양을 따르는 어린 양을 보라. 그들에게 무슨 허위가 있으며 사악함이 있겠는가. 어린 양은 꿇어 앉아 어미젖을 먹는다. 어미의 노고에 조금이라도 보답하려는 듯. 그리하여 옛 사람들도 '궤유지은跪乳之恩'을 일컬었다. 미물微物에게도 어미에 대한 은혜 갚음은 있는 것이다. 까마귀의 '반포지은反哺之恩'과 같이.

어미 잃은 어린 양을 어느 시인은 이렇게 읊었다. '어린 양은 오늘도 먼 산을 바라보고 있습니다. / 찬란한 녹의綠衣를 한 듯이 갈아입은 산마루 끝에는 / 파아란 하늘을 밟고 가는 흰 구름이 있습니다. / 어린 양은 오늘도 떠가는 흰 구름을 보고 / 자기 엄마가 산을 넘어 오지 않나 의심합니다. / 어린 양은 오늘도 새소리를 들으며 저를 부르던 엄마의 목소리를 그리워합니다.'라고 어미를 잃은 어린 양은 고향을 잊지 못한다.

어촌에서는 정월 들어 처음 맞는 미일未日(상미일上未日)에 출항을 하지 않는 풍속이 있다. 양의 걸음걸이가 방정스러워 그렇다는 것이다. 그러나 어미를 따라 한가로이 풀을 뜯는 어린 양의 귀여운 모습을 어찌 방정스럽다 하리오? 차라리 평화롭다 하리라. 순백의 희생양은 풍파를 일으키기는커녕 용신의 노여움을 재우리라.

양은 살신 구도자殺身求道者이다. 인간은 아담과 이브의 원죄, 그리고 그들의 후손 카인이 쌓은 죄들에 대해 사赦함을 받기 위해 양을 신전에 바쳤다. 제단 앞에 선 양의 눈은 에덴을 응시한다. 천국의 문이 보이는지 그의 눈은 공허하고, 신의 부르심을 들었는지 그의 울음은 처량하다. 속죄양贖罪羊의 피는 너무나 진하고 투명하다.

기독基督의 속죄양은 불도佛道의 탈해양解脫羊이기도 하다. 불자佛者는 수행자를 성문聲聞과 연각緣覺과 보살菩薩로 나눈다. 나아가 성문은 양거羊車에, 연각은 녹거鹿車에, 보살은 우거牛車에 비유한다. 이것이 이른바 삼승三乘이다. 양은 자기해탈의 경지이다. 동서양을 막론하고 양은 신에 이르는 길인 셈이다.

어떤 사람은 양을 포악暴惡하다고 한다. 광포狂暴하고 사납다는 것이다. 그리하여 양한낭탐羊狠狼貪이란 옛말[고언古言]도 있지 않은가? 또 어떤 문헌에 의하면(『지봉유설』 권20 금충부禽蟲部), '소가 초목을 먹으면 초목은 무성하게 자라지만, 양이 초목을 먹으면 말라 죽는다'고 한다. 소는 물건을 배양하는 '토土'에 속하지만, 양은 살벌殺伐을 주장하는 '금金'에 속하기 때문이란 것이다. 그러나 이 말은 부허浮虛한 것이다. 양은 '토'에 속하는 것이 아니라 '화火'나 '토'에 속한다는 것이 여러 고문헌들이 증언하고 있기 때문이다(『예기』 월령 · 『회남자』 시칙훈時則訓). 속담에도 '죽으러 가는 양의 걸음'이라느니, '이리 앞의 양'이라 하여 저들의 힘없음을 비유하고, 또 '양장랑羊將狼'(『한서』 장량전)이라고 하여 강병 위에 약장을 둠을 비유하고 있지 아니한가? 양은 사납기보다는 차라리 약하고 순한 것이다.

어젯밤 나는 양을 탄 꿈을 꾸었다. 또 풀밭에서 풀을 뜯는 양떼를 보았다. 아침에 자리를 거두려니 그리마가 재빨리 도망하였다. 오늘쯤 무슨 반가운 수가 생기려나보다. 써늘한 방안을 덥혀줄 알라딘이라도 생겼으면……. 아니 그 동안 밀렸던 일들이라도 빨리 시작하는 것이 좋겠다.

양의 해에는 양처럼 선량하게 살아야지. 거스름보다는 순종을, 교활함보다는 우직함을, 남의 희생보다는 차라리 나의 희생을 감수하는 양의 미덕을 배워야겠다.

● 참조 원고

"기미년己未年에 부치는 양덕송羊德頌", 『국민대학보』 270(1979. 1. 1).

2. 상징 속의 뱀·뱀·뱀

　‘배암’은 보통 ‘뱀’이란 준말로 통용되며, 방언으로는 ‘비암’ 또는 ‘비 암’이라고도 하는데, 민간에서는 ‘구렁이’ 또는 준말인 ‘구리’를 이와 동 일어로 사용하는 경우가 많다. 한자로는 ‘사蛇’ 자를 쓰는데, 이 글자는『설 문해자說文解字』에 의하면 “사它는 충虫인데 충에 속하면서 길다. 꾸불꾸불 하고 긴 꼬리를 가진 모양을 본떠 이 글자가 생겼다. 사它에 충虫을 덧붙 여 쓰기도 한다.”라고 되어 있다. 이 사蛇 자는 속자인 ‘사虵’ 자로 통용되 기도 한다.

　인류가 뱀에 대해서 느낀 감정은 동서고금을 통하여 거의 동일한 것 같다.『성서』에 의하여 뱀을 죄악의 상징으로 여기고 문자 그대로 사갈蛇 蝎과 같이 미워하였거니와, 동양에서도 뱀을 타기唾棄했던 것은 마찬가지 였다. ‘뱀과 같은 사람’, ‘능구렁이’, ‘사심蛇心을 가진 자’ 등의 어휘에서 와 같이, 뱀은 교활·음흉·간사·탐욕·표독 등의 대명사로 흔히 사용 되었던 것이다.

　민간신앙에 의하면 뱀은 용이라는 성스런 동물의 예비 후보생쯤으로 인식하여 왔다. 그러나 뱀이 용에 오르는 것은 그리 쉽지 않다. 무려 천 여 년간 수도를 해야 한다. 각고刻苦의 시험에는 뱀이 가진 천성인 탐욕, 예컨대 여의주 또는 야광주의 독점욕 따위 때문에 낙방하기가 첩경이다.

일단 용이 못된 뱀은 '이무기' 또는 '이시미'라고 하여 강호소택江湖沼澤에 살며 용이 못된 한을 곧잘 자연계에 풀어, 인간을 엉뚱한 피해자가 되게 한다. 뱀은 인간만의 적은 아니다. 다른 동물들 가령 조류·개구리 따위들에게도 공공의 적이다. <까치가 종을 쳐서 목숨을 구한 나그네>란 민간설화가 그렇지 않은가? 또 이른바 민간에서 궁합을 볼 때는 뱀띠와 개띠는 상극으로 친다. '뱀 본 개 짖어대듯 한다.'는 속담도 있다.

뱀에게 물렸을 때는 우리나라 특유의 민간요법이 있다. 즉 뱀에게 물린 데는 정월 첫 해일亥日에 짠 참기름을 저울추에 발라 그것을 그 구멍을 통하여 상처에 떨어뜨리면 금방 나을 뿐 아니라, 물었던 뱀이 곧 죽는다고 한다. 이는 흡사 프레이저가 『황금가지』에서 말한 유감주술類感呪術로 보여 흥미롭다. 프레이저도 옛 희랍에서는 뱀에게 물렸을 때 사석蛇石이란 돌을 썼다는 사례를 들고 있다.

우리 민간설화에는 범이 처녀로 둔갑한다는 이야기가 흔하다. 또한 『지봉유설』에는 뱀이 꿩으로 화신한다는 기록도 보인다. 후자의 경우는 중국의 영향을 받은 것으로 생각되는데, 『예기』 월령편月令篇의 유례類例들은 그만두고라도, 『진서晉書』에 '장화가 말하기를 '이것은 반드시 뱀이 변해 꿩으로 된 것이다.'고 했다. 꿩의 곁을 본즉 과연 뱀의 허물이 있었다(張華曰 此必蛇化爲雉也 開視雉側 果有蛇蛻).'라는 기록이 있기 때문이다.

프로이드가 『꿈의 해석』에서 뱀을 남성 상징으로 예거한 것은 잘 알려진 사실이거니와, 실제 우리나라에도 꿈에 뱀을 보면 임신한다는 속신이 있다. 또한 엘리아데는 뱀·개구리·달팽이 따위를 월月동물이라고 하였다. 왜냐하면 이들은 겨울잠을 자느라 겨울에는 보이지 않다가 봄에 다시 나타남으로써 달의 기울고 차는 이미지와 동일시되고, 달이 영속하는 부활 내지 재생의 상징이듯 뱀도 그렇게 여겨졌다.

충청남도 연기군 서면 비암사에는 세계적으로 광포되어 있는 <야래자夜來者전설>이 전하고 있는데, 이곳의 전설이 타 지역 것과 다른 점은 '야래자'가 뱀이라는 점이다. 이 전설에서 뱀은 두 말할 것 없이 남성의 변

형이고, 귀인이 탄생했다는 것은 부활의 상징이다. 또 다른 설화 <구렁덩
덩 신선비>(또는 <뱀신랑>)도 원래는 뱀이었는데 허물을 벗고 인간으로
새로 태어난다는 내용을 담고 있다.

　중국에는 태고의 전설상의 황제들을 사신인수蛇身人首로 묘사한 것이
많다. 가령 『열자列子』 황제편에 보이는 포희씨疱犧氏·여와씨女媧氏·신농
씨神農氏·하우씨夏禹氏 등이 그러한 예이다. 이는 뱀이 신으로 존숭되었다
는 사신 숭배의 일단인데, 우리 민속에서도 그러한 예가 보여 흥미롭다.
혁거세 왕릉인 사릉(蛇陵, 또는 五陵) 전설을 그렇게 해석하려는 사람도
있지만, 이는 그만 두고라도 아직도 민간에서는 뱀을 업신業神(업구렁이)
이라 하며 재신財神으로 숭배하고 있다. 이능화李能和에 의하면 곡물을 쌓
은 곳에는 구렁이와 족제비를 종종 볼 수 있는데, 이를 사람들이 수곡신
守穀神이라 여겼으리라고 한다.

　뱀과 재업財業은 관련이 많다. 가령 꿈에 뱀이 들어오든가 뱀을 만지면
돈이나 재물이 생기거나 벼슬을 얻게 된다고 한다. 이러한 사업설蛇業說에
관한 설화로 <금강산 영원암 이적기金剛山靈源庵異蹟記>가 흥미 있지만, 지
면 관계상 생략하기로 하겠다. 하여튼 이 설화는 불가佛家에서 말하는 '윤
회인과설輪廻因果說'에서 나온 것인데, 속설에 '부富하고 인색한 사람은 죽
어서 대맹이[대망大蟒]가 되어 재고財庫나 지킨다'는 말이 이 설화에서 나
왔을 것임을 덧붙여 둔다.

　한편 제주도의 사신 신앙은 유명하다. 즉 제주도에서는 보통 뱀을 '칠
성뱀'이라 해서 귀신으로 위하고 때려잡지 않는다고 한다. 섬 안에 뱀이
많은 것은 기후 탓도 있지만 이런 민간신앙 때문이 아닌가 한다. 제주도
에서는 뱀을 때려잡으면 뱀이 하품을 하는데, 그럴 때에는 그 집안에 아
이가 아프거나 어른이 죽는 등 흉사가 생기게 된다고 한다. 이를 면하려
면 심방(무당)을 청하여 굿을 해야 한다. 제주도 표선면 토산리 본향本鄕
은 사신 숭배의 본거지로 이름난 곳인데, 이 신당에서도 당신으로 뱀을
모시고 있으며, 또 이 당의 계통을 이은 집안에서는 집 뒤뜰 같은 곳에

기왓장 따위로 조그만 뱀신의 집을 만들어 '뒷할망'이라 해서 뱀신에게 제사를 지낸다고 한다.

● 참조 원고

"상징 속의 뱀 뱀 뱀", 『국민대학보』 223(1977. 1. 12).

$$\blacklozenge \ \blacklozenge \ \blacklozenge$$

3. 희망으로 관념화된 용龍

　인간이 만들어낸 상징적 동물 중에 용은 아마도 가장 널리 알려져 있
는 것이리라. 우리는 과거로부터 전하여 온 매우 다양하고도 풍부한 정신
문화와 물질문화 자료를 통하여 용에 대한 인류의 믿음을 확인해 볼 수
가 있다. 물론 용에 대한 인류의 생각이 언제 어디서나 한결같았던 것은
아니고, 시대와 장소에 따라 그 외모나 특성이 조금씩 변하기도 하였다.
그러나 이러한 변화는 다분히 지엽적인 데 그쳤을 뿐 그 본질, 다시 말하
면 용의 이미지 자체는 그다지 변함이 없이 지속되었다. 특히 한국・중
국・일본을 중심으로 한 동양권 문화에서의 용의 관념은 사실적인 외모
면에서나 상상적인 특성 면에서 대체로 유사하게 나타났다.
　그런데 용 관념이 애초에 어떻게 하여 생기게 되었는가에 대하여는 이론
이 많다. 어떤 사람은 하늘의 천둥과 번개 현상이 원인이 되었으리라고도
하고, 어떤 사람은 바다의 폭풍우와 이에 따른 물기둥 현상이 원인이 되었
으리라고도 한다. 또는 뱀에 대한 두려움이 변하여 결국 용 숭배에까지 이
르렀으리라고도 한다. 어쨌든 용은 자연현상에 대한 인간의 착각이나 과장
에서 생겨난 것이 틀림없으리라. 일단 이러한 가상으로부터 생겨난 용 관
념이 인류에게 유전되는 동안 그것은 어느덧 실재적인 것으로 확신되기에
이르렀다. 그리하여 인간에서는 용과 관련된 구체적 증거물이 제시되기도

하며, 심지어는 용을 보았다는 사람까지 적지 않게 나타나고 있는 것이다.

용 관념이 언제 어디서 처음 시작되었는가를 단정적으로 말할 수는 없지만, 현재까지 발굴된 고고학적 자료나 기록 자료를 통해 추정하여 보건대, 동서양 모두 수천 년 전까지 거슬러 올라감은 틀림없다. 중국의 경우 기원전 1500년경 은나라 때의 청동기들에 이미 용무늬들이 나타나기 시작하며, 선진시대에는 점차 외모를 갖추기 시작하여 한나라 이후 특히 당·송 대에 이르러 지금 우리가 지니고 있는 용의 형태가 완성되었다고 한다. 우리나라에서도 이들의 영향을 받아 매우 일찍부터 용 관념이 형성되었음을 추측하기에는 어렵지 않으나, 발굴된 구체적 유물들이 매우 드문 편이다. 다만 시기적으로는 좀 늦지만 6~7세기경으로 추정되는 고구려 고분 벽화나 그 밖에 3국시대 여러 용 장식물들을 통하여 용 관념을 그려볼 수가 있겠다.

용의 전체적 생김새에 대하여 중국의 옛 문헌인 『본초강목本草綱目』에는 '낙타 머리, 사슴 뿔, 토끼 눈, 소 귀, 뱀 목, 신蜃의 배, 잉어 비늘, 매 발톱, 호랑이 발바닥'으로 묘사하고 있다. 한편 유물들에 나타나는 용의 부분적인 모습들을 살펴보면 대개 다음과 같다. 우선 용은 위로 한껏 벌린 입을 보여주고 있다. 이때 입속에 커다란 여의주를 물고 있는 경우가 많지만, 여의주가 없을 때에는 날카로운 이빨과 널름거리는 혀, 붉은 입 천장이 드러난다. 몸 밖의 여의주를 SS자형의 두 마리의 용이 다투는 경우도 있다. 머리에는 한두 개의 뿔이 돋았으며, 콧구멍은 크고, 입가에는 가늘고 긴 수염이 뻗쳐 있다. 또 용은 몸통과 별로 구별이 되지 않는 긴 목을 가졌으며 1~5개의 다리 혹은 날카로운 발톱을 가졌다. 배에는 비늘이 나 있으며, 흔히 몸 둘레에는 구름 기를 동반하고 있다. 이러한 모습들은 용이 어느 정도 뱀과 유사한 파충류임을 말해주는 것이며, 또 그 강건성과 역동성을 선명히 드러내주는 것이다.

물론 용의 모습은 그 종류에 따라 매우 다르게 묘사되기도 한다. 가령 부분적 형태의 차이, 곧 비늘이 있는 교룡蛟龍, 날개가 있는 응룡應龍, 뿔이 있는 규룡虯龍, 뿔이 없는 이룡螭龍의 구별이 있는가 하면, 전체적 형태에 따라 사룡蛇龍·상룡象龍·마룡馬龍·어룡魚龍·하마룡蝦蟆龍 따위로 구별되기도 한다. 이들 중 우리에게 익은 것은 마룡 정도가 아닐까 한다. 우리 민간에서는 이러한 형태적 차이에 의하기보다는 색깔에 따라 청룡·황룡·흑룡·적룡으로 나누는 것이 보통이다. 따라서 부분적인 다리의 수나 발톱의 수 같은 것에 약간의 차이는 있어도 전체적인 용의 모습은 대개 고정적으로 나타난다.

앞서 잠시 언급한 바와 같이 용 관념이 애초에 물과 관련되어 이루어졌다는 주장을 받아들인다면 용과 물과의 관계는 당연한 것이라 하겠지만, 이 주장을 떠나서라도 용이 파충류와 유사하다는 점에서 양자간(용과 물)의 관계가 밀접한 것임은 넉넉히 짐작할 수 있다. 실제 민간에서는 용의 거처를 물과 관계 있는 곳, 가령 샘·우물·못·강·바다 등으로 상징하고 있고, 속담에도 있는 것처럼 '용 가는데 물이 따르게 마련'인 것이다. 그러나 논리적으로 말하자면 물이 먼저 있고 용이 따르는 것이라는 표현이 옳겠지만, 민속에서는 용이 물을 거느린다는 믿음이 보편적이다. 용은 물을 지배하는 자요, 나아가 물을 동반하는 자인 것이다. 따라서 용은 인간세계에 비를 내려주어 만물의 풍요를 초래하는 신적인 존재 곧 우사雨師로까지 신격화한다.

용과 물과 용신龍神의 관계를 가장 잘 드러내주는 것은 이른바 용궁 신앙이다. 물속에는 용왕이 거처하는 용궁이 있으며, 그 곳에는 용궁뿐만 아니라 그의 가족 및 부하들이 살고 있어, 지상계와 다른 별세계인 것이다. 이 용왕은 하늘에 있는 상제의 명을 받아 인간계의 비를 관장하며, 만일 명을 어겼을 때는 응분의 처벌을 받지 않으면 안 된다. 인간들은 지상에 가뭄이 들면 용신에게 기우제를 올려 그 마음을 움직이려 한다. 민간설화에 의하면 인간이 용궁으로 초대를 받아 가 용왕의 병을 고치거나 설법을 하기도 하고, 혹은 그를 위하여 적을 토벌하고 여러 가지 보수를 받기도 한다. 또는 용궁계의 인물이 지상으로 나왔다가 인간을 만나 애정을 나누는 일도 있다. 이러한 면모들은 용이 단순한 상상적 동물의 상태를 벗어나서 극도로 의인화된 것이고, 용에 대한 경외감이 약화 내지는 비속화된 것이라 하겠다.

용에 대한 관념이 다양하게 발전함에 따라 그것은 갖가지의 상징성을 띠게 된다. 따라서 용은 그 자체적 의미보다는 다른 것을 암시하거나, 혹은 어떤 조짐을 미리 나타내 주는 역할을 한다. 용이 상징적 의미로 나타나는 대표적인 예는 두말할 것도 없이 그것이 임금을 뜻하는 경우이겠다. 예컨대 임금의 후손을 용종龍種이라 하듯이, 그의 신체의 일부는 용안·용수처럼 용자를 붙여 나타내고, 또 그가 사용하는 기구들에도 용자를 붙여 구별한다. 경우에 따라서 용자가 어떤 사물의 이름 앞에 붙여져 그저 '크다'는 뜻을 나타내기도 하며 때로는 성적인 뜻을 지니기도 한다. 한편 용의 출현은 좋은 징조가 된다. 특히 '용꿈을 보았다'는 행위는 더할 나위 없는 길조이다. 그것은 위대한 인물의 출현을 예언하며 재물과 부귀의 획득을 약속한다.

'꿈에 용이 문에 들면 재물(벼슬)이 있다.'
'임신한 여자가 꿈에 용을 보면 큰 인물을 낳는다.'
'꿈에 용을 타고 물에 들면 크게 좋다.'
'꿈에 용을 타고 하늘에 오르면 크게 귀하게 된다.'

용은 물을 얻는 것만으로 될 수 있는 것은 아니다. 또 꿈을 얻었다고 저절로 이루어지는 것은 아니다. 이 정도라면 용이 못된 이무기라도 얻을 수 있는 것이지만, 이무기가 진짜 용이 되기 위해서는 여의주가 있어야 하며 커다란 도를 닦아야 한다. 용은 누구에게나 희망을 주는 것이기는 하지만, 그 희망이 이루어지느냐 못 이루어지느냐 하는 것은 꿈이나 용에게 있는 것이 아니라, 꿈을 꾸는 자에게 있음을 알아야 하겠다.

● **참조 원고**

"희망으로 관념화된 용", 『사보社報 봉명鳳鳴』(통권 13, 1988. 1).

4. 우리 설화 속의 호랑이

새해는 병인년, 호랑이의 해이다. 호랑이는 동물원이 아니면 실제로 거의 볼 기회가 없는 동물이지만, 우리의 일상 언어생활 속에서는 매우 흔하게 접하고 있다.

필자는 어렸을 적 할머님이 들려주시던 옛날이야기의 첫 대목을 아직까지 기억하고 있다. 할머님의 이야기는 늘 "옛날 옛적 고려 적에, 호랑이 담배 먹던 시절에"로 시작되곤 했던 것이다. 또한 이 땅 최고의 설화는 어떻던가? 그것은 어두운 동굴 속에서 인간이 되려고 애쓰던 곰과 호랑이의 이야기가 아니었던가?

그러고 보니, 우리 설화에는 특히 호랑이 이야기가 많은 것 같다. 그것은 물론 한반도가 예전에는 호랑이의 중요한 서식지였던 점과도 관계가 깊을 것이다. 근본적으로 호랑이에 대한 일상적인 외경의 생각이 설화 속에서는 인간에게 해를 끼치는 모습으로, 혹은 성스런 모습으로 채색되어 나타난 것이리라.

어떤 사람은 한반도의 지형을 일컬어 토끼의 모습과 같다고 말한다. 또 어떤 이는 그것을 호랑이 모습에 견주기도 한다. 그런데, 우리 민족과의 인연을 두고 말할진대, 호랑이 편이 토끼보다는 더 옳을 것 같다. 더구나 호랑이를 뜻하는 한자 '인寅'은 방위상으로는 북동쪽을 가리킨다. 요컨대 이 땅은 호랑이의 기상을 가진 나라인 것이다. 그러니 이 땅에서 개최되는 올림픽의 상징으로서 호랑이가 등장하였음은 조금도 새삼스러울 것 없는 일이라 하겠다.

호랑이는 깊은 산 속에서 온갖 동물의 왕으로서만 군림하였으므로, '산군山君'이라 불렸다. 강원도의 '산돌이', 충청도의 '산지킴이', 경상도의 '산찌검이' 등은 모두 '산의 임자', '산을 지키는 자'라는 뜻으로, 호랑이를 가리키는 말이다. 따라서 호랑이는 용이나 봉황과 같은 상상의 동물에 못지않게 숭상되어 왔다. 우리의 그러한 가장 오랜 예를, '호랑이를 신으로 삼아 제사지냈다.'고 하는 『삼국지』의 '위지 동이전'에서 찾아볼 수 있다. 오늘날에도 신당神堂에는 흔히 백발의 노인이 호랑이를 데리고 있는 그림이 걸려 있음을 볼 수 있는데, 이는 신격화된 호랑이의 모습을 보여 주고 있는 것이다.

<소년암>이란 설화의 예를 들어 보자.

> 고려 때 사람 이영간李靈幹이 어렸을 때 산속에 들어가 공부를 하고 있었다. 하루는 혼자 서쪽 언덕에 올랐다가 한 사람을 만났다. 두 사람이 앉아 바둑을 두는데 큰 호랑이 한 마리가 바위 옆에 엎드려 있었다. 이영간이 바둑을 지고 조용히 물러나 그 사실을 절의 중에게 알리니, 중이 이상히 여겨 함께 가보았다. 그러나 그들의 간 곳을 모르겠고, 오직 바위 위의 바둑판과 바위 아래에 호랑이의 발자국만 남아 있었다.

이 이야기에서 이영간이 만났던 사람은 곧 신이오, 그를 지켜보던 호랑이는 산신도山神圖에 보이는 그런 호랑이임은 두말할 필요도 없다.

여기에서 잠시 민속과 관련되는 호랑이에 관하여 알아보기로 하자. 민간에서는 궁합을 볼 때 호랑이띠와 닭띠는 원진살元眞煞이 끼어 좋지 않다고 하며, 반면 호랑이띠와 돼지띠는 잘 조화될 수 있다고 믿는다. 또한 원숭이·쥐·용띠인 사람은 호랑이해[인년寅年]에는 삼재三災, 곧 물·불·바람(또는 전쟁·질병·가뭄)의 재앙을 입기 쉬우며, 반대로 호랑이띠인 사람은 원숭이·닭·개해에 삼재를 입기 쉽다는 것이다. 따라서 삼재에 당한 사람은 정월에 세 마리의 매를 그려 문설주에 붙이면 괜찮다고 한다. 삼재에 당한 사람이 아니라도 정월에 닭과 호랑이 그림을 그려 대문에 붙이면 한 해 액막이가 된다는 민속도 있다.

길조어吉兆語와 속담에서도 호랑이에 관한 것을 여럿 찾아볼 수 있다. 길조어의 예로는, 예컨대 '임신부가 꿈에 호랑이를 보면 장래 그 아이가 귀하게 된다.'고 하거나 또는 '꿈에 호랑이를 보면 자기 아내가 귀한 아들을 낳는다'고 하는 것과 같다. 속담의 경우는 이왕에 나온 속담사전 중에서 호랑이에 관한 것만 100여 개 이상이 추출되나, 그 중 인간과 호랑이를 대비하고 있는 예를 들어 보면, '호랑이도 제 오라 하면 오고, 사람도 제 말 하면 온다', '호랑이를 그리어 뼈를 그리기가 어렵고, 사람을 사귀어 그 마음을 알기가 어렵다', '사람은 죽으면 이름을 남기고 호랑이는 죽으면 가죽을 남긴다'와 같은 것이 있다.

그러면 도대체 호랑이가 지니는 상징성은 무엇일까? 호랑이가 칭송을 받는 이유는 무엇보다도 그 용맹성에 있다고 하겠다. 따라서 우리는 인간을 호랑이에 비겨 '호랑이 같은 병사'(호병虎兵), '호랑이 같은 장수'(호장虎將), '호랑이 같은 신하'(호신虎臣), '호랑이 같은 위엄'(호위虎威) 따위의 말들을 사용하였고, 위엄이 있고 존귀한 사람의 생김새를 일컬어 '호두(호두虎頭)', 선비에 대해 무인을 '무반武班' 등으로 불러 왔다. 뿐만 아니라, 호랑이는 '호랑나비'의 예에서와 같이 '크다'는 뜻이나, '호랑이 아비 개아들'(호부견자虎父犬子)의 예에서와 같이 '잘났다'는 뜻으로까지 확장되어 쓰이고 있다.

그러나 설화에 나타나는 호랑이의 덕성은 아무래도 그 도덕성을 들지 않을 수 없다. 즉 호랑이는 착한 인간과 악한 인간을 심판하며, 은혜에 보답할 줄 알고, 스스로도 윤리 도덕을 지닌, 영한 동물이라는 것이다.

다음은 <오뉘탑> 전설의 예다.

충청남도 계룡산에 있던 절의 한 중이 불공을 드리는데 호랑이가 나타나 포효하되 덤벼들지를 않았다. 이상히 여겨 자세히 살펴보니 호랑이의 목에 비녀가 걸려 있었다. 중이 손을 넣어 빼어 주니 호랑이는 고맙다는 표정을 보이고 어디론가 사라졌다. 그 후 어느 날 호랑이가 다시 나타나 중을 태우고 산을 달려 내려서 어느 여인이 누워 있는 곳까지 데려다 주었다. 호랑이가 중에게 은혜를 갚으려고 물어다 놓은 것이었다. 중은 불제자의 몸이므로 호랑이를 꾸짖고 기절한 여인을 깨워 의남매를 맺었다. 그리고는 다시 불도를 닦는 데에 정진했다.

다음은 <도효자都孝子>의 이야기다.

　도효자는 몹시 가난했지만 홀어머니를 정성껏 봉양했다. 어느 겨울 날 어머니가 때 아닌 연시를 먹고 싶다고 했다. 그래 밤늦게까지 사방으로 연시를 찾아 헤매다 돌아오는데, 난데없이 큰 호랑이 한 마리가 앞을 막아서더니 제 등에 업히라는 시늉을 했다. 도효자가 할 수 없이 호랑이의 등에 업히자, 호랑이는 삽시간에 백 리 길을 달려 어느 산골의 인가 앞에 내려 놓고는 들어가 보라는 시늉을 한다. 그래서 도효자가 들어가 하룻밤 유숙을 청하자니, 마침 그 집에서는 제삿날이었던지, 제사를 마친 후 음복 상이 나오는데, 연시가 놓여 있었다. 도효자가 주인에게 청하여 연시를 얻었음은 물론이다. 그리고 그때까지 밖에서 기다리던 호랑이가 도효자를 다시 태워다 주었음도 물론이다.

앞의 이야기는 은혜를 갚은 호랑이의 이야기이고, 뒤의 이야기는 효자에 감동한 호랑이의 이야기이다. 그러나 민간설화 중에는 호랑이가 악역이나 은혜를 모른다든가 어리석음의 본보기로 이야기되는 경우도 종종 있다. 이런 예들은 모두 용맹함이 지나쳐 교만함에 이르면 멸망을 스스로 부를 수 있다는 교훈을 보여 주고 있다. 새해에는 호랑이의 덕성을 본받아 비약할 수 있는 계기가 되도록 노력하자.

● 참조 원고
………………………………………………………………………………………………
　"우리 설화 속의 '호랑이'", 『한글 새소식』 161(1986. 1).

5. 우리에게 있어서 호랑이는 어떤 존재인가?
-산군山君으로 우러르던 존경의 대상-

1) 산군山君이란 별명을 가진, 짐승 중의 왕

'호랑이도 제 말 하면 온다'는 속담이 있다. 세계 올림픽을 앞두고 진작부터 호랑이의 심벌마크 천지이더니, 결국 4년을 못 참고 호랑이가 진짜 찾아왔다. 새해는 병인년. 마냥 느릴 것만 같던 소해도 어느새 사라지고, 문자 그대로 비호 같은 모습으로 호랑이 해가 다가온 것이다.

사전에 따라서는 호랑이를 "'범'을 무섭게 일컫는 말'이라 하여 범과 호랑이를 구별짓기도 하였지만, 엄격히 말하자면, 양자 간에는 '범'이 순수 우리말인 데에 비하여, 호랑이는 외래어인 '호랑虎狼'에다 접미사 '이'가 붙어 이루어진 말이란 차이밖에는 없는 듯하다. 원래 한자인 '호虎' 자는 호랑이의 모습을 그려 만들어진 것으로서, 밑의 좌우로 벌린 획은 앞뒷발을 나타내는 것임이 분명하다. 또한 그 발음은 당나라 음을 표준으로 삼으면 '후'라 읽히는데, 이는 호랑이의 부르짖는 소리를 본뜬 것이라 한다.

호랑이에게는 '산군'이란 별명도 있다. 풀어 말하자면, 호랑이는 산짐승의 군장, 곧 왕이란 뜻이다. 호랑이를 이처럼 뭇짐승 가운데에서 가장 강한 자로 치는 것은 호랑이가 서식하고 있는 곳이라면 어디에서나 같다. 단 호랑이의 서식지는 아시아 주에 한한다. 동쪽 끝으로는 사할린, 서쪽 끝으로는 터키령 조르시아, 남쪽 끝으로는 스마트라·자바·인도, 북쪽 끝으로는 아무르주, 그 중 특히 인도의 벵골산 호랑이나 시베리아·만주 일대의 시베리아산 호랑이는 유명하다. 물론 아시아 주에도 호랑이가 살고 있지 않는 곳이 있으니, 일본·대만·실론·보르네오 등지이다.

2) 설화에서는 이로움·해로움 두 얼굴 가져

예부터 우리나라에는 산이 많다는 지역적 특성 때문이었는지 호랑이에 관한 이야기가 퍽 많았다. 옛날이야기의 첫머리가 으레 '옛날 옛날 호랑이 담배 먹던 시절에'로 시작됨도 전혀 무관하지 않으리라. 아니 그 호랑이 담배 먹던 시절에, 우리 민족 최초의 할머니가 되신 웅녀 그 분께서는 100일 간이나 어두운 동굴 속에서 쑥과 마늘만을 잡수시고 인간으로 화하셨다. 이때 호랑이가 실패한 것은 담배 끊기에 실패한 때문이나 아닌지 모르겠다.

이제 민간에 전하는 호랑이 설화를 정리해 보면 결국 두 가지 범주로 나누어 볼 수 있을 것 같다. 그 하나는 인간에게 해를 끼치는 호랑이의 이야기요, 다른 하나는 그와 반대로 인간에게 이익을 가져다 주는 호랑이의 이야기다. 먼저 앞엣것부터 살펴보기로 하면, 그 전에는 호랑이에게 해를 입는 것을 '호환虎患당한다'고 하였다. 다음은 매우 간단한 호환설화의 예 하나.

신행을 가 혼례를 마친 신랑을 호랑이가 나타나 물고 가려 하였다. 신부도 호랑이의 다리를 잡고 끌려갔다. 지쳐 버린 호랑이는 신랑을 내버리고 도망갔다. 신부가 인가를 찾아 구원을 요청하니 그 집은 바로 신랑의 집이었다. 이 이야기가 알려지자 관에서는 열녀 정문을 세워 주었다.

—『청구야담』

신부가 문을 두드린 집이 다름 아닌 신랑집이었다는 것은 너무 지어낸 말 같으나, 이 점을 제외하면 이와 비슷한 설화들이『동국여지승람』및 여러 읍지들에 적지 않게 실려 있음으로 보아, 혹시 호랑이가 많았을 시절에는 있었음직도 하다.

유사한 이야기를 하나 더 들어보자.

최누백이란 효자가 있었다. 어느 날 부친이 호랑이에게 환을 당하자, 도끼를 들고 좇아가서 화랑이를 꾸짖으니, 호랑이가 꼬리를 치며 엎드리므로, 도끼로 배를 갈라서 부친의 골육을 꺼내어 장사지냈다.

—『수원읍지』

호환이 어찌 심한지, 환한 대낮에도 수십 명이 무리를 이루어 재를 넘어야 했다든지, 호랑이가 사람으로 둔갑하여 사람을 잡아먹었다는 이야기는 전설에 너무나 자주 등장하는 소재이다. 가령 누구나 다 잘 아는 <금강산 포수와 호랑이>, <해와 달이 된 오누이> 등은 호환설화의 일종이라 할 것이다.

그러나 이야기의 세계가 아닌, 실제의 호랑이는 노약해져 사냥을 맘대로 할 수 없을 때가 아니라면, 사람을 해치는 일이 별로 없다고 한다. 또『연감유함』이란 옛 중국 문헌에는 '호랑이는 어린애를 먹지 않는다. 어린애는 어려서 호랑이를 두려워할 줄 모르기 때문이다. 또 취한 사람은 먹지 않는다. 반드시 지키고 앉았다가 깨어날 때를 기다린다. 그가 깨어나는 것을 기다리는 것이 아니라, 두려워하기를 기다리는 것이다.'라고 하였다. 그러기에 우리나라 옛말에도 '길을 무서워하면 호랑이를 만난다.'고 했고, '호랑이에게 물려가도 정신을 차리라.'고 한 말이 있는 것이다.

한편 사람에게 이익을 가져다주는 호랑이 이야기의 대부분은 응보담의

성격을 지닌다. 즉 주인공의 행위 — 가령 효성 따위 — 에 호랑이가 감동
되었거나, 호랑이의 목이나 발에 걸린 가시 또는 비녀 따위를 주인공이
빼어 주었거나, 또는 주인공의 타고난 탁월함 때문에 호랑이 혹은 호랑이
로 변한 신의 도움이 있게 되는 것이다.

　다음은 유명한 <오뉘탑>의 전설이다.

　　충청남도 계룡산에서 한 중이 불공을 드리는데 호랑이가 나타나 포효
　를 하되 덤벼들지를 않았다. 이상히 여겨 호랑이를 살펴보니 목에 비녀가
　걸려 있어서 이를 빼어 주었다. 그 후 어느 날 호랑이가 다시 나타나 중
　을 등에 태우고 산을 달려 어느 여인이 누워 있는 곳까지 데려다 주었다.
　중은 기절한 여인을 깨운 후 의남매가 되어 불도 닦기에 정진하였다.

3) 조상들은 신앙대상으로 숭앙

　옛부터 우리나라에서는 호랑이가 산군일 뿐만 아니라 산신이나 산령山
靈과도 함께 숭앙되었다. 독자는 아마 수염이 허연 노인이 호랑이를 데리
고 있는 산신상의 그림을 본 기억이 있을 것이다. 호랑이에 대한 외경의
염念이 신격화의 차원에까지 이른 것일 게다. 다음 예는 호랑이가 산신의
사자로서 나타난 예이다.

　조선조 태조의 고조인 목조가 어렸을 때 여러 아이들과 더불어 발산鉢
山 남쪽 기슭에서 놀고 있었다. 갑자기 폭우를 만나 바위 밑으로 피했더
니 큰 호랑이가 아가리를 벌리고 바위 앞으로 달려들었다. 목조가 아이들
에게 말하기를 '호랑이는 한 번에 한 사람 이상을 해치지는 않을 것이니
마땅히 옷을 던져 시험해 보자.'고 하였더니, 여러 아이들이 '네가 나이가
제일 많으니 먼저 던져라.'고 하였다. 목조가 그 말대로 옷을 벗어 던졌더
니 호랑이가 물거늘, 여러 아이들이 목조를 밖으로 밀어냈다. 목조가 떼

밀려 나간즉 호랑이는 어디론가 사라져 버리고, 별안간 벼랑이 무너져 내려 여러 아이들이 모두 깔려 죽었다.

이처럼 호랑이에게는 신성神性이 부여되고 있다. 사실 우리의 조상들은 호랑이를 꺼림칙한 두려움의 대상으로보다 우러러 볼 존경의 대상으로 삼았음이 분명하다. 따라서 새해는 문자 그대로 '호랑이 눈썹 그리울 게 없는' 해가 되고, '범 탄 장수'처럼 도약하는 한 해가 되었으면 싶다.

● 참조 원고
. . . .
　"우리에게 있어서 호랑이는 어떤 존재인가?—산군山君으로 우러르던 존경의 대상—", 『미용』
　(태평양, 1986. 1).

IV. 독서와 비평

1. 『군담소설의 구조와 해명』
(서대석, 한국문화연구원 한국문화총서 5, 이대출판부, 1985)

군담소설이란 조선조 말기부터 개화기 초에 걸쳐 널리 유행했던 고전 소설 양식으로서, 그 내용적 특징은 불우한 주인공이 집을 떠나 무술을 연마한 다음 국가가 위기를 당할 때 공을 세우고 마침내는 부귀영화를 누리게 된다는 것이다. 이 군담소설들이 과거 한때 민간에서 판소리계 소설들에 못지않은 인기를 누렸었음은 현존하는 이본들의 숫자가 많음을 통하여, 혹은 연령이 좀 높은 분들의 회고담을 통하여서도 확인할 수 있다. 따라서 군담소설의 인기가 과거 대중들 사이에서 그토록 대단하였다면, 당대의 문학적 상황을 살피기 위하여서는 그에 대한 학술적인 연구가 필연적으로 요청되지 않을 수 없다.

한국 소설사에 있어서 판소리계 소설과 군담소설은 거의 동시대에 유행한 소설 양식이면서도 앞의 것이 주로 현실적인 세계를 그려내고 있다면 뒤의 것은 주로 비현실적인 세계를 그려내고 있다는 차이를 보여준다. 이같이 대조적인 특성을 지닌 작품군들에 대하여 이제까지의 소설 연구가들이 동등한 관심을 보였다고 말하기는 어렵다. 다시 말하면 기왕의 연구는 주로 판소리계 소설을 중심으로 이루어진 반면 군담소설에 대한 연구는 별로 바람직한 성과가 나타난 바가 없다.

이 책은 모두 8장으로 구성되어 있다. 제1장은 서론으로 군담소설의 개념 및 논의할 문제를 다루고, 제2장은 창작 군담소설의 서사유형을 논하여 군담소설의 일반적인 서사 단락 및 이에 비추어 본 각 작품들의 서사 단락, 그리고 각 단락의 성격과 작품유형을 고찰하였다. 제3장에서는 창작 군담소설의 유형을 <소대성전>, <유충열전>, <장백전> 유형으로 나누고, 그 향유층의 의식을 파악하려 하였다. 제4장은 군담소설의 구조와 사상 배경을, 특히 무의巫儀나 독경과 대비하여 고찰하였다. 제5장에서는 임·병 양란기의 민족의식이 역사 군담소설에 반영되어 있음에 비해, 창작 군담소설에는 당쟁으로 인한 실세한 층의 권좌 만회의 꿈이 반영되어 있다는 저자 특유의 주장이 논증되고 있다. 제6장에서는 군담소설과 국내의 다른 작품, 가령 <홍길동전>, <구운몽>, <옥루몽> 따위의 상관관계가 논해지고 있으며, 반면 제7장에서는 군담소설과 외국작품, 즉 <삼국지연의>, <설인귀전> 등이 비교 고찰되고 있다. 마지막 장은 <옥루몽>에 대한 종합적인 연구에 바쳐지고 있다.

이 책의 뛰어난 점은 대충 다음과 같은 몇 가지로 요약해 볼 수가 있다. 첫째, 이제까지의 고전소설 연구는 너무 객관적인 것이든지, 아니면 작품 개개에 관한 미세한 점이나 외래적인 문제들에 매달려 온 감이 없지 않다. 말하자면 연관된 작품군들을 연계적으로 포괄적으로 종합 고찰하려는 노력이 적었다는 것이다. 이 책은 이러한 점에서 벗어나고 있다.

둘째, 군담소설을 다분히 작가들의 공상적인 의식의 산물로만 여겨 도외시해 버리는 경향이 있었던 데에 대해, 저자는 조선조 후기라는 역사 현실에 관련시켜 파악하려 했다. 그러한 의도를 보여주는 훌륭한 증거는 군담소설의 창작 동기를 당쟁과 결부시켜 보려 한 점과, 또 이제까지 아무도 생각지 못했던 무속과 같은 맥락 아래서 파악했다는 점이다.

셋째, 이제까지 군담소설의 기원을 일반적으로 <삼국지연의> 등과 같은 외래적인 영향으로만 보아 온 데 비해, 저자는 이들의 영향을 긍정적으로 받아들이면서도 이에 못지않게 자생적 요인이 지대하였음을 논하여,

문학사의 인식을 주체적으로 파악하고 있다는 점이다.

한편 이 책은 이제까지 저자의 일관된 작업을 정리해 주었다는 점에서 또 다른 크나큰 의의가 있다. 그러면서도 이 책은 단순한 논총의 성질을 벗어나 일관된 논리로서의 체계를 갖추기 위해 제1장과 제2장을 새로 집필하였고, 새로운 업적이나 자료의 추가 또는 견해의 발전 등 대폭 수정 보완된 부분이 많으므로, 저자의 옛글들과는 독립된 새로운 저서로 받아들여도 좋다고 본다.

물론 이 책은 처음부터 단행본을 예상하고 계획된 것이 아니기 때문에, 내용 중 일부가 중복되거나 혹은 꼭 다루어 주었으면 싶은 문제들이 누락되는 등 전체적 구성에 흠이 보인다. 그러나 이러한 '옥의 티'에도 불구하고 한국 고전소설 연구의 하나의 이정표가 될 것임을 믿어 의심치 않는다.

● 참조 원고

[서평] 『군담소설의 구조와 해명』(서대석), 『스포츠서울』 177(1986. 1. 17).

2. 『한국소설의 형성』
(주종연, 집문당集文堂, 1987)

이 책은 표제가 『한국소설韓國小說의 형성形成』으로 되어 있지만, 실은 형성 문제에만 그치는 것이 아니라, 발전 문제에까지 미치고 있다. 따라서 좀 더 정확히 말하자면 본서는 '한국 소설의 형성 및 발전'이라 하는 편이 오히려 낫지 않을까 한다. 본서를 직접 대하지 않은 독자는 저자의 주 전공이 현대문학이라는 선입견에서, 이 책이 한국 근대소설 혹은 현대소설에 국한시켜 그 형성문제를 다루고 있을 것으로 짐작하겠지만, 이러한 추측이 잘못된 것임은 본서 첫머리의 서문이나 목차만 살펴보아도 알 수 있다.

본서가 목적으로 하고 있는 바는 한국 근대소설의 형성만이 문제가 아니라 한국 소설 장르 자체의 형성이 문제다. 다시 말하면 저자는 한국의 고전소설과 근대소설의 형성을 함께 천착하여 보려 하고 있는 것이다. 그리하여 분량적으로 보더라도 고전편과 근대편에는 거의 비슷한 지면이 할당되어 있는 것이다. 이는 종전의 소설 연구들이 흔히 고전 아니면 현대 한 쪽만을 다루었던가, 혹은 양자 모두를 다루었다 하더라도, 어느 한 편에 치우쳤던 것에 비하면 커다란 진경進境을 보인 것이라 하지 않을 수 없다.

우리 문학사에서 소설에 대한 본적적인 연구가 시작된 것을 연대적으로 따진다면 대충 1930년대 전후 무렵으로 생각할 수 있다. 따라서 우리 소설의 연구사도 60여 년의 연륜을 쌓게 되었다. 그러나 유감스럽게도 우리 소설의 기원을 주체적인 입장에서 다루고, 그 장르가 발전하는 과정에서의 전통의 맥락이나 변모를 살피며, 고전소설과 근대소설을 통합하여 논했던 연구 업적은 별로 찾아볼 수 없었다. 간혹 있었다 하더라도 그들은 어떤 한 시대에 국한된 작품론이나 작가론에 머물렀거나, 또는 너무나 외래적인 원천 추구에 급급하였을 뿐이다. 따라서 우리 소설의 형성을 외국에서 찾거나 전통 단절론으로 파악하려는 태도가 강했다. 그러나 본서는 이러한 기왕의 연구 태도를 거의 씻어 버렸다. 한국 소설에 대한 자생적自生的인 바탕, 전통의 계승 ― 이러한 우리 것에 대한 긍정적이고도 애정 어린 시각이야말로 본서를 돋보이게 하는 요소들이 아닐 수 없다.

본서에 수록되어 있는 글들은 원래 처음부터 하나의 단행본으로 계획되어 순서적으로 쓰였던 것은 아니다. 그보다는 시대적 순서와 관계없이 독립적으로 집필되었던 논고들을 문학사적 선후를 고려하여 한데 엮어 놓은 것이다. 따라서 이 책에는 각 장들 간에 다소 유기적 전개가 결여되어 있음이 발견된다. 그러나 별개의 논고들이 아무런 전체적 구도構圖도 없이 즉흥적으로 쓴 것이 아니라, 처음부터 진화론적 역사 발전 의식을 고려하여 썼음을 목차에서 확인할 수 있다. 저자는 한국 소설사를 우선 고전 편과 근대 편으로 2대분하고, 전자를 다시 5개 부분으로 나누었다.

첫째 장에서는 『삼국사기』 열전의 일부 설화들이 이야기의 유장悠長하고도 자연스런 흐름을 거두절미하고 한 인물을 중심으로 일어난 사건에만 초점을 맞춰 극적으로 표출하고 있다는 점에서, 한국 서사문학의 연원이 됨을 논하였다.

둘째 장에서는 13세기에 나타난 이규보의 <동명왕편>, 이승휴李承休의 『제왕운기』 등을, 전통적인 이야기식 서술 양식을 거부하고 운문에 의한 새로운 형식을 시도했다는 점에서 한국 서사시의 형성으로 보았다.

셋째 장에서는 이미 살펴본 열전이나 서사시가 담고 있는 내용은 사실 史實을 바탕으로 한 확고한 과거지사過去之事인데 비하여, 가전체假傳體는 경험적 형식에 허구 내용을 담은 절충적 양식이란 점에서, 서사적 완결이 이루어진 것으로 보았다.

다음 넷째 장에서는 이야기의 전언자傳言者와 채록자에 따라 가변적이던 설화와는 달리 15세기 김시습의 『금오신화』에서는 이야기의 내용과 서술 태도 및 그것을 고지告知하는 입장이나 위치가 다소 고정된다고 보고, 이러한 불확정 시점에서 준확정 또는 고정적이고 객관적 시점으로의 변이變移가 일어났다는 점에서 『금오신화』를 한국 로망스의 정립으로 보지 않으면 안 된다고 했다.

끝으로 18세기 연암燕巖의 한문 단편들에서는 다양한 양식을 통해 당대의 시공時空 속에서 벌어지고 있는 일상적인 현실을 형상화하고 있다. 이처럼 연암의 소설들은 경험적 형식에 허구적 내용을 담기에, 한국 소설의 고전적 완성과 근대적 태동이 아울러 이룩된, 한국 서사문학사의 중요한 기점으로 보고 있다.

한편 근대편에서는 한국 근대소설의 형성을 모두 3기로 나누고, 이 중 제1기 즉 1900년대 이인직 들이 활약한 준비기 및 제2기 즉 1910년대 이광수 등이 주로 활약한 모색기에 대해 중점적으로 다루고 있다. 이상과 같이 필자는 저자가 본서를 통하여 한국소설의 형성문제를 끈질기게 추구하여 학계에 새로운 가설을 제시하였다는 점에서 그 학적 업적을 높이 평가하고 싶다.

● 참조 원고
....
　　[서평] 『한국소설의 형성』(주종연), 『국민대학보』(1987. 11. 9).

3. 『한국민간문학개설』
(김선풍·김금자, 국학자료원, 1992)

1) 민간문학 개론

최근 국내는 물론이려니와 중국 특히 연변 일대에서도 많은 구비문학 자료의 발굴이 이루어진 것으로 알고 있는 터에, 때 맞춰 이와 같은 책을 얻어 볼 수 있게 된 것은 참으로 다행한 일이라 아니할 수 없다. 더구나 저자들은 그간 이 분야에서는 탁월한 업적을 쌓아온 것으로 알고 있는데, 이제까지의 연구 결과를 바탕으로 이 책을 펴냄으로써 우리 구비문학 연구의 국제화에 적지 않은 기여를 하게 되었다고 믿는다.

책의 제목에서 짐작할 수 있듯이 『한국민간문학개설』은 국내에서는 '구비문학' 혹은 '민속문학' 등으로 불리고 있는 민간문학 분야에 대한 개설서이다. 저자는 책머리에서 '민간문학'을 서사문학과 구별되는 민간에서 창조되는 구두 창작, 다시 말하여 민간에서 작가 아닌 일반 군중에 의하여 창조 전승되는 '서민의 창작'으로 규정하고 있는데, 독자는 이 책의 도처에서 발견되는 '서사문학'이란 용어가 '서사문학敍事文學'이 아닌 '서사문학書寫文學'을 지칭한 것임에 유의하여야 한다. 따라서 본서의 제3장 '민간문학과 서사문학과의 관계'도 실은 '구비문학과 기록문학' 혹은

'구전문학과 문헌문학'을 논한 것이다.

총 12장으로 구성되어 있는 본서는 제1장~제3장 및 제12장이 총론의 성질을 띠고 있고, 나머지는 민간문학 각론에 해당할 만한 부분으로, 제4장~제8장은 신화, 전설, 민담, 민간소담와 민간우화, 동화의 순으로 서술되어 대체로 설화적 작품들을 다루었으며, 나머지 제9장은 민요, 제10장은 속담, 제11장은 수수께끼에 대하여 논하고 있다. 민간문학의 문예학적 특성을 논한 제2장에서 저자는 서민성과 민족성 및 집체성에 이어 그 주요한 존재 양상으로서의 구두성 및 전승 양태로서의 변화성을 들고 있다.

본서의 상당 부분을 점유하며 사실상 이 책의 핵심이라고도 할 수 있는 설화류들에 대한 논고에서는 대체로 개념 정의에 이어 유형적 분류 및 이에 관한 예화를 요약 제시하고 간략한 해설을 덧붙이는 형식을 취하고 있다. 이러한 서술 태도는 독자로 하여금 본서를 독파하는데 그다지 부담을 느끼게 하지 않는 장점이 되리라고 믿지만, 너무 스토리 중심으로 일관한 것은 아쉬운 느낌을 갖게 한다. 또한 저자들은 신화, 전설, 민담 등의 이른바 이야기문학을 총괄하는 명칭으로서 '설화'라는 용어를 피하고 각칭하고 있지만, 이들 설화류에 속하는 각각의 하위 장르들에 대한 유별에 대한 근거가 확실히 제시되고 있지 않아, 각 장르들 간의 경계 및 구분이 불명확함은 유감이다.

2) 설화 연구에 비중

설화에 이은 민요론의 서술 태도도 대체로 이와 큰 차이가 없는데, 좀 이색적인 것은 우리 민족의 대표적 민요인 '아리랑'에 대하여 특별히 상당 지면을 할애하고 있다는 점이다. 그러나 다른 항목들과는 다르게 좀 딱딱한 내용을 담고 있어 전체적으로는 서술의 균형이 어그러진 감이 없지 않다. 제10장에서 속담의 세계관으로 무격 사상, 사대 사상, 관존민비

사상, 남존여비 사상, 척불 사상, 중농주의 사상, 무사안일주의 등을 찾아 낸 것은 보암직한 대목이다.

관계 분야의 논저가 그다지 많지 않은 터에『한국민간문학개설』의 출간은 매우 반가운 일이다. 더구나 공저자들의 독특한 연구 시각은 앞으로 독자로 하여금 많은 계시를 얻게 할 것이다. 그러나 이 책은 여러 면에서 매우 아쉬운 면을 드러내 주고 있다. 우선 저자 스스로 밝힌 바와 같이 공저자의 한 분이 한국계 중국인인 탓으로 우리에게는 매우 낯선 어휘를 사용하고 있거나, 너무 이념적인 작품 평가에 치우친 경향이 있어 부담을 주고 있다. 또한 서명이『한국민간문학개설』로 되어 있으나 내용을 살펴보면 우리의 것보다는 중국 것이나 중국의 우리 민족들에게서 얻어진 자료를 바탕으로 서술되고 있어서, 책제목과 내용의 안팎이 잘 부응되지 못한 감이 있다. 그간 국내에서 얻어진 연구 성과는 고사하고, 자료들에 대한 검토도 거의 없었다는 점도 지적할 만하다. 이 점은 책 끝에 붙여진 참고문헌 란을 대충 출어 보아도 금방 드러난다.

아울러 이 책의 처음에 민간문학의 범주를 설정하는 자리에서 설화의 여러 종류들 민요, 속담, 수수께끼, 민속극 등을 전제한 후 실제로는 민속극에 대한 언급이 없음은 물론이고, 그 밖에 판소리와 무가에 대한 서술도 전혀 보이지 않음은 어찌 된 일인지 모르겠다. 더구나 총 12장으로 구성된 내용 중 설화류에 대한 언급이 거의 3분의 1에 달하는 5개장을 차지하고 나머지 민요, 속담, 수수께끼는 각각 1장씩을 배분하였는데, 이 중 특히 민요론 만이 3분의 1의 분량을 차지하고 있는 것은 너무 형평에 어그러지는 것으로 생각된다.

● **참조 원고**
....

[서평] 우리 구비문학 연구 세계에 알릴 민간문학 개설서,『한국민간문학개설』(김선풍 외 지음),『교보문고』(1992. 10).

4. 『인물 전설의 의미와 기능』
(조동일, 대구 : 영남대학교 민족문화연구소, 민족문화총서 1, 1979)

1930년대 말 손진태孫晉泰가 한국 설화집 『조선민담집朝鮮民譚集』을 간행하고, 이를 바탕으로 하여 1947년에 『조선민족설화의 연구』를 내어 우리 설화 연구의 장章을 연 이래, 오랫동안 우리 학계에는 전문적인 설화 연구서가 전무全無하다시피했다. 이 손진태의 업적을 한국 설화 연구의 제1기라 한다면, 1970년에 출간된 장덕순張德順의 『한국설화문학연구』는 분명 제2기를 대표하는 거저巨著가 아닐 수 없다. 이 저서는 문헌설화에 치우친 감이 없지도 않으나, 설화와 문학과의 관계를 규명하는 데 많은 노력을 기울였다는 점에서 학계에 커다란 빛을 남겼다고 믿는다. 이 두 편의 기념비적인 역저에 이어, 70년대도 다 저물 무렵에 출간된 조동일의 『인물 전설의 의미와 기능』은, 완전히 현지조사 자료를 바탕으로 이룩되어진 것이라는 점에서 또 하나의 에포크를 여는 것으로 평가받을 만하다.

그 동안 문학으로서의 설화 연구에 대하여는 회의를 느낀 사람이 적지 않게 있어 왔다. 심지어는 설화와 문학은 전연 별개의 것이라는 극단론까지도 있었다. 이러한 분들의 생각을 요약해 보면, 첫째 설화 나아가 구비문학과 같은 것은 문자로서 기록된 것이 아니므로 문학으로서 인정할 수 없다는 것이고, 둘째 설화와 같은 단편적 자료에다 문학을 연구할 때와 같은 연구 방법을 적용할 수 있을까 하는 의구심이다. 이 중 첫 번째의 부정론은 '문학'이란 용어의 개념 정의定義에 집착하여, 문학은 어디까지나 '문자'로 기록된 것이어야 한다는 선입견으로부터 온 것임이 분명하고, 둘째 번의 회의론은 설화 연구에의 가능성은 인정하되, 그것은 어디까지나 기록문학 연구에의 보조적 수단으로만 생각했기 때문에 생겨난 오해인 것이다.

이러한 설화 연구에의 의구심에 대하여 명쾌한 해답을 보여 준 저서가 조동일의 『인물 전설의 의미와 기능』이라 할 수 있다. 저자는 서문 속에서 이 책의 목표를 '인물 전설을 통해서 문학의 형성·구조·기능 같은 것을 근본적으로 재검토해 보자는 데 있다.'고 하여, 설화의 문학성을 천명하였으며, 또 방법론을 이야기하는 서론 속에서 '설화는 향토 문화를 위해서나 소설 연구의 보조 자료를 얻기 위해 필요한 것이 아니라, 그 자체가 문학 작품이므로, 문학이 무엇인가 하는 문제를 다각적이고 포괄적으로 다룰 수 있게 하는 연구 대상'(p. 2)이라고 하여 설화가 문학과 별개가 아님을 거듭 밝히고 있다.

이 책의 본론은 기왕의 설화 연구 이론에 대한 비판에 이어 새로운 방법론의 제시로부터 시작된다. 저자는 우선 전설의 정의에 대하여 기왕의 '전설은 역사적인 성향을 지닌 서사문학'(그림J. Grimm)이고, '주인공이 주위의 환경과 부딪치는 관계를 복합적으로 나타내'(거나뤼티Max Lüthi), '여러 사람이 한 자리에 모여서 말을 주고받고 보태고 다투며 하는 이야기'(데그Linda Dégh)라는 설에다 '세계의 우위에 입각한 자아와 세계의 대결'이라는 자신의 주장(『한국소설의 이론』, 지식산업사, 1977, pp. 104~132)을 덧보태어 설명하고 있다.

그러나 저자는 민담에 대한 전설의 이같은 측면에 대한 지적이 그다지 보람 있는 과제가 못됨을 강조하고 있다. 그 이유는 설화의 하위 범주로 전설이나 민담 등으로 분류하는 생각이 반드시 옳다고 볼 수는 없기 때문이다. 필자는 설화는 전설·민담 등으로 분류되어야 할 것이 아니라,

차라리 전설·민담은 설화로 통합되어야 할 것이라는 의견을 제시한 바 있는데, 이 책의 저자도 '전설의 본질은 전설이 민담과 다른 측면에서만 찾을 것이 아니다. 민담과 같거나 다른 것이 그리 긴요하지 않다는 반론이 제기될 수 있으며, 이 반론은 전설을 다루면서 전설의 특수성을 찾는 데 치우칠 것이 아니고, 전설을 통해서 설화 일반 또는 문학 일반의 보편성을 찾는 편이 오히려 더욱 보람 있는 과제라는 주장을 내세우자는 것'(p. 5)이라고 하고 있다.

다음은 설화 연구의 방법론 논의에 대해 살펴보기로 하자. 우선 19세기에 시작된 핀랜드학파의 역사지리적 방법은 아직까지도 세계 도처에서 왕성하게 어떤 일정한 설화의 원형 및 그 전파 과정을 밝히려는 노력을 계속하고 있다. 그 결과 어떤 특정 설화의 세계적 분포 상태 및 발생지라든가 변모 따위에 관하여는 어느 정도 윤곽을 그릴 수 있게 되었지만, 설화 자체의 의미라든가 기능들에 대하여는 별로 밝힐 수 없었다는 한계성을 드러내고 있다.

한편 역사지리적 방법 외에도 설화의 연구 방법으로는 매우 다양한 이론들이 제기되었지만, 이들 대부분이 설화를 설화 그대로 보려 하지 않고 어떤 미리 정해진 척도에 의해 바꾸어 해석하려 하였다는 공통점을 갖는다. 가령 인류학파는 문화의 잔존殘存을, 자연신화학파는 천체天體나 기상 상태를, 심리학파는 꿈이나 무의식을, 제의학파는 제의祭儀를 설화 속에서 찾아내려 했던 것이다. 말하자면 설화는 도무지 액면 그대로 믿을 수 없는 이야기들이라는 전제가 상존常存했던 셈이다.

그러나 설화는 정말 다른 무엇으로 치환置換시키지 않고서는 다룰 수 없는 것일까? 이러한 비판적 의식에서 생겨난 이론이 구조주의적 방법이었다. 작품의 부분과 부분, 부분과 전체의 관계, 그리고 전체의 구조를 파악하거나(V. Propp), 작품에 숨어 있는 대립적 구조에서 작품의 의미를 찾고자 하는(Lévi-Strauss) 것이다. 그러나 이러한 구조주의적 방법도 창작자와 수용자를 고려하지 않고 작품만 대상으로 한다는 결점을 안고 있다.

이러한 결점을 극복하고자 저자는 린다 데그Linda Dégh의 현장론적 연구 방법을 차용한 것이다. 현장론적 방법이란 바로 설화 연구에 있어서 현장에서의 연구를 강조하며 창조자와 함께 수용자도 중시하려는 태도를 말한다.

그러나 이 방법 역시 아직 충분히 개발되지 않은 미숙한 단계에 있는 터이므로, 저자는 구조주의적 방법과 현장론적 방법을 절충하며 보완할 것을 제안하고 있다(p. 17). 저자가 제안한 '현장론적 구조분석 방법'이란 작품의 구조를 분석하면서 연구를 발전시키되 창조자와 수용자가 만나는 상황에서 양자 사이의 작용에 따라서 가변적으로 형성되는 구조를 치밀하고도 유기적으로 다룰 수 있게 하자는 것이다(p. 17).

그런데 설화 연구에 있어서 흔히 망각하기 쉬운 것은 현지조사 자료의 중요성이다. 이론이 아무리 훌륭해도 이론을 뒷받침해 줄 자료가 질적·양적으로 빈약하다면 그 가설은 성립되기 어려울 수밖에 없다. 그 동안 우리 학계에서는 이론에만 치중한 나머지, 자료는 2차 3차 자료를 사용하는 폐단이 적지 않았던 것으로 생각된다. 현지조사에 의한 생생한 자료의 필요성이 구비문학 특히 설화 연구에서처럼 요구되는 분야도 없을 것이다. 또 현지조사라 하여도 시간과 장소를 가리지 않고 수시로 우연히 채집한 자료로서는 어떤 결론을 내리기가 쉽지 않을 것임은 분명한 사실이다.

이러한 이유에서 이 책의 저자는 자료 채집을 위한 지역 선정의 단계에서부터 매우 세심한 배려와 고심을 한 흔적이 역력히 보이고 있다. 즉 저자는 태백산맥 동쪽의 해안평야를 택하여, 과거에 인물이 많이 난 곳일 것, 민촌民村 및 반촌班村이 대립적으로 존재하는 곳일 것, 일정한 면적 안에 모여 있어야 할 것 등의 전제 조건을 감안하여, 결국 경북 영덕군 영해면의 다섯 마을을 선정하였다. 그 다섯 마을은 각각 상업의 중심지인 성내城內1동, 어촌인 대진大津2동, 반촌인 괴시槐市1동(호주말), 아전촌인 성내4동(못골), 농촌인 벌영伐榮2동이다. 저자의 말대로 다른 곳에서 이만

한 조건을 갖춘 지역을 고르기도 그다지 쉬운 일은 아니리라 생각된다. 저자는 각론편各論篇에서 이 다섯 마을로부터 채록한 인물 전설 116편(삽화수로 본다면 194편)을 인물 순으로 묶어 차례로 제시한 다음 상세한 분석을 가하고 있다. 저자가 분석에 사용한 인물 및 자료 편수는 다음과 같다(괄호 안은 삽화를 고려한 수).

김부대왕金傅大王	1	박세통朴世通	4
우탁禹倬	6(9)	나옹懶翁	(11)
박경보朴景輔	1	남사고南師古	4(12)
지체 높은 분들	11	신유한申維翰	6(15)
방학중	51(60)	신돌석申乭石	27(70)

이들 인물 전설에 대한 분석의 결과는 총론편에 다시 집약되고 있는데, 총론편은 구조적 이해·사회적 이해·역사적 이해의 세 부분으로 되어 있다.

먼저 구조적 이해에서는 세 가지 분석 방법이 가능함을 말하였다. 첫째, 단락소의 연속에 의한 구조에 의하면, 일부의 전설은 '고난→ 해결의 시도→ 좌절→ 해결'의 연속으로 되어 있다는 것이다. 이는 프로프Propp가 설화의 기능Function을 31개로 나누어 본 것과 같은 차원의 분석 방법이다. 그러나 이 방법은 단락소의 연속을 강조한 나머지 약간 작위적인 분석으로 될 염려가 없지 않다고 생각한다. 가령 신돌석의 이야기를 구조 분석하는 가운데 '고난(천대 받아야 할 처지였다)→ 해결의 시도(힘이 장사였다)'로 발전되어 간다고 했는데, 신돌석이 힘이 장사였다는 것은 해결의 시도는 아니라고 본다.

둘째, 인물 전설의 작품 내적 자아(주인공)는 뚜렷한 이름이 있는 역사적 인물인데 비하여 작품 외적 자아(이야기의 화자·청자)는 범인凡人이다. 작품 외적 자아는 작품 내적 자아가 대단한 인물이어서 일상생활의 고정된 양상을 파괴할 수 있다는 것을 알자 충격을 받는다. 이 충격을 받고나서 작품 외적 자아는 작품 내적 자아에서 자기의 숨은 의지나 욕구를 발견하고 내적 자아와 자기를 동일시한다. 외적 자아가 일상생활의 고정된 양상을 파괴하고 비약을 하고 싶은 욕구를 비록 실현할 수 없는 욕구로 믿어 감추어 두면서도 감추어 둔 것을 이야기로 나타낸다. 그러나 내적 자아가 파괴의 가능성이 한정되어 있어서 좌절되기 때문에 외적 자아는 다시 좌절에 부딪치게 된다는 것이다(pp. 397~399 passim). 저자는 그리하여 작품 외적 자아에 주는 충격의 종류에 따라서 구조의 유형을 상승형(/)·하강형(\ )·상승하강형 (/ \ )의 셋으로 나누고 있다. 상승형이 일상생활의 고정된 양상이 파괴될 수 있다는 가능성을 제시하는 충격을 보여주는 것이라면, 하강형은 다시 그 가능성이 한정되어 있다는 충격을 주는 것이고, 상승하강형은 이 양자가 함께 들어 있는 것이다(p. 400). 이 구조 분석은 매우 그럴 듯하다. 그러나 완형完型이 아닌 한 관점이나 유화類話·삽화에 따라서 구조의 유형은 매우 가변적인 것이 문제다. 가령 방학중의 이야기는 상승하강형으로 분류되고 있지만 대부분의 각편各篇은 오히려 상승형에 속하는 것이나 아닌지? 물론 저자도 한 인물에 관한 이야기가 경우에 따라서는 세 가지 유형이 다 있을 있다는 가능성을 지적하고 있기는 하다.

  셋째, 구조의 층위. 이것은 어느 한 인물에 관해서 여러 사람이 하는 이야기에 표층적인 구조도 있는가 하면, 그보다 깊은 저층적인 구조도 거듭 있을 수 있다는 것이다. 그런데 표층적인 생각은 사회의 통념을 그대로 받아들여서 이루어진 것이라면, 저층적인 것은 이것을 의심하고 뒤집어 보는 데서 생기는 것이다(p. 407). 물론 구조의 층위는 수적으로 고정되어 있는 것도 아니며, 창조자와 수용자 즉 화자와 청자의 관점에 따라서 어느 단계의 것으로 나타날 수 있다.

  저자는 구조적 층위에 의한 것이 이야기의 본질을 이해하는 데 가장 큰 의의를 지닌 것으로 보았다. 왜나 하면(이야기는 창조자와 수용자의 구체적인 만남을 통해서 문제되고, 만남의 사회적 성격에 따라서 다른 방향으로 부각되기 때문이다(p. 408).

다음 사회적 이해에서는 대략 다음과 같은 문제가 논의되고 있다. 첫째, 이야기되어지는 인물들은 왜 이야기되는 것일까? 둘째, 머물러 산 인물과 다니며 산 인물의 해석 문제. 셋째, 이야기가 어떤 집단에 의해서 어떻게 받아들여지고 선택되며 이야기되는가? 저자는 이러한 문제들에 대하여, 수집된 자료 분석을 통하여 명쾌한 해답을 보이고 있다. 그러나 한편 생각해 보면 수적으로나 지역적으로 제한되어 있는 자료로써 얻은 결론이 과연 그 테두리를 벗어났을 때에도 적용될 수 있을는지, 그리고 이야기 집단의 신분에 따라 이야기되어지는 인물에 대한 관점이 다를 수 있다는 결론에는 충분히 공감이 가지만, 같은 집단 내에서 대립적인 의견의 표명이 나타날 가능성은 전연 없는지 자못 궁금하기만 하다.

끝으로 역사적 이해에서는 전설의 형성·발전·쇠퇴 및 의의(역사적·문학사적)가 논의되고 있다.

전설의 형성은 대개 세 단계를 거치게 되는데, 우선 제1단계에서 사실과 사실의 과장에 의한 전설적 전환이 이루어지고, 다음 제2단계에서는 사실에 구애되지 않는 전설적 창작이 가능해지며, 마지막 단계에서는 사실이 망각되고 전설만 기억된다. 그리하여 전설이 사실로 이해되기에 이르는 것이다(pp. 432~433 passim.).

전설의 역사적 의의에 대하여 저자는 전설이 역사적으로 형성되고 누적되어 온 것일 뿐만 아니라 역사적인 진실을 지니고 있다고 보고 있다. 다시 말하면 전설은 와전된 역사도 아니며, 왜곡된 역사도 아닌 충실한 역사라고 할 수 있다는 것이다. 이것은 전설을 하찮은 것, 전연 믿을 수 없는 것이라는 일반적인 통념에 대한 선전 포고 — 이론적으로 무장된 — 인 셈이다.

저자는 이 책에서 논의하였던 전설을 역사적으로 다음과 같이 넷으로 구분하였다.

제1기 : 고대 문화의 잔존 형태를 보인다.

제2기 : 사회의 내적 분열을 보인다.

제3기 : 지도 이념인 유학에 대한 반기를 보인다.

제4기 : 하층민의 성장에 따른 양반 지배 체제와 유학의 이념에 대한
과감한 비판을 보인다.

한편 문학사적 의의로 보았을 때 전설의 변모變貌는 큰 중요성을 지닌
다. 즉 이야기의 주인공을 통해서 현실을 개조하고자 하는 적극적인 행동
이 표현되는 전설에서는 초월적인 것이 부정되거나, 존재한다고 해도 현
실적인 의미를 지니기 때문에, 그것대로의 독자적인 의의가 축소될 수밖
에 없으나, 주인공이 현실을 그대로 받아들이면서 지위 향상의 행운이나
기대하는 이야기에서는 초월적인 것이 행운을 가져다주는 근원으로서 작
용한다(p. 445). 이와 같은 인물 전설의 특수 사실은 문학사의 전체적인
전개에도 확대 적용될 수 있는 것이다. 예컨대 <홍길동전>이나 <전우치
전>까지의 문학에서는 초월적인 것이 현실을 개조하기 위해서 필요한 구
실을 했고 현실적인 의미를 지녔는 데 반하여, 그 다음 단계의 영웅소설
에서는 현실적인 것과 초월적인 것, 지상의 것과 천상의 것이 이원론적으
로 대립되고 있다(p. 445).

이상에서 요약 제시한 저자의 생각들은 물론 이 책에서 비로소 이루어
진 것만은 아니고, 저자의 꾸준한 작업들에서 계속 나타났던 것들도 많
다. 그러므로 이 책을 보다 더 잘 이해하기 위해서는 저자의 전작前作인
『한국소설의 이론』을 먼저 읽어 두는 편이 좋으리라. 이미 전술한 바도
있지만, 이제 다시 이 책이 거둔 성과를 들어 두는 것으로 이 글을 휘갑
하기로 하겠다.

첫째, 그간 현지조사의 필요성은 늘 거론되었고, 또 어느 정도의 성과
도 얻은 바 있지만, 그것은 어디까지나 자료집에 머문 상태에 있었다. 그
러나 저자는 현지조사를 실천했을 뿐만 아니라, 거기서 얻은 자료를 바탕

으로 철저한 분석을 가하여 훌륭한 성과를 거두었다는 점, 둘째, 설화(전설)의 문학성을 명쾌히 밝혀 주었다는 점에서 기존의 조사·연구의 수준과 차이가 있다. 그리하여 이 책에서는 일반 기록문학 연구가 다루는 문제를 모두 거론하였을 뿐만 아니라 더 나아가 기록문학 연구에서는 불가능에 가까운 창조자와 수용자에 대한 연구까지도 행하고 있다는 점이다.

● **참조 원고**

[서평]『인물 전설의 의미와 기능』(조동일),『구비문학』3(한국정신문화연구원, 1980. 1).

5. 『설화의 형태학』
(프로프)

우라디미르 야코비치 프로프(1894~1970)의 『설화의 형태학』은 1928
년 그의 나이 30세 때 처음 간행되었다. 그러나 문학 연구에서 구조주의
적 방법의 새 길을 열었던 이 고전적 명저도 당대에는 하등 빛을 발하지
못하였다. 그것은 1920년대 말, 프로프의 조국에서는 스타리니즘이 점점
확립되어가는 과정에서 러시아의 아방가르드의 예술 운동은 엄격히 통제
되었으며, 형식주의자(포멀리스트)들도 부득이 전향을 하거나 침묵을 지
키지 않으면 안 되었기 때문이다. 물론 그의 『설화의 형태학』은 결코 형
식주의 운동을 옹호했던 것은 아니었다. 오히려 그것은 확실한 자료에 입
각하여 쓰인 객관적인 연구서였다.

그럼에도 불구하고 이 책은 불행한 당시의 사회적 분위기 속에서 꽤
오랫동안 별 주목을 받지 못한 채 방치되었다. 이러한 사정은 국내에서
뿐만 아니라 국외에서도 마찬가지였다. 언어적 장벽뿐만 아니라, 그러한
구조적 연구를 받아들일 만한 학문적 여건이 조성되지 못했던 탓으로, 이
책은 아무런 반향을 일으키지 못한 채 거의 30년 동안이나 버려져 있었
다. 그 동안 일반언어학·정보 이론·사회심리학 등이 눈부신 발전을 보
이고 구조언어학·수리언어학이 탄생함에 따라, 이 책은 소생하여 세계

여러 학자들의 주목을 받기 시작하였다. 말하자면 『설화의 형태학』은 재탄생을 한 셈이다.

그리하여 1958년 영역[1]을 필두로 하여, 이탈리아어 역(1966), 폴란드어 역(1970), 프랑스어 역(1972), 독일어 역 및 일본어 역(1972)[2] 등이 속속 이루어졌다. 아직 이 책에 대한 한국어 번역본은 없으나,[3] 그간 우리나라 학자들은 이 책의 내용을 비교적 자주 해 왔다고 할 수 있다.

프로프는 유명한 아파나시에프의 『러시아설화집』에서 신이담 1백 개를 뽑아 그 내용을 분석한 결과 다음과 같은 결론을 얻었다. 즉 모든 신이담은 그 내용은 다르지만, 그 구조는 같다는 것이다. 다시 말하면 내용보다는 구조가 항상적이며, 등장인물보다는 행위가 항상적이다. 등장인물은 구조를 형성하지 않는 요소지만, 행위 즉 사건은 구조를 형성한다. 다음과 같은 예를 비교해 보자.

① 왕이 용사에게 독수리를 준다. 독수리는 용사를 다른 나라로 데려간다.
② 할아버지가 스첸코에게 말을 준다. 말은 스첸코를 다른 나라로 데려 간다.
③ 마법사가 이반에게 작은 배를 준다. 작은 배는 이반을 다른 나라로 데려 간다.
④ 공주가 이반에게 반지를 준다. 반지에서 나온 젊은이들은 이반을 다른 나라로 데려 간다.

여기에서 등장인물이나 사물은 가변적인 것이나, 행위 자체는 불변적이다. 이와 같이 불변적인 요소를 프로프는 '기능function'이라 불렀다. 그

---

1) 영역 수정 재판은 1968년에 간행되었다. 초판본이 S. 피르코바 야콥슨의 해설을 곁들인 L. 스코트의 번역이었던 데 비하여, 이 수정 재판은 A. 던데스의 해설을 곁들인 L. A. 와그너의 번역으로, 인디아나대 인류학·민속학·언어학 연구소의 미국 민속학회 서지 특별 시리즈 제9권으로 간행된 것이다.
2) 별역別譯이 1983년에 간행되었다.
3) 이 글을 쓴 후 한국어역본도 2종이나 출간되었다. 유영대 역, 『민담 형태론』(새문사, 1987) ; 황인덕 역, 『민담 형태론』(대방출판사, 1987).

리고 가변적인 인물이나 이야기의 경과가 이야기의 내부에서 같은 기능을 가질 경우, 그는 이것을 변용transformation이라 불렀다.

그의 구조 분석에 의하면 설화의 기능의 수는 31개라고 한다. 특정 설화에 있어서 이 모든 기능이 갖춰져 있는 것은 아니지만, 기능의 수는 한정되어 있고, 설화의 행위가 전개하는 과정에서 이 기능이 등장하는 순서도 변하지 않는다. 이와 같은 기능을 가장 잘 나타내주는 설화로는 세계적으로 분포되어 있는 <용 살해자>(우리나라에서는 <지하국대적퇴치>로 널리 알려져 있다)를 들 수 있다. 그리고 역할(7개)의 조합도 불변이고, 이 역할을 둘러싸고 자신의 속성을 가진 구체적인 설화상의 등장인물이 정해진 방식에 의하여 배분된다. 일곱의 등장인물(곧 역할)은 가해자·기여자·원조자·공주 혹은 부왕父王·파견자·주인공·가짜 주인공을 말하는데, 이 각 사람이 자기의 행위 영역을 가지고 있다.

이상과 같은 프로프의 기능이론은 오늘날에 이르러서도 그 성가聲價를 잃지 않고 있다. 가령 그의 이론을 직접 계승하려 했던 미국의 던데스나, 또는 그의 기능론을 대폭 고쳐 역할론에 중점을 두었던 프랑스의 브레몽, 프로프와 레비-슈트로스의 작업을 종합해 온 그레마스, 기타 멜레친스키 같은 긍정론적인 입장의 학자들이나, 토도로프 같은 부정론적인 입장의 학자들은, 엄밀히 말하면 모두 프로프의 연장선상에 있다고 말할 수 있다. 그의 작업이 단지 일정한 기능들의 단순한 결합만을 다루었다는 비난을 받기도 하지만, 설화의 미학적 특질, 그 발생의 사회적 기반을 구명하고 설화의 법칙을 해명한 그의 업적은 길이 남을 것이다.

● 참조 원고
....

[서평] 『설화의 형태학』, 『국민대학보』, 393(1984. 12. 3).

6. 『한국의 민담』
(최운식 편, 인신서 20, 시인사, 1987)

　우리 선조는 기록문학의 경우는 어떨지 모르나, 구비문학의 경우는 세계 어느 민족에 비해도 뒤지지 않을 만큼 막대한 유산을 남겼다. 그러나 이러한 소중한 유산들은 현대화의 추세에 밀려 점차로 잊혀 가고 있다. 더구나 그 소멸 양상은 20년 전의 상황과 10년 전의 상황, 그리고 현재의 상황을 비교할 수 없을 만큼 가속화되고 있다. 따라서 구비문학 자료의 채록은 한 때를 지체할 수 없는 시급한 과제인 것이다.

　그런데 구비문학 자료의 채록이란 무엇보다도 현지조사에 의하여야 하는 만큼 시간과 비용 그리고 조사자의 열의가 필수적으로 요청되는 작업이다. 이 세 가지 요소 중 그 어느 것도 결여되어서는 바람직한 성과를 얻을 수 없는 것이다. 이런 사정으로 이제까지 구비문학 자료집의 출간 상황은 그다지 흡족할 만한 것은 못 되었다.

　우리가 구비문학을 연구의 대상으로 하려 할 때에 우선 부딪히게 되는 난점의 하나는 채록, 보고된 자료의 희귀성이다. 10여 년 전까지만 하여도 우리 학계에는 신뢰할 만한 자료집이 별로 없었다. 설화의 경우는 이러한 사정이 더욱 심하였다. 이용할 수 있는 자료집라고 해도 겨우 손진태의 『조선민담집』(1930)과 정인섭의 『한국설화집』(1952) 정도를 들 수 있으나, 이것도 앞의 책은 일본어로 된 것이고, 뒤의 책은 영어로 된 것이었다.

물론 1970년대에 이르러 자료적 가치를 인정해 줄 수 있는 자료집들이 대여섯 권 정도 보태졌으나, 유감스럽게도 이들은 모두 문고판의 형태를 벗어나지 못했다. 그러나 1980년대에 이르러 상황은 매우 호전되었다. 『한국구비문학대계』가 전국의 군별 단위로 간행되면서 그 속에는 방대한 양의 설화 자료들이 포함되었다. 이 '대계'에 이어 우리는 몇몇 귀중한 자료집을 얻었다. 그 대표적인 것이 최운식의 『한국의 민담』이다.

이 책은 나름대로의 커다란 의미를 지니고 있다고 볼 수 있다. 그 이유는 위의 '대계大系'가 너무 방대한 데에 비하여 자료의 정선이 이루어져 있지 않고, 또 자료 자체도 쉽게 이해할 수 있게끔 다듬어져 있지 않다는 등등의 결점을 드러내고 있음에 반하여, 이 책은 우선 전국 각처에서 채록한 자료들을 엄선하여 묶어 놓았고, 그 내용도 제보자의 구연 내용을 방언 그대로 수록하며, 경우에 따라 뜻풀이도 하여 이해를 돕고, 매 편 말미에 자료 채록 상황을 빠짐없이 명기해 주고 있을 뿐만 아니라, 대개의 경우 이야기의 줄거리를 앞세워, 읽는 사람으로 하여금 부담을 느끼지 않게 해 주고 있기 때문이다.

편저자인 최운식 교수는 이미 1980년에도 충남지방의 민담 102편을 모아 『충청남도 민담』을 엮어낸 바 있거니와, 이번에는 보다 지역 범위를 넓혀 중부 일원의 자료를 대상으로 102편을 뽑아 엮었다. 이 102편 중에는 이제까지 학계에 보고된 적이 없는 유형들도 일부 포함되어 있어 이 책의 학문적 가치를 더 한층 돋보이게 하고 있다.

이 책은 전 자료를 1. 동물 이야기 2. 신비한 이야기 3. 일상적인 이야기 4. 웃음과 지혜 이야기의 네 부분으로 나누어 수록하고 있는데, 이들을 학술 용어로 바꾸어 본다면, 1. 동물담 2. 신이담 3. 일반담 4. 소담 및 형식담에 해당될 것이다. 대체로 각 민담 유형들은 별 무리 없이 각 분류 항목들 속으로 배분되었다고 하겠으나, 개중에는 다소 논란의 여지가 있는 것들도 보인다. 가령 동물 이야기나 일상적인 이야기 중 약간은 분명히 신이담이나 소담으로 처리되어 마땅할 것들이 있다. 제7화 '황새와 구렁이' 같은 것은 동물담이라기보다 신이담에 속할 것이요, 제2화는 소담(특히 음설담)에 속할 것으로 생각된다.

일반적으로 구전설화의 성격은 자세히 따지고 보면 매우 복잡한 양태를 띤다. 왜냐하면 개중에는 물론 순수 구전설화가 주류를 이루고는 있으나, 때로는 문헌설화나 고전소설의 재구연, 심지어는 외국설화의 근대적 차용까지도 엿보이고 있기 때문이다. 앞으로 자료의 축적이 더해짐에 따라 이러한 것들에 대한 자세한 검증은 설화 연구의 중요한 과제가 될 것이다. 끝으로 이 책의 발간을 계기로 하여 앞으로 이와 같은 현지조사 작업이 더욱 큰 결실을 맺을 수 있기를 바란다.

● **참조 원고**

[서평] 민족의 숨결 담긴 구비문학의 정수精髓『한국의 민담』(최운식),『독서신문』834(1987. 8. 9).

7. 『한국수수께끼사전』
(김성배, 한국국어교육학회, 1973)

수수께끼는 은유법을 써서 대상을 정의하는 언어 표현법을 말한다. 물론 여기서 '은유'란 단서를 붙여 수수께끼를 제한시켰지만, 이러한 협의의 의미 말고도 광의의 수수께끼를 말할 때는 비은유적인 것들도 그 범주에 들어갈 수 있다. 김성배 교수의 『한국수수께끼사전』 역시 이러한 광의의 수수께끼 — 환언하면 퀴즈로 처리될 성질의 것 — 들을 다수 포함하고 있다.

인류의 역사를 살펴본다면 수수께끼의 역사는 대단히 오랜 것으로 나타난다. 아마도 수수께끼의 창시자는 다음과 같은 목적으로 이를 사용하였으리라.

첫째, 즐거움을 위해서, 파적破寂을 위해서 — 이러한 수수께끼의 오락적 기능은 오로지 수수께끼에만 한정되어 있는 것이 아니라, 다른 구비문학 장르 전반에도 공통되는 것이다. 그러나 다른 문학 장르들이 교훈성이라든가, 주술성이라든가, 혹은 그 밖의 다른 목적성을 아울러 갖고 있는 경우가 많음에 비하여 수수께끼는 오로지 흥미 그 자체만으로 끝나는 경우가 대부분이다. 이런 의미에서 수수께끼가 갖는 오락적 기능은 다른 어떤 문학 장르들에 비해서도 현저하다고 아니 할 수 없다.

둘째, 수수께끼를 주고받는 사람들이 상대방의 지적 능력을 테스트하고 계발시키기 위하여 수수께끼를 제시하는 수도 있다. 이런 경우 이 수수께끼는 흔히 퀴즈로 변질되기 쉽다. 하여튼 여기에서 우리는 수수께끼의 부차적 기능으로 지적 계발의 기능이 있음을 알 수 있다.

셋째, 시적 표현의 효과를 얻기 위해서 — 이 경우는 구비문학 전승자들의 문학적, 미적 의식에서 생각난다.

넷째, 어떤 특수한 사회적 기능 — 문화인류학자들에 의하면 수수께끼 속에서 사회적 기능을 찾아낼 수 있다고 한다. 즉 어떤 수수께끼는 통과의례通過儀禮와 불가분의 관계를 맺고 있다는 것이다. 수수께끼 풀기가 성년의례의 중요한 과제가 되는 셈이다.

이런 여러 가지 기능들을 고려하여 수수께끼에 대한 학자들의 관심은 근래 매우 고조되어 왔다. 때맞추어 발간된 『한국수수께끼사전』의 의의는 그런 점에서 매우 의미가 큰 것이다.

물론 수수께끼 자료의 수집은 이 책이 처음이었던 것은 아니다. 문헌을 찾아보면, 수수께끼 자료의 등장은 이미 12세기 『삼국사기』(1145)나 13세기 『삼국유사』(1285)와 같은 데에 보이고, 16세기 초의 문헌 『박통사언해』에는 17수의 자료가 보인다. 그러나 이러한 단편적이 아닌 대량의 자료 수집은 상당히 근대에 이르러서야 이루어졌다.

창경궁 장서각에는 『이언총림』이라는 필사본이 전하는데, 확실한 필사 연대가 기재되어 있지 않아 확언할 수는 없지만, 지질로 미루어 1900년대에서 그다지 소급될 수는 없을 듯하다. 이 책에는 총 55수의 수수께끼가 수록되어 있는데 한 가지 흠은 해답이 없다는 점이다.

연대를 알 수 있는 것 중에서 최초의 수수께끼 집은 아마도 1923년 덕흥서관에서 발행한 『무쌍주해 신구문자집』이라 생각되는데, 이 책은 '부파자급수수께끼(附破字及수수썩기)'란 부제로도 짐작될 수 있듯이, 순수한 수수께끼 집은 못된다. 이 책에는 총 365개의 수수께끼가 실려 있다. 실제로 한국 최초의 수수께끼 집은 이보다 2년 후에 조선총독부에서 조선

민속자료 제1집으로 발간한 『조선의 미朝鮮の謎』다. 총 수록 편수 888수
로 앞의 것보다 두 곱이 훨씬 넘는다. 그 후에도 최상수 편『조선수수께
끼사전』(1949, 조선과학출판사, 총 897수), 이종출 편『한국의 수수께끼』
(1963, 형설출판사, 총 2,379수) 등과 같은 수수께끼 사전이 간행되었다.

그러나 김성배 교수의 본서는 총 4,300여 수를 수록하여, 기간 서적과
의 중복분과 진성기 편『남국의 수수께끼』에서의 전재분인 약 500여 수
를 제외하더라도 약 1,400여 수의 많은 자료를 추가할 수 있게 되었다.
편자가 서문에서 밝히고 있듯, 이를 위하여 20여 년의 세월이 흘렀고, 전
국 방방곡곡을 실제 답사하였다고 한다. 새삼 그 노고에 대하여 경의를
표하지 않을 수 없다.

끝으로 좀 아쉬운 점이 있다면, 간혹 해답에 대한 상세한 설명이 빠져
있는 것이 있어 체제상 어긋나 보이고, 또한 앞에서도 말한 바 있는 수수
께끼 집성의 가장 오랜 것 중의 하나인『이언총림』소수의 것들이 거의
빠져 있다는 점을 들 수 있다.

● **참조 원고**

[서평]『한국수수께끼사전』(김성배), 『책소식』(이화여대학보사, 74. 가을, 1974. 9).

8. 『문교의 조선文教の朝鮮』
-일문日文 잡지, 주로 서지면과 자료면을 중심으로-

1)

　요즈음 잡지 수집 및 연구열이 상당히 고조되고 있는 듯하다. 그리하여
서지학자들은 '한국 잡지사'를 편찬하려는 작업을 활발히 진행시키는 한
편[1], 연구가들의 편리를 위하여, 잡지사가 시작된 지 불과 반세기도 못되
어, 벌써 유일본 내지 희귀서가 되어버린 초기 잡지들을 영인 간행하고
있다.[2]

　그들의 연구는 잡지 70년사 전반에 걸친 서지적인 고찰이거나, 혹은
어느 특정한 잡지에 대한 개별적 집중적 고구考究로 나누어 볼 수가 있

---

1) 예컨대 다음과 같은 연구업적을 열거할 수 있겠다.
　백순재白淳在, "한국잡지70년사", 『사상계』, 1965. 8·9·11월호.
　백순재, "잡지를 통해 본 일제시대의 근대운동", 『신동아』, 1966년 1~7월호.
　백순재·하동호河東鎬 외 다수, "한국잡지 60년 기념논문씨리즈", 『세대』, 1968년
　1~12월호.
　하동호, "부단한 명암의 역사 출판20년사(잡지편)", 『출판문화』 2집, 1965, 2월호.
　김근수金根洙, "기미운동전후의 잡지 소고", 『아세아연구』, Vol. X No. 1(통권 25호)(고
　려대 아세아문제연구소, 1967. 3).
2) 『백조白潮』, 『폐허』(『폐허이후』 합본)와 같은 문예동인지, 『소년』, 『개벽』과 같은 종합
　지가 속속 영인 간행 중에 있으며, 『창조』지의 영인도 계획 중인 것으로 알고 있다.

다.3) 그런데 후자後者의 경우는 서지학자뿐만 아니라, 동인지를 중심으로 문예사조를 다루려는 문예사가에 의해서도 많은 주목할 만한 연구업적이 이루어졌다.4) 또한 『잡지목차총록』과 같은 자료 위주의 글도 속속 발표되어 연구자로 하여금 많은 시간적, 경제적 절약을 할 수 있게 하여 주기도 하였다.5)

잡지에 대해 문외한인 필자에게 잡지에 대한 글을 쓰라는 요청이고 보니 생각 끝에 필자의 소장 중에서 한 가지를 택하여 써 보기로 하였다. 이 잡지가 바로 『문교의 조선文敎の朝鮮』이다. 물론 이 잡지는 이 땅에서 발행되었다손 치더라도, 일본인에 의하여 순 일본어로 시종일관하였다는 점, 또는 그들의 식민지 정책의 수행을 목적으로 총독부에서 간행하였던 여러 기관지 중의 하나였다는 점을 감안하여 본다면, 이 잡지는 거론하기조차 수치스러운 것일는지도 모른다. 그러나 그렇다고 하여 이 잡지—아니 더 나아가서 이와 비슷한 성질을 가지고 발행되었던 일문日文 잡지들에 발표되었던 학적인 연구까지도 일언지하에 타기唾棄하여 버릴 수는 없다. 개중에는 일고一考의 가치가 있는 학술 논문들도 다수 포함되어 있는 까닭이다.

또한 총독부 기관지였던 『조선』지 소재 논문들은 "조선지총목차"6)나

---

3) 김근수, "『개벽』지 소고", 『아세아연구』, Vol. 9 No. 3(통권 23호, 고려대 아세아문제 연구소, 1966. 9).

백순재, "일제日帝의 언론정책과 필화사건 : 『개벽』지를 중심으로", 『신동아』, 1967. 5 월호.

하동호, "한국최초의 문예지 『창조』고 : 서지면을 중심으로", 『동아춘추』, 1967. 1월 호.

4) 김용직金容稷, "『태서문예신보泰西文藝新報』 연구", 『국문학논집』, 1집(단국대, 1967).

김용직, "『백조』 고찰 — 자료면을 중심으로", 동상 2집(1968).

김윤식金允植, "『소년』지 고", 『향연饗宴』, 1집(서울대 교양과정부, 1969).

5) 백순재 편, 국회도서관 발행, 『한말한국잡지총목록』 ; 『개벽지총목차』.

김근수, "무단정치시대武斷政治時代의 잡지개관", 『아세아연구』, Vol. XI No. 1(통권 29 호, 고려대 아세아문제연구소, 1968. 3). ; "문화정치표방시대의 잡지개관", 동상 30, 32, 33, 34호(동상, 1968. 6, 1968. 12, 1969. 3, 1969. 6).

6) 잡지 『조선』 시정施政 25년 기념호 부록(1935).

혹은 "해방전잡지소재논문목록"7)에서 쉽게 찾아볼 수 있는 반면, 조선교육회의 기관지였던 『문교의조선』 소재 논문 목록은 아직까지 잘 알려져 있지 않는 것 같으므로, 이를 보충하고자 하는 것이기도 한다.

『문교의조선』은 1925년(대정 14) 9월에 『조선교육시보朝鮮敎育時報』를 개제改題하여 첫 출발을 한 후 1945년 종전終戰이 되기까지 거의 20년 간 별로 결호도 없이8) 끈기 있게 지속되었다. 종간호終刊號의 통권 번호는 아직 확인하지 못하였으나, 아마 230호 전후임이 틀림없을 듯하다. 왜냐하면 필자의 소장 중에서 최종의 것이 통권 227호(1944년 11월호)를 기록하고 있기 때문이다. 한편 서울대학교 중앙도서관 소장은 207호(1943년 12월)까지가 서목 카드에 나와 있음을 볼 수 있다.

참고로 동지의 연도별 발간 상황을 보이면 다음과 같다.

1925(대정14년)	통권	1~4(9~12월호)
1926(〃 15)	〃	5~16(1~12)
1927(소화 2)	〃	17~28(〃)
1928(〃 3)	〃	29~40(〃)
1929(〃 4)	〃	41~52(〃)
1930(〃 5)	〃	53~64(〃)
1931(〃 6)	〃	65~76(〃)
1932(〃 7)	〃	77~88(〃)
1933(〃 8)	〃	89~100(〃)
1934(〃 9)	〃	101~112(〃)
1935(〃 10)	〃	113~124(〃)
1936(〃 11)	〃	125~136(〃)
1937(〃 12)	〃	137~148(〃)
1938(〃 13)	〃	149~160(〃)

---

7) 『문리학총文理學叢』(경희대 문리과대학), 제1집(1961. 2)~제4집(1967. 11) 및 『민족문화연구』(고려대 민족문화연구소), 제1집(1964. 10) 참조.
8) 합병호로 발행된 것은 195, 210, 211, 227호뿐이다.

```
1939(  〃 14)        〃        161~172( 〃 )
1940(  〃 15)        〃        173~184( 〃 )
1941(  〃 16)        〃        185~195(1~8, 10~12)    * 9월호 결간缺刊
1942(  〃 17)        〃        196~207(1~12)
1943(  〃 18)        〃        208~217(1, 2, 4, 6~12) * 3, 5월호 결간
1944(  〃 19)        〃        218~? (1~9, 11~?)          * 10월호 결간
```

책의 체재를 살펴보면 184호까지는 국판菊版, 185호 이후는 특국판特菊版으로 변하였다. 책의 면수도 100~200페이지를 별로 벗어나지 않다가, 통권 195호가 합병호로 발간되면서부터 당장 28페이지로 줄어들어 버렸다. 그리하여 합병호로 발행된 210, 211, 227호의 80여 페이지를 제외하면, 70페이지를 넘은 적은 한 번도 없고, 대개 40페이지 내외에서 맴돌았던 것이다. 이것은 물론 전세戰勢의 악화로 인한 용지난 때문이었다. 그러나 당시 대부분의 타 잡지가 폐간의 비운을 맛보지 않으면 안 되었던 것에 비해 본다면, 그래도 당국의 특별 배려를 받았던 셈이라고 할 수 있다.

2)

『문교의조선』 소재 중요 논문 목록(인문과학편)
*( ) 앞의 숫자는 통권 호수, ( ) 안의 숫자는 페이지. 논문명은 모두
  국문으로 바꿔 적음.

어학
31(2)   오구라 심뻬[소창진평小倉進平]   "영서 방언嶺西方言"
173(43)   〃   "'추천鞦韆'의 방언 분포"
85(27)   〃   "북부조선 방언중 활용어의 어미에
                                            존재하는 '등' 및及 '메'"

53(10)　　　"　　　　　　　　　　　　　　"말[馬]에 대한 조선어"

69(93)　　　육민철陸敏哲　　　　　　　　"전주지방의 언어[言葉]"

114(113)　송주성宋柱星　　　　　　　　"최근 민간에 있어서 '한글' 철자법 문제를 고구考究한다"

4(23)　　　이원규李源圭　　　　　　　　"『조선어독본』 교재에 대해서"

79(92)　　　윤창부尹昌溥　　　　　　　　"조선어 문전文典의 통일에 대해서"

116(137)　최영한崔榮翰　　　　　　　　"조선어에 나타나는 고대문화의 사적 고찰"

111(95)　　미까지리 히로시[삼ヶ고호三ヶ尻浩]　"내선어內鮮語 경어법의 근원과 그 운용에 대해서"

119(130)　나라끼 스에자네[유목말실楢木末實]　"무사시[武藏]의 어원은 조선어일까"

53(35)　　　후지즈카 치카시[등총린藤塚隣]　"고려판 『용감수경龍龕手鏡』 해설"

문학

79(65)　　　다다 마사도모[다전정지多田正知]　"『국조시산國朝詩删』과 『난설헌집蘭雪軒集』"

90(29)　　　"　　　　　　　　　　　　　　"『해동가요海東歌謠』를 읽고"

60(33)　　　"　　　　　　　　　　　　　　"『포은집圃隱集』의 판본에 대해서"

49(51)　　　야마구치 마사유키[산구정지山口正之]　"도쿠가와시대[德川時代]에 있어서의 조선서적의 번각飜刻"

49(113)　나카다 고센[중전오천中田午川]　"＜양풍운전楊風雲傳＞(번역)"

110(124)　최영한崔榮翰　　　　　　　　"방랑시인 김립金笠선생"

8(73)　　　이원규李源圭　　　　　　　　"조선문예의 취향趣向과 학생생활"

51(146)　마쓰다 고[송전갑松田甲]　　　"『동인시화東人詩話』 기타 2·3의 번각본飜刻本에 대해서"

114(70)　이나바 이와기치[도엽군산稻葉君山]　"공자孔子 및 그 교의敎義에 대한 동방 제민족의 태도(지나민족성론)"

역사학

133(33),134(101) 나카무라 히데다카[중촌영효中村榮孝]
"전주사고全州史庫와 그 장서에 대해서"

(30)　　　후지즈카 치카시[등총린藤塚隣]　"『사고전서四庫全書』 편찬과 그 환경"

(5)　　　곤도 도키지[근등시사近藤時司]　"조선으로부터 본 『고사기古事記』"

(50)　　　"　　　　　　　　　"『풍토기風土記』에 나타난 조선의 면영面影"

(28)　　　히가사 마모루[일립호日笠護]　"신공황후神功皇后 이전의 내선內鮮 관계의 고찰"

4(71)　　가토 게와[가등계파加藤桂坡]　"족리시대足利時代에 있어서 일본 승려의 조선기행에 대해서"

91(12),93(63),95(50) 오하라 도시다케[대원리무大原利武]
"조선의 고대사에 대해서 (1), (2), (3)"

65(103)　이돈영李敦英　"조선의 병인사丙寅史 대관大觀"

17(65)　시데하라 다이라[폐원탄幣原坦]　"파고다공원의 고탑古塔 고考"

(35)　　기토 시게노리[목등중덕木藤重德]　"이퇴계李退溪와 그의 학설"

102(84)　김성률金聲律　"퇴계학설의 일반一班으로서의 자성록自省錄"

103(46)　가네코 데이치[금자정일金子定一]　"기자조선, 마한, 황룡국 기타"

105(122)　"　　　　　　　　　"다시 황룡국에 대해서"

민속학

115(94)　최남선崔南善　"일본의 신앙문화와 조선"

93(87)　곤도 도키지[근등시사近藤時司]　"모모타로[도태랑桃太郞]의 호적조사"

24(91)　　"　　　　　　　　　　"전설의 금강산"

65(33)　　"　　　　　　　　　　"조선의 민족설화에 나타난 호虎에 대하여"

89(100)　요시다 유지로[길전웅차랑吉田雄次郎]　"조선의 이언俚諺에 나타난 닭"

6(31)	오다 쇼고[소전성오小田省吾]	"소위 단군전설에 대하여"
(25)	아키바 다카시[추엽륭秋葉隆]	"성性해방의 기회"
89(6), 90(1), 91(1)		
	후지즈카 치카시[등촌린藤塚隣]	"오륜 교의教義 발전의 사적 고찰"
95(130)	다지마 야스히데[전도태수田島泰秀]	"아리랑 고"
3(93)	현헌玄櫶	"조선에 있어서의 연두年頭의 풍습"
41(86)	오청吳晴	"조선에 있어서의 정월의 행사"

3)

『문교의조선』지를 통한 오구라 심뻬[소창진평小倉進平]의 방언 연구는 위의 목록에서 볼 수 있는 바와 같이 모두 네 편이 발표되었다. 이 중 "영서 방언" 연구는 영서지방의 방언을 음운·어휘·어법의 세 측면에서 고찰한 후 다음과 같은 결론을 내리고 있다.

첫째, 강원도에는 함경도 방언의 영향이 거의 없다.

둘째, 강원도 동남부 즉 주문진·강릉·삼척·울진·평해 및 평창·영월 지방은 현저하게 경상도 내지 전라남도 방면의 방언의 영향을 받고 있다.

셋째, 강원도의 동남부를 제외한 부분 즉 중부는 춘천·인제 지방, 북부는 경원선에 맞닿은 지대에서 함경남도 원산에 이르는 지역, 동부는 간성杆城·양양 지방, 남부는 횡성·원주 내지 충청북도 제천에 이르는 지역은 어느 것이나 경기 방언의 계통을 이은 것으로 대체로 서울지방의 말과 별 차이가 없다.

"'추천'의 방언 분포"에서는 표준어 '그네'에 대하여 문헌 예 3종, 방언 예 30종을 조사하여, 그 분포 지역이라든가, 음운 변화를 논하였다.

"북부조선 방언 중 활용어의 어미에 존재하는 '등' 및 '메'"를 요약해

본다면,

1. ‘－ㅂ메’·‘－ㅂ매’는 ‘－ㅂ메다’에서 ‘다’가 생략되어 성립된 것이다.
2. ‘－ㅂ메’는 적어도 18세기 말엽 이전에는 북부 조선 방언으로서 확실했던 지위를 차지하고 있었다.
3. 평안도에서 행해지는 의문의 ‘－ㅂ마’는 위의 ‘－ㅂ메’의 전화轉化에 의해 생겨난 것이다.
4. 일단 방언적 특질로서 확실한 지위를 차지했던 ‘－ㅂ메’는 다시 진전해서 ‘－ㅁ’의 형形을 생기게 했다.
5. 함북의 동북 지방에서 행해지는 ‘둥’, ‘－두’는 개별로 발달한 것으로, 함경·평안 여러 도의 대부분에서 행해지는 ‘－ㅂ메’와 대립적인 것이다.

등이 될 것이다.

“말[마馬]에 대한 조선어”는 문헌 및 방언에 나타나는 말에 관한 어휘를 논한 것이다.

한편 최영한의 상게 논문은 그 내용으로 보아 어학 논문이라고 할 수는 없지만, 편의상 어학에 포함시켜 둔다. 그는 동 논문에서 언어에 나타난 조선祖先의 생활을 규명하려 한 결과 혈거생활·민족 이동·천강 인종天降人種·모계적 사회·결혼의 고속古俗·제사 중심 사회·매매의 기원·도회 발달의 기원 등의 문제를 광범위하게 다루고 있다.

다다 마사도모[다전정지多田正知]의 세 논문 “『국조시산』과 『난설헌집』” ; “『해동가요』를 읽고” ; “『포은집』의 판본에 대해서”는 모두 서지학적인 방법을 사용한 논고인데, 이 셋 중 “『포은집』의 판본에 대하여”의 연구 결과를 잠깐 소개해 보고자 한다. 그는 『포은집』의 판본을 (1) 서발문序跋文 등에 나타난 『포은집』의 각 종류, (2) 필자가 본 『포은집』의 각 종류로 2대별하여 다음과 같이 설명하고 있다.

(一)

① 포은선생시고 : 태종 9년 기축(1409) 간행?

② 포은선생시집 : 세종 21년 기미(1439)간

③ 신계본新溪本 : 중종 28년 계사(1533)간 소학본小學本

④ 개성본 : 한호소서韓濩所書

⑤ 교서관본校書館本 : 주자본鑄字本

⑥ 영천본永川本 : 선조 17년 갑신(1584)간, 교정본의 선구, 1장 낙장

⑦ 교정본 : 선조 18年 을유(1585) 유성룡柳成龍 교정 간행

⑧ 영년永年[임고臨皐]중간본 : 선조 40년 정미(1607)간

(二)

⑨ 황주본黃州本 : 선조 41년 무신(1608)간

⑩ 봉성鳳城[봉화奉化]본 : 효종 10년 기해(1658)간

⑪ 정사丁巳 중간본 : 숙종 3년 정사(1677)간?

⑫ 속록본續錄本 : 영조 45년 기사(1769)간

⑬ 신증본 : 한韓 광무 4년 경자(1900) 숭양서원간崧陽書院刊

⑭ 삼은집三隱集[도은陶隱・목은牧隱・포은圃隱 부附 야은冶隱] : 대정 4년
  을묘(1915) 조선고서간행회간

⑮ 신편 포은집 : 대정 3년 갑인(1914) 숭양서원간

야마구치 마사유키[산구정지山口正之]의 "덕천시대에 있어서의 조선서
적의 번각"에서는 『동의보감』・『동국통감』・『계몽전의啓蒙傳疑』・『동인
시화』・『주자서절요』・『역학계몽보요해易學啓蒙補要解』・『응골방鷹鶻方』・
『삼강행실』・『천자문』・『천자유합千字類合』・『자성록自省錄』・『연주시격
聯珠詩格』・『속몽구續蒙求』・『자경편自警編』・『귀신론』・『심기리론心氣理論』・
『천명도설天命圖說』・『입학도설入學圖說』・『징비록懲毖錄』・『격몽요결擊蒙要
訣』・『신응경神應經』・『신편집성新編集成 마의방馬醫方 부附 우의방牛醫方』・
『마경대전馬經大全』・『조선마서朝鮮馬書』・『주자행장朱子行狀』・『사명고증
강의四銘考證講義』・『경연강의經筵講義』・『성학십도聖學十圖』・『소학집성小學

集成』・『관판조선사략官板朝鮮史略』・『은봉야사별명隱峰野史別銘』 1권·『금
오신화』・『표해록』・『진법陣法』・『백련초해百聯抄解』 등의 35종이 열거
해제되고 있다.

곤도 도키지[근등시사近藤時司]의 논문 "조선으로부터 본 『고사기』",
"『풍토기』에 나타난 조선의 면영", "도태랑의 호적조사", "전설의 금강
산", "조선의 민족설화에 나타난 호虎에 대하여" 등은 모두 한·일 양국
설화를 논한 것이다. 예컨대 후삼자後三者는 말할 것도 없지만, "조선으로
부터 본『고사기』"도 '해행海幸 산행山幸' 신화와 고려 왕씨의 선조, 한·
일 양국의 삼륜산三輪山 전설, 아구늪 전설과 고구려의 주몽, 신공황후와
신라 친정親征, 수수허리須須許理와 노리능미奴里能美 등의 설화를 다룬 것
이고, 또 "『풍토기』에 나타난 조선의 면영" 역시 설화적 자료들을 들어
기술記述하고 있다.

"도태랑의 호적 조사"에서 하나 재미있는 것은, 그가 신라의 비형랑鼻
荊郎을 도태랑과 동궤同軌의 것으로 보았던 점일 것이다. 즉 그는 그 논거
를 다음과 같이 제시하였다.

> 복숭아나무[도목桃木]는 중국 대륙으로부터 조선이나 일본에 태고에 이
> 식된 것이며, 복숭아가 악귀를 쫓아내고 악병을 물리친다는 사상도 또한
> 중국으로부터 동점東漸한 것이라고 한다면, 조선에서도 옛날에 무엔가 복
> 숭아에 관한 설화가 있었을 것으로 추량推量할 수 있을 것이다. 신라의 도
> 태랑의 한 아들 비형랑이야말로 바로 조선의 도태랑이다.

그러나 이 주장은 너무나도 논리성이 결여되고, 비약이 심한 '억지춘
향'식의 것이 아닐 수 없다. "전설의 금강산"에서는 '53불 도래 五十三佛渡
來' 전설傳說과 '우의羽衣' 전설傳說, '신라왕자의 역사' 전설, '선인仙人' 전
설, '삼불암三佛巖' 전설과 같은 설화가 거론되었다.

요시다 유지로[길전웅차랑吉田雄次郎]의 "조선의 이언에 나타난 닭"은 닭에 관한 민간 속신 111개를 집성한 것이다. 다음에 요시다의 논고에서 몇 가지를 인용해 보겠다.

① 수탉의 밤 울음, 혹은 암탉이 새벽을 알리면 한 집안의 재난의 전징前徵이다. 그 닭을 식용으로 하든가, 또는 땅 속에 파묻으면 난을 면한다.
② 똑같은 닭을 4, 5년 이상 기르면 뱀으로 된다.
③ 수탉을 10년 간 기르면 화가 된다.
④ 병아리가 쥐굴에 들어가면 집안에 불행이 있다.
⑤ 수탉이 알을 낳으면 행복이 오고, 또 그 알을 쌀독에 넣어 보존하면 부자가 된다.

그런데 그가 말한 '이언' 속에는 금기어·속신·민간치료·관용어 등 등이 모두 포괄되었다.

다지마 야스히데[전도태수田島泰秀]의 "아리랑 고"는 아리랑의 어원에 관한 민간어원설을 모아 놓은 소론이다. 이 논문에 의하면 아리랑의 어원설로는 다음과 같은 일곱 가지가 있음을 알 수 있다.

① 아낭阿娘, ② 아이롱我耳聾, ③ 아리낭我離娘, ④ 아난리我難離, ⑤ 알영閼英고개, ⑥ 알영閼英, ⑦ 아랑위兒郞偉

이상에서 필자는 지면 관계상 각 부문에서 몇몇 개의 논문만을 취하여 대충 적어 보았다. 기타 상세한 것에 대하여는 직접 『문교의 조선』지를 참조하기 바란다.

● 참조 원고
"일문잡지 『문교의 조선文教の朝鮮』에 대하여 : 주로 서지면과 자료면을 중심으로", 『서향書香의 원苑』, 7(서울대중앙도서관, 1969. 12[판권지 1970. 1]).

제2부 외국의 구비문학론

Ⅰ. 정의 및 장르

1. 민속문학 : 연구 방법에 기초한 정의

프란시스 리 유틀리Frances Lee Utley*

지도적인 민속학자로서 오하이오주립대학 영문과에 재직하고 있는 유틀리 교수는 이 글을 통하여 연구 방법에 기초하여 구비문학의 정의를 내리기 위하여 노력하고 있다. (구비문학이 민속학의 일부분임은 물론이다.) 유틀리 교수는 그의 민속학에 대한 정의 범주에서 부득이하게 습관이나 미신 같은 것은 배제하는 듯하다. 어떤 의미에서 유틀리 교수의 이러한 정의는 완전히 전통적인 방법을 따른 것이어서, 그 기준으로써 구비전승이라는 것에 큰 비중을 두고 있다.) 그러므로 여러분은 유틀리 교수가 쓴 이 글을 읽기 전에 마리아 리치가 편찬한 표준민속학·신화학·전설 사전에 수록되어 있는 21개에 이르는 '민속학'에 관한 정의를 참조해 주기 바란다.

이 글은 우선 민속학 및 구비문학을 정의하는 두 가지 방법, 즉 ① 권위 있는 설에 기초한 방법 및 이론에 기초한 방법에 대하여 논한 다음, 진지한 학자들, 인문주의자들 및 인류학자들의 목적에 보다 더 적절한 연구방법에 기초한 정의로 집중시켜 논할 것이다.

---

* 저자 및 미국민속학회의 허가를 받고 *Journal of American Folklore*, Vol. 14(1961), pp. 193~196을 재게재함.

1)

이왕의 학자들의 공통 의견을 찾는 데 있어서, 리차즈와 오그덴이 그들의 『의미의 의미』[1]에서 행하였던 의미론적인 접근은 꽤 쓸모가 있다. 그들의 테크닉은, 가령 '의미'라든가 '미'라든가 하는 추상적인 단어에 대하여, 권위자나 널리 알려진 저술가들에 의한 이왕의 정의를 열거한 다음, 오그덴이나 리차즈가 흔히 행했던 것처럼, 자신의 결론을 내리기 전에 다양하고도 모순적인 정의의 핵심을 추출하여 분류하는 것이다. 이러한 방법의 이점은 단지 통계적인 처리를 보여주는 데에 그치지 않고, 추출해 낸 공통 항목 중에는 이후의 이론에 기초한 정의를 하거나, 혹은 연구방법론에 기초한 정의를 하는 데에 받아들일 만한 내용이 들어 있을지도 모르기 때문이다. 우리의 리차즈류의 접근을 위하여 우리는 손 가까이에 있는, 마리아 리치가 편찬한 '사전'[2] 속에 들어 있는, 저 유명한 21개의 정의(모두 미국의 학자에 의한)를 이용할 수 있다. 이 정의들은 이른바 그들이 '과학'이라 일컫는 것에 대하여, 실은 실천적인 민속학자들의 마음 속에 있는 혼란을 보여 주는 증거라고 일컬어져 왔다.

필자의 분석 결과를 요약 제시하겠다. 우선 필자는 핵심어를 찾았는데, 그것은 엄격한 일반적 정의에서 그들의 위치를 찾을 수 있을 것이다. 이들 단어는 '구두의oral'·'전달transmission'·'전승tradition'·'잔존survival'·'공동의communal' 따위다. 이 중 오직 '전승'이라는 단어만이 21개의 정의 중 13개에서 나타났다. '구두의'라는 단어 그 자체는 보편적으로 쓰이지 않았지만, 그 동의어인 'spoken'·'verbal'·'unwritten'·'not written' 등

---

1) New York : Harcourt, Brace & World, Inc., 1927. 이 글은 인디아나주 블루밍톤시에서 1960년 3월에 있었던 미국민속학회 산하 중부 지역 인류학회 및 미국음악학회의 합동 모임에서 행한 발표문의 수정본으로서, 당일 있었던 청중과의 토론, 뒤이어 이루어진 대화, 특히 윌거스D. K. Wilgus와의 대화를 통하여 많은 도움을 받았다.

2) *Funk & Wagnalls Standard Dictionary of Folklore, Mythology, and Legend*, Vol. 1(New York, 1949, pp. 398~403).

으로 명백히 13번, 암시적으로 1번 나타났다. 그 밖의 단어들은 보다 덜 보편적이었다. '전달'은 다만 6번(그 중 두 번은 'handed down'으로) 나타났다. 구두의 전달 과정이 민속학에 너무 집중되어 우리는 아마도 전달이 전승의 동의어쯤으로 생각할 수도 있을 것이다. '잔존'과 '공동의'의 경우는 더 논란의 여지가 있는 단어들이다. 6개의 정의 중에서 개념으로서의 '잔존'은 어떤 형태— 대개 상대적으로 분명치 않거나 애매한 '구습 superstition'이나 '보존된preserved' 혹은 '잔재fossil'[3] 따위로 나타났다. 이 단어 자체는 학설의 신봉자(Mish와 Potter)에 의해 단 두 번 사용되었다. 그러나 '잔존' 또는 그 동의어는 그 학설의 적극적 반대론자들에 의해 3번이나 추가적으로 사용되었다. 즉 '재생'이 '잔존'만큼 중요하다고 한 보트킨Botkin이나 '잔존'에 대한 가장 노골적인 적대자인 허스코비츠Herskovits 및 '유행에 뒤떨어진 용어, 구습'에 대해 말했던 어미니 윌러-보겔린 Erminie Wheeler-Voegelin이 그들이다.[4] '공동의'라는 단어는 거트루드 쿠라스 Gertrude Kurath('공동의 산물')와 아처 테일러Archer Taylor('공동의 재현')[5]에 의하여 단 2번 사용되었다. 이 건전한 2명의 민속학자는 기원론으로서보다는 과정에 대한 시사로써 '공동의'라는 단어를 사용하였다고 추정할 수 있다. 그러나 '공동'의 이론은 6명이나 되는 정의자가 사용한 '집단grupe' 이라는 명칭 아래 아직도 명백히 남아 있다.[6] 보트킨이 사용한 '집단적 Collective' 및 '노동 대중laboring many' ; 테오도어 가스터Theodor Gaster가 사

---

3) Balys, Espinosa, Gaster, Kurath, Mish, Porter. 허스코비츠 및 다른 인류학자들의 견해를 받아들이지 않고 반대한, 잔존에 대한 매우 지속적인 발언은 사무엘 P. 베이어드 Samuel P. Bayard의 논문 "민속학의 자료 The Materials of Folklore", *Journal of American Folklore*, Vol. 66(1953), pp. 1~17.

4) Barbeau, Botkin, Harmon, Leach 들은 삶의 과정을 강조하는 반면 쿠라스Kurath는 그 기능의 상실을 믿었으며 재생된 민요는 이미 민간 전승이 아님을 믿는다.

5) '공동의 재현'에 대해서는 윌거스D. W. Wilgus의 *Anglo-American Folksong Scholorship Since 1898*(New Brunswick, N.J. : Rutgers University Press, 1959), p. 284.

6) 특히 보트킨, 하몬, 리치 및 테일러의 네 사람은 민간전승의 '개인' 창자創者에 대하여 언급하고 있는데, 이 중 테일러만은 사적 귀속에 대한 권위를 부정하기 위해 언급하였다.

용한 '집단group'·'민중people'·'일반적 유행general currency' 및 포터Potter
가 사용한 '종족의 잠재의식racial unconcious'은 개인주의적인 성향을 반영
한다. 보트킨은 집단주의자이며, 가스터는 제의론자이면서 정신분석학자
혹은 융학파의 추종자이다. 예리한 비평이 의도된 것은 아니지만, 우리는
이들 3명 중 누구라도 10년의 시간이 경과 한 다음 그들의 관점이 재고
되기를 원할 것이라고 생각한다.

핵심어에 대해서는 이쯤 해 두고 이제 내용 분석을 해 보기로 하자. 21
명의 정의자 중 적어도 14명은 민속학이 '미개primitive' 민족이나 문명사
회의 하위문화 집단에서 온 자료를 포함한다는 데에 적극 동의한다. 핵심
은 적어도(p. 9) 6명 이상의 정의에서 함축적으로 나타나며, 이들은 사실
상 이의가 없는 것이다.[7] 사실 중요한 것은 민속학의 다양한 자료들인데,
(1) 문학과 다른 예술 ; (2) 신앙·관습·제의 ; (3) 직조 같은 공예와 건초
쌓아 올리는 방법 ; (4) 언어 혹은 민속어 같은 것들이다. 18명의 정의자
는 '문학'을 포함시킨다 ; 12명은 신앙을 포함시키나, 4명은 명백히 신앙
을 제외시킨다 ; 5명은 공예를 포함시키나 4명은 공예를 제외시킨다.[8] 보
트킨·테일러·허어조그 3명만이 언어를 포함시킨다. 원래 '포클로어
folklore'란 용어는 주로 기록되지 않은 문학만을 의미하는 데 사용하고, 신
앙이나 공예는 보다 넓은 '민족학'으로 간주하려는 태도가 대부분의 미국

---

7) 에스피노사, 허어조그, 쿠라스, 루오말라 네 사람은 민간전승을 문명화된 사회 속에
　남아 있는 주로 촌스러운 것으로 여긴다. 각주 40)에서 언급한 레드필드의 자작 및
　시거드 에릭슨Sigurd Erixon의 "Ethnologie régionale ot folklore", *Laos*, Vol. 1(1951), p. 1
　과 비교하라.

8) 문학은 Balys, Barbeau, Bascom, Espinosa, Gaster, Herskovits, Herzog, Jameson, Kurath,
　MacEdward Leach, Luomala, Mish, Potter, Smith, Taylor, Thompson, Wheeler-Voegelin,
　Waterman 들에 의해 포함되었다(Botkin, Foster, Harmon은 특별한 언급은 하지 않았
　으나 배제하지는 않았다). 신앙은 Balys, Barbeau, Espinosa, Gaster, Jameson, Kurath,
　Leach, Mish, Potter, Smith, Taylor, Thompson의 정의에는 포함되었으며, Foster,
　Herskovits, Luomala, Wheeler-Voegelin에게는 배제되었다. 공예는 Barbeau, Gaster,
　Mish, Taylor, Thompson에게는 포함되었으나, Harmon, Herskovits, Herzog, Wheeler-
　Voegelin에게는 배제되었다.

인류학자들의 지지를 받아 왔으므로, 8명의 정의자가 '인류학적 견해'[9]를 취한다 함은 주목할 만하다. 보트킨은, "순수한 구전 문화에서는 모든 것이 민속학이다."라는 다소 변덕스러운 발언으로 이 견해에 반대하였다. 8명은 내용보다 방법론이 연구에 더 필수적이라고 보았으나,[10] 밸리스Balys는 내용이 더 중요하다고 주장하였다. 즉, "민속학은 민간에 대한 과학이 아니라 전승적인 민간과학이고 민간시"라는 것이다.[11]

다른 세 가지 문제들을 간단히 언급할 만하다. 이전의 정의들에서 크게 중시되었던 기원에 대한 문제는 사실상 사라졌다. 기원에 대해서는 가스터Gaster, 하몬Harmon, 리치Leach, 포터Potter에 의해서만 무심코 언급되었을 뿐이다. 민간전승을 편집자나 소위 계몽 운동의 다른 계몽되지 않은 후계자들에 의해 사랑을 받은 편견이나 그릇된 과학과 동일시하는 태도는 다른 4명, 보트킨Botkin · 에스피노자Espinosa · 포터 · 하몬에 의해 조건부로 언급되었다. 오직 3명만이 민간전승과 대중 매체에 대해 말했는데, 이 문제는 비록 1949년에 확실히 존재했던 것일지라도 우리 시대에는 점증되고 있다. 이 주제는 분리 독립된 학문 영역에 신속하게 접근하고 있다.[12] 늘 개인주의자인 보트킨은 민간전승 산물 가운데에 대중매체 산물을 포함시키나, 바아보Barbeau와 하몬은 그 같은 것들을 분명히 배제한다. 바아보는 단호하게 민속학은 '일련번호, 틀로 찍어낸 제품, 명백한 기준에 대

---

9) 바아보, 바스콤, 허스코비츠, 허어조그, 제임슨, 스미스, 윌러-보겔린, 워터맨.

10) 에스피노사, 포스터, 허스코비츠, 제임슨, 포터, 스미스, 테일러, 톰슨. 베이어드(윗글, p. 6)는 이 일련의 정의에서 부분적으로 주장하고 있는데, 그는 표준을 정의하는 방법론에 대하여 강하게 반대하고 있다.

11) Balys를 비롯한 다른 몇몇 연구자는 'folklore'란 용어를 과학 및 주제에 대하여 양의적으로 사용하는 데 관심을 갖고 있는 듯하다.

12) 예컨대, Berbard Rosenberg와 David M. White의 *Mass Culture : the Popular Arts in America*(New York : Free Press of Glencoe, Inc., 1957) 및 William Lynch 신부, Marshall McLuhan, Gilbert Seldes, Richard Hoggart, Reuel Denny 그 밖의 학자들에 의한 다양한 저작들을 참조할 것. 유관한 문제에 대하여는 Margaret Lantis의 "Vernacular Culture", *American Anthropologist*, Vol. 62(1960), pp. 202~216을 참조하고, 동 주제에 대한 초기의 예상에 대하여는 로버트 레드필드의 『Tepoztlan : A Mexican Villiage』(Chicago : University of Chicago Press, 1930), pp. 5~9를 참조하라.

하여는 태생적으로 대립되는 것'이라 언명하였으며, 하몬은 "한 집단의 응집력을 깨뜨리는 경향이 있는 것 — 통신, 지식의 다양성, 전문화 등 — 은 그 집단의 포클로어를 없애 버리는 경향이 있다."고 하였다.

그리하여 사계의 권위자들의 통계적 비중은 옳지 못한 과학, 대중 매체, 잔존, 공동 그리고 기원의 문제는 제외하고, '구두의', '전승', 미개 문화, 농촌과 도시를 불문하고 문명화된 사회의 하위문화는 포함시킨다. 민간전승의 자료에 관해 말하자면 예술과 문학은 명백히 만장일치로 채택되고, 관습과 신앙은 정의자들의 대략 반 정도가 찬동하며, 공예와 언어는 대체로 제외된다.13)

2)

우리의 두 번째의 접근은 이론적인 것이다. 아마도 우리는 방법론을 의미할 때 'folklore science'라고 명백히 말할 수 있을지라도, 주제와 방법론 양쪽 모두를 일컫는 '포클로어folklore'라는 용어를 사용하는 일반적 경향을 받아들여야 할 것이다. 우리는 아직도 과학적 관심사를 개인적 신앙과 제멋대로 혼동하고 있다. — 만일 클락혼Kluckhohn이 마법을 신뢰하는 나바호족 사이에서 마법이 효과적이라고 말한다면, 실증론자들은 클락혼 스스로가 마법을 믿고 있다고 비난할 것이다. 이 딜레마를 벗어날 방법은 없으나 대중이 교육을 받고 혼동이 불가능하다는 점에 과학의 진보는 계

---

13) 이것은 미국의 민속학자들과 인류학자들에 대한 조사였음을 강조하여야겠다. 'folkliv' 혹은 'Volkskunde'에 대한 유럽의 정의를 기초로 사용한 Raffaele Corso는 공예와 관습은 포함시켰으나, 미개 민족의 민족지는 배제하였다. 이에 대하여는 그가 쓴 "La coordination des différents points de vue du folklore", *Laos,* Vol. 1(1951), pp. 20~27을 보라. 유럽과 아메리카 간의 차이에 대하여는 Bayard, p. 2 및 Robert Redfield의 *Peasant Society and Culture*(Chicago : University of Chicago Press, 1956), p. 78 을 보라.

속된다. 이것은 너무 이상론일지 모르나 아마도 이러한 차별적인 주장이 그가 진지한 연구가인지 아닌지 하는 표지가 될 것이다.[14]

학자가 일반적인 언어 사용 방법까지 제어하려면 교의를 초월한 입장에서 오랜 세월에 걸쳐 끈기 있는 수련이 필요한데. 더구나 자신이 취급하는 재료에 대한 개인적 흥미(가령 의사가 질병에 관하여, 미술사가가 그림에 관하여, 물리학자가 핵분열에 관하여)가 도를 넘지 않도록 엄격히 제어해야 한다. 민속학자는 그 자신이 '포클로어'를 창출해 버리지 않도록 자신의 표현 수단인 인쇄 매체를 엄격히 제어해야 한다.

만약 우리가 미국식의 인류학적 정의를 받아들여, 민속학을 '구전된 예술 및 문학'으로 정의하고, 관습, 신앙, 공예 및 언어를 제외한다면, 이론적인 접근도 쉽게 이루어질 것이다. 1953년에 윌리엄 바스콤은 다음과 같이 시도하였다. 즉,

> 인류학자에게 포클로어는 문화의 일부분이지 전체가 아니다. 포클로어에는 신화·전설·민담·속담·수수께끼·발라드(담요譚謠) 및 민요의 텍스트, 덜 중요한 다른 형태들이 포함되지만, 민속 예술, 민속 무용, 민속 음악, 민속 의상, 민간 요법, 민속 신앙 따위는 포함되지 않는다. 물론 문자 사회에 대해서든 무문자 사회에 대해서든 이러한 것들은 연구할 가치가 있다.……모든 포클로어는 구전된 것이나 구전된 것 모두가 포클로어의 대상이 되는 것은 아니다.[15]

---

14) 유사한 의미론적 문제에 대하여는 리프먼Walter Lippman의 *Public Opinion*(New York : Penguin Books, Inc., 1946), p. 61 : "듀위는 보통 사람과 화학자가 '금속'이라는 단어에 대하여 얼마나 달리 정의하고 있는가 하는 예를 들고 있다. 보통 사람의 정의라면 아마도 '부드러움, 딱딱함, 광택, 빛남, 크기에 비해 무거움……두드려도 깨뜨려지지 않는 성질, 열에 의해 부드러워지거나, 찬 것에 의해 딱딱해지는 성질, 모양을 유지하는 특성, 압력이나 부패에 견디는 성질' 등이 포함될 것이다. 그러나 화학자의 정의라면 이러한 미적이고 실용주의적인 성질이 무시되는 반면 금속은 '바탕base을 형성할 수 있도록 산소와 결합하는 어떤 화학적 물질'이라고 정의할 것이다.

15) "민속학과 인류학", *Journal of American Folklore*, Vol. 66(1953), pp. 283~290 ; 또한 "민속학의 네 기능", *Journal of American Folklore*, Vol. 67(1954), pp. 333~349.

같은 해인 1953년에 베이어드Samuel P. Bayard가 발표한 글은 바스콤에 대한 반론처럼 보인다. 그러나 그의 논의가 지금껏 우리가 분석해 온 21가지 정의에 대해 논의하고 있기는 하지만, 그가 바스콤의 논문을 읽지 않은 것이 분명하다.16) 그는 방법론적인 경향이 정의의 적절한 기반이 되지 못한다고 여기고, '이론이나 연구 방법상으로도' 전승적 신앙이나 관습이 구비문학에서 분리되는 것을 부정했다. 그가 말하는 포클로어의 자료들은 '모든 무문자의 — 혹은 정식으로 훈련받지 않은 — 혹은 정규교육을 받지 않은 — 혹은 학문이 없는 — 혹은 과학적인 훈련을 받지 않은 — 혹은 세계 도처의 자연 상태에 가까운 사람들이 가지고 있는, 신화 창조력을 지닌, 철학적, 미학적 정신세계'이지만, '반드시 문명사회에 있어서, 문화를 가지지 않은, 혹은 교육받지 않은 집단에 한하지는 않는다.' 언어학 자체, 의례에 관계가 없는 전통공예, 비전승적인 공동체의 결정이나 규칙 따위는 제외된다. "포클로어의 주된 자료는 창조적인 아이디어의 범주에 있기 때문에 하나의 집단에 속하는 사람들 사이에서 전승되고 공유하는 재산이라고 인정되어야 하는 것이 아니면 안 된다." 그러한 아이디어는 우주, 초자연, 지식, 영웅주의, 미美, 무엇이 바람직한가 하는 것 같은 가치관, 예의작법 등 및 그들과 대립하는 것과 관계한다. 그런 것은 신학, 철학, 미학, 윤리학의 제재로도 될 수 있는 것이므로, 베이어드는 예컨대 '사시邪視, 피리의 군호, 도움을 주는 동물들' 혹은 검은 상복과 같은 대표적인 민속학의 자료들의 항목을 수없이 들어 귀납적인 리스트를 만들고 있다. 그는 날카로운 혜안을 지닌 필드워커로서 또 이론 연구가로서 확신을 가지고 술회하고 있다. 그러나 귀납적 리스트란 것은 원래 만드는 사람에 따라 어떻게라도 되는 것이다. 전달의 방법이나 과정이 아니

---

16) "민간전승의 자료", *Journal of American Folklore*, Vol. 66(1953), pp. 1~17. 리치의 사전에는 바스콤이 다만 21개의 정의 중의 하나로 포함되어 있다. 나 자신 "인류학과 민속학의 제2세기"란 글(*Hoosier Folklore*, Vol. 8(1949), pp. 69~78)에서 인류학자들에게 저항하지 않음으로써 어느 정도 연루되어 있다.

라 내용에 의해 정의한다고 하는 그의 방법의 최대의 난점은 레드필드R. Redfield가 말한바 '하찮은 전통'에 대해서 '위대한 전통'이라 부른 것17)에 대한 창조성의 여지를 거의 남겨 두지 않는다는 데에 있다. 지배적인 사회가 가진 이 두 가지 종류의 전통은, 다양한 '민중folk'과 확실히 접촉하고 있다. 그렇다고 하여 민속학자는 전통적인 모럴, 우주관, 미의식과 같은 분야를 모두 '하찮은 전통' 쪽으로 돌려 버려서는 안 된다. 그렇게 해 버리면 자신이 취급하는 연구 제목과 연구자 자신과를 낭만적인 것과 동일시해 버리게 되고, 자신들이 민속학 연구에 사용하게 된 기술을 부여받았던 문자 문화의 은혜를 부정해 버리게 되기 때문이다.

바스콤의 편에서는 베이어드의 논문을 본질적으로 자신의 논문에 대한 반론으로 여겼으므로, 1955년에 은근한 전서前書에 대한 철회문을 쓰고, 자기 논문이 인류학 이외의 여러 정의에 대해 공정하지 못했다는 비난을 인정해 버렸다.18) 예의 21개 정의를 내린 거의 모든 학자가 그의 견해와 같다고 하는 것을 몰랐기 때문이었던 듯싶다. 그리고 민간설화, 속담, 수수께끼를 습속, 신앙, 의례와 구별하는 언어를 계속 찾은 끝에 '말의 예술 verval art'이라는 말을 고안했다. 이렇게 되면 음악의 소재가 애매하게 되지만, 바스콤에 의하면 'v / a'는 즉흥 음악이나 아마도 '전승적인, 악보에 써 남겨지지 않은 음악'과 같은 것이리라. 베이어드는 펜실베니아 주의 산악 지대에 전하는 멜로디에 대한 열성적인 연구자였으므로 음악이 제외되는가 아닌가가 커다란 관심사였을 것이다.19) 바스콤 측의 문제도 명백하다. 곧 하나의 민속사회에 있어서 민간설화 혹은 속담의 범위가 어떻든, 가창이나 무도의 음악은 의식과 매우 밀접하게 관련되어 있어서, '버벌 아트'보다도 광범위한 항목에 속하고 있는 것처럼 생각된다는 것이다.

---

17) *Peasant Society and Culture*, p. 78.

18) "Verbal Art", *Journal of American Folklore*, Vol. 68(1955), pp. 245~252. 'Verbal art' 라는 용어의 난해성에 대한 비평들에 대하여는 스미스Marian W. Smith의 "인류학에 대한 민속학적 연구의 중요성"(*Folklore*, Vol. 70(1959), pp. 306~307)을 보시오.

19) Bayard, op. cit., pp. 4~11.

그러면서도 과학적 분류법이라 하는 것은 현실 그것과 완전히 부합되지 않는 것이 보통이므로, 그 문제에 대해서 다음의 두 가지만을 지적해 두기로 하겠다. 그 하나는 미개 문화를 분석하는 데 있어서 음악은 포클로어 혹은 버벌 아트의 범주나 전통공예 및 의례의 범주에 양방 어느 쪽에 넣어도 좋다. 또 하나는 서구의 하위문화 집단에 있어서는 음악은 주로 버벌 아트로 전승된다. 다만 가령 잭슨의 백인 영가나 풋볼 스타디움에서 불리는 응원가처럼 의례적인 색채를 가진 경우도 있다. 책을 읽을 수 있는 사회의 사람과 그렇지 못한 사회의 사람들 사이에서 역할 교환이 있다는 것은 인류학자라면 누구나 알고 있다.

필자는 바스콤이 '인문학적'인 포클로어보다 인류학에 기대고 싶지 않다는 정중한 생각으로부터, 베이어드에게 너무 성급히 그 분야를 포기했다고 생각하기는 하지만, 그와 논쟁하지 않았다. 당시 필자는 개인적으로 바스콤에게 "인류학자가 분류 정리하는 방법이면 충분하다"라고 하고, 이어 "정의라고 하는 것은 우리의 연구를 쉽사리 진척시키기 위한 수단에 불과하다. 플라톤주의자가 아닌 한 자연 그것이 정연하게 분류될 수 있다고 아무도 믿고 있지 않다."라고 덧붙였다.

귀납론자나 이상론자의 논의를 떠나서 금후 각광을 받을 듯한 이론적 접근 하나, 즉 형태적 접근법에 대해 간단히 언급해 두고 싶다. 먼저 시험적으로 버벌 아트에 범위를 제한하기로 하고 그 미적 형태에 관하여 조사해 보자. 왜냐하면 예술의 형식을 갖춘 인공적인 것은 모두, 곧 민요, 수수께끼, 민간설화, 혹은 세비어크T. Sebeok의 체레미스 족의 주문 등이 범위에 포함되고, 미적 형태를 갖추지 않은 것은 모두 제외된다. 깔개라든가 도기 같은 형태形態가 있는 전통공예적인 것은 버벌 아트는 아니라는 이유로 아마 제외되어도 좋겠다. 한편 '석양은 배꾼들의 기쁨'과 같은 부류의 미적 구조를 취하는 것처럼 표현되고 있는 경우에는 신앙이나 미신도 그 정의 중에 포함된다. 따라서 예컨대 '펀치라인punck-line'[역자주 : 급소를 찌르는 말이나 구절 ; 또는 (농담 등의) 들을 만한 대목]이 붙은 세련된 조크와, AT 설화유형집에 많이 나타나는 것 같은 행동을 주체로 한 소담과 같은 2종의 설화를 형식상으로 어떻게 구별할까 하는 문제는 흥미있는 것이겠다. 펀치라인이 붙은 조크는 전연 별종의 장르에 속할는지는 알 수 없다. 세련된 조크의 화자는 펀치라인을 생각에 가지고 있어서 경우에 따라 그것을 핵심적인 내용으로 하여 이야기를 구성해 가지만, 민간설화의 화자는 멜헨의 경우처럼 이야기투나 언어 사용법이나 정해진 에피소드를 포함한 커다란 틀 속에서 소담을 이야기해 나가기 때문이다. 하지만 만약 예컨대 염소담艶笑譚의 경우처럼 펀치라인이 구두로만 전승되는 경우에 이 구분법은 쓸모없을지도 모르겠다. 세련된 문학과 새로운 데이터를 식별할 수 있는 민속문학의 형태상의 기준을 만들어내기 위해서는 보다 더 연구하지 않으면 안 된다.

 '민중' 혹은 '전통'을 정의하는 이 어려운 작업에서는 이론도 본질적으로 맞지 않는다. 전통이란 것은 T. S. 엘리어트가 말한 가장 세련된 유형의 문학적 컨벤션을 가리키는 경우도, 오자크 평원의 민요를 가리키는 경우도 있다. 민중이란 것은 '포클로어와 민요를 가지고 있는 그룹'이라고 하는 레드필드의 정의가 필자가 아는 한 비난의 여지가 없는 유일한 정의이다.[20] 그런 이유에서 연역적인 정의를 떠나 민속문학과 민속예능을 취급하는 경우의 연구 방법도 수순에 따라 고찰하는 것이 중요하다.

3)

 베이어드는 연구 방법에 의한 정의의 가치에 대해 잘 알고 있었다.[21] 그러나 그의 정의는 대상이 너무 광범위하였다. 만약 그가 '연구 방법에

---

20) Tepoztlan, p. 2. 우리는 'folklore'란 용어에 대하여, 레드필드Redfield가 했던 것처럼, 우리가 그것을 문학과 예술에 대한 인류학적 의미에서 이해하지 않는 한 반대할 것이다.
21) 윗글, p. 7.

의한 정의'를 그 자신의 전문 분야인 민족 음악으로 좁혔더라면 좋았을 뻔했다. 나 자신은 민속학이란 팽대한 분야를 정확히 정의할 수 있다고는 생각지 않으므로, 민속문학, 음악, 예능과 같은 한계가 확실한 분야로 좁혀서 어느 정도 확실히 정의할 수 있을까 살펴보기로 하겠다. 미적 기반으로부터 습속이나 신앙이나 전통공예를 마음대로 제외하여 버릴 이유는 없지만, 우리는 다만 설화, 발라드, 춤, 노래를 연구하는 것이 더 용이함을 말해 두겠다. '미신'에 관해서는 웨일랜드 핸드Wayland Hand와 뉴벨 푸켓Newbell Puckett의 정력적인 연구 결과가 나오면, 그것을 어디에 위치시킬 것인가가 더욱 확실해질 것이다. 그러나 아직은 정확한 조사 결과를 기록한 문헌이 없으므로 이 분야는 다루기가 매우 어렵다. 음악의 기능이 격리된 미개사회로부터 문명사회의 하위 문화집단으로 옮겨가는 데에 따라 변하는 것과 마찬가지로, 어떤 종류의 문화나 신앙이 점유하는 위치도 이행하는 것이고, 그렇기 때문에 특별한 취급이 필요하다고 할 수 있겠다. 우리는 나무를 똑똑 두드리는 이유에 대해 우리의 조상들과 다른 견해를 가질 수는 있지만, 그 기능적 가치 자체를 부정할 수는 없다. 우리가 이런 동작을 하는 것은 소포클레스와 마찬가지로 인간의 휴브리스hubris[역자 주 : 오만불손]에 대한 생각을 지적이고도 이성적으로 표현하고 있는 것이다.

　나 자신의 연구에 관해서는, 민속문학은 장소와 무관하게, 격리된 미개사회이건, 문명화된 사회의 저변이건, 도시이건 지역 사회이건, 지배적 그룹이건 종속적 그룹이건, 구비문학이 아니어서는 안 된다고 하는 비상히 단순한 견해를 지키려 한다. 우리의 핵심 구절인 '구두로 전승된oral transmitted' 것이라는 발견의 가치는 대단히 중요하다. 방법론적으로 말하여 만약 우리가 특정한 종류의 민속학을 독립되고도 의미있는 것으로 정의하려 한다면 그것이 참된 포클로어일까를 테스트하기 위해 모든 문헌 자료를 구전의 프로세스의 주형鑄型에 맞춰 넣지 않으면 안 된다. 바로 역사학자가 헌장이라든가 연대기라든가 회고록 등을 원문이나 문맥으로부터 철저히 연구하는 것처럼 정의는 엄격히 이루어져야만 한다. 혹은 기술 언어학자가 늘 최신의 기록 기술에 비추어 언어를 재검사하고, 고트어이건 고대 영어이건 산스크리트어이건 모든 문자로 이루어진 기록을 자료를 바탕으로 해서 "우리가 알아야 할 것을 그들 언어가 가르쳐 줄 것인가?" 하고 주요한 질문을 던지는 것처럼, 정의는 엄격해야 한다.

민속문학이라 해도 정말로 믿을 수 있는 것은, 화자가 직접 구비전승의 담당자로서 자격을 정말로 가지고 있을까 어떨까 판단될 수 있는 정보를 반드시 첨부하여 수집된 경우뿐이다. 예컨대 존 존스John Jones는 뉴욕 엘미라 카운티Elmira County에서 75세 때에 1830년 웨일즈 혹은 매서추세츠에서 태어난 그의 할머니로부터 이야기를 들었다. 물론 이것은 아자도브스키Mark Azadovsky의 수집에 나오는 시베리아의 제보자(Vinokurova)22)나 로맥스Lomax의 수집에 나오는 제보자(Huddie Ledbetter)처럼 완벽한 전기가 붙어 있는 경우라면 더욱 좋다. 그러나 비교 연구의 단계에서는 간단한 전기만으로도 충분하다. 우리가 문화를 비교하거나 생활사를 구성하기 위해 민간설화를 수집할 때 각개 항목에 대해서 다음과 같은 어려운 의문점에 부딪치게 된다. 즉 우리가 갖고 있는 설화가 진짜이고, 부주의하게 보면 그럴싸해 보이는 그런 부류가 아님을 확신할 수 있을까? 즉 대중화된 작가, 부주의한 수집가에 의해 철두철미하게 문학적으로 꾸며지거나 문학적으로 개작되었거나, 아동용으로 도덕적인 삭제를 했거나 종교, 정치, 상업 등의 목적에 따라 개작되었거나, 스콧Scott, 퍼시Percy, 마크 트웨인Mark Twain, 초서Chaucer 같은 천재들에 의해 개작된 것은 아닐까? 우리가 알 수 있는 것은 '존 존즈 75세, 할머니로부터 들은 이야기'란 점뿐이다. 이것은 수집가가 연구상의 문제를 알고 있고 그 대책을 시험한 것임

---

22) *Eine siberische Märchenerzählerin*(Helsinki [FFC 68], 1926). 그의 19세기의 선조인 키티리지George Lyman Kittredge가 1908년에 John Lomax에게 그의 지도 하에 전기의 핵심을 보았음에도 불구하고 언제나 고쳐졌던 것은 아니다. 윌거스Wilgus, 윗글 p. 160. 그리고 똑같은 이상을 실패로 이끌었던 다른 주요 수집가 콕스John Harrington Cox에 대하여는 p. 194를 보라.

을 나타내는 것이다. 그 이야기를 기록해 남긴 사람이 대중 취향의 작가나 아동문학가나 천재 작가인 경우에도 우리가 호의적으로 다가가면 원본의 소유자나 기록 보관소를 가르쳐 줄는지 알 수 없다. 덕분에 우리가 필요로 하는 원전을 찾아갈 수 있을지도 알 수 없다. 인쇄된 이야기나 사본으로 된 이야기도 진짜의 민간설화일지 알 수는 없다. 그러나 예의 존 존즈식의 정보가 붙어 있지 않은 경우에는 완전히 신용할 수가 없으며, 진위가 의심스럽거나 문자로 기록된 이본으로 분류하는 수밖에 없다.

엄연한 또 하나의 문제가 있다. 즉 존 존즈라는 제보자를 도대체 어디까지 믿을 것인가? 그가 그 이야기 혹은 노래를 인쇄물이나 라디오, 축음기 따위에서 얻은 것이 아니라는 보증은 어디 있으며, 출전이 포클로어 수집자 자신이었다는 경우까지 있을 수 있다. (마치 불과 부싯돌을 만났을 때처럼, 당신이 차일드Child의 발라드와 훈련 안 된 현지조사가와 만났을 때 흔히 일어나는 것처럼) 대체로 우리는 존 존즈를 신용할 수밖에 없다. 그러나 수집가가 동일 인물로부터 다량의 수집을 하거나 완전히 충분한 전기를 기록해 넣고 있다면, 우리는 제보자가 거짓 증언을 하고 있는가를 판단할 수 있다. 예컨대 루스A. B. Rooth는 최근에 나에게 수다스럽고 열렬한 룬트Lund의 제보자에 대한 귀중한 충고를 해 주었는데, 그 제보자는 보수를 받는 것을 너무 기대하는 경향이 있었다.23) 전승이 3대에 걸치고 있음이 증명된다면 이상적이나, '어머니에게서 들은 이야기' 정도로 만족해야 하는 경우도 있다. 여기서 문제로 삼고 있는 것은, 출전이 뻬로Perrault의 <신데렐라>이거나 사우데이Southey의 <세 마리의 곰>인가 아닌가 하는, 기원의 문제는 아니다. 확실히 이야기가 일단 인쇄물에 오르면 이야기는 오염되고 역동逆動하고 동결되어 버린다. 그러나 구비전승의 과정은 매우 활력을 가지고 있으므로 반드시 인쇄에 의해 파괴된다고 할 수는 없다. 곧 이 이야기가 인쇄되어도 구전의 과정은 손상을 입지 않

---

23) F. L. Utley, "스웨덴의 노아방주 이야기", *Humaniora : Essays······Honoring Archer Taylor*(New York : J. J. Augustin, 1960), pp. 258~269.

는다. 손상을 받는 것은 인쇄된 형식에 지나지 않는다. 어느 정도 구전에 의해 광포된 이야기라면 민간설화라고 말할 수 있다. 그러나 연구가 진척되면 여러 가지 부속적인 증거도 고려할 수 있게 된다. 아무리 엄밀히 생각한다고 하더라도 현대의 민간설화에 관해서는 진짜로 여겨지는 것이라도 우리가 구하는 기록이 그림Grimm형제보다 소급해 올라갈 수 없는 것이 현실이다.

민속문학을 다만 '구전된 문학'으로만 보는 견해에 함축된 의미를 생각해 보자. 아메리카 인디언을 연구하는 인류학자들을 제외한, 미국의 우리들 대부분은 우리가 논거로 삼고 있는 기초적 각편들의 대부분이, 19세기의 미국인의 기록이거나, 혹은 바질레Basile 이전 중세 유럽의 기록임을 알고 있다. 우리가 인디언 연구자들을 부러워하는 하나의 이유와 그들의 자료로써 실제를 위하여 연구해야 하는 이유는, 롱펠로나 소수의 부주의한 선집에도 불구하고, 아메리카 인디언의 민간설화의 대부분은 그 본래의 문화적 환경 속에서 진짜를 수집할 수 있기 때문이다. 이에 반하여 우리가 취급하는 초기 아메리카 및 중세의 문헌에서는 잘 알려져 있는 화형 모티프나 구성요소가 합치하는 경우까지도 과연 엄밀한 의미에서 민간설화일까 아닐까를 의심하지 않을 수 없다. 보통의 대답은 '아니오'이다. 그 같은 이야기의 거의 대부분은 롱스트리트Longstreet나 초서나 중세의 작자불명의 파블리오나 이그젬풀러(설교용 설화)들에서 온 문헌의 이본들이다. 일반적으로 다음과 같이 말해도 틀림이 없는 것이다. 곧 중세의 포클로어나 19세기 말 이전의 미국의 포클로어는 하나도 '아는 수가 없는' 것이다. 유럽에서는 아주 일찍부터 주의 깊은 수집법이 행해지고 있었기 때문에 1~2세기는 거슬러 올라갈 수 있을지도 모른다. 그렇다고 하더라도 재화된 게 아닐까 늘 유의하지 않으면 안 된다. 중동에서는 『아라비안나이트』나 유대교전教典 주석처럼 포클로어와 명확히 관련이 있는 것이 대량으로 남아 있다. 그러나 그들은 틀림없이 예술적으로 손이 대어진 흔적이 인정된다.

도우슨R. M. Dorson은 『미국 민속학*American Folklore*』24)에서 초기의 자료는 불완전하게 기록되었던 것을 사용할 수밖에 없었다. 더욱 도우슨은 이 문제를 인식하고는 있었지만 그 저작의 성질상 이제까지 서술해 왔던 것 같은 엄밀성을 지킬 수 없었다. 그는 1857년 1월 27일자 *Newalk(Ohio) Experiment*지에서 "샌더스키 인Sandusky은 어떻게 기근으로부터 구조되었는가"라는 이야기를 인용했는데, 그것은 민간 화자에게서 채록했던 것이 아니라 버팔로 리퍼블릭*Buffalo Republic*지에서 전재한 것이었다.25) 모래 때문에 앞을 볼 수 없게 된 돼지들이 서로 앞의 돼지 꼬리를 입에 물고, 그 긴 행렬을 발견한 샌더스키 인이 선두에 선 돼지의 꼬리를 쏘아 둘로 가른 다음 잘려진 꼬리 한 쪽 끝을 잡고 나머지 돼지들을 기차처럼 마을로 끌고 가 동료들에게 먹였다. 도우슨은 이 이야기의 국제적 발생에 주목하고 북부 미시건과 메인 주에서 그가 수집한 이본들을 증거로 하여 이 신문에 게재된 이본을 증명하였다. 이제 이 증명은 비평적으로 검토되어야만 한다. 도우슨은 설명하기를 우리는 다만 독립적으로 발생된 고립된 지방 전설을 갖고 있지는 않으며, 신문의 이야기는 설화의 실재성과 어떤 관계가 있다고 하였다. 그러나 동 텍스트가 왜곡되고 뒤틀리고 개선되지 않았음을 보증하지는 못한다. 도우슨은 동 논문의 몇 페이지 뒤에서 이 점에 대한 인식을 보여 주었는데, 거기에서 그는, "민속학자는 조심스럽게 다루어야 하겠지만, 관찰된 사건, 창조된 부분, 혹은 이동하는 설화들이 똑같은 형식과 문체로 쓰이기 때문에(in the Spirit[of the Times] and the [Yankee] Blade) 수천 가지 이야기들 중에서 매우 많은 재화된 이야기를 식별해 낼 수 있다."26)라고 말하였다. 만약 우리가 민간설화의 순수한 형식이나 문체를 확실히 해두고 싶다면 필자가 서술해온 것 같은 방

---

24) Chicago : University of Chicago Press, 1959.

25) page 52~53.

26) page 56. 비평적 선택의 정전은 또한 노래책 사본에 포함되어 있는데, 그것은 기초적인 것이긴 하지만 그들의 음악적 기록이나 엄격한 내용이나 신빙성에 있어서는 부정확하다(Wilgus, 윗책, p. 154, pp. 168~169를 볼 것).

대한 자료를 주의 깊게 선별한 뒤에 분석하지 않으면 안 된다고 하는 점은 꼭 덧붙여 두고 싶다.

중세의 포클로어에 대해서도 똑같은 문제가 있다. 베젤스키Wsselski는 중세 멜헨의 기원을 밝혀내려 용감하게 시도하였음에도 불구하고, 우리는 증거가 될 만한 유화가 모두가 그렇다고 할 수도 없지만, 거의가 구전 그대로라고 믿기 어렵다는 점을 인정하지 않으면 안 된다. 루미스R. Loomis는 그의 시사적인 논문에서, 이 다년에 걸쳐 논의된 문제를 다시 다루어, 여러 명의 아더왕 전설 연구자는 중세의 문헌으로부터 의심스런 결론을 이끌어 내고 있다고 비난하였다.27) 필자가 다른 논문에서 이야기한 바와 같이28) 나는 그의 비난이 정당하다고 생각한다. 그리고 민속학자는 그보다 더 일보 나아가야 한다고 생각한다. 현재의 증거 자료는 아더왕 전설의 모티프를 엄밀한 의미에서의 민간설화 기원으로 돌리기 불가능하다고 하는 루미스의 생각은 옳다. 그리고 다음과 같이 말한 것은 더욱 옳다. 즉 현존하는 증거는 아더왕 이야기의 모티프들을 엄격한 의미의 민간설화로 상정하는 것이 불가능하며, 오늘날의 아더왕 지명 및 그와 연관된 전설은 결정적이지 못하다. 그 이유는 프랑스의 『가르강뛰아Gargantua』의 유사한 이야기처럼, 아더왕 로망스나 라블레Rabelais의 작품이 도리어 현대의 전설의 원천이 아니라는 보장이 없기 때문이다. 지역적인 전설에 관해 겨우 남아 있는 중세의 자료는 고려할 가치가 있다고 하지만 그렇다고 하여 의문의 여지가 없다고 할 수는 없다. 실로 곤란한 것은 어떤 종류의 중세의 포클로어도 현존하지 않기 때문에 우리가 발견하는 자료를 비춰 볼 도리가 없다.29) 진짜로 구전된 문예임을 증명할 수가 있는 조건 아래

---

27) "Arthurian Tradition and Folklore", *Folklore*, Vol. 59(1958), pp. 1~25.

28) F. T. Utley, "Folklore, Myth, and Ritual", *Critical Approaches to Medieval Literature : Selected Papers From the English Institute*, 1958~1959, ed. Dorothy Bethurum(New York : Columbia University Press, 1960), pp. 103~105.

29) 예컨대, 중세의 송가頌歌는 왕왕 '대중적'이라고 불렸으나, 보통 목사에 의해 쓰였고 드물게는 오늘날에도 구전으로 남아 있는데, 이 문제에 대하여는 Erik Routley, *The*

기록된 근대 자료와 나란히 할 수 있는 엄격한 증거는 유감스럽게도 존재하지 않는다. 그러므로 아더왕이나 가르강뛰아는 기록문학적 문맥 때문에 중세의 전설이라고 할 수 있을지 어떨지 매우 의심스럽다. 아더왕이나 가르강뛰아에 관련한 현존하는 전설도 (아무리 주의 깊게 기록된 것이라 할지라도) 문학을 출전으로 할 가능성이 있기 때문에 역시 의심스럽다. 물론 중세 켈트 인이나 앵글로색슨 인이 민간설화를 가지고 있지 않았다고 말하는 것은 아니다. 그것은 마치 기술언어학에서 엄밀히 행해진 현대적인 이야기의 기술을 주장하는 나머지 켈트 인이나 앵글로색슨 인과 회화라 하는 것이 없었다고 하는 것과 같은 것이다. 중세에는 구전되었었다는 것을 증명해 주는 자료는 산과 같이 많다. 그러나 그들은 모두 문학으로서 고치어 기록된 것(대부분 라틴어로)을 매체로 하고 있으므로, 신용할 수 있는 문헌은 거의 없든가 있다고 하더라도 극소수일 뿐이다.

이처럼 엄격한 정의를 내려 무슨 득이 있는 것일까? 애매모호하기는 하지만, 오락이나 향수鄕愁나 반신반의의 영역에 머물러 둠이 더 낫지 않을까? 그리고 진짜의 포클로어인 이본과 다소 가감이 되어 문자로 기록된 이본을 함께 섞어 버리는 편이 좋지 않을까? 나로서는 이상과 같은 생각이 당초 처음부터 이 분야에서의 걸림돌이었고, 지금 정의를 하는 단계에서도 이처럼 혼란 상태를 야기하는 원인이 된 것이라고 생각한다. 우리는, 민간설화나 민요가 가진 구조, 상투어구, 어투나 문체, 내용, 문맥, 기능, 전달수단에 대한 서술의 기초로 명확히 정의된 방대한 자료 없이, 민간설화의 성질을 일반화하여 말할 수는 없다. 현재 비난받고 있는 민속학의 거의 모든 이단 학설 — 태양학파, 프로이드파, 제의학파, 벤파이의 인도 기원설 나아가 핀란드학파의 잘못된 기원설 등 — 은 문헌을 무비판적으로 사용한 것을 바탕으로 도출되었다고 말해도 과언이 아니다. 예컨대 동양의 자료는 이들 제 설을 수립하는 데에 커다란 역할을 하였으나, 이

English Carols(London : Herbert Jenkins, Ltd., 1958), pp. 28~29를 보시오.

들 동양의 가치 있는 방대한 자료 중 문자화한 이본과 민간 구전 이본을 식별할 수 있는 서양의 민속학자는 거의 없다.[30]

그렇다면 문자화한 유화는 무시해도 좋은가? 물론 그렇지 않다. 문자화한 이본이 민간설화의 사가들에게 많은 것을 알려 준다는 것은 잘 알려져 있다. 그것은 무엇보다 먼저 하나의 화형이나 모티프의 성립 연대를 한정할 때에 이바지한다. 예컨대, 마크Mak가 훔친 양을 그의 아내의 침대 속에 숨기고 그것을 아기라고 주장하는 이야기의 이본은 15세기 초에 쓰인 두 번째 목동의 연극(Second Shepherd's Play)만큼이나 오래 된 것이다. 그것은 또 오늘날 故 상원의원 헤플린Heflin만큼 새로운데, 그는 회기 중에 의사진행 방해를 위하여 이 이야기를 여러 가지로 꾸며 말한 바 있다.[31] 게다가 문자로 된 이본 덕택으로 중세 후기 이후의 이야기의 분화나 다양화 등 파생에 관한 유익한 관찰이 될 수 있는 것도 있다. 이처럼 문자로 된 이본을 성립 연대의 한정이나 기원의 결정에 관해서 사용하는 것은 이야기의 내용에 한한다. 그 밖에 구비전승의 어조나 상투어구나 문맥에 대해서, 우리가 확인할 수 있는 것은 진정한 현대의 민간설화뿐이다. 기원 연구에서는 멀리 나갈 수도 있다. 한스 나우만Hans Naumann, 로드 라글란Lord Raglan, 그리고 프란시스 차일드Francis Child까지 모두 민간전승은 귀족 사회에 기원을 가진 것이라고 믿어 왔지만, 그것은 필자가 지금까지 설명한 원칙을 부주의하게 취급했던 결과이다. 그림 형제 이전의 문헌 자료라고 일컬어지는 것은 거의 모두 그 자체로 '문자로 된 것 ipso faccto'으로, 그렇기 때문에 지금까지 남아 있는 것이다. 그러나 순수한 민간전승의 형태로 남아 있지 않다고 해서 현재 이야기되고 있는 자료의 원천이 반드시 기록문학적 즉 '귀족적'인 것이라고 말할 수 없다.

---

30) 이동하여 가는 과정의 시초에 대해서는 Stith Thompson과 Jonas Balys의 *The Oral Tales of India*(Bloomington : Indiana University Press, 1958)에서 찾아볼 수 있을 것이다.

31) Robert C. Cosbey, "The Mask Story and Its Folklore Analogues", *Spectrum*, Vol. 20 (1945), pp. 310~317.

이러한 종류의 조건이 결여된 경우는 정황 증거에 의해 따지지 않으면
안 된다.

현재 이야기되고 있는 특정 설화의 기원이 실제 문학 작품인 경우도
가능하다. 그러나 그러한 결론을 내는 경우라도 반드시 확실한 증거를 기
초로 하고 있다고 할 수는 없다. 예컨대 복카치오의 <그리젤다>는 필자
가 알 수 있는 한 동 주제(Motif H461, Type 887)[32]에 대한 모든 현대적
인 이야기의 원천이다. 그러나 복카치오의 이본은 명백히 <큐피드*Cupid*와
사이키*Psyche*>나 <학대받은 아내*Persecuted Wife*>와 같은 보다 오랜 분류들
과 관련되고 있다.[33] 그러나 이것은 유일한 예에 지나지 않는다. 여러 경
우에 있어 현대의 민간설화가 명백하게 중세의 기록문학적 이본에서 파
생되었다는 것은 단지 중세의 기록 부재로 인한 허상에 지나지 않는다.
역사가들은 문제점을 알고 있다. 우리는 초서가 이태리 여행 중에 페트라
르카*Petrarch*를 만났다는 일을 확인할 수 없지만, 문서 기록이 그들이 같은
시기에 같은 작은 마을에서 함께 있었다고 기록하고 있지 않기 때문에,

---

32) 이들 숫자는 전문적인 민속학자에 의해 사용된 두 개의 표준적인 색인집에서 온 것
이다. Motif 461은 톰슨*Stith Thompson*의 *Motif-Index of Folk Literature, A Classification
of Narrative Elements in Folktales, Ballads, Myths, Fables, Medieval Romances,
Exempla, Fabliaux, Jest-Books, and Local Legends*, 2nd ed., 6 vols. (Bloomington, Ind.,
1955~1958)에 의한다. H461은 아내의 인내력에 대한 시험이다. Type 887은 Antti
Aarne가 1910년에 간행했던 민간설화 분류 체계인 *Verzeichnis der Märchentypen*의 2
차 수정판이다. 톰슨의 수정판 *The Types of the Folktale : A Classification and
Bibliography*, FFC No. 184(Helsinki, 1961)에서 우리는 설화 유형 887이 그리젤다 이
야기임을 찾을 수 있다. Motif-Index와 아르네-톰슨의 유형 인덱스*type index*는 설화
를 전승적인 이야기로 식별해내는 수단과 민간전승 연구가로 하여금 이들 이야기에
대한 학구적 연구에 대한 참고자료는 물론 그들이 수집했던 유화를 찾을 수 있는
장소에 대해 알려준다. 예컨대, 설화 유형 인덱스에서는 그리젤다의 이야기 줄거리
에 이어 동 이야기에 대해 쓰인 세 개 이상의 참고문헌이 실려 있다. 민간설화의 최
소 단위인 모티프 간의 차이에 대한 논의 및 하나 혹은 그 이상의 모티프로써 이루
어지는 전체 전승적인 이야기 즉 설화 유형에 대하여는 톰슨*Stith Thompson*의 *The
Folktale*(New York, 1951), pp. 415~427을 보시오(편자 주).

33) Type 712, 881, 900A. Fred L. Robinson 편, *The Complete Works of Geoffrey Chaucer*,
2nd ed.(Boston : Houghton Mifflin Company, 1957), pp. 709~710을 보시오.

그러한 매력적인 가정을 할 수가 있는 것이다. 이것은 초서가 페트라르카를 만나지 않았음을 의미하지는 않는다. 문서 기록이 망실되었을지 모르며, 기록은 긍정적 사실의 증거일 뿐 부정적 가능성의 증거는 아닌 것이다. 그러므로 우리는 망실에 문제를 두어야만 한다.34) 콜링우드R. G. Collingwood는 역사학자에게 증거에 대한 법칙은, 법정에서의 증거에 관한 법칙과 다르다는 점을 지적하고 있다. "곧 역사학자는 어떤 정해진 기간 내에 결단을 내릴 의무를 지고 있는 것이 아니다. 결단에 이르렀을 때 그것이 올바른 것이라면 그것으로 좋은 것이다. 곧 그에 대해서 결정이라는 것은 증거로부터 필연적으로 도달하게 되는 것이다."35) 민속학자는 스스로 민요나 민간설화의 역사학자를 자임하여야지, 현자이거나 의미 깊게 보이고 싶어서 옆길로 나아가서는 안 된다. 따라서 아더왕 전설이나 라블레도 부분적으로 구전설화를 밑바탕으로 하고 있다는 가정은 성립할 수 있다. 그러나 기껏해야 설득력 있는 증거로서 유사한 이야기나 문자로 된 유화, 나아가 현존하는 중세문학의 이본, 혹은 잃어버린 중세의 문헌이나 민간설화 등으로부터 파생한 현대의 민간설화 정도밖에는 없다. 그래서 어느 이야기를 취급해 보아도 최종적인 기원에 관한 결론을 도출할 정도의 확실한 근거는 없다.

민속학자가 필요에 이끌려 문자로 된 이본을 사용할 경우에는 자신이 현재 연구하고 있는 것은 순수한 민간전승이 아니고 구전문학과 기록문학의 관계에 대한 것임을 자각하여야 할 것이다. 이것은 전적으로 타당한 학제적interdisciplinary 연구이지만, 엄밀히 그것을 구전문학 연구와 혼동해서는 안 된다. 만약 민속학자가 문학사학자나 문학비평가로 행세하려 한다면 먼저 자신의 분수를 지키지 않으면 안 된다. 같은 연구가들 사이에서도 문학을 취급하고 있는 사람들은 흔히 유형과 모티프의 분석을 할 수 없기 때문에 혼란을 일으킨다. 아르네-톰슨의 유형 인덱스는, 그림 형

---

34) 로빈슨, 윗책, p. 709 참조.
35) *The Idea of History*(New York : Oxford University Press, Inc., 1956), p. 268.

제의 설화집에 의거했다는 한계를 가지며, 또 그림 형제가 수집한 설화집에 들어 있다는 이유로 그 이야기를 틀림없는 민간설화의 화형으로 인정해 버리는 수가 많지만, 우선적으로 수개 국 이상의 구비전승에 거듭 나타나고 나아가 어느 정도 안정되어 반복되는 범세계적인 이야기의 집적을 기반으로 하고 있다는 점에서 대체로 확실한 것이라고 할 수 있다. 현존의 구전설화는 그대로 구전설화 연구에 사용된다. 그래서 그것이 원본이든 파생된 것이든 문자로 된 유화가 존재한다면 2차적인 자료가 된다. 한편 민간 문예 모티프 색인에는 진짜의 민간설화 같은 많은 모티프를 포함하고 있지만, 실은 중세나 그 이후의 문자로 된 이본밖에 나타나지 않는 모티프까지 수없이 들어 있다. 이 색인은 분류나 검색을 위한 인덱스이지 여기에 들어 있다고 하여 진정한 민간설화라고 안심해서는 안 된다. 색인의 부제 자체가 그 중에 있는 이야기들의 요소가 중세의 로맨스나, 이그젬플러, 파블리오, 소담집이나 민간설화, 발라드, 신화, 우화, 지방 전설들에서 온 것임을 명백히 말해 준다. 크로스T. P. Cross의 고古아일랜드 문학 모티프 색인에 이르면 더욱 더 문제이다. 제목 자체가 자료의 대부분이 기록된 문헌에 의한 것임을 나타내고 있는 것이다. 이 크로스의 색인 중에 'Real'이라는 문자가 붙어 있으면 그 항목은 상당히 믿을 수 있다. 이것은 Béaloideas[역자 주 : '전통'이란 뜻](아일랜드 민속학회지*The Journal of Folklore of Ireland Society*)의 생략기호로 이 학회는 우리가 구하고 있는 것 같은 순수한 설화 기록을 작성하려는 것을 목적으로 하고 있기 때문이다. 그러나 기타 생략 기호는 거의 문자 기록을 나타내고 있다. 예컨대 'LG'라고 하는 것은 아일랜드 정복사Leabar Gabála Erenn로, 이것은 여러 민족이 아일랜드를 침입하는 이야기를 학구적으로 쓴 것이다. 때로는 구전설화도 나오기는 하지만, 『성서』의 이야기와 아일랜드의 전설을 융합시켜서 자국을 고양시키려 하는 바람, 곧 학식풍의 편견이 늘 드러나고 있기 때문에 역사서로서 정말 그대로 받아들일 수가 없다. 그러나 중세 학자들의 제설 통합주의의 본보기를 가득 실어 놓은 본보기이다. 아더왕 전설을 연구하는 학생이 크로스의 색인에서 유사한 이야기를 찾으려고 한다면 대량으로 찾을 수 있지만, 현대의 설화(별로 실려져 있지는 않지만) 이외에는 모두 무조건 구비설화라고 부를 수 있는 것이 아니다. 한마디로 말하면 민간설화 유형 색인은 취사선택적이고, 모티프 색인이나 거기에서 파생된 여러 색인은 포괄적이어서 비판적이고도 숙련적으로 사용하여야 할 것이다.

4)

'연구 방법에 기초한 정의'라는 것은 특정한 유형의 학자가 자신의 특수한 문제에 대하여 사용했던 것에 불과하다. 따라서 아마도 그들 상이한 연구 방법에 기초한 각기 다른 정의를 결합하는 것에 의해 우리는 비로소 이론상의 공감을 얻을 수 있을 것이다. 이제까지 밝혀졌으리라 생각되지만, 나 자신이 관심을 가지고 있는 것은 민간설화와 발라드로, 그들의 본질 및 기록문학과의 관계를 비교하고 그 역사를 연구하는 것이다. 문화, 신앙, 전통공예를 제외하는 이유는 부분적으로 편의적인 것이지만, 틀림없는 자료와 제한적인 자료에 전념하면 어느 정도 명확하고 만족스런 결과를 이끌어낼 수 있으리라는 바람 때문인 것이다. 이미 서술했던 바와 같이 적어도 일부의 '인문학파'의 사람들은 인류학적 분별법이 유효한 것임을 알았다.

필자가 이러한 입장을 제시했을 때에 그것이 자동적으로 받아들여지지 않았던 것은 논란이 벌어졌음으로서도 분명하다. (문맥과 무관계하게 기록되었던) 미신의 연구자나 (매스 미디어에 의해 변화되기 쉬운) 지역적인 전설을 연구하고 있는 사람들은 당연히 불안해질지도 모른다. 특히 관심이 가는 것은 베이어드S. Bayard나 윌거스D. K. Wilgus, 핼퍼트H. Halpert, 도우슨R. Dorson 같은 활동적인 수집가들이 의견을 보류하고 있다는 점이다. 실재 살아 있는 포클로어의 연구를 제일 잘 할 수 있는 것은 현지조사자들이다. 그들은 제보자에 대해서 잘 알고 있으므로, 원래 '민중이란 누구인가' 등과 같은 문제(cloistered concern)에 봉착할 경우가 별로 없는 것이다. 민중은 우리가 산 자료를 채집할 수 있는 사람들인 것이다.

비교학자synthesizer나 역사학자가 필드워크를 하는 사람들에게 요구하는 것은 정확한 기록 외에 또 한 가지, 화자의 성품, 지역, 조상 등 즉 그것이 전승된 것임을 반영하는 증거들이다. 필자가 말하는 '포클로어 문서'라는 용어는 오해를 살지도 모르겠다. 수집가는 활자화된 언어를 본능적으로 불신하기 때문이다. 이 점에 대해서는 나도 같은 생각이다. 왜냐하면 믿을 만한 증거signature가 없는 이른바 많은 문서들은 민간전승을 정의하려는 어떤 시도에서도 늘 위험하기 때문이다. 그렇기 때문에 현대의 아주 유능한 수집가들은 역사학자나 비교학자의 역할도 겸하게 된다.

현지조사를 하는 사람은, "현장에서 '무엇이든 수집'하여 집에 돌아와서 취사 선택을 하라."라고 하는 일반 원칙은 초심자에게 유용하다. 곧 진정한 전승 발라드와 함께, 벌 아이브스Burl Ives나 시거P. Seeger를 흉내낸 것 같은 노래라도 가수의 레퍼토리를 나타내는 증거 자료로 기록해 두고, 뒤에 비판적인 규범을 수립하는 것이 좋을 것이다. 그러나 현지조사의 경험을 한 사람에게 이 원칙은 나이브하고 쓸데없는 시간 낭비가 된다. 유능한 수집가는 반드시 현지조사와 가설의 상호 작용을 고려하여 작업을 하기 때문이다. 곧 현지조사의 현장은 가설의 진위를 테스트하는 장소인 것이다. 칼 보글린Carl Voeglin은 그의 음소 연구에서 이 점을 우리에게 알려 주었는데, 그는 불균형은 보다 깊이 연구할 필요가 있음을 알려주는 실마리라고 하였다. 마리안 스미스Marian Smith도 인류학의 분야에서 이 점을 지적하고 있다.36) 수집하는 것 자체가 어떤 종류의 제한을 초

---

36) "보아스의 현장 연구 방법에 대한 '자연사'적 접근", Walter Goldschmidt 편, *The Anthropology of Franz Boas*(미국인류학회 기념총서 89, 1959), p. 51, p. 54, p. 56. "모든 것을 수집하라."는 원칙은 보아스에 의해 어겨졌는데, 그는 19세기의 고상한 체

래하는 경우도 있다. 예컨대 음설담적인 것을 취급할 때는 주의하지 않으면 안 된다. 현지조사를 하는 사람이 고상한 체prydery하기 때문이 아니라 제보자 측에서 고상한 체하기 때문이다. 제보자와 인터뷰를 하는 데 있어 항용 있기 쉬운 딱딱해지기 쉬운 분위기를 떨쳐 버리기 위해서, 킨제이박사 같은 사람이 필요하다. 또 반대로 어떤 종류의 심한 이야기off-color story를 해주기를 부탁하지 않으면, 기록에 갭이 생길지도 알 수 없다.[37] 더구나 훌륭한 재치infinitive tact가 없으면 바로 수집 행위 자체가 모체를 상해 버릴지도 알 수 없다. 민간설화는 여가와 관계가 있기 때문에 이야기하는 데에도 여가가 필요한 것이고, 만약 제보자의 이야기에 방해를 하면 이야기 자체가 왜곡될까도 알 수 없기 때문이다. 다분히 그런 까닭으로 최량의 제보자는 노인들인 것이다. 그것은 포클로어가 소멸하고 있는 현상 때문이 아니라 노인만이 지속적으로 이방인에게 만족할 만큼 응대해 주기 때문이다.

우리들이 연구 방법에 기초한 접근으로부터 습속, 신앙, 전통공예를 제외했던 것은 이들의 모체를 배척하기 때문은 아니다. 민속문학 내지 민속예능을 연구하는 사람은 자신의 주전공 분야에 비해 2차적인 것이라고 하지만 민속지적 배경을 잘 알고 있지 않으면 안 된다. 주로 민요나 민간설화에 관심을 가지고 있는 수집가에 대해서도 습속이나 신앙은 간과할 수 없는 고마운 자료가 되는 경우가 많다. 우리는 인류학자야말로 문화적 패턴이나 현지조사를 잘 알고 있는 데다 실제로 커다란 문맥folklore 중에서 민속문학만을 떼어낼 수 있다는 점을 이해하도록 노력해야 한다. 그들은 문화적 배경 전체에 관심이 있다고 해도 '민속예능verval art' — 이것은 분석과 간행에 있어 보통이 아닌 기술을 필요로 하는 것인데 — 을 특히 구

하는 말투를 썼다. Helen Codere의 "Kwakiutl의 이해", 앞의 글, p. 69를 보라. 아마도 우리는 이 원칙을 "모든 것을 수집하되 비판적이어야 한다."고 수정해야만 할 것이다(Wilgus, 앞의 글, pp. 154~155를 보라).

37) Utley, "스웨덴의 노아 방주 이야기들", *Humaniora*, p. 269.

별해 연구하는 편이 유리하다는 점을 알고 있기 때문이다. 예컨대, 멜빌 허스코비츠Melville Herskovits와 프란시즈 허스코비츠Frances Herskovits의 공저인 『다호메의 이야기』[38]는 모범적인 민간설화 연구서이지만, 이 책은 멜빌 허스코비츠의 저서 『다호메 ― 서아프리카의 고대왕국』[39]이라고 하는 문화 전반을 논한 계몽적인 저작을 기반으로 쓰인 것이다.

　영국 및 아메리카의 민간전승 학자의 최대 결점은 미신 몇 개라든가 속담 한 줌이라든가 민간설화를 하나, 혹은 멜로디가 결여된 단 1편의 발라드 같은 단편적인 지식을 수집해 오는 경향이 있다는 것이다. 이것은 영국의 지방 교구 목사적인 방법의 영향으로부터 아직 벗어나지 못했기 때문인데, 방법론은 그만 두고 우선 당장은 '소멸 직전의 잔존물들'은 기록해야 한다는 확신에서 생긴 것이다. 실제로 켄터키 주나 뉴욕 주 북부에서 필요하다고 여겨지는 것은, 그것이 지배적인 문화와 중복되고 있는 것처럼 보이는 경우까지도, 민속 문화 전반을 재현하여 보여주는 현지조사의 기술을 지닌 인류학자인 것이다. 그러나 이러한 일은 너무나도 방대한 것이므로 인류학자도 분업을 즐겨하게 되었다. 아메리카 태생의 백인 또는 흑인의 전승을 수집하는 학자는 마야의 촌락이나 힌두 마을에서 패턴을 연구한 학자들로부터 많은 것을 배울 수 있다. 그러나 계통적이고도 학식 있는 방법으로 민속예능을 다른 문화로부터 구별하지 않는다면, 농민 문화에 있어서 '공동사회의 전체적 연구'를 뜻했던 레드필드Redfield 같은 인류학자의 방법을 배우는 것이 좋다.[40]

---

38) *Evanston*, Ill. : Northwestern University Press, 1958.

39) New York, 1938. *Dahomean Narrative*, p. 8을 보라.

40) *Peasant Society and Culture*, p. 15. 레드필드의 민중 및 민속학에 대한 다양한 정의는, 본질적으로 이 용어를 문자 이전의 종족 집단과 농민에 제한하고, 남부지방의 흑인이나 미합중국의 경우를 제외하고는 다량의 민간전승의 존재를 부인하는 것인데, 이에 대하여는 연대순으로 된 다음과 같은 다양한 그의 논저들을 보시오. *The Tepoztlan*(1930), pp. 1~10 ; *The Folk Culture of Yucatan*(Chicago : University of Chicago Press, 1941), p. 338 ; *The Primitive World and Its Transformations*(Ithaca, N.Y. : Cornell University Press, 1953), pp. xi, 40, 48 ; *The Little Community*(Uppsala

무문자시대의 문자, 하위문화 및 지배적 문화에 대해서 연구하는 데에 있어, 민속문학의 기능이 매우 다양하다는 것을 알 것이다. 지배적인 문화에 있어서는 전통이 계속되는 것이든 리바이벌되는 것이든 포클로어는 노스탤지어의 역할을 하고 있다(노스탤지어는 하나의 기능이긴 하지만). 하위문화 집단에서는 미신을 실제로 믿는 것과 민속문학 중에 미신이 보존되어 있는 것과 관계가 아주 긴밀하다. 진정한 '미개문화'는 (현대에서는 인접 지방이나 식민지를 지배해 온 사람들로부터 이문화를 수용한 것이 아닌 미개문화를 찾아내는 것이 곤란하지만), 민속문학은 이 고립된 민족적 패턴의 보다 불가결한 일부integral part일 것이다. 우리들 같은 '소외된' 현대사회에서 민속문학은 문화 중에서 시대에 뒤떨어진 것으로밖에 있을 수 없는데 비하여, 미개문화에서 그것은 현실과 필수적인 원망願望integral wish을 반영하고 있다.

민속예능 연구에서 전통공예, 신앙, 습속의 연구를 제외한다고 해서 전승의 산 과정에 관심을 기울이는 수집가가 불안하게 생각할 필요는 없다. 오히려 전체는 부분으로부터 성립하는 것이고, 각 부분은 독자적으로 다룰 필요가 있다는 것을 이해하여 도전으로 받아들이지 않으면 안 된다. 민속문학 그것을 연구하는 경우에도 선택이 있을 수 있다. 그것이 어떤 문학이건 늘 전문적인 연구 장치가 필요한 때문이고, 민간설화나 발라드 채록은 대부분이 잘못된 방법으로 기록되었기 때문에 불완전한 것이다. 또 문화라고 하는 분야 전체가 학제적인 넓이를 갖는 동시에 작업 분화도 필요하기도 하고, 또 문학의 전문가는(문자로 된 것이건, 민속문학이건) 심리학, 사회학, 인류학, 역사학, 기타 분야에 혼자서 완전히 유능할 수는 없으므로, 각 분야의 전문가에게 도움을 구할 필요가 있기 때문이다. 문학의 전문가가 그러하므로 자기가 연구하는 분야를 궁극적으로 정의할 권리를 주장할 수 있는 것이다.

: Almqvist & Wiksell, 1955), pp. 1~4, 7 ; *Peasant Society and Culture*(1956), pp. 19 ~20, 26, 70, 84, 87, 91, 131.

5)

필자가 포클로어를 협의적으로 정의하는 마지막 이유, 그것은 수집가와는 크게 틀려서, 명확함이나 정확성보다는 오로지 수집에 열중하는 무리로부터 다소라도 내 자신을 지키기 위해서이다. 포클로어 학자들과 그것을 '대중화하는 사람들'이나, 필자가 낸 결론을 잘못 사용하는 문학 연구자들과의 오랜 시간에 걸친 싸움을 필자는 달가워하지 않는다. 상대가 '페이크로어fake-lore'[41]라고 험담을 말하기보다, 순수한 포클로어의 분야를 확실히 정의하고, 우리 학문의 'telos'[역자 주 : 목적]를 확립하는 편이 훨씬 의미있다고 생각한다.[42] 포클로어의 대중화에 종사하는 사람들은 상업화가 상당히 진전된 오늘날의 문명에서는 이상할 정도의 과장까지 하고 있지만, 확실히 포클로어가 그들보다 훨씬 이전부터 존재했던 것은 분명하다. 조엘 챈들러 해리스가 그랬던 것처럼 라블레도 복카치오도 포클로어를 대중화한 사람들이다.[43] 그러나 이 세 사람은 모두 훌륭한 예술

---

41) 'Fake-lore'는 도우슨Richard Dorson에 의해 만들어진 조어造語인데, 'folklore'를 주장하는 상업적인 작가들이 의식적으로 애써 만들어낸 의사 folklore들을 헐뜯어 말하기 위해 만들어낸 말이다. 도우슨은 folklore와 fake-lore를 구별하는 기본 원칙으로 fake-lore는 결코 전승된 일이 없다는 원칙을 논했다. 이 용어에 대한 논의는 도우슨 Richard M. Dorson, "Folklore and Fake-Lore", *American Mercury*, Vol. 70(March 1950), pp. 335~343을 보라.[편자 주]

42) 비평을 게을리 하는 아카데믹한 민속학자들에 대한 윌슨Edmund Wilson과 하이먼 Stanley Hyman의 비난(Wilgus, op. cit., pp. 221~224)은 문제의 본질에 선 것 같이 보이지는 않는다. 만약 우리가 순수하지 상관물이 아닌 순수 민속학에 대해 이야기한다면 비평 이전에 인증이 앞서야 할 것이다. 필자는 1960년 5월 7일에 도우슨Richard Dorson이 주재한 '미국연구에 대한 제11차 뉴베리Newberry 도서관 회의' 패널에서 민속학이 필요로 하는 이러한 목적에 대한 이러한 견해를 확장시켰다. 쟁거Jules Zanger 가 보고한 *Newberry Library Bulletin*, Vol. 5(1961), pp. 227~239를 보라.

43) Harris는 전형적인 문제를 제기한다. 아마도 미국에 있어서 *The Complete Tales of Uncle Remus*(Boston : Houghton Mifflin Company, 1955)보다 미국의 흑인 포클로어를 사실적으로 반영하는 선집은 없을 것이다. 그러나 해리스는 아마도 아메리카 인디언이나 유럽 원천에서 온 것보다는 그가 만난 흑인 제보자들에게서 들었던 이야기를 혼합한 것이겠지만, 만약 그가 필드 노트를 만든 적이 있기만 하다면, 우리들은

가이기도 하였다. 포클로어를 대중화하는 사람들에 대해서 기본적으로 중
요한 것은 학문적 성실성보다 예술가로서의 성실성인 것이다.

　그렇다고 해서 — 약간 호의적으로 말하면 — 이러한 대중화를 행한 사
람이 쓸모없다는 것은 아니다. 사용하고 있는 구전설화가 아카이브나 학
문적인 자료집 중에 그대로 존재하고 있을 경우, 그들은 그 존재에 대한
말없는 실마리를 제공해 주기 때문이다. 이런 의미에서 보트킨Bodkin의
『아메리카 민간전승의 寶庫 *A Treasury of American Folklore*』까지도 쓸모가
있는 것이다. 그러므로 대중적인 포클로어 선집을 어떤 것이라도 추방하
려는 것은 아니고, 그 문헌을 주의 깊게 테스트해 보는 것이다. 복카치오
나 그림의 것에 대해서까지 그렇게 해 보아야 할 것이다. 물론 매우 훌륭
한 수집도 있지만 높이 평가를 받고 있는 선집을 취급할 때에도 하나하
나 이야기를 완전히 조사해 볼 필요가 있다.44) 한마디로 재화라 하더라도
패트릭 스펜스 경Sir Patrick Spens의 자료에 손을 댔던 퍼시Percy45) 및 화형
(AT) 136146)에 모티프, 구성, 위트, 성격 등을 풍부히 해서 위대한 희극

　그것들을 찾는 데 어떤 노력이라도 감수할 것이다. 우리는 그의 선집을 문학으로 다
루어야 하고, 각각의 이야기는 Dorson이나 그 밖의 최근 흑인 설화 연구자들의 것과
비교함으로써만이 내용을 믿을 수 있을 것이다. 꼭 필요한 것은 모든 아메리카 흑인
설화의 타입과 모티프 인덱스인데, 이들이 전체는 아니지만 어느 정도 해리스의 자
료들에 대한 문제를 해결해 줄 것이다.

44) 우리는 전적으로 진짜 구전 자료를 기초로 했건, 구전과 기록 자료를 엄격히 분리했
든, 더 좋은 자료 선집을 필요로 한다. 아메리카의 설화에 대한 믿을 만한 대표적
선집은 그것이 인디언의 것이건 아니건 인쇄된 것은 없다. Vance Randolph의 우수
한 Ozark 선집만이 '기록문학'과의 교섭을 가졌을 뿐이나, 그것도 하나의 지역에 국
한되었을 뿐이며, 때문에 내용상으로만 대표할 뿐이고 지역적 규모에 있어서는 그
렇지 못한 것이다. 톰슨의 『북미 인디언 설화』는 절판되었다.

45) 매우 초기 민간전승연구가들 중의 고쳐쓰기의 문제는 Serbian Vuk Karadžić처럼
Maja Bošković-Stulli의 "O Narodnoj prici I njezina autentičnom izrazu", *Slovenski
etnograf*, Vol. 12(1959), pp. 107~120에 의해 다루어졌다.

46) 설화 유형 1361 <홍수>는 어떤 사제가 한 사람에게 다가오는 홍수를 피할 수 있도
록 매어달린 튜브속에 들어가 잠을 자도록 설득하는 이야기인데, 이것은 초서의 외
설적인 고전 <밀러 이야기>의 기초가 된다. 보고된 구전본은 덴마크, 네덜란드, 독
일, 아일랜드, 리보니아, 리투아니아, 세르보-크로티아, 러시아, 터키, 스페인계 미국
및 서인도제도의 흑인 이본을 포함한다. 초서의 문학적 이본과 민간설화와의 관계

조의 이야기를 만들어낸 초서와, <붉은 두건>의 최근 제보자가 '이리'가 할머니를 먹어치우거나 손녀가 이리에게서 도망하려 해서 생리적 욕구[역자 주 : 용변이 마렵다고]를 구실로 사용한다고 하는 것 같은 황당한 세부 사항을 없애는 것과 대단한 차이가 있다.47) 이것도 또 심미감의 문제인 것이다. 포클로어 학자는 민속문학과 거기에서 파생한 여러 작품을 평가하는 데에는 제일 유리한 입장에 있다. 그리고 포클로어를 제일 올바르게 알고 있거나 혹은 제일 잘 알고 있어야 하므로 그 재단을 내릴 특별한 근거를 가지고 있다. 민요나 민간설화의 연구라는 것은 단 하나 문헌 노트를 모으거나 화형이나 모티프에 따라 분류하거나, 차일드의 번호48)를 붙이거나 하는 것은 아니다. 그것은 비판하는 것이고 기원에도 주의를 기울이지만, 거기에서 멈추지 않고 본문의 정확성이나 가장 광범위한 지적, 문화적 의미에서의 역사에 대한 센스, 인류학적 패턴이나 비교에 대한 센스도 필요한 것이다. 포클로어 학자는 원문비평적, 역사적, 형태적 비평가가 되지 않으면 안 된다. 이 같은 역할을 하고 있기 때문에 문학평론가연한 포부도 가질 수 있다.

우리가 우리의 일을 확실히 해 놓는다면, 포클로어를 가지고 장사를 하

에 대한 연구는 William F. Bryan과 Germaine Dempster가 공편한 "초서의 켄터베리 이야기의 원천과 유화들"(Chicago, 1941), pp. 106~123에 있는 Stith Thompson의 "The Miller's Tale"을 보라.[편집자 주]

47) 유형 333, 「대식가」. Paul Delarue, *The Borzoi Book of French Folklores*(New York : Alfred A. Knopf, Inc., 1956), pp. 230~232.

48) 차일드의 번호는 Francis James Child에 의해 수집된 발라드 표준선집 *The English and Scottish Popular Ballads*, 전 5책(Boston, 1882~1898)을 나타낸다. 이 책의 완결본에는 305개의 발라드가 있으며, 발라드 연구가들은 차일드의 선집에 있는 숫자로 각 발라드들의 이본을 나타내고 있다. 그러므로 <Barbara Allen>은 차일드의 84번이 될 것이다. 이러한 참고 양식은 1910년에 설화 유형 인덱스가 출현하기 이전에 민간설화 학자들에 의해 채용되었던 것과 유사한데, 그때 학자들은 그림선집의 번호, 즉 그림선집에 있는 그 설화들의 번호로 민간설화를 나타냈다. 여기에서 유틀리가 말하고 있는 것은 민간설화나 발라드를 연구하는 것은 단지 적당한 설화유형번호나 차일드 숫자를 부여하는 것이 아니라는 것이다. 식별만이 제1단계는 아니다. 분석과 해석 역시 필요하다.[편집자 주]

려는 사람들이 자기들의 대중 상대의 영역을 침범하는 것을 두려워하여 우리를 학자연하고 있다고 비난하는 일 등은 신경 쓸 것도 없다. 어둠 속에서 치받는 무지몽매한 무리와 마주쳤을 때 던져진 말들에 신경을 쓸 필요도 없다. 일 자체가 우리들의 보수인 것이고 철학자, 학자, 참된 예술가에 대해서는 더욱 그러했던 것이다. 그들과의 의견의 차이가 변증법적으로 쌍방에 대해서 유익할까도 알 수 없으므로, 관련 분야에 성실한 연구자들에게 주의를 하지 않으면 안 된다. 적과는 입씨름을 해도 아무런 득이 되지 않는다. 득이 있을 경우는 친구의 경우뿐이다. 친구끼리가 아니라면 대화가 성립하지 않고, 따라서 의견의 차이가 의미를 가진 것은 아닌 것이다. 잊어 버렸던 기억을 되살려서 대중이 우리들의 제재에 열성적이라는 것은 환영할 만한 일이지만, 그것에 미혹하여 함부로 영역을 넓혀 모든 문헌을 마치 등가로 취급해 버리는 팽창주의자들에 대해, 우리를 유혹하는 사탄처럼 용납해서는 안 된다. 그것은 대중적인 회고 취미나 터부나 편견에까지 작용하는 것이고, 때와 경우에 따라서는 폴 번연Paul Bunyan의 이야기를 받아들이거나 거부하는 것과 관계되기 때문이다. 이러한 유혹에 지고 말면 우리가 구하고 있는 진리 자체를 이해할 수 없게 되어 버린다. 모든 것을 포클로어라고 부르면 연구나 활동의 장을 잃어 버리기 때문이다. 우리들이 전력을 다해 구하여 온 결과로서 얻은 진실을 이야기하고 있는 한 모두가 경청해야 할 것이다. 즉 재단이나 출판사나, 우리의 연구 성과를 필요로 하고 있는 대중 취향의 개변자들, 그리고 구전문학의 성실한 탐구를 계속하기 위해 우리들이 현재 훈련을 시키고 있는 학도들 모두 말이다.

● 참조 원고

F. L. Utley, "Folk Literature : An Operatinal Definition", Alan Dundes, ed., *The Study of Folklore*. pp. 7~24 / JAF 74 (1961) : 193~206.

2. 민속문학

데이빗 부챈David Buchan

　문화사적 관점으로부터 문학의 종류에는 세 가지가 있다. 즉 상층문화의 문학과 대중문화의 문학과 민간 문화의 문학이 있다. 이들이 상충되기는 하더라도 각각의 전승 수단이나 때로는 창작의 차이, 전승 자료의 성질에 의하여, 그리고 중복되기는 하지만 청중의 차이에 의하여 대체로 구별될 수 있다.

　대중문화는 다른 곳에서 화제를 끌어오나, 이들 대부분은 단지 '문학'으로 나타나는 상층문학을 다룬다. 하나의 문학 종류에 대해 부적당하게 '문학'이란 용어를 통례적으로 사칭함은 어떤 불행한 결과를 초래하였다. 예컨대, 수 세기에 걸쳐 문자 구사 능력이 일반화하기까지 주민의 90~95%가 보유한 문학은 민속문학이었다는 실정을 간과하였다. 또한 이것은 민속문학에 대하여 부적당한 비평적 가정과 방법을 적용하게 하였으며, '문학'이 아닌 것은 틀림없이 심각함과 예술적 세련미가 부족할 것이라는 암묵적인 전제를 갖게 하였다. 이러한 '민간' 문학과 '고급' 문학이란 용어는 그 본연의 함축적 의미 때문에 결점이 없는 것은 아니지만, 널리 인정된 독일어 어법 '민속문학Volksliteratur'과 '상층문학Hochliteratur'(Lüthi, 1970)에 상응한다.

　'문학' 연구가들에 의한 민속문학에 대한 관념은, 단순성, 토속성, 소란스러운 농민에 대한 기대를 기초로 하여, 대체로 인상적이며 아량을 베푸는 정도였거나, 루미스Loomis가 '농부, 거위치기 소녀, 대장장이, 산파産婆, 시골뜨기 들의 공상'(1958, p. 2)이라 평한 것처럼 멸시적인 것이었다. 그러면 우리는 어떻게 민속문학을 명확히 정의할 것인가? 민간 문화란 주로 구어 및 관행에 의해 유지되고 전승된 영역이요, 니콜라이센Nicolaisen(1980, p. 139)이 적절히 사용한 용어를 빌린다면 '문화 목록'이다. 따라서 민속문학, 즉 민간 문화의 문학이란 주로 구어에 의하여, 다시 말하면 필사나 인쇄에 의하기보다 구두 수단에 의하여 주로 유지되고 전승된 문학이라는 이야기가 된다. 이것이 물론 민속문학이 필사나 인쇄로는 결코 이행되지 않는다고 주장하는 것은 아니다. 당연히 민속문학은 필사나 인쇄로 이행되기는 하지만, 그렇다고 하여 민속문학으로서의 그 상황이 감해지지는 않는다. 민속문학은 갑자기 상층문학으로 탈바꿈하지는 않는다. 왜냐하면 그 원 자료는 여전히 구비전승의 과정에 의하여 전승되기 때문이다.

1) 매체

민속문학에는 고유한 매체, 장르, 관습, 미학 들이 있고, 따라서 특유의 비평적 방법론도 있다. 민속문학의 매체는 전승이다. 전적으로 그러한 것은 아니지만, 상층문학이 주로 시각 매체 ― 인쇄에 의존하는 데에 비해 민속문학은 주로 청각 매체에 의존한다. 상층문학이 주로 문자언어에 의존함에 비해 민속문학은 주로 구두 언어에 의존한다. 청각 매체 곧 전승은 구연이나 전승 수단의 통로 역할을 한다. 그것은 또한 구연과 전승의 역학에서 생기는 과정의 모체를 이룬다. 따라서 민속문학의 매체로서의 전승은 간단하게 구어를 통한 전승이 핵심을 이루는 일련의 과정이라고 정의할 수 있다. 연대기적인 면에서 전승은 두 단계를 가지는데, 그것을 우리는 문자 이전 단계와 문자 이후 단계 혹은 산업화 이전 단계와 산업화 이후 단계라고 부를 수 있을 것이다. 첫 번째 단계 즉 산업혁명 이전의 무문자층이 주류를 이루었을 때에는 구두어 전승이 읽고 쓸 줄을 모르는 모든 사람들의 생활 속으로 파고들었다. 그것은 상당히 포괄적인 의미에 있어서 그들에게 '교훈과 쾌락'을 주는 원천이었다. 두 번째 단계 즉 산업혁명 이후 문자가 매우 보편화한 단계에서는 구두어 전승은 그 기능의 상당 부분을 인쇄나 기록 및 '공공의' 교육에 의하여 빼앗기었다. 그러나 그것은 축소된 범위 내이기는 하지만 옛 자료를 보유하고, 새 자료를 만들어 내기도 하며, 더욱 더 비공식 문화의 전달자로 되는 등 적응을 계속하였다. 그 전의 고물古物연구가들은 민간전승의 증거로서 무문자 단계의 유물들을 전적으로 조사하는 경향이 있었으나, 오늘날의 민속문학 연구가들은 역사적인 것이나 현대적인 것 모두를 고려하여, 그들의 직무로서 양 단계 모두를 취한다. 그래서 민속문학은 문자 이전이나 문자 이후의 문학적·언어적 작품들로 구성된다.

널리 보급된 교육의 결과로 19세기에는 전승이 상당한 본질적인 변모를 겪게 되고, 이러한 과정의 주요한 특징은 전승 자료 및 그 실행이 성인으로부터 아동 층으로 퇴화하였다는 점이다. 예컨대 민속극의 관행은 성인으로부터 젊은이나 아동으로 이행되었고, 한때 성인 집단의 담화에 특색과 성격을 부여했던 전승적인 운문 어구들은 유사한 변천을 겪은 끝에 동요nusery rhymes로 알려지게 되었다. 설화 장르 중 가장 복잡한 이야기인 신이담Zaubermärchen or wonder tales은 동화nusery tales로 추방되었거나, 전승을 벗어나 아동용의 요정담fairy tales으로 꾸며지거나 개작되었다. 이러한 사실들은 많은 전승 자료들이 절대적인 의미에 있어서 아동용의 것이라는 아직도 드물지 않은 견해이거나, 또는 19세기에 성인에게서 젊은 세대로 퇴화되었던 것을 무시하는 오해로 이끌게 하였다. 이런 예에서 역사적 퍼스펙티브의 의의는 전승을 산업화 이전과 산업화 이후의 두 단계로부터 바라보는 것이 유용함을 강조해 준다. 산업화 이전의 무문자 문화의 구비전승은 산업화 이후의 문자 문화의 언어 전승과는 다른 기능을 수행한다. 후자의 경우는 경쟁적인 매체와 새로운 전승 통로가 형체를 나타낼 때이며, 민간문화는 더욱 광범위하게 대중문화와 상층문화에 영향을 미쳤다. 그러나 시기야 어떻든 전승은 문화적 기제mechanism로 남아 있어 사회와 문화의 변모에 따라 보유되고 버려지고 고수하고 개혁되어 지속적인 진화 상태로 존재한다.

2) 장르

민속문학의 주요 장르는 꽤 국제적으로 유통되고 있다. 일반적으로 민요, 민담, 속담은 모든 문화에서 어떤 형태로든 존재한다. 좀더 하위 차원으로는 어떤 표현 형식들은 범세계적으로 발생한다. 예컨대 멜헨Märchen 혹은 신이담wonder tale은 실로 중국에서 페루까지 번성하였다. 하위 장르의 변화 역시 진행되어 어떤 문화의 명백한 하위 장르의 종류도 다양화되었을 것이다. 그리하여 요크셔나 랭커셔 같은 이웃한 문화 지역에서는 약간, 스칸디나비아 반도나 발칸 지방과 같은 지역에서는 좀 더 명확하게, 유럽과 아프리카 같은 대륙 간에 상당한 변모를 보일 것이다. 다음 논의는 브리티시 제도의 대체적인 하위 장르들을 중심으로 한 것인데, 그들은 켈트 어 지역을 제외한 서유럽의 장르들을 대표하고 있기 때문이다.

민속문학은 민간설화, 민간시 및 민요, 민속어구, 민속극의 네 개의 커다란 하위 영역으로 나뉜다. 이들 중 첫째 것 즉 민간설화는 다시 허구적 장르와 비허구적 장르로 세분되고, 전자(민담)는 다시 아르네Antti Aarne와 톰슨Stith Thompson이 쓴 기본 연구서인 『설화유형 색인집*The Types of the Folktale*』(1961)에 따라 대체로 분류된다. 이 책에서는 통상적인 하위 범주에 전 세계적으로 알려진, 그러나 아프리카 같은 지역보다는 유럽을 중심으로 한 이야기 유형을 배열하고 있다. 따라서 어떤 특정 설화 각편에 대해 논급하려는 연구자는 우선 그것을, 가령 AT 303 <쌍둥이 형제*The Twins or Blood-Brother*>와 같은 설화 유형에 배정시킨다. 이 책은 원래 아르네에 의하여 『민담유형목록*Verzeichnis der Märchentypen*』이란 이름으로 1910년에 간행된 것을, 스티스 톰슨이 1928년에 번역 수정하였고, 1961년에는 이를 또다시 개정하여 간행한 것으로서, 이것은 후일 『영국과 북미 민담의 유형·모티프 인덱스*Type and Motif Index of the Folktales of England and North America*』(Baughman, 1966)와 『아일랜드 민담의 유형*The Types of the Irish Folktale*』(O Suilleabhain과 Christiansen, 1963)과 같은 지역적인 유형 색인집에 의하여 보충되었다. 아르네와 톰슨은 각 유형마다 기준 스토리의 개요, 기본적인 변이형, 인쇄물이나 자료 보관소에 있는 각편들의 일람 및 그 유형을 포함하고 있는 문헌들의 서지들을 제공해 주고 있다.

가장 복합적인 장르 유형 즉 신이담wonder tale은 AT 300~749의 부분에 포함되어 있는데, 이것은 다양한 이칭(magic tale, 혹은 오해되기 쉬운 folk-tale, 요정이 실제 나타나는 경우가 드물기 때문에 부적합한 용어인 fairy-tale)으로서도 알려지고 있다. 이 장르는 그림 형제의 세련된 텍스트 및 이들을 번역하여 더욱 세련되게 한 텍스트들에 의하여 19세기 독서 대중들에게 널리 보급되었다. 이 장르에 속하는 표준 유형을 보면 어떤 젊은이가, 남성이건 여성이건, 그들이 태어난 곳을 떠나 신비한 인물이나 이상한 존재들이 살고 있는 공상적인 이야기의 장소에서 갖가지 시험이나 과업을 맞게 되고, 모든 역경을 성공적으로 극복한 끝에 부와 결혼(왕국의 반과 공주 혹은 왕자)을 성취하여 성인의 지위를 갖게 된다. 이 장르는 주로 개인의 성숙화 과정과 관계되어, 그 기준적인 이야기 유형은 일종의 통과의례를 이야기로 재현한다. 특히 시험이나 시련을 겪는 남녀 영웅이나 다른 인물들의 행동 묘사를 통하여 전승적인 설화 구연자는 칭찬할 만하거나 그렇지 못한 사회적 행동을 예시해 주고, 삶의 기복이 많은 면에 대한 의식, 더 구체적으로 말하면 화자 및 청자가 속해 있는 집단의 가치 의식을 이야기한다.

　다른 민담 장르 중에는 사실담, 종교담, 동물담, 형식담Thompson(1946)이 있다. 신이스러운 요소가 전연 없는 것은 아니지만, 노벨라Novella 혹은 사실담은 사회적으로 한정된 환경 내에 존재하며, 그 이야기 유형은 주로 현명함, 속임수, 예리한 정신 작용과 연관된다. 종교담(이 용어는 더 이상의 설명을 요하지 않지만)은 흔히 종교적 전설과 혼동된다. 동물담이 도덕적 목적으로 이야기되면 우화로 된다. 형식담은 보통 단 하나의 아이디어나 상황을 포함하는데, 누적담cumulative tale이나 무한담endless tale, 연쇄담catch tale과 같은 변형들에서는 이것이 반복적으로 발전한다. 또 다른 보다 큰 설화의 종류인 소담jocular tale 중에는 쉬방크Schwank 혹은 재담merry tale, 익살담joke, 허풍담tall tale을 포함한다. 이 중 쉬방크 — 자주 쓰이는 이 독일 용어는 수십 연간 독일어가 설화와 대부분의 민속문학 연구어로서 지배적인 위치에 있었음을 반영해 준다 — 는 비교적 장편이며 때로는 복잡하고 우스꽝스러운 내용을 지닌 이야기인데, 그 웃음은 주인공의 행동이나 전형적인 인물을 문화적으로 전용하는 데에서 생겨난다. 익살담은 압축된 형식과 깜짝 놀라게 하는 어구에 의존함이 그 특징인데, 이런 형식은 전승적으로, 그리고 점층적으로 나타나는 전형적인 태도로부터 웃음이 생겨나게 된다. 만약 간결함이 익살담의 특징이라고 한다면 시치미를 떼고 이야기하는 것과 과장은 허풍담의 특징이라 할 수 있다.

　민담이 허구적임에 비하여, 전설은 표면상으로는 비허구적인 특징을 지니고 있다(Christiansen, 1958 ; Hand, 1971). 전설은 편의상 비허구적인 것으로 설화되는 산문 이야기로 정의된다. 혹은 그것이 매우 오랜 형성체라는 생각을 수정하기 위하여, 전설은 어느 때인가 실제로 일어난 것으로 믿어지는 이례적인 사건에 대한 설명임을 꾀한다. 그러나 오늘날 우리는 한때 학자들이 전설을 사실담이라고 했던 것처럼 그렇게만 말할 수는 없다. 왜냐하면 전설은 화자가 그것을 반복 구연할 강제성을 느끼기는 하더라도, 부분적으로만 믿거나 혹은 불신('글쎄, 어쨌든 그것은 나이 많은 사람들이 그렇게 말했다'는 식으로)의 테두리 안에서 설화될 수 있기 때문이다. 순수한 전설은 다소 중복되기는 하나 대체로 설명 전설, 종교 전설, 초자연 전설, 역사 전설, 인물 전설, 장소 전설의 여섯 범주로 나눌 수 있다. 현대 전설은 현 사회에서 유통되고 전승적인 변이형을 보여 주는 사실담이다. 한때 초자연적 경험을 1인칭 시점으로 설명하는 것이라 정의되었던 'memorat' 혹은 원元전설proto legend은 오늘날에는 개인 경험담의 범주로 간주되고, 이 하위 영역에 대한 진지한 연구는 최근에 이르러서야 이루어졌다. 사실상 연구는 아직도 현재 전승되고 있는 이야기 형식, 즉 집단의 무용담武勇談(Saga)과 같은 형식에 대해 서술되고 있는 형편이다.

좀 더 시야를 넓혀 보면, 민간시와 민요의 하위 부문에는 고대 바빌로니아로부터 현대 아프리카에 걸쳐서 기록된 구비 서사시를 포함한다. 시야를 좁혀 영국을 보면, 담요譚謠(ballad)와 민요가 실제로 기본 장르를 이루고 있는데, 이론적으로는 민요가 담요를 포괄하며, 담요에 대한 기본적인 간결한 정의는 '이야기를 말하는 민요'이다. 담요에도 고전 담요, 16~17세기에 유행했던 담요broadside ballad, 지역적(혹은 현대적) 담요의 세 가지가 있다. 첫 번째 즉 고전 담요는 유럽 및 유럽에서 파생된 문화 지역에 광포되어 있는데, 이것은 제롤드Gerould가 이끌어낸 국제적 특징을 기반으로 하고 있다. 그의 정의 서술에 의하면 고전 담요는 '위급한 상황에 역점을 두고 이야기하되, 행동이 사건과 대화 가운데 저절로 풀리어 가도록 이야기하며, 그것에 대해 주관적 논평을 포함하거나 개인적 취향을 강요하지 않고 객관적으로 이야기하는 민요'이다(1932, p. 11). 담요는 '문학'의 교과 과목에 정식으로 나타나는 민속문학 장르 중 유일한 것으로서, 그것의 기원은 문화적 연구사에 대하여 흥미 있는 간접 설명을 줄지도 모르는 희귀한 상태를 지니고 있다. 이 장르는 주요 하위 장르로서 낭만적이고도 비극적 담요, 초자연적 담요, 역사적 담요를 포함하고, 부차적인 하위 장르로서는 희극적 담요, 종교적 담요, 지혜 겨루기 담요, 음유시인의 담요를 포함한다. 하버드 대학의 영문학교수인 차일드Francis James

Child는 최초로 당시까지 영국에 알려진 담요의 모든 각편(305편)을 모아 19세기의 기념비적 연구서 중의 하나인 『잉글란드와 스코틀란드의 민중 담요*The English and Scottish Popular Ballads*』(1882~1898)를 내었다. 버클리 대학의 브론슨Bertland Bronson 교수는 텍스트와 곡조의 불가분설을 확립한 후, 『아동 담요의 전승 곡조*The Traditional Tunes of the Child Ballads*』(1959~1972)란 저서로써 차일드의 저작을 증보하였다. 담요 유형의 각편들은 연대적으로는 1450년경의 필사본으로부터 오늘날의 테이프 레코드본에까지 이르고 있다.

전승은 사회적 변모에 따라 달라지므로, 그것은 수 세기 동안 다른 작시법과 재생법을 사용하여 왔다. 따라서 전승은 이야기의 종류에서나 이야기를 허용하는 방법에서 갖가지 이야기 형식의 노래들을 전해 왔다. 고전 담요가 그 기원 및 문체적 특징이 산업화 이전 전승 시대에 보편적이었던 무문자성에 힘입고 있음에 비해, 16~17세기의 담요는 새로이 문자로 거래하게 된 시장을 갖춘 도시화 사회의 대중문화에서부터 시작되었다. 고전 담요는 전통적인 구전 방식에 의해 만들어지거나 재창작된 이야기체 노래임에 비해, 16~17세기의 담요는 명백히 상업적인 사업가들에 의해 전승 가수들을 위해 준문자 형식으로 만들어지거나 개정된 이야기체의 노래이다. 또한 지방적 혹은 현대적 담요는 주로 19세기 내지 20세기에 나타난 것으로, 대체로 전승권 내의 가수들에 의해 준문자적 양식으로 만들어진 비상업용 이야기체의 노래이다(Buchan, 1972). 『북미의 영국계 전승 담요*The British Traditional Ballad in North America*』(Coffin, 1977) ; 영국의 16~17세기 담요로부터 전래된 『미국의 담요*American Balladry from British Broadsides*』(Laws, 1957) ; 『미국의 토착적인 담요*Native American Balladry*』(Laws, 1964) 같은 설명적인 담요 유형 목록들에는 북미 지역에 있어서의 세 종류의 담요 유형들을 완벽하고 다루어지고 있다.

민요로 명명된 영역에는 또한 상이한 시대에 전승 속으로 받아들여진 다른 종류의 노래들을 포함한다. 세실 샤프Cecil Sharp와 같은 수집가들에게는 민요가 전적으로 보다 오래된 전승적 노래들을 의미하였음에 비해, 현대의 학자들은 뮤직홀처럼 비전승적 원천에서 벗어난 다양한 종류까지도 포함한 후대의 전승적인 노래들까지도 포함시킨다. 특정 텍스트가 민요인지를 판별하기 위한 현저한 기준은 노래 유형의 원천이 아니라, 그 노래의 각편이 전승적 전달 과정을 밟아 왔는가에 달려 있다. 왜 다양한 원천에서 생겨난 특정한 노래들이 가수의 레퍼토리 속으로 들어오게 되었는가를, 그 문화적 기능을 연구하기 위해 조사해 보는 것은 학자들이 할 일이다. 초기의 전승이 그 주요 하위 부문에 서정요, 해학적 서정요, 희극요, 노동요, 의식요를 포함함에 비해, 후기의 전승에는 16~17세기의 노래, 감상적인 노래, 직업요 들을 포함한다.

거의 모든 언어가, 그것이 관습적으로 말해진다는 점에서 전승적인 것으로 생각되겠지만, 민속어구folksay의 하위 부문에 대해서 우리는 전승적으로 통용되고 있는 어떤 언어의 결정화를 인습적으로 구별해 내는데, 그것은 대체로 쉽사리 분간할 수 있는 속담 및 그것에 연관된 형식, 노랫말rhymes, 수수께끼 같은 장르들로 나뉜다. 아처 테일러Archer Taylor는 전자의 형식에 대하여 다음과 같은 정의를 내렸다. 즉 속담은 '전승적으로 유통되는 간결하고도 교훈적인 진술'이고 ; 속담적인 어구는 '인칭, 수 및 시제에 변화의 여지가 있으며' ; 속담적인 비유는 '고정적인 전승 형식을 갖고 있으나 도덕적 충고는 포함하고 있지 않다.' 또한 '인용된 속담'인 'wellerism'은 '익살스런 효과를 자아내기를 도모한다.' 관용 어구들은 '특별한 상황에서 관용적으로 사용되거나, 혹은 …… 어떤 관념을 표현하는데 전승적인 방법으로 받아들여진' 어법이다(1972, p. 902, p. 905). 전승적인 성인 사회의 노랫말에 대하여는 그들의 유행에 값하는 주의가 기울여진 적이 없으나, 스코틀랜드의 자료에 대한 연구 결과, 그 한 그룹은 문화를 전달한다는 기본적인 기능은 잘 수행하는 데에 비하여, 또 다른 그룹은 다양한 상황 속에서 사회적 기능역에 이바지하며 그 하위 장르도 28종이나 됨이 밝혀졌다(Buchan, 1984, pp. 192~202). 수수께끼 형식

(Taylor, 1951)에 대하여는 다른 여러 문학 형식의 경우처럼, 아리스토텔레스가 최초의 비평가로서 정의를 내어놓았는데, 이것은 다른 많은 그의 정의들이 그러했던 것처럼, 이후로는 그다지 일반적인 용인을 받지 못하였다. 그러나 수수께끼를 고찰하는 꽤 편리한 방법은, 그것을 상관적인 과정 속에서 풀어야 하는 대상물referent을 표현하는, 종종 은유적이고도 모순되는 요소를 지닌 언술로 보는 것이다. 각개의 수수께끼들은 흔히 은유적인 힘과 암시를 지녀, 그것은 흔히 앵글로 색슨 문학의 편찬자들에게 일치된 상태를 낳게 하고 작은 시편들을 만들어 내게 하였다. 수수께끼의 실연은 전승사회에서의 지적 자극제가 되었음과 아울러 저녁 한때의 오락의 수단이 되었다.

　마지막의 하위 장르인 민속극에는 영웅 전투극, 검무극, 구애극의 세 가지 주요 장르가 포함된다. 검무극과 구애극은 각각 영국의 동부 미들랜드와 북동 잉글랜드에 국한되나, 영웅 전투극은 브리티시 제도의 광범한 지역에 걸쳐 있다. 이 세 가지 종류의 극 모두의 핵심 행동은 한 주인공의 죽음과 재생이다(Cawte 외, 1967).

　이상과 같은 민속문학 장르의 개관은 다만 수 세기 간의 주요 형식들에 대한 정적인 개요만을 살핀 것이다. 따라서 그것은 전승의 역동성이나 장르들의 유동성을 나타내지는 못하였다. 어떤 장르들은 뒤섞이기도 하고, 어떤 유형들은 구연자에 의해 어떤 장르로부터 다른 장르로 차용되기도 하여 다른 관습에 조화되거나 다른 기능을 지니기도 한다. 전승이 진화하고 사회적 변모에 따라 적응함에 이르러 그 하위 형태도 변화한다. 어떤 장르는 사라지거나 퇴화함에 비하여 어떤 새로운 하위 형식이 나타나기도 하고 어떤 장르들은 변모하는 시대에 대담하게 적응하여 계속되기도 한다.

3) 특징

민속문학의 특질이라는 제목 아래에 관습적 장치convention, 미학, 다양성과 개작성 같은 것들을 들 수 있다. 관습적 장치에 대하여는 여러 해 전 덴마크의 학자 악셀 올릭Olrik([1908] 1965)에 의해 처음 윤곽이 기술되었는데, 그는 당시의 유행대로 그 대부분을 '법칙'이라 표현하였으나, 이들은 단일성, 이중성, 삼중성으로 하는 것이 더 나을 것으로 생각한다. 이 중 첫 번째 것에는 주동적 인물 및 하나 혹은 그 이상의 두드러진 장면을 중심으로 하는 단선 플롯상의 집중을 포함한다. 두 번째 것에는 대립과 병립적인 방법으로써 나타내는 갖가지 방법들을 포함하는데, 그 중에는 대조의 법칙, 쌍둥이의 법칙, 한 장면에 둘의 법칙, 개폐의 법칙과 같은 것들이 있다. 세 번째 것은 민속문학의 가장 명백한 형식인 유형화로 이루어지는데, 그것은 주인공, 관념, 사건, 플롯 같은 자료들을 셋으로 배열하기 위한 보편적인 경향이다. 민속문학 텍스트의 일반적 특징에는 내적 논리, 유형화와 반복, 대체적으로 후자로부터 생겨나는 플롯의 통일성 따위를 들 수 있다. 사실상 민속문학의 주요한 미학적 특질은 인물 묘사나 행동의 제시, 차용된 언어의 성질에 충만한 양식화이다. 이와 대조적으로 문자 문화와 인쇄 문학은 고도의 미학적 가치를, 그것이 구두로 표현되든 이야기체의 사건이든 인물 묘사이든 독창성에 두고 있다. 한 편의 글이 '반복적'이란 평가를 받게 되면 그것은 혹독한 비판을 받게 될 것이다. 그러나 민속문학은 이 같은 독창성에 높은 미학적 평가 기준을 두지 않고, 대신 반복적 양식화의 이점을 오히려 택한다. 그것은 물론 그 자신의 미학적 매력과 개념적 유용성을 지닌다. 그러나 민속문학의 반복적 양식화를 강조한다는 것은 그것을 단조로운 것으로 치부하려는 것이 아니다. 왜냐하면 민속문학은 자체의 예술적 개성을 가지고 있어서, 자신의 관습의 범위 내에서 작업하는 뛰어난 구연자라면, 그 인상적인 언어

구사력이나 날카로운 인간성의 이해, 적절한 구연 양식에 대한 상상력이 풍부한 이해를 보여줄 것이기 때문이다. 요약컨대, 민속문학 작품은 그들 자체의 매체와 장르의 관습에 의해 판단되어야 하지, 다른 문화적 측정기인 부적절한 미학으로써 판단되어서는 안 된다.

다양성에는 유형 및 각편에 대한 고려를 포함한다. '각편'이란 민속문학(이야기, 노래, 속담, 연극 등)의 한 편의 특정 채록본을 의미한다. 예컨대 우리는 1915년에 타이미 보스웰Taimi Boswell로부터 기록된 <금옷, 은옷, 별옷*The Dress of Gold, of Silver, and of Stars*>(AT 510B)의 각편을 초들지도 모른다(Briggs, 1970~1971, vol. A1, pp. 416~424). 하나의 '유형'이란 이론적인 차원에서는 단일 이야기, 노래, 연극 등의 모든 각편의 총합이며, 실제 면에서는 각편들을 특징짓고 그들의 발생 관계가 동일함을 알려 주는 불변적 요소를 이루는 것이다. <금옷, 은옷, 별옷>이란 유형은 다수의 텍스트적 현실화를 이루어, 이 중 타이미 보스웰의 각편('Mossycoat')은 불변 요소와 가변 요소를 표준적인 모형으로 보여 주고 있는 유일한 것이다. 구비문학의 유형은 요컨대 다형태인 각편들로써 다양성을 이룬다. 그것은 마치 상층문학에 있어서 우리가 다른 작가에 의해 다른 언어로 창작된 무수한 수의 '웨스트민스트교Westminster Bridge'본을 갖는 것과 같다.

다양성은 민속문학의 또 다른 두드러진 특징인 개작성으로 이끌어 간다. 구연자는 그들의 각편들을 다른 사회적, 문화적 구연 상황에 알맞게, 그리고 구연자 자신의 가치에 합치되도록 개작한다. 그들은 또한 한 매체에서 다른 매체로, 한 장르에서 다른 장르로, 한 유형에서 다른 유형으로 자료를 개작한다. 개작은 사회적, 문화적, 예술적으로 다양한 기능들을 수행하고 민속문학의 현저한 특질, 즉 혁신적인 것과 인습적인 것이 혼합된 이중성의 반수로 귀착한다. 민속문학은 대체로 즐거움을 주고, 교육을 시키며, 문화를 확인시키고, 용인된 행동 양식에 부합하게 하는 네 가지 기능들을 수행하여 왔으며, 이에 더하여 개별 장르들이 모두 자신의 기능들을 수행하게끔 하여 왔다(Bascom, 1965). 그러나 민속문학의 기능상의 잠재적 범위는 어떻게 구연자가 특정의 상황에서 특별한 목적에 기여하게끔 의식적이고도 창조적인 개작에 종사하는가를 언제나 염두에 둘 때 명백해진다.

4) 비평적 방법론

민속문학 — 그것은 구어에 의하여 유지되고 전승되어 왔다 — 은 따라서 그 전승의 수단, 청중, 자료의 성질에 의해 구별될 수 있다. 당연히 민속문학은 그 자신의 비평적 방법론을 가진다. 이 방법론은 본질적으로 위에서 논의했던 매체, 장르, 유형, 각편, 상황, 기능과 같은 다섯 가지 요소들에 대한 다차원적인 배려를 포함한다. 매체의 성질은, 상층문학에 적응된 비평가로 하여금 '작자'나 '작품'이란 말 대신 '필자'나 '저작'이란 말을 사용할 것을 요구하고, '저자'의 개념 대신 '전승적 구연자'란 말을 사용하며, '원작'의 개념 대신 '전승 유형' 및 '각편'을 사용할 것을 요구한다. 또한 문학적 연대기의 기본 개념도 보통 특정 연대를 추정할 수 있는 작품이나 특정 시기에 속하는 작품이라는 개념으로부터, 비록 각편들은 연대를 추정할 수 있다고 하더라도, 수 세기 전에 번성했을 것으로 보이는 유형과 장르라는 개념으로 바꿀 것을 요구한다. 장르는 대체로 그들의 차이, 특히 그들의 관습, 기능, 때로는 고유한 의미를 용인할 것을 요구한다. 유형과 각편을 지배하는 다양성은 다음과 같은 것을 의미한다. 유용한 일반화를 이해하기 위해서, 예컨대 '패트릭 스펜스경Sir Patrick Spens'처럼, 우리는 단지 단일 텍스트, 하나의 발췌한 각편을 다루어서는 안 되고, 모든 각편 및 그들의 불변 요소와 가변 요소를 포함하는 유형을 다루지 않으면 안 된다는 것을 의미한다. 각편을 분석하는 데에 있어서 연구자는 거시적이고도 미시적인 차원에서 동시에 작업하지 않으면 안 된다. 가령 설화의 삽화 차원에서 다룰 때는 모티프소素와 이異모티프를, 연극적 행위자의 차원에서는 이야기의 역할과 주인공도 함께 다루고, 또 언어적 차원에서는 형식적 체계 및 공식어구까지도 함께 다루어야 한다. 구연자의 상황에 대한 적응에서 생기는 개작은 우리가 구비전승의 과정 중 필연적으로 퇴화하기 마련인 신화적인 황금의 '모본母本 Ur-text'을 가정할 수 없음을 알려 준다. 그러나 상황의 중요성은 그 이상으로 민속문학의 연구자가 텍스트로서의 텍스트가 아니라 문화 속에서 그 텍스트가 기능하는 것으로서 배려함을 결정한다.

이 밖에 두 가지 요인이 더 있는데 시간과 공간의 크기가 그것이다. 민속문학은 수 세기 넘게 존재해 왔다. 물론 상층문학도 그러했지만, 민속문학의 경우에는 장르뿐만 아니라 개별 유형들이 2500년 내지 3000년간이나 지속되어 왔다. 가장 오랜 삼손의 수수께끼(<사사기> 14 : 8~18)를 포함하고 있는 '내기수수께끼Halslösungs rätsel, neck riddle'는 기원전 11세기까지 소급한다. 또 기원전 700년경의 <오디세이>에서 발견되는 이야기 자료는 최근 수십 연간 현지조사에서 채록되었는데, 이 노래들은 관습적으로 '중세 서정시'로서 분류되었다(Buchan, 1989 ; Green, 1972). 시간적인 전파에 병행하여 공간적인 확산도 이루어져 대부분의 민속문학 자료는 다수 문화권에서 동시에 존재한다. 이러한 사실은 후기 진화론에 젖어 있던 초기 학자들의 생각을 지배하여. 그들은 기원과 전파 연구에 주의를 집중하였다. 비평적 방법을 위한 공간적 유포에 대한 추론은 위험을 무릅쓰고 자료에 대하여 단일 문화적 의의를 가정하는 것이다. 민속문학의 분석은 요컨대 기라성 같은 다양한 요인들을 다루어야 하는 것이고, 그것은 문자 그대로 적용시킬 수 있는 지식의 집합과 상황적 상관들에 대한 반응 및 시공간의 범위에 대한 적당한 유연성을 요구한다.

만약 자민족 중심주의가 자신의 문화에 대한 선입견에 묶이는 폐단이 있다면, 문자 중심주의는 자신의 문자를 읽고 쓰는 능력에 대한 선입견에 묶이는 폐단이 있다. 민속문학의 성질과 과정을 명백히 이해하는 것을 방해하였던 두 개의 주요한 문자 중심적 반응은 침강문화gesunkenes Kulturgut 이론과 기억에 의한 전승 이론이다. 첫 번째 이론은 무문자 민족은 자신들의 창의적인 문학이 없어 단지 상층문학의 식탁으로부터 떨어진 부스러기에 의존한다는 생각을 갖는다. 두 번째 이론은 구두 전승은 보통 고정된 텍스트의 기계적인 기억을 포함한다는 생각을 본질적으로 갖는다. 즉 그 과정은 문자화 사회의 반복 실연을 바탕으로 이루어진다고 생각된다. 이런 이론의 그 어느 것도 문자 중심의 일반화에 대한 시금석과 같은 역할을 하는 세 가지 질문에 효과적으로 답을 해 주지 못한다. 즉 ① 구비문학에서 창의적인 개작에 대하여 널리 퍼져 있는 증거를 어떻게 설명할 수 있는가? ② 민속문학과 상층문학의 관심사와 특징에 있어서 그 뚜렷한 차이를 어떻게 정확히 설명할 수 있을 것인가? ③ 가령 영국과 같은 하나의 문화 지역에서의 민속문학의 변별적인 관심사와 특징이 왜 필요한 변별을 가하여 서유럽의 민속문학에 대해서도 알려 줄 수 있는지를 어떻게 설명할 수 있을까? 다시 말한다면 왜 영국의 민속문학은 영국의 상층문학보다 여타의 유럽의 민속문학과 공통점을 더 많이 갖는가?

5) 비평사

이전의 고전 애호가들은 무시하고, 민속문학 비평의 시초를 그림 형제에게 두는 것이 통례였다. 그들의 저작은 수세기에 걸쳐 현지조사에 종사하는 사람들을 고무하였을 뿐만 아니라 다른 사람들로 하여금 그들의 이론에 대하여 논박, 지지, 혹은 확대하는 글을 쓰게 했다. 19세기에는 광범위에 걸친 많은 일반 이론들이 나타났는데, 가령 자연 환경 도처에서 신화적 상징을 감지했던 맥스 밀러Max Müller 같은 자연신화론자, 벤파이 Theodor Benfey처럼 모든 설화가 인도에서 기원했다는 생각을 굳게 지녔던 인도론자가 그러한 예이다. 주로 이러한 거창한 이론들에 대한 반작용으로부터 민속문학에 대한 최초의 엄밀한 연구 방법론이 생겼는데, 그것은 역사지리적 방법이다. 이 방법은 특별한 유형에 대한 기원 및 전파 연구에 전심하였는데 안티 아르네Antti Aarne, 발터 안더존Walter Anderson, 쿠르트 랑케Kurt Ranke 같은 연구가들의 저작이 그러한 예들이다. 20세기 후반기의 주요한 비평적 연구 방법론들 중에는, 블라디미르 프로프Vladimir Propp([1928] ; 1968)가 가장 유력한 주창자인 구조주의, 앨버트 로드Albert Lord의 저작에서처럼 무문자 집단의 구연자들에 의해 창작된 구비문학을 연구하는 구전 문화론, 처음에는 말리노브스키Malinowski와 같은 인류학자들의 저작에 의해, 최근에는 구연performance과 정보 이론에 의해 영향을 받은 상관적인 여러 연구 방법론을 포함시킨 상황론자들의 이론들이 있다. 요약한다면, 이런 움직임은 기원과 전파 연구를 위한 거창한 이론으로부터 구연자, 상황 및 기능, 통신 절차에 강조를 두는 이론으로 옮아갔다. 민속문학에 대한 기본적인 지식을 높은 곳에 두지 않는 것은 '문학'의 모든 연구가들에게 유용하며, 특정 시대 및 지역 연구자들에게 필수적인 것이나, 그것을 가르친다는 것은 통상적으로 전통 문화를 취급하는 학문 분야에 맡겨져 있다. 불행히도 영국 (및 프랑스)에서 이 학문의 지위는 유럽의 타 지역에서 확립된 지위에 비하면 매우 빈약한 지경에 머물러 있다. (영국, 프랑스에서는 토착의 전통문화 연구를 겨냥한 학문보다 제국帝國의 '원시 문화' 연구를 위한 인류학 분야를 더 좋아하였다. 영국의 대학 강의요목 중에서 이 분야가 들어 있는 것은 셰필드 대학뿐으로 문화전승Cultural Tradition 과정에 속하여 있으며 존 위도우슨John Widdowson 교수가 담당하고 있다. 에딘버러의 스코틀랜드 연구 학교School of Scottish Studies에 의해 제공되었던 스코틀랜드 민족학Scottish Ethnology 학위 과정 및 리즈와 스털링Leeds and Stirling의 민간생활 연구Folklife Studies 프로그램은 대학 당국의 축소 조치에 굴복하고 말았다. 셰필드 대학에서는 IFSBAC(Institute for Folklore Studies in Britain and Canada)에 의하여, 전승문화 연구를 위한 연방 내에서의 중심 기관이 되고 있는 뉴펀들랜드

메모리얼 대학과 연계되어 있다.

6) 민속문학과 상층문학

금세기 중요한 문학상의 발견 중 하나는, 우리가 습관적으로 집필과 창작을 동일한 것으로 다루기는 하나, 다른 종류의 창작 즉 구두 창작이 존재한다는 사실을 찾아낸 일이다. 문학적 창작을 위하여 무문자 민족에 의하여 차용된 구두 창작은 아마도 문자 창작법보다 앞섰거나 그와 병행했음이 확실하다. 하버드 대학의 밀만 패리Milman Parry와 앨버트 로드(1960)는 유고슬라비아의 살아 있는 구두 서사 전승에 대한 현지조사 연구를 통하여 어떻게 읽거나 쓸 줄 모르는 사람들이 길거나 복잡한 시들을 창작하거나 구전할 수 있는가를 보여 주었고, 이러한 발견은 아직도 연구되고 있는 많은 문학에 대하여 커다란 시사를 하였다. 아마도 <오디세이>와 『성서』의 일부분은 구전을 통하여 만들어졌을 것이다. 무문자의 창작자이자 구연자는 고정된 텍스트가 아닌 스토리의 개요 및 구연시에 스토리의 재창조를 위한 기술을 배웠을 것이다. 그 기술 중에는 공식적 언어와 기본적인 기본 구조 유형 내에 있는 공식적인 이야기 요소들의 전개(배치)를 포함한다. 구두 창작 기술의 사용은 어떤 텍스트적인 특징, 특히 언어 및 이야기 구조화에 있어서의 반복 같은 특징을 초래하고, 그것은 올릭(1965)에 의해 기술된 민속문학의 특징들에 밀접하게 일치한다. 사실상 대량의 문자시대 이전에는 대개의 민속문학이 구두 창작적 방법으로 전승되었을 것이다. 한 나라의 문학에 있어서 최고의 작품이라고 여겨지는 것들도 광범위하든 부분적이든 구두 창작법에 의하여 영향을 받을 것이다. 예컨대 <베어울프>는 상당한 구두 창작적 특징을 드러낸다. 그러나 그 시 자체가 구전에 의해 만들어졌는가, 아니면 많은 예술적 관습과 구두 창작적 전승의 특질들을 전수받은 신생의 기록 문학적 전승에서 씌어졌는가 하는 문제는 아직 논쟁점으로 남아 있다. 중세에 아더왕 전승 문학의 작가들은 민간전승을 충분히 사용했다. 르네상스 시대의 셰익스피어는 그의 플롯 중 일부를 위하여 국제적 설화 유형을 노벨라Novella 장르에서 빌려 왔다. 가령 <심벌라인*Cymbeline*>은 AT 882 <아내의 정절에 대한 내기*The Wager on the Wife's Chastity*>에서 ; <베니스의 상인*The Merchant of Venice*>은 AT 890 <한 파운드의 살*A Pound of Flesh*>에서 ; <말괄량이 길들이기*The Taming of the Shrew*>는 AT 901 <말괄량이 길들이기>에서 ; <리어왕*King Lear*>은 AT 923 <소금 같은 사랑*Love like Salt*>을 이용한 것이다. 금세기 신생국들의 상층문학에는 흔히 토착적인 민속문학의 변용이 포함된다. 그러나 수 세기에 걸쳐 민속문학과 상층문학 간에는 상호작용이 이루어져, 상층문학이 민속문학을 끌어 오거나, 상보적으로 민속문학이 상층문학으로부터 자료를 흡수한다든지 하는 것 같은, 두 갈래의 과정을 밟았다. 상층문학과 민속문학 간의 상관관계를 다루기 위한 비평적 방법론의 발전은 다소 뒤떨어지긴 하였으나, 양쪽 학문의 연구 방법론 모두를 익힌 학자들이 쓴 최근의 소중한 저서, 브라운Mary Ellen Brown의 『번즈와 전승*Burns and Tradition*』(1984)과 린달Carl Lindahl의 『진지한 놀이 *Earnest Games : Folkloric Patterns in the Canterbury Tales*』(1987)는 미래의 연구에 대한 주제의 가능성과 모형을 보여 주었다.

민속문학과 상층문학은 제3의 문학인 대중문학과 어울려 정족상鼎足像을 형성한다. 서로 다른 시대와 다른 장소에서 대량 소비를 위해 대량 매체에 의해 생겨난 문학인 대중문학이 출현한 것은 도시의 사업가들에 대해 교육과 문자의 확산이 새로운 시장을 형성하고 나서의 일이었다. 대중문학은 초기 단계에는 한쪽 면만을 인쇄한 인쇄술의 형태나 도붓장수의 염가 서적의 형태를 취하였는데, 그것은 종종 많은 전승적 자료를 포함하였다. 게다가 자료로서 위의 단면 인쇄물 및 염가본 인쇄물을 사용한 사람들에게 민속문학과 상층문학의 양방향으로부터 작용이 가해졌고, 전승의 구연을 위하여 옛것에 더하여 그들의 자료 목록 속으로 새로운 자료가 통합되었다.

7) 결론

최상의 민속문학은 최상의 기록문학처럼 의미상으로 보편적이고 국지적이다. 그러나 기록문학에 대하여 '보편적 의미'란 말이 일반적으로 강한 비판적 긍정과 유관한 것으로 기능함에 반해, 민속문학에 있어 이 용어는 매우 구체적인 의미를 지녀, 예컨대 특정 이야기 유형이 수 세기, 아니 1000년일지도 모르는 시간에 걸쳐, 널리 다양한 민족 간에서 인간적, 사회적, 문화적 기능을 나타내 왔음을 뜻한다. 민속문학의 보편성은 요컨대 문화사의 명백한 사실이다. 민속문학은 또한 매우 국지적이다. 왜냐하면 유형들의 다양한 각편들이 그들의 구연자가 그들을 재창조한 여러 문화적 상황에 대한 개념, 태도, 가치들을 구체화하기 때문이다. 민속문학은 그것이 줄 수 있었던 것 이상으로, 우리가 주의를 기울일 만한 가치가 있는 문학의 영역이다. 이 방면에서 다소 앞선 작은 시도로는 『스코틀랜드의 전승 : 스코틀랜드의 민속문학 논총 *Scottish Tradition : A Collection of Scottish Folk Literature*』(Buchan, 1984)이 있는데, 그것은 하나의 비평집 속에 특정 문화의 민속문학을 요약하려고 노력하였으며, 이 글에서 다소 소략하게 언급했던 문제들에 대하여 예증을 보여 주고 자세하게 논의하였다.

● 참조 원고

David Buchan, "Folk Literature," in Martin Coyle, etc. ed. *Encyclopaedia of Literature and Criticism*(London : Routledge, 1990), pp. 976~990.

3. 민속문학

스티스 톰슨Stith Thompson

민속문학은 주로 구두어로 전승된 무문자민의 지식이다. 그것은 기록문학의 경우처럼 산문이나 운문으로 된 이야기, 시, 노래, 신화, 희곡, 제의, 속담, 수수께끼 등으로 이루어져 있다. 지구 상에 존재하였던 거의 모든 민족들이 현재 또는 과거에 민속문학을 창작하였다.

기원전 4000년경까지 모든 문학은 민속문학이었으나, 기원전 4000년과 3000년 사이에 문자 표기 수단이 이집트 지역과 메소포타미아 문명의 수메르 지역에서 발전하였다. 그 이래로 이들 지역에서는 법률이나 사업과 같은 실제적인 일에 대해서뿐만 아니라 문학에 관한 기록들도 점차 증가하였다. 문자나 표기의 수단을 일상적으로 사용하는 지역이 아시아, 북아프리카, 지중해 지역, 그리고 결국에는 전 세계 대부분의 지역으로 확산됨에 따라 기록 문학의 창작이 급속도로 발전하게 되었고, 세계의 어떤 지역에서는 기록문학이 광범위에 걸쳐 이야기꾼이나 시인들의 표준적인 표현 형식으로 되었다.

그럼에도 불구하고 전 세계에서 문자 사용법을 배우던 기간 중에도 기록 자료의 점진적인 증가와 병행하여, 정말 문자를 모르거나 읽고 쓰는 행위에 그다지 익숙지 못했던 사람들에 의하여 행하여진 방대하고도 중요한 활동이 있었다. 전 지구상을 고려하고, 아직 문자를 사용할 수 있는 단계에 이르지 못했던 모든 사람들을 고려할 때, 오늘날까지도 지구 상의 대부분의 사람들은, 민속문학만이 그들이 알고 있는 유일한 것이므로, 아직도 그것을 사용하고 있다.

1) 기원 및 발전

언어의 기원을 알 수 없는 것처럼 민속문학의 기원은 알 도리가 없다. 오늘날 우리가 이용할 수 있는 문학 중 어떤 의미에서는 그 어느 것도 원시적이라고 할 만한 것이 없으며, 단지 금일의 결과로부터 수천 년 이상에 걸친 그것의 실행을 엿볼 수 있을 뿐이다. 따라서 구비문학을 낳게 한 인간의 욕구만을 논급할 수 있을 뿐이지 그 궁극적인 기원에 대하여는 추측할 수가 없다.

민속문학상의 진화나 총체적인 발전에 관하여는 어떠한 것도 명쾌하게 말할 수 있는 것이 없다. 인간 집단은 규모가 크건 작건 각기 나름대로 민속문학을 영위해 왔다. 개인과 개인 간의 전승에 의존하고, 또 그것을 전하는 사람의 유능성 여부와, 의식적 또는 무의식적으로 전승에 영향을 끼치는 갖가지 물질적 혹은 사회적 영향을 받게 마련이었으므로, 민속문학의 역사에서는 진화라기보다는 단속적인 변모를 찾아볼 수가 있다. 민속문학의 항목은 상대적인 고정성을 보여 주기도 하나, 때로는 극심한 변형을 겪기도 한다. 만약 이런 변모들을 현대인의 관점에서 바라본다면, 그들이 대체로 우리들에게 유리한 것인가 불리한 것인가에 의해 판단을 내릴 수가 있다. 그러나 유념해 두어야 할 일은 구비문학에 귀를 기울이거나 참가하는 사람은 그들을 연구하는 사람과는 완전히 다른 기준 원칙을 가지고 있을지도 모른다는 점이다.

그럼에도 불구하고 이러한 단속적인 인간 동향의 변모는 두 가지 방향에서 관찰될 수 있다. 즉 때로는 뛰어난 가수나 이야기꾼 개인, 혹은 그

들 집단이 기술을 발전시켜, 어떤 관점에서 시간의 경과 도중 향상되기에
이르렀거나, 새로운 문학 형식의 진정한 발전을 초래케 했을 것이다. 한
편 민속문학의 여러 항목들은 역사적 동향이나 압도적인 외국의 영향 및
전승 구연자의 단순한 기교 결핍 등으로 인하여 점점 중요성이 상실되고
때로는 구전 자료 목록에서 사라져 버린다. 그러한 변모의 세세한 점들이
모든 민속문학 연구자들에게 커다란 흥미꺼리가 되어 왔다.

　민속문학만이 존재하였던 지구상에서 5000년 내지 6000년 전경에 수
메르와 이집트에서 기록문학이 시작되었다. 그 후 수천 연간 기록문학은
무문자민의 저열한 활동에 의하여 꼼짝없이 묶였고 거의 압도되었다. 작
가 및 그의 조심스럽게 보관된 사본의 출현은 서서히, 불확실하게, 그리
고 소수의 지역에서만 주도적으로, 문학 작품의 작가 의식을 확립하게 했
다. 그것은 헤라클레스 시대의 아테네나 『구약성서』 시대의 예루살렘에
서 번창하였지만, 이들 지역은 당시 세계로 본다면 극히 일부분에 지나지
않았던 것이다. 그 밖의 거의 모든 지역에서 구전 이야기꾼이나 서사시
창자가 지배적이었고, 이른바 모든 문학적 표현은 민중, 특히 천부적인
화자의 기억에 의하여 이루어졌던 것이다.

　모든 사회가 천부적 재능이 있는 위대한 남녀, 가령 샤먼, 사제, 통치
자, 전사 등을 배출하였고, 이들에 의하여 신화와 이야기와 노래들을 만
들어내고 들으려는 크나큰 자극이 도처에서 생겨났다. 범인凡人은 이런
이야기나 노래에 귀를 기울였고, 경우에 따라 그 영향으로 자신들이 음유
시인이 되기에 이르렀다. 그리고 모든 왕과 조신들은 여전히 문자의 혜택
없이도 그들에게 정신을 빼앗긴 채 연회를 즐기며 귀 기울이고 있었다.

　이 민속문학은 후대의 언어 기록에 심대한 영향을 끼쳤다. 호머의 시구
들은 의심할 바 없이 그 기원에 있어 구전적이며, 긴 반복이나 상투어적
표현과 같은 여러 민속문학의 일반적 특징을 보유하고 있는데, 이들은 그
들의 발전 과정 중 통일적이고도 매우 어려운 시적 형식으로 쉽사리 옮
겨 갔으며, 매우 정교하면서도 견실한 플롯을 형성하여 그들을 성공적으

로 끝까지 관철하였다. 또한 그 명백한 형식 속에 제신과 영웅들을 갖춘 올림푸스 신전의 개념을 보존하여, 고대 희랍 사유의 일부가 되게 했다.

구비문학은 호머의 경우처럼 어디에서나 기록문학에 직접적으로 마주치는 것이 아니라, 그것은 대부분 문자 이전 단계로부터 문자 단계로의 전이를 보여 준다. 그러나 그것은 아풀레이우스의 <큐피드와 사이키>로부터 현재에 이르기까지 많은 설화들이 문학 작품에서 발견되고 있다. 중세의 로망스, 특히 브르타뉴의 이야기체의 시들lays은 이들 민간의 자료들을 자유로이, 때로는 직접적으로 끌어 왔다. 특정의 이야기가 민간전승으로부터 온 것인가, 혹은 기록문학의 이야기가 반대의 방향으로, 사제나 선생 혹은 의사로부터 들었던 기록문학 자료가 민간전승 속으로 들어가 여타의 민간설화나 민요처럼 취급되는 것인지를 판단하기란 항상 매우 어렵다. 무문자민은 전승물의 기원에 관하여는 아무런 구별도 하지 않는다.

유럽의 중세기가 르네상스 시대로 바뀌었을 때, 작가의 작품에 대한 민속문학의 영향이 증대하였으므로, 이들 양자 간에 분명하게 구획을 하기가 매우 어려울 때가 많다. 중세 프랑스의 우화시fabliaux와 같은 문학적 형식에는 궁극적으로 무문자의 이야기꾼들 중에서 유행하였던 이야기로부터 왔음직한 많은 일화들이 들어 있지만, 이 이야기들은 흔히 작가들에 의해 재창작된 것으로서, 그들 중의 일부는 복카치오나 초서처럼 문학의 주류에 속하는 것이다. 다만 후에 16세기나 17세기에 스트라파롤라 Straparola와 지암바티스타 바질레Giambattista Basile 같은 사람들의 저작들에는 작가가 민속문학에서 직접적으로 가져온 자료들이 상당수 들어 있다.

고전시대 이래로 기록문학의 작자들은 이야기나 모티프들을 구비문학으로부터 차용하였음에도 그것이 민간에서 기원하였다는 사실은 망각하였다. 이런 예들은 호머나 <베어울프*Beowulf*>에 풍부하게 나타난다. 기록문학 자자들의 문학 형식 속에서 이런 이야기들은 구전 이야기꾼들의 이야기 또는 재화와 더불어 병존해 왔다. 전승을 이용한 현대적 예는 입센

Ibsen의 <페르 귄트*Peer Gynt*>나 하우프트만Gerhart Hauptmann의 <침종*The Sunken Bell*>에서 찾을 수 있다. 특히 모든 문학에서 빈번히 나타나는 것은 속담이며, 그들 중 상당수는 분명히 민간 기원이다.

핀란드에서 문학적 서사시의 구성 중에 민속문학을 이용했던 좋은 예는 1,830년대 뢴롯Elias Lönnrot에 의해 창작된 칼레발라Kalevala에 보이는데, 이것은 주로 그가 핀란드의 가창자歌唱者로부터 채록했던 서사민요를 융합시켜 만든 것이다. 칼레발라 자체는 민족적인 기록문학의 기념물이지만, 뢴롯이 청취했던 노래들은 민속문학의 일부인 것이다.

작가들이나 작사자들은 구비전설이나 민요로부터 테마를 취하여 사용하였으면서도 그들 자신은 전승에 영향을 미쳤다. 최근에 영화는 대중에게 옛 설화를 제공하여 환영을 받았으며, 또한 특히 라디오와 텔레비전에 의하여 민요에 대한 흥미가 촉발되었다. 어쩔 수 없이 이들 구비문학은 진정한 구전성이 희박해졌으며, 많은 의사擬似 구전문학이 대중에게 제공되어 사실상 일반적인 기록문학의 관습에 길들여졌다.

도시화한 서구 문화 중에서는 명백히 민속문학이 점차로 서적이나 신문, 라디오, 텔레비전으로 대체되었다. 진정한 구전설화나 전승 및 노래를 듣는데 흥미를 지닌 사람들은 그 자료들을 찾아내기 위하여 특별한 노력을 기울이지 않으면 안 되었다. 그러한 전승을 행하고 있는 노인이나 최근에 이루어진 도시의 이민 구역, 그 밖에 도시나 시골의 소수 주민들이 아직도 남아 있다. 아동들도 가창歌唱놀이, 수수께끼, 무용요 따위를 구비 전승하는 데에 매우 중요하다. 이런 것들은 언제나 구비전승 속에서 한 세대에서 다음 세대로 계속 전해지면서 끊임없이 덧보태어진다.

과거 여러 세대 동안 민간 축제가 성행되었다. 이들은 거의 범세계적이고도 매우 다양해졌다. 이들은 퍽 오랜 춤들을 부활시키거나 외국으로부터 새로운 춤들을 도입하기도 하지만, 노래나 이야기하는 것을 포함하기도 한다. 흔히 사람들은 지역 전승을 보존하기 위한 진정한 시도를 하고 있으며, 또한 이들은 현대 생활에서 사라져 가는 구비전승의 위상을 보존시키는 데 있어 자극제가 되고 있다.

만약 민속문학이 점차로 소멸되고 있다면 그 과정은 매우 느리다. 과거에도 그랬지만 지금도 구비문학은 모든 대륙의 무문자민에게 있어서 표준이 되는 문학적 표현인 것이다.

2) 민속문학의 특성

민속문학의 가장 뚜렷한 특성은 그것이 구전적이라는 사실이다. 간혹 불분명한 경우가 있긴 하지만, 민속문학은 보통 기록문학과 뚜렷하게 대비된다. 기록문학은 사본과 책으로 보존되며 작가나 작가들이 남긴 그대로가 정확히 보존된다. 이것은 몇 세기 또는 수천 년 전에 일어난 일일 수도 있다. 이러한 사본이나 서적을 통하여 사상이나 정서, 의견, 또는 양식에 대한 미세한 차이까지도 시공간을 초월하여 경험할 수 있다. 이런 경험은 구비문학으로는 불가능하다. 구비문학은 다만 말하고 노래하고 듣는 것과 관계되며, 그것은 살아 있는 사람에 의존하여 전승되어 간다. 만약 민속문학의 어떤 항목이 인간의 기억 속에서 사라진다면 그것은 완전히 소멸된다.

화자나 창자는 그가 다른 화자로부터 들은 전승을 살아 있는 청중에게 전달한다. 청중은 이 자료를 전에도 여러 번 들은 일이 있을지도 모르며 더구나 그것은 공동 사회 내에서 강한 생명력을 가진 것일지도 모른다. 또한 청중은 그 자료의 내용으로 구연자가 자신들이 알고 있는 전승에서 과히 벗어나지 않았음을 알 것이다. 만약 청중에게 받아들여질 수 있다면, 이야기나 노래, 속담, 수수께끼는 그들이 사람들의 마음에 드는 한 시공을 초월하여 끊임없이 반복 구연될 수 있을 것이다. 어떤 문화에서는 거의 모든 사람이 이런 것들을 전승할 수 있으며, 특히 어떤 사람은 다른 사람들보다 이런 일에 능숙하여 사람들은 즐겨 그에게 귀를 기울이게 되

는 것이다. 이런 전승 수행자의 특징이 어떠하든 구비문학의 항목은 기억
에 의하여 계속적으로 생존한다. 그것은 한 사람에게서 다른 사람에게로
옮겨짐에 따라 망각이나 의식적 부연 혹은 대체됨으로써 변모된다. 이들
은 이야기나 노래를 개량시킬 수도 있지만, 반면 능숙하지 못한 창자나
화자의 서투름 때문에 그들이 손상될 수도 있다. 그러나 어떤 경우라도
항목은 끊임없이 변모한다.

　좀 더 능숙한 전승 수행자는 그들이 오래 전에 들었던 대로 이야기나
노래를 정확하게 전달함을 자랑스럽게 여기지만, 그들은 자신을 기만할
뿐이다. 왜냐하면 구연을 할 때마다 그 내용이 달라지기 때문이다. 모든
자료는 유동적이며 일정한 형태로 고정되기를 거부한다. 만약 화자가 정
말로 능숙하다면 그는 자신이 크나큰 개선을 할 수 있는 부분을 알아낼
것이며, 그는 새로운 전승을 시작하여, 그것이 다른 화자의 마음에 드는
한에는 계속 전승될 것이다. 거의 모든 문화 중에서 어떤 사람들은 그들
이 들었던 것을 기억하고 반복하는 한 재능을 지니고 있었다. 많은 사람
이 모이는 시장 주변이나, 오두막집의 모닥불 옆이나, 노동을 끝낸 뒤 쉬
는 시간에는 반직업적인 이야기꾼이 있게 마련이다. 이들 중에는 놀랄 만
한 기억력을 가지고, 그들이 오래 전에 들은 바 있는 수백 가지의 이야기
나 전승들에 이따금 약간의 변개를 가하여, 새 세대에게 들려주는 이야기
꾼이 있다.

　어떤 음유시인bards ; minstrel과 작사자들은 하프나 다른 악기의 반주에
맞추어 서사시 혹은 영웅담을 노래하거나 이야기하는 특별한 기술을 발
전시켜 왔다. 일정한 시간이 경과함에 따라 여러 곳에서 특별한 시적 형
식이 완성되어 음유시인 간에 전수되었다. 희랍 서사시의 놀라우리만치
정교하고 훌륭한 운율은 이러한 과정을 통하여 발전되었음이 틀림없다.
그리하여 우리가 <오디세이>나 <베어울프> 중에서 알게 된 왕자나 왕
과 같은 청중의 앞, 혹은 근대 동구의 더욱 비천한 청중 앞에서, 영웅적
전승은 점차로 구전의 흐름을 벗어나 마침내 많은 미지의 변모를 겪은

후 구비문학이기를 그만 두고 사본이나 서적들 중에 자리잡게 되었다.

다른 특별한 부류의 명공名工이 세계 도처에서 발견된다. 그는 종종 사제나 종교적 지도자의 임무를 수행한다. 공교한 종교적 제의가 수 세대에 걸쳐 전승 수행되었던 것은 그나 그가 훈련시킨 사람들을 통해서였다. 이러한 제의들은 흔히 축어적으로 기억되어야 했고, 정확하게 보존되지 않는 한 이들은 무효할 것으로 믿었다. 이처럼 구비전승을 담당했던 사제 전승자에 대한 이상적인 태도는 그들에게 전해 내려 왔던 것들에 대하여 우리가 완전히 믿는 것이다.

민속문학의 생존과 그 영구 불멸에 대한 여러 이유 중 (결코 가장 중요한 것이라 할 수는 없지만), 오랜 항해 도중이나 병영에서, 혹은 기나긴 겨울밤에는 어디에서나 나타나는, 무료함으로부터 해방되고자 하는 욕구를 들 수 있다. 어떤 민속문학은 기본적으로 교훈적이며, 평민이 올바른 삶을 영위하는 데 필요한 지식을 주려고 한다. 어떤 민족 중에서는 인간과 신과의 관계가 특히 중요시되어 신화를 만들어 이런 관계를 명백히 하려고 한다. 리듬이 있는 노래가 협업 노동이나 행진을 도와주며, 많은 사회생활 양상에서 갖가지 춤이 생겨난다.

오늘날 문서나 책에 나타나는 많은 문학 형식들은 전승적 구비문학의 형식들과 병존한다. 따라서 구비문학 중에는 역사, 연극, 법률, 설교 및 훈계는 물론 이에 더하여 소설이나 이야기, 서정시의 유사물도 발견된다.

민속문학은 그러나 일반적으로 민간전승folklore으로 알려진 것의 일부분이다. 민간전승에는 습관과 신앙, 제의적 행위, 춤, 민속악, 그 밖에 기록되지 않은 문학적 표현들이 있다. 이들은 흔히 보다 광범위한 학문 분야인 민족학 연구의 일부인 것으로 인식되어 왔으나, 이들에 관한 연구는 민속학자의 임무이기도 하다.

특히 중요한 것은 모든 종류의 민속문학과 신화와의 관계이다. 마위족 Maui의 이야기 및 태평양의 그 동류들과 아프리카나 아메리카·인디안 족속들의 제신이나 영웅들의 이야기의 배면에는 길고 복잡한 역사가 놓여 있다. 이것은 특히 고도로 발전된 인도나 희랍, 아일랜드, 독일의 만신신화에 대하여서는 사실이다. 이들 모두는 무한히 오랜 과거, 성장 및 외부적 영향, 종교적 의식 및 관습, 영웅에 대한 찬양의 결과이다. 그러나 역사적이나 심리적 혹은 종교적 동기는 어찌하였든 신화는 민속문학의 일부이며 이야기꾼, 이야기의 창자, 의식의 집전자인 사제의 수중에서 끊임없는 변모를 하여 왔다. 결국 철학적 경향이 있는 창자나 이야기꾼은 그들의 신화를 체계화하여 왔고, 훌륭한 상상력으로써 제우스신과 그의 올림푸스 가족 및 반신적인 영웅 후손들과 같은 인물들을 창조하여 왔다. 이들 변모의 자세한 점들에 대해서는 본고의 범위를 벗어나는 것이지만, 신과 영웅들의 이야기, 초자연적 기원담, 지구상에서 일어난 변모들에 관한 이야기는 모든 민속문학에서 중요한 역할을 하여 왔다.

3) 민속문학의 기법

　여기에서 논의한 이야기, 전설, 서사시, 서정요들은 문자화 이전 상태에 있던 집단, 혹은 적어도 본질적으로는 무문자민들의 경험의 일부이므로, 이들은 여러 점에 있어서 독서 대중에게 소개되는 기록문학 작품과는 다르다. 민속문학의 실례를 생기게 한 전승을 두고 원래 이를 담당해 온 사람들에 대하여는 오랫동안 망각하여 왔다. 이야기나 노래만이 남아 반복되고, 때로는 후대의 이야기꾼, 창자나 음유시인들에 의해 변모되었을 뿐이다. 그것은 역사적 과정 속에서 수 세대 동안 무문자민이나 평범한 사람들에 의해 청취되어 왔으며, 그 성공 및 생존 여부는 그것이 얼마나 청중의 정서적 욕구와 지적 흥미를 만족시켰느냐에 달려 있다.
　본질적으로 모든 민속문학은 구전적이며, 그 생존은 인간의 마음에 달려 있으므로, 민속문학은 기억을 돕기 위한 장치들로 가득 차 있다. 아마도 이런 장치 중 가장 보편적인 것은 단순한 ‘반복’일 것이다. 특히 설화와 서사시에 있어서, 똑같은 삽화가 약간 변개되든가 혹은 아무런 어구상의 변개도 없이 반복됨을 흔히 들을 수 있다. 영웅은 계속적으로 그의 적들과 마주치게 되므로, 그 서술은 적에 대한 점증적인 공포를 나타내기에 충분할 만큼 변하게 되며, 늘 절정과 영웅의 성공을 향하여 진전된다. 이런 긴 반복적인 단락들은 흔히 이야기의 화자나 서사시의 창자로 하여금 그들이 바라는 대로 구연을 늘이게 해 준다.

모든 삽화의 반복은 그만 두고라도, 모든 종류의 민속문학은 상투적인 공식어구들로 가득 차 있다. 그것은 '옛날 옛날에'라든가 '그래서 그 후 결혼하여 잘 살았다'라든가 때로는 아무 의미도 없는 표현 예처럼, 설화의 처음과 끝에 나타날 수도 있으며, 어떤 인물이나 장소에 부수된 전형적인 형용 어구일 수도 있다. 이러한 공식어구들은 구비문학의 특징을 이루는 것이므로, 그런 상투어구가 풍부하다는 것은, 그 자료가 진짜 구전에 기원했음을 보증하는 것처럼 보이며, 이는 위대한 서사시의 경우에도 마찬가지이다.

이러한 상투어구는 단어에만 나타나는 것이 아니라 구조에도 나타난다. 이야기꾼이나 창자는 자신이 맘대로 사용할 수 있는 매우 다양한 관습적 모티프와 삽화들을 보유하고 있으며, 그들을 자유로이 사용한다. 이런 모티프나 삽화가 얼마나 적합하게 그들의 작품 중의 일부로 이용되는지는 그들의 능력에 달려 있지만, 그것을 듣는 청중은 자신들을 흥미롭게 해 주는 한 그다지 부정적이지 않은 듯하다. 이같이 명백히 자유스러운 개량이 있었음에도 불구하고, 잘 다듬어진 많은 플롯들이 그 핵심적 특징을 고스란히 간직한 채 수 세기에 걸쳐 생존해 왔다는 것은 참으로 놀랄 만한 일이다. 오랜 시공간을 경유한 뒤 나타나는 같은 이야기나 노래의 수백 종의 이본들을 식별할 수 있는 것은, 하나의 기본적 이야기 유형과 그것을 전승 범위 내에서 자유스럽게 처리하는 방법을 결합하였기 때문이다.

많은 서사적 민속문학이 명백히 허구적이고 비현실적인 사건으로 가득

차 있지만, 성공적인 이야기꾼이나 서사시 창자는 자신의 이야기 줄거리에 현실적인 세절細節을 사용함으로써 신뢰를 얻는다. 흔히 이러한 방법은 이야기나 노래 중의 공상계를 일상생활이나 정서와 연계시키는 평범한 수법이다. 그러한 현실적인 세절은 무문자 청중으로 하여금 보다 큰 세계를 깨닫게 해준다. 그 세계는 천국이나 지옥일 수도 있으며, 혹은 왕의 궁정일 수도 있는데, 그곳은 결코 궁정을 본 적이 없는 사람에게만 있을 법한 그런 장관으로서 농민 영웅이 다스린다. 종종 세절들은 다만 모든 허구적 작품의 특징인 허구를 확실하게 믿게 하기 위해서 부여되는 것이지만, 때로 사실적 수법은 미약한 동기나 폭력 속에서라도 평범한 이야기나 노래에 고귀한 성질을 부여한다.

반복, 단어와 구조상의 상투어구, 이야기나 노래 속의 신비스러움을 지탱하여 주기에 충분한 현실주의realism, 폭력적 행위와 단순한 강한 정서 따위는 일반적으로 모든 민속문학에서 발견되는 특성들이다. 청자의 요구는 매우 중요하다. 어떤 문화에서 이 말은 행동이 잘 동기화되어 있어서 청자가 자신과 어떤 작중 인물들을 동일시할 수도 있음을 의미한다. 그러나 다른 문화, 가령 인도의 여러 지역 및 기록문학 이전 단계에 있는 많은 문화권에서는 동기가 흔히 미약하거나 전적으로 부족하다.

서정요, 속담, 수수께끼, 주문(그리고 때로는 전설)에 있어서는 예술가와 청중 간의 관계가 덜 중요하다.

4) 지역적·민족적 발현發顯

형식과 실체의 여러 특점들 중에서 민속문학이 나타나는 모양에 많은 이형異形이 발견될 것이다. 하나의 문화에 속하는 사람들의 흥미가 다른 문화에 속해 있는 사람들의 흥미와 매우 다를 수 있다. 한 집단이 민요 부르기를 즐기는 데에 반해 다른 집단은 낭만적인 이야기 듣기를 좋아하며, 또 다른 이웃 집단은 전설과 전승들에만 관심을 가질 수도 있다. 이러한 차이는 흔히 지리적이어서, 태평양 제도의 민속문학 연구자가 중앙 아프리카의 부족을 연구한다면, 양 지역의 집단에서 각기 완전히 다른 것을 중시한다는 사실을 알 것이다. 이러한 차이는 각 집단이 가지고 있는 종교적 개념이나, 섬이나 정글, 혹은 개발된 농지 등과 같은 자연 환경의 다양성이나 혹은 집단의 고정성과 유동성에서 생겨난다. 특히 이러한 특징들은 같은 장소에서 정착해 온 집단에서 유독 뿌리를 내리는 경향이 있다. 종종 특징들은 국경선과 일치되어 나타나기도 하지만, 더 흔하게는 한 지역의 일반 문화적 국면에 따라 달리 나타난다. 그러나 정치적이나 언어적 국경과는 무관할 수도 있다.

러시아의 서사민요는 러시아에서만 발견되나, <신데렐라>나 <백설공주> 같은 신이담은 세계의 상당한 지역에서 민속문학의 일부인 것이다. 미국 남서부의 나바호Navaho 인디언들은 자신들의 훌륭한 영가詠歌 chant와 장편의 이야기를 매우 중시한다. 대평원 전체에 널리 퍼져 사는 그들의 이웃은 많은 잘 짜인 일관된 이야기를 구연하지만, 이들의 제의祭儀는 대체로 춤에 국한된다는 특징이 있다. 유럽에서는 아일랜드 인들이 전설과 허구적 이야기를 모두 구연하는 데에 뛰어나 오늘날까지도 그들의 국립 기록보관소를 위한 엄청난 양의 자료 채집이 가능하다. 그러나 잉글랜드와 웨일즈에서는 민담이 덜 발달된 반면 전설이나 담요가 더 애호되고 있다. 예상되는 바와 같이, 스페인과 이탈리아에서는 구전 성자 전설이 풍부하고 스칸디나비아에서는 그것이 희소하여 퍽 대조적이다. 동서의 전승이 만나는 장소인 핀란드에서는 거의 모든 종류의 민간전승이 풍부하다. 동구로부터 중앙 아시아에 걸치는 지역에서는 민간 서사시가 번성하고 있다.

민담과 기원 전설은 대양주의 여러 지역에서 많은 양이 채록되었는데, 거기에는 엄청난 거리에 미치는 공통의 신화적 배경이 있다. 이른 시기에 인도네시아를 경유하여 접촉했을 가능성을 제외하면, 이 설화들은 유럽과 아시아의 영향은 별로 받은 것 같지 않다. 남미의 여러 지역에서는 이베리아 인과 인디언 및 흑인 자료들의 융합이 이제는 거의 끝난 듯하다.

북미 흑인들의 민속문학은 계속 변모하는 도중에 있으며, 그들의 역사를 반영하고 있다. 많은 자료들은 보통 서인도 제도를 경유한 것으로 명백히 아프리카로 소급되며, 대부분이 오래 전에 차용된 것이다. 그러나 흑인들은 스스로 진정한 구전의 형태로 노래와 이야기 및 특별한 음악적 양식들을 발전시켰다. 매우 특별한 성질을 나타내는 것은 현대 이스라엘의 민간전승이다. 동서 여러 지역에서 이주해 온 유태인은 이들 모든 지역의 민속문학도 함께 차용해 왔다. 이 동화 과정의 연구는 장기간에 걸치는 책무이며, 설화 연구에 언어 배경의 분기分岐란 그다지 중요하지 않으므로, 매우 다양한 양식들의 흡수가 문제로 될 것이다.

전 세계를 고려해 볼 때, 민속문학은 지역에 따른 정도의 차이가 있기는 하지만 세계의 어느 지역에서나 발견된다.

5) 민속문학의 주요 양식

(1) 민요

어떤 종류의 가창은 거의 전 세계적이며, 그에 대한 보고가 없는 곳은 아마도 다만 정보가 일실逸失되었기 때문일 것이다. 민요는 음악의 사용을 의미하며, 음악적 전승은 지역이 바뀜에 따라 매우 다양하게 변화한다. 어떤 곳에서는 노래의 가사가 덜 중요하여 주로 음악을 보조하기 위해 사용되는 듯하다. 흔히 무의미한 단음절과 많은 반복이 노랫소리나 악기에 동반되고 있다. 세계의 많은 지역에서 북과 딸랑이를 사용하거나, 손이나 발로 박자를 맞추거나, 하프를 뜯거나 함으로써 가창에 강한 리듬 효과를 준다. 다른 지역에서는 피리 같은 관악기나 여러 종류의 현악기들이 민요 악보의 성질에 영향을 미친다. 여러 지역에서는 이들 명백히 의미 없는 민요가 매우 중요하여 전쟁이나 사랑을 고취하고 종교적 혹은 세속적 의식의 일부로서 공헌한다. 그들을 통하여 집단은 공동 정서를 표현하며, 공동 노동의 괴로움을 경감시킨다. 어떤 전문가 단계의 집단이나, 때로는 그 밖의 장소에서 민요가 주술적 효과를 얻기 위하여 사용되기도 한다. 가령 적을 물리치거나 연인을 유인하거나 초자연적인 힘에 호의를 축원하는 등의 예이다. 때로는 이 노래의 주술적 효과가 너무 중시되기 때문에 노래의 실제적 소유권이 유지되고 그 사용이 조심스럽게 보호된다. 주술적 효과는 꿈속에서 그에게 오거나 혹은 단식이나 다른 금욕의 결과로 올지도 모른다.

민요가 그러한 실제적 목적을 위하여서가 아니라 다만 노래를 하거나 듣는 즐거움을 위해서 사용되었을 때라도, 세계의 상당히 많은 지역에서는 민요를 집단 공동의 관념이나 정서를 표현하기 위하여 사용한다. 작곡가나 시인의 노래를 사용했던 사회에서만 순수한 개인적 표현이 민요 속으로 들어간다. 이것은 흔히 나타나는 일이 아니며, 이런 종류의 노래는 로버트 번즈Robert Burns와 같은 시인의 단순한 서정시와 거의 구별되지 않는다. 본질적으로 공동 관념이나 공동 감정의 표현인 민요는 보통은 하찮은 것이지만 때로는 매우 감동적인 것일 수도 있다.

여러 형식의 서정적 민요가 거의 어디서나 발견되지만, 서사적 민요는 그렇지 않다. 전문학 단계의 문화 활동에 대한 보고가 매우 잘못된 것이 아닌 한, 이들 민족 사이에서 산문 서사물이 풍부했음에도 불구하고, 노래와 이야기의 결합은 매우 드물었던 것 같이 보인다. 반면 서구 및 아시아의 주요 문명에서는 서사요가 오랫동안 매우 중요했으며, 가장 유능한 창자에 의해 배양되어 왔다. 시간이 경과함에 따라 이 같은 전쟁, 모험, 가정생활에 관한 노래들은, 러시아의 '영웅시byliny'나 유고슬라비아와 핀란드의 영웅 노래들, 서유럽 및 그 외 지역의 담요 전승처럼, 지역적인 시가군을 형성하였다. 이들 각 시가군들은 변별적 운율 형식과 함께 자체의 특징들을 가졌고 사건과 표현 양면상의 공식들을 가졌다. 호머시의 어떠한 독자라도 그 시의 본질적으로 구전적이고 음악적인 성질을 깨닫게 될 것이며, 수메르와 근동 지방의 모든 고대의 문학적 서사물들은 장기간에 걸친 이전 서사요의 발전에 대하여 시사해 줄 것이다.

(2) 담요

노래로써 이야기를 구연하는 특수한 전승은 중세 이래로 유럽에서 발생하여, 유럽인이 정착하는 곳이면 어디든지 따라 갔다. 이런 담요는 특수한 지역적 운율 형식과 흔히 고대적 음악적 양식을 갖추고 있으며, 흔히 가정이나 전쟁에서의 분쟁, 육지나 바다에서의 재난, 죄와 벌, 영웅과 무뢰한, 드물기는 하지만 때로는 유머와도 관계한다. 민간 문화가 현대 세계에서 급속히 붕괴됨에도 불구하고 이들 담요는 아직도 가창되며 향유되고 있다.

(3) 민속극

구비문학의 다소 바깥쪽에 자리 잡고 있는 것이 민속극이다. 대체로 매우 정교하며, 동물이나 인간의 특성을 나타내는 가면을 쓰고, 때로는 언어나 노래를 갖추고 있는 춤은 세계 도처의 무문지민 사이에서 발견된다. 그런 공연에서 행동과 연극적 시늉은 언제나 가장 눈에 띄는 부분이지만, 이들은 제의의 일부로서 구두어로 배워 전수된 성스런 대본을 말이나 노래로 하는 것을 포함하고 있다. 고대 희랍의 비의秘儀는, 오늘날에도 아직 남아 있는 비밀 결사나 마찬가지로, 그들의 전승과 교육과 설명을 연극적으로 전달하는 이러한 방법을 가지고 있었다. 어떤 연극적 제의는 정말 비밀이 아니라 공중 의식儀式의 일부였다. 그리하여 고대 희랍에 있어서 디오니소스 축제가 종국에는 고전 희랍극으로 되었고, 중세 기독교 교회의 연극적 제전이 중세 민속극으로 나아갔다가 마침내 르네상스 및 그 후대의 문학적 연극으로 발전되었다.

중세의 묵극mummer's plays 및 그 현대적 유물인 예수 수난극Passion plays, 멕시코의 <무어인과 기독교도*The Moors and the Christians*> 같은 역사적 장면의 재연, 현대의 가장 행렬 따위는 모두 조잡하기는 하지만 기록 대본을 바탕으로 하고 있으므로, 본고의 논급 범위를 벗어난다.

(4) 우화

동물이 자신들의 진짜 습성에 따라 행동하는 것으로 널리 알려진 이솝 우화이건, 동물이 다만 인간처럼 행동하는 인도의 우화이건, 우화는 기본적으로 기록문학에 속한다. 그러나 그들은 민속문학에 중요한 영향을 끼쳐 왔다. 문자로 기록된 수집본 외에도 많은 우화들이 세계 도처에서 이야기꾼들에 의해 구연되고 있다. 적당한 교훈을 가진 <개미와 베짱이*The Ant and the Grasshopper*> 같은 우화는 구전 이야기와 함께 자주 채록되었고, 의심할 나위 없이 새로운 동물담의 구실을 하였다. 때때로 이 새로운 이야기들은 마침내 중세의 <르나르 여우*Reynard the Fox*>처럼 기록문학으로 처리되기에 이르렀고, 그 뒤 다시 이야기꾼에 의해 전 세계 구비문학 속으로 되돌아갔다. 이러한 이야기들에서는 민속문학과 다른 기록문학적 표현 간에 경계선을 긋기가 불가능하다.

(5) 설화

구전의 허구적 이야기는, 그 기원이 무엇에서 시작하였든, 시공간적으로 사실상 어디에나 존재한다. 어떤 민족은 매우 단순한 이야기를 구연하지만, 다른 민족은 매우 복잡한 이야기들을 구연한다. 화자와 청자의 기본 유형은 어디에서나 발견되며 가능한 먼 과거에까지 소급할 수가 있다.

일반적으로 진실로 여겨지는 전설이나 전승과 달리, 구전적 허구담은 화자가 지역적 금기의 범위를 넘지 않고 또 즐거운 이야기를 해 주는 한, 진실성에 대하여는 화자의 자유에 맡겨 둔다.

설화는 매우 손쉽게 한 화자에서 다른 화자에게로 옮겨 간다. 특정의 이야기는 구전 형식보다 기본적인 유형과 서사적 모티프들에 의해 특징 지어지므로, 별 어려움 없이 언어적 국경을 통과한다. 설화의 전파는 북미 인디언, 유럽-아시아, 중남 아프리카, 대양주, 남미와 같은 커다란 문화 지역에 의해 결정된다. 최근에 점증하는 인구 이동과 함께, 많은 설화 ― 특히 유럽 기원의 설화는 이러한 문화적 경계에도 구애받지 않고 새 이주자를 따라 타 대륙으로 옮겨 간다.

많은 문화 이전 단계에서 민담과 신화는 거의 구별되지 않는다. 그 까닭은, 특히 사기꾼 이야기와 영웅담에서는, 이들이 부족의 기원 및 남녀 신들의 관계에 대한 신앙적 배경을 전제로 하고 있기 때문이다. 그러나 의식적인 허구가 그러한 이야기 속으로 들어가기도 한다. 이들 이야기에는 동물이 그들 본래의 형태 혹은 의인화된 형태로 많이 나타나므로, 그들은 때로 인간으로 때로 짐승처럼 보이기도 한다. 모험담, 과장담, 타계로의 여행과 같은 모든 종류의 놀라운 일, 인간과 동물 간의 결혼 혹은 성적인 모험 서술 따위는 매우 흔히 볼 수 있는 것들이다. 설명적인 이야기는 이전 연구자들의 견해와 달리 매우 드물다. 이런 종류의 이야기는 특히 아프리카, 대양주, 남미 인디언 지역의 특징이다.

세계의 많은 지역, 특히 유럽과 아시아의 설화들에는 방금 이야기한 것보다도 훨씬 다양한 사건들이 나타난다. 시간이 지남에 따라 설화 연구가들이 이런 영역에 더 많은 관심을 기울이고 이 이야기들을 분류한 결과 사본이나 책으로 된 방대한 채록 자료들을 정확하게 참조할 수 있게 되었다.

그림 형제의 자료집을 읽은 독자라면 누구든지 말하는 동물들에 관한 이야기를 상기할 수 있을 것이다. 이들은 오래 된 이솝우화나 중세의 르나르 서사시의 일부일지도 모르지만, 그들 대부분은 어떤 고대의 구비전 승을 토대로 하고 있다. 그와 같은 동물담은 특히 동유럽에 많다. 동물담 보다도 더 알려진 이야기로는 아마 인간 및 그의 모험을 다루는 일반담 ordinary folktales일 것이다. 보통 매우 가공적인 시간과 공간[이계異界]을 배 경으로 하고, 비현실적이고도 흔히 초자연적인 인물들로 가득 차 있는, 이 같은 이야기들에 적합한 영어 어휘는 없다. 따라서 학자들은 보통 독 일어 용어인 '멜헨Märchen'을 사용한다. 여기에는 <용 살해자*The Dragon Slayer*>, <춤추어 닳아버린 신발*The Danced-Out Shoes*>, <백조 처녀*Swan-Maiden*>, <큐피드와 사이키*Cupid and Psyche*>, <백설공주*Snow White*>, <신데렐라*Cinderella*>, <충직한 존*Faithful John*>, <헨젤과 그레텔*Hansel and Gretel*> 등이 속한다. <천국 문에 선 베드로*Peter at the Gate of Heaven*>, <영리한 농부의 딸*The Clever Peasant Daughter*>, <람프시니투스 왕 *Rhampsinitus*>과 같은 강도나 도둑들의 이야기도 여기에 속한다.

이러한 이야기 분류의 주종主種 가운데 소담과 일화가 있는데, 예컨대 많은 바보들의 이야기[역자 주 : 치우담癡愚譚], 영리한 악한의 이야기 및 과장이나 거짓말로 가득찬 허풍담tall tales 등이 그것이다. 끝으로 <재크가 지은 집*The House that Jack Built*>과 같은 형식담을 들 수 있다.

소담과 일화 중 상당수는 음란스럽거나 외설스럽다. 기왕의 분류 목록 집에는 지역적 조사 가운데 출판된 자료들만을 포함시켜 왔다. 이러한 조 사 및 이를 기본으로 한 책이나 사본들은 사회적 혹은 법적 저촉을 피하 기 위하여 엄격한 편집 과정을 거쳤다. 어떤 구시대의 인류학자들은 라틴 어로 그런 이야기를 씀으로써 비非학자들의 눈을 피하려 하였으나, 새 세 대는 도덕적으로 지나치게 까다롭지 않았다. 오늘날의 인쇄물에 나타나는 민간설화에는 성적인 모든 것 — 가령 유혹하는 이야기나 정상적이거나 비정상적인 성행위를 노골적으로 묘사한 이야기, 매우 상스러운 외설적인 이야기 들이 포함되어 있다.

이러한 이야기 유형 색인은 그것이 대상으로 삼은 특정 지역에 잘 들어맞았으며, 끊임없이 개선되고 확충되었다. 그러나 전 세계를 포괄할 수 있는 유형 색인은 아직 만들어지지 못한 상태에 있다. 일반적으로 유럽과 아시아의 유형들은 지구상의 어떤 지역에서도 발견되며, 이런 목적을 위해서라면 이 유형 색인도 가치가 있다. 그러나 범세계적 토대 위에서 이야기에 사용하려면 덜 형식적인 것이 필요해지는데, 그것은 세밀하거나 혹은 연장적이며 어디에서나 발견될 가능성이 있는 서사적 모티프의 분류이어야 한다. 실제 그러한 모티프 색인은 유럽-아시아의 외부 어디에서 비교 연구가 행해진다고 하더라도 그것이 유용하다는 사실이 증명되었다. 왜냐하면 간단한 모티프로 된 동일하거나 유사한 이야기들이 굉장히 멀리 떨어진 장소에서조차 발견되어 종종 극히 곤란한 문제들을 제공하기 때문이다.

그러한 인덱스를 사용하거나 많은 학자들의 노작에 의거하여 우리는 설화 연구를 위한 많은 자료를 이용할 수 있다. 설화 연구는 18세기 이래로 계속 추구되어 왔다. 물론 1900년경까지 이들 연구의 대부분은 '설화가 어디에서 기원했는가'라는 일반적인 문제에 답하려는 섣부른 시도에 불과했지만. 결국 어떤 만족할 만한 해결책도 입수할 수 없었지만, 모든 설화는 각개의 역사를 지니고 있으며, 세심히 살펴야만 연구될 수 있음이 분명해졌다.

표준적인 원본과 명백한 시간 및 장소에서 생존했던 작자가 있는 기록 문학 작품과 대조적으로, 설화는 작자 불명의 것이다. 설화를 만들어냈던 사람은 오랫동안 잊혀져 왔으며, 또한 그것은 많은 이본으로 존재하는데, 그들 모두는 똑같이 유효하다. 기록된 문서처럼 고정되는 대신 설화는 끊임없이 변한다. 그러나 연구에 이용될 수 있는 특정한 이야기의 수백 종의 이본으로써, 어떤 플롯 구조의 기준을 만들어낼 수 있으며, 그 생활사에 실마리가 되는 여러 아유형亞類型들을 어느 정도 확실하게 지적할 수 있다. 이러한 수백 종의 이본들에 대한 그러한 분석적 연구는 일반적으로 플롯의 원초 형태 및 그 이야기가 시공간을 통해 걸어온 길에 관한 어떤 가정에 이르게끔 한다. 이런 방법으로 약 30종 내지 40종의 비교적 복잡한 이야기들이 연구된 바 있다.

이러한 지리적이고도 역사적인 연구는, 이야기의 플롯이 참으로 분석적 연구를 용인할 만큼 복잡하다는 사실에 의거한다. 그러나 훨씬 단순한 이야기 및 일화에 대해서는, 그들의 분포에 대한 설명이나 그 역사에 대해 이미 알려진 것 이외에는 알 수가 없으므로, 훨씬 부정확한 방법으로 만족하지 않으면 안 된다.

20세기 설화 연구가들이 대체로 관심을 기울였던 것은 역사적인 문제와, 이들을 연구하기 위한 도구들을 준비하기 위한 것이었다. 즉 좀 더 향상된 기술로써 사본이나 책에서 자료를 채집하고 분류하고 보관하며, 또한 오래 되었거나 어려운 방언으로 된 채록 자료들을 진지한 연구자가 사용할 수 있도록 유형과 모티프 색인으로 만드는 것이었다. 그러나 설화 연구에는 엄격히 역사적이지 않은 방법도 생겼다.

이야기 속에서 숨은 의미를 찾아내려는 19세기 중의 시도는 대체적으로, 민담이 신화의 부스러기이며, 언어의 오해에 의하여 원 의미를 상실해 버렸다는 이론을 기초로 하고 있다. 그 결과는 이 '원 의미'가 언제나 기상이나 계절적 현상(겨울 : 여름 ; 구름 : 햇빛 등) 사이의 갈등인 것으로 밝혀졌다. 이런 종류의 해석법은 이제는 대체로 유행으로부터 사라졌고, 흔히 고대 제의나 혹은 어떤 종류의 정신분석학적 논법을 근거로 한 설명으로 대체되었다. 이들 양쪽 모두 민속문학의 가능한 원천이 될 수 있겠지만, 그 결과로서 얻어진 해석들은 대체로 연구된 이야기의 실제 역사를 잘 알고 있는 사람에게는 단지 놀라운 것일 뿐이다.

설화의 연구에 있어서 훨씬 더 결실을 거둔 방법론은 이야기의 화자와 청자에 대한 연구였다. 이런 연구에 의해 민속문학이 전승 속에서 수행되어 온 방법에 관하여 이해할 수 있게 되었다. 보통 단일 민족의 산 지식에 대한 정통한 지식을 기초로 한 그러한 연구로부터 좀 더 많은 것이 기대될 수 있다.

 구조 연구, 특히 설화의 구조 연구가 점점 더 연구자들의 주의를 끌게 하였다. 세계 도처에서 특정 플롯이 중복 분포되어 있음을 찾아낼 수도 있지만, 이야기의 형식 및 문학적 어조가 어떤 역사적 지리적 범위 내에서 전승될 수도 있다. 이러한 구조의 방향과 전략은 아직 불확실하기는 하지만 계속하여 진전이 이루어지고 있다.

6) 전설과 전승

 일반적으로 설화는 화자와 청자 모두에 의해 전적으로 허구적인 것으로 간주되고 있다. 그러나 믿음과 불신 사이의 경계선은 불분명하여, 문화에 따라 다르며 심지어 개인에 따라서도 다양하다. 그리고 가장 발달된 사회에서도 과거로부터 현재에 이르기까지 이상한 일들에 관한 전설은 끊임없이 이야기되어 왔으며, 그것은 흔히 참말인 것으로 여겨져 왔다.
 이상한 피조물에 대한 이야기는 전 세계에 널리 퍼져 있다. 이들은 흔히 단지 언급되거나 묘사될 뿐이지만, 그들의 실재에 대한 믿음은 당연한 것으로 여겨진다. 그러나 종종 그들과의 만남에 대한 자세한 진술이 있는데, 그것은 즐겁거나 괴로운 모험으로 끝난다. 그러한 피조물에 대하여, 우리가 전형적인 유럽의 신이담인 <용 살해자> 같은 허구적 이야기로 다루어야 할지, 아니면 <성聖 조지와 용에 관한 이야기>처럼 정말이라고 생각된 전설로 다루어야 할지를 결정하기는 매우 어려운 일이다. 신뢰도의 차이는 있지만 세계 모든 지역의 민중이 이러한 이야기를 가지고 있는데, 이들 초자연적 피조물에게는 어느 곳에서나 상당한 유사점이 발견된다. 예컨대, 뱀이나 악어의 특질을 가지고 있는 용은 유럽에서와 마찬가지로 중국에서도 매우 중요하며, 양 지역에서 모두 용은 막대한 보물의 수호자로 나타난다. 거의 잘 알려지지 않은 일각수一角獸나, 반인반마半人半馬인 켄타우로스centaur와 반인반우半人半牛의 미노타우로스minotaur와 같은 인간과 짐승의 다양한 결합, 인간과 개의 결합과 같은 피조물들은 구세계, 때로는 신세계 전설의 일부였다. 발톱으로 인간을 채어가는 거대한 새들, 자신을 불태운 재로부터 소생한 불사조, 인간을 태우고 하늘을 날아가는 말, 반인반마siren, 남·여 인어, 그 밖에 이들과 유사한 믿기 어려운 피조물들이 세계 각처의 영웅에게 위험을 경고하거나, 두 갈래 길에서 어느 쪽으로 가야 할지를 알려 줄지도 모른다. 중요한 집터는 영리한 동물의 행동에 의해 결정되었다고 이야기할지도 모른다. 물론 모든 민속문학에서, 심지어는 우화와 같은 문학 양식에서도 말하는 동물이 두드러지게 그려진다. 동물들이 성탄절 전야에 서로 이야기하거나, 자신들의 정부를 가지고 왕을 뽑거나, 결혼식을 축하하기도 한다. 이와 같은 것들은 대부분의 인류 가운데서 유행하는 전승 중의 일부분일 뿐이다.

모든 민속문학에서 동물과 인간 사이의 관계는 매우 밀접하다. 아메리칸 인디언이나 태평양 제도, 중앙 아프리카의 문자 이전 단계의 문화에서, 부족 생활에 선악을 맡고 있는 문화적 영웅은 어떤 경우에는 동물로, 또 어떤 경우에는 인간으로 나타나기도 한다. 이러한 것은 이집트나 희랍의 고대 신에 대해서도 마찬가지이다. 아메리카 인디언 부족들의 코요테가 동물인가 혹은 인간인가에 관한 물음에 대하여, 코요테 설화를 구연하는 사람 자신으로서는 아무런 차이를 두지 않았음이 분명하다.

자신이 원하는 대로 동물이나 새, 혹은 사람으로 나타나는 이러한 반신적 피조물은 그만 두고라도, 훨씬 더 가시화하기 어려운 초자연적이고도 불분명한 피조물에 관한 이야기가 세계 각처에서 발견된다. 세계 도처의 전설 속에 요정이나 이와 매우 비슷한 피조물들이 나타난다. 그들을 정의하기란 참으로 어렵다. 왜냐하면 어떤 곳에서 그들은 완전히 인간 크기로 나타나나 다른 곳에서는 언덕이나 동굴에 거주하거나 나무 뿌리 밑에서 살고 있는 난쟁이로 나타난다. 어떤 나라에서 그들은 인간에게 호의적이고 친절하다. 그들은 인간에게서 받은 은혜에 대해서는 보답하나 악행에 대해서는 징벌한다. 그들은 인간과 결혼하거나 함께 살기도 한다. 어떤 전승에서 그들은 악의적인 피조물이고, 그들과의 만남은 언제나 재난과 불행을 초래한다. 거의 모든 나라에서 인간에게 도움을 주거나 해를 끼치는 피조물들이 만들어졌다. 마녀나 악마의 활동에 관한 이야기나, 물의 정령, 산이나 나무에 깃들어 있는 초자연적 수호자들의 이야기는 나라에 따라 세절이 다르게 나타나지만, 그들에 관해 구연되는 갖가지 사건들은 쉽사리 이곳에서 저곳으로 옮겨 간다. 요정의 나라와 같은 매우 초자연적인 이계異界를 방문하는 이야기가, 러시아나 희랍에서 모든 세절을 갖추어 이야기될지도 모른다. 거인은 보통 여러 종류의 식인귀ogre로 간주되었으나 그들은 또한 모든 존재 중에서 가장 어리석거나 수백 가지 얼간이 일화 속의 주체가 된다. <백설공주>에 나오는 난쟁이들과 같은 지하의 피조물들은 일반적으로는 도움을 주거나 친절하지만, 다른 지하의 피조물들은 재난을 가져다 줄 뿐이다.

사자死者의 회귀에 대한 널리 퍼져 있는 신앙에서 유령과 만난다든가 정말로 사자가 부활하는 많은 이야기가 생겼다. 이런 이야기들은 세계 각처에서 매우 다양하게 나타나며, 당전當前의 종교적 관념에 의해 크나큰 영향을 받았다. 유령에 관한 신앙은 모든 전승문학 속에서 가장 오랫동안 생존해 온 듯하다.

역사적 인물에 관한 전승은 이 지역에서 저 지역으로 이주하는 경향을 가졌으며, 그들은 사실로써 이야기되더라도, 어떤 허구적 설화처럼 일정한 유형을 형성한다. <요셉과 포티파르의 아내*Joseph and Potiphar's wife*>나 영웅 추방 및 궁극적인 귀환에 관한 이야기는 도처에서 나타난다. 아더왕이 애벌론Avalon으로부터 귀환하고, 바바로사Barbarossa가 그의 동굴로부터 귀환했던 것은 이러한 광포 모티프의 두 가지 예일 뿐이다.

설명 전설과 신화를 구별한다는 것은 곤란하며, 아마도 불가능한 것 같다. 습관, 여러 동식물의 모양이나 성질, 별과 같이 멀리 있는 사물, 그리고 세계 자체에 대한 유래를 설명하는 이야기는 흔히 그런 유래를 어떤 옛날의 동물이나 주술적 변신 행위의 탓으로 여긴다. 이들은 때로는 신

혹은 반신의 이야기와 연관되기도 하며, 그들을 전승하는 사람들의 종교적 신앙의 일부가 되기도 한다.

일반적으로 이런 종류의 전설과 전승들은 그들의 형태에 있어서 단순하여 단일 모티프, 기껏해야 둘 내지 세 개의 모티프를 포함한다. 이런 이야기를 연구할 목적으로 올바르게 분류하는 작업은 매우 어렵다는 사실임이 증명되었다. 왜냐하면 이런 전설과 전승들의 자료가 동일하거나 유사한 점을 보여 주어 상당한 흥미를 불러일으키게 하지만, 반면 그들은 장소에 따라 매우 달라지기도 하기 때문이다. 이러한 이야기와 실제 역사, 혹은 신화, 혹은 허구적 설화와의 관계는 민속문학 연구자에게 매우 흥미 있는 문제들이다.

7) 속담, 수수께끼 및 주문

민속문학의 보다 간단한 형태인 속담과 수수께끼 및 주문의 세 가지는 구두 표현만으로 제한됨이 없이 매우 오랜 기간 동안 기록문학상에도 출현하였다. 속담은 간결한 형식으로써 인생의 본질이나 현우賢愚에 관한 관찰을 표현한다. 속담은 어떤 전문가 단계의 사회에서 일을 결정하는데 있어서 허가의 기준이 될 만큼 중요한 구비전승이어서, 때로는 재판관이 법정 판례를 채택하는 것처럼 사용되기도 하였다. 문학에서 속담은 구약성서의 어떤 편들에서 두드러지게 나타나며, 일찍이 수메르의 기록에서도 발견된다. 구전 속담과 기록 속담은 끊임없이 서로 영향을 주고받아 왔다. 그리하여 속담 각편들의 역사는 특별한 연구를 필요로 한다.

속담이 뚜렷한 진술을 하는 데에 반하여 수수께끼의 목적은 보통 청자에게 그 의미를 속이려 하는 것이다. 수수께끼는 우선 묘사를 한 다음 그것이 무엇을 의미하는가에 대하여 대답할 것을 요구한다. 기록문학 속에 나타나는 예로는 소포클레스의 스핑크스의 수수께끼와, 옛 라틴 형식을 기반으로 한 앵글로 색슨의 수수께끼가 있다. 구비문학 중에서 수수께끼는 지혜 겨룸의 일부일 수도 있다. 그러나 청자가 그 수수께끼의 답을 알고 있는 경우라도 그는 반복하여 듣기를 즐긴다. 우리들의 문화 속에서 수수께끼는 특히 아동들에 의해 육성되었다.

주문은 주술적 효과를 얻기 위한 것이건 미래를 예측하기 위한 것이건, 널리 알려진 앵글로 색슨의 문자로 기록된 형식과 마찬가지로 구비문학으로도 존재한다. 이에 관한 연구는 세계 도처의 매우 오랜 기록들에까지 소급된다.

8) 아동의 민속문학 이용

놀이의 일부로 아동들은 전승놀이를 할 뿐만 아니라, 서구 문화에서는 이미 오래 전에 성인 활동의 일부로서 중단되어버린, 숫자요를 여전히 반복하고 있으며, 편놀음요도 보유하고 있다. 그러한 것들에 관한 지식은 서적을 통하여 아동들이 이용할 수 있지만, 그 실행은 구전이나 모방에 의해 전수되어 왔으며 그런 전승은 학교를 통하여 전하여 매우 빠르게 전 대륙으로 퍼져 나갔다.

9) 연구와 채집

민속문학은 매우 풍부하여 언제 어디에서나 있었다. 그러나 그것에 대한 연구가 진지하게 이루어졌던 것은 지난 2~3세기 간에 지나지 않는다. 주요한 난점은 그런 연구를 밑받침해 주기 위한 자료의 수집이었다. 바로 '구전적'이란 특성 때문에 누구나 직접적으로 이 활동의 극히 적은 부분밖에는 숙지할 수 없었던 것이다. 다만 일반 연구를 가능하게 하였던 것은 구전 자료에 대한 어떤 종류의 문자 기록이 이루어졌을 때부터였다.

아직도 문자를 갖지 못한 민족들에 대한 민족학자들이나 인류학자들의 보고는 광범위에 걸친 집단의 문화에 대한 일반적 연구의 일부로서, 종종 민속문학에 대하여 훌륭한 설명을 하여 왔고, 또 그들이 들은 바 있는 자료들을 제공해 왔다. 이러한 보고들은 매우 일방적이고 때로는 단편적이기는 하지만, 지구상에 존재하는 많은 지역에서의 문학적 표현의 표본들을 제공해 주고 있다.

문자가 사용되기 이전의 고대 세계로 관심이 옮겨 갔을 때, 학자들은 거의 전적으로 위에서 언급한 무문자 집단의 자료들의 유사점에 매달렸다. 피라미드를 세운 이집트 사람들이나 수메르의 사원에서 구연되었던 이야기나 혹은 불리었던 노래들에 대해서 알 수는 없다. 그러나 그 당시에도 이들 민족들이 침묵을 지키지는 않았으리라고 생각하는 것은 올바른 생각일 것이다. 물론 그들은 결국 기록문학을 발전시켰으므로, 현대의 무문자 민족과의 유추는 그다지 타당하지 못하다는 점을 기억해야 할 것이다.

기록 수단이 발전한 이래로 연구가들은 민속문학에 대해 몇 가지 점에 의존하였다. 문자 기록 속에는 특정 이야기나 노래의 존재에 대한, 또는 흔히 그들을 만들어 낸 방법에 대한, 특별한 참고 자료가 들어 있을지도 모른다. 『구약성서』는 이런 것들의 훌륭한 원천이며, <오디세이>나 <베어울프>에도 민간 음유시인이나 가창자들의 구연 모습에 대한 훌륭한 묘사를 포함하고 있다.

민담과 전설, 서정요와 영웅요, 수수께끼와 속담에 관한 많은 자료집이 과거 3~4세기 간의 대중 전승으로부터 직접적으로 얻어졌다. 이런 자료들의 채록이 시작되었을 때 거의 언제나 당시 유행하던 문학 형식으로 재창작되곤 하였다. 그렇게 재창작된 이야기의 훌륭한 예들이 바질레 Giambattista Basile(1634~1636), 뻬로Charles Perrault(1697), 18세기와 19세기 초의 독일 작가 무제우스Johann Karl August Musäus와 브렌타노Clemens

Brentano의 자료집에서 발견된다. 그림Grimm 형제는 그들의 『아동과 가정을 위한 멜헨집*Kinder und Haus Märchen*』에서 구전 화자로부터 들은 대로 이야기를 정확하게 기록할 것을 이상으로 삼았지만, 그들의 이 유명한 저작에 들어 있는 많은 이야기들이 절대로 민속문학이 아님은 분명하다. 똑같은 방법으로 민요와 담요의 자료들은 19세기에 이르러서도 여전히 심하게 편집되었다.

부분적으로는 문학에 있어서 낭만주의 운동의 결과로, 또 부분적으로는 상고주의와 일반 민중에 대한 흥미의 결과, 1800년경 이래로 모든 종류의 노래와 구전 이야기의 기록이 괄목할 만한 상태에 이르렀다. 있는 그대로 자료를 복구하고자 하는 시도가 점점 더 커졌다. 대규모의 도서관에서는 세계 각처의 민속문학의 훌륭한 표본을 제공하는 수천 권의 책들을 찾을 수 있다. 지난 세기 중에는 대규모의 지역적인 혹은 국가적인 기록보관소의 발전을 보게 되었고, 그들 대부분은 연구에 이용할 수 있는 수많은 자료들은 포함하고 있다. 이 모든 책이나 사본들은 채집의 기술이 발달함에 따라 점점 가치 있는 것으로 되었다. 즉 처음에는 우연히 보통 속도로 기록되다가 다양한 단계를 거쳐 재창작되었고, 이어 디스크나 테이프에 기계적으로 기록하는 데까지 이르렀던 것이다.

기계에 의한 기록이 가능해짐에 따라 전 세계로부터 민속문학으로 입증된 자료들을 채집할 수 있게 되었다. 이 개량된 수집 활동은 괄목한 만한 속도로 진전되었고 구전 기록을 토대로 모든 종류의 비교 연구가 가능하게 되었다.

무문자민이 우세한 민족의 민속문학으로 말한다면, 확대된 이러한 연구 기반으로 인하여 각지의 특징을 찾을 수 있게 되었을 뿐만 아니라, 도처에서 차이까지도 지적할 수 있게 되었다. 이러한 차이점에 입각하면 이제까지 용인되었던 일반화는 재고되지 않으면 안 된다. 예컨대 채집이 증대됨에 따라 아메리카 인디언 민담이나 전설의 유사점 아니면 상이점이 더 명백해질 것인가? 세계의 어떤 지역의 민속문학은 문화적 영역을 따른 것인가, 혹은 언어적 경계선이나 아니면 어떤 다른 기준을 따른 것인가? 이제 현대의 수집자들이 구비전승을 있는 그대로 기록하기 위하여 모든 노력을 다했다는 확신을 가지고 이런 문제들이 연구될 수 있다.

기록 작품들과 아울러 문자를 가진 민족 사이에 존재하는 20세기의 민속문학에 대해서도 똑같은 것을 말할 수 있다. 자료 수집은 질과 양적인 면에서 진전되었다. 도서관은 도처에서 관심을 가진 사람들에 의해 수집된 민속문학 자료의 신간들을 받고 있을 뿐만 아니라, 이들 수집가들은 더욱 훈련을 쌓고 장비를 갖추었다. 그러나 문자로 기록된 민속문학 연구에 최대의 진전은 민간전승 자료보관소의 발전을 들 수 있는데, 이들의 상당 부분은 다양한 종류의 구비문학에 관심을 가지고 있다. 이들은 급속히 성장하고 있을 뿐만 아니라 세계 도처에 산재해 있으며, 잘 목록화하여 쉽사리 이용할 수 있게 되었다.

10) 참고문헌

민속문학과 고급 문학의 경계선 상에 놓여 있는 문학에 관하여 가장 잘 다룬 것은 채드윅과 채드윅H. M. Chadwick and N. Chadwick의 『문학의 성장*The Growth of Literature*』 전 3권(1932~1940)이다. 톰슨S. Thompson의 『설화*The Folktale*』(1946)는 구전설화 분야에 대한 개관 및 포괄적인 참고서지를 제공해 준다. 세계 전역의 신화에 대하여 보려면 『모든 민족의 신화*Mythology of all Races*』 전 13권(1916~1932)을 보라. 이 책에 있는 참고문헌 중 어떤 것은 이미 절판이 되었으나, 이 책은 귀중한 정보를 줄 것이다. 『설화 연구 잡지*The Journal of Folktale Studies*』(연 3회 간행)와 '민속학 회원 통보*FF Communication*'(부정기 간행)는 일차적으로 주요한 문헌으로, 영어, 불어 및 독어로 된 논문들이 실려 있다. '민속학 회원 통보'는 의심할 나위 없이 민속학의 모든 면에 대해 주도적인 총서이다. 최근에 영어

로 간행된 설화집 총서 중 훌륭한 것은 도우슨R.M. Dorson이 편집한 '세
계의 설화*Folktales of World*' 이다. 독일어로 된 보다 폭넓은 내용의 총서인
『세계문학의 멜헨』 또한 중요하다.(이하 참고 서지 목록은 생략)

● 참조 원고

Thompson, Stith. "Folk Literature", *Britanica*(1979).

4. 민속학과 문학 연구가

아처 테일러Archer Taylor

　　버클리에 있는 캘리포니아 대학의 독어과 명예교수이자 국제적 평판이 높은 저명한 미국의 민속학자인 아처 테일러Archer Taylar는 이 글에서 민속적 자료와 문학의 복잡한 관계를 다루고 있다. 이 글 첫머리의 발언은 민속학에 대한 매우 간명한 정의이다.

　　민속학과 문학과의 관계에 대해 관심을 가진 연구자라면 특히 『미국 민속학 잡지』 70(1957), pp. 1~24의 "문학 속의 민속학 심포지움"에 포함되어 있는 논문들을 참조하여야 할 것이다. 인류학적 문학 연구에 대하여는 『박물관회보』 16, 캐나다 지리 조사에 대한 인류학 총서 6으로 간행된 폴 라딘Paul Radin의 『북미 신화학의 문학적 양상 *Literary Aspects of North American Mythology*』(Ottawa, 1915) 및 그의 『아메리카 인디언의 산문 서사시의 진화 : 비교문학적 연구』의 제1~2부(바젤Basel, 1954, 1956)를 보아야 할 것이다. 또한 멜빌 제이콥스Melville Jacobs의 『구비문학의 내용과 양식 *The Content and Style of an Oral Literature*』을 보라. 제이콥스의 자극적이며 계속된 저서 『사람들이 곧 오고 있다 *People Are Coming Soon*』(Seattle, Wash, 1960) 속에서 이야기의 구연은 오로지 토착적인 배경 속의 사건을 이해해야 알 수 있는 문학적 사건으로 다루어지고 있다. 이 배경을 제이콥스가 재구하기 시작한 것이다.

민간전승은 구두口頭나 습관 또는 관습에 의하여 전승되어 온 자료이다. 그것은 민요, 설화, 수수께끼, 속담 혹은 그 밖에 문자로 채록되어 보존된 자료일 수도 있으며 ; 울타리나 매듭, 십자 무늬가 들어있는 뜨거운 빵이나 부활절 달걀, '트로이의 벽'과 같은 전통적인 장식물이나, '만卍' 자와 같은 전통적 상징일 수도 있고 ; 혹은 어깨 너머로 소금 뿌리기나 나무 두드리기 같은 전통적 의식일 수도 있으며 ; 딱총나무가 눈병에 좋다는 것과 같은 전통적 신앙일 수도 있다. 이들 모두가 민속학의 범주에 속할 수 있다.

문학 연구가는 광범위한 자료들을 똑같이 취급한다. 그는 자신의 연구에다 정서를 전달하고 상상력에 의해 쓰인 언어 이상의 것을 포함시킨다. 오늘날 그는 발화된 언어 그 자체에 대해서는 그다지 관심을 기울이지 않지만, 그것(spoken word)이 우리 당대에 큰 영향을 미쳤음은 분명하다. 그는 순문학belles lettrès이나 수사修辭에 상상력이 나타나는 것과 전혀 다른 방법으로 그것이 나타나는 자료들을 다룬다. 오늘날의 문학 연구가는 신학적 해석이나 논쟁(좁은 의미로는 '설교 문학'이라고도 부를 수 있겠지만), 과학, 역사, 사서辭書, 참고문헌, 역서曆書 등으로써 작업하고 있다. 문학 연구는 『신곡神曲 *Divine Comedy*』이나 『실락원失樂園 *Paradise Lost*』에 대한 신학적 해석 ; 셰익스피어의 작품에 나타나는 지리나 법률에 대한 조사 ; 르네상스 시대의 글에 나타나는 여행과 탐험에 대한 정치적·경제적 배경에 대한 논의 ; 페트라르카Petrarch나 셰익스피어, 볼테르의 수학 및 독서 경력에 대한 기술 및 분석 ; 미국 문학을 해석하기 위하여 '개척자frontier'란 용어의 사용에 대한 역사적 고찰 ; 디킨즈의 소설을 올바로 읽기 위한 작품에 나타나는 사회적 환경의 고구考究 ; 졸라의 소설을 이해하기 위한 생물학적 이론 ; 드·퀸시나 쉴러의 생애에 영향을 끼친 병病을 찾기 위한 의학적 지식 ; 작가의 내부 의식 세계에 숨겨져 있는 비밀을 찾아내기 위한 정신분석학적 연구 같은 전문적 방법까지도 수용한다. 문학 연구가들은 스스로 책의 내용이나 그것을 쓴 작가의 생애에만 한정하지 않고, 그 기술적 과정까지도 연구한다. 그들은 책의 제본이나 인쇄 방법, 장정들에 대하여 연구한다. 요컨대, 인쇄물로 된 모든 것이 문학이고, 어떠한 지적 학문 분야나 기술 과정이라도 문학에 관한 문답에 필요한 정보를 줄 수 있는 것이다.

민속학이나 문학에 대한 이러한 폭넓은 정의가 잘못이라는 것은 아니다. 참으로 이러한 폭넓은 정의(아마 정확하지는 않으나, '신기한 재주tour de force'라 불릴 수 있는)에 의해서 모든 인간적 흥미나 행동을 문학 연구에 종속시킬 수 있으며, 민속학과 문학을 대학에 있어서의 진정한 학문 분야로 여길 수 있다.

이러한 정의를 수립하는 데에는 유용한 실제적인 측면이 있다. 민속학에 의하여 우리는 이제껏 소홀히 여겨져 온 분야를 이해할 수 있도록 인도되는 것이다. 예컨대, 우리는 민속학에서는 전통적 형型이나 디자인에 대한 역사나 기술記述에 관하여 그다지 이루어진 것이 없음을 알고 있다. 우리는 '만卍' 자에 대해 들은 바가 많이 있고, 실제 그것에 대하여 쓴 글은 많지만, 그 밖의 많은 상징들은 소홀히 여겨져 왔다. 나는 르네상스 시대의 인쇄기에서 사용했던 각角진 문자 '4'의 의미가 이미 완전히 잊혀졌다고 생각한다. 몸짓은 전통적인 신체를 이용한 몸놀림이다. 플로리다 대학의 헤이에스F. C. Hayes 외에는 이것에 대하여 관심을 기울인 사람이 거의 없었다. 아마 이러한 경시 경향은 어느 정도 현대의 우리들의 생활 조건에서 생긴 것이리라. 영화에는 중세의 회화보다도 더욱 빈약하고도 단순한 몸짓의 사용이 나타나고 있다. 몸짓에 대한 역사상의 많은 기묘한 자세한 것들, 사용례, 양식 따위는 설명을 요하는 것이다. 엄지를 코에 대는 '상하이 제스처Shanghai Gesture'는 무엇인가? 그보다 먼저 그것은 왜 이런 이름을 갖게 되었는가? 그것은 얼마나 오랜 역사를 가졌을까? 그것은 어디에서 알려지고 사용되었을까? 그것은 어떻게 모욕하는 의미를 갖게 되었을까? 이태리의 어떤 지역에서는 '이리 오라'고 하는 것은 손을 내밀어 손바닥을 위로 향하게 한 채 네 개의 손가락으로 부르는 데에 비하여, 다른 지역에서는 손을 같은 모양으로 뻗치고 손바닥을 아래로 향하게 하여 부른다. 상대방에 대한 존경의 표시를 할 때에 우리는 기립한다. 그러나

뉘른베르크 재판에서는 선고를 위하여 죄인이 인도되었을 때 입회인들이 일어났다는 것을 필자는 읽은 적이 있다. 이 경우 입회인은 인간에 대하여 경의를 표하는 것인가, 아니면 법의 집행에 대하여 경의를 표하는 것인가? 이 문제는 그만 두고라도, 우리는 엎드리는 행위 또한 존경의 표시임을 알고 있다. 민간전승에서 흔히 있는 것처럼 여기에서 우리는 대립적인 행위가 똑같은 일을 나타냄을 알 수 있다. 몸짓에 대한 서술, 그들이 사용되는 시간과 장소의 결정, 그들에 대한 해석 등이 민속학의 과제이다.

문학 작품에 있어서의 몸짓의 사용은 문학 연구가들의 문제이다. 예컨대(필자는 소홀히 여겨져 온 연구 분야에 대하여 설명을 계속하고 있지만), 셰익스피어의 작품에 나타난 몸짓에 대하여는 무엇이 쓰였는가? 나는 내 자신 이 질문에 대하여 대답하려고 애쓰지 않았지만, 그다지 많은 것이 있으리라고 기대하지 않는다. 나는 원본에 생명을 불어넣기 위하여 배우가 하는 몸짓을 말하는 것이 아니라, 원본 자체에 포함되어 있거나 명기되어 있는 몸짓만을 이야기하는 것이다. 사무엘 버틀러Samuel Butler의 <휴디브라스Hudibras>란 작품에는 몸짓이 풍부하게 나타난다. 그 전형적인 예들을 인용해 보겠다.

> 이렇게 말하자, 그는 자신의 손으로 검劍 위를 두드렸다.
> 마치 스스로 약속을 지키려는 맹세라도 하듯.
>
> — Ⅰ, ⅱ, pp. 681, 682

> 이에 기사騎士는 격노했다.
> 그리고 양손과 눈을 들어
> 세 번 가슴을 세차게 때렸다.
>
> — Ⅰ, ⅱ, pp. 737~739

> 나는 그를 진정 슬퍼했다. 그들이…
> 그런 비인간적 대우를 받아야 하다니.

그 때문에 그는 임명장을 내 던졌다.

— Ⅰ, ⅱ, pp. 893~898

그녀는, 당신처럼 멋쟁이 바보를 경멸한다고 말했다.
자신의 손으로 엉덩이를 두드리면서.
그녀가 자신의 말을 얼마나 자랑스러워 하는지 보여 주는 듯했다.

— Ⅰ, ⅲ, pp. 814~817

이제 민속학과 문학의 문제에 대하여 좀 더 가까이 다가가 보자. 나는 주로 말로 표현된 민간전승, 즉 민요, 설화, 속담, 수수께끼, 그 밖에 유사한 범주들만으로 제한할 것이다. 여기에서 다른 관계에서 생기는 세 가지 문제, 즉 (1) 민간전승은 여러 문화에서 문학과 구별할 수 없다는 것 ; (2) 문학은 민간전승에서 차용한 요소들을 포함하고 있다는 것 ; (3) 작가들은 민간전승을 흉내내 왔다는 것을 알게 된다.

민속학과 문학의 동일성은 명백한 사실이다. 『구약성서』는 전통을 담고 있는 책이라 부를 수도 있지만, 그것은 또한 고대 헤브류의 문학이라고도 부를 수 있다. 어떤 예에서는 현대인의 문화조차 민간전승에 크게 의존하고 있다. '칼레발라Kalevala'는 민요에다 약간의 변모를 가해 핀란드의 고전문학 작품과 결합했던 것이다. 나는 유능한 전문가에게서, 아마도 시문의 단 2% 정도만이 민요 기원이 아닌 것으로 증명된다고 들은 바 있다. 그러한 고대 헤브류나 현대 핀란드의 문학 연구자는 민속학과 문학의 역사에 대한 기술을 구사하지 않으면 안 된다.

여기에 중요하고도 곤란한 매우 기초적인 문제가 제기된다. 민속학과 문학 사이에 스타일이나 소재상의 커다란 차이가 있는 것일까? 그보다 오히려 유사성이 쉽사리 발견될 수 있고, 흥미 있는 일반화가 도출導出될 수 있는 것이다. 만약에 우리가 설화의 테마와 취급 방법을 총괄적으로 서술한다면, 우리는 그것이 문학의 테마와 취급 방법과 동일하다는 것을 알 것이다. 신데렐라의 이야기는 어떻게 가난하고 착한 소녀가 미천한 지위에서 일어나 왕자와 결혼하여 행복하게 살았는가를 이야기해 준다. 이것은 통속소설의 전형적인 테마이고 영화에서 반복되어 나타나는 것이다.

만약 우리가 민속학 장르의 역사와 문학 장르의 역사를 총합적으로 서술한다면, 우리는 이 두 가지 분야에서의 연구자는 유사한 문제를 해결하기 위하여 애쓰고 있다는 것을 알 것이다. 예컨대, 바보와 탐정에 관한 이야기를 비교해 보자. 우리는 각 장르의 정의를 내리고, 그 기원을 각각 모색하고, 나아가 역사적으로 해석될 수 있고 비평적으로 평가할 수 있는 문체상의 변이와 주제상의 변이를 찾으려 할 것이다. 문체상의 변의 예로서, 탐정이 아니라 범인의 시점에서 이야기하는 그레엄 그린의 교묘한 이야기법을 주목하고 ; 주제상의 변의 예로서 현대에는 테마를 살인 사건으로 한정하고, 사건 뒤에는 새롭고 놀라운 범죄 수법을 찾아내는 것으로 전개됨에 주목하라. 우리는 해석을 요하는 문화적 세부 사항들을 찾아낼 수 있다. 한편으로 바보 및 광기狂氣에 대한 민간 의식, 또는 궁정의 어릿광대 및 바보 이야기와의 관계 ; 또 다른 한편으로 탐정소설에 있어서 현대 과학의 장치 차용 같은 것이 그것이다. 우리가 민속학과 문학의 연구 분야를 총체적으로 포착할 때, 양자간의 유사성에 의하여 이러한 비교가 생각될 수 있다.

민속학에 있어서 가장 흥미 있고 매력적인 문제는, 우리가 민속학을 문학으로 간주하고 문학사가가 던질지도 모르는 질문을 민속학에 대하여 할 때 생긴다. 수수께끼를 예로 하여 보자. 우리는 누구나 수수께끼는 퍼즐이라고 하는 모호한 정의에 익숙해져 있다. 우리는 퍼즐이 말에 의하여 진술되고 말로써 해석된다는 것을 당연한 것으로 여긴다. 그러나 그러한 정의가 수수께끼집에 있는 모든 퍼즐들을 포괄시키는 정의일 수 있을까? 그것은 그렇지 않다. 그림에 의해 표현된 퍼즐도 있는 것이다. 우리는 그러한 것을 '그림 수수께끼rebuse'라 부른다. 행동으로 표현되는 퍼즐도 있다. 이러한 변종의 예로는 어떤 사람에게 자신 외에는 아무도 볼 수 없는 곳에서 불을 켜도록 요구하는 게임이 있다. 그는 그 불을 머리 위에 얹어야 한다. 또한 우리는 정의에 대한 분석을 더욱 진척시킬 수 있다. 그림 퍼즐도 모두 같은 종류는 아니다. 어떤 것은 그림에 대한 특별한 해석을 포함하는데, 즉 하나씩의 '눈(I)'과 '깡통(can)'을 '나는 할 수 있다(I can)'으로 나타낼 수 있다. 또 어떤 것은 단어 대신 의미를 지닌 실제 그림을 포함하는데, 이러한 변종은 종종 주일 학교의 독본들이나 이른바 상형문자의 성경에서 발견된다. 이러한 변종들의 각각은 자체적인 역사를 가지고 있다. 만약 우리가 단어로 표현된 수수께끼로 눈을 돌리면, 우리는 그 의미를 알 수 있거나 또는 의미를 알 수 없는 많은 변종들을 찾을 수 있다. 우리는 '험프티 덤프티Humpty Dumpty' 같은 단순한 기술적記述的인 수수께끼를 가지고 있는데, 여기에서는 달걀이 인간으로 의인화되고, 이 의인화는 '사람이 한번 추락하면 원상 복구될 수 없다'는 속담과 어긋난다. 이것은 『구약성서』의 <사사기師士記> 제14장에 있는 '삼손의 수수께끼'와 전혀 다르고, 또한 이 양자 모두는 덴마크의 '네 머리에 일곱 구멍을 가질 것이냐? 피 한 잔을 마실 것이냐? ― 네 머리에는 원래 일곱 구멍이 있는 것이다.'라는 것과 전적으로 다른 것이다. <베니스의 상인>에 있는 상자의 선택과 같은 순수한 양자택일의 것은 분명히 그다지 재미있는 것이 아니다. 인간이 서로 혼란을 일으키고 덫을 치려고 했던 퍼즐은 결코 이들뿐만 아니다. 산술적인 문제, 성서적인 질문, 촌수를 따지는 퍼즐, 그 밖에 지혜를 짜내야만 대답할 수 있는 질문들이 있으며, 이들은 모두 '사람이 과부의 여동생과 결혼하는 일은 옳은 것인가?'와 같은 기상奇想 혹은 패러디와도 병치竝置된다. 만약 우리가 이러한 변종들의 하나에 대한 기술記述을 더해 본다면, 전에는 미처 알지 못했던 기묘한 아유형亞類型을 찾아낼 수 있다. 널리 알려진 것으로, '침대와 문과 창문'에 대한 수수께끼가 있다. "하나는 낮을 기다리고, 또 하나는 밤을 기다리나, 세 번째 것은 '나에게는 늘 마찬가지이다.'"라고 말한다. 우리는 이것은 기술적記述的인 수수께끼의 특별한 범주를 나타낸다고 안심하고 말할 수 있다. 왜냐하면 그것은 보통 수수께끼에서와 같이 하나가 아니라 세 개의 사물과 관계하고, 그것은 세 개의 사물의 활동을 대조시키는 특징적인 장치를 사용하며, 필자가 기록했던 60개 이상의 예에서 한정된 범위의 테마를 다루고 있기 때문이다. 우리는 이 3부로 이루어진 수수께끼에서 사물 중의 하나가 수수께끼가 말하는 단어에 의해서 묘사된다는 점에 주목해 왔다. 단지 대화로만 이루어진 수수께끼도 있다.

> 지그재그야, 너 어디 가니?
> 네 머리는 대머리구나, 어찌 된 거냐?
> 네 비뚤비뚤한 걸음걸이가 올바로 고쳐지기 전에 내 머리카락은 돋아
> 날 게다.
> (깎여진 건초밭이 그곳을 통해 구불구불 흐르고 있는 시냇물에게 이야
> 기한다.)

이것 역시 그 자체적인 역사를 지닌 특수한 형태의 수수께끼이다.

나는 더 이상 수수께끼의 문체 분석에 대한 설명을 하지는 않겠다. 절차는 페트라르카와 워즈워드의 소네트 간의 특징, 혹은 5막을 사용하는 셰익스피어의 연극과 4막을 사용하는 입센의 연극 사이에 나타나는 차이를 식별하고 논의하는 문학사가의 그것과 똑같은 것이다. 민간전승의 연구는 문학사에 있어서 기초적인 것일 수가 있다.

우리는 민속학과 문학의 차이는 무엇인가라는 질문에서 더 어려운 문제에 봉착하게 된다. 이들 사이의 명백한 차이는, 민속학이 관습적 테마와 문체적 장치를 사용하고 구태여 관습적인 성질을 감추려 하지 않는 데 대하여, 문학 예술가는 하우스만이 그랬던 것처럼 형식이나 소재상의 진부한 표현을 피하기 위하여 작품에서 관습적 특질을 제거하거나 그들에게 새로운 내용을 부과한다는 점이다. 민속문학과 예술문학 사이의 차이를 정말 비평적으로 분석하기 위해서는 고도의 철학적 비평이 요구된다. 이 문제를 풀기 위한 노력은 호머나 버질을 비교하든가 혹은 민간 담시를 예술시와 분리함에 의해서 이루어져 왔다.

민속학과 문학을 포함하는 두 번째의 문제는 문학 작품에 나타나는 대중적 요소가 동일하다는 인식과 그 해석에 관한 것이다. 이 점에 관하여 민속학은 문학 연구가가 외국어나, 역사, 신학, 경제학, 심리학 등을 자유로 이용하는 것처럼 별개의 학문 분야인 것이다. 민속학의 자료는 이미 그가 이용할 수 있도록 편리한 참고서의 형태로 잘 정리되어, 연구자들에게 필요한 정보를 제공해 주고 있다. 설화는 엄청난 양이 채록되어 잘 목록화되었다. 민간전승 테마는 쉽사리 목록상의 위치 지정을 할 수 있음에 비하여 문학 테마의 용례는 찾아내기가 매우 어렵다. 신데렐라에 관해 이야기된 것을 찾아내는 편이 '고귀한 야만인'에 대해 이야기된 것을 찾아내는 편보다 훨씬 쉬운 것이다. 이미 속담에 관한 훌륭한 집성집이 있으며, 그러한 모음집은 계속 만들어지고 있다. 셰익스피어가 작품 속에서 사용한 속담과 유사한 예를 찾는 편이 그가 사용한 문체적 관습의 유례를 찾는 편보다 훨씬 쉬운 것이다.

나는 위에서 이미 <휴디브라스*Hudibras*>로부터 몇몇 몸짓을 인용하면서 문학 작품 중에 나타난 민간전승적 요소의 해석에 관하여 시사한 바 있다. 이런 문제와는 거듭 부딪치게 된다. 우리가 롱펠로의 시 <하이어워서*Hiawatha*>에서 보는 바와 같이, 전체 테마를 차용하는 문제일지도 모른다. 즉 롱펠로는 미국 인디언 중에 유행하는 민간전승 테마를 선택하기도 했고, 칼레발라*Kalevala*에 나타나는 민간 기법을 사용하기도 했다. 원본을 비평적이고도 역사적으로 해석하는 데에는 민간전승을 이용하는 것이 필요하다. 솔로몬이 썼다고 하는 『구약성서』의 <아가雅歌> 중에 나오는 "Nigra sum sed formosa(나는 검지만 아름답다)"란 구절은 그 대부분의 사용례가 솔로몬이 사용한 말을 문학적으로 흉내 낸 것이 아니라 <밤색의 처녀>나 담시로 쓰인 <두 자매>의 적의敵意에 보이는 민간전승 테마인 것이다. 문학에 있어서 속담의 사용은 언제나 흥미를 돋우는 과제이다. 속담은 오늘날보다도 중세의 작가들에게 더 쉽사리 그들의 마음을 표현하는 도구이었음에 틀림없다. 그들은 아마도 즉석에서 속담을 짜 맞추는 학교 수련을 쌓았을 것이다. 그리하여 그는 속담을 예증하는 상황을 만들어내도록 요구받고 "누가, 무엇을, 어디에서, 어떻게, 왜, 어떤 방법으로, 언제"라는 질문에 대답하였을 것이다. 그는 비망록을 만들어 그 속에 많은 속담들을 기록하였음에 틀림없다. 르네상스 시대의 작가는 에라스무스의 아다지아Adagia를 늘 곁에 두고 그런 경구警句나 상징과 같은 관련된 형식에 늘 유의하였다.

우리는 속담 혹은 우화로서 <고양이 목에 방울 달기>나 <여물통 속의 개>와 같은 것의 역사를 쉽사리 더듬어 볼 수 있지만, 어려운 점도 생긴다. '자신이 흘린 땀으로 빵을 벌기'는 분명히 아담에게 내린 신의 저주를 나타내지만, 이 저주의 특별한 형식은 제임즈왕본(흠정역欽定譯)에 보이지 않는다. 더구나 필자가 참조한 그 어떤 본에도 그런 내용이 나타나지 않는다. 이 말의 기원은 확실치 않다. 13세기 초 독일의 교훈시 시인인 프라이단크Freidank는 "공작새는 도둑의 걸음과, 악마의 목소리와 천사의 옷을 가졌다."라고 했고, 같은 시기에 살았던 익명의 한 영국인은 "공작은 도둑처럼 걷는다."라고 했지만 이 인유의 출처는 지금 명확치 않다. 속신어俗信語는 아마도 가장 추적하기 어려운 유類의 민간전승일 것이다.

> 멋대로 지저귀는 종달새가
> 거친 불협화음과 불쾌한 금속성으로 우짖는다.
> 종달새의 노래가 달콤하다고 말하는 사람도 있지만
> 그건 그렇지 않다. 그녀가 우리를 갈라놓는 까닭이다.
> 그녀와 끔찍한 두꺼비가 눈을 바꿨다고도 하더라

그 어떤 주석자도 이 시의 최종 행에 나타난 인유에 대해서 설명을 한 적이 없다.

이제 우리는 문학과 민속학을 아우르는 세 번째 문제에 이르게 된다. 그것은 민속문학 장르에 대한 문학 측의 의도적인 모방이다. 그 같은 모방은 민속학과 문학 간의 차이를 인정함을 뜻한다. 민속문학과 예술문학의 차별화가 생기기 이전까지 민간전승 양식과 민간전승 소재를 의식적으로 모방한다는 것은 있을 수 없는 일이었다. 속담은 아마도 가장 흥미 있는 예를 보여줄 것이다. 속담을 연구한 거의 모든 사람은 스스로 속담을 만들어내는 착각에 빠지게 된다. 그는 종종 현명치 못하게도 자신의 창작을 문헌에 올리기도 하지만, 그런 것 중 대중의 인정을 받아 살아남는 것은 하나도 없다. 『호-이리아나의 편지*Epistolae Ho-Elianae*』의 저자이며 주요한 속담 사전의 편자인 제임즈 호웰James Howell은 그의 속담 사전에 '후대 속담에 유용할 다세기적 신속담'이란 것을 덧붙였다. 그러나 그 중에서 단 하나도 전승 가운데 살아남은 것이 없다. 시인들은 담시를 모방했다. 하이네는 <로렐라이>를 썼고, 단테 가브리엘 로제티Dante Gabriel Rossetti는 <누이 헬렌*Sister Hellen*>을 썼다. 그들은 담시 양식의 명백한 세부적 기교를 차용하지 못했기 때문에, 그들이 그런 관습을 알고 있었는가 몰랐는가 하는 의문을 일으키게 한다. 조지 메레디스George Meredith의 <새그팻의 털깎이 *Shavings of Shagpat*>와 마찬가지로 18세기 및 낭만주의 시대의 설화에 대한 모방은, 민간전승 양식의 평범한 표현에 대하여 이상하게도 똑같이 무지하였음을 보여준다. 민간전승에 대한 그러한 모방의 역사는 민속학자의 업무에 속한 것이 아니라 문학사가의 업무에 속하는 것이다.

끝으로 논급이 필요한 이러한 절차들의 현대적 변이가 있다. 작가가 민간전승을 모방하여 무엇을 쓰고, 그것을 문학으로 받아들이기를 원하는 대신에, 그는 자신의 작품이 민간전승으로 그대로 남기를 바랄지도 모른다. 폴 번연에 관한 이야기의 대부분은 그 같은 창작이었다. 그들은 또한 놀랍게도 민간전승 소재의 관습적 면모에 대하여 거의 이해하지 못했음도 알 수 있다.

◆ 참조 원고

Archer Taylor, "Folklore and the Student of Literature", ed. Alan Dundes, *The Study of Folklore*. pp. 34~42 / *The Pacific Spectator*, Vol. 2(1948), pp. 216~223.

II. 유형론과 테마론

1. 민속문학의 서사법칙

악셀 올릭Axel Olrik

덴마크의 저명한 민속학자에 의한 이 논문은 민속학의 기본적인 연구 중의 하나이다. 유럽의 민속학자들에게 높이 평가받은 이 글은 미국에는 그만큼 잘 알려져 있지 않다. 이 글은 민간설화의 창제를 지배하고 있는 몇몇 기본 법칙을 서술하려는 야심찬 시도였다. 같은 연대의 기원 연구들과 달리 이 글은 지금까지의 비평들에 대해 꿋꿋이 견뎌 왔고, 다가올 신세대 민속학자들에서도 계속 자극을 줄 것이다.

원래 1908년 베를린에서 개최되었던 학제간 회의에서 제시되었던 이 올릭의 논문을 읽기 위하여 우리는 그가 말하는 '자겐벨트Sagenwelt' 혹은 '자게Sage의 세계'에 대해 그가 정의한 바를 알아둘 필요가 있는데, 이것은 사실상 매우 포괄적인 용어로서, 민담, 신화, 전설, 민요와 같은 형식들을 통합하는 개념이다. 이 정의에 대해서 올릭은 '법칙'이 전설과 같은 오직 하나의 장르에만 제한되는 것이 아니라 다른 여러 장르에도 똑같이 적용될 수 있다고 보았으므로 매우 중요하다. 올릭에게 있어서 '자게의 세계'는 독립적 영역이며, 실제 세상과 분리된 현실성의 세계이며, 그 자체의 법칙과 규칙에 따르고 있다. 이 '자게 세계'의 법칙들은 일상생활의 객관적 현실성의 법칙에 대해 우선한다. 이런 이유로 그는 민속자료는 그들 자신의 법칙에 의해 측정되어야 하고,

일상생활의 법칙으로 측정되어서는 안 된다고 주장한다. 민속자료는 어떤 법칙이 아니라 바로 그 자신의 법칙에 따라야 하는 것이다.

올릭의 이러한 법칙들의 개념은 문화에 대한 인류학자들의 용어인 '초유기체'라는 개념과 비슷하다. 이것으로써 인류학자는 문화가 자율적·추상적·독자적sui generis인 과정이며, 그 기원, 발전, 작용을 설명하기 위해서는 현상들의 다른 질서를 참조할 필요가 없음을 의미한다. 만약에 유기체적 수준이 인간을 포함한다면, 초유기체적 수준은 인간보다 상위에 있는 독립적인 것이며, 순수한 인간관계로 제한시킬 수 없다. 그 근거는, 인간은 자신을 구성하고 있는 무기적(화학적) 요소의 총체 이상이라고 스스로 생각하는 바와 같이, 초유기체는 그것을 이루는 유기체적 요소 이상으로 추정되기 때문이다. 인류학에 있어서 초유기체주의자는 인간의 행위나 문화를 지배하는 진화와 같은 추상적 패턴이나 원칙을 가지고 있다.

올릭의 서사법칙들은 초유기적인 것이므로, 그들은 개별적인 화자들을 적극적으로 지배하고 있는 것으로 제시되었다. 이 견해에 따르면 민중 화자들은 서사법칙들을 오로지 맹목적으로 추종한다. 이 초유기체적 법칙은 어떤 개인적 구속에서도 벗어난다. 이런 유의 생각은 얼핏 보기에 민속학을 자연과학에 속하는 것으로 보이게 하지만, 민중을 민속학에서 끌어내는 것이다. 이러한 방법론적 접근으로 볼 때 민속자료가 개인과 개인 간 유통되는 것이라는 주장은 거의 부적절하다. 민속자료에 대한 초유기체적 개념은 심리학적 분석에 대한 전통적 민속학자들의 기대가 하나의 이유라는 점을 유의해야 한다. 만약 민속자료가 구체화된 초유기체적 법칙 즉 개인에 의지함이 없이 구체화하는 것으로 설명될 수 있다면, 거기에는 분명 민간 자료가 무엇이고, 그것이 무엇을 하는지를 설명하기 위하여 개인의 심리학을 생각할 필요가 없다. 이것은 올릭이 초유기체적 법칙을 옹호했던 유일한 민속학연구자가 아니었다는 것만큼 이론적으로 매우 중요한 점이다. 그런 예로는 월터 앤더슨의 '자기 수정의 법칙'을 들 수 있다. 이 이론에 의하면 이야기는 본질적으로 자기 수정을 하며, 이에 의해 그들의 과오에 의한 파괴나 혹은 잘못된 기억을 가지고 있는 빈약한 이야기꾼에 의해 개재된 가능한 한 변모로부터 안전한 놀랄 만한 고정성을 유지한다. 다른 예는 자동 전파의 개념인데, 이에 의해 이야기는 사람들이 이동하거나 이주하지 않고도 스스로 이동될 수가 있는 것이다. (이 개념은 아동들의 게임으로 설명될 수 있다. 게임에서는 집단 속에서 무엇인가를 옆 사람에게 속삭이고, 그는 자신이 들은 것을 다시 이웃에게 전달한다. 그 내용은 개인 전달자가 이동하지 않고서도 이동할 수가 있다.) 중요한 의문점은 이 법칙이 완전히 초유기체적인 것이냐, 아니면 그것들이 궁극적으로 인간관계로 설명되어야 하는가 것인가이다.

의심할 나위 없이 서사법칙에 대한 올릭의 논문은 민속자료에 대한 초유기체적, 형식적 어프로치를 찬성하는 가장 강력한 주장이라 할 수 있다. 그가 찾아낸 원칙들 중에서 어느 것이 유럽 이외의 어느 곳에서 적용될 수 있는지, 그리고 어느 것이 적용될 수 없는지를 시험해 볼 필요가 있다. 연구자는 아프리카나 오세아니아의 민속자료들에서 '서사법칙들'을 찾기 위한 훌륭한 시도를 할 수 있을 것이다.

올릭의 서사법칙에 대한 더 자세한 설명은 그의 『*Nogle Grundsaetninger for Sagnforskning*』(Copenhagen, 1921)을 보라. 초유기체적 개념에 대한 더 자세한 논의는 『미국의 인류학자들*American Anthropologists*』 제19권 (1917) pp. 162~213에 게재된, 크로버A. L. Kroeber의 유명한 논문 "초유기체적인 것The Superorganic"을 보라. 초유기체적인 것에 대한 비평은 데이비드 비드니David Bidney의 『이론 인류학*Theoretical Anthropology*』(New York, 1953) pp. 34~39, pp. 327~333를 보라. 자기 수정의 법칙에 대해서 『민속학 회원 통보*Folklore Fellows Communications*』 제42호(Helsinki, 1923) pp. 397~403에 실려 있는 월터 앤더슨의 "황제와 수도원장 *Kaiser und Abt*"을 보라. 이 법칙에 대한 영역 개요는 키퍼Emma Emily Kiefer가 쓰고, 인디아나 대학 간행 민속학 총서 제3집으로 간행된 『앨버트 베젤스키와 최근의 설화의 제이론*Albert Wesselski and Recent Folktale*

> *Theories*』(Bloomington, Ind., 1947)의 pp. 30~33이나, 혹은 스티스 톰슨의
> 『설화학*The Folktale*』(New York, 1946)의 p. 437를 보라. '자동 전파'에 대
> 하여는 카를레 크론Kaarle Krohn의 『스칸디나비아의 신화학*Skandinavisk*
> *Mythlogi*』(Helsinki, 1922)의 p. 21을 보라.

민간전승 연구에서 이루어진 최근의 진전은 주로 고도로 전문화된 연구의 다양성을 근거로 하고 있다. 본인은 분명 그런 전문화된 연구가 많아지기를 바라지만, 동시에 우리는 보다 일반적인 문제들에 주의를 기울여야 한다고 생각한다. 우리가 필요로 하는 것은 민간전승 연구의 방법 즉 이야기의 생태학이다.

본인은 지금까지 상당한 기간 동안 그런 문제들에 대하여 관심을 가져 왔으며, 코펜하겐 대학의 세미나에서 매우 유능한 공동 연구자를 발견하였다. 필자는 지금 이 분야에 모든 노력을 쏟을 수는 없지만 생태학적 요소들의 표본을 만들 수는 있을 것이다.[1]

민간 서사를 잘 알고 있는 사람이라면, 멀리 떨어진 지역 사람들의 민간전승을 읽을 때에, 그 사람들이나 그 전승적 서사 세계에 대하여 이제까지 전혀 알지 못했다 하더라도, 왠지 알고 있는 것 같은 느낌을 깨달았을 것이다.

이러한 인지認知를 설명하기 위하여 흔히 두 가지 요인이 언급되는데,

---

1) 이 글은 원래 다소 짧은 형태로, 1908년 8월 베를린에서 개최되었던 역사학자대회(Historian's Congress)에서 강연했던 것이다. 필자는 이와 똑같은 견해를 다른 설명적 예들과 함께 『덴마크 연구*Danske Studier*』(1908, pp. 69~89)에서 표명한 바 있다. 보다 더 앞선 업적으로서 쉬테 Gudmund Schütte의 *Oldsagn om Godtjod*(Copenhagen, 1907)의 한 장(pp. 94~117)이 언급되어야 한다. 이 글에서 필자는 "Toppgewichts (forvaegt)"와 "Achtergewichts(bagvaegt)"라는 용어를 빌려 왔다. 『덴마크 연구』지(1907, pp. 193~201)에 게재하였던 필자의 서평 "Episke Love I Gote-Aettens Oldsagn"을 보라. 최근 룬트Astrid Lund가 아메리카 인디언 자료를 바탕으로 서사법칙에 대한 견해를 다루었다("Indiansk sagndigtning og de episke love", *Danske Studier*, 1908, pp. 175~188). 필자는 '종말의 법칙'에 대한 민담 자료들에 대하여는 룬트에게 힙입은 바 크다.

첫째는 원시인의 지적 공통성이며, 둘째는 원시 신화 및 이 특징에 대응하는 자연의 개념이다. 그러나 문제가 그렇게 쉽사리 해결되지는 않는다. 왜냐하면 우리에게 가장 간여하는 것은 모든 서사 세계에 대한 친숙한 개념이 아니라 오히려 어떤 특징적 세절에 대한 인지이기 때문이다. 예컨대, 왜 막내가 가장 운이 좋으며, 왜 세계나 인간 창조는 신구 대륙의 여러 민족 사이에서 정확하게 3단계에 걸쳐 일어나는가와 같은 것이다.

우리는 단지 민담의 생태학 혹은 신화의 분류학뿐만 아니라 더 포괄적인 범주의 이야기에 대한 체계적인 과학을 이룰 수 있도록 이러한 갖가지 유사점들을 종합해 보기로 하자. 이 범주에는 신화, 노래, 영웅전설 Sagas, 지역적 전설이 포함될 것이다. 이런 이야기의 창작을 위한 법칙을 민간 서사의 서사적 법칙이라 부를 수 있을 것이다. 이러한 법칙들은 모두 유럽의 민간전승 또는 어느 정도 이 범위를 넘어서까지도 적용된다. 이러한 법칙들의 압도적인 획일성에 비하여, 국가적 특징은 다만 방언적 특색인 것처럼 보인다. 민간 서사의 전승적 종류들조차 모두 이런 이야기 창작의 일반 법칙에 의하여 지배를 받는다. 우리는 이런 원칙들이 기록 문학의 경우보다 훨씬 다르고 엄격한 방법으로 구비문학을 창작하는 자유를 제한하기 때문에 '법칙'이라고 부를 수 있다.

본인은 우선 여러분에게 확실히 잘 알려진 법칙에 대해 언급하고자 한다. 이야기는 갑작스러운 행동으로 시작되어 갑작스럽게 끝나지 않는다. 이것이 '시작의 법칙Law of Opening(das Gesetz des Einganges)'과 '종말의 법칙 Law of Closing(das Gesetz des Abschlusses)'이다. 이야기는 평온에서 격앙으로 나아감으로써 시작되고, 흔히 파국을 맞는 끝맺음의 사건이 있은 후 이야기는 격앙에서 평온으로 나아감으로써 끝난다. 예컨대 전승적 서사시는 롤랑Roland이 숨을 거두는 것으로 끝날 수는 없다. 끝나기 전에 칼을 꽉 쥔 손을 느슨하게 할 필요가 있다. 따라서 그것은 영웅의 매장, 복수, 연인의 애도 속에 맞는 죽음, 배반자의 처형 따위를 필요로 한다. 좀 더 긴 이야기라면 이 같은 휴지를 많이 필요로 하며, 짧은 이야기라면 단 하나의 휴지를 필요로 한다. 수많은 민요는 연인들의 죽음으로 끝나는 것이 아니라 그들의 무덤으로부터 자라나는 두 개의 장미나무 가지가 합쳐지는 것으로 끝난다.2) 우리는 많은 전설 속에서 사자死者의 복수 혹은 악한의 행동에 붙여진 처벌 따위를 찾아낼 수 있다. 흔히 서사의 종결은 지역적으로 확립된 플롯의 연속 형태, 가령 폐허가 된 성에 출몰하는 유령, 고분 묘사, 끊임없이 회생하는 원혼 등과 같은 형태를 취한다. 이렇게 종결 부분이 항상 평온하게 끝나는 것은, 그것이 각 화자의 성향 때문에 나타나는 것이 아니라 서사법칙의 형식적인 속박 때문에 일어남을 말해 준다.

이런 법칙에 예외가 있는가를 알고자 했던, 코펜하겐 세미나의 참석자들은 수많은 덴마크의 민담들을 검토한 결과 그 모든 민담이 마술에서 풀려나면서 이야기가 끝나는 것을 알았다. 어떤 이는 다른 어떤 곳에서보다도 덴마크의 민담에서 갑작스러운 종결을 찾아낼 것을 기대했다. 그러나 민담은 결코 "그녀는 자유롭게 되었다."라는 진술로 끝나는 법이 없는 것이다. 때때로 갑자기 주술로부터 풀려난 직후에 이야기에는 새로이 느슨하게 삽화가 덧붙여져 계속된다. 파국이나 절정에 가장 잘 이어지는 것으로 우리는 부차적 인물의 풀려남이나 혹은 장래에 벌어질 사건에 대한 암시 따위를 들 수 있다. 만약 거기에 더 이상 계속될 가능성이 없다면 화자는 조용한 분위기를 유지하기 위하여 길고 우스꽝스런 끝맺음의 상투어구를 덧붙인다. 그는 말하자면 벌거숭이의 몸을 가리기 위하여 민담을 무화과나무 잎으로 가린다. 그리하여 종말의 법칙은 이야기의 다양한 형태에도 불구하고 유지된다.

그러나 본인은 민간 서사의 세계에는 아무런 예외가 없다고 말하고 싶지는 않다. 스페인의 담요에서 우리는 갑작스런 시작이나 갑작스런 종결 현상과 만날 수 있을지도 모른다. 예컨대 포로가 앉은 채 그의 죽음을 기

---

2) 이것은 모티프 E631.0.1 '연인들의 무덤에서 자라나는 두 가닥의 가지'이다(Alan Dundes의 주. 이하 AD라 약칭한다).

다린다. 그러나 노래의 마지막 행에 이르러 공주나 왕의 해방자가 문을 연다. 그러나 기록 문학의 영역 내에서 이러한 현상이 자주 나타나는 것은 현대문학에서는 잘 알려져 있지만, 진정한 민간시에는 결핍되어 있는, 새로운 시적 효과를 주는 유형이 있음을 보여주기에 충분하다.

이야기 창작에 있어서 다른 중요한 원칙은 '반복의 법칙Law of Repetition (das Gesetz der Wiederholung)'이다. 기록문학에는 반복의 수단 외에도 강조를 하기 위한 다양한 수단이 있다. 예컨대 어떤 일의 규모나 중요성은 그 대상이나 혹은 사건의 세밀한 서술의 정도에 따라 그려질 수 있다. 반면 민간 서사는 대체로 이러한 내용이 충실한 세밀한 설명이 부족하며, 그리고 그 보충 서술도 너무나 빈약하여 효과적인 강조 수단으로서의 도움을 줄 수 없다. 우리의 전승적인 구비 서사에 대하여 단 하나의 선택, 즉 반복의 수단밖에 없는 것이다. 한 젊은이가 3일간 연속하여 거인이 있는 곳으로 가서 거인을 죽인다. 어떤 영웅은 세 번이나 유리산에 오르기를 시도한다. 세 명의 구혼자가 하루 밤 사이에 처녀의 마술에 걸려 꼼짝할 수 없게 된다.3) 서사에서 놀라운 충격적인 장면이 나타날 때마다, 또 이야기의 진행에 지장이 없는 한 그 장면은 반복된다. 이것은 긴장을 조성하기 위해서뿐만 아니라 내용을 살찌우기 위해서도 필요하다. 반복에는 내용을 좀 더 강화시키는 반복과 그렇지 않은 단순한 반복이 있으나, 중요한 점은 반복이 없으면 이야기가 완전한 형태를 얻을 수 없다는 것이다.

반복은 거의 언제나 3이라는 숫자와 결부되어 있다. 그러나 숫자 3은 본래적이고 자연적인 법칙에 따라 사용되는 것이다. 여러분은 누구나 3이 민담, 신화, 단순한 지역적 전설에서조차 믿을 수 없을 정도로 빈번히 나타난다는 사실을 알 것이다. 그러나 아마도 수많은 민간전승에서 3이 우

---

3) 모티프 H331.1.1 '구혼자 경쟁 : 유리산 오르기'는 유형 530 '유리산의 공주'에 나타난다 ; 모티프 D2006.1.1 '남편의 기억에서 잊혀진 약혼녀가 마법을 사용하여 남편의 연인들을 감금하고 기억을 되찾게 하다'는 유형 313 '도망하는 영웅을 도와준 처녀'에 나타난다(AD).

리가 다룰 수 있는 가장 높은 숫자인가는 그다지 명백하지 않다. 7이나 12, 때로 다른 숫자가 나타나기도 하지만, 이들은 총체적으로 추상적인 양을 표현할 뿐이다. 3은 전승적 서사에서 있을 수 있는 인간과 사물의 최대수이다. 그 어떤 특징도 숫자 3만큼 방대한 양의 민간 서사를 근대문학 및 사실성과 구별 짓는 것은 없다. 그러한 삶을 사정없이 엄격하게 구성해 주는 것이 그 밖의 모든 것으로부터 따로 떨어져 버티어 나간다. 민간전승 연구자가 3이란 숫자를 만나면 마치 스위스 인이 알프스 산을 보게 되었을 때 "이제 집에 돌아왔구나." 하는 것처럼 생각하게 된다.

그러나 모든 민간 서사의 세계가 '3의 법칙Law of Three(das Gesetz der Dreizahl)'을 따르는 것은 아니다.4) 인도의 이야기, 특히 문헌설화에서는 '4의 법칙Law of Four(das Gesetz der Vierzahl)'이 그것을 대신한다. 이것은 인도인의 종교적 관념과 관계가 있다. 인도에서는 진정한 삶의 충만함을 반영하기 위한 시도에서, 숫자 3이 완전히 회피되는 전승적 구전 이야기 자료들이 존재한다. 여기에서 연구자는 3이 한 때에는 존재하였었으나, 화자

---

4) 올릭이 최초로 빈번한 3중 반복 현상에 대해 주목했던 것은 아니다. 그보다 이전 연구로서 유즈너H.Usener의 "Dreiheit", *Rheiniches Museum für Philogie*, Vol. 58(1903), pp. 1~47, pp. 161~208 ; 뮐러Raimund Müller의 "Die zahl sage, dichtung und kunst", *XXX Jahresbericht der K.K. Staats-Oberrealschule in Teschen am Schlusse des Schuljahres 1902~1903* (Teschen, Ger., 1903), pp. 1~23 등이 있다(유럽에서는 학자들이 중등학교 졸업 프로그램으로 논문을 쓰는 것이 관례로 되어 있다. 이들 중 상당수가, 뮐러의 예처럼, 매우 가치가 있는 것들이다. 불행히도 가장 훌륭한 도서관에서조차 이들 논문을을 찾아내기 어려운 경우가 흔하다.) 올릭의 논문 이후로 숫자 3에 관한 연구의 몇을 들어 보면, 레만Alfred Lehmann의 *Dreiheit und dreifache Wiederholung im Deutschen Volksmärchen*(Leipzig, 1914) ; 테이브너Eugene Tavenner의 "라틴문학에 나타난 마술숫자 3 Three as a Magic Number in Latin Literature" *Transactions of the American Philological Association*, Vol. 47(1916), pp. 117~143 ; 리이스Emory B. Lease의 "불가사의하고, 신비하고, 마술적인 숫자 3 The Number Three, Mysterious, Mystic, Magic", *Classical Philology*, Vol. 14(1919), pp. 56~73 ; 괴벨Fritz Göbel의 *Formen und formeln der epischen dreiheit in der Griechischen dichtung*(Stuttgart, 1935) ; 디오나W. Deonna의 "Trois, superlatif absolu", *L'Antiquité Classique*, Vol. 23(1954), pp. 403~428 등이 있다. 이 약간의 서목들은 민간전승 연구자들이 연구 도중 종종 마주치게 되는 하나의 문제를 보여 준다. 즉 민간전승에 관한 중요한 연구들은 비민간전승 잡지에 포함 간행되었으며 따라서 문제는 이들 산재해 있는 연구들을 찾아내는 일이다.

에 의해 그것이 제거되어 왔음을 알 수 있다. 그러나 숫자 3은 대단히 방대한 희랍, 켈트, 독일의 대중 전승 속에서, 신화, 제의, 전설 속에서, 원시의 면모를 지닌 모든 것에서 꾸준히 보유되어 왔다. 3의 법칙은 민간전승의 세계를 통하여, 수천 년 수백 년간의 인간 문화를 통하여 광범위하게 확장되어 왔다. 셈계 문화, 좀 더 크게는 아리안 문화조차 이 지배적인 힘에 예속되어 왔다. 이 법칙의 시초는 최근의 발굴 및 발견에도 불구하고 선사 시대의 어둠 속에서 묻혀 있다. 그러나 우리는 이 법칙의 종말을 관찰할 수가 있는데, 3은 점차 좀 더 큰 리얼리즘에 대한 지적 요구에 무릎을 꿇었던 것이다.

호머의 작품에서는 숫자 3의 법칙이 인물들에 대하여는 그 힘을 잃어버렸고, 행동이 실시되는 시간의 숫자와 같은 세절들에서만 제한적으로 나타난다. 아킬레스의 추적을 받은 헥토르는 3번이나 트로이를 돈다. 이것은 덴마크의 민요에서는 미약한 형태로나마 발견된다. 구舊에다elder Edda5)의 영웅적 노래들에서 숫자 3은 어느 정도 제한적이나, 신화적인 노래들에서는 커다란 구실을 하고 있다. 아이슬란드의 가계 영웅전설Saga에서는 한 단계 더욱 진전되었고, 3의 결핍 때문에 꽤 근대적인 듯이 보인다. 아이슬란드의 변두리에서 채록한 단 하나의 고립적인 영웅전설(Isfirdings의 Hawardssaga)만이 옛 관습을 따르고 있다. 고전적 작품의 도처에는, 그리고 특히 중세 유럽 것에서는 우리가 사실적인 표현을 위해 애를 썼는가 아니면 환상적인 것으로 보이기 위해 노력을 했는가에 따라, 약간 일정치 않게 숫자 3으로부터 이야기가 서서히 떨어져 나간 것을 명확히 알 수 있다. 그러나 나중의 결과는 항상 3이 없어져 가고 있다.

진정한 민간 서사, 더 정확히 말한다면 숫자 3의 영향을 전통적으로 받아 왔던 서사 영역 내에서는 3의 법칙은 그 불굴의 법칙성을 유지해 왔다. 약 150 내지 200개의 '행운의 반지'에 관한 민담 이본들이 여기 있

---

5) '구에다'는 시적인 에다다. 몇 세기 후인 13세기의 스노리 스털러슨Snorri Sturluson에 의해 씌어진 '신에다'는 일반적으로 산문 에다라 불린다. (AD)

다.6) 예외 없이 거기에 3개의 마법적인 선물이 나타난다. 문자로 기록된 단 한 개의 이본인 <포투나투스Fortunatus> 이야기만이 선물이 2개로 나타난다.7) 그리하여 숫자 3은 순수한 구전 이본들에서만 그 최상의 세력을 떨침을 알 수 있다.

본인은 이제 다른 숫자로 화제를 돌려 보고자 한다. 둘(2)은 동시에 나타나는 인물의 최대수이다. 각각 개성과 역할을 지닌 3명의 인물이 동시에 나타나는 것은 전승에 대한 위반이 될 것이다. 지그프리드Siegfried와 레긴Regin, 지그프리드와 그의 모친, 지그프리드와 오딘Odin, 지그프리드와 파피르Fafir, 지그프리드와 새, 지그프리드와 그라니Grani가 그것이다. '한 장면에 둘의 법칙Law of Two to a Scene(das Gesetz der scenischen)'은 매우 엄격하여, 새는 레긴이 잠에 떨어진 후에야 지그프리드에게 말을 걸 수 있다(그리고 이것은 서사시 자체에 관해서는 전적으로 불필요한 것이다).

똑같은 이유로 설화에 나타나는 공주들은 오로지 침묵을 지키는 방관자로서 영웅과 용의 전장戰場에 참석할 수 있다. 셋 혹은 그 이상의 인물들의 상호 영향은 연극에서 매우 일반적이지만 민간 서사에서는 허용되지 않는다.

'한 장면 둘의 법칙'은 중요한 '대조의 법칙Law of Contrast(das Gesetz des Gegensatzes)과 서로 관계가 있다. 이야기는 늘 양극화한다.8) 힘센 토르Thor는 그와 함께 현명한 오딘 혹은 영리한 로키Loki를 필요로 한다. 부유한

---

6) 이것은 이야기 유형 566 '세 개의 주보와 이상한 과일The Three Magic Objects and the Wonderful Fruits'(Fortunatus)이다. (AD)

7) 아르네Aarne의 유용한 서적 *Vergleichende Märchenuntersuchungen*(Helsinki, 1907), p. 131 참조. [정확한 참고 문헌은 아르네의 『멜헨의 비교 연구*Vergleichende Märchenforschungen*』 Mémoires de la Société Finno-Ougrienne, Vol. 25(Helsinki, 1908), pp. 85~97 참조]. (AD)

8) 올릭은 레비-스트로스가 신화를 양극이 조정되는 논리적 모델로 보는 한에 있어서는 레비-스트로스의 구조 분석에 기대를 가진다. 레비-스트로스의 "신화의 구조적 연구 The Structural Study of Myth", *Journal of American Folklore*, Vol. 68(1955), pp. 428~444를 보라.(AD)

피터 크레머Peter Krämer와 가난한 포올 쉬미드, 비통한 부인의 곁에는 위
로를 하여 주는 명랑한 부인이 있게 마련이다. 이런 매우 기초적인 대립
은 서사적 창작의 매우 중요한 법칙이다. 예컨대, 나이가 어리거나 많거
나, 크거나 작거나, 인간과 괴물, 선과 악 등이다.

대조의 법칙은 이야기의 주동적 인물로부터 다른 등장인물에 이르기까
지 적용되는데, 후자의 특징 및 행동은 주동적 인물의 그것에 정반대가
되어야 한다는 필요성에 의해 결정된다. 이에 적절한 예는 덴마크의 롤프
Rolf왕으로, 그는 그의 관대함으로 인하여 영웅전설에서는 너무나 유명하
다. 그는 인색한 적대자를 필요로 한다. 그렇지만 이 예에서 적대자의 동
일성이 변화한다. 가령 스콜둥Skoldung 대 뢰릭Rörik이 스웨드Swede 대 애
디슬Adisl로 되는 것이다.9) 그러나 이런 대조적 인물은 단 하나만 발견된
다 할지라도, 그것은 서사 구성의 욕구를 만족시키기에 충분하다.

어떤 유형의 플롯 행위는 대조의 법칙에 정확하게 대응한다. (1) 영웅이
악한의 잔인한 행위 때문에 죽음을 맞는다(Roland, Rustem, Rolf Kraki,
Siegfried).10) (2) 위대한 왕이 보잘것없는 단기 재위자를 후계자로 둔다(롤
프왕에 이은 자워드Hjarward, 후로디왕Frodi에 이은 자니Hjarni, 콘쵸바르왕
에 이은 '단발머리Shorthair' 등).11)

더 나아가 우리는 똑같은 역할로 두 인물이 나타날 때에는 언제나 양
쪽 모두 작고 약한 것으로 묘사됨을 알 수 있다. 두 사람이 밀접히 결합
되어 있는 이 유형에서 그들은 대조의 법칙을 벗어나서 '쌍둥이의 법칙

---

9) 올릭이 이 글에서 설명적 예로써 사용한 덴마크과 아이슬랜드 전승의 각개 주인공들
   과 영웅전설의 대부분은, 흥미를 가진 연구가라면 참조했을 법한, 그의 『덴마크의 영
   웅전설*The Heroic Legends of Denmark*』(New York, 1919)에서 논의되었던 것들이다. (AD)
10) 이 영웅들은 각각 <롤랑의 노래*Chanson de Roland*>, 훠다우시의 <샤나마*Shahnamah*>,
   <롤프왕 전설 크라카*Hrólfssaga Kraka*>, <볼숭가 영웅전설*Volsunga Saga*> 들에 나타난다.
11) 자워드와 롤프는 <롤프왕 전설 크라카>에 나온다. 자니와 후로디에 대한 설명은
   'Saxo Grammaticus' 제6권, *Gesta Danorum*의 172번째 글에서 발견된다. 콘쵸바르
   Conchobar와 단발머리Shorthair는 켈트 전승의 <쿠츄레인*Cuchulain*> 화군話群의 일부이
   다(AD).

Law of Twins(das Gesetz der Zwillinge)'을 따르게 된다. 여기에서 '쌍둥이twins' 라는 단어는 넓은 의미로 이해되어야 한다. 그것은 진짜 쌍둥이 (형제)를 의미할 수도 있고, 혹은 단순하게 같은 역할로 함께 나타나는 인물이 둘 임을 의미할 수도 있다. 희랍이나 로마의 왕들에게 핍박을 받은 아이들은 진짜 쌍둥이이며, 가장 유명한 예로써 우리는 로물루스Romulus와 레무스 Remus를 들 수 있다.12) 북구에 있어서 보다 더 보편적으로 나타나는 것은 추적을 받거나 살해되는 왕의 두 아들의 경우인데,13) 이 같은 예는 <헨 젤과 그레텔>과 같은 민담에서 나타난다.14) 그렇지만 이 법칙은 2 이상 의 것에게까지 적용된다. 부수적인 인물들은 이중으로 나타나는 것이다. 즉 두 명의 디오스쿠리Dioscuri는 제우스의 사자이며,15) 두 갈까마귀 혹은 두 밸키리스Valkyries는 오딘의 사자이다. 그러므로 만약 쌍둥이의 역할이 아주 중요한 역할로 높여진다면 그들은 대조의 법칙을 따르게 될 것이고,

---

12) 다른 예들로 테베의 암피온Amphion과 제토스Zethos, 뮈케네의 펠리아스Pelias와 넬레우 스Neleus, 아카디아의 레우카스토스Leukastos와 파라시오스Parrhasios 등이 포함된다 (Hahn, *Sagwissenschaftliche Studien*, p. 340 : 'Arische Aussetzungs-und Rückkehr- Formel'). [이 하안의 책의 논의를 보려면 이 책에 있는 라그란Raglan의 논문 "전승 영웅들*The Hero of Tradition*"의 서론 부분을 보라.]

13) 호로어Hroar와 헬기Helgi(Hrólfssaga), 흐레드릭Hrêdric과 흐레스문트Hrêthmund(Beowulf), 어 어프Erp와 에이틸Eitil(Atlamál), 시그니Signy의 아이들(Volsunga Saga), 하딩Hadding과 구돔 Guthorm(Saxo Ⅰ), 레그너Regner와 도랄드Thorald(Saxo Ⅱ), 로오Roe와 스카투스Scatus(Saxo Ⅱ). 행동에 관하여는 두 형제 중의 두 번째는 그다지 중요치 않은 경우가 대단히 많다. 그는 침묵을 엄격하게 지키는 인물이다. "하딩 형제는 그들이 쌍둥이이고 가장 젊기 때문에 함께 용감한 행위를 했다"(Hervarar Saga). 중요치 않거나 보통인 숫자로서의 2에 관하여는 메이어 R. M. Meyer의 『고대 게르만의 시문*Die Altgermanische*』, p. 74 이 하를 보라. 넓은 의미에서 '쌍둥이 구조'는 한 쌍의 형제를 부차적인 계층의 인물로 서 나타내기 위해 민간서사가 애용하는 수법이다. 시구르드Sigurd가 아닌 군나르 Gunnar와 호그니Hogni, 두 명의 색슨인 戰士 및 우피Uffi에 대항하는 후로윈Frowin의 두 아들, 스타르카드Svanhild에 대항하는 스비프다그Svipdag와 게이가드Geigad. (하나의 예외적인 예는 함디르Hamdir와 쇠를리Sörli인데, 이들은 역사적 유흔이거나 아마도 스 반힐드Svanhild와 조먼레크Jormunrek에 관련된 부차적 인물들일 것이다.)

14) 이것은 이야기 유형 327 A, '헨젤과 그레텔*Hansel and Gretel*'이다(AD).

15) 디오스쿠리는 희랍신화에 있어서는 카스토르Kastor와 폴리데우케스Polydeukes이고, 로 마신화에 있어서는 카스토르Castor와 폴룩스Pollux다(AD).

따라서 그들은 서로 대항하여 싸우게 될 것이다. 이것은 디오스쿠리 Dioscuri 신화에 의해 설명될 수 있다. 한쪽은 쾌활하고 다른 한쪽은 어둡다. 또 한쪽은 불사의 존재이고 다른 한쪽은 죽을 운명을 가진 인간이다. 그들은 같은 여인을 놓고 싸우지만 결국 서로 죽인다.16)

숫자의 문제를 떠나서 본인은 다른 법칙 즉 '최초와 최후 중점 Importance of Initial and Final Position'의 법칙을 간략하게 언급하겠다. 일련의 인물들이나 사물이 나타날 때에는 언제나 주요한 것이 제일 먼저 올 것이다. 하지만 마지막으로 나타나는 것이 특별한 이야기에서 동정을 불러일으키는 인물일 것이다. 우리는 이런 관계를 뱃사람들의 표현을 빌려 '고물의 중점The Weight of the Bow'(das Toppgewicht)과 '이물의 중점The Weight of the Stern'(das Achtergewicht)으로 나타낼 수 있다. 서사적 비중의 중점은 언제나 '고물'에 놓일 것이다. 이러한 정리定理가 설명되었으므로 이는 매우 자명한 것으로 보인다. 여러분은 모두 민담에서 나이가 가장 어린 아우가 하는 마지막 시도가 어떤 것을 의미하는지 잘 알 것이다.17) 3의 법칙과 연관된 '고물 중점'은 민간 서사의 주요 특징이다. 그것은 서사법칙인 것이다. 종교적 상황에서는 '이물 중점'이 지배함을 주목하라. 즉 오딘은 그의 두 종자從者보다 더 위대하다. 그렇지만 이들 인물들이 민간 서사에 나타났을 때 그들은 '고물 중점'에 지배를 받을 것이다. 오딘은 더 이상 3위 신 중에서 주요 인물이 되지 못한다. 대신 주요 인물은 세 신 중 마지막인 로키Loki이다.18)

---

16) 이 사건은 모든 이야기에서 일어나지는 않는다. 로스H.J. Rose의 『희랍신화 입문A Handbook of Greek Mythology』(London, 1958), pp. 230~231을 보라.

17) 모티프 H1242 '유일하게 탐색에서 성공한 막내 아우Youngest brother alone succeeds on quest' 및 L10 '승승장구하는 막내 아들Victorious youngest son'을 보라.(AD)

18) 이것은 이던Idunn 신화, 안드바리Andvari 신화 및 화로스의 <Lokkatáttur>의 경우이다. 그러나 <볼루스파Voluspa>에서는 인간 창조에 나타나는 성스런 역할이 오딘, 빌리Villi, 베Vé이나 하르Hár, 야푼하르Jafnhár, 스리티Thrithi의 세 쌍으로 구성되는데, 이들 각 예에서 뒤의 둘은 첫째의 제휴자이거나 반영자에 불과하다. [로키에 대한 최근 연구로는 민속학자 루스Anna Birgitta Rooth의 『스칸디나비아 신화 속의 로키Loki in

본인은 이제까지 민간 서사의 보다 확실한 공식들을 논의해 왔다. 우리가 공식으로 인정할 수 있도록, 이야기의 나머지 중요한 구조들을 공식화할 것이냐 하는 문제가 남아 아직 있다.

말이 난 김에 본인은 인물과 사물의 각각의 특징이 행위로 표현되어야한다는 일반적인 원칙에 대해 언급하려 한다. 그것들이 표현되지 않으면 아무것도 아니다.[19]

근대문학 — 본인은 이 용어를 넓은 의미로 사용하고 있다 — 은 다양한 갈래의 플롯을 뒤섞기를 좋아한다. 이와 대조적으로 민간 서사는 외가닥의 끈(단선적 진행)을 고수한다. 민간 서사는 늘 외줄기(단선單線 single-stranded(einsträngig))이다. 그것은 빠진 세절을 채우기 위해 되돌아가는 법이 없다. 만약 앞에서 빠진 정보를 보충할 필요가 있다면, 그것은 대화로써 설명될 것이다. 이야기 속의 영웅은 도시에서 온 나라에 불행을 초래하는 식인용에 대한 소문을 듣는다. 지그프리드는 레긴으로부터 라인골드에 대해 듣는다. 아이슬란드의 영웅전설에서처럼, 작품 속에서 "이제 두 이야기는 동시에 진행된다."라고 말하는 구절을 발견한다면, 우리는 이미 민간 서사를 대하고 있는 것이 아니라, 고도의 기록문학 작품을 대하고

Scandinavian Mythology』(Lund, 1961)를 보라. (AD)]

19) 여기에서 하나의 예를 제시해 보겠다. 만약 어떤 사람이 "옛날 어떤 곳에 어머니를 잃은, 불행하지만 아름답고 친절한 어린 소녀가 있었다…"라고 한다면, 이는 민담으로는 너무 복잡한 내용이 될 것이다. 이와 같은 내용들은 행동으로 표현되고, 나아가 이런 행동들이 모두 연관되었을 때라야 좋아질 것이다. 즉 ① 의붓딸이 땔감을 하러 숲으로 보내지는데, 먹을 것으로는 잿불로 구운 과자만을 주었다. ② 그녀는 숲속 둔덕에서 엿보고 있던 붉은 모자를 쓴 난쟁이를 만나 친절히 말을 걸고 자신이 가진 과자 일부를 주었다. ③ 난쟁이가 그녀에게 선물을 주었다. 그 결과 그녀는 머리를 빗을 때마다 머리카락에서 진주가 떨어졌고, 입을 열기만 하면 금조각들이 떨어졌다(크리스텐센E. T. Kristensen의 *Jyske Folkeminder*, 제5권, 제15화.) 이처럼 그녀의 불행, 친절, 아름다움은 세 가지 양상으로 제시된다. [올릭은 이 이야기 유형 480 '샘 가에서 실잣는 여인The Spinning-Women by the Spring의 이본을, 지금까지 가장 활동적인 채집가 중 한 사람인 크리스텐센의 채집 자료로부터 인용했다. 크리스텐센의 놀라운 부지런함에 대하여는 크레지W. A. Craigie의 "덴마크의 민속학자 크리스텐센 Evald Tang Kristensen, A Danish Folklorist", *Folklore*, Vol. 9(1898), pp. 194~224를 보라. (AD)]

있는 것이다.

단선과 아울러 민간 서사는 미술의 원근법을 알지 못한다. 그것은 다만 일련의 점진적인 양각陽刻만을 알 뿐이다. 민간 서사의 창작은 조각이나 건축의 창작과 같다. 그리하여 숫자나 균형 따위의 필요 조건에 엄격히 따른다.

민간 서사에 익숙하지 않은 사람은 이야기의 '유형화patterning(die Schematisierung)'가 너무나 정확하게 이루어짐을 보고 놀랄 것임에 틀림없다. 두 사람 또는 똑같은 종류의 상황은 가능한 한, 그리고 될 수 있는 한 다르게 나타나지 않고 비슷하게 나타난다. 한 젊은이가 3일 동안 계속하여 낯선 들판에 간다. 매일 그는 거인과 만나 똑같은 대화를 나누고 똑같은 방법으로 거인을 죽인다.

이와 같이 생활을 엄격하게 일정한 양식에 맞추는 것은 그 자체의 특별한 미적 가치가 있다. 모든 불필요한 것은 삭제하고 다만 중요한 것만 두드러지게 그리고 분명히 나타낸다.

민담은 반드시 하나 또는 그 이상의 주요한 '도형 장면tableaux scenes (Hauptsituationen plastischer Art)' 형태로 절정에 이른다. 이러한 장면에서 등장인물들은 서로 가까이 접근한다. 영웅과 말, 영웅과 괴물, 토르는 뱃전까지 세계사世界蛇(World Serpent)를 끌어당기며, 용감한 전사들은 죽어서도 왕을 지킬 수 있도록 왕 가까이에서 죽는다. 지그문드Siegmund는 죽은 아들을 스스로 운반해 간다.

이러한 조형화된 상황은 실재보다 환상에 더 기초를 두고 있다. 영웅의 칼이 용이 내뿜는 열기로 그을려진다 ; 황소나 뱀의 등에 서 있는 처녀가 그 장면을 바라본다 ; 쫓겨난 여왕이 자신의 가슴에서 젖을 짜내어 백조나 학에게 먹인다.

우리는 도형적 장면들이 종종 단명하다는 느낌보다 오히려 시간을 초월하여 지속되는 어떤 성질을 띠고 있음을 깨닫게 될 것이다. 바리새인 Philistines 회당의 기둥 중에 있는 삼손Samson ; 낚시 바늘에 걸려 꼼짝 못하는 세계사蛇를 잡고 있는 토르 ; 펜리스 울프Fenris Wolf의 복수에 직면해 있는 비다르Vidarr ; 20) 메두사Medusa의 머리를 움켜잡고 있는 페르세우스Perseus 등. 이들 느긋한 행동은 조형물에서도 커다란 역할을 하고 있지만, 우리의 기억 속에도 그들을 뚜렷하게 새겨 넣을 수 있는 뛰어난 힘을 가지고 있다.21)

민담은 그 자체의 '논리logic(Logik)'를 가지고 있다. 제시된 주제들은 플롯에 영향을 미쳐야 하며, 더구나 서사에 있어서 크기와 무게에 비례하여 영향을 미쳐야 한다. 민담의 논리는 자연계의 논리와 같이 비교할 수 있는 것이 아니다. 애니미즘적 경향, 나아가 기적이나 주술적 경향이 그 기초적 법칙을 구성한다. 무엇보다도 먼저 이야기의 그럴듯함은 플롯의 내적 타당성에 달려 있음을 깨닫는 것이 중요하다. 그럴 듯하다는 것은 이야기의 겉에 드러난 사실성에 의해서는 거의 측정되지 못한다.

'플롯의 통일성Unity of plot(die Einheit der Handlung)'은 민담에 있어서 기초적인 것이다. 우리가 진짜 민담과 기록 문학 작품을 비교했을 때 이것을 가장 잘 알 수 있다. 플롯 구조에 있어서 느슨한 조직과 불확실한 행위가 나타난다는 것은 그것이 세련된 것임을 말해 주는 가장 확실한 표시이다. 그렇지만 특별한 경우에는 통일성의 정도가 다양하다. 민담이나 노래, 지역 전설에서는 이것이 강하게 나타나나, 신화와 영웅전설에서는 명백하기는 하지만 이것이 그리 강하게 나타나지 않는다.

따라서 실제적인 서사 단위Epic unity(epische Einheit)는 각각의 이야기 요소가 사건을 만들어내도록 작용하고, 청자가 처음에 인지했던 사건을 계

---

20) 비다르는 오딘의 아들로서 부친을 살해한 세계사를 살해하였다. 이 삽화는 시적詩的 에다인 뵐루스파Völuspá에 있는 라그나뢱Ragnarök (세계의 파괴)의 묘사 부분에서 발견된다. 좀 더 자세한 논의는 올릭의 *Ragnarök : die Sagen vom Weltuntergang*(Berlin, 1922)을 보라. (AD)

21) 경험적 증거를 기초로 한 이 점에 대한 논의는 앤더슨Walter Anderson의 *Ein Volkskundliches Experiment*, Folklore Fellows Communications No. 141(Helsinki, 1951), pp. 42~43을 보라. (AD)

속 놓치지 않게 해준다. 아직 태어나지도 않은 아이를 괴물에게 주기로 약속하는 순간, 만사는 그 아이가 어떻게 괴물의 위력에서 벗어날 수 있느냐 하는 문제에 따라 진행된다.22)

한편 '이상적인 서사적 통일성ideal epic unity(eine ideale Einheit der Handlung)'도 있다. 몇 개의 서사 요소들이 등장인물들의 관계를 가장 잘 설명하기 위하여 결합되는 것이다. 왕자는 괴물의 딸의 꾀를 빌려 풀려나지만 (이 것은 하기下記 요소이다), 그가 그녀를 잊었기 때문에 한번 더 그녀는 왕 자를 쟁취하지 않으면 안 된다.23)

민간전승의 가장 중요한 법칙은 '주인공 중점화Concentration on a Leading Character(Konzentration um eine Hauptperson)'의 법칙이다. 민담 속에 역사적 사건이 나타났을 때는 제일 먼저 중점이 고려되어야 한다.

주인공의 운명은 때때로 <강한 존Strong John>이나 <무서움이 어떤 것 인지를 알고자 하는 젊은이The Youth Who Wanted to Learn What Fear Is>와 같은 이야기들24)에서와 같이 자유로운 여러 모험들의 형태를 취한다. 전 형적인 단선적 줄거리와 등장인물에 대한 관심만이 여러 부분들을 단일 하게 유지된다. 그러나 대체로 주인공과 플롯은 함께 한다. 아버지의 복 수를 생각하는 햄릿은 우유부단함에도 불구하고 주도적 주인공으로서 전 적으로 중점화되어 있는 한 예이다. 그가 민간전승 영역 밖으로 떨어져 나와 소설의 주인공으로 된 것은 오직 뒷부분의 모험들을 통해서였다.

민담이 두 명의 주인공을 인정할 때 민간 서사가 어떻게 진행되는지를 본다는 것은 매우 흥미 있는 일이다. 한 명은 늘 전형적인 주인공이다. 민담은 그에 관한 이야기로부터 시작되고, 그의 모든 외모로 미루어 그는 주인공이다. 잊어버린 약혼녀에 관한 설화에서 전형적인 주인공은 괴물의 딸이 아니라 왕자이다. 볼숭가 영웅전설Volsunga Saga에서 가장 중요한 인

---

22) 이것은 모티프 S211 '아이가 악마 (귀신)에게 팔린다 (약속된다).' (AD)
23) 이것은 이야기 유형 313 '영웅이 도망하는데 조력자가 된 처녀'이다. (AD)
24) 이들은 각각 이야기 유형 650A와 326이다. (AD)

물은 브린힐트Brynhild가 아니라 지그프리드이다. 그럼에도 불구하고 실제의 흥미는 여자에게 두어지게 마련이다. 우리가 보다 더 동정을 갖게 되는 쪽은 잊혀진 약혼녀이지 왕자가 아니다. 즉 지그프리드보다 브린힐트가 훨씬 더 에다Edda 노래의 시인들을 감동시켰으며, 아스라우그Aslaug는 그녀의 남편인 바이킹 왕 라그나Ragnar보다도 더 광채를 발한다.25) 민간 서사는 그 형식의 제한 내에서조차 더욱 자유롭고 더욱 예술적인 발전의 길을 모색한다.

이제까지 논의해 온 바를 요약해 본다면, 민간 서사는 우리가 생각하는 것보다 더 형식적으로 법칙화되어 있다. 그 형식적 법칙을 우리는 서사법칙이라 부를 수 있겠다. 본인이 이 자리에서 논의해 왔던 주요 법칙들에는 '시작과 종말의 법칙', '반복의 법칙', '3의 법칙', '한 장면에 둘의 법칙', '대조의 법칙', '쌍둥이의 법칙', '최후 중점의 법칙', '단선 법칙', '유형화의 법칙', '도형 장면의 사용', '민담의 논리', '플롯의 통일성'(실제적 통일성과 이상적 통일성) '주인공 중점화'(전형적 집중화의 대상이 되는 주인공이 나오는 어떤 경우에서와 똑같이 마지막에 우리의 동정을 받게 되는 실질적인 주인공에 대한 중점화도 포함된다)가 있다.

이들 법칙에 관한 제한으로 어떤 것이 있는가에 대하여는 앞으로 좀 더 실제적인 연구가 이루어져야 할 것이다. 나 자신은 이야기의 기원이 '고딕-게르만'이라거나 '아리안'이라거나 '신화'에서 왔다거나 '제의'에서 왔다는 것 같은 문제에는 관심이 없다.

본인은 꽤 많은 나의 동료들의 사고 범주로부터 벗어나 있음을 안다. 예컨대 그들은 이런 것들은 종교적 역사로 본다. 만약 본인이 쌍둥이의 법칙에 관해 말한다면 그들은 '디오스쿠리 신화'를 생각할 것이고, 만약 3의 법칙이 나타난다면 그들은 '제의적 세 쌍'을 생각할 것이다. 그러나 왜 본인이 종교에서 설명을 찾아야 하는가? 본인이 말하는 쌍둥이 법칙

---

25) 라그나 로드브록Ragna Lodbrok 영웅전설의 영역은 쉬라우흐Margaret Schlauch의 『볼숭의 영웅전설The Saga of the Volsungs』, 제2판(New York, 1949), pp. 183~256을 보라. (AD)

이란 신적인 존재인 디오스쿠리에게뿐만 아니라, 오딘의 밸커리들에게도 적용될 수 있으며, 이들은 제의적 숭배의 대상이 아닌 것이다. 다만 두 인물만이 함께 나타나는 점은 모든 서사 전승에 공통된 원칙이다. 그것은 민요에 나타나는 처녀에게만 적용되는 것이 아니라 아가멤논Agamemnon의 전령에게도 적용된다. 인생 자체가 이들 유형을 만들어내는 데 충분했던 것이다.

그리고 3의 법칙에 대해서도 마찬가지다. 그것은 모든 위대한 것이 셋으로 존재하는 것과 마찬가지로 모든 민간 서사에서 신성한 힘을 나타내는 숫자로서 확실하게 나타난다. 이들을 종교적 기원으로까지 소급해 보는 것은 불필요하다. 왜냐하면 자연의 구성 자체가 3을 나타내 주기 때문이다. 가령 동물·새·물고기 ; 땅·하늘·바다 ; 지상·천국·지옥 등처럼 모두 3으로 나뉘고 있다. 그리고 만약 아무런 제약도 없다면 3은 인물이나 사물의 최고수로서 나타난다. 서사적인 세 쌍과 마찬가지로 종교적 세 쌍이 고대 민중의 심리에 의한 것인지 아닌지는 의문이다.26)

여기에 결정되어야 할 또 다른 문제들이 있다. 그것은 각 서사법칙이 모든 장소 모든 사람들에게 적용될 수 있는가를 추구하는 것과, 그렇게

---

26) 올릭은 3이 문화의 본성이라기보다 자연의 본질이라고 주장함으로써, 그는 3중 또는 3분에 대한 민간이나 토착적 범주가 우리들의 이른바 대부분의 객관적 분석적 도식 속으로 스며들었다는 것을 알지 못하였다. 자연은 셋씩으로 되어 있지 않다. 우리 서구 문명에서는 자연을 셋씩으로 보지만, 이와 대조적으로 아메리카 인디언은 자연을 넷씩으로 본다.
모든 민족이 시간과 공간을 과거·현재·미래 ; 길이·넓이·깊이처럼 셋씩으로 구분하지는 않는다. 또 모든 민족이 세 개의 기본적인 도구를 사용하여 하루에 세 끼 식사를 하지 않는다. 그들은 3개의 이름을 가지지도 않는다. 그들은 3단계(초등, 중등, 고등)의 교육 제도를 갖지도 않고, 3개의 학위 과정(학사, 석사, 박사)도 갖지 않는다. 모든 언어가 3종류의 인칭(1인칭, 2인칭, 3인칭)을 갖지 않으며, 수·우·미 같은 비교의 3등급을 갖지도 않는다.
예술의 경우처럼 과학의 분석적 도식은 3의 법칙의 영향 하에 있다. 정말로 외이外耳·내이內耳·중이中耳가 있는가? 정말로 애벌레·번데기·성충과 같은 발전적인 3단계가 있는가? 정말로 고체·액체·기체(육·해·공)와 같은 세 개의 사물 상태가 있는가? 면역 주사나 투약은 연속 3번 투여됐을 때 효과가 있는가? (AD)

함으로써 인간의 발전 도상에서 이러한 창작적 공식들이 지닌 의미를 설명하는 것이다.

우리는 가장 크고 가장 난처한 문제들을 해결하기 위해 멀리까지 떠돌아다니기를 원하지 않는다. 우리는 서사법칙들을 가까이 있는 자료들에 적용해야 할 것이다. 이러한 확고한 국면으로부터 우리는 특별한 민족의 특징 및 그들의 특별한 창작 유형, 문화적 테마들을 결정할 수 있을 것이다. 우리가 그들을 이렇게 날카로운 선상을 따라 측정할 수 있을 때만이 각개 전승들에 대한 우리의 작업이 시작될 수 있다. 그리고 이것은 아마도 우리의 이론에 관한 최고의 것이리라. 즉 그들은 우리로 하여금 사물에 대한 실제적 관찰을 강요할 것이다.

● **참조 원고**

Axel Olrik, "Epic Laws of Folk Narrative", Alan Dundes, ed. *The Study of Folklore*, Englewood Cliffs, N.J. : Prentice-Hall, Inc, 1965, pp. 129~141.

2. 북미 인디언 설화의 구조적 유형론*

앨런 던데스Alan Dundes

이 논문에서는 언어학적 형태보다는 민속학적 형태가 분석될 것이다. 그러나 이 글에서 강조하고자 하는 바는 형태 그 자체 연구가 원래 목적이 아니라는 점이다. 형태에 대한 서술은 기원과 기능을 탐구하기 전에 행해져야 하는 하나의 단계에 불과하다. 우리가 민속학이 무엇인지를 알 수 있게 되는 것은 형태 연구를 통해서이다. 일단 형태적 기준에 의하여 민속학이 정확히 정의될 수 있다면, 우리가 기원을 찾고, 구비전승의 과정을 이해하고, 다양한 기능을 분석하는 것이 보다 용이해질 것이다.

인용되고 있는 특정 북미 인디언 설화 자료나, 민속학의 구조적 분석에 대한 그 이상의 논의를 위해서는 앨런 던데스Alan Dundes의 『북미 인디언 설화의 형태학』(FFC No. 195, Helsinki, 1964)을 참조하기 바란다.

엄밀히 말한다면, 형태론이 전제되지 않은 유형론이란 있을 수 없다. 북미 인디언 설화의 경우, 형태론적 단위 및 분석의 없었기 때문에 유형론적 설명을 할 수 없었다. 형태론적 결여의 정도는 북미 인디언 설화의

---

* 간행인의 허가를 얻어 <서남부 인류학 *Southwestern Journal of Anthropology*>, Vol. 19 (1963), pp. 121~130에서 재수록하였음.

생성에 대한 우연론자들의 주장이 아직도 폭넓게 행해지고 있다는 사실을 보아서도 알 수 있다. 이러한 견해에 의하면, 북미 인디언 설화는 모티프들의 무작위하고도 불안정한 결합으로 생성된다고 한다. 영국의 민속학자 조셉 제이콥스Joseph Jacobs는 1984년에 원시 설화를 일반적으로 논의하던 중에 다음과 같이 말하였다.[1] "이 설화들을 읽은 사람은, 이러한 설화들이 형태도 없고 매우 공허하므로, 이런 설화와 우수한 유럽의 신이담fairy tales과의 관계는, 마치 무척추동물에 대한 척추동물의 관계와 같다는 내 생각에 동조하리라 믿는다." 프란츠 보아스Franz Boas도 1916년에 마찬가지의 이야기를 한 바 있다.[2] "유럽의 민간전승은 전체 이야기가 단위로 이루어져 있으며, 그 응집력이 강하고 전체의 구성도 매우 오래된 것이라는 인상을 준다. 반면 북미의 자료들을 분석해 보면, 이야기의 구성이 새로운 듯한 인상을 주며, 응집력도 약하고 정말로 오래된 이야기 요소들은 부수적인 것이거나, 소수의 단순한 플롯에 지나지 않는 것임을 보여준다." 최근에 이르러 멜빌 제이콥스Melville Jacobs[3]는, 보아스가 언어학이나 조형 예술 분야 연구에서는 구조적 연구를 성공적으로 수행했지만, 민속학 연구에서는 그렇지 못하였음을 비판한 바 있다.

구조적 또는 유형적 접근은 1920년대와 1930년대에 언어학, 심리학, 민족음악학 및 인류학 분야에서 풍미되었지만, 민속학은 여전히 편협하게 역사적 접근을 지향하거나 원자론적 연구에 몰두하고 있었다. 1934년에 베네딕트Ruth Benedict의 『문화의 유형Patterns of Culture』이 출간되었다. 1933년에는 헬렌 로버츠Helen Roberts가 그녀의 『원시음악의 형태Form in

---

1) Joseph Jacobs, "전파의 문제에 대하여 : 응답The Problem of Diffusion : Rejoinders", *Folklore*, Vol. 5(1984), 137.

2) Franz Boas, 『침쉬언족 신화*Tsimishian Mythology*』, Annual Report of the Bureau of American Ethnology, Vol. 31(1916), 878.

3) Walter Goldschmidt가 편찬한 『프란츠 보아스의 인류학*The Anthropology of Franz Boas*』(미국인류학회, 기념논문집 89, 샌프란시스코, 1959)에 들어 있는 제이콥스Melville Jacobs의 논문 "민속학*Folklore*", p. 127.

Primitive Music』와 함께 "원시음악에 있어서의 유형적 현상"을 발표했다. 언어학 분야에서는 사피어Sapir의 『언어*Language*』(1921) 및 "언어의 음성 유형"(1925)에 이어 브룸필드Bloomfield의 『언어*Language*』(1933), 스왜디쉬 Swadish의 "음소의 원리"(1934)가 나왔다. 심리학 분야에서도 똑같은 이론적 경향을 보여주는 쾰러Köhler의 『형태심리학*Gestalt Psychology*』(1929), 코프카Koffka의 『형태심리학의 원리*Principle's of Gestalt Psychology*』(1935)들이 공간되었다. 1930년대에는 유형에 대한 연구 자체가 하나의 문화적 유형이었다. 그러나 민속학 분야에서는 전체적 공시적 연구에 아무런 흥미가 없었음이 명백하다. 1930년대 중반의 민속학 연구의 주요 저작인 스티스 톰슨Stith Thompson의 방대한 민속문학의 『모티프 인덱스*Motif-Index of Folk Literature*』는 특히 우수한 목록이었으며, 민속학에 있어서 원자론을 강조한 축도縮圖를 보여주는 것이었다. 민속학 이론에 있어서의 문화적 정체현상은 불행히도 1930년대 이래로 증가되었고, 바로 이 점이 민속학에 있어서의 뛰어난 이론적 발전이 적었던 하나의 이유였다.

소수의 예외 중의 하나는 1928년에 간행되었던 블라디미르 프로프 Vladimir Propp의 『설화의 형태학*Morphology of the Folktale*』이다. 프로프에 의하면4) 형태학이란 "구성요소에 의한 설화의 기술이며, 이들 구성요소 전체, 또는 구성요소 상호간 관계의 기술"이다. 프로프는 그가 '기능'이라 명명했던 형태론적 단위들을 정의하고 분리시킨 후에, 유명한 아파나시에 프Afanasiev가 채집했던 러시아 설화 중, 무작위적인 이야기들인 연속적인 100개의 멜헨 분석으로 나아갔다. 이 100개의 이야기들의 이야기 구조 단위들, 즉 '기능'들을 분석한 결과, 그는 기능의 숫자가 31개로 제한되어 있으며, 그 기능들의 순서가 고정되어 있음을 발견했다. 이것은 가능한 모든 31개의 기능이 반드시 어떤 특정 설화에서 실현된다는 뜻이 아니라, 그들이 예상될 수 있는 순서로 실현된다는 뜻이다. 프로프는 이 형태론을

---

4) 인디아나대학 부설 인류학·민속학 및 언어학 연구소 논총 10으로 간행된 프로프
  Vladimir Propp의 『민담의 형태학*Morphology of Folktale*』(Bloomington, 1958), p. 18.

완성한 후에 유형론으로 나갈 수 있었으며, 드디어 모든 러시아의 신이담이 형태론적인 견지에서는 하나 또는 동일한 구조적 유형에 속한다5)는 결론을 내렸다.6)

프로프의 형태론적 틀을 북미 인디언 설화에 적용함에 있어, 필자는 케네스 L. 파이크Kenneth L. Pike의 『인간행동 구조에 대한 통합이론에 관한 언어Language in Relation to a Unified Theory of the Structure of Human Behavior』"7) 로부터 일부 용어와 이론을 차용하였다. 그리하여 프로프의 '기능'이란 용어 대신, 모티프와 이異모티프allomotif에 대한 연상 작용을 가능케 하여주는 '모티프소素 motifeme'로 바꾸었다. 모티프 슬롯은 다양한 모티프들로 채워질 수 있으며, 특정의 모티프 슬롯에 대한 특정의 교체 모티프들은 '이모티프'라고 할 수 있겠다. 이러한 프로프과 파이크의 구조적 모델 합성에 힘입어 필자는 북미 인디언 설화의 많은 명백한 구조적 유형들을 식별할 수 있었다.

대다수의 북미 인디언 설화들은 불균형에서 균형으로의 이행으로 구성되어 있다. 불균형은 두렵고 가급적 피해야 할 상태인데, 이것은 관점에 따라서는 과잉이나 결핍 상태로 보일 수도 있다. 불균형은 어떤 것은 너무 많은데 다른 것은 너무 적다는 식으로 말해진다. 저장된 사물에 대한 이야기에서는 사냥감, 물고기, 식용 식물, 물, 조수潮水, 계절, 태양, 빛, 불, 기타가 대다수의 인류나 혹은 대다수의 부족 성원들에게 이용될 수 없게 되는데, 이 경우 흔히 사회적으로 혹은 세계적으로 결핍을 느끼게 해주는 최초의 진술이 있게 마련이다. 최초의 홍수 상태는 너무 물이 많

---

5) 윗책, p. 21.

6) 프로프의 연구에 대한 좀 더 포괄적인 개요概要를 보려면,『국제 슬라브 언어학과 시학 잡지International Journal of Slavic Linguistics and Poetics』 제3호(1960), pp. 122~149에 실려 있는 레비-스트로스의 "러시아 설화의 형태적 분석"을 보라.

7) Alan Dundes, "에틱 단위에서 나아가 에믹 단위로 본 설화의 구조적 연구From Etic to Emic Units in the Structural Study of Folktales", 『미국민속학잡지Journal of American Folklore』, 제75호(1962), pp. 95~105.

다거나 너무 땅이 적다는 식으로 해석될 것이다. 그러나 어떤 경우에는 바람직하지 않는 불균형의 상태가 있게 되는데, 필자는 이를 '결핍'이라고 부를 것이다. 설화는 다만 어떻게 풍부함이 상실되었는가, 혹은 어떻게 결핍이 보전補塡되었는가를 이야기할 것이다. 다시 말하면, 과도한 무엇은 잃어버려질 것이고, 잃었거나 도둑맞은 것은 찾아질 것이다. 이런 두 가지 상황 모두가 불균형으로부터 균형으로의 이행이라는 제목 아래 놓일 것이다.

북미 인디언 설화의 한 구조적 유형은 '결핍Lack(L)'과 '결핍 해소Lack Liquidated(LL)'라는 단 두 개의 모티프소로 이루어진다. <저장된 물의 방출> 유형의 말레사이트Malecite 유화에서는, 한 괴물이 세상에 있는 모든 물을 차지하였다(L) — 문화영웅culture hero이 괴물을 살해하고 물을 방출하였다(LL). 또 위쉬램Wishram의 이야기는 다음과 같은 똑같은 모티프소 유형을 기초로 하고 있다. 콜럼비아 지방의 사람들은 입과 눈이 없었다(L) — 그들의 식사는 철갑상어의 냄새를 맡는 것이었다. 코요테가 그들의 눈과 입을 뚫어 주었다(LL). 아직 간행되지 않은 상부 케할리스Upper Chehalis 이야기에서는, 아주 옛날에 이 세계가 갈라지기 시작했다. 많은 덩굴을 가진 박하薄荷풀이 그것을 다시 꿰매기 시작했다. 그리하여 세계는 구원되었다. 이처럼 두 개의 모티프소로 된 이야기들이 퍽 많은 것은 아니나 그래도 다소간 존재한다. 두 개의 모티프소 연속체가 북미 인디언 설화의 최소 정의를 이루는 것이라고 할 수 있다.

보다 더 보편적인 모티프소 연속체는 다음과 같은 네 개의 모티프소로 이루어진다. 금지Interdiction, 위반Violation, 결과Consequence, 도망 시도Attempted Escape. 이 중 '도망 시도'는 필수적인 구조 슬롯이라기보다 임의적인 것이다. 따라서 어떠한 이야기는 결과로써 끝날 수가 있다. 나아가, 도망 시도가 있게 되면, 그 시도는 성공적일 수도 혹은 실패할 수도 있다. 네 번째 모티프소 즉 도망 시도의 실현은 특별한 문화나 혹은 그 문화 내의 특별한 제보자에 따르는 것이다. 이와 마찬가지로 시도의 성공 혹은 실패

역시 이런 요인에 의한다.

　몇몇 예로써 이런 설화 유형의 특성을 설명할 수 있다. 동일한 구조적 형태 내의 다양한 내용에 주의해 주기 바란다. 소지沼地 크리족Swampy Cree의 이야기에서는 한 꼬마가 그의 누이에게서 물가에 있는 다람쥐는 쏘지 말라는 말을 들었다(Int) ― 그러나 소년은 물가에 있는 다람쥐를 쏘고(Viol), 물 속에 떨어진 화살을 회수하려 했을 때 물고기에게 삼켜졌다(Conseq). 결국 물고기가 소년의 누이에게 헤엄쳐 가자, 그녀가 물고기를 잡아 배를 가르고 소년을 꺼내었다(AE). 릴루이트Lillooet 이야기에서는 한 노인이 고기잡이를 하는 아이들에게 장난삼아 고래를 불러서는 안 된다고 경고하였다(Int). 소년들이 웃어넘기고 계속 고래를 불러대자(Viol), 고래가 와서 그들을 삼켜버렸다(Conseq). 고래가 어떤 바닷가로 가자, 사람들이 고래를 잡아 배를 가르고 소년들을 나오게 했다(AE). 에스키모, 평원 지역이나 산림 지역 주민들의 이야기와 동일한 오농다가Onondaga의 이야기에서는 한 떼의 소년들이 춤추지 말라는 경고를 받았다(Int). 소년들은 거절하고(Viol), 하늘로 끌려가(Conseq), 거기에서 묘성昴星이 되었다. 이야기의 결말이 설명적인 모티프를 갖는 것은 북미 인디언 설화에서는 보편적이다. 설명적인 모티프가 구조적으로 필수적인 것은 아니다. 이와 같은 모티프는 문체적인 종말 표지로서나 혹은 문학적인 종결부로서의 역할을 한다. 종종 금지는 명시적이기보다 암시적으로 나타난다. <구르는 바위>라는 유형에서는 트릭스터가 바위에게 주었던 선물(가령 옷 같은 것)을 되가져가거나, 바위 위에 배변排便함으로써 바위를 노하게 한다(Viol). 바위가 그를 뒤쫓는다(Conseq). 주인공은 보통 그에게 호의적인 동물들이 바위를 깨뜨림으로써 도망할 수 있게 된다(AE). 트린기트Tlingit의 이야기에서는 어떤 소년들이 그들이 타고 있는 카누 한편 가에 떠 있는 해초를 끄집어내서 다른 쪽에 놓았다(Int). 그 때문에 영구적인 겨울이 찾아왔다(Conseq). 캐슬라메트Kathlamet의 동일 유형에서는 금지가 명확히 나타난다. 읍내에 사는 사람들에게 배변을 가지고 놀지 말라는 금령이 내렸다(Int). 한 소년이 이를 어기고 배변을 가지고 놀았는데(Viol), 그 다음 날 밤부터 눈이 내리기 시작했다. 영원한 겨울이 찾아와 사람들이 굶어 죽기 시작했다(Consq). 사람들이 이 악동을 얼음 위에 내놓아 죽임으로써 이러한 결과로부터 벗어날 수 있었다(AE). 이 이야기들에 나타나는 내용은 매우 다양하다. 즉 매우 많은 이모티프들이 존재하는 것이다. 바로 이 점이 몇몇 인류학자들로 하여금 북미 인디언 설화에는 응집력이 없다는 믿음으로 이끌게 했던 것이다. 그러나 이들 이야기에서의 모티프소의 순서는 아주 같다. 모티프소적으로 말한다면, 보아스가 생각했던 것과 반대로 구성요소들 간에는 커다란 응집력이 있는 것이다.

보다 긴 북미인디언 설화들은 보다 짧은 모티프소 유형의 결합으로 이루어질 것이다. 일반적인 여섯 개의 모티프소의 결합은 결핍, 결핍 해소, 금지, 위반, 결과, 도망 시도로 이루어진다. <오르페우스> 이야기에서는 한 남자가 그의 아내를 잃었지만(L), 그녀를 되찾거나, 되찾을 수 있었는데(LL), 다만 그가 금기를 범하지 않는 한에서였다(Int). 어쩔 수 없이 그가 금기를 깨뜨리게 되었는데(Viol), 그 결과 그는 아내를 다시 한번 잃었다(Conseq). 공통의 구조적 틀 내에서 얼마나 다양한 내용이 생길 수 있는가 하는 예로써, <오르페우스 이야기>는 주니Zuni 족의 이야기인 <어린 소녀와 귀뚜라미>와 비교해 볼 수 있다. 이 이야기에서 소녀가 노래하는 귀뚜라미를 발견하고, 집으로 가져가려고 했다(L). 귀뚜라미는 소녀와 함께 집으로 갔으나(LL), 그녀에게 절대로 자신을 건드리거나 간지럽혀서는 안 된다고 경고하였다(Int). 귀뚜라미와 놀던 소녀가 그를 잘못 간지럽히자(Viol), 귀뚜라미는 배가 터져 죽었다(Conseq). 두 이야기를 도표로써 나타내면 다음과 같다.

	〈오르페우스 이야기〉	〈소녀와 귀뚜라미〉
모티프소	오르페우스	소녀와 귀뚜라미
결핍	사내가 저승에서 아내를	소녀가 들판에서 귀뚜라미를

	데려오려 한다	집으로 가져가려 한다
결핍 해소	사내가 그렇게 한다	소녀가 그렇게 한다
금지	사내가 아내를 뒤돌아 보지 말도록 주의를 받는다	소녀가 귀뚜라미를 건드리지 말도록 주의를 받는다
위반	사내가 뒤돌아 본다	소녀가 귀뚜라미를 건드린다
결과	사내의 아내가 죽는다	귀뚜라미가 죽는다
도망 시도	----------------	----------------

여기에서 주목해야 할 것은, <오르페우스 이야기>의 예와 같이 결과가 결핍의 형태로 나타난다는 것이다. 이것은 처음에 결핍이 주어지지 않는 설화에서는 결핍 상태를 일으키는 모티프소 연속이 생길 수도 있음을 시사해 준다. 일반적으로 결핍은 어떤 현명치 못한 행위이거나 혹은 보다 특별하게 금지 위반의 결과이다. 그리하여 <토양 채취 잠수부earthdiver> 이야기의 어떤 각편에서는 결핍은 우선 다음처럼 서술된다. "옛날 옛날에 이 지구상에는 땅이란 존재하지 않았다. 지금의 땅이 있는 곳에는 물이 있었을 뿐이었다." 한편 상부 케할리스 족의 이야기에서와 같이, 어리석게 금기를 무시하여 홍수가 초래될 수도 있다. 이 이야기에서는 개똥지빠귀가 더러운 얼굴을 씻지 못하도록 엄령을 받았는데(Int), 결국 그는 얼굴을 씻게끔 유혹을 받게 되었다(Viol). 개똥지빠귀가 세수를 한 후에 억수 같은 비가 퍼붓고, 물이 차올라 온 세상을 뒤덮었다(Conseq). 그때 사향쥐가, 보통의 <토양 채취 잠수부> 이야기에서와 같이 필요한 흙을 가지러 네 번이나 잠수를 하였다.

이러한 구조적인 모티프소의 변용이 어떤 특정의 역사적인 이야기에만 한정되지 않음을 깨닫는 것이 중요하다. 즉 이러한 변용은 여러 이야기들에서 발견될 수 있다. 널리 분포되어 있는 <눈의 요술사>의 유화에서는, 트릭스터가 다만 자신의 눈을 잃었다가(L), 다시 눈을 되찾았다(LL). 그러나 많은 평원 지방의 각편들에서는 두 개의 모티프소가 부가된다. 트릭스터가 눈을 빼어 공중으로 던졌다가 다시 눈알을 집어넣을 수 있는 사내에게 자신도 그렇게 할 수 있기를 원하였다(L). 결국 트릭스터도 그렇게 할 수 있게 되었으나(LL), 그는 다만 네 번만 그렇게 해야 한다거나, 혹은 너무 높게나 나무 가까이 던져서는 안 된다는 주의를 받았다(Int). 트릭스터가 이 말을 듣지 않았다가(Viol) 그의 눈을 잃었다(Conseq). 구조 분석을 토대로 우리는 어떠한 이야기도 최초는 결핍에서 시작된다고 말할 수 있다. 이것은 이론적으로 위반이 결핍을 초래하는 금지로써 시작하는 그런 이야기에서 가능하다. 그렇다면, 구조적 유형의 변용에 대한 지식은 각개 설화에 관한 역사지리학적 가정을 구축하고 평가하는 데에 상당한 도움이 될 것이다. 이제까지 민속학자들이 특정한 이야기의 하위유형으로 생각해 왔던 것은 더욱 일반적인 구조적 유형의 변용이 나타난 것일지도 모른다.

북미 인디언 설화가 고정된 특별한 모티프소의 연속으로 이루어질 만큼 명백히 구조화되어 있음은 분명하지만, 실재의 모든 모티프소 유형이 위에서 논의된 것은 아니란 점을 알아야 할 것이다. 예컨대, 다른 일반적 유형은 결핍, 사기詐欺, 기만당함[견기見欺] 및 결핍 해소로 이루어져 있다.8) 그러나 이들 소수의 예시적인 유형들은, 북미 인디언 설화가 구조화되어 있다는 주장을 뒷받침해 주기에 충분하다. 그러나 구조적 분석 그 자체가 목적은 아니며, 다음과 같은 질문이 제기될 수도 있다. 즉, 설화에 대한 구조적 분석의 의의는 무엇이며 그 소용은 무엇인가?

첫째, 유형론적 진술이 가능하다는 점이다. 로만 야콥슨Roman Jacobson은 북미 인디언 언어 연구에 대한 보아스적인 접근을 비평하는 가운데, 북미 인디언 설화 간의 구조적 유사성이 지적되어야 한다고 말한 바 있다. 그는 "어떤 문법적 음소 유형은 상응하는 어휘적 유사성이 없이도 광범한 지역에 걸쳐 계속적으로 분포되어 있다."라고 하였다.9) 보겔린

---

8) Alan Dundes, 『북미인디언 설화의 형태학*The Morphology of North American Indian Folktales*』(Helsinki, 1964), pp. 72~75.

9) 로만 야콥슨, "언어에 대한 프란츠 보아스의 접근Franz Boas' Approach to Language", 『국제

Voegelin과 해리스Harris[10])도 유사한 발언을 하였다. 예컨대, 그들은, "언어를 구조적으로 비교하는 것은 그들 언어의 기원적인 관련성을 말하지 않고도 가능하다."고 말하였다. 반 제넵Van Gennep은 공통의 구조적 유형이 매우 상이한 내용을 지닌 다양한 의례들을 특징지어 준다고 하였다. 가령, 분리, 전이轉移, 통합과 같은 계기적繼起的 유형이 탄생, 사춘기, 결혼, 죽음 등등의 의례에서 찾아진다는 것이다. 이와 마찬가지로 상당히 다양한 내용의 설화들에서 공통의 구조적 유형이 명백하게 서술될 수 있다.

둘째로, 구조적 분석에서 얻을 수 있는 중요한 이득은, 다문화적 형태 내에서 내용이 어떻게 문화에 의해 규정되는가 하는 통찰을 얻을 수 있다는 점이다. 만약 민속학자가 특정의 문화권에서 보고된 똑같은 구조를 가진 이야기들을 모티프소에 따라 쭉 정렬해 본다면, 그는 특별한 모티프소가 특별한 모티프에 의해 나타나는지 여부를 쉽사리 알 수 있을 것이다. 예컨대, 금지 / 위반 유형을 기반으로 한 샤이언 족의 이야기를 정렬해 본 결과, 필자는 특정한 힘을 네 번 이상 사용치 못하게 하는 금지가 변함없이 적용되고 있음을 발견하였다. 어떤 경우에 이야기의 내용은 이런 특별한 모티프가 야기되도록 샤이언 족의 제보자에 의해 상당히 변모되기도 하였다. <구르는 바위> 유형의 샤이언 족 각편에서는 바위에 대한 통상적인 공격을 가하지 않는다. 그 대신, 트릭스터가 어떤 사람이 바위에 손을 대지 않고도 바위를 뒤집음을 보고, 자신도 그러한 능력을 갖기를 원하였다(L). 그는 네 번 이상 행하지 않는다는 조건으로 그러한 능력을 얻었다(LL). 그가 회수 세기를 깜빡 잊고, 다섯 번이나 행하자(Int), 바위가 그를 추적했다(Conseq). 쏙독새가 바위를 산산조각 내어 트릭스터를 구원하였다(AE). 이와 비슷한 경우로, <엉터리 주인> 유형의 드문 각편에서는 트릭스터가 만약 네 번 이상 똑같은 행위를 거듭하지 않는다면,

---

미국언어학잡지*International Journal of American Linguistics*』 제49호(1947), pp. 192~193.

10) 『미국의 인류학자*American Anthropologist*』 제49호(1947)에 실린 보겔린C. F. Voegelin과 해리스Z. A. Harris, "언어학의 전망The Scope of Linguistics", p. 596.

식용으로 자신의 등에서 살을 베어낼 수 있게 하는 능력이 부여되었다. '네 번 이상 하지 말라'는 모티프에 대한 문화적 편애는 하나의 이야기를 읽고 깨달을 수 있을지 모르지만, 다시 나타나지 않을 수도 있다. 우리는 너무 주관적이고도 경험적인 접근을 차용할 필요는 없다. 우리는 다만 특별한 모티프소를 토대로 하고 있는 어떤 특정 문화권의 모든 이야기들을 정렬하거나, 특별한 모티프소 슬롯을 채워주는 다양한 모티프들을 찾아내기만 하면 될 것이다.

구조적 분석의 또 다른 이득은 문화적 변용 상황에의 예견력이다. 만약 우리가 유럽 설화와 북미 인디언 설화의 구조를 안다면, 우리는 유럽의 이야기가 아메리카 인디언에게 차용되었을 때 일어날 변모를 상당히 명확하게 예언할 수 있다. 예컨대, 아르네-톰슨의 설화 유형 121번 <무등을 타고 나무 위에 오르는 이리>의 주니 족 각편은 매우 유익하다. 유럽의 이야기에서는 이리떼가 나무 위에 있는 생물를 잡기 위하여 무등을 탔다. 가장 밑에 있는 이리가 도망치자 다른 이리들이 떨어져 내렸다. 이 이야기의 주니 족 각편에서는 코요테가 옥수수를 얻으려고 벼랑을 기어오르려고 하였다(L). 코요테가 자신의 동료들을 모으니, 코요테들은 서로 꼬리를 물거나 혹은 옥수수속을 항문에 끼워 넣고 서로 붙잡고 벼랑을 기어오르기로 결정했다(LL). 코요테들은 모두 방귀를 뀌지 말도록 주의를 받았다(Int). 그러나 제일 꼭대기의 코요테가 방귀를 뀌자(Viol) 무등이 무너져 내리고 말았다. 그래서 모든 코요테가 죽었다(Conseq).

이전에는 민속학자들이 다만 북미 인디언 중에 있는 유럽 설화를 찾아내는 것으로써 만족하였으나, 이제는 어떻게 유럽의 이야기가 전통적인 북미 인디언 설화 유형 속— 이 경우 금지 / 위반의 모티프소의 연속체— 으로 녹아들었는가를 정확히 보여줄 수 있게 되었다. 유럽과 북미 인디언 설화 간의 가장 두드러진 구조적 차이 중의 하나가 결핍과 결핍 해소 같은 상관되는 일련의 모티프소 사이에 개재되어 있는 모티프소의 숫자에 관계된다는 점은 매우 흥미 있는 일이다. 매개되는 모티프소의 숫자는 설화의 '모티프소 깊이'라고 이름 지을 수 있는 것이 나타나는 것으로써 살필 수 있다. 북미 인디언 설화는 유럽 설화에 비하면 훨씬 적은 모티프소의 깊이를 지니고 있다. 유럽 설화에서는 결핍(프로프의 기능 8a)과 결핍 해소(프로프의 기능 19)의 간격이 매우 넓게 벌어져 있으나, 반면 북미 설화의 경우는 결핍이 시작된 후 곧 해소된다. 북미 인디언 설화가 보다 적은 모티프소의 깊이를 갖고 있다는 것은, 누적담은 늘 최초의 결핍과 마지막의 결핍 해소라는 골격 내에서 해소되어야 하는 폭넓게 서로 연결된 일련의 결핍들로 이루어져 있으므로, 부분적으로는 북미 인디언에게 토착적인 것이든 혹은 그들이 차용한 것이든, 누적담이 결여되어 있다는 이유를 설명해 주는 것일지도 모른다. 이 같은 가정은 어떤 문화 속에 특정의 구조적 유형으로 된 이야기를 이식하였다가 얼마만큼의 시기가 경과한 다음 그 이야기를 끄집어내 봄으로써 검증할 수 있을 것이다.

　아마도 구조적 분석의 가장 훌륭한 기여는 장르 상호간의 비교라는 미답未踏의 영역이 아닌가 한다. 민속학자가 민속학 범주 내의 이 분야 간의 비교를 시도했던 적은 드물었다. 실제로는 전연 반대로 설화와 속신에 관해서 근자에 민속학 연구 분야를 구비문학과 민간 풍습의 둘로 나누는 시도가 있어 왔다. 예컨대, 허스코비츠Herskovitz는 이것을 '필수적인 2분법dual mandate'으로 받아들였고,11) 바스콤Bascom은 인류학자들에게 있어서 민속학에는 신화와 이야기들이 포함되나 민간 풍습이나 민간 신앙은 이것들이 포함되지 않는다고 분명한 어조로 주장하였다.12)

　그러나 이 두 장르에 대한 형태적 분석은, 양쪽 모두의 밑바닥에 공통의 구조적 유형이 깔려 있음을 알려준다. 최근에 간행된 구조적 분석 논문13)에서, 필자는 다음과 같은 속신어에 대한 생성적 정의를 시도한 바

---

11)　Melville J. Herkovits의 "100년 후의 민속학 : 개념 재정의의 문제Folklore After a Hundred Years : A Problem in Redefinition", 『미국민속학잡지』 제59호(1946), p. 93.

12)　William R. Bascom, "민속학과 인류학Folklore and Anthrophology", 『미국민속학잡지』 66 (1953), p. 285.

13)　Alan Dundes, "브라운지방의 속신어Brown County Superstitions", 『중서부 민속학Midwest

있다 : 속신어는 하나 이상의 조건과 하나 이상의 결과에 대한 전승적 표현인데, 조건 중의 일부는 어떤 결과를 암시하며, 그리고 일부는 어떤 결과를 초래한다. 속신어의 공식은 다만, 'C가 아닌 한'이라는 유보 사항이 붙는, '만약 A라면 B이다'처럼 나타낼 수 있다. 필자가 '주술적Magic 속신어'이라 명명했던 속신어의 범주 중에서 하나 이상의 조건들의 이행은 하나 이상의 결과를 초래한다. 이를테면, 치페와Chipewa 인에게 개나 고양이를 연못 속으로 던져 넣으면 폭풍우를 일으키는 결과가 일어날 것이라는 공식이 성립할 것이다. 그러나 '전도적顚倒的 속신어'에서는 바람직하지 않은 결과는 중화되거나 혹은 역전되어 바람직한 결과가 뒤따를 것이다. 그리하여 주술적 속신어에는 조건적 행동이 있고, 만약 그것이 이행된다면 결과가 나타날 것이다. 그러나 전도적 속신어를 동반하는 경우도 있는데, 이것은 중화 행위로 채용되어, 개인에게 주술적 속신어의 바람직하지 않은 결과를 피할 수 있게 하거나 무력화시켜 준다. 아마도 이제 설화와 속신어의 금지 / 위반 모티프소 연속 구조 사이의 공통성을 알 수 있을 것이다. 다음과 같은 주니족의 설화와 속신어를 놓고 생각해 보자.

	설 화		속 신 어
Int	한 소녀가 토끼를 사냥하지 말도록 경고받았다	조건	만약 한 여자가 사슴 사냥 중에 웨하스 빵을 먹는다면
Viol	소녀가 토끼를 사냥했다.		-----------------------
Conseq	사람을 잡아먹는 괴물이 나타났다	결과	그녀가 쌍둥이를 낳을 것이다.
AE	쌍둥이 어하이유트Ahaiyute가 소녀를 구원했다.	중화행위	빵이 그녀의 집 사다리의 가롯대 주위를 네 번 통과하지 않는 한

Folklore』, 제11호(1961), p. 28.

여기에서 위반 모티프소의 대응하는 것이 명백히 결여되어 있다는 점에 속아서는 안 된다. 속신어에서는 늘 조건이 이행될 것이며, 달리 말하면 금지는 위반될 것이다. 그러므로 설화와 속신어의 비교가 가능한 것이다. 나아가 똑같은 문화권 내의 설화와 속신어의 형태—특히 다소간의 임의적인 도망 시도와 속신어의 중화 부분—사이의 어떤 유의적有意的인 관계 여부를 알아보는 것은 흥미 있는 일이 될 것이다. 금지를 범한 결과로부터 도망하려는 시도가 설화에 매우 우세하게 나타나는 문화권에 있어서는, 중화 요소 혹은 전도적 속신어가 그것에 대응할 만큼 높은 비율로 나타나는 것이다. 또한 이러한 구조적인 유형은 다른 민속학 장르들에도 나타날 수 있으리라는 점에 유의해야 하겠다. 예컨대, 게임에는 불가피한 규칙이 있다. 만약 이 규칙이 깨진다면 (그리고 규칙을 깨는 것이 게임의 일부일 수도 있다) 응분의 벌칙이 따를 것이다. 그렇다면 특별한 게임이나 특별한 게임의 다른 종류에 의한다면, 벌칙을 무력화시키거나 모면하려는 수단이 있을 수도 있고 없을 수도 있다.

구조적 분석의 중요성은 명백하다. 북미 인디언 설화의 형태론적 분석은 유형론적 기술적 진술을 할 수 있게 해 준다. 자연히 그러한 진술은 민속학자들로 하여금 내용에 대한 문화적 결정을 검사해 볼 수 있게 하고, 문화적 변모를 예측할 수 있게 해 주며, 장르 상호간의 비교를 할 수 있게 해 준다. 상이한 지리적 장소, 가령 아프리카와 같은 곳의 민속학에 대한 구조적 분석이 어떤 구조적 유행이 보편적인 것인가 아닌가 함을 알려 줄 것이라고 기대되어진다.

● 참조 원고

Alan Dundes, "Strctural Typology in North American Indian Folktales", Alan Dundes, ed. *The Study of Folklore*. pp. 206~215 / *Southwestern Journal of Anthropology*, Vol. 19 (1963) : 121~130.

3. 신화의 반복 테마

클라이드 클락혼Clyde Kluckhohn

저명한 미국의 인류학자인 클락혼Clyde Kluckhohn 교수가 쓴 이 글에서는 특정 형식의 분포 문제가 점검된다. 클락혼 교수는 1960년에 작고하기 직전까지 하버드대학교의 인류학 교수였는데 보편성 문제에 관심을 갖고 있었다. 그리하여 그는 문화 상호간 연구에 종사했던 인류학자들이 사용한 표준 샘플링의 기술을 이용하여 세계 도처에 분포되어 있는 여러 신화적 테마에 대한 일반론을 만들 수 있었다. 인류학적 문화 상호간 접근법과 심리학적 고려를 연결시키려 했던 클락혼류의 연구 방법은 민간전승을 연구했던 당대의 인류학자들에게 그리 보편적인 것은 아니었다.

이 글의 목적은 명백히 범세계적이거나 혹은 시공간적으로 광포되어 있는 신화들에 대한 자료를 통합하여 기술하고 또 신화의 어떤 특징에 대한 해석에 대하여도 기술해 보려는 것인데, 그러한 일반성은 상황에 대한 인간 심리의 반복적인 반응이나 동일한 일반적 질서에 대한 자극에서 기인되었을지도 모르는 것이다. 광범위한 학술적 연합에서 특정 그룹을 이야기하면서 필자는 일반적으로 인류학자나 민속학자들에게 잘 알려져 있는 최근의 저작들을 사용할 작정이다. 또한 필자는 신화 요소의 소수

분포를 독자적으로 샘플링하려는 나 자신의 역할에 적절한 노력을 더할 것이다. 이러한 결과는 연구한 자료들에 대한 완전성은 물론 나아가 정확성에 접근하는 데에 아무런 구실이 될 수 없다. 그러나 좀 조잡하고 시안적인 종합이긴 하지만, 더 포괄적이고도 올바른 연구에 흥미를 일으키거나 자극을 줄지도 모른다.

물론 문학 연구가, 정신분석학자, 행동과학자들은 상이한 지역과 역사적 시대에서 신화와 구비전승 테마가 현저한 유사성을 야기했다는 것을 오랫동안 인정하여 왔다. '아버지 찾기'와 '아버지 살해' 같은 이야기는 반복되어 나타난다. '어머니 살해'는 명백하거나 가장된 형태로 나타난다.1) 엘리아데2)는 '영원 회귀'의 신화를 다루었다. 마리 보나파르트3)는 전쟁은 공공연하게 유사한 내용의 공상을 일으키게 했다는 증거를 제시했다. 동물담 — 적어도 구세계의 — 은 플롯과 윤색의 많은 세부에 있어서 유사성을 보여 준다. 예컨대 아프리카의 이야기나 여우 르나르, 이솝 우화, 인도의 『판차탄트라』, 중국과 인도의 『자타카』 들이 그러하다.4) 오르페우스 이야기는 전 세계에서 방대한 분포를 보여주고 있다.5)

다양한 유사성을 생각할 때 약간의 기본적인 주의가 필요하다. 첫째로, 추상의 수준이 명확해야 한다는 것이다. 창조 신화가 범세계적이거나 범세계적임에 가깝다는 것은 사실이며 타당하다. 그러나 이것은 천부지모天父地母에 의한 인간 창조나 자웅양성의androgenous 신이나 식물로부터의 인

---

1) H. A. Bunker, "신화와 전설에 나타난 어머니-살해Mother-Murder in Myth and Legend", 『계간 정신분석학Psychoanalytic Quarterly』, 13(1944), pp. 198~207.
2) Mircea Eliade, *Le mythe de l'éternel retour*(Paris : Gallimard, 1949), Eng. trans. W. R. Trask(New York : Pantheon Books, Inc., 1954), Bollingen Series, 46.
3) Marie Bonaparte, *Myths of War*(London : Imago Publishing Company, Ltd., 1947).
4) M. J. Herskovits와 F. S. Herskovits, *Dahomean Narrative*(Evanston, Ill. : Nothernweston University Press, 1958), p. 118.
5) A. H. Gayton, "북미의 오르페우스 신화The Orphic Myth in North America", *Journal of American Folklore*, Vol. 48 (1935), 263~293.(신세계에 있어서의 오르페우스 이야기의 분포에 대한 보다 최근의 연구는 홀트크란츠Ake Hultkrantz, 『북미 인디언 오르페우스 전승』(Stockholm, 1957)를 보라.[편집자 주])

간 창조6)가 더 일반적이고 보다 자주 나타난다는 사실에 비하면 추상적인 진술이다. 둘째, 어떤 특징의 유무 여하를 기초로 한 단순 비교는 사술적邪術的인 것이며 오도誤導하기 쉽다. 근친상간 테마의 실재에 대한 뚜렷한 증거는 아직 없지만, 필자가 주의 깊게 연구한 신화 체계 중 근친상간 모티프가 나타나지 않는 신화 체계는 없었다. 그러나 근친상간이 모든 신화에 있는 테마로 논증된다 하더라도 근친상간이 확고히 자리 잡고 있는 신화 체계와 우연히 혹은 드물게 나타나는 신화 체계는 중요한 차이가 있다. 그럼에도 불구하고, 특정 테마의 중심과 무게에 대한 신뢰도의 방법론적인 복잡성은 이 연구에 있어서 필자가 거의 전적으로 모티프의 유무로써 다루지 않으면 안 된다는 점이다.

신화가 전 세계를 통하여 현저하게 유사하다는 점에 대해서 오늘날 대부분의 인류학자들도 레비-스트로스의 의견7)에 대해 대체로 인정하고 있는 형편이다. 참으로 광범위하게 넓은 지역에서 채록된 신화들 사이에는 놀라울 정도의 유사성이 있다. 물론 문화 지역에 따른 차이가 있다는 지적도 사실이어서, 똑같은 날 어떤 특정 문화에 속하는 둘 혹은 그 이상의 사람에게서 채록된 동일 신화의 각편에서조차 그러하다. 어떤 신화들은 매우 제한적인 지역적 분포를 가진 것으로 나타난다. 이에 반해 어떤 테마들은 매우 광범하거나 혹은 아마도 범세계적인 분포를 지니나, 그 다양한 구성법이나 비중을 두는 법, 요소를 결합하는 법 등에 상당한 차이가 있음이 인정된다. 이러한 차이는 대단히 실제적이며 다대한 것이고, 이들을 한 마디로 설명할 수 있는 무언의 시도란 있을 수 없다. 연구의 목적에 따라서 문제의 초점은 강조법이나 플롯의 역전, 의도적인 생략이나 첨가, 재해석, 모든 형태의 변이 문제 등에 맞추어지지 않으면 안 된다. 그

---

6) 빈도수에 대해서는 모티프 A625, 세계 양친 : 우주의 양친으로서의 천부지모 ; A12, Hermaphroditic creator 및 A1250, 식물 재료로 만들어진 인간 등을 참조하라.[편집자 주]

7) Claude Lévi-Strauss, "신화의 구조적 연구The Structural Study of Myth", 『미국민속학잡지 Journal of American Folklore』, Vol. 68(1955), 428~445.

러나 유사성 또한 틀림없는 사실이고, 필자가 본고에서 다루고자 하는 점도 바로 이 유사성에 대한 것이다. 결국 아마도 이 세상에는 문자 그대로 똑같은 두 가지 사건은 없는 것이다. 그러나 다양한 추상화의 차원에서 흥미가 있으며 유의미한 형식상의 유사성도 존재한다.

　광범위한 세계적인 신화로부터 시작해 보자. 필자는 이미 창조 신화에 대해 언급한 바 있다.[8] 이것은 너무 광범위하여 내용이 공허한 것처럼 보일 수 있다. 그럼에도 300여 개의 북미 인디언 창조 신화를 분석한 루스 Rooth[9]는 이들 대부분이 여덟 개의 유형으로 정연하게 분류되고, 나아가 이 유형들 중 일곱 개는 유라시아 지역에서도 똑같이 나타난다는 사실을 발견한 바 있다. 그녀는 북미와 유라시아 사이(또는 페루, 중앙 아메리카, 태평양 제도의 사이)에 있어서 유형 간의 유사성과 세부적인 모티프들의 일치는 역사적으로 전파에 의해 이루어진 것으로 해석하였다. 이러한 추론이 모든 점에 있어서 타당한 것이라 하더라도, 이러한 플롯들이나 그들의 세부 사항은 여러 세기에 걸쳐 보존되기에 충분한 심리학적 의미를 지니고 있다고 하는 사실은 여전히 남아 있을 것이다.

　모든 신화적 체계에 있어서 매우 중요하다고 생각되는 두 가지의 사고법이 있다. 이것은 제임스 프레이저 경이 '공감적 주술의 법칙'(유사한 것은 유사한 결과를 초래한다)과 '포합적 주술의 법칙'(부분이 전체를 대표한다)이라고 했던 것이다.[10] 이러한 원리들은 기록이 매우 풍부하고 예외

---

8) 세계 창조 신화는 어떤 지역(예컨대, 멜라네시아나 인도네시아)에서는 자주 나타나지 않는다. 그러나 인류 창조담은 범세계적인 것으로 보인다. 많은 테마들이 널리 떨어진 지역에서 나타나나 범세계성을 보여주지는 않는다. 예컨대 제1세 부모가 태양과 달이거나 하늘과 땅이라거나, 최초의 잉태가 일광으로 하여 이루어진다거나, 최초의 인간이 창조주에 의하여 흙으로 빚어진다거나, 혹은 흙에서 식물로 돋아나 처음에는 똑바로 걸을 수 없다거나 하는 것들이다. 구세계의 파괴와 신세계의 생성담 역시 흔한 이야기이다. (이러한 모티프 중에서 가장 보편적인 것은 T521 일광 잉태 ; A1241 진흙으로 빚어진 인간 ; A1006 세계의 대재앙 뒤의 세계의 재생성 등이다.[원편집자 주])

9) A. B. Rooth, "북미 인디언의 창조 신화The Creation Myths of the North American Indians", *Anthropos*, Vol. 52(1957), 497~508.

가 없어, 참으로 문화의 범세계성을 이야기할 수 있는 하나의 완전한 영역에 있어서 특히 사용할 수 있는 것이다. 신화나 마녀담이 없는 문화는 알려진 바 없으며, 다음과 같은 테마들은 언제 어디서나 나타난다.

1. 악주술을 행하기 위한 마녀의 잔치에 참석하기 위해 한밤중에 무서운 속도로 이동한다는 인간 동물
2. 주술적인 방법으로 유독 물질을 희생자의 몸에 주입시켜 병이나 초췌함을 불러일으키고 결국에는 죽음을 일으킬 수 있다는 생각
3. 근친상간과 마술과의 상관

필자가 발견할 수 있었던 한, 문화적 변이는 이 경우 극히 미세하다.

---

10) 프레이저 자신이 썼던 용어와는 좀 다르다. 그는 공감적 주술의 두 가지 원칙을 구별하였다. 첫 번째의 동종 주술은 유사성의 법칙(유사한 것은 유사한 것을 초래한다)을 기초로 한다. 두 번째의 접촉의 법칙은 접촉 혹은 전염의 법칙을 기초로 한다. 첫 번째 경우에 있어서는 사물 혹은 사건의 표본 혹은 복제가 만들어지기를 바라는 것이다. 하나의 예로 envoutement를 들 수 있는데, 그것은 인형의 심장에 핀을 꼽거나 하는 것처럼 모형에다 어떤 행위를 실행하는 것이다. 다른 예는 병원에서 치료를 하고 있는 환자에게는 자른 꽃이 아니라 화분에 심은 식물을 가져가야 한다는 일본식 신앙을 들 수 있다. 물론 화분에 심은 식물은 살 것이고, 반면에 잘려진 꽃은 죽을 것이다. 접촉 주술에 있어서 한번 어떤 사람과 접촉하였던 사물은 뒤에도 서로 영향을 미칠 것이라는 생각을 전제한다. 그리하여 어떤 물질, 예컨대 머리칼·내뱉은 침·옷 따위와 같이 몸에서 떼어낸 물질은 적의 수중에도 들어갈 수 있는 잠재적인 자료인 것이다. 접촉 주술의 다른 예를 들면 못이나 칼과 같은 것에 기름칠을 함으로써 부상을 입힐 수 있다는 것이다. 주술의 논리에 따르면 상처에 일단 접촉되었던 못은 그 원인을 사용함으로써 효과를 고양시킬 수 있다. 두 가지 주술의 원칙을 결합할 수도 있다. 만약 누가 희망하는 희생자의 머리카락으로 허수아비(동종의)를 만든다면, 그는 상대방에 대해 동종 주술과 접촉 주술을 행하는 셈이 될 것이다. 두 가지 원리 사이의 차이는 은유와 직유 사이의 차이와 유사하다. 어떤 두 가지 사물은 직유와 은유로 비교될 수 있다. 은유에서는 오직 하나의 사물이 표면에 나타나며 그것이 다른 것을 대신함에 반하여 직유에서는 두 가지 사물 모두가 표면에 나타나며 그들은 '처럼'이라는 단어로 연결된다. 클락혼이 언급한 포합적 주술의 동의어는 제유提喩 혹은 환유換喩라고 할 수 있다. 공감적 주술에 대한 보다 많은 설명적인 예를 곁들인 상세한 설명에 대해서는 프레이저Frazer의 『신편 황금 가지*The New Golden Bough*』, 가스터Theodor H. Gaster 편(Gardencity, N.Y., 1961), pp. 5~21를 보라.[원편집자 주]

예컨대 세세한 주술적 기술이라든가, 주도적인 역할을 하고 있는 동물의 종류라든가, 어떤 종류의 입자가 희생자의 몸에 주입되는가 혹은 어떤 종류의 독극물이 사용되느냐 하는 차이가 보일 뿐이다. 확실히 우리는 여기에서 다시 한번 전파의 문제에 대해 생각해 볼 필요가 있다. 현재 알려진 모든 문화는 결국에는 보편적인 구석기 시대의 문화로부터 파생된 것이고, 그때 위와 같은 마법 전승들이 이미 생성되었을 것임은 생각함직하다. 그러나 한편 이러한 전승이 오늘날까지 지속되어 온 이유는, 이러한 생각들이 문화적 경역에 따라 생겼다기보다, 오히려 보편적인 경험이었던 어린이의 양친에 대한 관계라든가, 그 밖의 유아 시절에 겪은 경험과 같이 특히 인간의 마음에 강한 친화력을 가지고 있었기 때문에 생긴 것이라고 가정하지 않고서는 설명할 수 없을 것이다.

어떤 신화나 신화 체계에 대한 포괄적인 이해를 위해서는 테마가 결합되는 방법(레비-스트로스에 의하면, '특징의 묶음'11))에 의하지 않으면 인 된다고 하지만, 역사·지리학적으로 서로 떨어져 있는 다양한 지역에서 빈번히 나타나는 어떤 모티프를 취해 보는 것만으로도 그것은 인간 심리에 대한 무엇인가를 우리에게 알려 준다. 그것은 어떤 자연계의 어떤 생물학적 기관과 인류에 필연적인 제 조건(유아의 고립 무력, 양성의 부모 등)과의 상호 작용이 상상상의 산물이나 강력한 심상의 형성에 다소간의 규칙성을 생기게 함을 시사한다. 필자는 이러한 예의 몇 가지를 생각해 보기로 하겠는데, 경우에 따라 단지 언급하는 정도에서 그치겠지만, 어떤 경우에는 좀 더 상세하게 논의할 작정이다. 필자는 비교신화학의 많은 학자들이 거의 범세계적인 분포를 가지고 있다고 하여 온 테마들을 선택하였다.

엄격히 말한다면, 방증 자료가 불완전하거나 예외들이 알려져 있기 때문에 이러한 심상들이 범세계적이라고 말할 수는 없으나, 어떤 것은 전

---

11) 윗책 또는 레비-스트로스Lévi-Strauss, "구조와 방언Structure et dialetique", Morris Halle 편, 『로만 야콥슨을 위하여For Roman Jacobson』(The Hague : Mouton, 1957), pp. 289~294.

세계의 모든 문화 영역의 모두 혹은 거의 모든 영역에 알려져 있는 것이라고 할 수 있다. 부주의한 표본 추출을 피하고 또 조사를 보다 체계적으로 하기 위하여 필자는 머독Murdock의 '세계 민족지 표본'을 사용하였다.12) 머독은 역사상으로 그리고 민족지상으로 알려진 모든 문화 중에서 조심스럽게 표본을 뽑아 60개의 문화 영역으로 분류하였다. 리차드 먼취 Richard Moench와 필자는 이 영역들 중에서 각각 하나의 문화씩을 포함시키도록 노력하였으나 다만 그 가운데 50개만을 사용할 수 있었을 뿐이었다. 물론 이것으로 충분하다고 할 수는 없겠다. 그러나 이 50개는 머독이 말한 6개의 주요 지역 (지중해 주변, 흑黑아프리카, 동 유라시아, 태평양 제도, 북미, 남미)에 평균적으로 분포되어 있다. 우리는 시간이 허용하는 범위 내에서 당해當該 문화들에 대한 정평이 있는 조사 보고서들(혹은 하버드 대학의 인간 관계부의 지역 파일에 있는 이들 보고서들의 개요)을 사용하였다. 우리는 또한 헤이스팅스Hastings의 『종교와 윤리학 백과사전 Encyclopaedia of Religion and Ethics』13)과 스티스 톰슨Stith Thompson의 『모티프 인덱스 Motif-Index』 등과 같은 개요서에 의지하였다.

우리들이 얻은 결과가 만족할 만한 수준에 이르지는 못했으나, 그것이 하나의 출발점을 제시할 수는 있을 것이다. 적극적인 면으로 본다면 우리들의 결론은 거의 믿을 만한 것임에 틀림없다. 왜냐하면 예컨대 우리가 형제 근친상간이 미크로네시아 신화 중 하나의 테마라고 말한다면, 그것은 이미 확립된 사실로 간주될 수 있다. 의문이 제기되지 않으면 안 되었던 것은 소극적인 면이라고 할 수 있다. 예컨대, 우리는 와라우 신화에서는 양성구유신兩性俱有神을 발견하지 못하였다. 불행히도 이러한 사실로써

---

12) G. P. Murdock, "세계 민족지 표본World Ethnographic Sample", 『미국 인류학자American Anthropologist』, Vol. 59(1957), 664~688.

13) 완전한 이름은 『모든 인종의 신화The Mythology of All Races』, 전 13책(Boston, 1916~1932). 그레이Louis H. Gray에 의해 편찬된 이 총서는 각권(혹은 한 책의 일부분)이 특정 지역 신화를 다루고 있다. 예컨대, 제10책은 북미 인디언 신화편이고 제7책은 아프리카 신화편이다.[원편집자 주]

와라우 신화 중에는 그러한 신이 반드시 존재하지 않음을 뜻하는 것은 아니다. 그것은 다만 우리가 점검했던 특정 원 보고서나 자료집 중에서는 아무런 참고 자료도 찾을 수 없었다는 것뿐이다. 의심할 나위 없이 우리가 행했던 것보다도 좀 더 집중적인 조사를 해 본다면 '있다'는 것으로 계산할 수 있는 특징의 수는 불어날 것이다. 물론 그것이 어느 정도나 큰 힘에 의할 것인가를 우리가 상상할 수는 없지만…….

(1) 홍수

우리는 이 테마를 50개의 신화 중 34개에서 발견하였는데, 반드시 그런 것은 아니지만, 이 테마는 대체로 처벌로서 다루어지고 있다.14) 이러한 분포 수치는 6개 지역 중 5개 지역에서는 대체로 평균에 가깝게 나타났지만, 흑아프리카 지역에서는 단 하나의 예를 얻을 수 있었다. 이 이야기들 중 어떤 것은 그 궁극적인 원천이 근동, 특히 유대-기독교 신화에 있을 가능성이 있다. 물론 많은 민족지학자들은 조심스럽게 이들 중에서 유대-기독교 신화 원천으로부터 파생된 것과 명백히 토착적인 것 사이에 분명하게 구별하려고 하지만…… 대만, 남중국, 동남아시와 및 말레이시아의 51개 홍수 신화를 추구하였던 리 훼이Li Hwei15)가 이들을 유대-기독교 원천16)과 결부시키는 것은 거의 불가능하였을 것이다. 어쨌든 우리가

---

14) 홍수신화에 대해 쓴 학술적인 전문 보고서는 꽤 많다. 모티프 A1010 '대홍수deluge'를 참조할 것. 처벌로서의 홍수에 대하여는 A1-18 '처벌로서의 홍수'를 보라. 독자들은 클락혼이 논의의 대상으로 하고 있는 대부분의 테마들이 모티프들임에 주의해야 할 것이다. 만약 모티프들에 대해 좀 더 알고자 하는 독자라면『모티프-인덱스』를 참조할 수 있을 것이다. 클락혼에 의해 언급된 몇몇 유명한 모티프 중에는 A1000 '세계의 종말' ; A531 '문화영웅(혹은 반신)이 괴물을 퇴치하다' ; T410 '근친상간' ; S73.1 '형제 살해' ; F547.1.1 '이빨 가진 여음女陰 Vagina Dentata' ; A12 '양성구유의 창조주' 같은 것들이 포함되어 있다.[원편집자 주]

15) 윌리암 바스콤William Bascom, "신화-제의 이론Myth-Ritual Theory", 『미국인류학잡지 Journal of American Folklore』, Vol. 70(1957), 103~115.

16) 로드 라글란Lord Raglan은 홍수 신화를 신 농업 문명기에 강의 범람 및 모든 생존의

'홍수'에다 지진, 기근, 역병 등을 추가한다면 현존하는 증거로 보아서 '천변지이'는 범세계적 혹은 거의 거의 범세계적 신화 테마라고 할 수 있다.

(2) 괴물 퇴치

이 테마는 50개 문화 중 37개에서 나타나며, 그 분포는 북미 및 태평양 제도에서 밀도가 약간 높다는 점을 제외하면 거의 평균적으로 되어 있다. 그다지 흔하다고는 할 수 없지만 이 테마의 세련된 것 중에는 오이디푸스적 색채를 다소 띠는 것이 있다. 그리하여 반투 아프리카(및 더욱 오지奧地)에서는 어떤 여자에게서 영웅이 탄생하게 되는데, 이 여성은 괴물이 그녀의 배우자(및 다른 모든 사람)를 잡아먹은 후에도 살아남는다. 그녀의 아들은 즉각적으로 성장하여 어른이 되어 괴물이나 괴물들을 죽이고 그의 아버지를 제외한 동족들을 살려내고 그 자신이 우두머리로 된다.

(3) 근친상간

이 테마는 39개 신화 중에서 명백히 나타나고 있다. 그 중 세 개의 사례(켈트, 희랍, 힌두)에서는 모자 상간, 부녀 상간, 오뉘 상간이 암시된다. 11개 예에서는 2가지 종류의 근친상간이 언급되며, 나머지 25개 신화에서는 명백히 하나의 형식만이 나타난다. 우리들이 모은 자료 중에서는 다만 7개만이 모자 상간이 나타나는데, 흑아프리카에서는 전연 보이지 않으

문제에 관련지어 이야기한 바 있다. 그러나 홍수신화는 초기 농경 문화조차 지니지 못했던 많은 미개 사회에도 존재한다. 로드 라글란, 『영웅 : 전승·신화·드라마 연구*The Hero : A Study in Tradition, Myth and Drama*』(New York : Vintage Books[Alfred A. Knopf], 1956) ; 제1판(London : Methuen and Company, 1936).

며 동유라시아에서는 단 하나의 예가 나타난다. 우리는 그 밖의 기록들 중에서 추가로 7개의 자료를 찾아냈는데, 그 중에는 동유라시아 지역의 것이 하나 더 있었으나, 여전히 흑아프리카의 지역의 것은 하나도 없었다. 오뉘 상간은 표본례 중에서 가장 보편적인 테마이며(28개 예), 부녀 상간의 예는 12개이다. 창조담 중에서 최초의 부모가 근친상간에 의한 것으로 기술되는 예는 별로 드물지 않으며, 계모가 의붓아들(혹은 반대)을 유혹하는 경우는 무수히 나타난다.

(4) 형제자매의 싸움

우리는 이 테마는 32개 예를 찾을 수 있었는데, 이들은 6개의 대륙 모두에서 나타났으나, 우리가 사용한 자료의 한도 내에서 말한다면 이 테마는 태평양 제도 및 흑아프리카 지역에서 더욱 빈번한 듯하다. 형제간의 싸움이 다른 경우보다도 더욱 빈번하며, 보통은 형제 살해의 형식을 취한다. 오뉘간의 싸움의 경우는 단 4개 예뿐이며, 자매간의 싸움은 단 2개 예뿐이다. 더 많은 자료와 정세한 분석을 한다면, 적대적인 것으로 묘사되는 형제자매의 연령 순서에 관해서 문화적으로 무엇인가 특징적인 규칙성이 나타날 것이라는 암시도 보인다. 예컨대, 흑아프리카 일부에서는 주동적 인물로 선택된 두 명의 형제자매는 연달아 탄생한 경우이다.

(5) 거세

우리는 신화 속에서 거세가 실제로 언급된 경우는 단 4개만을 찾을 수 있었는데, 더구나 그 중 하나(트로브리안드)는 간음죄에 대한 반동으로 스스로 몸에 부상을 입힌 거세였다. 그 밖에 신화 속에서 소년들을 사회화하기 위한 수단으로서 거세 위협이 가해진 예가 5개 추가될 수 있다. 또 다른 예(바이가의 예)에서는 남근 절단과 고환 손상이 보고되어 있다.

그러나 만약 우리가 '상징적 거세'까지도 고려한다면 이 테마의 수는 전 세계적인 것에 가까워질 수 있다. 호주 토착민들의 할례가 이제까지 그렇게 해석되어져 왔다.[17] 그리고 우리가 (우리들이 사용한 자료 이외에도) 훑어 본 자료에 의하면, '이빨 달린 여음'의 모티프는 다음과 같은 부족들 사이에서 나타난다. 아라파호, 벨라 벨라, 벨라 쿨라, 불랙홋, 코목스, 쿠즈, 크로우, 다코타, 이로쿠오이스, 지카릴라, 크와큐틀, 마이두, 네즈 페르세, 포오니, 산 카알로스 아파치, 쇼쇼니, 슈스웹, 톰슨, 침쉬언, 왈라파이, 위취타, 아이누, 사모아, 나가, 키와이 파푸안.[18]

(6) 양성구유신

이 테마는 우리가 조사한 예 중에서는 다만 7개(모두 지중해 연안, 동유라시아, 북미)였다. 일찍이 엘리아데는, "양성 신은 '정말로 미개 종교에서는' 발견되지 않는다."고 말한 바 있다.[19] 그가 보여 준 다대한 예들[20]은 모두 '진보된' 종교 문화에 속하는 것이었고, 반면 우리는 '미개' 문화에 속하는 것으로 소수만을 덧붙일 수 있었을 뿐이다.

---

17) 요도 거세 및 기타 제의적인 절개에 대한 묘사나 설명은 브루노 베텔하임Bruno Bettelheim의 『상징적 상처 : 사춘시 의례와 샘내는 남성*Symbolic Wound : Puberty Rites and the Envious Male*』, 수정판(뉴욕, 1962).[원편집자 주]

18) 이 모티프의 분포는 클락혼이 열거한 항목 이상으로 확대될 수 있음으로, 이 진술은 다소 잘못되어 있다고 할 수 있다. 스티스 톰슨의 『북미 인디언 설화*Tales of the North American Indians*』(Cambridge, Mass., 1929)의 방대한 주 속에서 인용되고 있는 동일한 항목들은 이보다 12개 이상의 추가적인 부족들이 포함되어 있다. 또한 버리어 엘윈 Verrier Elwin, "이빨 달린 여음 전설", *British Journal of Medical Psychology*, Vol. 19(1941~1943) ; 로버트 게쌩Robert Gessain, "치료와 신화에 나타나는 이빨 달린 여음", 『정신분석학*La Psychanalyse*』, Vol. 3(1957), 247~295.[원편집자 주]

19) 엘리아데Mircea Eliade, 『탄생과 재생*Birth and Rebirth*』(New York : Harper and Row, Publishers, 1958), p. 25.

20) 엘리아데, 『비교종교학에 있어서의 제유형*Patterns in Comparative Religion*』(New York : Sheed & Ward, 1958), pp. 420~425).

(7) 오이디푸스형의 신화

이제 테마들이 결합되어 있는 두 개의 형태들에 대해 간단히 살펴보기로 하자. 인기도에 있어서 오이디푸스 이야기가 최근에는 시지프스의 이야기(카프카, 까뮈 등등)로 바뀌기는 했지만, 그것은 오랫동안 유럽의 문학이나 사상계를 떠난 적이 없었다. 존즈는 햄릿의 플롯이 기본적으로는 오이디푸스 신화를 바탕으로 하여 만들어졌음을 증명하려 애썼다.[21] 또 어떤 이는 대지모신大地母神(Great Mother) 혹은 대모大母 돌로로사Mater Dolorosa 이야기도 오이디푸스 이야기의 하나의 특수한 변이형이라고 주장하기도 했다.

어쨌든 어떤 학자들은 오이디푸스 이야기야말로 인류의 모든 신화의 원형으로 간주하여 왔다. 이러한 일반화에 대한 비판적 검토, 그리고 특히 역사적 전파에 의해 도달했을 것으로 생각되는 지역 밖에서의 오이디푸스 신화의 성행에 대한 우리의 결론은, 한편으로는 연구자가 어느 정도까지 잠재 개념에 대한 정신분석학적 해석에 신뢰를 둘 수 있을까 하는 점과, 또 다른 한편으로는 희랍신화 중 얼마만큼 많은 요소가 실제 거기에 모사模寫되고 있을까 하는 점에 두어질 것이다. 이러한 점에서 나바호족의 특정 신화들이 오이디푸스적이라는 주장[22]은 견강부회된 것으로서, 여러 가지 문제점을 제기해 준다. 이 신화에서는 부친의 자녀 살해에 중점이 두어져 있는데, 이 점에 대해서조차 로하임Róheim은 살해시에 (타인에 의하여) 사용된 것은 아버지의 무기라고 주장한다. 그리고 그는 모친에게 호색적인 접근을 하다가 그녀의 아들에게 살해되는 거인은 부친의

---

21) 어니스트 존즈Ernst Jones, 『햄릿과 외디푸스*Hamlet and Oedipus*』(New York : Doubleday Anchor Books, 1954). 처음에는 1910년에 『미국 심리학 잡지*American Journal of Psychology*』의 논문으로 발표되었다가, 1923년에는 *Essays in Applied Psychoanalysis*의 제1장에 포함되었고, 후에 다시 그 수정본이 나왔다(London : V. Gollancz ; New York : W. W. Norton & Company, Inc., 1949).

22) 게자 로하임Géza Róheim, 『정신분석학과 인류학*Psychoanalysis and Anthropology*』(New York : International University Press, 1950), pp. 319~347.

대리물이라고 주장한다.

랑크Rank[23)]와 라글란Raglan[24)]에 의해 분석된 유럽-아시아 지역의 48개의 오이디푸스 신화들은 실제로는 희랍신화와 세부적인 데[25)]까지 두드러지게 합치됨을 보여주지는 못했다. 다만 이들 중 4개에서만 영웅이 그의 모친과 결혼한다. 그리고 다른 8개의 예에서만 근친상간적인 테마가 분명히 나타난다. 그리고 48편의 신화 중 4개만이 영웅이 그의 부친을 죽음에 이르게 한다. 9개의 다른 예에서 영웅은 근친(할아버지, 숙부, 동생 등)을 죽인다(한 예에서는 근친에 의해 살해된다). 우리는 저명한 모티프로서 친족에 대한, 흔히 동성의 친족에 대한 대립의 좋은 예와 그러한 친족에 대한 육체적 폭력에 대한 좋은 예를 초들어 말할 수는 있으나, 존속 살해나 라글란이 말한 국왕 살해의 모티프는 상당히 무리한 해석을 하지 않고서는 문자 그대로 받아들이기에 어려움이 있다.

레싸Lessa는 그의 매우 흥미 있는 논문에서 오이디푸스형 이야기는 유럽-아시아의 부가장제 사회에서 그 사정이 매우 달랐던 오세아니아 민족들에게로 전파되었음을 시사한 바 있다.[26)] 그는 다음과 같이 말하였다.

> 우리는 유럽에서 근동, 중동 및 동남아시아로, 그 곳에서 다시 태평양 제도로 달하는 계속적인 지대에 한하여 이러한 이야기들이 있음을 알았다. 이 이야기는 아프리카나 중국, 중앙아시아, 북동 아시아, 북미, 남미 및 호주와 같은 광대한 지역에는 결여되어 있는 듯하다 (p. 68)

수천 편의 대양주의 이야기들을 검토한 결과, 레싸는 오이디푸스 이야

---

23) 랑크Otto Rank, 『영웅탄생의 신화*The Myth of the Birth of the Hero*』, F. Robbins와 S. E. Jellife 역(New York : Robert Brunner, 1952) ; 제1판, *Der Mythus von der Geburt des Helden*(Leipzig-Wien : F. Deuticke, 1909).

24) 전게서.

25) Bascom의 전게서를 보라.

26) 윌리암 레싸, "오세아니아의 외디푸스 유형담Oedipus-Type Tales in Oceania", 『미국 민속학 잡지*Journal of American Folklore*』, Vol. 69(1956), 63~73.

기와 어느 정도 비슷한 이야기를 23편 찾아냈다. 그러나 그는 이 중 어느 것도 그가 정한 주요한 기준 셋(예언, 존속 살해, 근친상간)[27]이나 혹은 소기준(기아棄兒의 양육, 다른 나라 왕에 의한 양육, 예언의 실현) 모두에 합치되는 자료는 찾지 못했고, 다만 3분의 1의 자료가 존속 살해와 근친상간의 혼합으로 되어 있음을 발견했다. 레싸는 또한 다양한 '대체'에 주의를 환기시켰다. 즉 부친 대신 모친의 남동생으로, 모친 대신 부친의 여동생으로 대체하고, 부친이 아들을 죽이기보다는 아들이 아버지를 죽이며, 근친상간이 실현되기보다는 다만 위협에 그치며, 영아는 적의 없이 내버려진다.

그럼에도 불구하고, 우리가 레싸의 전파 추정(문화적으로 적당히 대체됨)설은 용인한다 하더라도, 필자는 현재 그의 주장에 그대로 동의할 수는 없다. 호주 원주민들, 유록, 나바호 기타의 신화를 오이디푸스 유형이라고 단정하는 로하임의 경우는 참으로 '무의식적 개념'이나 '진짜 모티프들'을 너무 신뢰하고 있는 듯하다.[28] 그러나 내 생각으로 여기에는 한마디로 설명될 수 없는 몇몇 문제점들이 남는다. 레싸는 단호하게 오이디푸스 신화가 아프리카에는 존재하지 않는다고 주장했지만, 실은 오이디푸스 이야기는 쉴룩족 가운데서 발견되며,[29] 람바족(중앙 반투족)에게서도 아들이 부친을 살해하는 이야기가 존재하는데, 이 이야기에는 어머니에 대한 성적 대립 모티프가 매우 분명하게 나타난다.

허스코비치 부부는 문화교차적 관점에서 오이디푸스 신화에 대한 일반화한 결론을 검토할 때 주의해야 할 두 가지 점에 대해서 의미 있는 지적을 하였다.[30] 그 첫째는 (이 적은 연구에 의해 매우 풍부히 확증되고 있지만) 형제간 대립을 무시한다는 점이다. 그리하여 그는 다음과 같이 말

---

27) 레싸가 세운 기준은 아르네-톰슨의 민담 분류를 따른 것이다.
28) 전게서.
29) Bascom, 전게서, p. 111.
30) 전게서, p. 94.

하였다.

　　오이디푸스 이야기의 범주에 속하는 신화군의 밑바닥에 깔려 있는 동인을 분석하면 아들의 부친에 대한 시기뿐만 아니라 아들에게 지위를 빼앗길 것이라는 부친의 공포도 고려하여야 한다. 즉 부친-자식 간의 적의는 일방향적인 것이 아니다. 신화와 일상 경험으로 명백한 바와 같이 그러한 대립은 세대간 갈등이라 하는 보다 넓은 현상의 표현인 것이다. 더구나 이러한 긴장은 유아기에 있어서 같은 부모의 자식들이 모친의 주의를 끌려는 동일 목표를 향해 대립하는 상황에서 시작되는 것이다. 이러한 대립이 상호작용을 하여, 전 생애에 걸쳐 유아기 중에 각각 대립하였던 형제자매나 그 대리인에 대한 태도를 만들게 하고, 그리고 이러한 태도야말로 후에 아버지에 의해 그 자식들에게 투영된다는 것이 우리들의 가정이다. 만약 심리학적 해석이 타당한 것으로 용인된다면, 우리는 신화에 있어서 부친이나 부친 대리인에 대한 위협은 유아기의 형제자매들에 대한 적대적 경험이 아들에게 투사되었던 것이라고 가정하지 않으면 안 된다. 그것은 아내의 애정을 둘러싸고 예상되는 다툼의 자극에 의해 모친에 대한 예전 태도의 부활에 반응한 것이라고 해석할 수가 있겠다.

　　적의의 방향이 주로 부친에게서 아들로 향한다는 가정은 우리가 사용한 자료 중 다음과 같은 것에서 많은 확증을 얻을 수 있다. 북미의 14개 종족, 지중해 연안의 4개 종족, 동유라시아의 5개 예, 태평양 제도에서 3개 예, 아프리카에서 4개 예. 이들은 우리가 골랐던 테마에 관한 자료들을 찾던 중 우연히 주목된 것들이다. 신화의 많은 예들에서 부친이 살해되거나 아들에게 지위를 빼앗길 것이라는 공포가 명백한 모티프로 서술되어 있다. 어떤 예에서는 예언이 언급된다. 때로는 아들이 부친에게 살해되는 것이 아니라 추방된다. 아잔데Azande족의 어떤 이야기에서는 부친이 요술로 근친상간한 아들을 죽이는 것으로 그려진다. 또 알로Allor족의 어떤 이야기는 부친이 아내에게 다음에 태어날 아이가 남아라면 죽일 것을 명한다. 이 테마는 많은 변이형이 있기는 하지만, 기본적인 테마는 분명 보통 널리 보이는 것이다.

(8) 영웅 신화

오이디푸스 유형이 가장 널리 분포되어 있는 신화 형식 중의 하나라는 랑크[31]나 라글란,[32] 또는 캠벨[33]의 연구는 나를 매우 자극시켰다. 라글란은 지중해 및 서아시아 지역의 34편의 신화에서 다음과 같은 유형을 추출하였다.

> 영웅은 매우 고귀한 양친의 아이이며, 흔히 왕의 아들이다. 그의 출생에 앞서 외적인 금지나 장애에 기인한 금욕이나 장기간의 불임, 혹은 양친간의 밀통과 같은 장애가 있게 마련이다. 임신 중이나 또는 그에 앞서서 흔히는 부친에게, 혹은 그의 대리인에게 위험을 알리고 그의 탄생을 경고하는 꿈이나 신탁 형태의 예언이 있다. 대체로 그는 상자에 넣어져 강물에 띄워진다. 그는 동물이나 미천한 인물(양치기)에게 구조되고 암컷의 동물이나 미천한 여자에 의해 양육된다. 그는 성장한 후에 매우 다양한 모습으로 신분이 높은 양친을 알게 되지만, 그는 부친에 대해 복수를 하는 한편 승인을 받은 후 결국에는 지위와 명예를 얻게 된다. (p. 61)

라글란의 (22개 항목 중) 처음 13개 항은 이 공식에 놀라울 정도로 일치한다. 캠벨은 기본적으로는 똑같은 형태를 널리 세계적인 안목에서, 랑크처럼 교조적인 정신분석학적 이론도 아니고, 라글란처럼 제한적이고 문화에 얽매인 이론도 아닌, 보다 정교화한 형태로 발전시키고 있다.

먼취와 필자에 의해 모은 자료에 의해 상기 세 간행물 중 어느 것에서도 다루어지지 않은 많은 세부 사항이 추가될 수 있었다. 즉 신화에 있어

---

31) 전게서.
32) 전게서.
33) 조셉 캠벨, 『천의 얼굴을 가진 영웅*The Hero with a Thousand Faces*』(New York : Meridian Books, 1956) ; 제1판 (New York : Pantheon Books, Inc., 1949), Bollingen Series, 17.

서의 많은 존속 살해의 예 ; 처녀 회임이나 기타의 기적적인 출생 ; 바구니나 항아리 속에 넣어진 신생아 ; 동물이나 비천한 여인에 의한 영아 보호 등등. 그러나 이것은 같은 단편적인 자료를 보다 많이 모은 것에 불과하다. 필자는 오히려 여기에 최근의 보다 체계적인 두 개의 관련된 연구를 추가하겠다.

이시다는 예언을 제외한 이러한 모든 테마의 '묶음'이 극동 지방에서도 보편적임을 보여 주었다.[34] 물론 거기에는 문화에 따라 달라지는 특징적인 윤색은 보이지만, 예언 결여 및 랑크의 공식에는 들어 있지 않은 테마가 추가된다는 점 ; 영웅의 모친에게 보다 강조점이 두어진다는 점, 즉 때로는 그녀의 신적인 아들에 대한 숭배와 함께 그녀에 대한 숭배도 함께 행해진다는 점을 제외하면 양자의 플롯은 분명히 유사하다.

그러나 이시다의 연구는 랑크와 라글란이 그들의 데이터를 다루었던 것과 똑같은 대륙의 자료를 다루었던 것이다. 그러므로 신대륙의 예를 스펜서가 행한 나바호족 신화에 대한 분석[35]에서 들어보자. 다음과 같은 유사성이 주목될 것이다.

   (1) 이들 역시 영웅담이다 : 모험 및 특별한 종류의 성취(예 : 괴물 살해,
       죽음의 극복, 천후天候의 제어制御).
   (2) 종종 남자 주인공(때로는 여자 주인공) 탄생에 관해서는 특별한 무엇
       이 있다.
   (3) 동물에 의한 구조 모티프가 빈번히 나타난다.
   (4) 어렸을 적 부모의 한쪽 혹은 양친으로부터의 격리가 포함되어 있다.
   (5) 주로 형제자매나 계부인 친족에 대한 적의나 폭력이 보인다. 적의는
       일방 혹은 양방으로 향하는 경우가 있다. 그것은 겉으로 나타나지 않

---

34) 에이찌로 이시다石田英一郎, "동아시아 종교의 모자 콤플렉스The Mother-Son Complex in East Asiatic Religion and Folklore", in *Die Wiener Schule der Voelkerkunde, Festschrift zum 25 jährigen Bestand*(Vienna, 1955), pp. 411~419.

35) 캐서린 스펜서Katherine Spencer, 『신화와 가치*Mythology and Values*』, Memoir 48(Philadelphia : American Folklore Society, 1957), 특히 pp. 19~73.

는 수도 있지만 흔히 폭력적인 행위로 표현된다.
(6) 최후에는 영웅이 회귀하고 명예를 획득한다. 그의 위업은 그의 가족에
게 인정되고, 그것은 어떤 형태로든 가족의 이익이 되고 나아가 그들
이 속한 보다 큰 집단에도 이바지하게 된다.

구대륙과 신대륙의 대비는 내용 및 강조법상에 분명히 반영되고 있다.
사회 계층이나 (특히) 부친에 대한 승리의 테마는 미국 인디언 이야기들
의 각편에는 결여되어 있고, 나바호족 자료에 나타나는 생존에 대한 불안
의 테마는 유로-아시안 지역의 플롯상에는 나타나지 않는다. 그러나 넓은
심리학적 수준에서는 유사성 또한 인상적이다. 양자의 모든 경우에 우리
는 '가족 모험담'의 형식을 찾을 수 있다. 즉 영웅이 격리되지만 종국에
는 고귀한 신분을 얻어 돌아오고 ; 금지·전조前兆 및 동물이 주요한 역할
을 하며 ; 오이디푸스 신화에는 레비-스트로스가 '근친에 대한 과소평가
및 과대평가'라 해석했던 것과 같은 두 가지 특징36)이 있다는 점 등이다.
신화 형성에 있어서 부단한 경향에 대해 필자는 다만 자료가 풍부하여
논의의 여지가 없는 네 가지를 상기시킨 다음 다른 두 가지에 대해서도
언급할 것이다.

(1) 요소들의 2중, 3중, 4중의 반복(레비-슈트로스는 이러한 반복의 기능이
    신화의 구조를 명백히 하는 것임을 시사한 바 있다.37))
(2) 차용해 온 신화를 기존 문화의 강세법에 맞도록 재해석
(3) 중심 테마를 둘러싼 끝없는 변형
(4) 퇴화-정치화精緻化

정신분석학자들은 신화 형성은 자기 방어의 메커니즘에 다대한 예증을
주고 있다고 주장해 왔다. 나도 그 점에 동의하며, 일찍이 나바호족 문화

---

36) "신화의 구조적 분석The Structural Study of Myth".
37) 윗글.

에서 몇몇 예를 제공했던 일이 있다.[38] 레비-스트로스는 신화적 사고가 언제나 2원적 대립에 대한 인식에서 점진적인 화해로 나아감을 시사한 바 있다.[39] 즉 신화가 기여하는 바는 제 민족의 세계관 또는 그들이 자신의 경험에서 추출해낸 모순을 극복할 수 있는 논리적인 모델을 제공했던 것이라는 말이다. 이것이 매력 있는 말이기는 하지만, 이를 시험하기에는 더 많은 실증적인 연구가 요구되는 것이라 하겠다.

결론적으로 이 불완전하고도 설명적인 연구로써 신화와 신화 형성에 규칙성의 경향이 찾아질 수 있다는 다른 사람의 발견에 대해 얼마간이라도 확증을 보낼 수 있었다고 생각한다. 적어도 어떤 테마나 그들의 어떤 특징의 결합에는, 아무리 문화와 문화 영역에 따라 다르게 형식화하고 세부 내용이 다양하게 변한다 하더라도, (대부분이라고 할 수는 없지만) 많은 사회적 집단의 상상력을 버텨 온 다발적인 공상들이 나타나고 있는 것이다.

● **참조 원고**

Clyde Kluckhohn, "Recurrent Themes in Myths and Mythmaking", Alan Dundes, ed., *The Study of Folklore*. 158~168 / Daedalus : *Journal of the American Academy of Arts and Sciences*, Vol. 88 (1959), 268~279.

---

38) 클락혼, "신화와 제의 : 일반론Myth and Rituals : A General Theory", 『하버드대 신학 잡지 *Harvard Theological Review*』, Vol. 35(1942), pp. 45~79.
39) "신화의 구조적 연구" 및 "구조와 방언Structure et Dialectique"

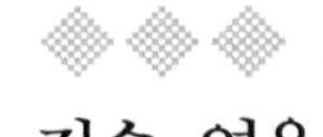

4. 전승 영웅

로드 라글란Lord Raglan

서사법칙에 관한 올릭의 논문처럼, 제4대 라글란 백작인 소머셋F.R. Somerset의 이 글은 고전으로 생각되는 많은 민간 영웅들의 생애담의 기초를 이루고 있는 22개의 유형적 요소를 기술하고 있다. 이 글은 원래 1934년 6월 영국민속학회에서 강연했던 것이다. 이것은 1936년에 약간 수정을 가하여 『영웅 : 전승·신화·연극을 바탕으로 한 연구』란 책의 중핵을 이루었다.

라글란은 우선 오이디푸스의 전기를 위시하여 테세우스·모세·아더왕에 이르기까지의 이야기들에서 이 유형을 적용했다. 이들 영웅은 그들 각자의 생애에서 가졌던 요소들의 숫자에 기초를 두고 점수를 매겼다. 이들 영웅의 전기 중에 현저한 유사성이 있는 것은 열두 개 이상이나 되는 높은 평점으로 나타내졌다. 이같은 유형화된 유사성에 의하여 라글란은 영웅담에 역사성이 결핍되어 있다고 결론지었다. 그러나 라글란이 말한 바처럼, 이 영웅들이 모두 동일한 삶을 살았다고 할 수는 없을 것이다. 라글란은 어떤 영웅도 역사적 인물이 아니며, 그의 전기도 역사적이 아니며, 그것은 영웅의 생애 유형에 짜 맞추기 위해 주조되었다고 확신하였다. 라글란에 의하면, 그 유형은 역사적이라기보다 신의 화신으로 생각되는 왕가 혈통을 지닌 인물의 탄생이나 입사의례, 장례식 따위의 반영이란 것이다.

라글란의 연구에 앞서, 영웅담의 공식적인 유형을 발견하려는 많은 시도가 있었다. 1864년에 폰 한J.G. von Hahn은 그가 민간설화에서 찾아낸 여러 공식 가운데에서 일부를 예로 든 바 있다. 어떤 의미에서 이것은 1910년에 아르네A. Aarne가 발전시킨 설화 유형 체계의 선구로 새겨둘 만하다. 공식 중의 하나인 숫자 4의 법칙은 신생 영웅의 유기와 관련된다. 그 후 1876년에 발간된 민간설화에 관한 이론적 저서인 『설화학 연구Sagwissenschaftlichen Studien』에서, 한Hahn은 그가 '아리안족의 구축과 귀환'이라고 명명했던 구체적인 개요를 도식적인 형태로 제시했다. 오이디푸스를 포함한 14명의 전기에서 그는 일련의 16개 사건을 고안하여 모두 네 개의 기본적인 그룹으로 나누었는데, 그것은 '탄생(1~3) ; 청년기(4~9) - 귀환(10~13) ; 추가적 사건(14~16)'이다. 구체적인 사건들은 다음과 같다.

 (1) 영웅은 비정상적인 탄생을 한다.
 (2) 그의 모친은 왕녀이다.
 (3) 부친은 신이거나 외방인이다.
 (4) 그의 지배에 대한 경고 표시가 있게 된다.
 (5) 이런 이유로 그는 추방된다.
 (6) 그는 동물에 의해 보육된다.
 (7) 그는 아이가 없는 목자의 부부에 의해 양육된다.
 (8) 그는 높은 이상을 지닌 젊은이였다.
 (9) 그는 외국에서 봉공하게 된다.
 (10) 그는 승리자로 귀환했다가 다시 이웃나라로 돌아간다.
 (11) 그는 자신을 핍박했던 사람을 죽이고 그 나라의 통치자로 즉위하고 자신의 어머니를 해방시킨다.
 (12) 그는 도시를 건설한다.
 (13) 그의 죽음의 방식은 독특하다.
 (14) 그는 근친상간을 하였다고 비방 받고 젊어서 죽는다.
 (15) 그는 모욕을 준 하인의 손에 의하여 복수의 형태로 죽는다.
 (16) 그는 자신의 남동생을 살해한다.

5년 후인 1881년에 너트A. Nutt는 핀Finn과 쿠추레인Cuchulain, 아더왕 이야기를 포함한 켈트족의 영웅담의 14개의 예에다 한Hahn이 제시했던 도식을 약간 변개하여 적용시켰다. 한처럼 너트도 자신이 발견했던 것을 접은 페이지에 작성된 도식에다 제시했다.

랑크O. Rank의 정신분석학적인 연구인『영웅 탄생의 신화』는 1909년에 간행되었다. 그러나 거기에는 한이 1864에 썼던 자료들을 참조하였을 뿐이다. 1928년에 러시아의 민속학자 프로프V. Propp는『민담의 형태학』을 내놓았는데, 그 속에서 그는 러시아의 민간설화를 위한 플롯의 분석적인 도식을 제안했다(요정담은 아르네-톰슨Aarne-Thompson의 설화 유형 300~749로 규정지었다). 프로프의 도식은 31개의 요소인데, 그는 이들을 '기능'이라고 명명했으며, 프로프의 도식은 설화에 나타나는 영웅의 생애의 역사에 대한 가장 완벽한 설명이라고 할 수 있을 것이다.

라글란의 분석이 처음 나타난 이후에도 몇몇 연구들이 이루어졌다. 1949년에 캠벨J. Campbell의『천의 얼굴을 가진 영웅』은 영웅의 모험을 '분리－입사식－귀환'의 공식으로 나누었다. 그러나 그는 각 영웅의 생애를 완전히 분석하지는 않았다. 그가 만들어낸 유형은 많은 영웅들의 생애에서 단 하나의 사건을 묘사하는 합성물이다. 그는 각주 중의 하나에서 랑크의 연구를 참조하였으나 한이나 프로프, 라글란에 대해서는 언급하지 않았다.

영웅 유형에 관한 더 최근의 연구는 화란의 민속학자 드 브리스Jan de Vries이다. 드 브리스는 한과 라글란을 참조하였지만, 랑크나 프로프, 캠벨은 참조하지 않고 영웅 유형을 10개의 요소로 개괄했다. (1) 영웅이 잉태된다 ; (2) 그가 태어난다 ; (3) 청년기에 그는 위협을 당한다 ; (4) 그는 양육된다 ; (5) 그는 때로는 취약성을 지녔다 ; (6) 그는 용 혹은 기타의 괴물들과 싸운다 ; (7) 그는 흔히 크나큰 위험을 극복한 다음 처녀를 얻는다 ; (8) 그는 지하계로 탐사를 떠난다 ; (9) 그는 자신이 추방된 고국으로 돌아와 그의 적을 정복한다 ; (10) 그는 죽는다.

관심을 지닌 독자는 라글란의 유형과 다른 영웅담 연구의 유형을 비교하고자 할 것이다. 형식을 분석하려 한 한의 초기 시도에 대하여는 그의 『희랍과 알바니아의 설화』(전 2권, Leipzig, 1864)를 보라. 추방과 귀환은 그의 저서 『설화학 연구*Sagwissenschaftliche Studien*』(Jena, Ger., 1876)의 p. 340에서 찾아볼 수 있다. 너트의 그다지 인용되지 않는 연구는 '민속 레코드' 4(1881), pp. 1~44의 "켈트족의 민간 및 영웅 설화에 나타난 아리안족의 추방 및 귀환 공식"을 보라. (설명적인 도식은 동서 42페이지에 있다.) 랑크의 『영웅탄생의 신화』는 지장본으로 이용할 수가 있다(뉴욕, 1959). 프로프의 『민담의 형태학』(Leningrad, 1928)은 1958년에 영어로 번역되었다. 프로프의 영역본은 '인디아나 대학 인류학·민속학·언어학 중앙 연구소'의 간행물 10과 『미국 국제 언어학 잡지』 24(1958)의 제3부로 동시에 간행되었다. 또한 이것은 미국민속학협회의 참고서지 및 특별 총서의 제9권으로도 간행되었다. 조셉 캠벨의 연구 『천의 얼굴을 가진 영웅』(1956)도 지장본을 이용할 수 있고, 1959년에 드 브리스가 행한 연구의 번역도 지장본을 이용할 수 있다. 드 브리스의 유형에 관해서는 『영웅민요와 영웅전설』(London, 1963), pp. 210~226를 보라. 라글란의 저서 『영웅』(New York) 역시 지장본으로 간행된 이래, 민속학 연구자는 자신의 서재에 영웅 연구에 대한 광범하지만 저렴한 자료집을 구비할 수 있게 되었다. 라글란의 저서에 대한 훌륭한 비평을 위하여 바스콤W. Bascom의 『미국민속학잡지』 70호(1957), pp. 103~114에 게재된 "신화 — 제의 이론"을 보라. 한, 랭크, 라글란, 캠벨, 프로프의 도식이 요약·비교되고 있어, 영웅 유형 연구를 간략히 개관하려면 테일러A. Taylor의 "전승설화에 나타난 전기적 유형"(『민속학회 잡지』 1, 1964, pp. 114~129)을 참조하라.

몇 해 전 필자는 우연히 오이디푸스 이야기를 연구하고 분석하게 되었다. 필자는 테세우스와 로물루스의 이야기를 읽고, 그 이야기에 있는 상당히 많은 사건들이 놀라울 만큼 유사하다는 사실을 알고 매우 놀랐다. 그래서 필자는 다른 많은 희랍의 전승적 영웅들에 대한 이야기를 연구한 결과 이들 이야기가 독립된 사건으로 구분될 때 그 이야기들의 모두 혹은 대부분에 나타나는 어떤 유형의 사건들이 있다는 점을 발견했다.

이들 유사물들이 어떠한 의미를 가졌는지 혹은 그들은 다만 우연의 일치인가 어떤 영웅에게도 일어날 수 있는 그런 종류의 일인가는 뒤에 우리가 만나게 될 문제이고, 필자가 우선적으로 해야 할 일은 이런 유사성이 존재함을 보여주고, 그런 목적에서 그들을 도식화하고 순번을 붙이는 작업이 필요하다. 실제 필자가 했던 일은, 영웅의 이야기가 그들의 생애 중 사건들을 도식화하는 데에 충분할 정도라 생각되는 열두 영웅을 택하고, 많은 이야기들에서 나타나는 전형적 사건들을 택하는 것이었다. 이런 사건들 중 어떤 것은 기적적인 반면 다른 어떤 것들은 무의미한 것처럼 보였지만, 패턴의 일부라고 생각되었던 모든 것이 포함되었다. 왜냐하면, 그 속에 패턴이 있을 것이라고 확신했기 때문이다. 이 패턴에 이르렀을 때 필자는 고전 작품의 세계 이외의 영웅들에 대해서도 그것을 적용하도록 노력했다. 필자는 그 결과가 나를 놀라게 했던 것처럼 그것이 여러 분들도 놀라게 할 것이라고 생각한다.

전승 영웅의 이야기
(1) 영웅의 모친은 왕가의 처녀이다.
(2) 그의 부친은 왕이다.
(3) 또는 흔히 영웅의 부친은 영웅의 모친의 근친이다.
(4) 그러나 그의 잉태의 배경은 비정상적이다.
(5) 그는 또한 신의 아들로 여겨진다.
(6) 그가 탄생했을 때에, 그의 부친이 그를 살해하려 시도한다.
(7) 그러나 그는 자취를 감춘다.
(8) 먼 나라에서 양부모에 의하여 양육된다.
(9) 우리는 그의 유년기에 대하여는 아무것도 알지 못한다.

(10) 그러나 성인이 되었을 때 그는 귀환하거나 장차 그가 왕이 될 왕국으로 간다.

(11) 왕 ; 혹은 거인, 용, 야수들과 싸워 승리한다.

(12) 그는 공주 혹은 선임자의 딸과 결혼한다.

(13) 왕이 된다.

(14) 얼마 동안 그는 별 일 없이 통치한다.

(15) 법을 정한다.

(16) 후에 그는 신의 은총을 잃게 되거나, 자신의 신하에게 배반당한다.

(17) 권좌 및 나라에서 추방당한다.

(18) 그는 신비한 죽음을 맞게 된다.

(19) 흔히 언덕 위에서 (죽음을 맞이한다).

(20) 그의 아들이 있더라도 그를 계승하지 못한다.

(21) 그의 육신은 매장되지 않는다.

(22) 그럼에도 불구하고 그는 하나 혹은 그 이상의 묘지를 갖게 된다.

오이디푸스Oedipus

(1) 그의 모친 조캐스터Jocasta는 왕녀이고, (2) 그의 부친 라이우스Laius는 왕인데, 그녀와 아무런 관계를 갖지 않을 것을 맹세한다. 그러나 (4) 그는 취중에 관계를 갖게 되는데, 이것은 아마도 (5) 디오니소스Dionysus적 성격 때문일 것이다. 라이우스는 (6) 아들을 죽이려 하나 (7) 그는 내버려져서, (8) 코린트Corinth의 왕에 의해 양육된다. (9) 우리는 그의 유년기에 대하여 아무것도 모르지만, (10) 어른이 되어 그는 테에베Thebes로 귀환하고, (11) 그의 아버지와 스핑크스와 싸워 이긴다. 그는 (12) 조캐스터와 결혼하고 (13) 왕이 된다. (14) 몇 해 동안 그는 무사히 통치한다. 그러나 (16) 후에 자신이 역병 발생의 원인임을 알게 된다. (17) 그는 추방되어 유형지로 보내진다. (18) 그는 신비한 죽음을 맞게 된다. 그곳은 (19) 아테네 근처의 '스티프 페이브먼트Steep Pavement'라는 곳이다. (20) 그를 이어 크레온이 왕위를 계승하는데, 그 이름은 그가 추방되었음을 뜻한다. (21) 그의 매장지는 불확실하지만, (22) 그의 매장지로 몇 개의 성묘聖墓가 전한다.

오이디푸스는 22개 중 20점을 기록한다.

테세우스Theseus

(1) 그의 모친 아에드라Aethra는 왕녀이고, (2) 그의 부친은 에게우스 Aegeus의 왕이다. 그는 (4) 계략적으로 그녀와 통정하도록 유도된다. (5) 그는 또한 포세이돈의 아들이라 여겨진다. (6) 탄생 시에 그는 그를 죽이려는 팔란티다이Pallantidae에게서 숨겨지고, (8) 외할아버지에 의해 양육된다. 우리는 (9) 그의 유년기에 대하여 아무것도 알지 못한다. 그러나 (10) 성인이 되어 돌아와 아테네로 간다. (11) 도중 괴물을 살해하고, (12) 그는 계속하여 두 명의 왕위 후계자인 공주들과 결혼한다. 그러나 (13) 그는 자신의 부왕을 계승하게 되는데, (11) 부왕의 죽음은 테세우스 자신이 원인이었다. 얼마 동안 (14) 그는 무사히 통치하고, (15) 법률을 제정한다. 그러나 (16) 후에 그는 인기를 잃게 되고 (17) 아테네로부터 쫓겨나, (20) 후계자이지만, 아무런 연고가 없는 메네스테우스Menestheus의 명령에 의해 (19) 높은 벼랑으로부터 내던져지거나 떨어진다. (21) 그의 매장지는 알려져 있지 않다. 그러나 그의 것이라 여겨지는 뼈가 (22) 아테네의 성묘聖墓에 안치된다.

그는 20점을 기록한다.

로물루스Romulus

(1) 그의 모친인 레아Rhea는 왕녀이고, (2) 그의 부친은 아물리우스 Amulius왕이다. (3) 그는 그녀의 삼촌으로 (4) 갑옷을 입고 그녀를 방문한다. (5) 그는 또한 마르스Mars의 아들로 여겨진다. (6) 그가 탄생했을 때 그의 부친이 그를 죽이려 했으나, (7) 그는 집을 떠나 유랑한다. (8) 그는 먼 곳에서 양부를 양육된다. (10) 성인이 되었을 때 그는 그의 탄생지로 돌아와 (11) 그의 부친을 죽이고 그의 동생에게는 주술에 의한 승리를 거둔다. (12) 그는 로마를 창건하여 왕으로 된다. 그의 결혼에 대해서는 명확치 않다. 그는 그의 즉위 후에 공훈을 세웠다고 말해진다. (15) 그는 법률을 공포하고 (16) 후에 인기를 잃고, (17) 그의 폐위가 결정된 후에 나라를 떠나, (18) 불의 전차를 타고 하늘로 갔다. (20) 그의 시체는 발견되지 않았

지만 (21) 그는 사원에서 숭앙을 받았다.

우리는 그에게 17점을 줄 수 있다.

헤라클레스Heracles

그의 모친 알크메네Alcmene는 (1) 왕녀이고, (2) 그녀의 남편은 암피트리온Amphitryon 왕이다. (3) 왕은 그녀의 사촌이다. 그러나 (5) 헤라클레스는 제우스의 아들이라 한다. (4) 제우스는 암피트리온으로 변장하여 그녀를 방문했었다. 그가 태어났을 때 (6) 헤라가 그를 죽이려 했다. 성인이 되었을 때 (11) 그는 공훈을 세우고 또 승리를 얻는다. (10) 그는 캘리돈Calydon에 가서 (12) 왕녀와 결혼하고 (13) 통치자가 된다. (14) 그는 몇 년 동안 그곳에서 평온무사하게 지낸다. 그 후 우연히 과실치사를 범하게 되고, (17) 그 나라에서 도망한다. 그는 (18) 오이타Oeta 산정에서 장례용 장작더미 위에 올려져 타 죽는다. (19) 그의 아들은 그를 계승하지 못한다. (20) 그의 시체는 발견되지 않았다. (21) 그는 사원에서 숭배된다.

그는 17점을 기록한다.

페르세우스Perseus

(1) 그의 모친인 다나에Danae는 왕녀이고, (5) 그의 부친은 제우스로, 그는 황금 소나기로 변하여 그녀를 찾아갔다. (6) 그의 외할아버지가 그가 태어나자 죽이려 하였으나, (7) 그는 떠나가 (8) 세리포스Seriphos 왕에 의하여 양육된다. (9) 우리는 그의 유년기에 대하여 아무것도 모른다. (10) 그러나 성인이 되었을 때 그는 괴물을 퇴치하고 그가 태어난 곳으로 돌아와 그의 부친 혹은 삼촌을 살해하고 (12) 공주와 결혼한다. (13) 그 대신 왕이 된다. (14) 우리는 그의 통치에 대하여 아무것도 듣지 못하나, 그의 종말에 대하여는 여러 가지로 이야기된다. 어떤 이본에서는 그가 자신의 후계자에 의해 살해된다. (20) 그의 자녀들은 그를 계승하지 못한다. (21) 그의 매장지는 미상이나 (22) 그는 사원에서 숭배된다.

그는 14점을 기록한다.

야손Jason

(1) 그의 모친의 이름 불명이지만 왕녀이다. 그리고 (2) 그의 부친은 아이손Aeson왕이다. (6) 그가 태어나자 그의 삼촌 펠리아스Pelias가 그를 죽이려하나 (7) 그는 내버려진다. (8) 그는 카이론Chiron에 의해 양육된다. (9) 우리는 그의 유년기에 대해서는 아무것도 모르지만, 그는 성인이 되었을 때 여행을 한다. (11) 도중 그는 황금 양털을 얻고 (12) 왕녀와 결혼하며 (11) 그의 삼촌을 죽이고 (13) 왕이 된다. (17) 그는 왕좌와 나라에서 쫓겨난다. (18) 그의 죽음은 모호하지만 (20) 그의 자녀가 그를 계승하지는 못한다. (21) 그의 매장처는 미상이지만 (22) 그를 모시는 몇 개의 사원이 있다.

그는 14점을 기록한다.

벨레로폰Bellerophon

(1) 그의 모친인 유리메데Eurymede는 왕녀이고, (2) 그의 부친은 글라우쿠스Glaucus 왕이다. 그러나 그는 또한 (5) 포세이돈의 아들이라고 한다. (9) 우리는 그의 유년기에 대해서 아무것도 모르지만, 성인이 되었을 때 (10) 그는 그의 장래의 왕국으로 여행하여 (11) 괴물을 퇴치하고 (12) 왕녀와 결혼하며 (13) 왕이 된다. (14) 우리는 그의 통치에 대해서 모르지만, (16) 후에 그는 신들의 미움을 받아 (17) 유배된다. (20) 그의 자녀들은 그의 왕위를 계승하지 못한다. (21) 그의 매장지는 미상이지만 (22) 그는 코린트에서 숭배되었다.

그는 16점을 기록한다.

펠롭스Pelops

(1) 그의 어머니인 디오네Dione는 여신이며, (2) 그의 부친은 탄탈루스Tantalus 왕이다. 그러나 (5) 그는 또한 포세이돈의 아들이라고도 한다. (6)

그의 부친이 그를 죽여 요리를 하지만, 신들이 그를 소생시킨다. (9) 그의 유년기에 대하여 알려진 바 없지만, (11) 성인이 되자 그는 미래의 왕국으로 여행을 하여 (11) 왕을 패퇴시키고 죽인 다음 (12) 왕녀와 결혼하고 (13) 왕이 된다. 우리는 (15) 그가 올림픽 게임을 제정하였다는 점 외에 (14) 왕이 된 뒤의 그의 행위에 대하여 별로 아는 바가 없다. (18) 우리는 그의 죽음에 대해서도 모르나, (20) 그의 자녀들은 그를 잇지 못하였다. 그리고 (22) 그는 올림피아에 성묘가 있다.

그는 14점을 기록한다.

아스클레피우스Ascleipus

(1) 그의 모친인 코로니스Coronis는 왕녀이고, (2) 그의 부친은 아폴론인데, (6) 아폴론은 그가 탄생할 때 거의 죽일 뻔했다. 그는 (7) 그 곳을 떠나가서 (8) 먼 곳에서 카이론Chiron에 의해 양육되었다. 성인이 되자 (11) 그는 죽음을 극복하고 (13) 강력한 인간이 되었다. 그는 (15) 약에 대한 법률을 정하였다. 그러나 (16) 제우스의 미움을 받게 되어, (18) 제우스가 그에게 번개를 내려 죽여 버렸다. (21) 그의 매장지는 미상이나, (22) 그의 것이라 주장되는 많은 무덤이 있다.

그는 12점을 기록했다.

디오니수스Dionysus

(1) 그의 모친인 세멜레Semele는 왕녀이고, (5) 그의 부친 제우스는 원래 세멜레의 삼촌이었다. 그는 그녀를 소나기의 형태가 되어 찾아갔다. (6) 그가 태어났을 때 헤라가 그를 살해하려 했으나, 그는 (7) 기적적으로 구원을 받아 먼 곳에서 양육되었다. 우리는 (9) 그의 유년기에 대해서 아무것도 알려진 바 없지만, 성년이 되자 그는 (10) 아시아 여행을 하고 (11) 승리하고 (13) 통치자가 된다. 한동안 (14) 그는 순조롭게 통치를 하고 (15) 농업에 관한 법률을 제정하였다. 그러나 후에 유배당하였다. 그는 (18) 저승으로 내려갔으나 (19) 후에 올림푸스로 다시 올라왔다. (20) 그는

자녀가 없었던 듯하다. (21) 그는 매장처가 없으나 (22) 그와 연관되어 있는 성소나 성지는 매우 많다.

우리는 그에게 19점을 줄 수 있다.

아폴로Apollo

(1) 그의 모친 레토Leto는 왕녀이고, (5) 그의 부친은 제우스 신으로, (3) 제우스는 레토의 사촌이다. (6) 그가 태어났을 때 그는 헤라Hera에 의해 곤경에 빠졌다. 그러나 (7) 그는 그의 모친 함께 도망하여 (8) 델로스Delos에서 양육되었다. 우리는 (9) 그의 유년기에 대하여 아무것도 들은 바 없지만, 성인이 되자 (10) 그는 자신이 파이돈Python을 죽였던 델피Delphi 신전에 나아가 (11) 왕이 되고 (15) 음악에 관한 법률 등을 제정했다.

우리는 더 이상의 이야기는 듣지 못하나 그는 11점을 기록했다.

제우스Zeus

(1)과 (5) 그는 신과 여신인 크로누스Cronus와 레아Rhea의 아들이며, (3) 그의 양친은 남매 간이기도 하다. (6) 그가 태어났을 때 그의 부친은 그를 죽이려 했지만, (7) 그는 도망하여 (8) 크레타에서 양육되었다. (9) 그의 유년기에 대하여 알려진 것은 아무것도 없지만, (10) 성인이 되었을 때 그는 올림푸스를 향하여 출발하였다. (11) 그는 타이탄을 쳐부수고 (12) 자신의 누이동생과 결혼하였으며, (13) 그의 부친에 이어 즉위하였다. 그는 최고 통치자로서 통치하였으며, (14) 법률을 제정하였다. (22) 그럼에도 그의 성묘는 크레타섬에 있으며, (19) 그 산정은 특히 그에게 바쳐졌다.

그는 14점을 얻었다.

요셉Joseph

(1) 그의 모친 라헬Rachel은 족장의 딸이며, (2) 그의 부친 야콥Jacob도 족장이며, (3) 라헬의 사촌이다. (4) 그의 모친은 맨드레이크를 먹고 그를 잉

태하였다. (6) 유년기에 그의 남동생들이 그를 죽이려 했지만, (7) 그는 계략으로써 구원을 받아 (8) 이집트에서 양육되었다. (11) 성인이 되었을 때 그는 해몽과 일기예보 시합에서 승리하고, (12) 귀문의 여자와 결혼하였으며, (13) 이집트의 지배자가 되어, (14) 나라를 번영시키고, 법률을 제정하기도 하였으나, (15) 그의 나머지 생애에 대해 알려진 것은 없다.

그는 12점을 얻었다.

모세 Moses

(1)과 (2) 그의 부모는 레비테스Levites의 중심 가문이었으며, (3) 그들은 근친 간이었다. (5) 그는 또한 파라오의 외손자라고도 일컬어진다. (6) 그가 태어났을 때 파라오가 그를 죽이려 하였으나, (7) 그는 표류되어 (8) 몰래 양육되었다. (9) 우리는 그의 유년기에 대하여 아무것도 알지 못하나, (11) 그는 성인이 되어 한 남자를 죽이고, (10) 미디아Midian로 간다. (12) 그곳에서 그는 통치자의 딸과 결혼한다. 이집트로 돌아온 그는 (11) 파라오와의 일련의 주술적인 시합에서 승리한다. (13) 그 후 그는 통치자가 된다. (14) 한 동안 그는 성공적으로 통치하였고 (15) 법률도 제정하였다. (16) 그러나 후에 그는 예호바Jehovah(하나님) 신의 은총을 잃고, (17) 폐위되고 (19) 산정에서 (18) 신비스럽게 자취를 감췄다. (20) 그의 자녀들은 그를 계승하지 못했다. (21) 그의 매장처는 알려져 있지 않지만, (22) 그의 성묘라고 하는 것이 전한다.

그는 21점을 얻었다.

엘리야 Elijah

(11) 비를 내리게 하는 시합에서 승리한 후 (13) 그는 일종의 절대 권력자가 되었다. (14) 성공적인 시대에 이어 (16) 그에 반대하는 음모가 있었다. (17) 그는 비어쉐바Beersheba로 도망하였다가 (18) 신비스럽게 자취를 감추었다. (20) 그의 후계자인 엘리사Elisha는 그의 친척이 아니다. (21) 그는 매장되지 않았지만 (22) 성묘라는 것이 전한다.

우리는 그의 탄생에 관한 상황을 알지 못하지만, 그에게 9점은 부여할 수 있겠다.

시구르드 혹은 지그프리드Sigurd or Siegfried

(1) 그의 모친인 지그린데Sieglinde는 왕녀이고, (2) 그의 부친인 지그문트 Siegmund 왕은 (3) 그녀의 남동생이다. (4) 그녀는 다른 여자로 가장하여 그를 방문하였다. (11) 성인이 되었을 때 지그프리드는 용을 퇴치하고 (12) 왕녀와 결혼하여 (13) 통치자가 되었다. (14) 얼마 동안은 그의 왕국이 번영하였으나, (16) 후에 그에 대한 음모로 살해당했다.

그는 다만 9점만을 얻고 있으나, 필자는 원래 완전한 이야기가 있었던 것이 지금은 망실된 것으로 생각한다.

아더Arthur

(1) 그의 모친인 이그레인Igraine은 왕녀이며 (2) 그녀의 남편은 콘월 Cornwall 공작이다. 아더는 (5) 유서 펜드래곤Uther Pendragon의 아들이라고 하는데, (4) 유서는 공작으로 가장하여 이그레인을 방문하였다. 아서가 탄생하였을 때 그는 분명히 아무런 위난危難이 없었으나, (7) 그는 집에서 유기되어 (8) 먼 시골에서 양육되었다. (9) 우리는 그의 유년기에 대하여 아무것도 알지 못하지만, (10) 성인이 되었을 때 그는 런던으로 여행을 하여, (11) 주술로써 이기고, (13) 왕이 된다. 또 다른 승리를 거둔 다음 그는 (12) '원탁의 기사'의 여상속인인 기네비어Guinevere와 결혼한다. (14) 이 일이 있은 후 그는 무사히 통치하나 후에 (17) 해외로 갔다가 (16) 그의 부재 중에 폐위된다. (18) 그는 신비스런 죽음을 맞는다. (20) 그의 자녀는 그를 계승하지 않는다.

그는 16점을 얻었다.

나이캉Nyikang

나이캉은 백나일강의 쉴룩Shilluk 족의 전승 영웅이며 그의 이야기는 몇 가지 점에서 유형에 상응한다. 그는 (2) 왕의 아들이고 (1) 그의 모친 나이카이아Nyikaia는 명백히 악어 공주였다.

　(9) 그의 유년기에 대해서 알려진 것은 없지만, 성인이 되었을 때 그의 동생이 그를 치고 생명을 위협했다. (10) 그래서 그는 다른 나라로 가 (12) 왕의 딸과 결혼을 하였다. (11) 여러 번에 걸친 주술적 혹은 실제상의 승리 끝에 그는 왕위에 올랐다. 얼마 동안 그는 순조롭게 통치하고 (14), (15) 법률을 제정하였으나, (16) 마침내 백성들의 불평을 사게 되었다. (18) 이것을 비통히 여긴 끝에 그는 신비스럽게 종적을 감추었다. (21) 그의 육신은 매장되지 않았지만 (22) 그를 모시는 성묘가 있다.

그는 20점을 기록한다.

전승 영웅의 생애가 다수의 사건으로 나뉠 수 있다는 사실은 (필자는 22개로 나누었지만, 그 이상으로 나눌 수도 있을 것이다) 전승 영웅담은 이야기이며, 실제 인물의 생애에 있어서의 진짜의 사건이 아니라, 의례적 인물의 생애 속에 있는 의례적 사건의 이야기라는 점을 나에게 시사해 주었다. 필자가 인용했던 영웅들 중 아무도 실재했던 인물은 없다는 점으로 미루어 영웅이 반드시 그러하다고 할 수는 없겠지만, 그러나 필자는 만약 영웅이 실재했던 인물이라 하더라도, 그들의 행동은 대체로 제의적 인물을 따르든가, 혹은 그들의 이야기는 동 유형에 상응하도록 변개되었으리라고 믿는다.

　필자는 이 점에 대하여 나중에 좀 더 상술할 것이다. 지금 필자가 말하고자 하는 점은 이들 전승 영웅의 생애 중에 있는 사건(필자가 전형적인 것으로 여긴 사건들)을 개관해 보고, 그들의 의미에 대하여 시사점을 살펴보려는 것이다.

　제일 먼저 주목할 만한 점은 사건들이 명백히 세 개의 그룹, 즉 영웅 탄생에 관련된 것 ; 그의 즉위에 관한 것 ; 그의 죽음에 관한 것으로 나뉜다는 점이다. 그리하여 이들은 세 개의 기본적인 '통과의례', 다시 말하여 탄생 의례 및 입사식, 장례에 상응한다. 필자는 이 점에 대하여 뒤에 아홉 번째 점에 이르러 좀 더 이야기할 것이며, 지금은 처음부터 논의를 시작하려 한다.

우리가 주목할 바는, 실제로 이용할 수 있는 왕통이 없는 모세의 경우를 제외하면 영웅은 언제나 왕가의 자손으로 나타나며, 거의 모든 경우에 영웅은 그 모친의 장자이고, 부친이 신인 경우를 제외하면 부친의 장자이기도 하다는 점이다. 그리고 약간의 예외를 제외하면 부친은 재혼하지 않는다. 물론 이런 점들은 대부분의 왕들이 일부일처의 부모에게서 태어난 장자란 점을 감안하면 하등 새삼스러울 것도 없다. 그러나 그것이 분명히 유형의 일부로 보이기 때문에 필자는 그것을 강조한다. 물론 영웅이 비천한 출신인임에도 공주와 왕좌를 차지하는 민간설화 유형도 있지만, 필자는 그것이 파생 형식일 것으로 추정하며, 이들 형식에서는 단지 사건의 핵심들만 설화되기 때문에 영웅의 탄생은 그다지 중요하지 않다.

여러 경우에 있어서 영웅의 양친이 근친이라는 사실은 왕이 누이동생과 결혼한다는 광포되어 있는 관습이란 점을 상기시켜 주며 필자는 이 점에 대하여 다른 글 속에서 이미 다룬 바 있다.

영웅이 잉태되는 환경은 매우 의문이다. 헤라클레스의 경우처럼, 신이 영웅의 부친으로 가장하는 일은 특수한 경우이긴 하지만 그것은 파라오가 신의 차림으로 여왕에게 접근하는 사실을 상기시켜 준다. 그러나 우리가 인용한 이야기들에 있어서 신에 의한 이러한 가장은 매우 다양한 형태로 나타난다. 그는 뇌우로 나타나거나 백조, 금소나기로도 나타난다. 영웅에 대한 신적 혈통의 부여는 그의 영웅적 자질과 무관하지만 신으로 가장한 공주의 남편과 그녀와의 결합에 연관된다고 결론지을 수 있겠다. 인간이 어떻게 금소나기로 변할 수 있는가는 전혀 분명치 않다. 우리는 어두운 방에서 일광이 그에게만 비쳤다는 설명으로 그것을 추측할 수 있는데, 이것은 어디까지나 추측일 뿐이다.

우리는 이제 거의 모든 경우에 나타나며 유형의 일부임이 확실한 영웅의 탄생에 대한 시도를 하게 된다. 우리는 페니키아인의 경우처럼, 장자가 몰록Moloch에게 희생으로 바쳐져 태워지는 제의에 관하여 잘 알고 있다. 위에서 든 이야기 중에서도 이런 것을 찾을 수 있는데, 거기에서 그것은 아이를 희생시키는 구실을 하는 듯하다. 아기 영웅을 죽이려 하는 것은 흔히 아버지인데, 이런 행위는 아브라함과 이삭의 이야기를 떠올리게 한다. 모세의 생애에 대한 시도는 다른 영웅들에 대한 것과 마찬가지로 탄생 시부터 행해지지만, 아브라함과 이삭의 이야기는 한때 헤브류에서는 사춘기에 그런 의식이 행해졌었음을 시사해 준다. 우리는 이삭 대신에 양이 희생된 반면 야콥은 양의 껍질을 입고 그의 부친 앞에 나타났으며, 요셉은 양피가 묻힌 특별한 옷을 입고 있었다는 점을 유의해야 할 것이다. 우리는 아이를 죽일 구실이 만들어진 것으로 추측할 수도 있을 것이다. 그는 희생된 양의 가죽으로 싸여 있으며 양피가 발라져 있었다. 그러한 의식이 앞에서 언급한 이야기들 중 펠롭스 같은 이야기나 널리 퍼져 있는 <충실한 사냥개> 같은 이야기들을 설명할 수 있게 해 줄 것이다. 그러나 로물루스, 모세, 페르세우스 같은 경우는 일본 신화의 경우도 그러하듯 유아 영웅은 표류하는 것으로 되어 있다. 가장된 희생은 다양한 형태를 취한다고 할 수 있지만, 그러한 의식을 행하는 것은 부친에 의해서였다.

가장된 죽음을 겪고 난 영웅은 모두 먼 곳으로 옮겨지고 다른 왕이나, 혹은 야손이나 아스클레피우스의 경우에는 카이론에 의해 양육된다. 만약 우리가 카이론이란 왕자의 궁정 교사에게 바쳐진 칭호였음을 생각한다면 이해하기가 퍽 쉬워지지만, 대개의 경우 양부는 다른 나라나 도시의 지배자이다. 이것은 몇 가지의 가능성을 시사해 준다. 첫째로 그것은 실제로 왕이 자신의 아들을 타국 왕에 의해 양육시키도록 하는 관습이 있었다는 점이다. 우리는 그러한 실례를 해콘 어델스테인의 양부모 이야기에서 찾을 수 있다. 둘째는 필자가 다른 기회에도 이미 주창한 바 있는 것으로, 자신을 가지고 말할 수는 없지만, 왕자가 장인의 자리를 계승하고 형식적 입양으로 그들의 양자가 되었다는 것이다. 이것은 그들이 태어나자마자 다른 곳으로 옮겨졌다는 구실에 대해 부득이한 것일지도 모른다. 셋째는 위의 둘째 것과 정반대의 것이다. 이론상 왕자는 그들의 부친을 계승할 수 없었으나 관습상으로는 계승하였었다. 그러나 그는 수도에서 멀리 떨어진 곳에서 양육되어 이방인으로 생각되었다. 이 문제는 필자가 내릴 수 있는 것 이상의 연구를 필요로 한다.

다음으로 우리는 9번째 모티프에 이르게 되는데, 즉 우리는 영웅의 유아기에 대해서 아무것도 모른다는 것이다. 물론 세상에는 유년기를 알 수 없는 위인들도 많이 있으므로, 이 문제는 그다지 중요하지 않을지도 모른다. 그러나 그런 경우에 있어서 그의 탄생에 대해서도 똑같이 모르는 것이 보통이다. 우리는 시간과 장소를 알지 모르지만, 다만 그뿐이다. 우리가 논하려는 영웅들은 이와 퍽 다르다. 그들의 탄생은 고도로 극적인 일련의 사건 중의 핵심을 이룬다. 그 사건들은 세부적인 점에서 상당히 관련되어 있으며, 그것이 실제 인물의 생애에서 일어나는 법이란 거의 없다. 매우 놀라운 일이 영웅의 탄생 시에 일어난다. 이 매우 놀라운 일이 그의 성년기에도 일어나지만, 그럭저럭하는 사이에 그에게는 아무 일도 일어나지 않게 된다. 만약 우리가 논하려는 영웅이 역사상의 인물이 아니라 제의상의 인물이라면, 일반적으로 아동은 그들의 탄생 의례나 사춘기의 의례 혹은 성년식 간에는 참여하지 않기 때문이라고 생각할 수 있겠다. 전승 영웅에 관한 이야기는, 필자가 올바르게 이해하였다면, 영웅들의 제의적인 과정에 관한 이야기인 것이고, 그가 의례의 도상에서 경과하지 않았던 그런 부분들은 빈 것으로 내버려 두어야만 마땅할 것이다. 필자는 그의 유년기에 있었던 공백기와 그가 임금으로 취임한 이후의 공백기를 비교해 보겠다.

영웅이 청년이 되었을 때 그가 양육된 곳을 떠나 그가 지배할 땅으로 여행을 한다는 것은 물론 8번째 모티프에서 논의했던 문제에 포함하는 것이다. 그러나 영웅이 언제나 여행 중에서 승리를 얻거나 그의 목적지에

도착하자마자 승리를 한다는 것은 매우 주목할 만한 사실이다. 그는 이웃 나라로부터의 명백한 과정을 거친 다음 왕위에 오르게 되고, 그가 거둔 모든 승리와 공훈은 바로 그 과정과 연계되어 있다.

이것이 우리를 '영웅의 승리'란 점으로 이끌게 하며, 필자는 방금 언급했던 점을 강조하고 싶다. 즉 전승 영웅의 승리는 역사상의 영웅적인 임금과는 다르게 늘 그가 왕위에 오르기 전에 얻어진다. 또 하나 주목할 만한 사실은 전승 영웅은 결코 전쟁에서 이기지 못한다는 점이다. 그가 군대를 가진 것으로 나타나는 경우란 거의 없으며, 그가 군대를 가졌다 하더라도 그들을 훈련시키거나 이끌었던 것 같지는 않다. 역사상에서는 전사戰士로서의 왕은 지휘관으로서의 왕을 의미하고, 이 점은 미개민이건 문화민이건 마찬가지이다. 우리가 역사상의 위대한 승리자를 생각하여 볼 때, 우리는 아르기라스피데스Argyraspides나 제10왕국Tenth Region 등등의 밀집 병대密集兵隊를 떠올리게 된다. 그러나 전승 영웅은 결코 지휘관이 아니다. 주술 경쟁만이 아니라 실제 싸움이 있었을 때, 그가 거둔 승리의 모든 것은 다른 왕이나 거인, 용, 특히 유명한 야생수와의 싸움을 통해 얻은 것이다. 그는 결코 보통 인간 혹은 보통 동물과는 싸우지 않는다. 그가 왕과 싸웠다면 그 경우는 그가 왕위를 물려받을 왕인 것이다. 가령 오이디푸스나 로물루스는 그 자신의 아버지와 싸웠고, 다른 경우에 영웅은 미래의 장인과 싸운다. 영웅이 대항하여 싸우는 괴물이나 거인은 단지 변장한 왕일 수도 있다. 다시 말한다면, 왕은 자신의 왕위와 목숨을 지키기 위하여 특별한 의상이나 가면을 착용한다. 이에 대해서는 후술하기로 하고, 여기에서는 우선 주술 경쟁에 대하여 언급해 두기로 하자. 이것은 때로는 실제 싸움보다도 더 중요해 보인다. 오이디푸스는 수수께끼를 알아맞히고 왕위를 차지한다. 테세우스는 미로에서 벗어나 왕위를 얻는다. 유태 민족의 세 영웅이 보여주는 주술적 승리는 모두 비를 내리게 하는 것과 관련되어 있다. 요셉은 일기 예보를 적중시킨다. 모세는 비를 내리는 것이 포함되어 있는 일련의 주술적 경쟁에서 이기며, 엘리야는 비내리기 경쟁에서 바알의 예언자를 꺾는다. 이런 요소들을 뛰어넘는 힘이야 말로 성왕聖王들에 있어서 가장 변함이 없는 특성이며, 수많은 예들에서 장차 왕위에 오를 자는 비내리기 경쟁에서 이겨야만 하는 것으로 되어 있다.

그런데 전승 영웅은 두 가지 방법으로 왕위에 오를 자격이 부여되어야 한다. 그는 비내리기나 수수께끼 풀기 같은 문제로 시험을 통과해야 하며, 그는 왕을 물리치고 승리해야 한다. 이 싸움이 결론이 유보된 실제적인 것인지 모의적인 것인지 확실히는 알 수 없다. 왕이 일정한 기간을 경과한 다음 혹은 힘을 잃기 시작했을 때 죽음에 처해지는 수많은 사례들이 분명히 존재한다. 왕과 도전자 간에 동등한 무기로써 하는 공정한 싸움이 행해지는 경우도 있겠지만 그런 증거는 분명하다. 이야기들의 몇몇은 늙은 왕이 의례적으로 살해되고, 그의 영靈이 들어갔을 것으로 생각되는 늑대, 수퇘지, 혹은 뱀과 같은 동물들을 그의 후계자가 죽이지 않으면 안 된다는 점을 시사해 준다.

테스트를 통과하여 승리를 얻은 후에 영웅은 적의 딸 혹은 미망인과 결혼하여 후계자로서 왕위에 오른다. 이 점에 의거하여 왕위는 언제나 모계로 이어지는 것이며, 여왕 혹은 여성 상속인인 공주는 단지 그녀의 남편과 결혼함으로써 그녀의 남편에게 왕위를 수여할 수 있다고 생각하였다. 환언하면, 여왕과 결혼한 남성은 누구든지 그의 조상이 누구이든 자동적으로 왕이 되며, 남성이 법적으로 왕으로 되는 유일한 길은 여왕과 결혼하는 것이다. 그 같은 가정은 상기上記 전승 영웅담들에 나타나는 증거, 즉 신왕新王은 그 자신의 가계家系 및 양육, 승리 등에 의하여 그의 등극을 공고히 하였다는 시사示唆와는 퍽 동떨어진 것이다. 여왕의 신분에 대한 제한이 인정되었던 것처럼 왕의 신분에 대한 제한도 인정되었던 것처럼 보인다. 우리가 새 여왕이 정말로 전왕의 딸임을 알지 못하는 것처럼 새 왕이 정말로 전왕의 아들임을 확실히 알지 못한다. 두 가지 경우 모두 공인의 의식이 있었을 듯하다. 어쨌든 우리가 논하는 전승 영웅이 공주와 결혼함과 동시에 왕위에 올랐다는 사실은 그가 결혼에 의하여 왕위에 올랐음을 증명하는 것과는 전연 다르다. 그것은 단지 우리가 다른 자료들에 의하여 사실임을 앎을 지적하는 것일지도 모른다. 즉 '히에로스 가모스hieros gamos'[역자 주 : 성聖스런 성性의식]는 보통 대관식이나 취임식의 본질적이고도 매우 중요한 특징을 이룬다. 필자는 어느 때 어느 나라에서, 남성이 다만 결혼을 함으로써 왕이 된 예를 알지 못한다. 필자가 알고 있는 한에서 그는 언제나 무엇보다도 먼저 탄생에 의해서건, 어떤 공훈을 이루거나 시험을 통과하는 일정한 절차에 의해서 왕위에 오를 자격을 인정받아야 한다. 우리가 논하는 영웅은 모두 이런 방법으로 자격을 부여받은 것처럼 보인다. 오늘날까지도 유럽에서는 결혼 그 자체가 결코 왕위에 오를 권리를 부여하지는 않는다. 자격을 갖추지 못한 사람과 결혼을 한, 다시 말하면 이른바 귀천상혼貴賤相婚을 맺은 왕자나 공주는 그들의 배우자를 왕위에 올리지 못했을 뿐만 아니라 왕위에 대한 그들의 권리까지도 잃는다. 왕이나 왕비의 의례적儀禮的 기능이 오늘날보다도 훨씬 중요했던 시대에는 이런 법률이 덜 엄격했을 것이라고 믿기는 어렵다. 그런데 우리의 전승 영웅은 취임 의례의 일부로 그의 전왕의 딸이나 미망인과 결혼한다. 그러고 나서 그는 무엇을 하는가? 추측컨대, 그는 왕위에 오르기 전에 그 자신이 매우 용감했고 모험적이었음을 보여준 후에 곧 정복 사업에 착수하고 제국과 왕조를 건설하고 사원과 궁전을 짓고 거대한 할렘을 소유하며 일반적으로 역사상의 정복자들이 그랬던 것처럼 행동하거나 행동하려 할 것이다. 그러므로 전승상의 영웅은 다른 모든 점에서와 마찬가지로 이 점에서 전적으로 역사상의 영웅과 다르다.

그는 결코 전장에 가지도 않으며 자신의 왕국의 국경을 넓히려 하지도 않으며, 어떤 건축물도 짓지 않는다. 사실상 그는 아무 일도 하지 않는다. 그의 치세에 대한 유일한 기념물은 전승적 이야기의 사건들이 어찌 시작되고 끝나는가와 관계없이, 그가 만들었다는 전승적인 법률의 코드이다. 그러므로 사실상 법률의 코드는 늘 수백, 수천 년에 걸친 발전의 소산인 것이고, 어떤 의미에서는 단 한 사람만의 작품은 아닌 것이다. 일 개인, 가령 유스티아누스나 나폴레옹 같은 사람이 법칙을 성문화했거나 그들의 범위를 고쳤을 수도 있을 것이지만, 그러한 코드 내 법률의 모두 혹은 그 어떤 것도 이들 군주에 의하여 수정되었으리라 여겨지는 것은 전혀 없다. 사실 그들이 그러지 않았다는 것은 잘 알려져 있다. 반면 십계명은 그들의 보통 형식이, 누군가에 의해 처음 쓰였던 원래의 십계명과 전혀 다르기 때문에, 모세와는 전혀 무관하다는 것이 제임스 프레이저 경에 의하여 명백히 된 바 있다. 전승 영웅에게 법률을 귀속시킴은 그들이 매우 오래고 성스러운 일종의 언사에 불과하다는 것이 분명해 보인다. 다음으로 우리는 전승 영웅이 민담 속의 영웅이나 수많은 역사상의 영웅들과 달리, 폐위되어 왕국으로부터 추방되고 신비스런 죽음을 맞이함으로써 그의 생애가 끝난다는 중요한 사실을 접하게 된다. 이 점은 우리가 논하고 있는 대부분의 전승 영웅들에게서 공통적으로 나타나며, 그렇지 않을 때에는 그들의 종말이 보통 불명료하게 끝난다. 요셉의 경우까지도 우리는 그의 아버지의 죽음과 그 자신의 죽음 사이에 무슨 일이 일어났는가에 관하여 아무것도 알고 있지 못하다. 우리는 추방과 신비한 죽음이 전승 영웅의 전형적 운명이라 결론지을 수 있다. 그러나 거기에는 하나의 의문시되는 특징이 있는데, 영웅은 결코 싸움에서 실제로 패배하는 법이 없다는 점이다. 그가 싸움에서 이겨 왕위를 얻었으므로 그는 그것을 싸움으로 잃을 것이라 생각할지도 모르지만 그는 결코 그렇게 하지 않는다.

오이디푸스는 그의 아버지를 살해하고 그의 어머니와 결혼한다. 혹자는 그의 아들 중의 누군가나 혹은 어떤 다른 왕자가 그를 죽이고 조캐스터와 결혼하든가, 만약 그녀가 너무 늙었다면 안티고네와 결혼하고 왕이 될 것이라고 생각할지 모른다. 그러나 오이디푸스를 계승한 크레온은 그에게 내린 신탁을 뒤바꿈으로써 그렇게 하며, 몇 개의 다른 예에서 영웅이 신과 사이가 벌어지고 그 결과 패배하는 것으로 되어 있다. 아마도 이에 대한 설명은 그가 늙기 시작하였을 때 왕권의 보유 기간이 (제임스 프

레이저Sir James Frazer 경은 고대 희랍 시대에는 8년이라 하고 있지만) 끝
나, 주술적 경기가 있었던 것이겠는데, 이 경기에서 그의 패배가 숙명 지
워져 있었던 것이다. 이 영웅의 은총으로부터의 몰락이 갑작스러운 것이
었고 점차적이 아니었던 것임을 주목할 만하다. 즉 한 순간에 그는 명백
히 권력과 인기의 절정에 있었다가 다음 순간에는 신과 인간의 양편이
그에게서 등을 돌리는 것이다.

다음에 특기하고 싶은 점은 필자가 위에서 거론한 영웅들은 결코 그들
의 운명을 자신이 살던 도시 안에서 맞이하지 않는다는 것이다. 여러 예
들에서 그들은 폐위된 다음 외지로 쫓겨난다. 다른 예들에서는 영웅은 어
떤 성스런 임무를 띠고 그곳을 떠난다. 그때 거기에는 언덕 꼭대기가 있
게 된다. 이런 것은 오이디푸스, 테세우스, 헤라클레스, 벨레로폰, 디오니
소스, 모세 들의 이야기에 나타난다. 로물루스와 엘리야가 타고 사라지는
불의 전차나 아스클레피우스를 죽인 번갯불까지 이와 관련시켜 고려한다
면 제의의 가장 일반적인 형식에서 성왕聖王은 언덕 꼭대기에 쌓인 화장
용 장작 위에서 산 채로 혹은 죽은 다음에 소살燒殺된다고 결론지을 수
있으며, 그는 어떤 형태로 연기나 불꽃에 휩싸여 승천한 것으로 믿어진
다. 그 경우 그의 후계자에 의해 격퇴되고 살해된 인간이나 동물은 그 본
래의 모습대로가 아니라 부활을 가장했었음에 틀림없다.

영웅이 그의 아들에 의하여 계승되는 경우가 드물다는 사실은 왕위 계
승이 모계로 진행된다는 점을 생각하면 설명될 듯하다. 그 경우 그의 딸
이 위位를 계승할 것이다. 만약 왕이 오직 8, 9년간 만 지배하다가 그의
대관식에서 결혼했다면, 그의 자녀들이 계승하기에는 너무 어리므로 계승
이 불가능했음은 명백하다. 그러나 그들이 전왕을 계승했을 수도 있는데
이런 것은 때로 있었던 일처럼 보인다. 크레온의 이야기는 매우 이해하기
가 어렵지만, 그는 오이디푸스를 앞서서 계승한 듯하며, 오이디푸스에게
계승하고 다시 오이디푸스의 아들들에게 계승한 것 같다. 페르세우스는
프로이토스Proetus를 죽이고 자리를 계승하였다고 하며, 그의 아들들에게

살해되어 자리를 물려주었고 한다. 아이기스투스Aegisthus는 아가멤논을 살해하고 계승했으며, 8년 후 오레스테스가 그를 죽이고 자리에 올랐다. 테세우스와 야손의 이야기에도 유사한 사건이 들어 있다. 스파르타를 통치하는 가문은 둘이 있었는데, 그들은 각각 두 왕계 중 하나의 밑받침을 이루었으며, 이런 것이 선사 시대의 각 도시는 왕을 교대로 내는 지배적인 두 가문이 있었음을 증명해 준다.

영웅의 생애 중 마지막 문제점은 그는 보통 신비하게 사라지는 것으로 되어 있음에도 불구하고, 많은 예는 아니지만, 성스런 묘지를 가진다는 점이다. 필자는 이러한 사라짐을 화장火葬 의식儀式으로 설명하고자 하지만, 만약 왕이 화장되었다면 그들은 보통 의미에 있어서의 묘지나 매장지를 거의 지니지 못할 것이다. 왜냐하면, 모든 종류의 종교들에서 묘지나 사당의 본질적 특징은 거기에 봉헌된 성인의 유골이나 뼈에 속하는 그런 것을 포함하는 것으로 생각되기 때문이다. 물론 많은 책들이 희랍의 시체 처리에 대한 풍습 및 타계에 관한 그들의 신앙에 관해 쓰고 있다. 그러나 여기에서는 주로 영웅담과 관련된 의례가 실재했거나 실재했을 것으로 생각되는 것만을 염두에 두려 한다. 영웅담이 우리에게 시사해 주는 바는 평민은 매장되는 데에 비해 왕의 시신은 태워지지만 완전히 태워지지 않고 뼈는 남겨져 매장될 수 있다는 것이다. 필자는 이러한 견해가 좀 다른 각도에서, 이미 30년 전에 되르프펠트Dörpfeld에 의해 제기되었음을 알지만, 필자는 그가 쓴 것을 미처 읽지 못하였다. 어쨌든 유사한 풍습이 세계 도처에서 발견된다.

필자는 여러분이 다양한 전승 영웅들의 이야기 간의 유사점이 워낙 많이 나타나기 때문에 단지 우연의 일치로 볼 수 없다는 것을 확신했기를 바라며, 그런 유사점들이 제의 중의 사건들로 설명될 수 있기를 바란다. 우리는 모든 이런 영웅들이 신화적이라고 결론지을 것인가? 내 자신의 견해로는 그들 대부분은 어쨌든 다만 신화적인 것이지만, 필자는 다소 다른 견지에서 이런 견해에 다다른 것이다. 필자가 이제 여러분에게 제시한 사실을 반드시 좇을 필요는 없다. 우리는 알렉산더 대왕이 제우스의 아들이었고, 제우스가 뱀의 모습으로 알렉산더 대왕의 모친에게 접근하였다는 이야기를 들었을 때, 우리는 그가 신화적이라고 하지는 않으며, 헤르도투스의 책에서 사이러스Cyrus의 외할버지가 사이러스가 태어나는 즉시 죽여버리라고 명령하는 것을 읽었을 때 사이러스가 신화적이라고 결론짓지도 않는다. 우리가 결론짓는 것은, 적어도 필자의 경우에는, 영웅의 전형적인 생애가 점차 알려졌으며, 영웅의 생애는 전형을 따라야 한다고 진짜 믿었든 감언에 의해서 믿게 되었든, 신화적 사건이 진짜 역사적 영웅들의 이야기 속으로 도입되었다는 것이다. 그러나 이것에 의해, 초기의 영웅들은 신화적이었으며, 그 밖의 신화적 유형은 발생할 수 없었다는 이야기가 된다. 가능하긴 하지만 내가 받아들이기 매우 어려운 유일한 대안은 오이디푸스가 실재의 역사적 인물이고 그가 자신의 아버지를 살해하였으며 자신의 어머니와 결혼하였다는 등등이겠는데, 이런 것은 모두 고정된 제의의 일부로서 행해졌을 뿐이라는 것이다.

프로이드 류의 설명은 아무리 줄잡아 말하더라도 불충분하다. 왜냐하면 그들의 설명은 적어도 22개의 사건 중 겨우 2개의 사건만을 고려하는 것인데, 나머지의 이야기는 영웅이 어머니나 여동생 혹은 사촌과 결혼을 하든 똑같은 것이다.

우리 모두가 자칫하면 빠지기 쉬운 잘못(필자는 극력 피하려 하였지만)은 하나의 특수한 사건이나 하나의 특수한 양상에만 집중시키고 그 밖의 것을 고려하지 않는다는 점이다. 수많은 고전 학자들이 이런 잘못을 저질러 왔다. 호머와 애티카Attic의 극작가들…… 그들은 전승 영웅이 실제로 행했을 일들에 대해서가 아니라 시인들이 그들의 입에 올린 말들에 집중해 온 경향이 있다. 그들은 이런 것들을 중심으로 영웅 연구의 기초를 삼았으며, 위대한 시인들의 전체 예술은 낡은 인물들의 입 속에 새로운 단어들을 집어넣는데 있다는 사실을 곧잘 잊어버리곤 했다. 필자가 두려워하는 것은 고전 작가는 대체로 과학적으로 사고하기보다 오히려 낭만적이었다는 사실이다. <일리어드>나 <테베에 반항한 7인>을 읽으면 온통 정서적인 것으로 가득 차 있다. 하지만 그들은 그런 정서가 <보물섬>을 읽은 소년이 경험한 것 똑같은 그런 정서라는 것을 인정하려 하지 않으며, 때문에 그들은 그것을 의사擬似 역사의 베일 속에 감춘다. 이러한 베일이 영웅 시대의 신앙적 형태를 취하고, 생애의 기본적 특징은 단독전單獨戰, 가출家出, 용 들로 나타난다. 내 생각으로 예전에 '희극시대'가 있었는데, 그때에는 생애가 응수應酬와 가장假裝으로 이루어졌던 반면 '비극시대'에는 연인들이 언제나 불시에 종국으로 다달았다고 생각함이 타당할 듯하다. 우리의 세 가지 지식이 모두 시인들에 연유하며, 시인들은 역사적 진실에 흥미를 갖지 않는다. 그런 사람은 매우 드물다. 역사가는 늘 민중은 허구보다 사실을 좋아한다고 생각하지만, 이러한 가정은 전혀 근거가 없다는 사실을 알아내기 위하여 그들은 가장 가까운 곳에 있는 도서관을 찾아가 볼 필요가 있다. 호머의 독자들은 그의 작품을 역사적 정확성 때문에 간구하는 것이 아니라, 그가 좋은 이야기를 썼기 때문에 읽는 것이며, 이들 이야기가 전혀 역사적 기반을 갖고 있지 않다는 것이 일반적으로 알려지더라도 그 작품은 여전히 읽힐 것이다.

● 참조 원고

Lord Raglan, "The Hero of Tradition", ed. Alan Dundes, *The Study of Folklore*. pp. 142~157 / *Folklore*, Vol. 45(1934), 212~231.

제3부 **쌈지백과**

제3부 **쌈지백과**

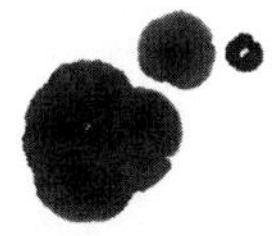

Ⅰ. 문화와 문학 백과

여기 모은 글들은 대부분 백과사전을 위해 썼던 것들이다.
따라서 수록된 항목들의 내용이 특정 과학 분야 전체를 대상으로
총괄적인 것은 아니며 임의 청탁에 의해 매우 제한적인 내용만을 다룬
것들이므로 '쌈지백과'라 이름 지은 것이다.
총 134 항목 중 별도 집필한 <곰을 범한 토끼>, <동국습유>, <동물우화>,
<동방삭>, <숙향전>, <순오지>의 6개 항목을 제외한 나머지는
모두 한국학중앙연구원(전 한국정신문화연구원)에서 간행한
『한국민족문화대백과사전』(전 29책, 1980~1991; 보유편 1995)에
기고했던 것을, 동 연구원측의 허락을 얻어(2007. 3.) 여기에 재록한다.
대부분의 내용이 '이야기문학' 관계의 항목들이라
본서의 성격에도 별로 어긋나지 않음을 다행스럽게 여기며,
이번 기회를 틈타 원문 문장에 약간의 수정을 가하였음을 밝혀 둔다.
이로써 필자가 늘 염려스럽게 여겼던
원문의 무단 사용 행위가 가시기를 바란다.

001 『간옹우묵艮翁疣墨』

조선 중기에 이기李墍가 지은 야담 잡록집. '간옹艮翁'은 이기의 호인데, 이기는 '송와松窩'라는 호도 사용하여 『송와잡설松窩雜說』이라는 잡록집도 남겼다. 『간옹우묵』은 흔히 『송와잡설』의 이본으로 일컬어지고 있으나, 내용을 검토해 보면 두 책 사이에 합치되는 부분이 별로 없는 것으로 보아 별본으로 간주하는 것이 옳을 듯하다.

원본은 현재 전하지 않으며, 이본으로 야사 총서인 『광사廣史』(전前 남만철도南滿鐵道 수서蒐書) 소재본과 도남陶南 조윤제趙潤濟 소장 『패림稗林』 소재본이 알려져 있으나, 전자는 현재 그 행방을 알 수 없고, 후자는 1969년에 영인되어 널리 알려졌다. 『패림』본에는 상권에 90측, 하권에 42측, 총 132개의 이야기가 수록되어 있다.

이 책에 대하여 담정薄庭 김려金鑢는 그의 편저 『창가루외사倉可樓外史의 정사발淨寫跋』에서 "내가 연전에 한 시랑 이중韓侍郎頤仲의 집에서 『송와잡설』 2권을 등서하여 왔더니, 금년에 황성黃城에 갔다가 촌서당에서 또 『간옹우묵』 4권을 얻었다. 그 내용이 『송와잡설』과 서로 넘나듦이 있어서 자세히 살펴보았더니, 『송와잡설』과 『간옹우묵』 중 어느 것이 바른 이름인 줄은 모르겠으나, 그 근본은 한 책에서 나와 본래 서로 다른 책이 아님이 분명하였다. 이에 초출하여 2권으로 만들어 『창가루외사』에 붙였다."라고 하였다.

편찬 연대를 알려주는 기록이나 서문·발문 따위가 없으므로 지은 연대를 확실히 알 수 없으나, 내용 중에 저자가 만력萬曆 기묘년己卯年(1579)에 상경한 이야기와, 같은 해 성절사聖節使로 요동에 갔던 이야기가 있는 점으로 미루어 그 이후에 간행되었음이 분명하다.

내용은 저자가 숭배하는 인물이나 친우, 혹은 직계 선조에 얽힌 일화나 시화, 야사 따위가 중심을 이루고 있으며, 그 밖에 수신修身·치국治國에 관한 잡기나 일반 민간설화의 채록으로 생각되는 이야기들도 포함되어 있다.

이 책에 자주 등장하는 명사는 모재慕齋 김안국金安國, 기재企齋 신광한申 光漢, 사재思齋 김정국金正國, 화담花潭 서경덕徐敬德, 호음湖陰 정사룡鄭士龍, 동고東皐 이준경李浚慶, 소재蘇齋 노수신盧守愼 등이다.

[참고문헌] 『패림稗林』

002 『개권희희開卷嬉嬉』

편자 미상의 소담집笑譚集. 1912년 신문관新文館에서 발행된 『절도백화 絶倒百話』와 합본되어 있다. 두 책 모두 국한문 혼용으로 되어 있으며, 짤 막한 이야기 각 100편씩을 싣고 있다.

『개권희희』의 편찬자가 누구인지는 확실하지 않다. 그러나 본문 첫머 리에 '개권희희 우정거사開卷嬉嬉偶丁居士'라는 기록이 있고, 판권란에는 '저작 겸 발행자著作兼發行者 최창선崔昌善'이라는 내용이 적혀 있다. 그러 나 당시에는 발행자가 저작자를 겸하는 것이 보통이었으므로 최창선을 지은이로 보기는 어렵다.

'개권희희'란 '책을 펼치고 희희 웃는다.'는 뜻이다. 이 책의 처음에는 '책머리에 제함題卷首'이라는 머리말이 있어, 웃음 및 그에 대한 편자의 의견이 간략히 적혀 있다. 이어 목록에는 이야기 각 편마다 3자 내지 6자 의 한문으로 된 제목이 붙어 있다.

목차상으로는 수록 편수가 1백 편으로 되어 있으나, 그 중 5편에 대하 여는 제명 밑에 '삭削' 자 표시를 하고 내용은 싣지 않았으므로 실제 수 록 편수는 95편이 된다. 이 제외된 이야기들의 내용이 음담패설류인 점으 로 보아, 아마 인쇄나 검열 과정에서 삭제된 것으로 보인다.

본문은 한문에다 국문 토를 다는 정도에 지나지 않아, 일반 대중용이라기보다 한문 이해가 가능한 지식층을 상대로 한 책이었을 것으로 추정된다. 그 내용의 기술 태도는 희곡 각본처럼 갑甲·을乙, 부夫·부婦, 주主·객客 등 말 또는 행위의 주체자를 먼저 내세운 다음 그들의 언행을 적고 있다. 제5화 <선생의 가죽은 개가죽(先生之皮狗皮)>을 예로 들어 보면 다음과 같다.

> 學童 : 持一竹(대나무 한 개를 가져왔다.)
> 先生 : 這竹은 從何得(그 대나무를 어디서 얻었느냐?)
> 學童 : 不答(대답하지 않는다.)
> 先生 : 必斫來吾家竹(틀림없이 우리 집 대나무를 잘라 왔을 게다.)
> 學童 : 何以知之(어떻게 아십니까?)
> 先生 : 見其佳而知之(그 대나무가 좋은 것을 보면 안다.)
> 學童 : 先生家竹(皮)은 皆佳竹(狗皮)乎(선생님 댁 대나무는 모두 좋은 대나무인가요?)
>
> — 번역은 필자

이 책의 끝에는 '글자는 잊고 소리만을 기억한다(忘字記聲)'라는 소담 한 편이 첨부되어 있는 외에, 공륙公六(최남선의 호)이 지은 <우슴의 너>라는 7·5조 총 5연의 한글시가 부록되어 있다.

이 책의 가장 큰 의의는 이 책이 신문학기 최초의 소담집이라는 점, 더구나 그 내용들이 널리 구전되어 오던 설화를 기록한 것으로서, 다시 후대 소담집 및 소담 전승에 큰 영향을 미쳤을 것이라는 점을 들 수 있다.

[참고문헌] 최창선, 『개권희희·절도백화』(신문관, 1912).

003 <견우직녀牽牛織女> 설화

견우와 직녀가 한 해에 한 번 만나게 된다는 칠월칠석의 유래 설화. 시기적으로 매년 칠월칠석이 되면, 두 별이 은하수를 가운데 두고 그 위치가 매우 가까워지게 되는데, 이러한 사실로부터 설화가 생겨났다.

이 설화의 발생 연대는 확실치 않지만, 중국 후한後漢 때에 만들어진 효당산孝堂山의 석실 속에 있는 화상석畫像石(장식으로 신선, 새, 짐승 따위를 새긴 돌)의 삼족오도三足烏圖에 직녀성과 견우성이 보이는 것으로 보아 전한前漢 이전으로 소급될 수 있다. 이 설화의 가장 오래된 예는 진晉나라 종름宗懷의 『형초세시기荊楚歲時記』에서 발견된다. 우리나라의 경우, 408년(광개토왕 18)에 축조된 대안 덕흥리大安德興里(평안남도 강서군 덕흥리) 고구려 고분 벽화에 은하수를 가운데 두고 앞에는 견우, 뒤에는 개를 데리고 있는 직녀가 그려져 있는 것이 발견된다.

기록상으로는 고려사 공민왕조에 왕이 몽고인 왕후와 더불어 안뜰에서 견우와 직녀에게 제사를 지낸 기사가 처음 보인다. 이 설화는 신앙과 함께 우리나라 전국에 전승되어 있다.

원래 직녀는 하느님(천제天帝)의 손녀로 길쌈을 잘하고 부지런했으므로, 하느님이 매우 사랑하여 은하수 건너편의 하고河鼓라는 목동(견우)과 혼인하게 했다. 그러나 이들 부부는 신혼의 즐거움에 빠져 매우 게을러졌으므로 하느님은 크게 노하여 그들로 하여금 은하수를 가운데 두고 다시 떨어져 살게 하고, 한 해에 한 번 칠월칠석날만 같이 지내도록 했다. 은하수 때문에 칠월칠석날도 서로 만나지 못하자, 보다 못한 지상의 까막까치들이 하늘로 올라가 머리를 이어 다리를 놓아 주었다. 그 다리를 '까막까치가 놓은 다리, 즉 '오작교烏鵲橋'라 하며, 칠석이 지나면 까막까치가 다리를 놓느라고 머리가 모두 벗겨져 돌아온다고 한다. 또한, 이 날 오는 비는 '칠석우七夕雨'라 하여, 그들이 너무 기뻐서 흘리는 눈물이라고 하며, 그 이튿날 아침에 오는 비는 이별의 눈물이라고 전한다.

견우직녀 설화는 예로부터 동양권에서 무수히 많은 문인들의 시문의 주제로 사용되어 왔다. 우리나라의 경우, 일찍이 고려 때 이인로李仁老의 <칠석우>, 이제현李齊賢의 <칠석>, 이곡李穀의 <칠석소작七夕小酌>, 조선

시대 정철鄭澈의 <차광한루운次廣寒樓韻>, 김정희의 <칠석칠률七夕七律>, 여류 시인들의 것으로 이옥봉李玉峯의 <칠석가>, 삼의당三宜堂의 <칠월칠석>, 운초雲楚의 <강루칠석江樓七夕>, 정일헌貞一軒의 <칠석> 등을 들 수 있다. 그 밖에 <춘향전>을 비롯한 여러 고전소설, <규원가閨怨歌>·<해조가諧嘲歌>·<과부가>·<농가월령가>·<화조가>·<사미인곡>과 같은 가사, 또는 시조·민요들에도 <견우직녀> 설화가 등장하는 작품이 많다.

이 설화는 칠월칠석의 민속과 함께 오랜 세월 동안 우리 민족 정서에 중요한 영향을 미친 이야기로 평가된다.

[참고문헌] 『고려사』 / 종름, 『형초세시기』 / 최남선, 『조선상식문답—풍속편—』(동명사, 1947) / 김석하, "견우직녀취회 설화의 문학적 전개"(『국어국문학』 49·50, 1970).

004 <경문왕景文王의 귀> 설화

신라 경문왕의 귀에 관한 설화. <임금님 귀는 당나귀 귀>, <경문대왕의 귀>, <여이驢耳> 설화라고도 한다.

『삼국유사』 권2 48 경문대왕조四十八景文大王條에 <세 가지 좋은 일로 임금이 된 응렴膺廉>, <뱀과 함께 자는 임금> 이야기와 함께 <당나귀 귀를 가진 임금> 이야기가 기록되어 있다.

경문왕은 임금 자리에 오른 뒤에 갑자기 그의 귀가 길어져서 나귀의 귀처럼 되었다. 아무도 그것을 몰랐으나 오직 왕의 복두幞頭장이(예전에 왕이나 벼슬아치가 머리에 쓰던 복두를 만들거나 고치는 일을 하던 사람)은 그 사실을 알고 있었다. 그는 평생 그 사실을 감히 발설하지 못하다가 죽을 때에 이르러 도림사道林寺라는 절의 대밭 속으로 들어가 대나무를 향하여 "우리 임금님 귀는 나귀 귀처럼 생겼다."라고 소리쳤다. 그 뒤부터는 바람이 불면 대밭으로부터 '우리 임금님 귀는 나귀 귀처럼 생겼다.'

는 소리가 났다. 왕은 이것을 싫어하여 대를 베어 버리고 산수유를 심게 하였으나 그 소리는 여전하였다고 한다.

이 이야기는 설화성이 매우 풍부하여 널리 구전되고 있고, 또한 그 분포 지역이 국내뿐만 아니라 범세계적이라는 점에서 일찍부터 국내외 학자들의 연구거리가 되어 왔다.

아르네-톰슨의 <마이다스 왕과 당나귀 귀*Midas and the Ass's Ears*>는 기본적으로 '당나귀 귀를 가진 사람', '이발사에 의하여 발견된 비밀스러운 육체적 특이성', '주술적인 갈대가 비밀을 폭로하다'와 같은 모티프로써 이루어져 있다.

이 이야기의 가장 오래된 기록은 아리스토파네스*Aristophanes*의 것으로서, 오비드*Ovid*의 『변신*Metamorphoses*』에 보이며, 그 내용은 소아시아 반도의 프리지아*Phrygia*의 왕 마이다스에 관한 것이다. 여기에서도 마이다스의 귀가 당나귀 귀로 되어 있다는 점이 우리나라의 경우와 같다. 그러나 프랑스·루마니아·러시아·그리스·아일랜드·칠레와 같은 나라에서는 당나귀 귀 외에 말이나 수산양[웅산양雄山羊]의 귀로도 나타나기도 한다. 한편, 우리의 '복두장이'가 마이다스 왕의 이야기에서는 '이발사'로, '대나무'가 '갈대'로 나타난다는 점에서 다소 차이가 있다.

아시아권에서는 이 유형의 분포 지역이 우리나라 외에도 인도·몽고·터키·투르크스탄·키르키즈 등에도 존재한다는 사실이 확인되었는데, 내용상으로는 각각 상당한 차이를 보여 주고 있으나, 주인공들이 모두 당나귀 귀를 하고 있다는 점에서 공통된다. 지리적·정치적 여건으로 보아 이 설화 유형은 중국과 일본에도 존재하였을 가능성이 있으나 아직 확인되지 않고 있다. 이 설화를 현대화한 우리나라의 작품으로 1957년 『문학예술文學藝術』 11월호에 발표한 방기환方基煥의 <귀>가 있다.

[참고문헌] 최남선, "신라 경문왕과 희랍의 미다스왕"(『괴기』 Ⅰ, 동명사, 1929. 5.) / Paik, L. G., "Korean Folk-Tales and Its Relation to Folk-Lores of the West"(『조선민속』 2, 조선민속학회, 1934. 5.) / 이관일, "경문왕 설화와 카타르시스"(『문호』 4, 건국대학교 국어국문학회, 1966) / 조희웅, "한국설화문학사기고"(『한실이상보박사회갑기념논총』, 형설출판사, 1987).

005 『계서야담溪西野談』

조선 후기에 이희준李羲準이 편찬한 문헌설화집. 6권 6책. 필사본. '계서'는 그의 형인 희평羲平의 호이며, 이 책도 희준의 찬이 아니라 희평의 찬이라는 설도 있다. 확실한 편찬 연대는 알 수 없으나, 이에 앞서 편찬된 것으로 보이는 『계서잡록溪西雜錄』(성균관대학교 도서관 소장)의 서문이 1833년으로 되어 있는 것으로 미루어, 1833~1842년 사이에 이루어졌을 것으로 추정된다.

이본으로는 현재 규장각본인 6권 6책과 이마니시본[금서본今西本] 4책, 보성고등학교본 1책 등 3종이 알려져 있다. 그 밖에 고려대학교본『계서잡록』과 성균관대학교본『계서잡록』1책 및 서울대학교 일사문고본『계서잡록속溪西雜錄續』1책 등도 같은 계통의 것이라고 할 수 있다.

(1) 주요내용

규장각본의 내용을 보면, 권1부터 권6의 뒷머리 부분까지는 비교적 문학성이 강한 자료들이 수록되어 있으나, 권6의 나머지 부분에는 명사들의 짤막한 일화들이 기록되어 있다. 일화의 상당수가 출전을 명기하고 있기는 하지만 잘못 기록된 것도 상당히 많다.

이 설화집보다 시기적으로 약간 뒤졌으리라 생각되는 『동야휘집東野彙輯』이나『청구야담靑丘野談』과 같은 문헌설화집에는 각각의 자료마다 이야기 제목이 붙어 있음에 비하여, 이 설화집에는 전대의 설화집들과 마찬가지로 제목은 없고 이야기가 바뀔 때마다 줄을 바꾸어 'ㅇ' 표로 나타내고 있다. 이러한 특성은 고려대학교본『계서잡록』도 마찬가지로 나타난다.

각 책에 수록되어 있는 자료의 수는 권1에 33편, 권2에 38편, 권3에 19편, 권4에 32편, 권5에 53편, 권6에 137편으로 모두 312편이 된다. 고려대학교본의 권1(건乾)에는 63편, 권2(곤坤)에는 37편과 '보유'에 36편으로 모두 136편이 수록되어 있다.

(2) 간본의 특징

　규장각본은 어떤 저술들의 영향으로 이루어졌는지 명백히 밝혀지지 않았으나, 『기문총화記聞叢話』와 내용이 많이 닮은 점으로 미루어 영향을 받은 것으로 추정된다. 한편, 규장각본인 『선언편選諺篇』과도 일치하는 내용이 많으나, 그 선후 관계는 확실하지 않다. 전반적으로 『계서야담』 제150화 이후에는 『동야휘집』이나 『청구야담』과 중복되는 자료가 거의 보이지 않는다.

　제150화까지의 자료 중에서 『계서야담』 고유의 자료로 보이는 것은 24편, 『기문총화』와 합치되는 것은 68편, 『선언편』과 합치되는 것은 41편, 『동야휘집』과 합치되는 것은 60여 편, 『청구야담』과 합치되는 것은 80여 편이다.

　고려대학교본 『계서잡록』(완본)은 그 체재와 내용의 성질상 『계서야담』의 한 이본으로 볼 수 있다. 성균관대학교본에는 서문이 있어 그 성립연대를 알려주고 있으나 고려대학교본에는 그러한 기록이 전혀 없다. 따라서 고려대학교본이 『계서야담』보다 반드시 앞선 것이라 단정할 수 없다. 1·2권 및 보유편을 합쳐 2책으로 되어 있는데, 수록 편수는 136편밖에 되지 않아 규장각본의 수록 편수의 절반도 못 된다. 그러나 규장각본에서 찾을 수 없는 자료가 40여 편이 있으며, 그 가운데 상당수가 『청구야담』·『동야휘집』·『기문총화』·『선언편』과 합치된다. 그 밖에 고려대학교본 특유의 자료라고 인정될 수 있는 것은 대부분 권2의 보유편 속에 있다. 따라서, 보유편은 모두 후대 사람들의 속작으로 추정되기도 한다.

[**참고문헌**] 조희웅, 『조선후기문헌설화의 연구』(형설출판사, 1980) / 동국대학교 한국문학연구소 편, 『한국문헌설화전집』, 1(태학사, 1981) / 이현택, "계서 이희평 문학연구"(국민대학교 대학원, 1983).

006 <고래 뱃속에서의 도박>

고래에게 삼켜진 사람들이 그 속에서 도박을 하다가 살아나게 된 경위를 다룬 설화. 과장담에 속하는 설화 유형의 하나이다. 손진태孫晉泰의 『조선민담집朝鮮民譚集』(1930)에 채록, 보고된 것이 있다.

어떤 사람이 바다에서 고기를 잡다가 고래에게 잡아 먹혀 고래 뱃속으로 들어갔다. 들어가 보니 그 곳에서는 이미 먼저 들어온 사람들이 도박판을 벌이고 있었다. 또, 곁에서는 옹기장수가 옹기지게를 버텨 놓고 도박 구경을 하며 담배를 피우고 있었다. 도박을 하던 사람이 잘못 옹기짐을 쳐 박살이 나자, 옹기 파편에 찔린 고래가 날뛰다가 죽고 말았다. 이에 고래 뱃속에 있던 사람들은 옹기 파편으로 고래의 배를 째고 탈출하였다.

『조선민담집』에는 <고래와 새우의 크기>라는 과장담도 있는데, 여기에서는 과장의 초점을 고래보다 새우에 두고 있다. <고래와 새우의 크기>가 고래와 비교할 수 없는 작은 새우를 극대화하여 만들어진 것이라면, <고래 뱃속에서의 도박>은 고래라는 동물의 거대함에 민중들의 상상력이 더욱 확대 작용하여 만들어진 것이라고 할 수 있다.

서양에서는 큰 고래 이야기로 문학화된 것이 많은데, 예를 들어 『구약성서』의 <요나> 이야기나 멜빌H. Meville의 <백경白鯨>은 그 대표적인 것들이다. 우리 민간에서는 비슷한 유형으로 <호랑이 뱃속에서 살아 나온 사람>의 이야기도 전한다.

이와 같은 유형 설화의 근간 모티프는 '살해되지 않고 삼켜진 사람(동물)Person(Animal) swallowed without killing', '동물 뱃속에서 카드 노름을 하는 사람Animal with men in its belly playing cards'이다.

[참고문헌] 손진태, 『조선민담집』(동경 : 향토연구사, 1930) / S. Thompson, *Motif-Index of Folk-Literature-A Classification of Narrative Elements in Folktales, Ballads, Myths, Fables, Mediaeval Romances, Exempla, Fabiliaus, Jest-Books, and Local Legends*-Vol. 3(Indiana University Press, 1979).

007 <곰을 범한 토끼>

약한 토끼가 강한 곰을 골려준다는 내용의 동물지략담. 구전되는 것이 보통이나, 문헌설화에서도 찾을 수 있다. 즉 『기문奇聞』에 있는 '교토탈화狡兎脫禍'조가 그것인데, 여기에는 <곰을 범한 토끼>뿐만 아니라, <하늘을 나는 토끼>, <자라 등을 세며 강 건넌 토끼> 이야기가 혼합되어 있다. 이 중 <곰을 범한 토끼>를 보면 우연히 곰의 굴에 들어갔던 수토끼가 어미곰은 출타하고 새끼들만 남아 있는 것을 보았다. 호기를 낸 토끼는 새끼곰들에게 '네 어미나 있었다면 한번 접해 볼 것을…'이라 하고 가버렸다. 이 말을 전해들은 어미곰은 대로하고 토끼가 다시 나타나기를 숨어서 기다렸다. 이윽고 토끼가 다시 와서 먼저와 같은 말을 하자 어미곰이 달려와 토끼를 잡으려 하였다. 재빨리 도망한 토끼가 덤불 속으로 숨자 곰도 쫓아갔다. 그러나 몸집이 큰 곰은 칡덩굴에 걸려 꼼짝할 수 없게 되었다. 이를 본 토끼가 달려나와 곰을 범한 후 소리쳤다. '그래 내가 뭐라더냐?'

이상과 같은 이야기는 대체로 K 923.13 '토끼가 암콤을 나무 틈에 끼우게 하여 죽이다'라는 모티프나 K 1384 '암컷이 나무 틈에 끼어 폭행당하다'라는 모티프가 기본이 되어 이루어진 것으로, 우리나라뿐만이 아니라, 인도·인도네시아 등지에서도 조사 보고된 바 있다. 내용 중에 음설담淫藝譚적인 요소가 농후한 것으로 보아, 이 유형의 전승층이 성인들에게 제한되었으리라는 점과, 교훈성보다 오락적인 측면이 두드러져 보인다는 점에서 이 이야기는 일반 동물담과는 다소 특이한 성격을 드러내고 있다. 이와 같은 성격을 띠는 이야기로는 『어면순禦眠楯』의 <호겁웅모虎㤼熊毛>, <마시절족馬豕切足>, 『기문奇聞』의 <박호취처搏虎取妻> 등을 더 들 수 있다.

[**참고문헌**] 조희웅, 『한국설화의 유형적 연구』(한국연구원, 1983) / 『고금소총』(민속학자료간행회, 1958).

008 과장담誇張譚

일상생활에서 흔히 있을 법한 일을 극도로 과장하여 이야기하는 설화. 소담笑譚의 한 종류로 '거짓말 이야기' 혹은 '허풍담'으로도 일컬어진다. 현실 세계에 바탕을 둔 이야기이기는 하되, 사실담과 달리 이야기의 내용 자체가 매우 비현실적이며, 교훈성보다 구연 행위 자체에 흥미가 가는 이야기 형식이다.

내용과 형식상의 특징으로 보아 과장담은 우행담이나 형식담과 매우 비슷한 성격을 띤다. 왜냐하면 이들은 모두 많건 적건 과장적인 요소를 지니며 그 유별난 형식 때문에 즐겨 구연되기 때문이다.

과장담은 대체로 인간·동식물·사물 등 사물의 확대나 재주·품성 등 행위의 확대를 통하여 이루어진다. 과장담의 등장인물로 전형적인 것들을 들어 보면, 명포수·박치기꾼·재주꾼·먹보·허풍쟁이·거짓말쟁이·구두쇠·고집쟁이·게으름뱅이 및 정신없는 사람·성미 급한 사람·바보 등이다. 과장의 행위가 일회로 끝나는 경우도 있지만, 대립 내지 점층을 이루어, 가령 '뛰는 놈 위에 나는 놈 있다.'는 속담처럼 중첩되는 경우도 많다.

민간에서 구전되고 있는 과장담 중 특기할 만한 것은 '구두쇠 이야기'나 '방귀쟁이 시합담'이다. 전자는 <자린고비>가 유명하고, 후자는 『부담浮談』에도 채록되어 있는 <해서기문海西奇聞>이 유명하다.

본격 과장담이라고 할 수는 없지만, 과장담적인 요소는 구비설화뿐만 아니라 문헌설화 속에서도 많이 발견된다. 이들은 대체로 이인·시인·화가·장수 등 역사적 혹은 전설적 인물의 탁월한 능력에 대한 민중의 믿음이 시간이 흐름에 따라 점증되어 형성된 것들인데, 그 요인으로는 개인적 우상화나 민족주의가 작용된 것으로 생각할 수 있다.

[참고문헌] 이병기 선해, 『요로원야화기』(을유문화사, 1949) / 조희웅, 『한국설화의 유형적 연구』(한국연구원, 1983).

009 『교수잡사攪睡襍史』

조선 후기 편자 미상의 한문설화집. 문자 그대로 '잠을 깨게 하는 잡된 이야기를 모아놓은 책'이라는 뜻으로서 『고금소총古今笑叢』에 수록되어 있다. 이 책에는 <위모미열謂母迷劣>・<삼부헌수三婦獻壽>・<구역야질狗亦冶質>・<식병막엄食餠莫掩>・<졸문이소拙文貽笑>・<부수망발父晬妄發>・<별기조곡別妓祖哭>・<음양수장陰陽隨長>・<혜녀탈루慧女脫累> 등 86편의 설화가 수록되어 있다. 각 편의 길이는 4행으로 된 짧은 것으로부터 41행으로 된 긴 것까지 있으나 평균 길이는 20행 이내로 짧은 편이다.

전체 내용을 보면, 몇 편의 동물담・신이담・일반담을 제외하면 거의가 소담笑譚에 속하는 것으로, 그 중에도 특히 음담패설이 반을 차지한다.

[참고문헌] 『고금소총』(민속학자료간행회, 1958) / 조희웅, 『조선후기문헌설화의 연구』(형설출판사, 1981).

010 구두쇠 설화

소담笑譚의 한 종류. 구두쇠 설화는 엄밀히 말하면 소담 중에서도 과장담에 속할 것이나, 그 내용적 특이성에 의하여 별종으로 독립시킬 수도 있다. 지금까지 채록, 보고된 자료로는 30여 종의 이화異話가 있는데, 그 중 주요 유형은 ① <반찬(고등어) 먹기>, ② <밥 도둑>, ③ <생선국>, ④ <신 신는 법>, ⑤ <부채 사용법>, ⑥ <장도리 빌리기>, ⑦ <불씨 얻기>, ⑧ <목숨보다 돈> 등을 들 수 있다. 일본에는 ①, ②, ⑤, ⑥ 등이, 중국에는 ③, ⑧ 등이 전승되고 있다고 한다.

구두쇠 설화의 내용적 특성으로는 우선 음식을 먹는 법이나 사물의 사용법에 관한 이야기가 많다는 점을 들 수 있다. 음식을 먹는 법에 관한 유화들에는 대개 고등어・청어・굴비・간장 등과 같이 짠 음식이 등장하고, 사물의 사용법에 관한 유화들에는 대개 신발, 부채, 장도리, 지방紙榜, 쥐꼬리 따위가 등장한다. 구두쇠설화의 또 다른 특징은, 대개의 경우 주인공의 인색함을 극도로 과장하고 있다는 점이다. 가령, <불씨 얻기> 유형에서는 구두쇠가 불난 집에 불씨를 얻으러갔다가 힐책을 당하자 도리어 "에이, 인색한 사람 같으니……우리집에 불났단 봐라. 내가 한 등걸이라도 주는가."라고 했다든지, 또는 제 장도리를 두고 남의 것을 빌리러 갔다가 거절당하자 "그럼 할 수 없지. 집의 것을 쓸 수밖에……"라고 했다는 것이 그 좋은 예들이다.

이러한 구두쇠의 비정상적인 심성이 좀 더 심해지면 '목숨보다 돈'을 택하려는 경향까지 보이게 된다. 즉, 물에 빠져 떠내려가면서도 구해내려는 사람과 푼전을 다투고 에누릴 흥정을 한다거나, 호랑이에게 물려가면서도 총을 겨누는 아들에게 호피를 쏘면 값이 덜하니 다리를 쏘라고 당부하는 것이다. 심지어 구두쇠는 죽음으로써 위협하는 염라대왕에게 조금도 굴하지 않고 대결하여 마침내는 사신死神까지 물리친다(<구두쇠와 염라대왕>).

구두쇠 설화의 형식적 특성으로는 점층법적 구성을 취하는 경우가 많음을 지적할 수 있다. 이것은 '뛰는 놈 위에 나는 놈이 있다'는 식에 비유할 수 있다. 앞서 든 <신 신는 법>이나 <부채 사용법>의 경우는 구두쇠간의 문답을 통한 고차원적인 절약법이 제시되지만, <생선국>의 경우는 인색함의 정도가 좀 더 다단화多段化하여 행동으로써 나타난다. 즉, '생선을 주무른 손으로 국을 끓인 며느리 → 항아리에 손을 씻어 국을 끓이라는 시아버지 → 우물에 손을 씻어 국을 끓이라는 동리 노파'와 같은 식이다. 이처럼 점층적인 수법을 효과적으로 드러내기 위하여, 구두쇠 설화에는 흔히 구두쇠 일가(며느리·아들·사돈 등) 혹은 또 다른 구두쇠를 등장시킨다. 경우에 따라서는 특정 지방인을 등장시켜 그들의 지나친 검약을 비유하는 수도 있다. <개성 사람 수원 사람>이라는 이야기는 그러한 예이다.

지금까지의 구두쇠 설화가 모두 주인공을 비정상적 인물로 그리 있음에 비하여, <구두쇠의 교훈>이라는 유형은 구두쇠가 돈 모으는 방법을 시범으로 가르쳐 준다는 점에서 매우 교훈적이며 긍정적인 면모를 띠는 특이한 자료라 하겠다. 구두쇠 설화는 다른 문학 장르에도 상당한 영향을 미쳐, <흥부전>·<옹고집전> 같은 고전소설 형성의　밑바탕이 되었다. →<자린고비> 설화

[**참고문헌**] 『한국구비문학대계』(한국정신문화연구원, 1980~1986).

011 <구복여행求福旅行> 설화

가난한 총각이 신에게 자신의 복을 빌러 가는 도중에, 여러 사람들로부터 부탁받은 난제를 해결해 주고 자신도 복을 얻는다는 내용의 설화. 신이담神異譚에 속하는 설화로서 '복 타러 가는 이야기' 또는 '석숭이 복 빌러 가는 이야기' 등으로도 불린다. 우리나라를 비롯해서 세계 곳곳에 널리 구전되고 있다.

줄거리는 다음과 같다. 한 총각이 신에게 복을 빌러 떠난다. 도중에 여인(혹은 노처녀나 과부)·노인(혹은 도령)·이무기(혹은 용)를 차례로 만나, 시집 못 가는 이유(혹은 남편이 자꾸 죽는 이유)와 배나무에 배가 열리지 않는 이유(혹은 황금 꽃이 피지 않는 이유, 아들의 병이 낫지 않는 이유, 짐을 벗지 못하는 이유, 가난을 면하지 못하는 이유 등)를 알아달라는 청을 받는다. 신을 만나 그 해답을 구하자, 신은 네 자신의 복은 집에 돌아가면 자연히 얻어질 것이요, 여인은 처음 만난 사람과 혼인하면 될 것이며(혹은 여의주를 가진 남자를 얻어야 하며), 노인은 배나무 밑에서 금은보화를 캐내면 배가 잘 열릴 것이고(혹은 바위 밑을 파면 금 덩어리가 있다든가, 천장의 금이 사邪가 되어 그렇다든가, 부뚜막 돌이 모두 금 덩어리라든가, 금 3관三貫으로 꽃을 만들지 말고 한 관으로 만들라든가,

맨 처음 만난 사람에게 짐을 벗어주라는 등), 이무기는 여의주 하나(혹은 둘)를 총각에게 주면 될 것이라는 해답을 얻는다. 총각이 돌아오는 길에 각각 그 해답을 일러주니 모두가 소원을 이루게 되고, 마지막에 총각은 여의주를 얻고 금은보화도 얻으며, 여인과 혼인하게 된다는 내용이다.

각 편에 따라서는 질문이 2개 또는 4개인 경우도 있으나, 비슷한 내용이 중첩되거나 하나가 없어진 것으로 볼 수 있으므로 기본형은 3개이다. 청년이 만나는 인물도, 여자는 노처녀나 과부로, 노인은 도령으로, 이무기는 용으로 바뀌기도 한다. 따라서 질문의 내용도 과부일 경우에는 남편이 자꾸 죽는 이유이며, 노인일 경우는 아들의 병이 낫지 않는 이유 혹은 황금 꽃이 피지 않는 이유 등으로 변이된다. 신은 하느님·부처님·옥황상제 등으로 나타나고 있다. 신에게서 얻은 해답도, 총각은 그의 복이 그것뿐이라는 것으로, 여자에게는 처음 만난 사람과 혼인하라는 것으로, 노인에게는 바위 밑 또는 천장, 부뚜막에 금이 있기 때문이라는 것 등으로 변이된다.

이러한 내용의 설화는 한국을 비롯해서 중국·일본뿐만 아니라 서유럽에서도 널리 찾을 수 있을 만큼 세계적인 분포를 보여주고 있다. 아르네-톰슨Aarne-Thompson의 설화유형집에서 이 설화와 관계가 있는 유형을 찾아보면, <보상을 받으러 하느님께 가는 여행>·<복을 구하러 가는 여행>·<악마의 수염 세 개>·<충고 또는 보상을 위한 신에게로의 여행> 등을 들 수 있다.

이 네 설화들은 '이계異界로의 구복 여행'이라는 점에서 공통되고 있는데, 이를 좀 더 자세히 말한다면, '행복의 결핍자 → 복을 구하기 위한 여행 → 난제 해결의 청탁 → 신에 의한 난제 해결 → 보상'으로 진행된다.

이 설화의 분포 상태를 살펴보면, 유럽 전역과 남미 및 동남 아시아의 타이와 베트남에서도 보고된 바 있으며, 극동 지방의 경우에 에버하르트Eberhard가 『중국설화유형집』에서 인용한 중국의 예 11개, 세키[관경오關敬吾]가 『일본석화집성日本昔話集成』에 수록한 일본의 예 7개를 비롯하여, 지금까지 국내에서 보고된 것만도 30개의 예화들이 있다. 뿐만 아니라 이 유형은 시간적으로도 매우 오래 전부터 전승되어 왔음이 분명하다.

일찍이 아르네A. Aarne는 이러한 이야기의 기원지에 대한 연구서 『부자와 사위』에서, 그 내용이 동양적이라는 점을 들어 인도 기원설을 제창하였다. 가령, 주인공이 복을 구하러 가는 곳이 인도이며, 또 복을 주는 인물이 부처님으로 되어 있다는 점이 그러한 사실의 단적인 증거라는 것이다.

이 설화에서 주인공은 신의 호의로 자신의 문제는 물론, 의뢰받은 난제의 해결 방법까지 얻게 되는데, 이 점은 자신의 삶을 적극적으로 개척하려는 능동적인 삶의 자세에 보다 더 큰 가치를 부여한 것으로 이해된다. 왜냐하면, 주인공은 가난한 상황을 벗어나기 위한 자기 나름의 모색으로서 여행을 시작했기 때문이다. 따라서 이 설화는 전반적으로 운명론적인 질서 속에서 진행되지만, 역설적으로 인간이 운명론을 극복하기 시작한 단계의 의식을 반영하는 것으로 보기도 하며, 그렇기 때문에 이 설화를 민중의식의 변모를 이해하는 데에 중요한 단서를 제공하는 것으로 평가하기도 한다.

[**참고문헌**] 진성기, 『남국의 전설』(일지사, 1959) / 한국구비문학회, 『한국구비문학선집』(일조각, 1977) / 『한국구비문학대계』(한국정신문화연구원, 1980~1986) / 조희웅, 『한국설화의 유형적 연구』(한국연구원, 1986).

012 권응인權應仁

생몰년 미상. 조선 중기의 문인. 16세기 초에서 임진왜란 직전까지 활약한 인물로 추정된다. 자는 사원士元. 호는 송계松溪. 참판 응정應挺의 서제庶弟이다. 퇴계退溪 이황李滉의 제자로 시문에 능하였다.

권응인은 서류 출신인 탓에 서얼금고(서얼 출신은 벼슬에 제한을 두는 것)에 얽혀 벼슬은 겨우 한리학관漢吏學官에 머물고 말았다. 당대의 명문장가이다. 1562년(명종 17)에 일본 국왕의 사신이 나온다고 했을 때에 누구를 선위사宣慰使로 하여 응접케 하느냐 하는 문제가 일어났다. 조정에서 "전 한리학관 권응인은 글을 잘하여 그에게 필적할 만한 사람이 드물다. 지금 본도에 있으니 청컨대 관찰사에게 글을 보내어 그로 하여금 역마로 달려 선위사의 행차에 끼어 좌우에서 일을 도와 급한 일을 구하는 자격으로 보냈으면 한다."라는 의견이 나왔다. 그리고 임금이 이것을 윤허하였을 정도였다.

권응인은 송대의 시풍이 유행하던 당시의 문단에서 만당晚唐의 시풍을 받아들여 큰 전환을 가져오게 하였다. 그는 시평에도 훌륭한 업적을 남겼다. 그는 시에 있어 국내에서는 남명南冥 조식曺植을 당대 제 1인자라 하고 중국에서는 소동파蘇東坡의 시를 가장 높이 숭상하였다.

권응인의 문명은 후일 영조 즉위년인 1725년에 정진교鄭震僑가 올린 상소문에서 조선조에 걸출했던 서얼출신 문인을 열거하는 가운데에 박지화朴枝華・어숙권魚叔權・조신曺伸・이달李達・정화鄭和・임기林芑・양대박梁大樸・김근공金謹恭・송익필宋翼弼 형제・이산겸李山謙・홍계남洪季男・유극량劉克良・권정길權井吉 등과 함께 거론될 정도였다.

『어우야담於于野譚』・『기문총화記聞叢話』・『자해필담紫海筆談』 등에 그와 청천聽天 심수경沈守慶에 관한 일화가 수록되어 있다. 문집으로는 『송계집』이 있다. 그 밖에 1588년경에 『송계만록』 상하 2권을 지었다. 이 책의 상권에는 시화, 하권에는 시화 및 잡기・설화 등이 수록되어 있다.

[참고문헌] 『명종실록』/『영조실록』/ 권응인, 『송계집』/ 권응인, 『송계만록』.

013 『금계필담錦溪筆談』

1873년(고종 10)에 서유영徐有英이 저술한 2권 2책의 문헌설화집. 한문 필사본. 141편의 설화가 수록되어 있다. 이본으로는 서울대학교 가람문고에 한문유인본漢文油印本 2책, 서울대학교 상백문고想白文庫에 한문필사본 1책, 고려대학교 도서관에 한문필사본 2책 중 1책의 낙질본이 있다.

우리나라의 기록에서 빠진 이야기를 모았다는 뜻인 '좌해일사左海逸事'라는 부제가 붙어 있다. 저자는 서문에서, 말년에 외로움을 느껴 스스로의 마음을 달래고자 심심풀이(파적지자破寂之資)가 될 수 있는 이 책을 쓴다고 했다.

고려대학교본은 원작을 지은 지 두 달 뒤에 저자가 개작한 것으로 추정된다. 이 책은 각 편의 주인공의 신분과 시대순에 따라 작품들을 수록하는 체재로 되어 있다. 제왕과 왕비·문신·이인異人·양반층 여인·기생·하층 여인·무인 및 장사壯士의 순으로 이들에 얽힌 이야기를 배열하고, 풍속에 관한 잡다한 이야기들을 함께 묶어서 끝에다 첨부하였다. 각 인물은 대체로 시대순으로 배열했는데, 시기적으로는 단종부터 순조 때까지 걸쳐 있다. 작품에서 다룬 주인공들은 하층인보다 상층인이 많은 비중을 차지하며, 현실에서 문제를 해결하는 인물보다 현실에서 소망을 이루지 못한 인물에 특별한 관심을 보이고 있다.

이 책은 조선 후기에 많이 나오게 된 야담집들과 달리 다른 문헌을 참고하지 않고, 저자 자신이 직접 들은 이야기만을 수록하였다는 점에서, 공동작인 구비문학이 개인의식을 통해 어떻게 변모되는가를 살필 수 있는 자료이다. 국립중앙도서관에 소장되어 있다.

[**참고문헌**] 장효현, "〈육미당기〉의 작자 재론"(『고전소설 연구의 방향』, 새문사, 1985) / 이강옥, "〈육미당기〉와 〈금계필담〉의 비교분석을 통한 소설과 야담계 서사체의 관계양상 고찰"(『한국학보』 42, 1986).

⁰14 〈기름강아지로 호랑이 잡은 사람〉

기름으로 강아지를 미끄럽게 하여 호랑이를 잡아 부자가 되었다는 내용의 설화. 소담笑譚의 한 종류인 포획담에 속하는 설화 유형이다. 강아지나 호랑이 같은 동물이 등장하고 있어 동물담으로 분류되기 쉬우나, 이들은 의인화되어 있지 않으므로 이 유형은 동물담이 아니라 포획담에 속한다.

전국에 걸쳐 구전되고 있으며, 이미 간행된 동화집들에는 '강아지로 호랑이 잡기'·'줄줄이 꿴 호랑이'·'범을 잡은 바보' 등의 이름으로 수록되어 있다. 전라북도 순창·정읍·고창, 경상북도 풍기 등지에서 채록된 자료에 의하면 그 대체적인 줄거리는 매우 비슷하다.

한 게으름뱅이(혹은 바보)가 피마자(혹은 참깨)를 가꾸어 여러 독의 기름을 얻었다. 그는 다시 강아지를 사다 그 기름을 먹일 뿐만 아니라 자주 목욕까지 시켰다. 강아지가 매우 토실토실해지자 그는 기름 강아지를 끌고 산으로 가 나무에 매어 놓고 돌아왔다. 강아지의 낑낑거리는 소리와 기름 냄새에 수많은 호랑이들이 몰려들어 잡아먹으려 하였다. 그러나 너무 미끄러워 호랑이 뱃속을 그대로 통과한 기름 강아지는 호랑이의 항문으로 빠져나왔다. 수많은 호랑이들이 줄줄이 꿰이자 게으름뱅이는 별 어려움 없이 횡재를 하였다.

이처럼 게으름뱅이 혹은 바보 아들이 뜻밖의 행운을 얻게 된다는 이야기는 민간에서 매우 낯익은 주제이며, 처음의 약자가 최후에는 강자가 된다는 민간설화의 공식을 충실히 따르고 있다. 주인공이 결말에 이르러 많은 호랑이 가죽을 얻게 되어 부자가 되는 것은 경제적 부를 얻고자 하는 민중의 꿈이 투영된 것으로 볼 수 있다. 우리나라 설화에 호랑이의 이야기가 특히 많은 점으로 미루어, 이 유형은 한국적인 특성을 잘 드러내 주는 설화라고 하겠다.

[**참고문헌**] 심의린, 『조선동화대집』(한성도서주식회사, 1926) / 진목림, "조선의 설화(朝鮮の說話―虎の話―)" (『조선』 272, 조선총독부, 1938).

015 『기문奇聞』

조선 후기 편자 미상의 야담집. 내용으로 미루어 편찬연대는 19세기 전후로 추측된다. 수록된 자료는 모두 66편이다. 그 가운데 소담笑譚이 52편으로 가장 많고, 그 중 40여 편이 음담패설이다. 동물우화가 4편 수록된 것도 특이하다.

수록된 설화의 제목은 <작겁호갈鵲怯狐喝>·<교토탈화狡兎脫禍>·<섭백발흑鑷白拔黑>·<방분세전放糞貰錢>·<군시양의君是良醫>·<호사호계虎死狐計>·<박호취처搏狐娶妻>·<아함최호阿咸最好>·<양렬공착佯裂孔窄>·<궐서하재厥書何在>·<자원비장自願裨將>·<편복불참蝙蝠不參>·<이비철비爾鼻鐵鼻>·<집수엄구執手掩口> 등이다. 특히, 제58화 <혹기위귀惑妓爲鬼>는 한문소설 <오유란전烏有蘭傳>과 줄거리가 일치하여 이 한문소설이 <혹기위귀>의 소재를 바탕으로 하여 창작되었으리라 추측된다. 이 책은 민속학자료간행회에서 펴낸 『고금소총』에 수록되어 알려졌다.

[**참고문헌**] 『고금소총』(민속학자료간행회, 1958) / 조희웅, 『조선후기문헌설화의 연구』(형설출판사, 1981).

016 『기문총화記聞叢話』

조선 말기에 편찬된 편자 미상의 문헌설화집. 주로 역대 명사들의 일화로 이루어져 있다. 이본으로는 다음과 같은 것들이 있다.

규장각본(4권 3책)·연세대학교 도서관본(4책·1책)·서울대학교 도서관본(2책·11책)·국립중앙도서관본(2권 1책)·장서각본(1책)·정명기鄭明基본(1책)·임형택林熒澤본(1책) 이외에, 일본의 텐리대학교天理大學校에 1책본(제명은 '총화'), 동양문고에 1책본 2종(『기문총화記聞叢話』 전全·『기문총화』 단單), 가쿠슈인[학습원學習院]에는 3책본이 전한다고 한다. 이 중

장서각본에는 모두 69편의 설화가 수록되어 있는데, 이것은 모두 『계서야담』에도 수록되어 있으며, 『동야휘집』에도 상당수가 재수록되어 있다. 한편, 국립중앙도서관본에는 유제有題 56편, 무제無題 253편이 실려 있는데, 유제본은 10편을 제외한 나머지가 『계서야담』의 것과 똑같으나, 다만 장서각본과 일치되는 자료는 하나도 없다. 무제본은 『해동기화海東奇話』(고려대학교 소장)에 실린 것과 거의 같다.

제목이 있는 설화의 경우 제목이 <이토정신이지술李土亭神異之術>·<이경류충효신명李慶流忠孝神明>처럼 칠언으로 되어 있어 주인공과 내용을 대강 짐작할 수 있게 해준다.

장서각본과 국립중앙도서관본은 그 내용이 전연 다른 것으로 미루어, 동명이서라고 할 수도 있다. 또한, 양본 모두 『계서야담』의 내용과 부합되는 것이 많은 점으로 보아 『기문총화』와 『계서야담』은 동일 계통의 문헌설화집임을 알 수 있다. →『계서야담』

[참고문헌] 조희웅, 『조선후기문헌설화의 연구』(형설출판사, 1980) / 동국대학교부설 한국문학연구소 편, 『한국문헌설화전집』, 5(태학사, 1981).

017 <까치새끼를 빼앗은 호랑이>

까치새끼를 잡아먹은 호랑이를 곯려준 내용의 설화. 설화 유형의 하나로, 동물담 중 유래담 혹은 지략담에 속한다. 조선 말기의 문헌설화집 『기문奇聞』의 제2화 <작겁호갈鵲怯狐喝> 이래로 전국 각처로부터 채록된 현지조사 사례가 많이 있다. 이제까지 보고된 내용을 정리해 보면 다음과 같다.

① 호랑이(혹은 여우 등)가 까치의 새끼를 하나씩 잡아먹으며, 주지 않으면 나무 위로 쫓아 올라가 모두 잡아먹겠다고 위협하였다. ② 마지막으로 새끼 한 마리만 남게 되자 새끼 까치가 어쩔 도리 없이 울고 있었다.

③ 황새(혹은 토끼 등)가 까치가 우는 이유를 물어 사정을 듣고는, "다음에 또 오거든 '누워 있는 나무도 못 오르는 주제에 서 있는 나무를 어찌 오르겠니? 올라올 테면 올라와 보아라.'고 하여라."라고 일러주었다. ④ 까치가 황새가 일러준 대로 대답하였다. ⑤ 호랑이가 까치에게 "누가 가르쳐 주든?" 하고 물으니, 까치는 "황새가 그러더라."라고 대답하였다. ⑥ 호랑이가 황새를 찾아 잡아먹으려 하였다. ⑦ 황새가 꾀로써 도망하였다.

대강 이러한 내용으로 되어 있는 이 유형에는 이본에 따라 등장인물(동물)이 다양하게 나타나기도 한다. 즉, 약자인 까치는 까마귀나 학·황새 등으로 되어 있기도 하고, 강자인 호랑이는 여우·토끼 등으로도 나타나기도 하며, 약자에 대한 조력자助力者는 황새 외에 왜가리·학·대조帶鳥·메추라기·토끼 등이 등장하기도 한다. 이야기의 결말은 유래담 형식으로 끝나는 경우가 많은데, 예컨대 '여우의 콧등은 왜 하얀가?', '토끼(혹은 황새·메추라기)의 꼬리는 왜 짧은가?', '대조의 발가락은 왜 빨간가?', '토끼는 왜 색깔이 하얗고 눈이 빨간가?' 하는 따위가 그것이다.

이 유형은 그 자체가 <참새 잡는 호랑이> 유형과 착종되거나 혹은 이 유형 끝에 <참새 잡는 호랑이> 유형이 이어지는 각편도 있어, 양 유형이 밀접한 관계에 있음을 알 수 있다. 아르네-톰슨Aarne-Thompson의 『설화유형 색인집』의 번호 AT 560 A과 560 B에 해당한다.

[참고문헌] 『기문』 / 조희웅, 『한국설화의 유형적 연구』(한국연구원, 1983).

018 <까치의 재판>

까치(혹은 하느님)의 처벌을 받은 파리가 사죄의 뜻으로 앞발을 비비게 되었다며 앞발을 비비는 파리 행동의 내력을 설명한 설화. 동물유래담에 속하는 설화로, <참새와 파리> 이야기라는 이야기로도 널리 구전되고 있다.

아득한 옛날에 참새와 파리가 자주 싸웠다. 까치(혹은 하느님)는 이들을 불러 인간에게 해가 됨을 들어 꾸짖었다. 파리가 재빨리 참새의 악행을 낱낱이 고해바치니, 까치는 이를 옳게 여겨 참새의 종아리를 때려 주었다. 참새는 맞고 나서 까치에게 파리가 인간에게 끼치는 악행이 더함을 고하였다. 까치가 다시 파리의 종아리를 때리려 하자 파리는 앞발로 싹싹 빌었다. 까치는 참새와 파리에게 다시는 싸우지 않도록 명하고, 이를 명심하도록 그 뒤에도 참새는 늘 톡톡 뛰어다니고 파리는 늘 앞발을 싹싹 빌게 하였다.

어떤 이본에서는 참새와 파리의 심판자가 까치 대신 하느님으로 나타나며, 참새가 땅 위로 톡톡 걸어 다니는 이유는 위의 이야기와 같으나, 파리가 앞발을 싹싹 비비는 이유는 자신에게 유리한 판정을 내린 까치에게 감사하는 것이라고 한다. 만물의 조물주가 참새나 파리 같은 피조물을 심판하고 그들의 습성을 결정한다는 점에서는 앞의 이야기가 훨씬 그럴 듯하다고 하겠으나, 까치도 민간 속신으로는 대개 인간에게 기쁨을 가져다주는 익조益鳥, 즉 인간의 편이라는 점에서 '하느님 → 까치'로의 변이가 그다지 엉뚱한 것은 아니라고 할 수 있다.

이 이야기는 국내뿐만 아니라 외국에서도 널리 구전되어, <새들의 회의*The Council of Birds*> 유형으로 알려져 있다. 중국의 이야기도 심판자가 조류의 왕으로 일컬어지는 독수리로 되어 있는 점 외에는 우리나라의 것과 같다. 이처럼 동물 사이 또는 동물과 인간 사이의 분쟁을 동물이 해결하는 설화는 그 밖에도 여러 유형이 있으니, 가령 <토끼의 재판>·<원숭이의 재판> 등이 그것이다.

[참고문헌] 조희웅, 『한국설화의 유형적 연구』(한국연구원, 1983) / Frances Carpenter, *Tales of A Korean Grandmother*(Royal Asiatic Society Korean Branch, Doubleday & Company, 1947).

019 『깔깔웃음』

　1916년 남궁설이 편집한 소담집笑譚集. 원전에는 서명이 '쌀쌀우슴'으로 표기되어 있다. 총 40면의 얄팍한 딱지본이다. 초판이 1916년 2월 8일에 간행되었으며, 제8판은 1926년 12월 20일에 간행되었다. 표지에는 박문서관 발행으로 되어 있으나, 판권지에는 발행소가 조선도서주식회사로, 발매소는 박문서관으로 되어 있다. 또 판권지에는 저작 겸 발행자가 홍순필洪淳泌로 되어 있는데, 이는 발행자가 저작권을 갖던 당시의 관행을 따른 것으로 보인다.

　총 70편의 단편 소담笑譚이 수록되어 있는데, 각 편마다 순번은 붙이지 않고 동그라미 표시만을 한 후에 이야기 제목을 내세우고 이어 본문을 기록하고 있다. 본문은 띄어쓰기가 어느 정도 되어 있는 데 비하여, 이야기 제목은 '아버님죽엄은정죽엄이오늬울음은정울음인다'(제1화), '빅발은첩이쏩고흑발은처가쏩아'(제2화), '얼골이펴지라고불을쏨엇슴니다'(제3화) 등과 같이 띄어 쓰지 않은 문장으로 되어 있다.

　내용은 거의 지략담智略譚 혹은 치우담癡愚譚이고, 분량은 3행짜리의 짧은 것으로부터 14행(1면 분량)짜리까지 있다. 3행짜리의 예를 들어 보면, 'ㅇ일등 훈장은 개 노아라 / 흔 스람이 전징에 갓던 이야기를 흐다가 나는 적병에 다리를 비엿네 「을」이 스람으 목을 비여야지 그짜진 다리를 비여 「갑」목은 어듸 잇셔야 비히지' ; 'ㅇ량반으로는 형님이 나만 못히 / 아오가 형다려 흐는 말이 형님이 어룬이시지마는 량반으로는 나만 못흐지오 「형」 왜 그럿탄 말이냐 「아오」 형님 눌 쩌에는 아바지가 셔싱이오나 눌 쩌에는 진스를 흐셧슴니다'(이상 원문 그대로이나 띄어쓰기는 필자가 한 것임. '/'은 행 구분 표시이고 '「 」'은 화자 표시임.)와 같은 것이다.

　이 소담집은 1912년 신문관 발행의 『개권희희』나 『절도백화』를 잇는 것으로, 개화기 이후의 소담집으로는 비교적 이른 연대의 것이라 할 수

있다. 따라서 이 책이 지니는 설화학상의 가치는 당대 소담의 수집 편찬
이라는 점과 내용적인 면에서 이후의 소담집 형성에 기여했다는 점 등을
들 수 있다.

[참고문헌] 강의영, 『쌀쌀웃음』(조선도서주식회사, 1916).

020 〈끝없는 이야기〉

같은 사건이나 상황이 끊임없이 되풀이되는 내용의 설화. 형식담 중 무
한담無限譚에 속한다. '무한담' 또는 '긴 이야기'라고도 한다. 홍만종洪萬宗
의 『명엽지해蓂葉志諧』 〈장담취부長談娶婦〉조條에 수록되어 있으며, 전국
에서 두루 구전되고 있다.

"혹심한 가뭄이 들어 쥐들이 강을 건너 이웃나라로 갔다. 한 마리가 강
으로 뛰어들고, 또 한 마리가 뛰어들고……(이하 반복)."

이 설화는 범세계적인 유형이다. 이 설화에서 반복되는 행위와 그 행위
자의 양상이 다양하게 변화한다. 예컨대, 벌이 통 속으로 한 마리씩 들어
간다고 하는 경우, 대궐을 지으려고 나무를 하나씩 벤다고 하는 경우, 큰
돌을 움직일 수 없어 지나가는 사람마다 부탁한다는 경우 등이 있다. 이
렇게 같은 사건이 반복되는 이야기가 있는가 하면, 큰 돌이 계속 굴러가
고 있다든가 호랑이 꼬리를 계속 잡고 있다든가 하여, 동일한 상황이 끝
없이 지속되고 있다는 이야기도 있다.

한편, 이 〈끝없는 이야기〉가 이야기 속의 이야기로 삽입되기도 한다.
이 경우에 주인공은 〈끝없는 이야기〉를 하여, 내기를 걸 정도로 이야기
를 좋아하는 상대방을 굴복시켜 돈 또는 딸을 차지한다.

이 설화는 청자로 하여금 보다 많은 이야기를 들으려는 욕망을 단념하
게 하면서 화자가 청자의 요구를 회피하기 위한 수단으로 활용되고 있다.
그러나 이야기 속의 이야기로 삽입된 경우에 이러한 기능은 사라진다.

[참고문헌] 홍만종, 『명엽지해』 / 성기열, 『한일민담의 비교연구』(일조각, 1979) / 『한국구비문학대계』(한국정신문화연구원, 1980~1988) / 조희웅, 『한국설화의 유형적 연구』(한국연구원, 1983).

0²¹ <나비> 설화

　민간설화의 한 종류. 그러나 민간에서는 나비 설화가 독립된 유형으로 전승되기보다는 특정의 유형 속에서 나비가 설화 모티프로 등장되는 경우가 보통이다. 따라서 이 유형의 설화는 동물담으로 분류되기보다 신이담으로 분류된다. 나비 설화의 대표적인 것은 나비 유래담이다. 그러나 대개의 동식물 유래담이 그러하듯, 나비의 유래담 또한 이야기의 전반이 나비에 관한 것이 아니라 인간에 관한 이야기로서, 이야기의 끝에 나비로의 변신이 덧붙어 있는, 이른바 설명론적인 형태를 띠고 있다.

　함경도에서 채록된 <문굿>이라는 무속 설화를 보면, 양산백이라는 소년과 추양대라는 소녀가 어렸을 때 은하사에 가서 공부를 하였다. 추양대는 남장을 하고 있었으므로 양산백은 그가 여자인 줄 몰랐다. 양산백이 16살이고 추양대가 15살이던 때 강가에 가서 같이 목욕을 하던 중 떠내려 온 혈수血水를 보고, 양산백은 비로소 추양대가 여자인 줄 안다. 양산백이 추양대에게 청혼을 하니, 추양대는 부모의 허락을 받아야 한다며 집으로 갔다. 추양대는 부모에게 양산백의 청혼을 말하였으나 부모는 이를 거절하고 다른 곳에 혼인을 정하였다. 양산백은 추양대가 다른 가문에 허혼許婚한 사실을 알고 그만 죽고 만다. 한편, 시집을 가던 추양대는 도중에 양산백의 묘 앞에 이르자 금비녀를 빼어 묘를 가르고 묘 속으로 뛰어들었다. 묘는 곧 다시 합쳐지고 추양대의 나삼 자락이 밖으로 나와 찢겨지니 나비가 되어 펄펄 날아갔다. 이상과 같은 이야기는 고대소설 <양산백전>의 내용이기도 하거니와, 그 원천은 중국의 유명한 <양산백 축영대> 설화이다.

우리 민간에서는 무속 설화 외에도 호접설화胡蝶說話로 널리 구전되고 있고, 서사민요 <이선달네 맏딸애기>의 주요 모티프이기도 하다. 또한, 제주도의 <자청비> 설화도 같은 성질의 것이기는 하나, 나비가 모기 또는 파리로 변형되어 있다. 그 밖에 나비 설화라고 할 수는 없으나, 나비가 문학 작품 속에서 중요한 제재로 쓰이고 있는 예가 있으니, 그것은 나비가 꽃과 연관되어 나타나는 경우이다. 가령, 『삼국유사』 권1 기이紀異 선덕왕지기삼사조善德王知幾三事條에 의하면, 선덕여왕이 당태종이 보낸 모란의 그림과 씨를 보고, 이 씨를 심으면 반드시 향기가 없으리라 예언하자 그 까닭을 묻는 신하들에게 모란의 그림에 나비가 없기 때문이라고 대답하고, 나아가 이는 자신이 배우자가 없음을 경멸한 것이라고 하였다고 한다. 이 이야기처럼 나비와 꽃은 흔히 남녀를 상징하는 문학적 소재로서 동서고금을 통하여 널리 이용되어 왔다.

[참고문헌] 손진태, 『조선민담집』(동경 : 향토연구사, 1930) / 장덕순 외, 『구비문학개설』(일조각, 1971).

022 <낙성비룡洛城飛龍>

작자·연대 미상의 고전소설. '落星飛龍낙성비룡'이라고 쓴 이본도 있다. 고려대학교 도서관과 한국학중앙연구원의 장서각에 소장되어 있다. 박순호朴順浩 소장의 <낙성비룡전>·<니경작젼>도 이본이다. 한편, 정병욱鄭炳昱 소장본 <낙성전落星傳>을 <낙성비룡>의 이본으로 기록하고 있는 문헌도 있으나, 이는 잘못된 것으로 양자는 아무런 관계가 없는 별개의 고전소설이다.

장서각도서의 <낙성비룡>은 표지에 '洛城飛龍낙성비룡'이라 적혀 있다. 전 2책 129장(권1 63장, 권2 66장)의 필사본이다. 한편, 고려대학교본 <성룡전星龍傳> 건乾·곤坤 2책(초권 56장, 종권 46장)은 내제內題가 '낙성비룡'으로 되어 있으며, 필사연대가 '계묘년'으로 되어 있다. 종권 말미

에 있는 기록으로 미루어 <이문성취록> 15권으로 이어지는 가계소설家系
小說임을 알 수 있다.

이 양본을 비교하면, 장서각본에는 한문 장회명章回名이 있음에 비해,
고려대학교본에는 한문 장회명이 없이 줄글로 계속되어 있다. 또 전자가
한문 직역체 문장임에 비해 후자는 평이하고 말끔한 세속 문장으로 다듬
어져 있다. 그러나 내용을 비교해 보면 양자간에 근본적인 차이는 보이지
않는다. 그 대강의 내용을 소개하면, 다음과 같다.

명나라 정통 연간正統年間 북경 유화촌에 이주현이라는 선비가 있었다.
그의 부인 오씨가 어느 날 큰 별이 방안에 떨어졌다가 황룡이 되어 승천
하는 꿈을 꾸고 잉태한 뒤, 18개월 만에 아들을 낳아 경모(아명 경작)라
고 이름을 지었다. 경모는 어려서 부모를 잃은 뒤 남의 집에 머슴살이를
하며 떠돌아다니다가 퇴임재상 양승상의 눈에 띄어 의탁하게 되었다. 그
러나 승상이 죽자 심한 박대를 견디지 못한 그는 청운사로 들어가 학업
을 닦아 장원 급제를 하게 된다. 마침 번왕이 모반하여 쳐들어오자 그는
원수가 되어 이를 평정하고 평원왕에 봉해져서 양승상의 딸과 해로하게
된다.

이상과 같은 줄거리는 또 다른 고전소설 <소대성전>과 거의 일치한
다. 두 작품 모두 주인공을 '잠꾸러기' · '먹보'로 그리고 있을 뿐만 아니
라 세부적인 삽화까지 합치되고 있다. 이런 점으로 미루어 이 두 작품은
별개의 작품이라기보다 이본에 가까운 작품이라고도 할 수 있다. <낙성
비룡>은 번역투의 문장 및 한문 장회명으로 보아 중국 소설의 번역일 가
능성이 짙으나 원전은 아직 확인되지 않고 있다.

[참고문헌] 『인봉소 · 낙성비룡』(경희출판사, 영인본, 1968) / 조희웅, "낙성비룡과 소대성전의 비교 고
찰"(『관악어문』 3, 서울대학교 국어국문학과, 1979. 3).

023 <낙성전落星傳>

조선 말기에 지어진 작자 미상의 고전소설. 이본으로 <방한림전>과 <쌍완기봉>이 있다. 작품의 제목은 주인공이 낙성의 조짐을 보고 양자를 얻은 데에서 유래하였다. 표지 좌측에 종서로 '落星傳낙성전'이라고 되어 있고, 우측에 좀 작은 글자로 '낙성전'과 '니훈'이라고 병서되어 있다. 제1엽은 똑같은 내용이 중복 필사되어 있다.

본문 첫 장에 '대명뎡덕가심쌍원긔봉방공지득용'이라고 되어 있는 것으로 보아 본전은 별칭 '쌍원[완의 잘못]기봉'임을 알 수 있고, '방공재득용'이라는 장회명으로 보아 원래 장회소설이었던 듯하다. 이 작품에서 장회명은 그 밖에도 초반부에 제2회와 제3회가 더 나타난다.

<니훈>을 제외한 <낙성전>은 전 55엽이다. 말미에 추록追錄인 듯한 글씨로, '계미 시월 초일일 필셔ᄒ다 쇼소졔 글시 가이 아름답지 안ᄉ오니 이 압 보시나니 직조 용둔ᄒ물 우스실 일 붓그럽도소니다 글씨난 보옴죽지 안ᄉ오나 단권 칙졔난 보옴죽ᄒ온이 앗겨 보옵소셔.'라고 되어 있다. 이로써 미루어 필사 연대가 대략 1883년임을 짐작할 수 있고, 규방에서 필사되었음을 알 수 있다.

작품의 내용은 다음과 같다. 대명 정덕 연간 북경 유화촌에 성명이 방관주요 자가 문백이라 하는 한 처녀가 있었다. 그 부모가 늦도록 혈육이 없더니 노년에야 비로소 여아를 낳으니 이가 곧 관주였다. 방소저가 자라 글을 배우기 시작하매 놀라운 재주를 발휘하여 4·5세에 이미 고금 시서에 능통하였다. 소저는 늘 남복을 입고 자랐으며 행동도 남아처럼 하였다. 그리하여 이웃은 물론 친척들도 그녀가 여아임을 몰랐다. 그녀가 8세가 되었을 때 부모를 모두 잃어 스스로 가사를 총집하고 학업에 몰두하였다. 9세에 유모 주유랑과 시녀·차환들이 여공女工에 힘쓸 것을 권유하니, 방공자(실은 방소저)는 변색하고 도리어 하녀들을 꾸짖으며 문장과

무예에 더욱 힘을 썼다. 부모의 3년상을 마친 어느 봄날 방공자는 갑자기 일어나는 감회를 억누르지 못하고 비복들에게 부중 일을 맡긴 다음, 청려를 타고 유랑길에 올랐다. 그는 세상을 두루 다니며 견문을 넓힌 다음 1년 후 다시 집으로 돌아왔다. 방공자 12세에 과거령이 내리자 그는 시험을 보기 위하여 상경하였다. 과거에 장원 급제한 방공자가 한림학사를 제수받자 명공가에서 다투어 구혼하였으나 이를 받아들이지 않았다. 그때 신임 병부상서 겸 태학사 서평후 영희정(자는 균지)이 7자 5녀를 두었는데, 위로 7자 4녀는 모두 성례시키고, 제5녀 혜빙만이 남아 방년 13세라 배필감을 구하던 중 방한림에게 구혼하였다. 한림이 일단 나이가 어리다는 이유를 들어 사절하였으나, 서평후는 명일 매림梅林에서 향을 받들자고 권유하였다. 이튿날 방한림이 매림을 찾아가니 서평후는 술이 몇 순배 돈 후 여아(혜빙)을 불러내었다. 이미 계책을 생각한 방한림은 후의 간청을 받아들이고 돌아왔다. 한림은 놀라는 유모 유랑에게 길례를 준비시켰다. 한편, 혜빙은 방한림의 목소리와 용모를 몰래 엿보고 그가 여자임을 알아차렸다. 그러나 혜빙은 남자의 총실寵室이 되어 순종하고 아당하는 것이 싫게 여겨져 방한림과 혼약하기를 기다렸다. 드디어 두 사람의 혼례가 끝나자, 혜빙은 침석에서 신랑의 정체를 밝혀냈다. 두 사람은 비밀을 지킬 것을 굳게 약속하고 부부되기를 맹세했다. 그 후 방한림은 이부시랑 겸 태학사가 되었다. 방시랑에게 작첩하기를 권유하는 사람이 많았으나 그는 굳이 거절하였다. 불행히도 간신의 시기를 받아 방시랑은 형주 안찰사로 좌천되어 부인과 이별하고 임지로 향하지 않으면 안 되었다. 방 안찰사는 임지에 이르러 선정을 베풀었다. 어느 가을날 경치 좋은 곳을 찾아가 시를 읊으며 거닐고 있을 때 갑자기 벼락이 치며 별이 떨어져 내렸다. 그곳을 찾아가 보니 별은 없고 어린아이가 있고 가슴에는 '낭성'이라 쓰여 있었다. 그래서 아이를 데려다 민가에 맡겨 기르며 이름을 낙성이라 하였다. 낙성을 얻은 지 수십여 일 후 대장군 양직이 죽었다는 소식이 들렸다. 천문을 보니 낭성은 빛을 잃고 자신의 주성인 문곡성文曲星은 찬란하였으므로 머지않아 자신의 벼슬이 더할 줄 예감하였다. 과연 이듬해 봄에 임금이 그를 병부상서 추밀사로 불러 그는 체직遞職[직무가 바뀜]이 되어 상경하였다. 상서 부부는 양아들인 낙성에게 정을 쏟았다. 낙성도 양부모에게 효도하며 문장 수업에 전력하였다. 추밀사 김회가 3자 1녀를 두었는데, 여아의 나이가 9세 되어 혼처를 구하였다. 방상서의 생신연에서 낙성을 보고 구혼하니, 방상서가 허락하고 혼약하였다. 유모 유랑이 방상서 부부에게 인륜을 끊지 말고 각각 배필을 맞을 것을 간언하였으나 양인은 유모의 말을 물리쳤다. 간신 유신 등이 천총天聰을 흐리매 방상서가 상소를 올려 간하였으나 용납되지 못하였다. 그때 북호北胡가 침입하니 방상서가 자원 출병하였다. 임금은 그를 대원수 정북 장군으로 삼아 십만 병사를 거느리게 했다. 방 원수가 싸움에서 크게 이기니 호왕은 목숨을 구해 도망하여 복수할 궁리를 하는데, 마침 승상 야율달이 풍운술로 방원수를 해하겠다고 자청하였다. 이때 방원수는 천문을 보고 자객이 이를 것을 미리 알아 자지 않고 기다렸다. 삼경쯤 되어 음풍이 불며 찬 기운이 침입하매 방원수가 검을 휘둘러 치매 오랑캐의 시체가 떨어졌다. 남편의 죽음을 안 야율의 아내 달비(달녀)가 남편의 원수를 갚으려 역시 자원 출전하였다. 양진이 대결하자 진법 경쟁이 벌어졌다. 대전 끝에 달녀는 죽임을 당하고 호왕은 사로잡혔다. 방원수는 호왕을 너그러이 용서해주고 돌려보냈다. 방원수는 난을 평정한 뒤 그 공으로 승상과 강릉후에 봉해졌다. 부인 영씨는 진국부인이 되고, 그 부모도 각각 우승상 평양후와 한국부인이 되었다. 낙성의 나이 12세 되매 김추밀이 택일을 하여 자신의 딸과의 예를 올렸다. 낙성은 13세에 과거에 장원 급제하고 이어 평장을 거쳐 17세에 병부상서를 역임하였다. 어느 날 현산도사가 찾아와 승상의 명한命限이 멀지 않았음을 예언하고 사라졌다. 이에 방승상은 이듬해 봄에 대연을 베푼 끝에 비감한 눈물을 흘리며 자신의 운명이 다하였음을 선언하였다. 승상이 병석에 눕자 부친이 현몽하였다. 임금이 병문안을 하여 오자 비로소 방승상은 자신의 본색이 여자임을 실토하고 기군欺

君한 죄를 빌었다. 임금은 방승상을 쾌히 용서하고 빨리 쾌차하기를 빌었다. 임금이 환궁한 다음에야 비로소 서평후는 사위가 여자였음을 알았다. 방승상이 39세를 일기로 별세하고 이어 영부인도 별세하였다. 방상서가 부모의 3년상을 마치자 임금은 그의 벼슬을 돋워 참지정사 태중태부로 하였다. 방참정의 치정治政이 그 부친에 못지않았다. 방참정은 부인 김씨에게서 7자 3녀, 후취 이씨에게서 3자 2녀를 얻었다. 그는 우승상 진양후로 되었다가 위국공이 되어 부귀영화를 누렸다. 진양후 부부 세 사람이 70여 세에 졸하니, 남손이 50여 인이오 여손은 20여 인이었으며, 그 열 아들이 모두 좌승상 대도독에 이르러, 그 집안의 빛남이 명조明朝에 으뜸이었다.

이상과 같은 내용으로 볼 때, 이 작품은 매우 유별난 특징을 보여 주고 있다. 우선 남성과 여성만의 관계만을 절대시하는 일반 사회의 고정관념이나 이를 반영하는 문학작품의 전형성을 탈피하고 있다. 이 작품에서는 방관주와 영혜빙이라는 두 여성의 결혼생활을 통하여, 기왕의 남성 중심적이며 가부장적인 사회와 결혼제도 내에서의 여성 억압을 거부하고, 주체적이고도 자유 의지가 강한 여성들이 자아실현을 해가는 여성 존중적인 삶의 방식을 구현하고 있다. 그리하여 이 작품은 조선의 봉건적 남성 중심 사회에서 매우 드물게도 페미니즘적 사상과 의미를 지닌 작품으로 여겨진다.

원본은 원래 정병욱鄭炳昱이 소장했던 것을 현재는 정학성鄭學成이 소장하고 있으며, 이본으로 김동욱金東旭 소장본(현 단국대학교 율곡기념도서관 나손문고 소장) <방한림전>과 한국학중앙연구원 장서각 소장의 <쌍완기봉>이 알려져 있는데, 이들 이본 간에 내용상의 차이는 별로 없다. 한편, 스킬랜드의 『고대소설Kodae Sosŏl』에서는 <낙성전>을 <낙성비룡>의 이본이라고 여기고 있는데, 이것은 유사한 작품명에서 유추한 잘못된 견해로, <낙성전>과 <낙성비룡>이 제목은 유사하나 내용은 전연 다른 별개의 작품이다.

[참고문헌] 차옥덕, "〈낙성전〉, 〈방한림전〉, 〈쌍완기봉〉의 구조와 의미"(미간행 논문).

⁰24 <누에> 설화

신이담에 속하는 설화의 한 가지. 이야기 내용 속에 누에가 주요 모티 프로 등장하거나, 또는 이야기 끝에 인간(또는 그의 부착물)이 누에로 변 신하는 유래담적인 것이 있다. 설화 속에 누에가 모티프로 나타나는 예는 중국문헌인『유양잡조酉陽雜俎』속집 권1에 수록되어 있는 신라설화 <방 이旁㐌> 이야기를 들 수 있다. 이 이야기에서 마음씨 나쁜 아우에게 쫓겨 난 형 방이가 걸식을 하며 돌아다니다가 어떤 사람에게서 땅뙈기를 받고 누에와 곡식 씨를 얻으러 아우에게 갔다. 그러나 심보 사나운 아우는 누 에와 곡식 씨를 쪄서 주었다. 그 삶은 누에 종자 중 누에 한 마리가 생겨 나 무럭무럭 자라더니 10여 일이 지나면서 황소만하게 되었다. 아우가 이 를 알고 틈을 엿보아 죽여 버렸다. 그러자 사방 백 리 안의 누에들이 모 두 방이의 집으로 모여들었다. 사람들이 그 죽은 누에를 누에왕이라고 불 렀다. 결국 방이는 그 누에 덕분에 부자가 되었다.

이와 같은 <방이> 이야기의 삽화는 양잠에 의한 주인공의 치부致富를 이야기하여 주는 동시에 권선징악적인 설화 의도를 잘 드러내주고 있다. 민간에서는 누에설화가 나비설화에 부수되어 구전되기도 한다. 이 설화에 서는 이루지 못할 사랑을 비관하여 죽은 남자 주인공의 무덤 속으로 여 자 주인공이 뛰어든 뒤, 나비로 환생하여 날아갔다가 알을 까 누에가 생 기게 되었다고 한다. 따라서 이 <누에> 설화는 나비의 유래담에 다시 누 에의 유래담이 중첩되어 이루어진 것이라고 할 수 있고, 전승지역에 따라 서는 누에가 부정을 잘 탄다는 속신俗信의 유래와도 결부되어 복잡한 양 상을 드러내고 있다.

[**참고문헌**]『한국구비문학대계』(한국정신문화연구원, 1980~1986) / 단성식, 『유양잡조』.

025 <눈과 비단띠를 맞바꾼 가재와 지렁이>

지렁이는 왜 눈이 없으며 땅속에서 사는가 하는 이유를 다룬 설화. 동물 유래담에 속하는 민간설화 유형의 하나이다. 줄거리는 다음과 같다.

옛날에 지렁이도 눈을 가지고 있었고, 가재는 눈이 없는 대신 훌륭한 비단띠를 가지고 있었다. 서로 상대방의 것이 좋아 보여 맞바꾸기로 하였다. 눈을 잃은 지렁이는 곧 눈의 소용을 깨달아 가재에게 되돌려주기를 요구하였으나 거절당하였다. 이에 분하고 부끄럼을 이기지 못한 지렁이는 땅속에서 살며 울게 되었다.

이와 비슷한 어떤 변이 유형에서는 가재와 굼벵이가 멋진 수염과 눈을 바꾸기로 약속하였다. 그러나 굼벵이의 눈을 받은 가재는 "눈도 없는 주제에 수염이 무슨 소용이냐."라고 하며 가 버렸다고 한다.

이러한 설화의 유형은 국내뿐만 아니라 세계적인 분포를 보이고 있어서, 국제적으로는 <나이팅게일과 뱀도마뱀*The Nightingale and the Blindworm*>으로 알려져 있다. 이 이야기에서 나이팅게일은 뱀도마뱀으로부터 눈을 빌렸다가 되돌려 주지 않았다. 따라서 뱀도마뱀은 나이팅게일이 둥우리를 틀고 있는 나무 위에 올라가 그 안에 구멍을 뚫어 복수를 한다고 한다. 이 유형은 일본에도 전국적인 분포를 보이고 있어 <지렁이와 뱀의 눈 교환>으로 알려져 있으며, 뱀 대신 개구리나 두더지가 등장하기도 한다. 일본에는 이 이야기와 비슷한 유형으로 <도마뱀의 꼬리>라는 이야기도 전승되고 있다.

요컨대 이러한 설화들은 동물의 생김새나 성질의 특이함에 원시적 심성이 합리적 설명을 부여하려는 데에서 생겨난 허구적 이야기들이라고 할 수 있다.

[참고문헌] 임동권, 『한국의 민담』(서문당, 1972) / 최인학, 『한국 석화의 연구韓國昔話の研究』(동경 : 홍문당, 1976) / 조희웅, 『한국설화의 유형적 연구』(한국연구원, 1983) / S. Thompson, *The Folktale*(New York : Holt, Rinehart and Winston, 1946).

⁰²⁶ <눈먼 아우> 설화

형에 의하여 쫓겨난 아우가 호랑이의 말을 엿들어 성공하고, 그 형은 아우를 본뜨다 망했다는 내용의 설화. 신이담神異譚 중 응보담應報譚에 속한다. <거지 형제>, <착한 아우>, <호랑이 이야기 엿듣고 횡재한 동생> 등으로도 불린다. 1500년 전의 중국의 불교 문학서를 비롯한 여러 나라의 종교설화집에 보이며, 중세에 기록된 『아라비안나이트』와 『펜타메로네』 등에도 실려 있다. 우리나라 전 지역에 걸쳐서 구전되고 있다. 내용은 다음과 같다.

옛날에 악한 형과 착한 아우가 살았는데, 하루는 형이 아우의 눈을 멀게 하고는 아우를 내쫓았다. 아우는 나무 위에서 자다가 우연히 호랑이들끼리 하는 말을 엿듣고, 그 말에 따라 샘을 찾아가 눈을 씻고 멀었던 눈을 떴다. 또한, 물이 없어 고생하는 마을에 가서 물 나올 곳을 일러 주고 그 보답으로 부자가 되고, 어느 부잣집 외동딸의 병을 고쳐 주어 혼인하게 되었다. 이 말을 들은 형은 아우의 흉내를 내다가 실패하고 벌을 받았다. 이 설화는 매우 오래된 것이면서, 동시에 전 세계적으로 넓게 분포되어 있다.

톰슨S. Thompson의 유형 분류 613번 <두 여행자*The Two Travelers*>은 두 명의 여행자가 주인공으로 등장하는 외에는 마른 샘에 물이 솟게 하거나 열매가 열리지 않는 과일나무가 열매를 맺게 하고, 땅속에서 보물을 파내는 등 여러 가지 과업을 수행하여 부자가 된다고 하는 내용이 우리나라의 이야기와 비슷한 양상을 보인다. 그러나 국내 자료는 두 사람 사이의 관계가 형제 사이라는 점, 비밀 지혜를 호랑이나 도깨비 혹은 산신령에게 지시받는 경우도 있다는 점, 최후에 착한 아우가 악한 형을 용서하고 맞아들이는 경우도 있다는 점 등으로 미루어 보아 우애 및 권선징악이라는 주제가 분명하게 드러난다.

이 설화에 내포되어 있는 주요 모티프로는 <흥부놀부> 설화의 선악 형제, <새의 말을 알아듣는 사람> 설화의 도청, <도깨비방망이> 설화의 모방 실패 등을 들 수 있다.

[참고문헌] 『한국구비문학대계』(한국정신문화연구원, 1980~1988) / S. Thompson, *The Types of the Folktale*(Helsinki, 1961) / S. Thompson, *The Folktale*(New York : Holt, Rinehart and Winston, 1946).

027 단형담短形譚

설화 가운데 가장 짧은 이야기로 된 형식담形式譚. 이야기를 강청強請하는 사람에 대하여 마지못해 시작하는 체하다가 싱겁게 끝내 버릴 경우 많이 사용된다. 따라서 이 형식은 화자話者가 처음에는 매우 긴 이야기를 진지하게 하는 듯하여 듣는 사람으로 하여금 잔뜩 기대를 가지게 하다가 갑자기 끝을 맺는다는 특징을 지녔다.

예컨대 '옛날에 짚신장수가 있었는데 하루는 짚신을 삼다가 깔깔깔 웃고 죽더란다.'라든가 '옛날 옛날 아주 옛날에 애기가 때기를 지고 일백육십 리 길을 가니까 날이 훤히 새더래.' 혹은 '옛날 옛적 젓날 젓적 귀뚜라미 사령 적에 고추 먹고 당초 먹던 적에 팔도강산 그릴 적에 한 사람이 있었는데 성은 고요 이름은 만이다. 지(기)냐? 짜르냐? 진(긴)진 담뱃진, 짜르다 짜르다 곰방대.' 등과 같은 것이다. 이야기 끝에 이야기를 다하였다는 말을 덧붙이기도 한다. → 형식담

[참고문헌] 조희웅, 『한국설화의 유형적 연구』(한국연구원, 1983).

028 『대동기문大東奇聞』

조선시대 역대 인물들의 전기 · 일화들을 뽑아 엮은 책. 4권 1책. 1926

년 강효석姜斅錫이 편찬하고 윤영구尹寗求와 이종일李鍾一이 교정하여 한양
서원漢陽書院에서 처음 간행하였다.

이 책에는 조선조 태조 때 배극렴裵克廉으로부터 시작하여 고종 때 민
영환閔泳煥에 이르기까지 총 716항이 실려 있다. 이어 부록으로 '고려말
수절제신高麗末守節諸臣'편에 정몽주鄭夢周 이하 98항이 첨가되어 있어, 결
국 이 책에는 총 814항목이 실려 있는 셈이다. 수록 항들을 각 군왕별로
살펴보면, 권1에는 태조 12, 정종 6, 태종 6, 세종 14, 문종 2, 단종 18,
세조 18, 예종 1, 성종 16, 연산군 31, 중종 92항목으로 모두 216항목이
실려 있으며, 권2에는 인종 4, 명종 61, 선조 127항목으로 모두 192항목,
권3에는 광해군 34, 인조 121, 효종 19, 현종 13항목으로 모두 187항목,
권4에는 숙종 29, 경종 14, 영조 29, 정조 29, 순조 7, 현종 6, 철종 2, 고
종 5항목으로 모두 121항목이 수록되어 있다. 매 항목마다 '배극렴봉국새
裵克廉奉國璽'·'심덕부총치영궁실건종묘沈德符摠治營宮室建宗廟'의 예처럼 자
수가 일정하지 않은 한문 제목이 붙어 있는데, 이는 인명에 사건 요약을
합하여 나타낸 것이다.

본문은 한문 원문에 현토懸吐를 하였으며, 대부분 출전을 명기하고 있
다. 출전이 여럿인 경우도 드물지 않아, 자료 수집에 대한 편자의 성실성
을 드러내주고 있다. 출전이 없는 경우는 편자 자신이 기록한 때문이거나
누락된 것인 듯하다.

저자가 인용한 문헌은 『소대기년昭代紀年』·『문헌비고』·『지봉유설芝峯
類說』·『국조방목』·『명신록名臣錄』·『인물고人物考』·『상신록相臣錄』·『매
산집梅山集』·『동평견문록東平見聞錄』·『동야휘집』·『청구야담』·『목민심
서』·『조야집요朝野輯要』·『명장전』등 총 200여 종이다. 그 밖에 가장家
狀·행장·시장諡狀·비명碑銘·묘비명·신도비神道碑·현판·가승家乘·
세보世譜 등을 참조한 경우도 적지 않다. 더구나 근대의 인물들에 대해서
는 편자 자신이 직접 듣고 채록한 경우도 많은데, 이러한 경우 '운가심기
택담雲稼沈綺澤談'이나 '기본손성석이재영其本孫醒石李載榮'처럼 일일이 제보

자를 밝혀 놓아 이 책의 가치를 더해 주고 있다.

책머리에 있는 김영한金霽漢의 서문에 "우리나라 사람의 폐단은 새 것을 좋아하고 기이한 것을 숭상하며, 가까운 것은 소홀히 하고 먼 것을 중히 여기는 데 있다. 그리하여 중국의 역대 인물들에 대해서는 능히 말할 수 있어도, 단군·기자 이후의 우리나라 인물들에 대하여는 자세히 이야기하지 못한다. 시대가 내려올수록 점점 모르며, 가까워질수록 점점 소홀히 한다. …… 혹 그 사람은 알더라도 어느 때 사람인 줄 모르고, 그 일은 알아도 누구의 일인 줄 모르고, 호號는 알아도 이름은 모르며, 성은 알아도 본관은 모르는 경우가 흔히 있다. …… 송나라 사람은 당연히 송나라의 관을 써야 하고, 노나라 사람은 당연히 노나라의 역사를 읽어야 하듯, 우리나라 사람은 당연히 우리나라의 일을 알아야 한다."라고 하였다. 여기에서 이 책의 편찬 의도 및 저술 의의를 엿볼 수 있다.

[참고문헌] 강효석 집화. 『대동기문 전』(한양서원, 1926).

029 <돌떡 먹는 호랑이>

토끼의 꾀에 속아 불에 달군 돌을 떡인 줄 알고 먹었다가 혼나는 호랑이를 다룬 설화. 동물담 유형의 하나이다. 독립적으로 구연되는 경우보다는 <꾀쟁이 토끼> 혹은 <토끼와 호랑이> 유형의 삽화 중 하나로 구연되는 경우가 흔하다.

내용도 매우 단순하여, 호랑이에게 붙잡힌 토끼가 돌을 불에 달구어 떡이라 하고, '꿀을 얻어 오겠으니 기다리라.' 하고는 도망하니, 기다리다 못한 호랑이가 불에 단 돌을 집어 먹고 혼이 난다는 것으로 되어 있다.

혹은 약간 변형된 것이지만, 토끼가 호랑이에게 떡을 구워 주겠다고 한 후 조약돌 열한 개를 불 위에 올려놓고 '간장을 얻으러 마을에 갔다 올 테니 모두 열 개의 떡이 타지 않나 지켜보라.'라 이르고 가 버린다. 떡을 지키던 호랑이가 떡을 세어 보니 모두 열한 개나 되므로 참다못해 한 개를 슬쩍 집어먹고 혼이 난다는 이야기이다.

우리나라의 <꾀쟁이 토끼> 유형 중에는 이 <돌떡 먹는 호랑이> 외에도 <꼬리낚시>·<참새 잡는 호랑이> 같은 세계적으로 널리 분포되어 있는 유형들이 삽화를 이루어 연쇄담 형식을 취하는 경우가 많다. 이러한 이야기들은 대체로 인간 세계의 약자와 강자, 피지배자와 지배자의 대립 갈등에서 약자와 피지배자의 승리를 보여 주고 있어 우화적인 성격을 띠게 되며, 바로 이 점이 이 계통 설화가 민간에서 애호를 받게 된 이유로 생각된다.

[참고문헌] 조희웅, 『한국설화의 유형적 연구』(한국연구원, 1983).

030 『동국습유東國拾遺』

임명덕林明德이 1980년에 한국정신문화연구원(현 한국학중앙연구원)과 중국 문화대학의 후원을 얻어 펴낸 『한국한문소설전집』 속에 들어 있다. 이 전집 전 9권 중 제8권은 필기·야담류를 모아놓은 것인데, 『동국습유東國拾遺』란 이름 아래 ① 전기지괴류傳奇志怪類 41편, ② 협의인물류俠義人物類 32편 ③ 사회세태류 48편을 싣고 그 밖에 『어우야담』의 자료 135편도 함께 싣고 있다. 한편 권9에는 ① 전기지괴류 39편 ② 협의인물류 49편 ③ 사회인물류 28편 및 ④ 개화기 작품으로서 <만강홍滿江紅>·<잠상태岑上苔>·<일념홍一捻紅>·<신단공안神斷公案>이 덧붙여져 있다. 『동국습유』는 문헌설화를 집성한 문헌이기는 하지만, 이러한 이름의 전래본이 원래 있었던 것은 아니고, 편자가 임의로 『청구야담』 및 『동야휘집』의 자료 120편과 『차산필담此山筆談』의 자료 1편, 계 121편을 뽑아서 이와 같이 가칭을 붙인 것이다. 『동국습유』를 비롯한 필기·야담류가 『한국한문소설전집』 속에 거두어진 것은 그만큼 한국 소설의 범주를 확대시켰을 뿐만 아니라, 또한 한중 소설의 비교연구에도 적잖은 기여를 하였다는 점에 그 의의를 둘 수 있다.

[참고문헌] 임명덕 편, 『한국한문소설전집』(중국문화대학·한국정신문화연구원, 1980).

031 동물담動物譚

의인화된 동물들에 관한 설화. 동물담 속에 등장하는 동물들은 인간화되어 인간처럼 사고하고 행동하고 대화하며, 선과 악, 현賢과 우愚의 갈등을 일으킨다. 동물담에는 동물만이 등장하는 것이 원칙이나, 가끔은 동물과 인간이 함께 등장하기도 한다. 그러나 동물과 인간이 한 이야기 속에 등장하는 경우에도 주인공은 동물이고 인간은 보조적인 구실밖에 하지 못한다.

설화 속에서 동물은 신이나 조상과 동질시될 뿐만 아니라, 때로는 신이 동물 형태로 나타나기도 한다. 신화나 영웅담들의 주인공이 인간의 형태가 아닌 동물의 형태를 취하고 있음은 이러한 원초 의식의 발로이다.

많은 설화의 첫머리가 동물들도 인간처럼 이야기하며 행동했던 시대가 있었음을 암시하고 있다. 가령 '옛날 옛날 까막까치 말할 적에'라든지, '호랑이 담배 먹던 시절에'라는 발화發話 형식은 동물과 인간 사이의 미분화의식을 가리키고 있는 것이다.

동물담은 설화의 형식 중에서도 가장 오래된 것이다. 동물담에 비하면 신이담神異譚이나 소담笑譚·일반담·형식담들은 훨씬 후대의 것이다. 전자에 비하여 후자들은 미적이고도 논리적인 사고 의식이 분명히 나타나 있으며 인간 사회의 모습이 보다 생생하게 투영되어 있다. 물론 동물담 중에 인간 사회의 모습이 생생하게 투영되어 있는 이야기도 적지 않다. 그러나 이러한 작위적인 동물담은 순수 동물담에 비하여 훨씬 후대적인 것이라고 할 수 있다.

　동물담의 발생은 인간이 동물적인 삶을 유지하며, 그들과 갈등을 일으키던 상고시대에서 비롯된 것으로 추정된다. 동물의 모습이나 특성을 원시적으로 설명하려 했던 동물유래담이 특히 그러하다. 개체 발생에 대한 과학적인 지식이 부족했던 원시인들은 그들이 접촉하였던 생물들의 이상한 생김새나 습성들에 대하여 나름대로 합리적인 해석을 내리려 하였던 것이다. 뿐만 아니라 그러한 생물들도 자신처럼 생각하고 말하며 행동할 수 있다고 믿었을 것이고 이리하여 동물유래담이 생겨났다.

　직접 말할 수 없는 인간 사회의 모순·비정非情·부도덕성 따위를 풍자하기 위하여 동물들을 대신 등장시킨 것이 동물우화라 할 것이다. 또한 동물담이기는 하되 인간에 의하여 만들어진 동물이 등장하는 이야기(가령, 동물보은담이나 동물변신담)도 있게 되는데, 이쯤 되면 벌써 동물담의 영역을 벗어나 신이담으로 탈바꿈한 것이라 할 수 있다.

　동물담(특히 동물우화)의 발생지에 관하여는 설화 연구가들 사이에 몇 개의 이론異論이 제기되어 왔다. 우선 벤파이의 그리스 발생설과 로드의 인도 발생설이 그것이다. 그러나 동물담의 발생지를 어느 특정 장소로 국한시킨다는 것은 설득력이 없다. 문헌 자료의 인멸은 특정 설화의 역사에 대한 가정을 매우 조심하게 한다. 설화 연구자는 기껏해야 개개의 설화에 대해 개별적으로 추정할 수 있을 뿐이고, 그 추정도 새로운 자료의 발굴에 따라 쉽게 수정될 수 있는 것이다.

　동물담의 역사를 추적할 수 있는 자료적 원천으로서 설화 연구가 톰슨 S. Thompson은 ① 인도의 우화문학집, ② 이솝우화집(특히 중세 초기에 개작된 것), ③ 르나르 여우 이야기 속으로 유입된 중세문학의 동물담, ④ 오로지 구전설화만으로 된 것(*The Folktale*, New York, 1946)으로 분류했는데 이것은 우리나라에도 거의 그대로 적용될 것으로 보인다. 즉, 삼국시대에 불교 전래와 함께 수입된 불전佛典들(비록 한역이기는 하지만 그 속에는 불교의 교리 전파를 위한 비유담이 많이 들어 있다), 그리고 이보다는 연대적으로 훨씬 뒤떨어져 유입된 이솝우화의 영향도 적지 않다고 생각하며, 이들과 아울러 구전이라는 커다란 흐름도 결코 소홀히 해서는 안 될 것이다.

우리나라 동물담의 시원始源은 『삼국유사』에 나타나는 <웅호熊虎> 설화이다. 이 설화 속에는 곰과 호랑이가 등장하여 인간적인 행동을 하고 있어 동물담의 요건에 부합하고 있다. 그러나 결국 곰이 인간으로 화한다는 결말을 통해 보면, 이것은 신이담(변신담)임이 분명하다.

한편, 『삼국사기』에서도 동물담의 예를 찾아볼 수 있다. 즉, 권41 열전 제1 김유신조金庾信條의 <귀토龜兎> 설화가 그것으로서, 이 이야기야말로 우리나라 동물담의 효시라고 할 수 있다. 이 이야기는 일찍이 서기전 3세기 전후의 문헌인 인도의 『판차탄트라』 및 『자타카』를 비롯하여 이의 한역漢譯인 3세기경의 『생경生經』과 『육도집경六度集經』, 6세기의 『불본행집경佛本行集經』에도 실려 있다. 이 인도 원산의 이야기가 언제 어떠한 경로로 이 땅에 수입되어 『삼국사기』 김유신조에 기록되기에 이르렀는지 그 자세한 경위는 알 수 없지만, 위에서 든 여러 문헌 중 어느 것의 영향이 있었음을 완전히 부인할 수는 없을 듯하다. 어쨌든 <귀토> 설화의 하한 연대는 『삼국사기』의 기록을 따른다면 642년(선덕왕 11)이 될 것이다.

그 밖의 옛 문헌에서 동물담을 찾아보면, 우선 16세기 초의 『어면순禦眠楯』을 볼 수 있다. 이 책에는 <견족수사犬足受賜>·<노서절반老鼠窃飯>·<영묘승마鈴猫乘馬> 등이 있다. 이 가운데 <영묘승마>는 '영묘'와 '승마'라는 별개의 두 이야기가 합쳐진 것인데, 동물담에 속하는 것은 영묘 부분이다. 이 부분은 <고양이 목에 방울 달기>라는 설화로, 이솝우화(AT 110, Belling The Cat)로서 널리 알려진 것이다. 이 자료는 17세기 홍만종洪萬宗의 『순오지旬五志』에도 나타난다. 『순오지』에는 또 <두더지 혼인>(AT 2031C)과 이솝우화로서 유명한 <박쥐 구실>이라는 동물담도 수록되어 있는데, 이로 미루어 그 당시에 이미 이솝우화의 수입이 이루어졌음을 짐작할 수 있다.

한편, 연대 미상의 문헌인 『기문奇聞』에 <교토탈화狡兎脱禍>·<작겁호

갈흘鶡怯狐喝>·<호사호계虎死狐計>·<편복불참蝙蝠不參> 등이 실려 있고, 『성수패설醒睡稗說』에 <필야사무송호必也使無訟狐>, 『교수잡사攪睡襍史』에 <저원취사猪願就死>가 실려 있다.

일반적으로 동물담을 동물우화·동물서사시·동물유래담 등으로 분류하는 경향이 있다. 동물유래담이 동물들의 생김새와 특성을 민중 나름대로 설명하려는 데서 만들어진 것임에 비하여, 동물우화는 근본적으로 인간의 행위를 풍자하기 위한 목적으로 특정 작가에 의하여 창작된 것이다. 그러나 일단 창작된 동물우화는 이내 민중에게 애호되어 구전으로 쉽게 전승되므로, 창작우화와 구전우화 사이에 명확한 선을 긋는 것은 매우 어려운 일이다.

동물우화는 보통 그 형태적 특징이, 도덕성을 예화로써 나타내는 사건부와 청자聽者에게 교훈을 강조하는 격언부의 두 부분으로 구성되어 있다. 예를 들면, 화자가 청자에게 <토끼와 거북의 경주>를 이야기해 준(사건부) 다음, 결론적으로 '그래서 일이란 중도에 태만히 해서는 안 된다.'거나, '꾸준히 노력하는 사람만이 최후의 승리를 차지할 수 있다.'고 하는 따위의 결론을 내리는(교훈부) 것이 그것이다. 이러한 동물우화를 모아놓은 문헌 중에서 가장 오래 되고 대표적인 것은 그리스의 『이솝우화』(서기 전 600년경), 인도의 『자타카』(서기 전 3세기경), 『판차탄트라』(3, 4세기경) 등을 들 수 있다.

동물서사시는 개별적인 동물담이 각각 전승되다가 동일 주인공을 중심으로 한 이야기 속으로 이끌리어 시리즈 형식의 이야기를 취하게 된 것이다. 보통 이들 이야기 속의 주인공은 힘은 약하지만 꾀로써 강한 자를 굴복시키는 '사기꾼trickster'의 형태로 나타난다. 그러므로 동물서사시는 강한 자 또는 지배계급에 대한 저항이나 보복 의식에서 생겨난 것이라고 할 수도 있으며, 동물우화적 요소가 필연적으로 내재하게 된다. 동물서사시의 가장 대표적인 것은 <여우 이야기*Romance of Reynard*>를 들 수 있으며, 우리나라의 경우는 <호랑이의 꼬리낚시>·<참새 잡는 호랑이>·

<호랑이와 돌떡> 등과 같이 시리즈 형식을 취하는 <토끼와 호랑이> 이야기가 동물서사시의 편린片鱗일 것으로 생각된다.

동물유래담은 동물의 생김새나 특성에 따라 원시적 심성에서 비롯된 것이다. 즉, 그것은 '종種'의 기원과 관련되는 것으로, 조상의 어떤 행위가 어떤 결과를 낳게 되고, 그 결과가 어떻게 자손에게까지 유전되는가를 설명해 주는 것이다.

따라서 이런 이야기들은 대체로 지역적 편재성을 드러내는 경우가 많다. 특정 동물들의 서식지가 지역적으로 제한될 뿐만 아니라, 그 동물들에 대한 민중들의 생각이 민족에 따라 매우 다르기 때문이다. 동물유래담을, 때로는 자연전설, 또는 동물전설이라고 하여 전설로 분류하는 경우도 있지만, 사실 그것은 동물의 개체가 아닌 종의 설명이라는 점에서, 또는 시간과 공간의 제한을 받지 않는다는 점에서 전설과 다르다. 여기에서 말하는 시간·공간이란 물론 전설의 중요 구비요건인 '특정한 시간, 특정한 장소'를 가리키는 말이므로, 앞서 말한 '동물기원담이 지역적 편재성을 갖는다.'는 말과 모순되는 것은 아니다.

한편, 우리나라의 동물담을 위와 같이 동물우화·동물서사시·동물유래담으로 구분하는 것은 다소 문제가 있다. 왜냐하면 우리나라 설화에는 뚜렷한 동물서사시가 결여되어 있기 때문이기도 하지만, 동물우화와 동물유래담의 구별이 분명하지 않기 때문이기도 하다. 지금까지 보고된 자료를 바탕으로 우리나라의 동물담을 분류하면 ① 유래담, ② 지략담, ③ 치우담癡愚譚, ④ 경쟁담의 넷으로 나눌 수 있다. 이 중 지략담과 치우담은 각각 '꾀 있는 동물'과 '어리석은 동물'에 관한 이야기이다. 이 양자는 각각 독립적으로 이야기되기도 하지만, 종종 하나의 이야기 속에 같이 등장하여 서로 대조적인 성질을 지니는 수가 많다. 가령 꾀 많은 동물(약한 동물)이 어리석은 동물(강한 동물)을 만나 여러 번(혹은 한 번) 위기에 봉착하지만, 약한 동물은 꾀로써 위기를 벗어나 마침내 강한 동물을 징벌하게 된다는 내용이다. 이것은 민중들의 소박한 생각의 표현이라고 볼 수 있다. 즉, 약과 강, 현과 우, 선과 악의 대립이라는 세태를 동물우화로써 풍자하고자 한 것이다. 좀 더 구체적으로 말한다면, 민중은 동물담을 통하여 약자에 대한 동정심을 표시하고, 권선징악을 은근히 암시하려고 한 것이다. 그러므로 유래담이 민중의 원시적인 과학 정신으로부터 생겨난 이야기라면, 지략담과 치우담은 교훈적인 목적 의식 아래에서 만들어진 이야기라고 볼 수 있다.

경쟁담은 동물들 간의 경쟁을 이야기하는 설화로, 지혜 있는 자(약한 자)와 어리석은 자(강한 자)가 등장한다는 점에서는 지략담이나 치우담과 별다른 점이 없지만, 형식상의 특징에 의하여 동물담의 한 종류로 삼을 수 있다. 여기서 말하는 형식상의 특징이란, 말하자면 '누가 더 어떠한가?' 하는 동물들의 능력 다툼이라 생각하면 좋을 것이다. 그리고 경쟁담은 지략담에 비하여 쌍방이 언어 혹은 행위로써 공개적인 경쟁을 한다는 특징을 지니고 있다. 경쟁의 동기는 보통 떡을 차지하거나 상좌를 차지하기 위한 경우가 많다.

경쟁담의 유형은 중간휴식형·동족배치형·상대부착형·고수언대형高手言對型 등이 있는데, 이 중 '고수언대형'의 예는 점강적漸降的으로 '호랑이-토끼-두꺼비'의 순으로 각자의 의견을 제시한 끝에, 결국에는 가장 약자인 두꺼비가 승리하는 것으로 되어 있다.

앞서 동물유래담이 동물담 중에서 가장 오래되었을 것이라고 추정을 한 바 있지만, 그 추정은 원칙론적인 가정으로서 모든 동물유래담이 모두 그렇다고 하는 것은 아니다. 현전하는 동물유래담 중 당초에는 유래담이 아니었던 것이 전승 과정에서 흥미의 제고提高를 위하여 유래담적인 요소가 첨가된 경우도 있을 수 있다. 혹은 그 반대로 동물유래담이었던 것이 유래담적인 요소를 잃어버린 경우도 가상할 수 있다. 가령 민간에 전승되는 동물담 중 <메추라기의 꾀>·<토끼의 간>·<호랑이와 돌떡>·<참새 잡는 호랑이>·<호랑이와 곶감>들의 각 편들 중에는 동물유래담의 형식을 띠는 것도 있으며, <담배 피우던 호랑이>는 '호랑이털이 얼룩진 이유'를 설명하는 유래담이지만, 민간에는 유래담 부분이 결여된 치우담으로 구전되기도 한다. 앞의 것은 유래담적인 요소가 후대에 덧붙여진 예이겠고, 뒤의 것은 애초의 유래담이 후대에 비유래담화한 것이 아닌가 한다. 뒤의 경우 '담배에 취한 호랑이를 인간이 팔아 부자가 되었다.'는 치우담보다 '호랑이가 담배를 피우다 털을 태워 얼룩덜룩하게 되었다.'는 유래담 쪽이 훨씬 자연스럽고 재미있는 설화로서의 성격을 갖추었다고 할 수 있다.

동물유래담은 크게 동물의 생김새나, 동물의 성질을 설명하는 것으로 나눌 수 있다. 신이담에 속하는 이야기 중에도 동물의 명칭이나 동물의 전생을 이야기하는 유래담들이 있지만 이는 별개 문제이다.

[참고문헌] 조희웅, "한국의 동물담"(『백영정병욱교수환력기념논총』, 간행위원회, 1982) / 조희웅, 『한국 설화의 유형적 연구』(한국연구원, 1983).

032 동물우화動物寓話

의인화된 동물이 등장하여 인간처럼 행동하는 내용을 담고 있는 이야기 형식. 동물담이 단순히 동물들의 외모나 행동을 설명하는 이야기임에 비하여, 동물우화는 동물이 그 본질로서 나타나는 것이 아니라, 동물의 형태의 배후에 인간이 상징되어 종국적으로는 인간에게 도덕적 교훈을 주거나 인간의 행위를 풍자하기 위한 이야기이다. 따라서 이야기 요소는 비록 민간전승적 자료에서 끌어다 쓴 것이라 할지라도, 동물우화는 단순한 민간의 창작이라기보다 어떤 재능 있는 우화작가에 의하여 만들어진 보다 세련된 작품일 경우가 많다. 그리고 일단 만들어진 동물우화는 민중에 의하여 받아들여져 구비전승의 자산資産으로 된다. 기원적으로 보아 동물우화는 동물담보다 후대의 것이 되겠지만, 이집트·그리스·인도 등의 현전 자료로써 보건대 대단히 오랜 역사를 지닌 것임을 알 수 있다.

동물우화의 대표적 예는 그리스의 『이솝우화*Aesop's Fable*』나 인도의 『자타카*Jātaka*』, 『판차탄트라*Pañchatantra*』 등을 들 수 있으며, 이들은 이래로 계속 전승되어 왔다. 우리나라의 경우 『삼국사기』에 전하는 <귀토龜兎> 설화의 경우도 인도의 불전佛典 『자타카』에 원천을 두고 있으며, 『순오지旬五志』에 전하는 <고양이 목에 방울 달기猫頂懸鈴>도 『이솝우화』가 도입된 것으로 보인다. 한편 동물우화의 특수한 형태로 동물서사시란 것이 있다. 동물서사시란 궁극적으로 동물우화와 같은 것이나, 도덕성보다 오락성이 강하며, 독립적인 동물우화들이 삽화의 역할을 하면서 하나의 이야기 속으로 연합된 것이다. 가장 대표적인 예로 중세의 『여우 이야기』를 들 수 있으며, 우리나라의 경우에는 <꾀쟁이 토끼> 이야기가 그러한 흔적을 보이고 있다. <꾀쟁이 토끼>는 <돌떡 먹는 호랑이>, <참새 잡는 호랑이>, <꼬리낚시> 등 독립적인 이야기들이 모여 하나의 연합담을 이루고 있기 때문이다.

[참고문헌] 조희웅, 『한국설화의 유형적 연구』(한국연구원, 1983)

033 동물유래담動物由來譚

동물들에 관한 여러 가지 기원起源을 설명하는 설화. 동물담에 속하는 유형類型의 명칭으로 '동물기원담'이라고도 한다. 전국 여러 지역에서 구전되고 있다. 기원의 종류에 따라 발생·명칭·생김새·특성 등으로 세분할 수 있다. 그런데 특정 동물의 명칭유래담이 곧 그 동물의 발생이나 유래를 설명하는 경우도 흔하나, 모든 발생유래담이 명칭유래담을 수반하는 것은 아니다.

특정 동물이 발생하게 된 내력을 다룬 설화는 죽은 사람이 그 동물의 형상으로 다시 태어나게 되었다는 환생설화의 형태를 취하는 것이 보통이다. 현세에서 사랑을 이루지 못한 남녀나 억울한 사정으로 헤어진 부부가 죽어서 새, 나비, 벌레, 꽃 등으로 다시 태어나서 그런 생물들이 생기게 되었다고 한다. 또한 계모나 시어머니의 횡포를 견디다 못하여 죽은 딸이나 며느리의 넋이 새나 꽃이 되었다는 설화도 널리 알려져 있다. 개가 먹은 떡국을 며느리가 먹은 것으로 오해한 시어머니의 구박 때문에 죽은 며느리가 새가 되어, "떡국, 떡국, 개, 개" 하고 울어, 사람들이 떡국새라 하였는데 나중에 '뻐꾹새'라고 하게 되었다는 이야기가 대표적인 예이다.

들짐승·길짐승·곤충·새·물고기 등의 이상한 생김새가 어떻게 해서 생겼는가를 설명하는 설화는 종류도 다양하고, 내용도 상당히 흥미롭다. 원숭이와 게가 떡 때문에 싸우다가 원숭이는 엉덩이가 빨개졌고, 게는 다리에 털이 붙게 되었다는 설화는 서로 싸우다가 형상이 이상해진 경우이다. 그 밖에도 매 맞아서 형상이 이상해진 경우, 도망하다 형상이 이상해진 경우, 신체의 일부를 서로 바꾸어서 형상이 이상해진 경우, 너무 웃어서 형상이 이상해진 경우, 너무 먹어서 형상이 이상해진 경우 등이 있다.

들짐승·집짐승·곤충들의 하는 짓이나 성질이 이상해진 까닭을 설명하는 설화도 풍부하다. 비가 오면 청개구리가 울게 된 내력을 담은 설화는 그 자체로 한 편을 이룬다. 반면, 개와 고양이가 사이가 나쁘게 된 이유를 다룬 것이나 호랑이가 불을 무서워하게 된 이유를 다룬 것 등은 <잉어의 보은> 설화나 <토끼와 호랑이> 설화 같은 다른 이야기와 결합되어 나타나는 경우가 보통이다.

동물유래담은 세계적으로 광범위하게 분포되어 있다. 그러나 특정 동물의 서식처가 제한되어 있고, 동물에 대한 생각도 집단마다 다르므로 각 편은 지역적 편재성을 나타내는 경우가 많다. 그래서 <개와 고양이가 사이가 나쁜 유래>같이 범세계적인 분포를 보이는 것도 있는 반면, <새의 울음소리>처럼 특정 지역에만 분포되어 있는 이야기도 있다.

다른 유형의 설화보다 오래되었으리라 추정되는 동물담 중에서도, 동물유래담이 가장 먼저 형성된 것으로 여겨진다. 동물유래담은 동물들의 이상한 형상이나 특성을 과학적인 지식이 부족하였던 원시인들이 나름대로 합리적인 해석을 내리려 하였기 때문에 생겼다고 볼 수 있다. 그러나 이는 대체적인 가정에 불과할 뿐 모든 동물유래담이 기록이 없는 상황에서 그렇다고 단정할 수는 없다. 처음에는 유래담이 아니었던 것이 전승됨에 따라 유래담적 요소를 덧붙인 경우도 있을 수 있고, 반대로 원래는 유래담이었던 것이 유래담적 요소를 잃어버린 경우도 있을 수 있다.

동물지략담·동물치우담動物痴愚譚·동물경쟁담 등은 인간들 사이에 일어나는 갈등으로 풀이할 수 있는 반면에, 동물유래담은 그러한 함축된 의미를 포괄하지 못하고 비교적 단순한 내용을 담고 있다고 하겠다. 그러나 동물유래담에서 나타나는 동물과 사람을 같은 차원에서 바라보는 원초적인 사고방식이 기반이 되어 보다 복잡한 내용과 의미를 갖춘 유형의 동물담이 발전할 수 있었다고 하겠다.

[참고문헌] 조희웅, 『한국설화의 유형적 연구』(한국연구원, 1983).

034 <동방삭東方朔> 설화

동방삭은 중국 한漢나라 때 문인으로 문장에 뛰어났거니와 해학·방술方術·기행奇行·풍자로도 유명하다. 그는 무제武帝를 섬겨 벼슬이 금마문시중金馬門侍中으로 되고 풍간諷諫으로써 제帝의 잘못을 고친 바 많았다. 그의 저작으로는 『신이경神異經』 1권, 『십주기十洲記』 1권 등이 있다고 하나 이들은 모두 후인의 위작僞作이라고 추정된다. 그에 관한 기록으로는 『사기史記』 '골계전 저소손속편滑稽傳褚少孫續篇'에 동방삭의 일편逸篇이 있고, 또 『한서』 65 본전에도 <동방삭전>이 있으며, 그 밖에 한漢 곽헌郭憲의 <동방삭전> 1권(『오조소설五朝小說』 1), 제齊 오균吳筠의 <동방삭전> 1권(『설부說郛』 111) 등이 있다. <한무제고사漢武帝故事>나 <한무동명기漢

武洞冥記> 따위도 동방삭을 빙자하여 쓰인 것이다.

중국에서의 동방삭에 관한 설화로는 보통 두 가지가 널리 전한다. 그 하나는 <동방삭작육東方朔斫肉>이라는 것이요, 다른 하나는 <동방삭투도東方朔偸桃>라는 것이다. 앞엣것은 동방삭이 무제에게 벼슬할 때 그 명령을 기다리지 않고 복伏날에 고기를 베어 가지고 돌아갔다는 이야기이고, 뒤엣것은 동방삭이 서왕모西王母가 심은 복숭아를 훔쳐 먹고 인간계로 내려와 삼천갑자三千甲子 즉 1만 8천년을 살아 '삼천갑자 동방삭'이라 일컫게 되었다는 이야기이다. 우리나라의 동방삭 설화는 바로 이 삼천갑자 동방삭의 후일담이다.

동방삭이 인간의 수명을 넘겨 너무 장수하므로 천계에서는 그를 잡아가려고 사자를 내려 보냈다. 그러나 동방삭이 어찌 잘 숨는지 번번이 저승사자들은 허탕을 치고 돌아갈 수밖에 없었다. 그래서 마지막으로 엄명을 받은 사자들은 그대로는 동방삭을 잡아갈 수 없음을 깨닫고 한 가지 꾀를 내었다. 그들은 어떤 냇가에 앉아 숯덩이를 자꾸 물에 씻고 있었다. 마침 그 곳을 지나던 동방삭이 이를 보고 이상히 여겨 이유를 물었다. 사자들이 "검은 숯을 씻어 희게 하련다."라고 대답하자, 동방삭은 크게 웃고 말하기를, "내가 삼천갑자를 살았어도 숯을 희게 만든다는 사람은 처음 본다."라고 하였다. 이에 저승차사들이, "옳다, 바로 네가 동방삭이로구나!" 하고 그를 잡아갔음은 물론이다.

이와 같은 이야기는 본토로부터 제주도에 이르기까지 전국적으로 전승되고 있으며, 심지어는 탄천炭川이란 특정 지명과 결부되어 전설로써 구연되고 있을 정도이다. 이 설화를 통하여 우리는 인간의 운명 및 타계에 대한 민간적 사고를 엿볼 수 있으며, 또한 한·중 양국의 설화 유통 관계를 보여준다는 점에서도 흥미롭다.

[참고문헌] 『한국구비문학대계』(한국정신문화연구원, 1980~1988) / 진성기, 『남국의 전설』(개정판, 일지사, 1968) / 노신, 『중국소설사략』(1930).

035 『동야휘집東野彙輯』

조선 후기에 이원명李源命이 편찬한 야담집. 현재까지 알려진 이본으로는, 서울대학교 도서관에 4종, 연세대학교 도서관에 2종, 성균관대학교 도서관에 1종, 숙명여자대학교 도서관에 1종, 국립중앙도서관에 2종이 소장되어 있다. 그 밖에 일본의 오사카시립도서관大阪市立圖書館에도 8권 8책본이 소장되어 있다고 한다. 일반 연구자가 쉽게 참고할 수 있는 것은 경북대학교 문리과대학 국문학회에서 장지영 소장본張志暎所藏本을 대본으로 유인油印해 낸 8권 8책본(전 2책, 1958)과, 동국대학교 한국문학연구소편 『한국문헌설화전집』 중 제3책에 실려 있는 국립중앙도서관 8권 8책본이 있다. 수록 자료의 총수를 보면, 서울대학교본(8권 8책) 199편, 국립중앙도서관본 244편, 경북대학교 유인본 260편이다.

이 책의 편찬 이유에 대하여, 저자는 자서自序를 통하여, "패관야승稗官野乘은 성현의 책이나 역대의 문집을 공부하는 데 이롭지 못하므로 문장가들이 즐겨 보고자 아니한다. 그러나 이문異聞[이상한 소문]을 찾고 기람奇覽을 넓혀 사승史乘[역사적 사실을 기록한 책]의 모자란 바를 보충하여 담소의 자료에 이바지하는 바 크니, 문장가들이 내던져 버릴 수도 없는 것이다."라고 하였으며, 또 자료의 원천에 대하여는 "내가 여름내 병을 조리할 때에 우연히 『어우야담』과 『기문총화記聞叢話』를 보았더니, 볼 만한 것이 대단히 많았다. 그러나 기억력이 없어서 하나도 머리에 남아 있지 않으므로 이 두 책의 본격적인 이야기 가운데 옛일을 오래 증명할 수 있는 것들을 모았다. 또 다른 책 중에서도 쓸 만한 자료를 모아, 고치고 윤색하여 수록하였다. 그리고 민간에 유전하는 고담도 채집하여 글로 옮겨 함께 수록하였다."라고 하여, 『어우야담』과 『기문총화』, 그 밖의 책, 민간에서 구전되던 자료 등을 모은 것임을 밝히고 있다.

이 책이 다른 설화집과 다른 체재상의 특징은 우선 서문 및 주제별 분

류가 있다는 점인데, 특히 이 책의 분류는 20세기 이전에 국내에서 이루
어진 최초의 설화 분류법이라고 할 수 있다. 이 책의 분류 항목은 다음과
같다.

〈표〉『동야휘집』 권별 수록내용

권수	부	부류
1	은수恩數	과환科宦
	유현儒賢	도학道學・현재賢才
	장상將相	현상賢相・천장天將・명장名將
2	절의節義	충절忠節・효행孝行・정렬貞烈・충의忠義
	기예技藝	문장文章・서화書畫・금기琴碁
3	방술方術	천문天文・지리地理・의약醫藥・복서卜筮
	도류道流	선술仙術・도인道人・방사方士・좌도左道・승도僧徒
4	성행性行	은륜隱淪・도회韜晦・감식鑑識・재지才智・용력勇力・기개氣慨・권귀權貴・풍류風流・부요富饒・유개流丐・구도寇盜
5	인사人事	적선積善・시의施義・수은酬恩・보원報怨・권술權術・회해詼諧・감화感化・경계警戒
6	부녀婦女	덕행德行・기혼奇婚・가연佳緣・이적異蹟・지식知識・재혜才慧・투한妬悍・구한仇恨・기우奇遇・지조志操・정의情義・재기才技・명창名唱
7	잡지雜識	창화唱和・이합離合・궁통窮通・유람遊覽・기적奇蹟・재능才能・횡재橫財・식화殖貨・보복報復・기의氣義
8	술이述異	영이靈異・신기神奇・무축巫祝・명우冥遇・사마邪魔・유괴幽怪・이배異配・물혹物惑・보주報主・성력誠力・음덕陰德
	습유拾遺	상업相業・직간直諫・풍정風情・규풍規諷・괴사怪事・경오警悟・선적仙蹟・청복淸福・환몽幻夢

이와 같은 대항목으로 모두 13부로 나누었고 각 부 밑에 하위 분류로 셋 내지 열서너 개의 유類로 구분하여 모두 80여 류에 이른다. 체재상 또 하나의 특징은 칠언七言이나 팔언八言으로 된 한문 제목이 붙어 있다는 점이다. 이러한 형식의 화제話題는 비슷한 시대의 『해동야서海東野書』나 『청구야담靑丘野談』에도 보인다. 『동야휘집』에는 이러한 제목에 이어 문학적으로 상당히 승화된 긴 작품들이 기록되어 있으며, 어떤 작품 끝에는 '외사씨왈外史氏曰'이라고 하는 사평史評 형식의 문장이 붙어 있기도 하다(단 경북대유인본 권8에 한함). 각 편의 길이는 어느 정도 비슷한 편이며, 등장인물들은 대체로 실존했던 인물들이다. 한 인물에 대한 여러 일화를 특정 일화에 관한 대표 제목 안에 포괄하고 있으므로 하나의 제목 아래에 여러 이야기가 있게 된다.

이 책에는 야사野史 또는 역사담이 다수 포함되어 있고, 또 그 중에는 장한철張漢喆의 『표해록漂海錄』이나 박두세朴斗世의 『요로원야화기要路院夜話記』 같은 작품도 포함되어 있다.

편찬 연대는 자서 말미에 있는 말을 근거로 해서 1869년(고종 6)으로 확인할 수 있다. 이 해는 저자가 모든 공직에서 물러난 62세 때이다. 이상으로 볼 때 이 책은 19세기 설화집 중 대표적인 것으로서 방대한 양과 서문 및 획기적인 분류 방법에서 의의를 찾을 수 있다.

[참고문헌] 조희웅, 『조선후기문헌설화의 연구』(형설출판사, 1980) / 동국대학교 한국문학연구소, 『한국문헌설화전집』, 3(태학사, 1981) / 권태을, "『동야휘집』 소재 야담의 유형적 연구"(영남대학교 석사학위 논문, 1979).

036 <두더지 혼인> 설화

한 두더지가 가장 훌륭한 사윗감을 구하러 다니다가 결국 같은 종種의 사위를 선택한다는 내용의 설화. 형식담 가운데 반복담에 속하며, '두더지 사위 고르기'라고도 한다. 동양권에서는 우리나라를 비롯하여 상당히 널리 분포되어, 인도의 경우는 『판차탄트라 *Pañchatantra*』 및 『카타사리트 사가라 *Kathasaritsagara*』(11세기 후반) 등의 문헌에 보이고, 일본의 경우에도 『사석집沙石集』(1283)에 벌써 유화類話의 기록 예가 보이며, 지금까지 전국적으로 약 30여 종의 이야기가 채록, 보고되고 있다. 우리나라에서는 홍만종洪萬宗의 『순오지旬五志』(1678)의 기록 예가 가장 오랜 것이고, 구전 자료도 다소 채록되었다. 내용은 다음과 같다.

옛날 한 두더지가 세상에서 가장 훌륭한 배우자를 구하려고 했다. 먼저 하느님을 가장 존귀하다고 생각한 두더지가 하느님께 나아가 간청하니, 하느님은 "내가 비록 만물을 다스리고 있으나 해와 달이 없으면 내 덕을 드러낼 수가 없다."라고 하였다. 이에 두더지는 해를 찾아가 간청해 보았다. 해는 "내 비록 만물을 비추나, 나를 가리는 구름은 어쩔 수 없다."라고 하며 사양하였다. 그래서 두더지는 구름을 찾아가 보았으나 구름의 대답은 "내 비록 해와 달을 가릴 수 있으나 바람이 불면 흩어질 수밖에 없으니 바람이 나보다 훌륭하다."라고 하였다. 두더지는 다시 바람을 찾아가 부탁하였다. 그러나 바람은 "내가 구름을 흩어뜨릴 수 있는 것은 사실이나, 밭 가운데 있는 돌부처는 아무리 힘을 써도 움직일 수 없으니, 돌부처가 나보다 낫다."라고 대답하였다. 두더지의 간청을 받은 돌부처는 "내 비록 바람을 꺾을 수 있다 하나, 두더지가 내 발 아래를 파헤치면 나는 넘어질 수밖에 없다. 두더지야말로 나에게는 가장 위대하다."라고 하였다. 두더지는 비로소 자신들이 천하에서 제일 훌륭한 존재임을 깨닫고 결국 두더지와 혼인을 정하였다.

이 유형은 각편에 따라서는 '두더지'가 '쥐'로, '돌부처'가 '은진미륵'으로 바뀌어 나타나는 세부적 차이가 있기는 하지만, 전체적인 이야기의 진행이 늘 고정적인 형식을 따라 이루어지므로 형식담으로 분류하는 것이 보통이다. 이와 같이 이야기의 귀착점이 다시 출발점으로 되돌아가는 회귀적 진행방식을 취하는 설화의 유형 예는 우리나라에서는 흔하지 않다. 이 밖에 <누가 더 센가>라는 유형이 하나 더 보고되어 있을 뿐이다.

이 설화는 헛된 욕심으로 자신의 참된 가치를 발견하지 못하는 어리석음을 깨우쳐 주고 있다.

[참고문헌] 홍만종, 『순오지』 / 임동권, 『한국의 민담』(서문당, 1972) / 『한국구비문학대계』(한국정신문화연구원, 1980~1988) / 조희웅, "한국의 형식담"(『한국학논총』 3, 국민대 한국문화연구소, 1980).

037 <떡보와 사신>

무식한 떡보가 중국 사신과의 수화 문답手話問答에서 우연히 승리하여 중국 사신을 물리쳤다는 내용의 설화. 소담笑譚 중 우행담偶幸譚에 속하며, <사신 간의 수문답手問答>·<떡보 얘기>라고도 한다. 세계적으로 널리 분포되어 있다. 중국의 『대당서역기大唐西域記』에 나타나며, 우리나라 문헌 설화는 17세기 초의 유몽인柳夢寅의 『어우야담』과 19세기 말 이후의 문헌으로 보이는 『이언총림俚諺叢林』에 수록되어 있다. 전국적으로 전승되고 있으며, 서울·경기도·충청북도·경상북도·경상남도 등지에서 특히 많이 채록된 바 있다. 이야기의 줄거리는 다음과 같다.

중국에서 조선의 인재를 시험하려고 사신을 보냈다. 조선에서는 전국에 인재를 모집했으나 응모자가 없어 근심하던 터에, 떡보가 떡이나 실컷 먹어 보려고 자원하였다. 사신과 떡보가 만나서 수화로써 문답하였다. 사신이 '하늘이 둥글다'는 뜻으로 손가락을 둥글게 해 보이자, 떡보는 사신이 '둥그런 떡을 먹었느냐'고 묻는 줄로 알고 자기는 '네모난 떡을 먹었다'는 뜻으로 손가락을 네모나게 해 보이니, 사신은 떡보가 '땅이 네모지다'라고 말하는 것으로 받아들였다. 놀란 사신은 다시 '삼강三綱을 아느냐'는 뜻으로 세 손가락을 들어 보이자, 떡보는 사신이 '떡 세 개를 먹었느냐'고 묻는 줄로 알고 자기는 '다섯 개를 먹었다'는 뜻으로 다섯 손가락을 들어 보였다. 사신은 이를 '오륜五倫도 안다'는 뜻으로 받아들였다. 거듭 놀란 사신이 '염제炎帝[중국 옛 전설 속의 제왕인 신농씨]를 아는가'

하는 뜻으로 수염을 쓰다듬자, 떡보는 사신이 '떡을 맛있게 먹었다'고 말하는 줄로 알고 자기는 '떡을 배불리 먹었다'는 시늉으로 배를 쓰다듬었다. 사신은 그것을 보고 이번에는 떡보가 '복희伏羲[중국 옛 전설 속의 제왕]도 안다'고 말하는 것으로 받아들였다. 결국 사신은 조선에 인재가 많다고 놀라 돌아가고, 떡보는 나라에서 상을 받았다.

비슷한 내용을 갖춘 유럽의 <승정과 유대인의 수문답>과 일본의 <벙어리 문답> 등은 종교적 의미가 농후한 반면, 우리의 설화는 질문자와 응답자가 국가와 민족을 대표하여 대결하고 있어서 민족의식이 부각되어 있다. 대화 내용을 '천원 지방天圓地方'·'삼강오륜'으로 풀이하는 것은 우리나라 외에는 나타나지 않아 한국적인 특성이 잘 드러난다. 또한, '염炎'과 '염髥', '복伏'과 '복腹'이라는 동음이의어를 사용하는 발상은 고유한 언어 의식에 바탕을 둔 독창적인 한국적 변용이다. 주인공이 떡보 외에 떡장수·천부賤夫·상인 등으로 나타나기도 하는데, 모두 무식한 평민이라는 점이 같으며, 대화가 수화 대신 시화詩話로 진행되는 경우도 있으나, 변이에 따른 내용상의 차이는 없다.

중세의 지배층은 중국을 높이고 자신을 낮추었던 반면에, 하층민들은 이 설화를 통하여 대국인 중국도 별 것 아니라는 민족적 긍지를 나타내 보이고 있으며, 또한 하층민이 지닌 역량과 저력은 결코 얕잡아 볼 수 없음을 드러내 보이고 있다고 할 수 있다.

[참고문헌] 유몽인, 『어우집』 / 『이언총림』 / 손진태, 『조선민족설화의 연구』(을유문화사, 1947) / 『한국구비문학대계』(한국정신문화연구원, 1980~1988) / 조희웅, "<떡보와 사신> 설화(AT 924) 소고"(『한국고전산문연구』, 동화문화사, 1981).

038 『매옹한록梅翁閑錄』

조선 후기에 박양한朴亮漢이 펴낸 야담집. 국내외에 여러 이본이 전하고 있다. 국내본으로는 장서각본(2권 2책)을 비롯하여, 이를 베끼어 옮긴 규장각본 및 고려대학교소장본, 그 밖에 도남소장본陶南所藏本, 『패림稗林』(제9집) 소재본, 장서각도서 『야승野乘』(제5책) 소재본 등이 알려져 있고, 국외본으로는 일본의 『광사廣史』· 『총사叢史』 등 소재본이 알려졌으나, 후자는 모두 망실되었다. 국내·국외본 모두 사본이며, 책 수는 단책인 것과 두 책인 것의 두 종류가 있다. 장서각본은 책 이름이 '매옹한록'으로 되어 있고, 고려대학교소장본은 '매옹한설梅翁閑說', 『패림』 소재본은 '매옹문록梅翁聞錄'으로 되어 있다. 장서각본은 동국대학교 한국문학연구소편 『한국문헌설화전집』 제8책에 실려 있다.

저자 박양한은 현종 때에 이조판서를 지낸 장원長遠의 손자요, 숙종 때에 우의정을 지낸 윤지완尹趾完의 외손자로서, 당시 소론파의 명문 출신이었으나, 그의 경력은 별로 화려하지 못한 듯하다. 이 책 속에서 저자는 가끔 외조부 윤지완에게 들은 이야기임을 밝힌 곳이 많고, 윤지완도 그 이야기가 그의 외숙인 정태화鄭太和에게서 들은 것임을 전제한 경우가 있다. 또 저자는 정태화의 아들 재륜在崙이 지은 『동평위공사견문록東平尉公私見聞錄』에서 본 것임을 밝힌 곳도 있는 점으로 보아, 이 책은 외가 쪽에서 보고들은 이야기에 많은 근거를 두고 있음을 알 수 있다.

이 책에는 서·발이 없어 그 편찬 과정을 알 길이 없다. 그러나 지질과 기타 형태로 보아 대체로 순조조 이후부터 고종 연간에 이루어진 듯하다. 장서각본은 그 필체로 보아 적어도 두 사람이 상·하책으로 나누어 각각 분담하여 베끼어 옮긴 것으로 보인다. 필치는 그다지 우아하지 않으며 오자와 낙자도 적지 않다. 또 이본은 당초 박양한의 원편原編에 후대의 전사자가 가필, 후록한 흔적도 뚜렷이 보인다. 그러나 장서각본에 수록되어 있는 자료의 수는 약 150편으로, 고려대학교 소장본의 약 50편, 『패림』 소재본의 약 100편에 비하여, 장서각본이 단연 풍부한 내용을 담고 있음을 알 수 있다. 이는 후일의 추록 부분이 첨가된 까닭에 말미암은 것이라 짐작된다.

이 책은 저자가 그때그때 보고 들은 것을 기록한 것으로 조선조 개국 이래 숙종 때까지 약 300년간의 기사이며, 인조·효종·현종·숙종대의 것들이 중심이 되고 있다. 기사 내용은 선정善政·몽사夢事·전고典故·시화詩話·소담 등인데, 이 중 선조조 이래 당쟁·임진왜란·인조반정·병자호란·북벌 계획·예론 등에 관한 기사는 사료적 가치가 인정되는 야사이다. 그러면서 일사 기담집逸事奇譚集으로서 더욱 중요시된다.

[참고문헌] 동국대학교 한국문학연구소, 『한국문헌설화전집』, 8(태학사, 1981) / 박천규, "매옹한록"(『국학자료』 5, 문화재관리국 장서각, 1972. 9).

039 <메추라기의 꾀>

여우에게 잡힌 메추라기가 꾀를 내어 여우의 환심을 산 뒤 위기를 모면한다는 내용의 설화. 동물 지략담의 하나이다. 결말에 메추라기와 여우의 현재 생김새에 대한 설명적인 요소가 덧붙어 동물유래담으로 구연되기도 한다. 기왕에 출간된 자료집에는 이야기 제목이 <메추라기와 여우>로 되어 있는 것도 있으며, 경기도 의정부, 경상북도 월성군, 충청남도 연기군 등지로부터 채록, 보고되었다. 이 유형은 우리나라뿐만 아니라 외국에도 많이 분포되어 있으니 <바구니를 훔친 여우*The fox steals the basket*>가 바로 그것이다. 일본에서는 <때까치와 여우>·<메추라기와 오소리> 등으로 알려져 있다.

여우가 메추라기를 만나 잡아먹으려 하자 메추라기가 배가 부르도록 하여 주겠으니 살려 달라고 간청하였다. 여우가 이에 응낙하자 메추라기는 밭으로 점심밥을 이고 가는 여자의 앞으로 가 얼씬거렸다. 여자가 밥광주리를 놓고 메추라기를 잡으러 쫓아간 사이에 여우는 음식을 싫도록 먹었다. 다시 여우를 만난 메추라기는 우스운 꼴을 보여 주겠다고 하고 옹기장수의 짐 위에 앉았다. 뒤에 가던 옹기장수가 메추라기를 잡으려고 작대기로 내려친 것이 옹기 짐만 박살을 내었다. 앞에 가던 옹기장수가 성이 나서 뒷사람의 옹기 짐도 박살을 내어 버렸다. 이 꼴을 본 여우는 허리가 아프도록 웃었다. 메추라기가 다시 여우에게 이번에는 눈물이 나는 꼴을 보여 주겠다며 구덩이를 판 뒤 여우에게 그 속에 들어가 있으라고 하였다. 메추라기가 여우의 콧등에 앉아 졸고 있으니 소금장수가 지나가다가 작대기로 내리쳤다. 그러나 메추라기는 재빨리 도망하고 여우만 혼이 났다. 이에 화가 난 여우가 메추라기를 잡아먹으려 하였다. 메추라기는 마지막 소원이니 어머니를 대신 불러 달라고 하였다. 여우가 입을 열자 메추라기가 도망가려 하여 여우가 얼른 다시 물었으나 메추라기는 꼬리만 잘린 채 여우의 콧등에 흰 똥을 누고 도망갔다. 그리하여 오늘날까지도 메추라기의 꼬리는 짧고 여우의 콧등은 하얗다고 한다.

이 이야기의 어떤 편에서는 여우가 소금장수에게 혼이 난 채 도망하거나 혹은 죽는 것으로 끝나기도 한다. 설화에서는 흔히 크고 강한 자가 어리석은 반면, 작고 약한 자가 슬기로운 경우가 많다. 이러한 상황은 동물담에서뿐만 아니라 인간들에 관한 이야기 속에서도 똑같이 나타난다. 가령 <메추라기의 꾀>에서의 메추라기와 여우의 구실은 다른 이야기에서는 '토끼와 호랑이', '어린이와 어른', '하인과 양반' 등으로 바뀌어 나타나기도 한다. 이러한 전자에 대한 후자의 승리는 약자에 대한 일반적인 동정에서뿐만이 아니라, 약자들의 현실적 패배에 대한 보상 심리로써 허구화한 것이다.

[**참고문헌**] 한상수, 『한국민담선』(정음사, 1974) / 『한국구비문학대계』(한국정신문화연구원, 1980~1986).

040 『명엽지해冥葉志諧』

조선 중·후기에 홍만종洪萬宗이 지은 한문소담집笑譚集. 편찬 연대는 미상이다. 원본은 행방불명이며, 일본인 마에마[전간공작前間恭作] 소장의 고사본古寫本 『고금소총古今笑叢』에 들어 있는 『명엽지해』가 널리 알려져 있다. 『고금소총』에는 유몽인柳夢寅의 『어우야담於于野譚』, 김시양金時讓의 『하담기문荷潭記聞』, 김득신金得臣의 『종남총지終南叢志』, 임방任埅의 『천예록天倪錄』 등 다섯 책으로부터 인용한 54편의 이야기들 외에 부록으로 『명엽지해』 74화가 첨부되어 있다(원본은 총 54장, 107쪽, 매 쪽당 10행, 매 행당 20자).

이 책은 손진태孫晉泰가 마에마에게서 빌려본 뒤 음담패설 수집가인 정대일丁大一에게 소개함으로써 알려지게 되었다 한다(정대일은 손진태의 이명이라는 설도 있다). 당시 정대일은 이미 경상북도 달성 지역에서 다수의 음담패설을 모아 『청구외담靑丘猥談』을 탈고한 바 있는데, 손진태로부터 『명엽지해』를 얻어보고, 자신이 수집한 자료에다 손진태가 제공한 일부 자료를 합하여 『속지해續志諧』라 개제한 뒤, 『명엽지해』와 『속지해』를 합본하여 1932년 4월 15일 동경 삼문사三文社에서 『명엽지해』라는 이름으로 간행하였다(B6판 100부 한정판, 비매품, '명엽지해' 69면 총 76회, '속지해' 180면 총 86회). 정대일은 자서自序를 통하여 이 책에 수록되어 있는 자료들이 결코 개인이 천하고 선정적煽情的인 목적을 위해 만든 것이 아니라 수천 년간 조선 민중이 전승해 온 것이며, 그들의 가정생활과 사회생활의 기록이고, 특별히 뜻을 둔 사람의 열성스런 수집을 기다리지 않는 한 영구히 어둠 속에 파묻힐 성질의 것이라고 말하고 있다.

『명엽지해』는 1958년 민속학자료간행회가 발간한 유인본油印本 『고금소총』에도 전재되었으며, 또 1982년에 간행된 태학사太學社판 『손진태선생전집孫晉泰先生全集』 제3권에도 『조선민담집朝鮮民譚集』과 아울러 『명엽지해－부 속지해』가 합본되어 있다. 책의 첫머리에 간략한 자서가 붙어 있어, 이 책이 저자가 병으로 서호西湖에 칩거할 때 촌사람들의 한담閑談을 듣고 틈틈이 기록해 두었던 자료들의 집성임을 밝히고 있다. 자서 끝에서는 "풍산후인 현묵자가 서호 정사에서 쓰다(豊山後人玄默子書于西湖精舍)."라고 밝히고 있다. 이러한 사실은 책 끝에 기록되어 있는 창해노인滄海老人 허격許格의 발문에서도 거듭 확인된다.

내용은 대체로 유명한 혹은 무명 인물들의 해학적인 일화가 주종을 이루고 있다. 그 가운데 상당수가 외설스러운 이야기들이다. 총 76편의 이야기에 <기롱장백妓籠藏伯>·<완락파수腕樂罷倅>·<철송낙제撤訟落梯>의 예처럼 각각 4언으로 된 제목이 붙어 있는데, 제1화에서 제51화까지에는 매 편 끝에 '야사씨왈野史氏曰'이라는 작자의 논평이 첨부되어 있다. 작자의 『순오지旬五志』 등과 함께 설화 연구에 매우 중요한 자료집이다.

[참고문헌] 『고금소총』 / 손진태, 『손진태선생전집』 3(태학사, 1982).

041 <무당호랑이> 설화

호랑이 떼에게 잡아먹히게 된 사람이 피리소리로 호랑이 떼를 물리치고 부자가 되었다는 내용의 설화. 소담笑譚에 속하는 설화 유형의 하나로 <춤추는 호랑이>, <무녀호巫女虎>, <무동舞童 탄 호랑이> 등으로도 불린다. 독립된 유형으로서뿐만 아니라 <아버지의 유물과 3형제> 설화의 삽화로서도 구연되며, 서울을 비롯하여 충청남도 홍성·서산·아산, 평안북도 철산·정주·선천 등지로부터의 자료보고가 있었다.

어떤 나무꾼이 산으로 나무를 하러 갔다가 호랑이를 만났다. 어쩔 수가 없어 나무 위로 올라갔더니 호랑이가 제 패거리를 모아 목말을 타고 쫓아왔다. 죽음을 각오한 나무꾼은 평소 좋아하던 피리(통소)를 불었다(아버지의 유물과 3형제 유형에서는 대체로 유물로 받은 장구를 치는 것으로 되어 있다). 이에 맨 밑에 있는 호랑이가 춤을 추는 바람에 목말이 무너져 내려 호랑이들은 모두 떨어져 죽어 버렸다. 나무 위에서 내려온 나무꾼은 많은 호랑이 껍질을 가지게 되었다.

이와 같은 이야기는 외국에서도 널리 구연되고 있으니, AT 121 <무동을 타고 나무 위로 오르는 이리*Wolves climb on top of one another to tree*>는 핀란드·발틱 3국·스페인·프랑스·독일·헝가리·러시아·인도 등지에 분포되어 있다. 일본의 <천필랑天匹狼>도 앞 부분의 삽화는 우리의 <무당호랑이>와 같다.

[참고문헌] 손진태, 『조선민담집』(향토연구사, 1930) / 한상수, 『충남의 구비전승』, 상(한국예술단체총연합회 충청남도지회, 1987).

042 <무수옹無愁翁> 설화

근심 걱정 없는 사주팔자를 타고난 노인에 관한 설화. 신이담神異譚에 속하는 설화 유형의 하나로 자료집에 따라 <근심 없는 노인>, <천자보다 팔자 좋은 노인>, <임금님과 사주팔자 같은 사람>, <며느리 열둘 가진 사람> 등으로도 채록되어 있다. 이 설화 유형의 분포 지역은 전국에 걸쳐 널리 퍼져 있으며, 이 설화의 내용은 각편에 따라 세부적인 차이가 있기는 하지만, 전체적인 줄거리는 거의 동일하게 나타난다.

한 시골 노인이 많은 자녀(아들 열둘, 딸 하나)를 두어 모두 성례시켰다. 자녀들이 매우 효성스러워 매달 번갈아 아버지를 극진하게 모셨으므로 노인은 걱정거리가 없어 '무수옹無愁翁'이라 하였다. 이 소문을 전하여 들은 임금은 노인이 정말 그러한가를 시험해 보기로 하였다. 그리하여 노인을 불러 구슬을 주며 "언제든지 가져오라 하면 가져오라."라고 하였다. 이에 노인이 배를 타고 한강을 건너려는데, 미리 임금의 밀명을 받은 사공이 노인에게 구슬을 보여 주기를 간청하였다. 구슬을 구경하던 사공은 일부러 물속에 빠뜨려 버렸다. 할 수 없이 집으로 돌아간 노인은 걱정 때문에 식음을 전폐하고 누웠다. 자녀들이 아무리 그 까닭을 물어도 노인은 대답을 하지 않았다. 자녀(또는 며느리)가 시장에서 잉어를 사다 요리를 하여 드리려고 보니 잉어의 뱃속에서 구슬이 나왔다. 다시 임금의 부름을 받은 노인은 태연히 구슬을 바쳤다. 깜짝 놀란 임금은 사실 이야기를 다 듣고는 감복하지 않을 수 없었다.

　이러한 기본적 골격의 서두 부분에 다른 삽화가 첨가되어 약간의 변이 양상을 보이는 경우도 있다. 가령, 어떤 임금이 '한날한시에 태어났는데 나만 임금이 되고 다른 사람은 왜 그렇지 못한가?' 하는 의심을 품던 중, 시골에서 사주팔자가 같은 사람을 찾아내어 생활 형편을 물어보니 "아무런 걱정거리가 없어 임금님 부럽지 않습니다."라고 대답하였다. 그 다음 이야기는 앞의 내용과 같이 이어진다.

　어떤 자료에 의하면 그 시골 사람은 꿀벌을 많이 치는 것으로 나타난다. 따라서, 백성을 다스리는 임금이 꿀벌을 다스리는 백성과 운명이 같음을 깨달았다는 것이다. 이 <동사주팔자同四柱八字의 임금과 벌치기> 삽화는 일찍이 홍만종洪萬宗의 『순오지旬五志』가 『황명소설皇明小說』을 인용한 곳에도 나타나는 것을 보면, 양자는 전파상의 연관이 있을 듯하다. <무수옹> 설화의 또 다른 이형異型 중에는 어떤 고관(또는 어사)이 민정을 시찰하던 도중 '무수당無愁堂'이라는 현판을 단 촌가를 발견하고 그 사실을 임금에게 보고하여, 임금이 그 현판의 주인을 시험해 보려는 데에서부터 이야기가 시작된다.

　이와 같은 설화 유형에 나타나는 이야기의 궁극적인 의미에는 부귀가 곧 행복일 수는 없다는 가치관 및 인간의 운명은 예정되어 있다는 숙명론, 그리고 지극한 효행에 대하여는 하늘도 감동한다는 응보론 등이 반영되어 있는 것으로 보인다.

[참고문헌] 홍만종, 『순오지』 / 『한국구비문학대계』(한국정신문화연구원, 1980~1986) / 임석재, 『임석재 전집2 한국구전설화-평안북도편 Ⅱ』(평민사, 1988).

043 무한담無限譚

　형식담의 하나. 화자가 똑같은 행위를 반복하여 이야기함으로써 청자로 하여금 더 이상 들으려는 욕망을 단념케 하려 할 때 구연한다. 무한담은 이처럼 둔사적遁辭的 수법으로도 사용되나, 둔사적 목적 없이 구연되는 경우도 많다. 이 경우에는 이야기를 좋아하는 사람이 이야기꾼을 현상 모집하는 것으로 시작되고, 어떤 사람(즉, 이야기 속의 화자)이 자원하여 끝없이 이야기를 반복하여 상대방(즉, 이야기 속의 청자)을 굴복시킨 후 현상(돈 또는 딸)을 받는 것으로 끝난다. 이런 이야기를 '액자설화額子說話'라고 한다면, 여기에는 이야기 속의 화자와 청자, 그리고 실제 이야기를 하거나 듣고 있는 화자와 청자가 존재하는 셈이 되어 후자에서는 둔사적 특성이 없어져 버린다. 흔히 '끝없는 이야기'라 불리고 있는데, 그 유형은 꽤 여러 가지가 있다.

몇 가지 예를 보이면 이러하다. ① 큰 병풍 안에 백석 정도의 벌들이 살았다. 모두 잿물을 물어 오려고 밖으로 흩어졌다가 한 마리씩 돌아와 '뱅뱅 붙었다가 들어간다.' ② 목수가 대궐을 짓기 위한 재목들을 구하러 큰 산으로 들어갔다. 큰 재목감을 하나 골라 '쿵하고 한 번 찍었다.' ③ 혹심한 가뭄이 들었다. 쥐 떼들이 가뭄을 피하여 강을 건너려고 한 마리씩 '풍덩하고 뛰어 들었다.' → 끝없는 이야기

[**참고문헌**] 조희웅, 『한국설화의 유형적 연구』(한국연구원, 1983).

044 『문소만록聞韶漫錄』

1595년(선조 28) 윤선각尹先覺[보통 소자小字인 국형國馨으로 널리 알려져 있음]이 지은 만필집漫筆集. 필사본. 이긍익李肯翊의 『연려실기술』 별집 '야사서목野史書目'에는 서명이 『문소만필聞韶漫筆』로 되어 있다. '문소'란 경상북도 의성의 별칭으로 저자의 선향이며 이 책을 쓴 곳이기도 하다.

이 책의 판본으로는 『대동야승』 권55 및 『패림稗林』 제6집, 『한고관외사寒皐觀外史』 권33·34, 『광사廣史』 제9집 소수본所收本이 알려지고 있다. 이 중 『대동야승』본은 단권이고, 『패림』과 『한고관외사』·『광사』본은 2

권으로 되어 있다.『광사』본은 1923년의 일본관동대진재日本關東大震災 때 불타 버렸으며, 김려金鑢의 정사발淨寫跋에 의하면, "전에 1권이었던 것을 이제 나누어 2권으로 한다(舊爲壹卷今分爲二卷)."고 되어 있으며, 그 내용도『대동야승』본과 같다고 한다.『패림』본 역시 2권으로 나누어져 있어, 상권은 임진왜란 때 영규靈圭의 승병 활동에 관한 이야기로 끝나고, 하권은 임진왜란 후의 참상에 관한 서술로 시작되고 있는데, 전체 내용은『대동야승』본과 똑같다. 단, 이『패림』본에는 주요 인물들에 대한 할주割註가 붙어 있다.

이 책의 서술 연대는 본문 가운데 여러 번 나타나는 '금년今年 운운'하는 말로써 미루어 알 수 있다. 가령, 저자가 금년의 일이라고 기록하고 있는 것 중, '봉룡절사신奉龍節使臣'의 접대를 둘러싼 한중 양국의 외교적 갈등은『선조실록』28년 4월 무오조戊午條에서 확인되고, '존호삭제尊號削除' 문제는 위의 7월 기축조己丑條에서 확인되므로, 이 책은 1595년(선조 28)에 지어진 것임이 분명하다.

이 책의 내용은 저자의 가족에 관한 이야기를 비롯하여 임진왜란을 전후한 체험 및 교우 이야기가 주종을 이루고 있으며, 그 밖에도 복식·풍속·예법에 관한 서술이나 을사사화나 기축년옥사[정여립 모반 사건鄭汝立謀反事件]와 같은 역사적 사건들도 눈에 띈다. 저자는 이 책의 추록追錄으로『갑진만필甲辰漫筆』도 지었는데, 이 역시『대동야승』과『패림』에 수록되어 있다.

[참고문헌]『패림』, 6(탐구당, 1969) /『국역 대동야승』, XIV(민족문화추진회, 1975) / 전간공작,『고선책보』(동양문고, 1944~1957).

045 ＜물것들의 싸움＞

이·벼룩·빈대·모기와 같은 물것들의 현재와 같은 형상의 기원을 설명한 설화. 동물유래담에 속하며, 채록 각편에 따라 ＜빈대의 환갑잔치>·<이와 벼룩과 모기의 글짓기 내기> 등으로도 알려져 있다. 채록 지역은 경기도 화성, 충청남도 당진, 전라북도 정읍, 구례, 경상북도 안동, 김천, 평안북도 신의주, 선천, 정주 등이다. 이들 자료를 정리하면 이 설화 유형의 유화類話는 3종으로 구분된다.

제1유화인 <물것들의 싸움>은 가장 단순한 내용의 이야기로서, 이와 벼룩과 빈대가 싸움을 벌인 결과, 빈대는 눌려 납작하게 되고 이는 채어 멍들었으며, 벼룩은 뺨을 맞아 주둥이가 뾰족해졌다는 것이다.

제2유화는 <빈대의 환갑잔치>이다. 빈대의 환갑잔치에 이와 벼룩이 초대를 받았다. 날쌘 벼룩은 먼저 뛰어가서 기다렸으나, 굼뜬 이는 좀처럼 도착하지 않았다. 그래서 빈대가 이를 맞이하러 나간 사이에 벼룩은 참다못해 준비해 두었던 술을 혼자서 다 마셔 버리고 새빨갛게 되었다. 뒤 늦게 도착한 이가 골을 내어 벼룩에게 달려들어 한바탕 싸움이 벌어졌다. 이들의 싸움을 말리려던 빈대는 둘 사이에 끼어 납작해졌고, 이도 등을 걷어채어 퍼렇게 멍이 들었다.

제3유화는 <물것들의 글짓기내기>이다. 이와 벼룩과 모기가 모여 글짓기를 하기로 하고 빈대를 시관試官으로 정하였다. 벼룩이 "팔짝 장판방壯板房[팔짝 장판방에서 뛰니] 단견일지인但見一指人[다만 한 손가락의 사람만 보도다.]"이라고 지으니, 이는 "슬슬 요간거腰間去[슬슬 허리 사이로 가니] 불견정구인不見正口人[입이 바른 사람을 보지 못한다.]"이라고 짓고, 모기는 "왱왱 이변과耳邊過[왱왱 귓가로 지나가니] 매견타협인每見打頰人[매번 뺨을 치는 사람을 본다.]"이라고 지었다. 빈대가 모기를 장원으로 뽑자 이와 벼룩이 골을 내고 달려들어 싸움이 벌어졌다. 그 때부터 빈대는 눌려 납작하게 되고 모기는 다리가 늘어나 길게 되었으며, 벼룩은 주둥이가 뽑혀 뾰족하게 되었고, 이는 걷어채어 까맣게 멍들게 되었다고 한다.

이상과 같은 세 유화는 원천적으로 하나의 원형으로부터 화자의 능력에 따라 부연되거나 망각된 결과 '1 → 2 → 3', 또는 '3 → 2 → 1'의 과정을 밟아 분화되었을 것으로 생각된다. 이 이야기의 묘미는 물것들의 특이한 형상에 대한 유래 설명에서뿐만 아니라, 그들이 지은 시의 내용에서도 맛볼 수 있다.

[참고문헌] 손진태, 『조선민담집』(향토연구사, 1930) / 『한국구비문학대계』(한국정신문화연구원, 1980~1988) / 한상수, 『충남의 구비전승』, 상(한국예술문화단체총련합회 충청남도지회, 1987) / 임석재, 『임석재전집 2 한국구전설화─평안북도편』 Ⅱ·Ⅲ』(평민사, 1988~1989).

046 민담民譚

민간에 전승되는 민중들의 이야기. 그러나 현실적으로 민담이라는 용어는 상당히 제한된 개념으로 쓰이고 있다. 즉 민간에 전승되는 민중들의 이야기의 뜻으로는 '민담'이라는 용어 대신 '설화'라는 용어가 사용되는 반면, 민담은 이 설화 갈래를 다시 세분했을 때의 하위 범주로 생각되어 온 것이다. 그러므로 민담이라는 용어는 외연적으로 매우 넓은 뜻을 가지고 있으나, 내포적으로 다소 좁은 의미를 가진 것으로서 혼란이 일어날 수 있는 용어이다.

설화의 하위 범주로서 민담을 정의하려면 필연적으로 설화의 다른 하위 범주들과 비교할 필요가 있다. 신화나 전설에 비하여 구분될 수 있는 민담의 특징은 다음과 같다. 첫째, 신화나 전설은 과거의 특정 시대에 일어났던 일회적인 사건을 그리는 데 비하여, 민담은 과거의 언제 어디에서나 몇 번이고 일어날 수 있는 전형적인 사건을 그린다. 따라서 신화나 전설이 진실성을 문제로 삼는 데에 반하여 민담은 진실성이 문제되지 않는다. 말하자면, 민담은 가장 시적인, 공상에 찬 허구이다.

둘째, 신화나 전설이 현존 증거물에 대하여 과거에 일어났던 사건과 경험을 설명하려는 객관성을 띠는 데에 반하여, 민담은 경험하는 자, 즉 작중 인물의 잇따라 일어나는 다양한 운명을 주관적으로 서술한다. 그러므로 화자話者에 대하여는 신화나 전설이 객관적인 문학임에 비해 민담은 주관적인 문학이라는 차이가 있다.

셋째, 신화나 전설에서 초자연적인 존재는 피안관념彼岸觀念을 불러일으키기 위하여 등장하지만, 민담에서는 주인공을 돕거나 해를 가하기 위한 힘이 되어 주인공을 예정된 목표로 이끌어가는 역할을 하고 있다.

신화나 전설은 늘 엄숙하지만, 민담은 엄숙함과 해학 사이를 오간다. 즉, 민담은 본질적으로 오락성을 띠므로 엄숙성과 신앙성의 관점에서 본다면, 신화나 전설은 사회적 맥락이 크게 작용하는 데 반하여 민담은 사회적 맥락이 그리 크게 작용하지 않는다고 할 수 있다. 그러나 신화·전설·민담 사이에 사회적 맥락의 작용이 항상 이렇게 확연하게 차이가 있는 것으로 드러나는 것은 아니다. 모티프motif로서 본다면 이 셋 사이의 근본적인 차이는 없다. 내용에 의하여 설화를 신화·전설·민담으로 세분한다는 것은 불가능하나, 민담이 전설이나 신화의 세계로 혼입되거나, 그와 정반대가 되는 경우는 흔히 있다.

(1) 구전민담과 문헌민담

민담이 입으로 전해지면 구전민담이라 하고, 구전되던 민담이 문자로 기록되면 문헌민담이라고 한다. 그러므로 구전민담이 구비문학에 속하는 것이라면 문헌민담은 기록문학에 속한다. 구비문학의 여러 다른 장르가 그러한 것처럼 민담의 생명도 구전된다는 데에 있다. 문헌민담의 경우 그것은 원래 구전민담의 기록이며, 일단 그것이 기록되어 버리면 생명력은 사라져 버린다고 할 수 있다. 기록된 민담이 다시 민중 속에서 들어가 구전될 때에야 비로소 그 문헌설화는 생명을 가지게 된다. 이러한 관점에서 민담의 현장성이란 이야기의 생명력과 관련하여 이처럼 중요한 것이다. 문헌민담이 문자를 해득할 수 있는 일부의 유식계급 사이에서만 행해졌던 반면에, 구전민담은 문자의 사용이 시작된 뒤에도, 오랫동안 문자와 관계가 없었던 대다수의 민중 사이에서 구전된 문학인 것이다.

민담연구를 위한 구전민담의 자료 및 채록은 중요하고 기본적인 것이다. 어느 학문이건 자료가 필요하지 않은 경우가 없겠지만, 민담자료는 특히 현지조사에서 직접 얻은 원문 그대로의 것, 곧 현장성을 포함하는 자료이어야 한다는 것이 그 특징이다. 그렇다고 하여 문헌자료가 쓸데없다는 것은 절대 아니다. 구전민담의 경우, 그 이야기가 역사 속에서 확실히 전승되어 왔다는 증거를 찾을 수 없는 반면, 민담의 역사를 확인하려면 증거가 남아 있는 문헌기록을 통하는 수밖에 없기 때문이다. 물론 문헌민담의 경우, 기록자 임의대로 고쳐서 기록하는 일이 심함을 자료 이용에 앞서 충분히 생각하지 않으면 안 된다.

(2) 민담의 표현형식

설화의 하위 범주 중에서도 특히 민담의 표현형식은 고정된 방법을 따르는 경향이 있다. 이러한 민담의 표현형식을 논할 때, 지금까지 가장 많이 언급되어 온 것은 서두와 결말의 형식이다. 가령 민담의 서두는 늘 '옛날 어떤 곳에' 또는 '옛날 옛날 오랜 옛날' 따위로 시작된다. 또한 민담의 결말도 대개 고정된 형식을 유지하고 있는데, 가령 '이게 끝이오.' 등의 끝났음을 나타내는 말이다. '그래 잘 살다 죽었지.' 등의 행복한 결과를 나타내는 말, 혹은 '이건 어렸을 때 조부님께 직접 들은 얘기지요.' 하면서 이야기의 출처를 밝히는 말, '모두 말짱 거짓말이지요.' 하면서, 이야기 자체의 신뢰성에 대한 부정적 태도, '바로 엊그제가 잔칫날(혹은 장삿날)이었는데, 내가 가서 잘 먹고 방금 오는 길일세.' 하면서 해학적으로 이끄는 말 따위가 그것이다.

민담의 표현형식에 대한 폭넓은 고찰로는 덴마크의 올릭A. Olrik의 논문 "설화의 서사 법칙"(1909)이 있다. 올릭의 논문을 근거로 하여 민담을 설명하면 다음과 같다.

① 시작과 종말의 법칙 : 민담은 갑자기 시작되어 갑자기 끝나는 것이 아니다. 그러므로 가령 민담은 주인공의 약혼 혹은 혼인에서 갑자기

끝나는 일은 거의 없고, 부차적인 인물의 운명을 약간 듣거나 혹은 주인공과 그의 아내가 '행복하게 살다가 죽었다.'와 같이 끝난다.

② 반복의 법칙 : 화자가 강조하고 싶은 것은 거듭 이야기한다. 그러므로 똑같은 인물이나 혹은 비슷한 성격의 인물이 거듭 등장하여 똑같은 행위나 어구를 반복하여 강조하기도 한다. 반복의 법칙과 관련하여 민담 진행의 형식 중 누적적 형식, 연쇄적 형식, 회귀적 형식 등이 있음을 지적할 수도 있다.

③ 숫자 3(3중성)의 법칙 : 위와 같은 반복의 방법은 흔히 숫자 3과 결합되어, 세 번 반복된다. 이때 사건의 강도는 점점 강해진다. 민담의 등장인물이나 행위·사건 등이 3과 관련되어 있음은 누구나 잘 아는 사실이다.

④ 이물과 고물의 법칙 : 사람이나 사물의 차례 중 순서상으로 우선되는 것은 제일 앞의 것이지만 서사적 전개에서 최종적으로 우선되는 것은 최후의 것이다. 주인공의 적대자나 원조자들이 3으로 되어 있을 때, 처음에는 가장 어리고, 작고, 약한 것이 오고, 최후에는 가장 나이가 많고, 크며, 강한 자가 온다. 반면, 주인공 자신은 3형제 중 가장 젊고, 작고, 약하다. 예컨대, <3형제담>에서 아버지에게서 가장 많은 유산을 받는 것은 장남이지만, 최후에 가장 행복하게 되는 것은 막내이다. 그러나 이 법칙은 오로지 서사시적인 것일 뿐 종교 사태에는 해당되지 않는다. 삼위일체의 신의 체계에서는 제1의 신이 역시 가장 유력한 것이 보편적인 것이다.

⑤ 한 장면에 둘의 법칙 : 한 장면에는 두 인물밖에 등장하지 않는다. 그 이상의 인물이 등장하더라도 동시에 행동하고 있는 것은 두 사람뿐이다. 여기서 인물이라 함은 독자적 성격과 행위가 독자적인 기능을 가지는 모든 존재를 가리킨다. 그러므로 민담에서 영웅이 괴물과 싸울 때, 괴물에게 납치되었던 인물은 침묵을 지키는 인물로 되었다가 괴물이 죽은 뒤에야 다시 행위에 가담하게 된다.

⑥ 대조의 법칙 : 장면 통일의 법칙에 속하는 것으로 민담의 인물은 늘 노인과 젊은이, 대大와 소小, 부자와 빈자, 거인과 인간, 선과 악, 현명함과 어리석음 따위가 대립되어 나타난다. 이 법칙은 교훈적 이원성과 연관되는 경우가 많다.

⑦ 쌍둥이의 법칙 : 두 사람이 똑같은 역할을 할 경우, 그 두 사람은 작고 약한 존재이다(일원적). 이 때 두 사람은 쌍둥이인 경우가 많다. 두 사람이 힘을 얻게 되면 두 사람은 적대적인 관계가 된다.

⑧ 단선화單線化 : 줄거리는 늘 단순하며 직선적이다. 둘 혹은 그 이상의 줄거리가 복합되어 나타나면 이는 높은 차원의 문학작품이라는 증거이다.

⑨ 형식화 : 동일한 종류의 상황은 될 수 있는 한 거의 똑같이 묘사되고, 변화를 생기게 하는 어떠한 시도도 하지 않는다. 그러므로 비슷한 언어를 반복하여 사용하는 것도 이런 법칙으로 설명할 수 있다. 우리가 어떤 민담을 처음만 듣고도 그 이야기가 어떻게 진행될 것인가를 미리 알 수 있는 것도 이 민담의 형식성 때문이다.

⑩ 플롯의 일관성 : 가령, <천냥짜리 예언담>에서 주인공이 세 가지 예언을 받았다면 이야기의 줄거리는 끝까지 예언의 실현에 대해 이야기하고, 죽을 운명의 주인공에 대하여는 끝까지 그가 어떻게 그 운명을 벗어나는가에 대하여 이야기한다.

[참고문헌] 장덕순, 『한국설화문학연구』(서울대학교 출판부, 1970) / 한국구비문학회, 『구비문학개설』(일조각, 1971) / 김열규 외, 『우리민속문학의 이해』(개문사, 1979).

047 반복담反復譚

설화의 하위 양식인 형식담의 한 종류. 주인공의 유사한 행동이 여러 차례에 걸쳐 반복 표현된다는 점을 특징으로 지닌다. 따라서 누적적 형식담이라고도 할 수 있다. 무한담無限譚의 경우에도 반복적 행동이 나타나나 동일 행동이 무한히 반복된다는 점에서 반복담과는 구별된다. 반복담은 그 형식 또는 내용에 따라 ① 행운에 관한 것, ② 불행에 관한 것, ③ 징치懲治 또는 보복에 관한 것, ④ 문답에 의한 것, ⑤ 시키는 대로 따라 하는 바보에 관한 것, ⑥ 회귀적 특성을 지닌 것 등으로 세분할 수 있다.

①은 점층적인 성공이 누적되어 마침내 커다란 성공을 얻게 되는 이야기이다. <증식增殖하는 며느리>·<조 이삭 하나>·<새끼 세 발> 등이 그러한 예인데, 이 중 <새끼 세 발>의 경우를 보면, '새끼 세 발→깨진 동이→새 동이→죽은 말→산 말→산 색시'의 순서로 진행된다.

②는 ①과는 반대되는 것으로 누적에 의한 불행을 이야기해 준다. <긴 이름의 아이>, <꿀 소동>, <소 잃고 도끼 잃고> 등을 들 수 있다. <꿀 소동>의 경우는 '사냥꾼이 꿀을 따서 기름집으로 가져갔다→파리떼→새→기름집 고양이→사냥꾼의 개→기름집 주인→사냥꾼→기름집 주인과 한 동리 사람들→사냥꾼 주인과 한 동리 사람들'의 연쇄 살인으로 확대되어 간다. <소 잃고 도끼 잃고>와 같은 예는 바보의 연속된 실패담이라는 점에서는 ⑤와 상통한다고 하겠으나, ⑤에서는 바보가 남의 말을 듣고 따라 하는 데 비하여 여기에서는 제 스스로 행동한다는 점이 다르다. <소 잃고 도끼 잃고>의 주인공은 그의 어리석음으로 말미암아 '소→도끼→옷→아이→생식기'를 차례로 잃는다.

③은 악인에 대한 동물 또는 사물들의 연쇄적 보복을 이야기한다. <지게가 져다 버린 범>과 같은 예는 '파리(풍뎅이) → 잿속 ; 달걀(밤) → 물통 ; 게(자라, 고춧가루) → 부엌 바닥 ; 쇠똥(개똥) → 문지방 위 혹은 들보 ; 절구통(맷돌) → 마당 ; 멍석 → 동아줄 → 대문간 ; 지게 → 호미'의 순으로 보복이 진행된다. ③은 동물의 의인담이라는 점에서 동물담으로 분류될 수도 있겠지만 누적적 형식을 취한다는 형태적 특성 때문에 형식담으로 분류되는 것이다.

④는 화자가 문답법을 사용하여 이야기를 진행시키는 것이다. <개를

그려 먹지>·<스님의 소실小室>·<집안 문안> 등의 예가 있는데, 첫 번째 유형의 경우를 보면 '배가 아프다→ 개를 그려 먹는다→ 호랑이를 그려 먹는다→ 포수를 그려 먹는다→ 포도군관을 그려 먹는다→ 군수의 호출장을 써서 먹는다→ 똥이 되어 나온다'의 순으로 진행된다.

⑤는 바보가 충고자의 권유를 그대로 실행하다가 계속 실수를 하는 우행담愚行譚이다. 이 부류는 내용상으로 보면 소담임이 분명하지만 그 특이한 형식으로 인하여 형식담에 배속되는 것이다. <설떡 술떡>의 예를 보면, ㉠ 바보가 아는 사람을 만났다. "자네 뭘 먹었나?", "떡.", "떡은 애들이나 먹는 것, 요담엘랑 술을 먹게.", "그럼세." / ㉡ 며칠 뒤 다시 만났다. "뭘 먹었나?", "술.", "얼마나?", "세 개.", "또 떡, 요담엔 몇 잔이라 하게.", "그럼세." / ㉢ 며칠 뒤 다시 "뭘 먹었나?", "술.", "얼마나?", "석 잔.", "어떻게?", "구워서.", "또 떡, 요담엔 데워서 먹었다 하게.", "그럼세." / ㉣ 며칠 뒤, "뭘 먹었나?", "술.", "얼마나?", "석 잔.", "어떻게?", "데워서.", "어디 앉아?", "안반머리.", "또 떡, 요담엔 안주상이라 하게.", "그럼세." / ㉤ "뭘 먹었나?", "술", "얼마나?", "석 잔.", "어떻게?", "데워서.", "어디서.", "안주상.", "무슨 안주하고?", "꿀하고 먹었네."와 같이 누적된다.

⑥은 이야기의 출발점이 귀착점으로 되고 있다. 즉 회귀적 진행방식을 취한다. <두더지 혼인>에서 두더지의 구혼 여행은 '해→ 구름→ 바람→ 미륵→ 두더지'의 순으로 진행되는데, 각편에 따라서는 '미륵'이 '은진미륵'으로 되어 향토성을 보이기도 한다.

[**참고문헌**] 조희웅, 『한국설화의 유형적 연구』(한국연구원, 1983).

048 『백야기문白野記聞』

조선 후기의 문신 조석주趙奭周가 조야朝野[조정과 민간]에서 보고 들은 것을 적은 명인 일화집. 1권. 필사본. 매 면 10행씩인데, 매 단락 첫 행은 계속되는 행들보다 한 자를 내어 써 20자로 되어 있다. 책 이름은 저자의 호인 백야白野에서 취한 것으로 야사총서인 『패림稗林』 제8집에 수록되어 있다. 이 책의 내용은 대체로 16, 17세기 무렵의 이름난 선비나 유학자들의 언행이 주를 이루고, 그 중에는 저자 자신의 스승과 벗들의 일화나 세태 비평도 포함되어 있다. 저자의 스승은 송시열宋時烈과 같은 기호학파畿湖學派로서 예론禮論에 밝은 것으로 이름났던 권시權諰이다. 이 책에 수록되어 있는 그의 일화 가운데 하나를 살펴보면 다음과 같다.

그는 농담을 좋아하였다고 한다. 한 번은 그가 말하기를 "지금의 은사隱士는 모두 '뻐꾹 은사法局隱士'다."라고 하여, 어떤 사람이 그 까닭을 물어 그가 다음과 같이 대답하였다. "내 일찍이 어린아이들이 숨바꼭질하는 것을 보니, 술래가 된 아이가 오래도록 숨은 아이를 찾아내지 못하면, 숨었던 아이가 스스로 '뻐꾹 뻐꾹' 하고 외쳐 술래로 하여금 속히 달려오게 한다. 지금의 은사는 겨우 은일隱逸의 미명을 얻은 뒤 세상이 저를 알아주지 않을까 두려워하여 그 스스로 알려지는 방도를 찾으니, 이는 자신의 몸을 숨기지 않고 스스로 '뻐꾹' 하고 외쳐 대는 자와 같은 것이다."

『백야기문』에는 이러한 단편들이 총 70개가 모아져 있다. 이들은 인물 연구뿐만 아니라 당대의 정치·사회·사상 등을 살피는 데에도 중요한 자료가 된다. 이 책은 원래 『광사廣史』 제6집에도 들어 있었으나, 불행하게도 1923년 관동 대지진 때 타 버렸다. 거기에 김려金鑢가 정사淨寫한 발문跋文이 있는데 거기에, "그 전편의 주된 뜻이 다만 당론무군자黨論無君子[당론에는 군자도 없다는 뜻. 『백야기문』 일곱 번째 자료에 나오는 말]라는 다섯 글자가 있어 전체 의미를 잘 읽어 보니, 중봉重峯을 배척하였고, 우계牛溪와 율곡栗谷을 능멸하였으며, 우옹尤翁을 비방하였다."고 하였다.

[참고문헌] 『패림』 / 전간공작, 『고선책보』(동양문고, 1944~1957).

049 <백일홍百日紅> 설화

처녀의 넋이 백일홍꽃으로 피어났다는 내용의 설화. 식물 유래담의 하나로, 신이담神異譚 중 기원담에 속하는 이야기 유형이다. 이 설화는 두 가지 종류가 알려져 있는데, 그 하나는 인신공희人身供犧 및 영웅의 괴물 퇴치 모티프를 중심으로 하는 것이고, 다른 하나는 벼랑으로 떨어져 죽은 두 처녀에 관한 것이다. 이 중 보다 널리 알려져 있는 내용을 요약해 보면 다음과 같다.

옛날 어떤 어촌에서 목이 셋이나 되는 이무기에게 해마다 처녀를 제물로 바치고 있었다. 어느 해에도 한 처녀의 차례가 되어 모두 슬픔에 빠져 있었다. 이 때 어디선가 용사가 나타나 자신이 이무기를 처치하겠다고 자원하였다. 처녀로 가장하여 기다리던 용사는 이무기가 나타나자 달려들어 칼로 쳤으나 이무기는 목 하나만 잘린 채 도망갔다. 보은의 뜻으로 혼인을 청하는 처녀에게 용사는 지금 자신은 전쟁터에 나가는 길이니 100일만 기다리면 돌아오겠다고 약속을 하고, '만약 흰 깃발을 단 배로 돌아오면 승리하여 생환하는 것이요, 붉은 깃발을 단 배로 돌아오면 패배하여 주검으로 돌아오는 줄 알라'고 이르고 떠나갔다. 그 뒤 처녀는 100일이 되기를 기다리며 높은 산에 올라 수평선을 지켜보았다. 이윽고 수평선 위에 용사가 탄 배가 나타나 다가왔으나 붉은 깃발이 펄럭이고 있었다. 처녀는 절망한 나머지 자결을 하고 말았다. 그러나 사실은 용사가 다시 이무기와 싸울 때 튀긴 피가 흰 깃발을 붉게 물들였던 것이다. 그 뒤 처녀의 무덤에서 이름 모를 꽃이 피어났는데, 백일 기도를 하던 처녀의 넋이 꽃으로 피어났다 하여 백일홍이라 불렀다고 한다.

이상과 같은 이야기는 기본적으로 몇 개의 유명한 모티프가 결합하여 이루어진 것이다. 즉 <심청전>의 '인신공희' 모티프, <지하국대적퇴치> 설화의 '괴물 퇴치' 모티프, <치마바위> 설화의 '신호의 색깔을 오인한 자결’ 모티프, <할미꽃> 설화의 ‘꽃으로의 환생’ 모티프 등이 그것이다. 이들 모티프는 서양의 테세우스 또는 페르세우스 등의 영웅담에도 나타나는 것으로 범세계적인 분포를 보이고 있으며, 구비문학뿐만 아니라 기록문학에도 커다란 영향을 미쳐 끊임없이 문학의 테마가 되어왔다는 점에서 중시된다.

[참고문헌] 최영전, 『백화보』(창조사, 1963) / 임동권, 『한국의 민담』(임동권, 서문당, 1972) / 길운 정리, 『백일홍』(연변인민출판사, 1979) / 『조선족민간고사선』(상해문예출판사, 1982).

* <별숙향전別淑香傳> ☞ <숙향전>

050 <봉선화鳳仙花> 설화

봉선화 또는 봉숭아라 불리는 화초의 유래에 관한 설화. 신이담神異譚 중 기원담에 속하는 이야기 유형이다. 민간에 전래되는 각편 중에는 봉선화라는 꽃 이름이 ‘봉선’이라는 궁녀의 이름에서 유래되었다는 것과 ‘봉선’이라는 신선의 이름에서 유래되었다는 것의 두 가지 종류가 있다.

이 중 후자는 선계仙界에 다녀온 나무꾼의 이야기, 즉 ‘신선이 찾아 준 금도끼’ 및 ‘선계에서 이틀 묵고 20년 뒤의 인간계로 돌아온 나무꾼’이라는 삽화가 결합된 것으로서, 이야기의 본 내용과 끝부분에 덧붙은 설명적 요소 간의 필연성이 결여된 느낌이 있다. 반면 전자는 역사적 전설로서 봉선화의 현전 여러 특징을 매우 그럴 듯하게 설명해 주고 있어 훨씬 더 사실성이 있어 보인다.

백제(혹은 고려) 때 한 여자가 선녀로부터 봉황 한 마리를 받는 꿈을 꾸고 딸을 낳아 ‘봉선’이라고 이름을 지었다. 봉선이는 곱게 자라 천부적인 거문고 연주 솜씨로 그 명성이 널리 알려졌고, 결국 임금님 앞에 나아가 연주하는 영광까지 얻게 되었다. 그러나 궁궐로부터 집으로 돌아온 봉선이가 갑자기 병석에 눕게 되었다. 그러던 어느 날 임금님의 행차가 집 앞을 지나간다는 말을 들은 봉선이는 간신히 자리에서 일어나 있는 힘을 다하여 거문고를 연주하였다. 이 소리를 알아보고 찾아온 임금님은 봉선이의 손으로부터 붉은 피가 맺혀 떨어지는 것을 보고 매우 애처롭게 여겨 무명천에 백반을 싸서 동여매 주고 길을 떠났다. 그 뒤 봉선이는 결국 죽고 말았는데, 그 무덤에서 이상스런 빨간 꽃이 피어났다. 사람들은 그 빨간 꽃으로 손톱을 물들이고, 봉선이의 넋이 화한 꽃이라 하여 '봉선화'라 이름을 지어 불렀다.

어떤 이본에서는 자신의 부정을 의심한 남편에 대한 항거와 결백의 표시로 자결을 하고 만 여자의 넋이 봉선화로 피어났는데, 그 씨를 조금만 건드려도 톡 튀어나가는 것은 자신의 몸에 손대지 말라는 뜻이라 한다. 요컨대, 이상과 같은 이야기는 봉선화의 형태적 특징을 관찰한 민중들이 이를 기원론적으로 설명하려 한 데에서 비롯된 것으로 생각된다.

[참고문헌] 최영전, 『백화보』(창조사, 1963) / 『한국구비문학대계』(한국정신문화연구원, 1980~1988) / 한상수, 『충남의 구비전승』, 상(한국예술문화단체총연합회 충남지회, 1987).

051 『부담浮談』

편자·연대 미상의 소담집. 1책. 국문필사본. 여러 고도서 목록들에는 서울대학교 도서관에 소장되어 있는 것으로 기록되어 있으나, 현재 동 도서관에서 이 책을 찾을 수 없고, 이병기李秉岐의 저서들에 소개되어 있는 약간 편을 통하여 그 내용을 짐작할 수 있을 뿐이다. 원래 '부담'이란 '세상에 떠돌아다니는 근거 없는 말'이라는 뜻이다. 그러나 이 낱말을 책 이름으로 삼은 직접적인 동기는 이 책 둘째 면에 있는 다음과 같은 일화로 말미암은 것이다.

조위한趙緯韓은 이항복李恒福의 벗으로 말을 잘하고 해학을 즐기었다. 하루는 조위한이 이항복의 집으로 놀러 오니, 마침 이항복이 외출하고 없었으므로 문 위에 "부담천자浮談天子 붕崩하다."라고 쓴 후 돌아갔다. 이항복이 돌아와 보고 즉시 그 아래에 "태자 위한이 입立하다."라고 썼다. 뒤에 이 말을 전해 들은 조위한이 욕보임을 나무라니, 이항복이 대답하기를 "아비 죽으니 아들이 섬이 마땅하니 사관史官이 기록한지라 누가 시비하리오."라고 하였다는 것이다. 따라서 '부담'이라는 서명은 이러한 이야기에서 유래한 것임을 알 수 있다.

이 책이 학계에 널리 알려지게 된 것은 이병기가 『요로원야화기要路院夜話記』라는 산문 단편집을 간행하면서 그 속에 『부담』 소재의 세 편을 뽑아 <신방초일新房初日>·<불효부전不孝婦傳>·<해서기문海西奇聞>이라는 제목을 붙여 실음으로써 시작되었다. 이 중 <불효부전>은 지략담의 일종으로 시아버지가 거짓 부고로써 밉게 여기던 셋째 며느리를 시험해 보려 하다가 도리어 낭패를 보았다는 이야기이며, 또한 <해서기문>은 과장담으로, 방귀쟁이의 이야기이다.

황해도 봉산 땅에 방약장方約長의 딸이 태어나면서부터 두 볼기가 남다르게 크더니, 14세 되던 해 봄에 들로 나물을 캐러 갔다가 방귀를 뀌어 까투리 두 마리를 잡아왔다. 부모가 이를 의심하여 물으니, 딸이 부모 앞에서 방귀를 뀌어 변명하였다. 그 뒤 배풍헌의 아들에게 시집가서 또 방귀를 뀌다가 쫓겨났다. 친정으로 돌아오다가 또 방귀를 뀌어 원님의 약이 될 배를 따 주고 무명 한 통을 받아 가지고 다시 시집으로 가서 아들딸을 낳고 잘살다가, 방귀로 유명한 풍초관과의 내기에서 이겨 이름을 더욱 높였다.

그 밖에 이병기의 『국문학개론』에는 <벙어리가 중의 상투를 잡고 꾸짖는 이야기>라는 이항복의 일화가 『부담』 출전으로 소개되어 있기도 하다.

『부담』은 국문으로 표기된 소담집의 희귀한 예일 뿐만 아니라, 내용적으로도 우수한 우리 해학 문학의 정수라는 점에서 국문학사상 매우 귀중한 문헌이며, 그 특이한 어휘·문체들로 미루어 보아 국어학적으로도 중시될 만한 자료집이라 하겠다.

[참고문헌] 이병기, 『요로원야화기』(을유문화사, 1949) / 이병기·백철, 『국문학전사』(신구문화사, 1957) / 이병기, 『국문학개론』(일지사, 1961).

⁰⁵² 비유담比喩譚

　도덕적 교훈을 담은 짧은 이야기. 우화와 함께 풍유諷諭설화의 일종이다. 도덕적 문학유형이라는 점에서 비유담은 우화와 공통되지만, 이들을 엄격하게 구별하는 것은 매우 어렵다. 그러나 굳이 양자를 구별 짓자면 우화가 의인화된 생물·사물의 이야기인 데 비해, 비유담은 인간의 이야기라 할 수 있다.

　비유담에 대한 흥미는 이야기 그 자체에 있는 것이라기보다, 그 이야기가 그리고 있는 특별한 인간 행위와 일반적인 인간 행위와의 유추를 통하여 자아 나온다. 어원적으로 비유담에 해당하는 서구어 '패러블parable'이 원래 그리스어 'parabole'에서 나왔으며, 그 뜻이 '나란히 놓기' 곧 '병치竝置'라는 것은 매우 시사적이다. 따라서 비유담은 화자話者가 우리에게 전달하고자 하는 명제命題 혹은 교훈과 이야기의 구성 부분들 사이에, 암시적이기는 하지만, 상세한 유추를 강조하는 설화 형식이라 할 것이다. 비유담의 좋은 예로는 『신약성서』에 실려 있는 그리스도의 여러 비유들, 예컨대 <착한 사마리아 사람>(누가복음), <열매 맺지 못하는 무화과 나무>(누가복음), <탕자>(누가복음) 등을 들 수 있다. 우리가 일상생활 속에서 자주 사용하는 '고사성어故事成語'의 원설화도 일종의 비유담이었던 것이 많으며, 그들의 상당수는 『맹자』·『장자』·『열자』·『한비자』 혹은 불경 등과 같은 경서나 제자백가서에서 유래된 것이다. 우리나라에서도 비유담의 역

사는 매우 오랜 것으로 보이며, 현재 남아 있는 비유담의 자료로는 『삼국
사기』의 <화왕계花王戒>·<귀토지설龜兎之說> 등을 들 수 있다.

비유담에는 순수설화로서의 짤막한 비유담 외에도 이른바 가전假傳이나
탁전托傳 들이 있는데, 이들은 모두 가탁적假托的인 이야기이기 때문에 표
면적 이야기보다 잠재적인 의도(혹은 후반 문맥상에 노출되기도 한다)가
더 중시된다. 그리고 등장인물은 개성가치보다 집단성의 표상表象가치를
지향하는 사고가 뚜렷이 나타나고 있다. → 우화, 풍유설화

[참고문헌] 이재선, 『한국단편소설연구』(일조각, 1975).

053 <뻐꾸기의 유래> 설화

뻐꾸기 또는 뻐꾹새라고 불리는 새의 유래에 관한 설화. 신이담 중 기
원담에 속하는 이야기 유형이다. 민간에서는 수종의 변형이 전래된다.

첫째는 <떡국새> 전설이다. 옛날에 마음씨 고약한 시어머니와 착한
며느리가 있었다. 어느 날 며느리가 떡국을 퍼 놓고 잠시 자리를 비운 사
이에 개가 달려들어 떡국을 먹어치우고 도망갔다. 시어머니는 이를 며느
리의 소행으로 생각하고 홧김에 몽둥이로 며느리를 때린다는 것이 심하
여 죽이고 말았다. 며느리의 원통한 넋은 새가 되어 날아가며 "떡국 떡국
개 개" 하고 자신의 무죄를 주장하였다. '뻐꾹새'는 '떡국새'가 변하여 된
것이다.

둘째는 <풀국새> 전설이다. 이 유형은 흔히 <콩쥐팥쥐> 이야기에 접
속된다. 계모의 학대에 시달려 굶주리던 전처의 착한 딸이 호청에 들일
풀을 보고 정신없이 퍼 먹다가 죽고 말았다. 딸의 원통한 넋이 한 마리
새가 되어 날아가며 "풀국 풀국" 하고 울었다. '뻐꾹새'란 풀국을 먹다가
죽은 딸이 환생한 '풀국새'가 변음된 것이다.

셋째는 <나무꾼과 선녀> 설화에 접속된 것이다. 두레박을 타고 승천

하여 그리던 처자와 단란한 생활을 누리던 나무꾼은 다시 지상에 남기고 온 노모가 보고 싶어 견딜 수가 없었다. 이에 그의 아내가 천마 한 마리를 주며, '지상으로 내려가되 말이 세 번 울기 전에 반드시 승천해야지 그렇지 않으면 영원히 승천하지 못할 것이라'고 당부하였다. 아들을 만난 노모는 반가운 나머지 아들이 좋아하던 박국을 끓여 주었다. 그러나 너무 뜨거워 미처 먹지 못하는 사이에 천마가 두 번을 울었다. 아들은 급히 서두르다 뜨거운 박국을 말 등에 엎질렀다. 깜짝 놀란 말이 펄쩍 뛰는 바람에 나무꾼은 땅으로 떨어졌고 말은 세 번째 울음을 울고 승천하여 버렸다. 그리하여 하늘나라로 되돌아가지 못한 나무꾼의 원혼이 새가 되어 박국 때문에 승천하지 못했음을 호소하여 "박국 박국" 하고 울게 되었다는 것이다.

이상의 예에서 알 수 있는 바와 같이, 이 설화는 인간이 원한을 품고 죽어 새로 환생하게 된 전말을 이야기해 주고 있으며, 대체로 '떡국'·'풀국'·'박국' 등과 같은 낱말과 음의 유사함으로 새의 유래를 설명한다는 공통된 특징을 지니고 있다.

[참고문헌] 성기열, 『한국구비전승의 연구』(일조각, 1976) / 한상수, 『충남의 구비전승』 상(한국예술문화단체총연합회 충남지회, 1987) / 『한국구비문학대계』(한국정신문화연구원, 1980~1986).

054 『사재척언思齋摭言』

조선 중기에 김정국金正國이 지은 잡록집雜錄集. 2권. 사재思齋는 저자의 호이며, 김안국金安國의 아우로서, 안국, 정국 형제 모두 김굉필金宏弼의 문하에서 수학하였다. '사재척언'은 '사재가 주워들은 이야기'라는 뜻이다.

이 책의 확실한 저작 연대는 알 수 없으나, 다만 상권에서 "나는 황해감사로서(1518) 죄에 연좌되어(기묘사화) 벼슬이 떨어져 시골에 살게 된 지가 10년"이라 한 것과, 하권에서 초천椒泉의 효험에 관하여 기술한 데

이어 "목욕을 많이 한 경험 있는 자의 말을 널리 채집하고 목욕하는 법을 만들어서 욕탕 벽에다 걸어 두고 왔다. 그 때는 가정嘉靖 기해년(1539) 7월이었다."라고 한 것을 보면, 이 책은 여러 해에 걸쳐 틈틈이 썼던 것임을 알 수 있다.

이 책에 대하여 안로安瑠의 『기묘당적보己卯黨籍補』에는 "김정국의 호는 사재로서, 지은 책으로는 『척언』·『기묘당적』·『역대전수도歷代傳授圖』가 세상에 전한다."라고 하였고, 심수경의 『견한잡록』 자발自跋에는 "고금 문인들이 저술한 잡기가 심히 많은데, 내가 본 바를 들어 보면 …… 김정국의 『사재척언』 등의 서적은 모두 견문한 바를 기록한 것으로서 한가함을 타파하는 자료로 삼은 것이다."라고 하였다. 이수광李睟光은 『지봉유설』에서 "조선조 200여 년 동안의 저서로서 세상에 전하는 것은 매우 드물며, 소설로서 볼만한 것도 또한 얼마 없다.…… 김정국의 『사재척언』 …… 등과 같은 것이 있다."라고 하였다.

『사재척언』은 전 4권 2책으로 되어 있는 『사재집』의 제4권에 수록되어 있다. 여기에는 『기묘당적』도 첨가되어 실려 있다. 한편, 『사재척언』은 『대동운부군옥』·『국조인물지』 등에 인용 서목에 나타나며, 『연려실기술』 별집 문예전류文藝典類 야사 목록이나 『증보문헌비고』 예문고藝文攷 6 잡찬류雜纂類에도 나타난다.

현재 가장 널리 통용되고 있는 것은 『패림』본(도남陶南·정가당靜嘉堂 양본에 모두 포함되어 있다)으로 탐구당 영인본 제5집에 들어 있다. 그 밖에 『한고관외사』·『광사』(현재 소실) 같은 야사 총서에도 들어 있으며, 홍만종洪萬宗의 『시화총림』에는 그 초략抄略이 춘권春卷에 수록되어 있다. 『패림』본에는 매 항목마다 대체로 관련 인물들에 대한 주석이 붙어 있는데 간혹 '원주原註'라 한 것들이 나타나는 것으로 미루어, 원주 외의 것은 편찬자에 의한 후기일 듯하다.

이 책의 내용은 대체로 시화詩話 또는 명유名儒들의 일화가 중심을 이루며, 그 중에는 저자 자신과 연관된 이야기, 특히 기묘사화에 대한 기록이 많은데, 이 사화와 관련된 인물들 중 남곤南袞 등에 대한 폄貶이 여러 곳에 나타나 있다. 그 밖에도 중국 역사담, 고전 기록의 착오 시정, 경서의 어휘를 이용한 희담戲譚, 시의 대구對句 찾기, 풍속 설명, 저자의 주장, 점복이나 운명담, 민담적 자료 등이 잡다하게 섞여 있다.

[참고문헌] 『패림』/『한국의 사상 대전집』, 9(동화출판공사, 1972) / 전간공작, 『고선책보』, 2(동양문고, 1956).

055 <새털옷신랑> 설화

아내의 초상화로 인해 임금에게 아내를 빼앗긴 남자가 새털옷 때문에 다시 찾게 되었다는 내용의 설화. 신이담에 속하는 설화로, 채록자에 따라 <아내의 초상화>·<솔개로 된 천자> 등으로 명명한 경우도 있다. 문헌설화는 허균許筠의 『성수패설醒睡稗說』에 수록되어 있다. 구전설화는 일찍이 손진태孫晉泰가 1933년 평안북도 강계에서 채록한 것이 있다(무가 <일월노리푸념>).

1980~1988년에 걸쳐 간행된 한국정신문화연구원(현 한국학중앙연구원)의 『한국구비문학대계』에는 경기도 4, 강원도 1, 전라북도 3, 경상북도 1, 경상남도 1 등 도합 10여 편이 채록된 바 있다. 『임석재전집 2』에도 평안북도 정주 및 신의주에서 1937년에 채록한 유화가 소개되어 있기도 하다. 이 설화의 대략적인 내용은 다음과 같다.

한 가난한 총각이 새잡이와 구걸을 하여 연명하다가 우연히 미녀를 아내로 얻게 되었다. 남자가 좀처럼 일을 하러 나갈 생각을 하지 않자, 여자는 자신의 초상화를 그려주어 일터로 보냈다. 남자는 그 초상화를 나뭇가지에 걸어놓고 일을 시작하였다. 이 때 갑자기 강한 바람이 불어 와 초상화를 쓸어가 버렸다. 바람에 날린 초상화가 마침 임금이 있는 궁중 뜰에 떨어졌다. 이를 발견한 임금은 초상화의 주인공을 찾아오라는 명령을 내렸다. 부하들은 전국 방방곡곡을 찾아다닌 끝에 미녀를 발견하여 억지로 임금 앞으로 데려 갔다. 임금은 그녀를 왕비로 삼았다. 한편, 아내를 잃은 남자는 다시 새잡이를 하며 구걸하고 다녔다. 이 때 임금은 미녀의 마음을 돌리려 애를 썼으나 그녀는 도무지 웃을 줄을 몰랐다. 그리하여 걸인 잔치를 열어 달라는 그녀의 요청에 임금은 기꺼이 응하였다. 궁중의 걸인 잔치다 상당히 오랫동안 계속되나 왕비의 본남편은 좀처럼 나타나지 않았다. 잔치가 끝나는 마지막 날 새털옷을 입은 남자가 참석하여 유쾌히 춤을 추었다. 이 모습을 본 왕비가 비로소 웃음을 터뜨렸다. 그러자 임금은 그 웃음의 원인이 새털옷 때문이라 생각하고 걸인을 불러 옷을 바꿔 입자고 명령하였다. 임금의 옷을 입은 남자는 용상으로 올라가 앉고 임금은 걸인으로 몰려 궁 밖으로 쫓겨났다. 다시 만난 부부는 왕과 왕비로서 행복하게 살았다.

이와 같은 설화의 구성은 요컨대 전반의 '미녀와의 혼인 → 날려간 초상화 → 빼앗긴 아내'라는 모티프와 후반의 '웃지 않는 미녀 → 걸인 잔치 → 옷 바꿔 입기'라는 모티프의 결합으로 이루어져 있다. 이본에 따라서는 미녀를 빼앗아간 주체가 임금 대신 '대국 천자'나 '부잣집 영감'으로 되어 있는 경우도 있다. 이들은 모두 남자주인공이 대항할 수 없는 세력자라는 점에서는 '임금'과 다르지 않다. 미천한 주인공이 이들과 싸운 끝에 아내를 되찾고 부귀를 차지한다는 데에서 이 이야기에 투영된 민중들의 의식을 읽을 수 있다.

이 설화는 중국과 일본에서도 채록, 보고된 것으로 보아, 동북아시아 일대에 널리 유포된 유형임을 확인할 수 있다. 우리나라 · 중국 · 일본 등 3국에서는 '난제해결' 모티프의 포함 여부에 따라 2개의 하위 유형으로 세분된다. 일본에서는 난제 해결 유형이 퍽 많이 나타나는 데 비해, 우리나라에서는 이런 유형이 매우 드물다. 또한, 우리나라에서는 이 설화의 끝 부분이 새털옷을 입고 하늘로 날아 올라간 임금이 다시 땅 위로 내려오는 방법을 몰라 끝내 솔개가 되었다는 내용으로 된 이야기도 몇 편 채록되었다.

[참고문헌] 성기열, 『한국구비전승의 연구』(일조각, 1976) / 『한국구비문학대계』(한국정신문화연구원, 1980~1988) / 손진태, 『손진태선생전집』, 5(태학사, 1981) / 임석재, 『임석재전집』, 2(평민사, 1988) / 성기열, 『한국설화의 연구』(인하대학교출판부, 1988).

056 『서곽잡록西郭雜錄』

　　조선 전기에 이문홍李文興이 지은 야사집. 도남陶南[조윤제趙潤濟]본 『패림稗林』 소재 『서곽잡록』의 첫머리에 '이승지문홍소기李承旨文興所記'라 되어 있는데, 『숙종실록』 권63 45년 기해 2월조에 이문홍을 승지로 삼은 기록이 나와 있다. 이 책의 이본으로는 『패림』본(도남陶南·정가당靜嘉堂 양본에 모두 들어 있음) 외에 『아주잡록鵝州雜錄』본만 알려져 있다. 책의 분량은 얼마 되지 않아 46항목의 기사를 총 23장에 걸쳐 싣고 있다. 대체적인 내용은 선조 때의 사건을 비롯하여 광해군~숙종 연간의 일들을 인물 중심으로 서술한 것이다. 다음은 이 책의 제일 끝 항목에 있는 내용이다.

　　"백사白沙[이항복李恒福]가 북으로 귀양을 가게 되자, 어떤 사람이 묻기를 '지금 나랏일이 이러한 터에 이 같은 근심이 또 생겼으니 대감은 누구에게 집안일을 맡기고 가십니까?' 한즉, 백사는 대답하여 말하기를 '나에게 두 벗이 있으나, 하나는 이미 죽고 하나는 멀리 있어 서로 이별도 못하겠구나!' 하고 한탄하였다. 그의 말은 대개 한음漢陰[이덕형李德馨]과 우복愚伏：[정경세鄭經世]을 가리킨 것이었다. 공이 아직 작고하지 않았을 때 그 곁에 있던 아들 기남箕南에게 '정경세가 만약 이조판서가 된다면 반드시 너의 곤궁함을 구해 줄 것이다. 그를 찾아가 그에게 네가 내 아들임을 알게 하여라.' 하고 당부하였다. 인조 때 우복이 과연 이조판서가 되었는데, 기남을 만나 묻고 그가 백사의 아들임을 알았다. 그는 처연히 놀라고 슬피 여겼다. 기남이 곤궁하게 생활함을 들은 우복이 그에게 상당한 직을 제수하고 세상으로 하여금 이를 알지 못하게 하였다. 백사와 우복 사이야말로 참으로 심교心交를 이루었다 할 만하다.”

이 책이 지닌 자료적 가치는 임진왜란 및 병자호란의 양대 전란을 포함한 시대의 이면사 연구에 적지 않은 도움을 얻을 수 있다는 데 있다.

[참고문헌] 『패림』 / 전간공작, 『고선책보』, 2(동양문고, 1944~1957).

057 <서산대사西山大師> 설화

조선 중기의 고승高僧·승군장僧軍將이었던 서산대사 휴정休靜에 관한 설화. 휴정만 등장하는 이야기도 있지만, 흔히 사명당泗溟堂 유정惟政과 함께 지혜 또는 도술을 겨루는 이야기로 전승된다. 서산대사 설화의 여러 유형을 정리해 보면 다음과 같다.

첫째, 서산대사와 사명당의 지혜 및 도술 겨루기로, ① 문 안으로 들어갈 것인가, 문 밖으로 나갈 것인가? — 마음에 달려 있다. ② 주먹 안의 새를 죽일 것인가, 놓아줄 것인가? — ①과 같다. ③ 검은 소가 먼저 일어날 것인가, 누런(혹은 붉은) 소가 먼저 일어날 것인가? — 검은 소(불이 타기 전 연기부터 나므로). ④ 사일巳日에 길 가던 두 사람의 논쟁. 저녁 식사에 국수가 나올 것인가 밀가루 떡이 나올 것인가? — 밀가루 떡(뱀은 저녁이 되면 똬리를 틀고 둥글넓적해지므로). ⑤ 여자가 이고 오는 것은 무엇이며 그것은 모두 몇 개인가? — 밤[율栗] 64개(까치가 나무에서 서쪽으로 팔팔 날아갔으므로). 이와 같은 지혜 혹은 예언 겨루기에서 이기는 편은 대체로 스승인 서산대사이며, 이에 반하여 제자인 사명당이 이기는 경우는 매우 드물다. 양자의 겨룸이 무승부로 끝나는 것처럼 보이는 경우라도 사실상의 승리자는 서산대사인 것이다. ⑥ 바늘 국수 먹기, ⑦ 붕어 먹기, ⑧ 달걀 쌓기 — ⑥, ⑦, ⑧의 세 이야기에서는 서산대사가 월등한 도술로써 사명당을 제압한다. ⑨ 일본을 혼내 준 부적 — 사명당이 서산대사의 부적符籍을 받아 일본에 사신으로 가거 병풍의 시구 외우기, 뜨거운 무쇠

방에서 고드름 맺게 하기, 인피 서 말·불알 백 장의 조공 받기 등의 도술을 발휘한다.

둘째, 서산대사와 임진왜란 이야기로, ⑩ 해인海印을 얻어 일본을 제압한 서산대사 — 후반의 내용, 즉 일본에 사신으로 가 도술을 부리는 내용으로서 그 구체적인 내요은 ⑨와 같음. ⑪ 명나라 원병을 얻게 된 내력 — 서산대사가 중국 부호(석숭)에게 살아 움직이는 금강산도金剛山圖를 그려 주고 그 대가로 수표를 받아 이를 노래하고 춤추며 탄식하는[상가승무노인탄喪歌僧舞老人歎] 어떤 집에 주고 떠나는데, 그 때 춤추던 여인이 후에 중국 석성의 부인이 되어 왜란이 일어나자 구원병을 보내게 된다. ⑫ 묘향산 삼인봉三印峰 유래 — 서산대사가 이항복李恒福·이덕형李德泂·김응서金應瑞[응서는 초명. 김경서金景瑞] 3인이 인印을 나무에 걸고 자신을 만나러 올 것을 예언하였다는 전설. ⑬ 용간龍肝과 소상 반죽저瀟湘斑竹箸 — 느닷없이 용의 간과 소상강 반죽을 먹고 싶다며 이여송이 트집을 잡자 백마간白馬肝과 백두산죽白頭山竹으로 이를 대신하여 무마하였다는 이야기. ⑭ 김응서와 계월향으로 하여금 왜장을 베게 한 서산대사, ⑮ 논개로 하여금 왜장을 안고 남강南江에 투신하게 한 서산대사 — 이 두 사건이 모두 서산대사의 계략으로 이루어진 일이라는 전설이다.

셋째, 그 밖의 서산대사의 예언담으로, ⑯ 대흥사大興寺에 서산대사의 유품遺品이 있게 된 내력, ⑰ 연명설화延命說話 — 서산대사가 단명短命한 소년을 아깝게 여겨, 자신의 제자를 보내 대신 죽게 하고 소년의 목숨을 늘려 준 이야기.

이 밖에도 서산대사에 얽힌 민간설화들이 상당히 많은데, 이들 자료에서 찾아볼 수 있는 한결같은 특징은 모두 대사의 도술적 행위가 두드러지게 나타난다는 점이다. 서산대사가 실제로 도술을 부릴 수 있었는지 확인할 도리가 없으나, 임진란이라는 국가적 위기 상황에서 승병을 이끌고 대활약을 했다는 역사적 사실이 대사에 대한 이러한 영웅설화들을 유행시킨 원인이었을 것으로 생각된다.

[참고문헌] 『한국구비문학대계』(한국정신문화연구원, 1980~1988).

058 〈선녀홍대仙女紅袋〉 설화

　신라 말기의 학자·문장가인 최치원崔致遠 일화와 관련된 문헌설화. 권문해權文海의 『대동운부군옥大東韻府群玉』 권15 거성去聲 대隊조에는 '선녀홍대仙女紅袋'란 제목으로 되어 있으나, 내용이 거의 비슷한 이야기가 성임成任의 『태평통재太平通載』 권68에는 '최치원'으로 되어 있다. 또 중국 남송 때의 장돈이張敦頤가 편찬했다는 『육조사적유편六朝事迹類編』의 분릉문壊陵門 제13에는 '쌍녀분雙女墳'으로 되어 있다. 하지만 『태평통재』에 수록된 내용은 『대동운부군옥』의 수록 내용에 비하여 훨씬 내용이 길 뿐만 아니라 문학화되어 있어 설화라기보다 소설 작품으로 인정되고 있다. 아마도 중국 현지에 지금까지도 남아 있다는 '최치원과 쌍녀분'에 관한 전설이 『육조사적유편』으로 기록되었던 것을 바탕으로, 『대동운부군옥』 수록분과 같은 기록문학 작품으로 발전하였다가, 다시 『태평통재』 수록분과 같은 단편소설로까지 승화된 것이 아닌가 한다.

　『대동운부군옥』에 수록된 내용을 요약하면 다음과 같다. 최치원이 중국으로 유학을 갔을 때 초현관招賢館에서 논 적이 있었다. 초현관 앞 언덕에는 '쌍녀분'이라는 오래 된 무덤이 있어, 그 석문에다 시를 써 놓고 돌아왔다. 그 뒤 갑자기 손에 홍대를 쥔 여자가 최치원에게 와서 "팔낭자와 구낭자가 화답하여 삼가 바칩니다."라고 하였다. 최공이 깜짝 놀라 그 낭자가 누구인지 물었더니, 여자는 말하기를 "공께서 아침에 시를 지으셨던 곳이 바로 두 낭자가 사는 곳입니다."라고 하였다. 공이 홍대를 받아 보니 두 낭자가 화답한 시가 들어 있었고, 뒷폭에는 한 번 만나기를 청하는 내용이 쓰어 있었다. 공이 여자의 이름을 물으니 '취금'이라 하였다. 그리하여 공이 또 시를 짓고, 끝에다 역시 만나자는 내용을 써 취금에게 주어 돌아가게 했다. 한참 후 한 쌍의 구슬이나 두 송이 연꽃과 같은 두 여자가 나타났다. 공이 두 여자를 맞아 근본을 물으니, 두 여자가 들려주는 내력은 이러했다.

그들은 원래 부호인 장씨집의 딸들로서, 언니가 18세, 아우가 16세 때에 부모가 각각 소금장사와 차장사에게 시집갈 것을 권유하였으나, 자매는 상대가 마음에 차지 않아 울적한 마음이 병이 되어 마침내는 요절하였는데, 최공과 같은 수재를 만나게 되어 그나마 다행스럽다는 것이었다. 그래서 자매는 오늘 같은 좋은 밤에 시나 지으며 즐기기를 간청하였다. 이에 공이 먼저 시를 짓자 이어 두 낭자가 차례로 시를 지어 읊었다. 마침내 그들의 간 곳은 알지 못했다.

이와 같은 내용을 『태평통재』의 것과 비교하여 보면, 전체적인 줄거리는 거의 같으나 <선녀홍대>에는 등장인물들이 주고받은 시들이 거의 생략되어 있고, 또 작품 말미에 남녀 주인공들이 하룻밤을 동침하고 나서 이튿날 새벽에 작별한 뒤 최공이 다시 쌍녀분을 찾아가 지난 밤 일을 회상하며 장가長歌를 불렀고, 그 뒤 신라로 돌아와 명승지를 유람하다가 가야산 해인사에 숨어 버렸다는 <최치원>의 내용이 없다.

이 설화는 당나라 때의 전기소설인 장문성張文成의 『유선굴遊仙窟』의 영향을 받은 것으로 알려져 있다. 이 설화의 중심 모티프는 생자와 사자와의 교정交情으로 되어 있고, 산문 작품 속에 삽입시가 다수 포함되어 있으며, 내용적인 면에서나 형식적인 면에서 우리나라 최초의 소설이라 하는 김시습金時習의 『금오신화』 중의 <만복사저포기>나 <이생규장전> 등에 비교될 수 있어서 그 문학사적 의의가 매우 크다고 할 수 있다. → 쌍녀분설화, 최치원설화

[참고문헌] 성임, 『태평통재』 / 권문해, 『대동운부군옥』 / 이인영, "『태평통재』 잔권 소고—특히 신라수이전 일문에 대하여"(『진단학보』 12, 진단학회, 1940) / 최강현, "신라수이전 소고 속"(『국어국문학』 26, 국어국문학회, 1963) / 장덕순, "최초의 낭만적 작품 신라수이전 부 최치원과 쌍녀분"(『한국고전문학의 이해』, 일지사, 1973) / 차용주, "쌍녀분 설화와 유선굴과의 비교연구"(『어문논집』 23, 고려대학교 국어국문학연구회, 1982).

059 『선언편選言篇』

조선 말기에 편찬된 편자 미상의 야담집. 확실한 편찬 연대 및 편찬자는 알 수 없지만, 제24화 가운데 '조중회趙重晦'와 '정묘正廟'의 이야기가 들어 있는 점으로 미루어 19세기 이후의 것임이 분명하다.

책의 내용 중 그 일부를 제외한 거의 대부분의 내용은 물론, 편차編次까지도 『계서야담溪西野談』과 일치되는 점으로 미루어 양자간에 밀접한 관계가 있는 것으로 보인다. 『계서야담』을 발췌하여 중심 내용으로 하면서 다른 자료를 보태어 엮었을 가능성이 있다. 이 책 역시 『계서야담』처럼 매 편의 제목은 붙어 있지 않으며, 출전도 밝혀져 있지 않다.

이 책의 편찬자는 한산이씨韓山李氏의 후예일 것으로 생각된다. 그 이유는 이 책에 실려 있는 이야기 가운데 한산이씨의 이야기가 많을 뿐만 아니라(특히, 제1~9화는 모두 한산이씨들의 일화임), 그 내용의 서술에 잇어서도 자기 집안의 일을 기록하는 관점을 택하고 있기 때문이다.

수록된 자료는 모두 50편으로서, 남녀간의 사랑을 다룬 것, 이인異人의 신이담神異譚, 충의와 지조가 뛰어난 인물의 일화 등으로 이루어져 있다. 이본으로는 규장각도서본과 장서각도서본이 있다.

[참고문헌] 동국대학교 한국문학연구소 편, 『한국문헌설화전집』, 5(태학사, 1981).

060 설화說話

일정한 구조를 가진 꾸며낸 이야기. 그렇기 때문에 일상적인 신변잡담이나 말로 전하는 역사적 사실 등은 설화의 범주에 들어가지 않는다. 설화라고 하면, 그 가운데 사실담이 전혀 없는 것은 아니지만, 사실 자체를 그대로 이야기한 것이라기보다 흥미와 교훈을 위해 사실적으로 이야기한 것이 대부분이다.

설화는 구전됨으로써 그 존재를 유지해 간다. 설화의 구전은 일정한 몸짓이나 창곡唱曲과는 관계없이 보통의 말로써 이루어지며 이야기의 구조에 힘입어 전승된다. 즉, 화자는 이야기의 세세한 부분을 그대로 기억하여 고스란히 그것을 전승하는 것이 아니라 그 이야기의 핵심되는 구조를 기억하고 이것에 화자話者 나름의 수식을 덧붙여서 전승하게 된다. 그렇기 때문에 설화는 구전에 적합하게 단순하면서도 잘 짜인 구조를 지니며, 표현 역시 복잡하지 않다. 이 점이 구조와 표현에 있어서 복잡성과 특수성을 갖는 소설과 다른 점이다. 또한, 설화는 율격을 가지지 않고 보통의 말로써 구연되기 때문에 산문적 속성을 지닌다. 이 점에서 서사민요 · 서사무가 · 판소리 등과 같은 율문서사律文敍事 장르들과 구분된다.

설화는 이야기를 하고 들을 분위기가 조성되면 언제든지 구연될 수 있는데, 이 점에서 어느 일정한 기회에 구연하는 노동요 · 무가 · 가면극과 다르다. 설화는 반드시 화자와 청자의 관계에서, 화자가 청자를 대면하여 청자의 반응을 의식하면서 구연된다.

일반적으로 화자와 청자의 신분은 민중이라고 일컬어져 왔으나 꼭 그런 것만은 아니다. 설화 중에는 양반이나 지식인 사이에서 발생하여 전승되는 것들도 제법 많다. 설화가 문자로 정착될 수 있는 기회를 많이 가진 것도 양반이나 지식인의 참여가 있었기 때문에 가능했을 것이다.

문헌설화는 이미 구전을 벗어나고 가변성이 제거되어 엄밀하게 따지면 이미 설화가 아니나, 문자로 정착되기 전에는 구비전승되었을 것이고, 설화로서의 구조와 표현이 의식적으로 바뀌지 않았다면 설화의 범주에 포함시킬 수 있을 것이다.

설화라는 용어 대신에 고담古談 · 석화昔話 · 민담民譚 등을 쓰기도 하나 고담 · 석화에는 그 용어 자체에 시간적인 제약이 내포되어 있다는 점에서, 또한 민담은 설화의 하위 분류 가운데 하나인 민담과 혼동될 수 있다는 점에서 이 용어들은 설화의 대치어로서 적당하지 않다.

(1) 분류

설화의 분류는 시대와 장소, 그리고 학자에 따라 매우 다양하지만, 보통 신화神話 myth・전설傳說 legend・민담民譚 folktale으로 나누고 있다. 그러나 이 셋 사이에 분명한 경계가 있는 것은 아니며, 서로 넘나들기도 하고 상호 전환되기도 한다. 따라서 이같은 3분법의 부당성을 지적하고, 설화의 하위 분류를 동물담・소담・형식담・신이담・일반담으로 나누는 5분법설이 제기되기도 하였다. 3분법설을 따라 설화의 하위 종류에 대한 대체적인 차이를 항목별로 나누어 살펴보면 다음과 같다.

① 전승자의 태도

신화의 전승자는 신화를 진실되고 신성한 것으로 인식하고 있다. 일상적인 경험에 비추어 보아 꾸며낸 이야기라고 인정할 수 있어도, 신화의 세계는 일상적 경험 이전에 또는 일상적 합리성을 넘어서서 존재한다고 믿고 그 진실성과 신성성을 의심하지 않을 때 신화는 신화로서의 생명력을 갖는다. 개천절이 국경일로 유지되는 한 단군신화檀君神話는 여전히 신화인 것이다.

전설은 전승자가 신성하다고까지는 생각하지 않으나 진실되다고 믿고 실제로 있었다고 주장하는 이야기이다. 전설의 세계는 일상적 경험을 떠나 따로 존재하지 않으며, 그렇기 때문에 전설의 진실성은 끊임없이 의심된다. 그리하여 전설은 이야기와 함께 증거물이 현실에 존대한다는 특성이 있다.. '사실이 아니고 전설일 따름이다.'라는 말이 가능하나, 전설은 이 증거물에 의해 사실로서의 근거를 전적으로 부인할 수 없도록 되어 있다.

민담의 전승자는 민담이 신성하다고 생각하지 않으며 진실되다고 믿지도 않는다. "옛날 옛적 호랑이 담배 먹을 적에……"라고 시작할 때부터 화자는 민담이 사실이 아닌, 꾸며낸 이야기임을 선언한다. 민담은, 신성한 그 무엇을 나타내기 위해서도 아니고, 사실의 전달을 위해서도 아니고 오직 흥미를 주기 위해서 구연된다.

② 시간과 장소

신화는 아득한 옛날, 일상적인 경험으로 측정할 수 있는 범위를 넘어선 태초에 일어난 일이고, 특별히 신성한 장소를 무대로 삼는 것이 보통이다. 단군신화의 태백산·아사달은 신성한 장소의 좋은 예이다. 신화의 진실성과 신성성은 그러한 시간과 장소가 갖는 진실성이고 신성성이기도 한 것이다.

전설은 구체적으로 제한된 시간과 장소를 갖는다. "이조 숙종대왕 시절 서울 남산골에……"라고 시작되는 것이 전형적인 예이다. 구체적인 시간과 장소는 전설이 가지는 진실성을 뒷받침해 주는 구실을 한다.

민담에는 뚜렷한 시간과 장소가 없는 것이 보통이다. "옛날 옛적 어느 곳에……"라고 하는데, '옛날 옛적'은 신화의 경우처럼 태초라는 뜻이 아니라 서사적인 과거일 뿐이고, '어느 곳'은 화자가 이야기하는 곳이 아닌 다른 곳이라는 뜻일 뿐이다. '옛날 옛적'과 '어느 곳'을 발판으로 화자나 청자의 직접적인 경험과 구별되는 작품 세계를 자유로이 이룩할 단서가 마련된다.

③ 증거물

신화의 증거물은 매우 포괄적이다. 천지창조 신화에서는 천지가 바로 증거물이고, 국가 창건 신화에서는 국가가 바로 증거물이다. '우리는 단군 할아버지의 자손이다.'라는 의식이 바로 단군신화의 증거물이다.

전설은 이와 달리 특정의 개별적 증거물을 가진다. 바위에 관한 전설은 바위 일반을 증거물로 삼을 수 없고, 어느 곳에 있는 어떤 모양의 구체적인 바위만이 증거물일 수 있다. 그리고 이 바위는 다른 바위와 구별될 수

있는 특징을 지녀서 화자가 늘 주목해 왔거나 쉽사리 찾아낼 수 있는 것
이라야 하고, 그 생김새는 누구나 기이하게 생각하는 것일수록 좋다. 전
설의 증거물은 자연물인 경우도 있고 인공적인 경우도 있고 인물인 경우
도 있는데, 어느 것이나 전설을 떠나서도 알려질 수 있는 것이라야 한다.
전설은 이러한 증거물을 가짐으로써, 이미 알려진 사실을 근거로 하여 청
자에게 호소해 진실성을 인정받고자 하는 것이 아니다. 오히려 증거물에
서부터 출발하여 그 유래나 특징을 이야기로 꾸며낸 것으로서, 증거물이
실재하니 이야기 역시 실제로 있었던 것이라고 주장할 수 있어야 꾸며낸
의의가 있다. 증거물을 상실한 전설은 전승이 중지되거나 민담으로 전환
된다.

　민담은 이야기가 그 자체로 완결되며 증거물에 호소할 필요가 없다. 더
러 증거물을 갖는다 해도 널리 존재할 수 있는 일반적인 현상, 예를 들면
수숫대가 빨갛다든가, 수탉이 하늘을 보고 운다는 것 등이고, 이야기의
흥미를 돋우기 위해 일반적인 현상들이 첨부된다.

④ 주인공 및 그 행위

　신화의 주인공은 신이며, 그의 행위는 신이 지닌 능력의 발휘이다. 그
러나 여기서 말하는 신은 보통사람보다 탁월한 능력을 가진 신성한 자라
는 뜻이지, 인간과 구별되는 절대적 존재라는 뜻이 아니다.

　전설의 주인공은 구체적·역사적 인물로서, 그의 행위는 인간과 인간
또는 인간과 사물 사이에서 일어나는 예기치 않던 관계가 대부분이다. 따
라서 전설의 주인공은 신화나 민담의 주인공보다 왜소하며, 예기치 못했
던 관계를 성공적으로 극복하지 못하는 경우가 많다. 때로는 인간보다 사
물이 중심이 된 전설도 있다.

　민담의 주인공은 일상적인 인간이다. 비록 초인적인 능력을 가진 인물
이라 하더라도 그의 심리상태는 일상적인 차원에서 멀리 벗어나지 않는

다. 민담은 주인공에게 관심이 집중되어 있어서 타인과 부딪쳐도 타인은 중요하지 않으며, 난관에 봉착하여도 결국은 이를 극복하고 만다. 그의 행위는 운명을 개척해 나가는 것이다.

⑤ 전승의 범위

신화는 민족적인 범위에서 전승된다. 민족적인 범위에서 진실성과 신성성이 인정되기 때문에 한 민족의 신화가 다른 민족의 것과 많은 유사성을 가지고 있다고 해도 다른 민족에게는 신화로서 인정되지 않는다. 신화는 민족의 고대사, 실제적인 혹은 가상적인 역사와 관련을 가지고 민족적 융합을 위해서 신성성이 작용하는 것이 일반적이다. 씨족적·부족적 신화도 있으나 민족적인 것으로 확대될 때 신화로서의 생명은 확대된다.

전설은 증거물의 성격상 대체로 지역적인 범위를 갖는다. 증거물이 전국적으로 널리 알려진 것이면 전국적인 전설일 수도 있으나, 대부분의 증거물은 일정 지역에서만 알려진 것이다. 한 지역의 전설은 그 지역에 거주하는 사람들 전체에게 알려져 있고 지역적인 유대감을 가지게 하는 구실을 한다.

민담은 지역적인 유형이나 민족적인 유형은 있어도, 어느 지역이나 민족으로 한정되지 않는다. 전승은 공동의 것이 아니라 개인적으로 이루어지며, 분포는 가히 세계적이라 할 수 있다. 특정 민족에게 흥미로운 민담이라면 약간의 수정만 가해도 다른 민족에게도 흥미로운 민담일 수 있기 때문이다.

이상으로 신화·전설·민담의 차이점을 살펴보았다. 그러나 설화 가운데에는 신화·전설·민담 중 두 가지 이상에 관련되는 것도 많으며, 이 셋 중 어느 것에도 포함시키기 곤란한 것도 있고, 야담·일화 등도 포괄하면서 구전설화와 문헌설화까지도 고려 대상에 넣어야 하기 때문에 설화를 삼분하는 분류법에 문제가 없지 않다. 따라서 이러한 여러 문제점들을 면밀히 검토하여 설화의 분류 방법을 새롭게 정립할 필요가 있다.

(2) 자료수집

설화자료의 채록은 『삼국사기』·『삼국유사』·『고려사』 등의 역사서나 『세종실록지리지』·『동국여지승람』 등 여러 읍지와 같은 지리서 속에서 찾아볼 수 있는데, 본격적인 설화집 간행은 15세기 후반부터 시작되었다.

서거정徐居正의 『태평한화골계전太平閑話滑稽傳』, 성현成俔의 『용재총화傭齋叢話』, 강희맹姜希孟의 『촌담해이村談解頤』 등이 대표적이고, 이들에 이어 17세기 전반에 유몽인柳夢寅의 『어우야담於于野譚』이 나타났고, 19세기에는 『계서야담溪西野談』·『청구야담靑邱野談』·『동야휘집東野彙集』·『동패낙송東稗洛誦』 등의 설화집이 나왔다.

개화기 이후의 설화집은 주로 한국 문화를 외국에 소개하려는 목적으로 선교사들이 서구어로 간행하거나 한국통치의 부산물로 일본인이 일본어로 간행한 것이 대부분이다. 따라서 이들은 동화의 범주를 벗어나지 못하였고, 원래 이야기의 모습을 알아볼 수 없을 만큼 고쳐져 있어 자료집으로서의 가치는 크지 않은 편이다. 이 무렵에 간행된 설화집 가운데 의미 있는 것은 심의린沈宜麟의 『조선동화대집朝鮮童話大集』이다. 이 설화집에 설화력說話歷은 기재되어 있지 않으나 이 설화집이 한국인의 손으로 이루어졌고, 92편이나 되는 많은 설화가 채록되어 있다는 점이 주목된다.

손진태孫晉泰의 『조선민담집朝鮮民譚集』은 일본어로 씌어졌다는 흠은 있으나 최초로 설화력이 명기되어 있고, 또 한국의 대표적인 민담이 154편이나 수록되어 있어 자료집으로서의 가치는 크다.

1960년대 말까지만 해도 학술연구에 이용할 만한 자료집의 출간은 거의 없었다. 그러나 1969년부터 1981년까지 문화재관리국에 의해 각 도별 『한국민속종합조사보고서韓國民俗綜合調査報告書』가 간행되었으며, 개인과 학회에 의한 조사 보고도 활발하게 진행되었다. 그 가운데서도 1979년에 시작하여 1980년부터 자료집이 나오기 시작한 한국정신문화연구원(현 한국학중앙연구원)의 『한국구비문학대계韓國口碑文學大系』는 전국의 각 군을 대상으로 한 방대한 자료집으로서, 구연 현장의 상황, 제보자, 그 지역의 역사·사회·문화 등을 수록하고, 구술자의 원문을 그대로 채록하는 등 자료 수집의 표본을 보여주는 기념비적인 것이다.

　설화를 연구하기 위해서는 우선 자료 수집이 선행되어야 한다. 그러나 설화의 전승 기반인 공동체의 해체, 대중매체의 확산으로 인한 직접적인 접촉 기회의 축소, 기록문학이 문학으로서의 역할을 전담해 가고 있는 점 등으로 인하여 설화가 점점 사라져 가고 있다. 따라서 설화를 연구하고 전승하기 위해서는 현지조사를 통한 자료의 채록이 무엇보다 시급히 요청된다 하겠다.

(3) 의의

　설화는 인류의 지혜와 정감이 농축된 형식과 내용을 가지고 오랜 세월 동안 지속성과 변화를 수반하면서 전승된 구비문학이다. 한때 설화는 웃음거리와 심심파적에 불과한 이야기라는 생각 때문에 소홀히 다루어지거나 기록문학의 보조 수단으로만 이용된 적도 있었으나, 설화는 그 자체로서 문학성을 지니며, 소설 등 여타의 기록문학과도 긴밀한 관계를 가진다는 점에서 설화 자체에 대한 연구와 문학의 원천 및 문학사의 원류를 규명하는 연구의 두 갈래 작업이 요망된다.

[참고문헌] 손진태, 『조선민족설화의 연구』(을유문화사, 1947) / 장덕순, 『한국설화문학연구』(서울대학교출판부, 1970) / 장덕순 외, 『구비문학개설』(일조각, 1971) / 한국구비문학회, 『한국구비문학선집』(일조각, 1977) / 김열규 외, 『우리 민속문학의 이해』(개문사, 1979) / 『한국구비문학대계』(한국정신문화연구원, 1980~1988) / 최내옥, 『한국구비전설의 연구』(일조각, 1981) / 김열규 외, 『민담학개론』(일조각, 1982) / 조희웅, 『한국설화의 유형』(일조각, 1996).

061 성기열成耆說

　　1929~1991. 국문학자. 본관은 창녕昌寧. 호는 수여水余. 경기도 양평楊平 출신. 할아버지는 낙원樂元이며, 아버지는 필경必慶으로 둘째 아들이다. 1949년 휘문중학교를 거쳐 1955년 서울대학교 국어국문학과를 졸업하였다. 그 뒤 중앙대학교 대학원에서 문학석사(1968), 단국대학교 대학원에서 문학박사(1979) 학위를 받았다. 1956년 민중서관에 입사하여 이희승李熙昇 감수의 『국어대사전』의 기획을 담당하였고, 1957년 균명고등학교(현 환일고등학교) 야간부 교사로 부임하였다가 이듬해 모교인 휘문고등학교 교사로 자리를 옮겼다. 1968년 광주光州에 있는 대건신학대학 교양과 조교수로 부임하였다가 1969년 인하공과대학 교양학과 교수로 옮기고, 1973년 인하대학교 사범대학 국어교육과 교수로 임명되어 사망하기 전까지 재직하였다. 1974년에는 일본 덴리대학[천리대학天理大學] 외국어학부 조선어학과의 초빙교수로 도일하여 약 1년 동안 체류하였다. 인하대학신문의 주간·출판부장·사범대학장·교육대학원장 등을 역임하였다. 일본 방문 7차, 대만 방문 4차, 홍콩 방문 1차 외에 1986년 4월과 1988년 3월 및 1989년 4월에는 서독의 보쿰대, 네덜란드의 라이든대학, 영국의 런던대학에서 각각 개최된 재구한국학회在歐韓國學會(AKSE)에 참가하여 논문을 발표하였다.

　　그의 업적은 주로 설화분야를 중심으로 이루어졌으며, 역사지리학파의 연구방법론을 원용한 한·일 민담의 비교연구에 많은 공헌을 하였다. 주요 저서로는 『한국구비전승의 연구』(1976)·『한일민담의 비교연구』(1979)·『한국민담의 세계』(1982)·『한국설화의 연구』(1988) 및 『유연有綠』(1989)이 있고, 공저로 『민담학개론』(1982)과 『한국·일본의 설화연구』(1987) 등이 있다.

[참고문헌] 성기열, 『한국구비전승의 연구』(일조각, 1976) / 성기열, 『한일민담의 비교연구』(일조각, 1979) / 성기열, 『한국설화의 연구』(인하대학교 출판부1988) / 성기열, 『유연 : 수여성기열문집』(인하대학교 출판부, 1989).

062 『성수패설醒睡稗說』

　　조선 후기에 편찬된 편자 미상의 한문 소담집笑譚集. 편자·편찬연대 미상이나 필사본『임장군경업전林將軍慶業傳』에 부록되어 있는『성수패설』의 끝에 "병술이월일취은서丙戌二月日醉隱書"라고 한 기록이 참고가 된다. 이것을『임장군경업전』에『성수패설』과 함께 부록되어 있는『진담론』이 '崇禎紀元後四辛未(숭정기원후사신미)', 즉 1811년에 필사된 것과 관련시켜 생각할 때, '병술'은 1830년이 아닌가 추정된다.

　　『성수패설』의 유전본流傳本으로는 민속학자료간행회에서 1958년에 간행한 프린트본『고금소총』에 들어 있는 것과, 같은 해에 발행처도 없이 설향노부雪香老夫의 간행사를 붙여 프린트본으로 나온『소림집설笑林集說』에『진담론』과 합본되어 있는 것이 있다. 이 중 후자는 필사본『임장군경업전』에 부록되어 있는 것을 전재한 것이라 한다. 서문이나 발문, 편자의 평설評說이 없으며, 자료 각 편마다 2자 내지 7자로 된 제목이 붙어 있는데, 4자로 된 것이 가장 많아서 수록된 총 편수 80편 중 52편이 4언言으로 되어 있다.

　　내용은 단편적 소담뿐만 아니라 일반 민담도 상당수 포함되어 있으며, 음설담에 속할 만한 것이 약 25편 가량 된다. 약간의 예를 제외하고는 대부분 이름 없는 하천민들이 주인공으로 등장하고 있다. 그 중에는 중국 고사도 일부 섞여 있는 점으로 미루어, 중국설화의 차용이 상당수 있음을 알 수 있다.

　　제1화인『한단침邯鄲枕』은 '황량지몽黃粱之夢'이라는 고사성어로서 유명한 이야기로, 일찍이『삼국유사』의 <조신지몽調信之夢>의 끝부분에 나타나는 평어에도 이 고사가 인용되고 있음으로 보아, 유입 시기가 아주 오랜 이야기임을 알 수 있다. 마지막 이야기인『구아효인사狗兒敎人事』는 이른바 '바보신랑' 유형의 하나로, 바보 남편의 음랑에 줄을 매어 인사법을 가르치려다 실패하는 여자의 이야기이다.

[참고문헌] 『고금소총』(민속학자료간행회, 1958).

063 소담笑譚

웃음을 주는 단편적인 이야기들을 다룬 설화의 총칭. 소화笑話라고도 한다. 동물담動物譚·신이담神異譚·일반담一般譚·형식담形式譚 등과 함께 설화의 하위 장르로 분류된다.

소담적인 요소는 설화의 모든 하위 장르에 광범위하게 나타날 수 있다. 특히 동물담과 형식담은 모두 웃음을 주는 이야기를 내용으로 하고 있기 때문에 본질적으로 소담의 범주에 든다고 할 수 있으나, 그 특성에 따라 각각 개별적인 장르로 독립되는 것이다. 동물담이 의인화된 동물을 주인공으로 삼고 있는 데 비하여, 소담은 인간을 주인공으로 하고 있다. 신이담은 주인공의 초인적 행위를 복합 화소複合話素로써 나타내는 데 비해, 소담은 인간의 행위를 단일 화소로 나타내고 있다는 점에서 서로 구별된다. 일반담은 복합화소로 이루어져 있고 교훈성이 강하다는 점에서, 형식담은 그 형식적 특성에 의하여 각각 소화와 구별된다.

그 밖에 소담과 유사한 것으로 일화逸話가 있다. 일화는 설화의 독립된 장르는 아니나, 대부분 단일 화소로 되어 있고 인물의 독창적 기지를 묘사하고 있으며, 이야기 속에서 시간의 흐름이 별로 인식되지 않는다는 점 등에서 소담과 비슷한 성격을 지닌다. 그러나 특정한 역사적 인물의 언행을 그리고 있으며 교훈적 성격이 강하다는 점 등에서 소담과 구별된다. 소담은 다시 그 유형에 따라 치우담癡愚譚·과장담誇張譚·지략담智略譚·우행담偶幸譚·포획담捕獲譚·모방담模倣譚·풍월담風月譚·기원담起原譚·외설담猥褻譚 등으로 분류된다.

치우담은 어리석은 사람들의 이야기로, 소담의 가장 많은 부분을 차지한다. 주인공은 사위·며느리·남편·아내·아들·부모(시부모)·형제·사돈 등 주로 가족 관계 속에서 나타나며, 때로는 상전이 등장하여 망각·오해·무분별로 인한 우행을 저지른다. <바보 사위> 이야기·<거울을 처음 본 사람들>·<미련한 소금장수> 등이 대표적인 예이다.

과장담은 현실에서는 일어나지 않는 이야기들을 과장하여 표현함으로써 웃음을 유발하는 이야기이다. 주로 게으름·인색함·거짓말(허풍)·건망증 등 인간의 약점이 모티프가 되며 그 행위가 상상을 넘어 크게 확대된다. <새끼 세 발>·<정신없는 사람>·<인색한 세 꼽재기의 내기>·<방귀쟁이 며느리> 등의 설화가 여기에 속한다.

지략담은 명판名判·아지兒智·사기詐欺·상전 놀리기·징치懲治·응구첩대應口輒對 등과 같이 기지에 찬 인간의 이야기이다. <쥐가 둔갑한 며느리>·<원님의 명재판>·<대신 잡은 호랑이꼬리>·<먹으면 죽는 곶감>·<스님과 꿀 항아리>·<바보 원님과 꾀보 이방> 등이 널리 알려져 있다.

우행담은 우연한 행운으로 평민이나 바보가 뜻밖의 성공을 거두게 되는 이야기인데, 치병治病, 실물失物 찾기가 주요 화소가 된다. <떡보와 사신>·<지렁이 고기에 눈뜬 어머니>·<다시 찾은 옥새> 등을 대표적 설화로 들 수 있다.

포획담은 동물을 잡아 그 결과로 부자가 되는 이야기인데, 힘의 대결이 아니라 지략과 행운에 의한 포획이라는 데 소담적인 요소가 있다. 예화로 <호랑이 뱃속에서 살아 나온 사람>이 있다.

모방담은 행운을 얻은 사람의 행위를 모방했다가 오히려 화를 입는다는 이야기로, 응징적인 요소를 지니고 있다. <혹부리영감>·<말하는 염소>·<도깨비방망이> 등이 이에 속한다.

풍월담은 시화詩話·파자시破字詩·육담풍월肉談風月 등 언어·문자의 유희를 통해 흥미를 유발하는 이야기이며, <하님과 중의 문답>·<말대꾸 잘하는 며느리>·<문자재담文字才談> 등이 여기에 속한다.

기원담은 <재채기하는 이유> 등과 같은 속담이나 관용구의 유래담이다. 외설담은 남녀의 애정을 중심으로 하는 음담패설이다. 대개 동성 간에 특별한 장소에서 구연口演된다는 제약성과 구전상의 난점에도 불구하고 막대한 양이 전승되고 있으나, 내용상 설화의 유형집이나 연구에서는 보통 제외된다.

소담은 성보다 심심파적을 위한 단순한 이야기라는 특성 때문에 문헌보다 구연을 통해 전승되는 경우가 많다. 문헌상 가장 오래된 소담 자료는 『삼국유사』 권1 제4대 탈해왕조에 실려 있는 <탈해와 호공瓠公의 집터 차지 다툼>으로 추정된다.

본격 소담집의 시초는 15세기 후반에 이루어진 서거정徐居正의 『태평한화골계전太平閑話滑稽傳』이다. 이 책으로부터 『촌담해이村談解頤』·『어면순禦眠楯』·『속어면순續禦眠楯』·『명엽지해蓂葉志諧』 등 19세기에 이르기까지 편찬된 소화집들을 한데 모은 『고금소총古今笑叢』은 한국 소담 연구에 중요한 문헌이다.

소담의 특징은 우선 형식의 단편성에서 나타난다. 일반 설화가 '발단-전개-결말'과 같은 전기적 구조를 취하는 데 비하여 소담은 단일 화소로써 완결된 이야기를 형성한다. 소담의 구연이 길어지면 그만큼 흥미가 감소되는데, 이는 소담이 결말 부분에 흥미의 초점을 두고 있기 때문이다. 과장담·지략담·우행담·모방담 중에는 상당히 길게 구연되는 이야기도 있는데, 이들은 대개 단일 화소로써 이루어진 단편적 이야기들이 주제의 유사성에 의하여 하나의 이야기로 결합된 연쇄담連鎖譚이나, <새끼 세 발>에서처럼 하나의 모티프가 점층적으로 확대되어 가는 누적담累積譚들이다.

소담의 주인공은 상식을 벗어난 비정상적인 인물이 대부분이다. 즉, 바보·사기꾼·구두쇠·게으름뱅이·건망증 환자·허풍쟁이 등이며, 이들 주인공이 그 이야기의 성격을 결정짓는다. 이는 소담이 인물에 의하여 구성된다는 것을 보여 준다.

소담은 흔히 대립적인 수법을 사용하여 꾀 있는 자와 어리석은 자를 등장시키고, 양자로 하여금 각각 승리와 패배를 맛보게 한다. 이 경우 주인공의 행위가 정상인의 행위를 벗어날수록 그 이야기는 성공적인 효과를 거두게 된다.

소담은 설화의 오락적 기능에 치중한 것으로, 경우에 따라서는 교훈적인 요소나 윤리적 요소를 무시하고 저급화하는 경향까지 있다. 또한 등장인물의 결함이나 사기 등을 중점적으로 과장하게 되므로 비도덕적인 요소가 포함될 수도 있다. 한편 소담이 고급화하였을 때 그것은 청자에게 지적인 만족을 주게 된다. 때로는 내용을 이해하는 데 상당한 지적 능력이 요구되기도 하며, 화자와 청자의 유식함이 전제되기도 한다. '문자의 희롱'을 주로 하는 풍월담이 그러한 예이다.

소담은 그 의식면에서 선과 악의 개념이 뚜렷하게 나타난다. 게으름·욕심 등은 악으로 인식되며 부富는 악과, 가난은 선과 통하는 개념으로 나타난다. 그리하여 결말에서는 악이 패하고 선이 승리함으로써 선에 대한 지향성을 보여주고 있다. 이는 또한 약자에 대한 보호의식으로 나타난다. 이야기의 전개가 약자의 편에서 이루어지며, 약자에 의하여 강자가 놀림을 받고 패하는 경우가 많다.

소담은 이야기 자체가 지닌 단편성이나 신기한 이야기를 찾으려는 화자와 청자의 공통적인 요구에 의하여 쉽게 전파된다. 이러한 이유로 설화의 다른 장르가 점차 소멸되고 있는 데 비하여, 소담은 끊임없이 반복 구연되며 개변改變되고, 또 새로 창조되기까지 한다. 즉 라디오나 텔레비전의 코미디·만화 또는 여담의 주요한 소재가 되고 있으며, <참새 이야기>·<식인종 이야기>와 같이 새롭게 창작되고 있다. 그런데 현대 소담에서는 주인공의 신분이 명시되지 않는 경우가 많으며, 길이가 더욱 짧아져 연쇄담이나 누적담보다 대부분 단순형의 이야기만이 나오고 있으며, 제재도 시대에 따라 많은 변화를 보이고 있다.

[참고문헌] 장덕순, 『한국설화문학연구』(서울대학교출판부, 1971) / 조희웅, 『조선후기 문헌설화의 연구』(형설출판사, 1980) / 조희웅, "한국설화의 연구"(석사학위 논문, 서울대학교 대학원, 1969) /

신월균, "한국소화의 연구"(석사학위 논문, 인하대학교 대학원, 1981).

064 『소천소지笑天笑地』

1918년 신문관에서 발행한 소담집笑譚集. 표지에 '笑天笑地(소천소지)'라는 서명이 있고, 그 밑에 웃는 태양의 모습을 그린 그림 좌우에 한자로 '抱腹絶倒(포복절도)'·'珍談奇說(진담기설)'이라는 말이 기재되어 있다. 이 책은 1912년 신문관에서 발간한 『개권희희開卷嬉嬉·절도백화絶倒百話』 합집에 수록된 소담 총 200편을 순서를 달리하여 재수록하고 그 밖에 20여 편의 소담을 추가한 것으로서, 제1면에 기재된 머리말 격의 '제권수題卷首'라는 짧은 글 및 제2, 3면에 걸쳐 기록되어 있는 '국국도인局局道人'의 서문은 『개권희희·절도백화』의 권두 및 권말에 수록되어 있던 것을 전재한 것이다. 다만, 『절도백화』의 '국국도인'의 글 중 그 편자가 '원석노형圓石老兄'으로 되어 있던 것이 본서에서는 편자가 '장춘도인長春道人'인 것으로 바뀌어 있다. 본문 첫머리에도 서명에 이어 '장춘도인 집집長春道人集輯'이라고 기재되어 있다.

이 책에는 내용 목록이 따로 없으며, 본문에는 매 편마다 '⊙' 모양의 기호에 이어 2~5자의 이야기 제목이 붙어 있는데, 네 자로 된 한문화제[4언화제四言話題]가 주종을 이루고 있다. 그러나 유일한 예외로 '마슈거리'라는 국문 화제가 붙어 있는 것도 있다. 본문의 기술 형식은 희곡 각본처럼 등장 인물을 앞에 내세우고, 이어 그들의 언행을 서술하는 방식을 취하고 있다. 체제 및 서술 방식을 예시해 보면 다음과 같다(괄호 안은 참고 해석임. /는 행 구분 표시임).

⊙一脚辰短 / 甲見躄者ᄒ고 笑一脚短(절름발이를 보고 다리 하나가 짧음을 웃다) / 乙爾莫論人短ᄒ라 何不曰一脚長(남의 다리가 짧다고 하지 마라. 어찌 한 다리가 길다고 하지 않느냐?), ⊙死亦惜金 / 父, 溺水將死(아버지

가 물에 빠져 곧 죽게 되다) / 子, 呼人急救홀시 許以重酬(아들이 사람에게
구원을 요청하며 많은 돈을 주리라 외치다) / 父, 在水中ㅎ야 搖首道ㅎ되
三分錢이면 可救언정 若過一文이라도 我不願救(아버지가 물속에서 머리를
흔들며 말하되, 세 푼이면 괜찮지만 거기에 1문이라도 더하면 나는 구원
받기를 바라지 않는다).

이 책이 지닌 가치로는 무엇보다 민간에 구전되던 당대의 소담들을 집
대성했다는 점을 들 수 있고, 나아가 이 책의 내용이 후대 유서들의 원천
이 되었다는 점을 들 수 있다. 이 책이 발간된 후 내용은 다르지만 동명
의 소담집들이 여럿 간행된 점으로 미루어, 이 책은『깔깔웃음』(1916)과
더불어 근대 초기의 대표적인 소담집이었다고 할 수 있다.

[**참고문헌**] 장춘도인 집.『소천소지』(신문관, 1918).

065 『속어면순續禦眠楯』

조선 중기에 성여학成汝學이 편찬한 소담집笑譚集. 1책. 한문필사본. 홍
서봉洪瑞鳳은 발문에서, 이전에 송세림宋世琳이『어면순』을 지었는데 성여
학이『어면순』에 미처 수록되지 않은 자료들을 모아 한권의 책을 만들었
다고 이 책의 편찬동기를 밝혔다.
   이 책에는 <삼녀검아三女檢啞>·<매공득어賣空得魚>·<노기판결老妓判
決> 등 모두 32편의 자료가 수록되어 있는데, 각 편마다 4언으로 된 제
목이 붙어 있다. 그리고 제16화부터 제30화를 제외한 모든 자료의 끝부
분에 '사신왈史臣曰'이라는 평설이 붙어 있다.
   내용은 대부분 음담패설에 속하는 것들인데, 특히 제6화 <관부인전灌夫
人傳> 같은 것은『어면순』의 <주장군전朱將軍傳>과 동일수법을 사용한
가전假傳작품이다. 이 책은 일찍이 1947년에 송신용宋申用이 교주하여『어

면순』·『촌담해이村談解頤』와 함께 정음사에서 간행한 일이 있으며, 1958
년 다시 민속학자료간행회에서 『고금소총古今笑叢』을 유인본으로 간행할
때 포함하여 세상에 널리 알려지게 되었다. 고려대학교 도서관에 소장되
어 있다.

[참고문헌] 『고금소총』(민속학자료간행회, 1958) / 동국대학교 한국문학연구소 편, 『한국문헌설화전집』,
7(태학사, 1981).

066 <손 없는 색시> 설화

계모의 모함으로 양손이 잘린 채 쫓겨난 여자가 부잣집 아들과 혼인한
뒤에 수난의 과정을 겪고 양손이 재생하여 남편·아들과 잘 살게 되었다
는 설화. 신이담神異譚 유형의 하나이다. 경기도 용인, 대구광역시, 평안북
도 등지에서 채록된 자료가 있다.

계모의 전처소생 딸에 대한 잔학성이 중심을 이루고 권선징악적으로
끝나는 내용으로, 범세계적인 분포를 보이고 있는 설화 유형 중의 하나이
다. 그 내용을 요약하면 다음과 같다. 계모가 전처의 딸을 미워하여 껍질
을 벗긴 쥐를 의붓딸의 이불 속에 넣고 처녀가 낙태했다고 모함하였다.
계모의 강청으로 친부가 딸의 양손을 자르고 쫓아냈다. 딸은 굶주림을 못
이겨 어느 부잣집 감나무 위로 올라가 감을 따 먹었는데 부잣집 아들이
그녀를 숨겨 주었다. 아들의 행동을 수상히 여긴 식구들이 아들 방을 감
시하자, 아들은 사실을 이야기한 뒤 손이 잘린 처녀와 혼인하였다. 남편
이 과거를 보러 떠난 뒤 색시가 아들을 낳았는데, 그 소식을 전하러 서울
로 가던 심부름꾼이 우연히 계모의 집에 유숙하게 되었다. 계모는 심부름
꾼이 가지고 가던 편지를 훔쳐본 뒤 '괴물을 낳았으니 쫓아버리자'는 내
용으로 바꾸었다. 심부름꾼이 '돌아갈 때까지 그냥 두라'는 남편의 답신
을 받아 돌아가던 도중 다시 계모의 집에 유숙하니, 계모가 다시 답신의

내용을 '내쫓으라'고 고쳤다. 시부모가 할 수 없이 며느리에게 아이를 업혀 쫓아내었다. 정처 없이 길을 가던 색시가 목이 말라 샘물에 엎드려 물을 마시려 하였다. 그런데 떨어지려는 아이를 무심결에 잡으려는 순간 양손이 재생하였다. 모자는 어떤 사람의 집에 이르러 기식하게 되었다. 귀가한 남편이 색시를 찾아 나섰다. 남편이 우연히 어느 곳에 이르러 자신을 아버지라 하는(혹은 자신을 닮은) 아이를 만난 뒤에 그 아이의 집으로 가 부부가 다시 만났다. 그 뒤에 못된 계모를 처벌하고 잘살았다.

이와 같은 줄거리는 '계모의 학대－행운의 혼인－계모에 의한 이별－재회－계모 처벌'로 진행된다는 점에서 <콩쥐팥쥐>의 이야기와 동궤의 것이다. 계모와 전처소생 간의 알력과 비극을 주제로 한 일련의 작품들을 계모형 가정소설이라 한다. 고전소설 중에 이 같은 유형에 속하는 작품으로 <장화홍련전>, <콩쥐팥쥐전>, <정을선전>, <김인향전>, <황월선전>, <김취경전>, <어룡전>, <양풍운전>, <연당전> 등이 있다. 이 중 특히 <연당전>은 바로 <손 없는 색시> 설화를 작품화한 것이다. <장화홍련전>도 이 설화와 매우 밀접한 관계를 가지고 있는 것으로 보이는데, 그 이유는 이 두 작품이 모두 '악한 계모', '낙태 조작', '물에 던져 살해함'과 같은 삽화가 들어 있기 때문이다.

[참고문헌] 조희웅, "'손 없는 색시'(AT 706) 고"(『수여성기열박사환갑기념논총』, 인하대학교 출판부, 1989).

067 『송계만록松溪漫錄』

조선 중기에 권응인權應仁이 지은 시화 및 일화집. 상·하 2권. 권응인은 이황李滉의 제자로 시문에 능하여 당시에 그를 상대할 이가 드물 정도였으나, 출신이 서자였던 관계로 변변한 벼슬에도 오르지 못한 채 불우한 생애를 마쳤다. 생몰 연대도 확실하지 않아 16세기 초에서 임진왜란 직전까지 활약한 것으로 추정될 뿐이다.

이 책의 저작연대는 분명하게 알려져 있지 않으나, 이 책 하권의 기록 가운데 "중종 이후 재상으로 큰 복을 누려 높은 벼슬에 오른 사람은 얼마 되지 않는다. 재상 송흠宋欽은 나이 90여 세에 벼슬이 1품에 이르고……재상 홍섬洪暹은 82세에 벼슬이 삼공에 이르고, 재상 원혼元混은 89세에 벼슬이 1품에 이르러 아직도 병 없이 지낸다.……원재상元宰은 나이 92세에 죽었다."라는 구절이 있는 것으로 미루어, 원혼이 89세이면 1585년이었으니 이 때 이 책을 지었을 것이며, 주석을 저자 자신이 한 것이라면 1588년 이후에 완성되었을 것으로 보인다.

이 책에 대하여 심수경沈守慶의 『견한잡록遣閑雜錄』 자발自跋에는 "고금 문인들이 저술한 잡기가 그 중에는 간행하지 않은 것도 또한 많다. 오래 되면 모두 없어질 것을 두려워하여 여기 적어 참고에 이바지하게 한다(권 7 경서부經書部 3 저술조著述條."라고 하였다. 이 책은 이긍익李肯翊의 『연려실기술燃藜室記述』 별집別集 야사목野史目에도 올라 있다.

현재 가장 널리 유통되고 있는 것은 『대동야승』본으로, 이 책의 내용은 권56에 들어 있다. 홍만종洪萬宗이 편찬한 『시화총림詩話叢林』 하권夏卷에 수록되어 있는 것은 분권分卷이 되어 있지 않으며, 대체로 2권본의 상권에 해당되는 부분만이 초록되어 있다. 그 밖에 『패림稗林』(도남본陶南本·정가당본靜嘉堂本의 양본 모두에 들어 있음)·『한고관외사寒皋觀外史』·『야승野乘』·『광사廣史』 등의 총서에도 수록되어 있으나, 이 중 광사본은 동경대지진 때 소실되어 전하지 않는다. 이 책의 내용은 대부분 고금 명문장들의 시화를 연대의 순서 없이 기록한 것이며, 하권에는 조야朝野에서 견문한 설화들도 채록되어 있다.

『대동야승』과 『시화총림』본의 처음에 실려 있는 내용을 보면, 탁영濯纓 김일손金馹孫은 문장으로 이름이 나, 남곤南袞이 일찍이 말하기를, '박은朴闇의 시와 김일손의 문장이 제일'이라 하였을 정도였으나, 세상에 전하는 탁영의 문집에는 시가 매우 드물다는 점을 지적하고, 삼가현三嘉縣(현재의 경남 합천군 삼가면)의 관수루觀水樓에 전하는 율시 한 편을 소개하였다. 이어 함자예咸子乂의 <촉석루시矗石樓詩>, 어떤 부인(음부로 이름난 어우동이 지은 것이라고도 함)의 <부여회고시扶餘懷古詩> 등이 차례로 소개되어 있다.

[참고문헌] 『대동야승』(경희출판사, 1969) / 『고선책보』, 2(전간공작, 동양문고, 1944~1957).

068 『송와잡설松窩雜說』

조선 중기에 이기李墍가 지은 시화만록집詩話漫錄集. 단권본과 양권본의 2종이 있으나 내용의 차이는 별로 없다. 양권본인 『광사廣史』·『설해說海』의 수록본은 국내에서 볼 수 없고, 단권본인 『한고관외사寒皐觀外史』·『아주잡록鵝洲雜錄』(초록본)·『야승野乘』·『패림稗林』(도남본陶南本·정가당본靜嘉堂本에도 들어 있다.)·『대동야승大東野乘』 등의 수록본을 참고할 수 있다. 이 중 『대동야승』과 『패림』 영인본의 간행으로 누구나 쉽게 얻어 볼 수 있게 되었다. 그 밖에 『송와잡설』의 이본으로 『간옹우묵艮翁疣墨』이 있다. 이 책은 원래 4권의 사본으로 전하던 것을 김려金鑢가 얻어 통행본 『송와잡설』에 없는 내용만을 간추려 2권으로 하고, 『창가루외사倉可樓外史』 속에 넣었던 것이다.

이 책의 유래에 대하여 담정은 그 정사발淨寫跋에서 "내가 연전에 한시랑이중韓侍郎頤仲의 집에서 『송와잡설』 2권을 베끼어 왔더니, 금년에 황성黃城에 왔다가 촌서당에서 또 『간옹우묵』 4권을 얻었다. 그 내용이 『송와잡설』과 서로 넘나듦이 있어 자세히 살펴보니 『송와잡설』과 『간옹우묵』은 어느 것이 바른 이름인 줄 모르겠으나, 그 근본이 한 책에서 나와 원래 다른 책이 아님은 분명하였다. 이에 『송와잡설』에 기록되어 있지 않은 것만을 간추려 2권으로 만들어 『창가루외사』에 붙였다."라고 하였다.

이 『간옹우묵』은 현전 『패림』(도남본)에 들어 있다. 이 책에는 기자조선 때로부터 선조 때까지의 기록이 130여 장 포함되어 있다. 그 중에는 수령들의 탐오貪汚함을 비판하거나 개가 금지법의 부당함을 지적한 부분도 있고, 신식 병기의 편리함을 인정하고 중국과 우리나라의 농기구를 용도에 따라 설명하는 과학적인 면모를 보인 부분도 있다. 그 밖에 언어·풍속상에 참고가 될 만한 사항도 더러 눈에 띈다. 또한 이 책 속에는 저자의 선조, 곧 이곡李穀과 이색李穡 부자에 관한 이야기와 그 밖의 조상에 관한 일이 16, 17장이나 들어 있다. 특히 이곡과 이색이 원나라에 들어가 그 나라 과거에 2갑甲으로 합격한 것을 두 번이나 적고, 부자가 중국 과거에 오름으로써 동국東國에 한산韓山이라는 고을이 있음을 천하가 알게 되었다는 이색의 말을 두 곳에 기록하여, 저자의 문벌을 한껏 자랑하고 있다.

[참고문헌] 『대동야승』 / 『고선책보』, 2(전간공작, 동양문고, 1944~1957).

069 수수께끼

구비문학의 한 장르로서, 주로 은유를 써서 대상을 정의하는 언어 표현. 기억하기가 아주 간단하고 전달과 보급이 쉬우나, 개인 창작의 것이 아니고 심리적 및 기능적 필요에서 생겨난 인간적 언술言述의 근원 형태라고 할 수 있다. 표준어인 '수수께끼'라는 말의 방언 형태로는 '수수꺼끼·쉬시께끼·수수적기·수지적기·시끼저름·두리치기·수때치기·준추세끼·수수잡기·수지기·예숙제낄락·걸룩락' 등 50여 가지 이상이 알려지고 있다. 한자로는 '미謎'·'미어謎語·미설언謎說言'이라고 한다. '수수께끼'라는 용어의 의미에 대하여는 여러 설이 있어 단정짓기 곤란하나, 추측하건대 '미謎'를 뜻하는 접두어 '수지'에 '겨룸[경쟁競爭]'을 뜻하는 '겨꾸기'가 합하여 '수지겨꾸기'로 되고, 이것이 다시 '수수꺼끼'·'수수께끼'로 변모된 것이 아닌가 한다.

　현재까지 알려진 최고의 문헌 용례는 조선 숙종 3년(1677)경 변섬邊暹·박세화朴世華 등이 편찬한 『박통사언해朴通事諺解』에 나오는 '슈지엣말'을 들 수 있다("내 여러 슈지엣말 니룰 거시니 네 알라."). 한편, 1923년에 덕흥서림에서 발행한 『무쌍주해신구문자집無雙註解新舊文字集』에는 '수수쩍기'로 되어 있다.

　수수께끼의 특징으로 다음의 네 가지를 들 수 있다.

　첫째, 구연口演에 있어 화자話者와 청자聽者 쌍방이 참여한다는 점이다. 수수께끼는 다른 구비문학 장르들이 일방적인 전달을 목적으로 함에 비하여, 화자와 청자의 쌍방이 다 같이 구연에 참여한다는 특징을 가지고 있다. 다시 말하면 수수께끼는 주기만 하는 것이 아니라 받기도 하는 것으로서, 주고받는 것이 특징인 것이다. 그러므로 수수께끼의 구성은 설문과 응답으로 이루어진다. 설문은 개념을 정의하는 부분으로 대개 의문형의 문장을 취하는 것이 보통이나, 상황에 따라서 생략되기도 한다. 반면 응답은 주제라고도 말할 수 있으며, 흔히 하나의 단어로 이루어진다. 설문의 내용은 주제의 형태·기능·행동에 관한 것이다.

　둘째, 묘사가 극히 단순하다는 점이다. 묘사의 단순성은 다만 수수께끼에만 국한되는 성질이 아니겠지만, 구비문학 장르 중에서도 가장 간단한 형태를 띠는 것은 속담과 수수께끼라고 할 수 있다. 그러나 속담과 수수께끼는 문장으로는 가장 단순하나, 언어 현상으로는 극히 주목되어, 언어학자들에 의하여 누차 분석이 시도되어 왔다. 이야기 형태를 가지고 있는 서사문학 장르들이 화자의 임의로 첨가, 부연됨에 비하여 속담과 수수께끼는 소수의 예외를 제외하면 대개 한 개의 단어, 또는 1행 내지 2행의 단문장으로 이루어진다.

　셋째, 은유적인 표현이라는 점이다. 수수께끼는 어떤 사물에 대하여 직선적으로 표현하지 않고 완곡하게 표현한다. 말하자면 수수께끼는 수사법상에서 말하는 은유metaphor인 셈이다. 속담은 은유를 사용하는 점에서는 수수께끼와 일치하지만, 수수께끼의 은유 사용의 목적은 속담의 그것과 근본적으로 다르다. 속담의 은유 사용은 특수한 것을 일반화하는 데 반해 수수께끼는 일반적인 것을 특수화하는 것이다.

넷째, 고의적인 오도성誤導性을 띠고 있다는 점이다. 수수께끼는 어떤 사물의 의미를 감추어서 그 결과 청자의 지적 상상력을 계발시키기 위하여 의도적으로 애매한 용어들을 차용한다. 그러므로 암시가 될 만한 점은 슬쩍 피하여 듣는 사람이 자칫 잘못 생각하면 관심을 다른 곳으로 돌리게 되어 오답을 제시하게 될 수 있도록 하는 것이다.

수수께끼의 역사는 다른 어느 구비문학 장르에 못지않게 장구한 것으로 생각된다. 구전 수수께끼는 그만 두고라도 현존 문헌에 기록된 어떤 자료들은 서력 기원을 훨씬 상회할 수 있는 증거를 보여 주고 있다. 가령 대표적인 것으로 『구약성서』를 들 수 있는데, 그 중에는 '삼손의 수수께끼Samson's riddle'를 비롯한 여러 자료들이 포함되어 있다. 유명한 희랍신화의 '스핑크스와 오이디푸스Spinx-Oedipus'의 수수께끼, 즉 "처음에는 네 발로 걷고, 다음에는 두 발로 걷고, 마지막으로는 세 발로 걷는 것이 무엇이냐?"와 같은 것도 매우 오래된 수수께끼 중의 하나다.

그러나 이 수수께끼의 분포가 우리나라뿐만 아니라 세계 각국에 널리 퍼져 있다는 사실에서 이 수수께끼의 동일 기원론, 곧 전파론을 주장하는 것은 매우 위험한 일인 듯하다. 왜냐하면 복잡한 구조를 가진 민담의 경우와 달리 주어진 사물의 성질이나 의문에 대한 느낌을 짧은 문장으로 나타내는 수수께끼의 형식은 언제 어디서나 비슷하게 나타날 수 있는 것으로 생각되기 때문이다.

한편, 수수께끼가 기록되어 있는 우리나라 현존 최고의 문헌은 『삼국유사』라 할 수 있다. 『삼국유사』에는 몇몇 수수께끼의 자료들이 수록되어 우리나라 수수께끼의 옛 모습을 짐작하게 하여 주고 있다. 이 책 권1 사금갑조射琴匣條에 "열어 보면 두 사람이 죽고, 열어 보지 않으면 한 사람이 죽는다(開見二人死 不開一人死)."라는 까마귀의 봉서捧書를 일관日官이 "두 사람이란 서민을 뜻하고 한 사람이란 임금을 뜻한다."고 풀었고, 또 같은 책 태종춘추공조太宗春秋公條에 소정방蘇定方이 신라에 보낸 의미 불명의 그림(畫犢畫鸞)을 원효元曉가 반절反切로 풀어 ‘속환速還’의 뜻으로 해석하였던 것이다.

『삼국유사』 권2 문무왕 법민조法敏條에는 거득공車得公이 안길安吉의 후대를 받고 떠날 때 “나는 서울 사람이다. 우리 집은 황룡사와 황성사의 두 절 사이에 있고, 내 이름은 단오다. 그대가 만약 서울에 올 기회가 있거든 우리 집을 찾아 주면 고맙겠다(僕京師人也 吾家在皇龍皇聖二寺之間 吾名端午也 主人若到京師 尋訪吾家幸矣).”라는 수수께끼를 남기고 떠났다. 뒤에 안길이 서울에 ‘기인其人’으로 가게 되어 단오의 집을 찾았으나 아는 사람이 없었다. 그런데 길 가던 한 노인이 “두 절 사이에 있는 한 집이란 아마도 대궐 안을 말하는 것이겠다. 단오란 거득공을 가리키는 것이다(二寺間一家殆大內也 端午者 乃車得公也).”라고 풀었다고 한다. 이 밖에도 『삼국유사』에는 ‘예조豫兆’와 관련된 수수께끼가 상당히 있다.

『삼국유사』 이후에도 각종 문헌들에서 수수께끼의 단편적 자료들이 간혹 발견된다. 그러나 수수께끼를 하나의 민간 문예로서 의식적으로 수집하였던 것은 비교적 근대의 일이다. 이런 점에서 수수께끼의 집성은 설화·민요·속담보다도 훨씬 연조가 얕다고 할 수 있다. 최초의 수수께끼의 모음은 1923년 덕흥서림에서 발행한 『무쌍주해신구문자집』인데, 이 책은 ‘부附 파자破字 급及 수수께기’라는 부제로도 짐작될 수 있듯이 순수한 수수께끼집이 아니다. 이 책에는 수수께끼 260개, 파자破字 105개, 총계 365개가 수록되어 있다. 그 밖에 편찬자 및 편찬 연대 미상의 『이언총림俚諺叢林』이라는 책에도 상당수의 수수께끼 자료들이 수록되어 있다.

사실상의 한국 최초의 수수께끼집은 1925년에 조선총독부에서 조선민속자료 제1집으로 발간한 『조선의 미朝鮮の謎』인데, 이 책에는 총 888종의 자료가 수록되어 있다. 이 책은 한국 최초의 수수께끼집이라는 점뿐만 아니라, 체계적인 수수께끼 분류를 제일 처음 시도하였다는 점에서 의의를 지닌다. 채록의 체재는 우리말을 먼저 놓고 일본어 역을 나중에 실었

으며, 필요에 따라 주를 달고 간혹 삽화를 써서 이해를 돕고 있다. 그 밖의 수수께끼집으로 중요한 것은, 최상수崔常壽의 『조선수수께끼사전』(조선과학문화사朝鮮科學文化社, 1949), 이종출李種出의 『한국의 수수께끼』(형설출판사螢雪出版社, 1965), 김성배金聖培의 『한국수수께끼사전』(언어문화사, 1973) 등이 있다.

수수께끼의 분류는 마땅히 문항問項을 기초로 이루어져야 한다. 그러나 답항을 전혀 고려하지 않고 문항에 의해서만 분류를 시도한다는 것은 전혀 무의미한 일이며, 때로는 분류가 불가능하기조차 하다. 왜냐하면 수수께끼는 문항이나 답항이 전혀 별개의 것으로 독자적으로 존재하는 것이 아니라 서로 안팎을 이루고 있는 것이기 때문이다. 그러므로 양자 간의 관계를 유기적으로 고려하여 수수께끼를 분류하면 다음과 같다. 첫째, 시늉[태態]에 관한 것으로는 외형 묘사, 동작 묘사, 성질 묘사가 있다. 둘째, 소리[음音]에 관한 것으로는 음사音似, 즉 동음이의어同音異義語를 이용한 것과 생략이 있다. 셋째, 슬기[지智]에 관한 것으로는 방법을 묻는 것, 이유를 묻는 것, 선택을 요구하는 것, 촌수를 묻는 것, 수數를 묻는 것 등이 있다.

수수께끼의 표현은 주로 은유와 동음이의어를 이용한 말재간의 두 가지를 바탕으로 이루어진다. 이것을 수사학상에서 말하는 문장의 기교로 세분하여 보면 ① 대조, ② 열거, ③ 생략, ④ 은유, ⑤ 점층, ⑥ 중의重義와 같은 것을 들 수 있겠다. 그러나 이들 중 한 가지의 문장 기교로만 이루어진 것은 드물고, 몇 개의 수사법이 동시에 혼용되고 있는 경우가 많다. 수수께끼의 표현상의 또 하나의 특징은 문항이 비합리적·비상식적인 것으로 기술된다는 점에 있다. 가령 '가리면 보이고, 안 가리면 안 보이는 것'이나, '눈을 감으면 보이고, 눈을 뜨면 안 보이는 것'과 같은 예를 보면 언뜻 보아 매우 비합리적이다. 그러나 일단 이들이 '안경'과 '꿈'을 각각 의미하는 것임을 안 다음이라면 비합리적이던 것이 합리적인 것으로 받아들여질 수 있다. 그러므로 상식적인 것은 수수께끼가 될 수 없거나 설령 되더라도 훌륭한 수수께끼는 못 되는 것이다.

또한 수수께끼는 하나의 물음에 대하여 하나의 답만이 성립될 수 있는 것이라야 하지, 여러 개의 답이 가능한 것이라면 훌륭한 수수께끼가 못 된다. 그렇다고 하여 하나의 사물에 대하여 하나의 수수께끼만이 성립될 수 있다는 것은 아니다. 하나의 사물에 대한 은유는 얼마든지 존재할 수 있듯이, 하나의 사물에 대한 수수께끼의 답은 얼마든지 여러 개가 가능하기 때문이다.

수수께끼의 형식을 문항과 답항으로 나누어 정리하여 보면, 문항에는 단문형單文型·혼문형混文型·설화형說話型이 있고, 답항에는 단어형·완문형完文型·단구형單句型 등이 있다.

[참고문헌] 한국구비문학회, 『구비문학개설』(일조각, 1971) / 조희웅, "수수께끼 소고"(『문화인류학』 4, 한국문화인류학회, 1971. 12) / 이재선, "수수께끼와 그 시학적 성격"(『창작과 비평』 8-4, 1973. 12) / 김열규, "언어경합담과 수수께끼담의 유형 연구"(『진단학보』 42, 진단학회, 1976. 8) / 김성배, "한국수수께끼의 연구"(『사범대학논총』 1. 동국대학교사범대학, 1978) / 김선풍, "수수께끼"(『우리 민속문학의 이해』, 개문사, 1979) / 최내옥, "수수께끼의 구조와 의미"(『구비문학』 4, 한국정신문화연구원 어문학연구실, 1980).

070 『수춘잡기壽春雜記』

조선 중기에 이정형李廷馣이 지은 야사집. 작자는 형 정암廷馣과 함께 임진왜란 때 선조를 호종扈從, 개성에 이르러 형제가 함께 남아서 수비하다가 개성이 함락되자, 황해도지방으로 가서 의병을 일으켜 여러 번 적을 격파하는 등의 공을 세운 인물이다. 따라서 이 책의 내용은 임진왜란을 전후(중종~선조)하여 저자가 견문하였던 기록들이 중심을 이루고 있다. 『수춘잡기』(도남본陶南本)는 『패림稗林』(탐구당 간행, 제6집) 및 『한고관외사寒皐觀外史』(권68)·『광사廣史』(제8집) 같은 총서들에 수록되어 있다. 이 중 『광사』본은 일본 동경대지진 때 소실되었는데, 여기에는 김려金鑢가 쓴 정사발淨寫跋이 수록되어 있다.

그 발문에 의하면, "김려가 일찍이 을사사화(1545)에 관한 기록으로 접했던 『을사록』이라는 책은 그 내용이 너무 비속하여 거론할 바 못 되며, 또 안홍安鴻이 쓴 것이 있다 들었으나 세상에 전하지 않아 볼 수 없으므로, 『을사정란기乙巳定難記』는 이미 판板이 훼손되어 고구攷究할 수 없게 된 것으로 여겨 한스럽게 생각하던 중, 우연히 이정형의 후손가에서 이 책(『수춘잡기』)을 얻었다. 너무 간략한 험은 있으나 다른 기록에 비하여 가장 아결雅潔하여 선사繕寫하였다."라고 설명하고 있다. 김려가 말한 것처럼 『수춘잡기』의 전체 분량은 36장밖에 되지 않아 그 수록 내용도 54개 항목에 그치고 있으며, 각 항목의 제목은 따로 붙어 있지 않다.

[참고문헌] 『패림』 6(탐구당, 1969) / 『고선책보』 2(전간공작, 동양문고, 1944~1957).

071 <숙향전淑香傳>[1]

<별숙향전>은 17세기 후반경에 이루어진 조선조 소설 <숙향전>의 한 이본이다. <별숙향전>이란 이름으로써도 알 수 있듯이, 이 본은 <숙향전>의 원본이라기보다 별본에 속하는 것이지만, 그렇다고 하여 그 내용이 원본계와 전연 다른 것이 아니다. 사실을 말하자면 내용은 원본계와 그다지 차이가 나지 않는다.

<숙향전>의 이본 중에 필사본은 국문 표기와 한문 표기의 2종이 있다. 국문 표기본은 <숙향전> 혹은 <별숙향전>이란 표제로 되어 있으며, 한문 표기본은 <이화정기梨花亭記>·<이화정기우기梨花亭奇遇記>·<이화정기적梨花亭奇蹟> 등의 표제로 된 것들이 국립중앙도서관에 소장되어 있다. 그 밖에 <재세기우기再世奇遇記> 혹은 <이태을전李太乙傳>이란 표제로 되어 있는 한문본도 있다. 판각본으로는 경판 3책본과 2책본이 있는

---

1) 이 항목은 원래 『한국민족문화백과대사전』에 수록했던 것이 아니라, 일본의 모처의 요청으로 작품 해설용으로 작성했던 것을 여기에 수록한다.

데, 3책본은 상권 20장 ; 중권 21장 ; 하권 23장이며, 2책본은 상권 23장, 하권 20장인데, 이들의 완질본은 모두 프랑스 파리의 동양어학교에 소장되어 있다. 활자본은 1914년에 덕흥서림에서 간행한 이래 총 10여 출판사에서 간행된 바 있다.

한문판본이나 필사본보다는 국문본의 내용이 매우 다양하게 나타나 있는데, 그 내용은 도교사상적인 면이 주류를 이룬다. 즉 한문판본에서는 신이한 것을 별로 인정하지 않은 것으로 보이나, 국문본에 와서는 신선 및 선약에 대한 이야기 등이 전편에 나타나 있다. <숙향전> 이본은 완결본인 한 고유 단락을 모두 갖추고 있고, 또 완결본이 아니라고 하더라도, 고유 단락이 있어야 할 부분에 없거나 하는 현상은 발견되지 않는다. 그러나 단락의 세부 전개에서는 생략과 축약이 일어난 이본도 있고, 반대로 부연과 삽입이 일어난 이본도 있다.

이러한 사정을 고려하면 <숙향전> 이본을 크게 세 계열(A, B, C 계열)로 나누어 볼 수 있는데, A계열에 속하는 이본에는 일본 가고시마현鹿兒島縣 심수관가沈壽官家 B본(국·일문 병기), 이대본, 김광순金光淳 B본(전집 33 : pp. 250~297), 한국학중앙연구원 A본(107장), 세창서관본世昌書館本, 국립중앙도서관본(<재세기우기>), 김동욱본金東旭本 등 7종이 있다. 이대본과 심씨본은 내용이 동일하면서도 이대본에서 윤색된 부분이 발견되는 것으로 보아, 심씨가본沈氏家本과의 전파 관계가 있음을 짐작할 수 있고, 활자본인 세창서관본은 이들 양본의 내용을 압축한 것으로서 부분적으로 경판본의 영향을 받은 것으로 보인다. 또한 이들의 필사 연대는 근대 국어에서 볼 수 있는 두음법칙頭音法則, 구개음화口蓋音化, 경음화硬音化, 전설모음화前舌母音化 등의 음운규칙이 적용된 정도나 모음조화母音調和 현상의 정도, 어휘 사용의 상태 등으로 보아 이대본보다 심씨가본이 선행본으로 보인다. 이들을 다시 경판본과 비교해 보면, 경판본이 이대본보다 앞서나 심씨본보다는 후대의 것임을 알 수 있다. 그리고 같은 필사본계의 한문본 A, B와 고려대 만송본晩松本(한문 필사)의 내용은 동일하나, 이들의 선후

관계는 알 수가 없다. 요컨대, 이들 이본은 비교적 원본과 가까운 형태의 이본이고, 따라서 상호간의 편차도 거의 없다. B계열에 속하는 이본에는 경판본, 만송晩松 A본, 박순호朴順浩 C, D본, 성균관대 A본(3권 2책) 등이 있는데, 이들 이본은 모두 경판본을 모본母本으로 해서 거의 그대로 전사轉寫한 이본이다. 그러나 경판본 자체가 생략과 축약이 심하기 때문에, <숙향전> 원래의 모습과 상당한 거리가 있는 이본이다. C계열에 속하는 이본에는 성균관대 B본(87장), 김광순 A본(전집 33 : pp. 553~696), 미국 하버드대본, 박순호 A, B본, 한국학중앙연구원 C본 등이 있다. 이들 역시 <숙향전> 원래의 모습과 상당한 거리가 있는 이본들이다.

<숙향전>의 창작 연대에 대하여는 1939년 김태준金台俊이 『조선소설사』에서 일본의 『상서기문象胥記聞』의 기록을 근거로 하여 영정조(1725~1800) 연간으로 추정한 이래, 이위응李渭應이 일본 규슈[주주九州] 가고시마현[녹아도현鹿兒島縣] 이슈인[이집원伊集院] 나에시로카와[묘대천苗代川] 심수관가沈壽官家의 한글본 <숙향전>을 입수하여 16세기 말 내지 17세기 초의 것으로 추정하였으나, 그 후 조희웅曹喜雄은 다시 심씨가본의 어학적 분석을 토대로 이를 부정하고, 17세기 말 내지는 18세기 초의 것이라 보았다. 이 견해는 최근 조희웅曹喜雄·마쓰바라 다카도시[송원효준松原孝俊]의 논문 속에서, 일본의 아메노모리 호슈[우삼방주雨森芳洲]가 쓴 "사계고지자사립기록詞稽古之者仕立記錄"이란 글에서, 그가 통사通事들의 교재를 위하여 1703년에 한글본 <숙향전>을 일본어로 번역하였다는 기록을 찾아냄으로써 확증되었다.

특히 오다이쿠고로[소전기오랑小田幾五郎]의 『상서기문』(1794)에는 당시 조선에서 널리 읽히던 소설들을 열거하는 가운데 <숙향전>을 든 바 있는데, 실제로 쓰시마섬[대마도對馬島]의 오다개[소전가小田家]에는 지금까지도 그의 친필로 된 <숙향전>과 <별숙향전>이 전하고 있다. 특히 후자의 서말書末은 '관정 계축년(1793)에 쓰다(寬政癸丑年寫之)'라는 필사기筆寫記와 함께 그의 이름이 적혀 있어, 이 책의 이본상의 중요성을 알 수 있다.

072 『순오지旬五志』2)

저자 현묵자玄默子 홍만종洪萬宗[자 우해宇海, 본관 풍산豊山]은 효종 때 사람으로 생몰 연대는 미상이다. 다만 기록을 검토한 바에 의하면 광해군 초에서 숙종 초까지, 즉 대략 1610~1690 사이에는 생존했음이 확인된다. 그와 가깝게 지냈던 사우師友로는 동명東溟 정두경鄭斗卿(1597~1673), 백곡栢谷 김득신金得臣(1604~1684), 휴와休窩 임유후任有後(1601~1673), 만주晩洲 홍석기洪錫箕(1606~1680), 수촌水村 임방任堕(1640~1724), 현호玄湖 임경任璟 등을 들 수 있다.

그는 정통적인 시문에는 별로 힘쓰지 않은 대신 시화詩話·소설에 흥미를 가져 수종의 저서를 남겼다. 우선 고려와 조선조의 시와 시인을 중심으로 쓴 시화서로서 『소화비평小華批評』(1책, 사본) 및 그 속서續書인 『시평보유詩評補遺』가 있고, 중국의 『역대시화』와 비견比肩되는 우리나라의 시화의 집대성이라고 할 만한 『시화총림詩話叢林』(4책, 사본), 그리고 이 밖에 시화를 곁들인 『순오지旬五志』(2권 1책, 사본), 민담·야설野說을 모아 기록한 『명엽지해蓂葉志諧』(1책, 사본), 중국의 『역대총목歷代叢目』을 본따 만든 우리나라 역사책인 『역대총목歷代叢目』(일명 『동국역대총목東國歷代叢目』(1책, 사본), 『해동이적海東異蹟』 등 적잖은 저술을 남겼다.

『순오지』란 서명은 서문에 나타나 있는 바와 같이, 1678年(숙종 4) 저자가 서호에서 병으로 누워 있을 보름 동안에 완성했다는 데서 연유한 것이다(어떤 책에 의하면 1647年 즉 인조 25년 저작설이 있으나, 이는 명백한 오류임을 밝혀 둔다).

다음에는 이 책의 내용을 일별해 보기로 하겠다. 우선 이 책은 앞에서 말한 바 있듯이 시화적인 면이 강하다. 시화의 개념 정의에 대하여는 여

---

2) 이 항목도 『한국민족문화대백과사전』에는 없던 것으로, 『국민대학보』, 233(1977.5.30)에 썼던 것을 여기에 포함시켰다.

러 설이 있지만, 가장 대표적인 것으로 1128년에 쓰인 송나라의 허의許顗의 『허언주시화許彦周詩話』에 의하면, '시화라는 것은 구법句法을 변론하고, 고금에 대비對備하고, 이사異事를 기록하며, 잘못을 바르게 한다. 만약 기풍譏諷을 포함하거나 과오를 나타내고 비류紕謬를 말한다면 모두 취하지 않는다'고 하였고, 또한 중국 최초의 시화집이라고 할 수 있는 송나라 구양수歐陽修(1007~1072)의 『육일거사시화六一居士詩話』의 내용을 검토해 보면 대략 ① 가구론佳句論, ② 메모적인 것, ③ 위트, ④ 속어론俗語論, ⑤ 고증 따위를 포함하고 있다. 그러므로 『순오지』의 시화도 이런 내용에서 그다지 벗어나고 있지 않다.

『순오지』는 저자의 취향에 의하여 자연 도불적인 경향이 강하게 나타나고 있다. 저자가 상당한 지면을 할애하고 있는 선인전仙人傳, 불승전佛僧傳을 비롯하여 많은 도술가들의 기행 이적이 나열되어 있고, 그의 또 다른 저서 『해동이적』이 전재되어 있기까지 하다. 그 밖에 유학儒學의 도통기道統記도 참고할 만하다.

저자 홍만종은 문학 비평가로서 우리 고전문학에 대한 상당한 탁견을 보여주고 있어 주목된다. 즉 그는 <수호지> 및 <서유기>에 대한 비평에 이어 진복창陳復昌의 <역대가>, 조신曺伸의 <권선지로가勸善指路歌>, 홍섬洪暹의 <원분가怨憤歌>, 송순宋純의 <면앙정가俛仰亭歌>, 백광훈白光勳의 <관서별곡關西別曲>, 정철鄭澈의 <관동별곡關東別曲>, <사미인곡思美人曲>, <속사미인곡續思美人曲>, <장진주將進酒>, 차천로車天輅의 <강촌별곡江村別曲>, 무옥巫玉의 <원부사怨婦詞>, 조위한趙緯韓의 <유민탄流民歎>, 임유후任有後의 <목동가牧童歌>, 작자 미상의 <맹상군가孟嘗君歌> 등등의 가사 작품 및 정몽주鄭夢周의 <단심가丹心歌>와 이방원李芳遠의 <하여가何如歌>들을 논평하여 유례를 찾기 어려운 고전비평가의 위치를 점하였다.

이 책의 가치는 구비문학적 자료, 가령 설화나 속담의 자료집으로서도 더 한층 드러난다. 특히 이 책 하권 마지막 부분에 한역漢譯으로 실린 속담 124수는 이 책의 백미白眉이다. 왜냐하면 그 이전에도 성현成俔 『용재총화慵齋叢話』나 어숙권魚叔權의 『패관잡기稗官雜記』에 극소수의 속담 자료가 보이기는 하지만, 본격적인 속담 자료집으로서는 『순오지』가 우리나라 최초의 것이 되기 때문이다. 홍만종은 속담에 대해서 '전언俚諺이라고 홀대해서는 안 된다. 현자라도 도리어 속담에서 그 아는 바에 반드시 보탬이 있을 것'이라고 하였다. 그리고 설화 자료로서도 이솝우화 중에 들어 있는 '고양이목에 방울 달기' 등이 수록되어 있어 설화 연구에도 적잖은 보탬이 된다.

[참고문헌] 홍만종, 『순오지』.

073 〈스님과 상좌上佐〉 설화

스님과 상좌 사이에서 생긴 일을 내용으로 한 설화. 설화 유형으로 스님과 상좌 사이의 관계가 긍정적인 것과 부정적인 것의 두 가지 유형이 있다. 전자는 신이담神異譚 중 초인담에 속하며, 후자는 소담笑譚 중 지략담智略譚에 속한다.

먼저 신이담에 속하는 유형은 초인적인 능력을 발휘할 수 있는 스승 중(스님)과 그 제자 중(상좌)에 관한 이야기이다. 예컨대, 충청도 공주군과 대덕군에서 채록된 〈스님과 상좌의 행각〉이라는 이야기에 의하면, 상좌를 데리고 길을 가던 도중에 스님이 어떤 사람에게 동냥을 요청하였다가 거절을 당했음에도 장수를 빌어 주고, 반면 기꺼이 동냥에 응했던 사람에게는 급살맞아 죽기를 기원하였다. 상좌는 그 같은 스님의 처사를 이해하지 못하였으나, 뒤에 스님의 예언이 실현되었음을 알게 되었다. 즉 스님이 장수를 빌었던 사람은 오래오래 살면서 무수한 고생을 하게 되었고, 당장 죽기를 빌었던 사람은 죽은 뒤 귀인으로 환생하여 잘 살게 되었던 것이다.

이 같은 이야기는 본질적으로 스님의 법술을 극대화함으로써 초인적 도사의 면모를 드러내는 이야기라 할 수 있다. 따라서 민간에서 널리 전하는 <서산대사와 사명대사의 도술 경쟁> 이야기는 '뛰는 사람 위에 나는 사람'이란 주제가 강조되기는 하였지만 근본적으로 <스님과 상좌> 유형의 변형으로 생각된다.

다음 소담에 속하는 유형은 상좌중이 꾀로써 권위적이고도 위선에 찬 손위의 스님을 골탕먹이는 내용으로 되어 있다. 문헌 기록으로는 『용재총화』 권5에 실려 전하는 <과부와 스님> 일명 <도수승渡水僧> 이야기가 유명한데, 이 이야기는 몇 가지 삽화가 결합되어 있다.

그 대략적인 줄거리는 다음과 같다. ① 상좌가 스님에게 "까치가 은숟가락을 물고 나무 위로 올라갔다."고 고하자, 스님이 은숟가락을 찾고자 나무 위로 올라가니, 상좌는 "우리 스님이 까치새끼를 잡아 먹으려 한다."고 소리쳐 망신을 주었다. ② 상좌가 문 위에 큰솥을 달아놓고 "불이야!" 외치자 스님이 놀라 급히 뛰어 나오다 솥에 부딪혀 기절을 하였다. 깨어난 스님이 "어디에 불이 났느냐?"고 물으니, 상좌는 먼 산의 불을 가리켰다. 스님이 다음에는 "가까운 불만 말하라."고 꾸짖었다. ③ 상좌가 스님에게 "동리 과부가 절 뒤의 감을 먹고 싶어 한다."고 하니 스님이 "따다 주라."고 일렀다. 상좌가 다시 "과부가 떡을 먹고 싶어 한다."고 하니 스님은 또 갖다 주게 하였다. 상좌는 과부가 답례로 스님을 만나고 싶어 한다고 속여 만날 시일을 정하는 한편 과부에게는 스님의 폐병에 약이 된다고 하고 신한 짝을 얻어 두었다. 약속한 시일이 되어 스님이 과부를 만났을 때의 언행을 연습하고 있을 때 상좌가 갑자기 뛰어 나가며 말했다. "방금 과부가 왔다가 스님의 하는 짓을 엿보고 스님이 미쳤다며 도망갔다."고 하였다. 스님이 "방정맞은 입을 때려 달라."며 입술을 내미니 상좌가 목침으로 쳐 이빨을 부러뜨렸다. ④ 중이 과부와 만날 약속을 하고 찾아가려 하자 상좌가 "생콩가루를 냉수에 타 먹고 가라"고 권유하였다. 중이 그대로 따라 하고 과부를 찾아갔다가 설사를 하는 바람에 매만 맞고 쫓겨났다. …(중략)… ⑤ 스님이 절로 돌아와 문을 두들기니 상좌는 "우리 스님은 과부집에 갔다."며 문을 열어 주지 않았다. 그래 개구멍으로 들어가려 할 때 상좌가 달려들어 "뉘 집 개가 들어오느냐?"고 마구 때렸다.

이상과 같이 이 유형의 이야기는 누적담累積譚 방식으로 진행되고 있다. 단편적인 여러 개의 삽화들이 횡적으로 결합되고 있고, 또 그 삽화 중 일부가 누락되어도 유형 성립에는 지장이 없다는 점에서 이 유형은 소담 중의 지략담에 속하는 이야기라고 할 수 있다. 그리고 이 이야기가 함축하고 있는 의미는 약자가 지혜로써 강자를 골려 줌으로써 상하 관계 같은 권위주의 의식에 대한 저항을 보여 주고 있다는 점을 들 수 있겠다.

이처럼 강자와 약자의 대립은 민담에 흔히 나타나는 양상인데, 강자는 흔히 어른이나 훈장, 상전 등으로 나타남에 비하여 약자는 어린이나 학동學童, 하인 등으로 나타난다. 따라서 어리석어 보이는 하인에게 상전이 거듭 우롱당하는 이야기인 <꾀쟁이 하인> 유형이나, 훈장의 곶감을 훔쳐 먹고 그가 애지중지하던 벼루까지 일부러 깨뜨려 버리는 학동의 이야기인 <먹으면 죽는 약(곶감)> 유형도 강자에 의한 약자의 징치라는 점에서는 이 유형과 매우 깊은 관련이 있을 것으로 생각된다.

[**참고문헌**] 성현, 『용재총화』/ 박계홍, 『한국구비문학대계』, 4-2 · 4-8(한국정신문화연구원, 1981 · 1984).

074 『신구문자집新舊文字集』

김동진金東縉이 편찬한 일종의 관용어 사전. A5판, 112면. 1923년 덕흥서림德興書林에서 간행되었다. 원제명은 『無雙註解(무쌍주해) 新舊文字集(신구문자집) 附(부) 破字(파자) 及(급) 수수께기』로 되어 있다. 내용은 일상생활 속에서 자주 쓰이는 숙어 · 문자 · 속담 · 파자 · 수수께끼 등을 모아 가나다순으로 배열하여 놓은 것으로, 크게 다섯 부분으로 나뉜다.

제1부에서는 보통용의 속담 문자를 자수별로 가나다순으로 배열하고 각 어휘마다 간단한 뜻풀이를 하고 있다. 예컨대, '2'자字 '가'부部 '가직家直 : 첩의 별명', '3'자 '나'부 '농부가農夫歌 : 메나리', '5'자 '아'부 '여율

령시행如律令施行 : 엄중히 시행하는 사事’ 등과 같은 것이다. 여기에 수록된 숙어의 수는 2자 1,566개, 3자 658개, 4자 1,175개, 5자 69개, 6자 26개, 7자 6개, 8자 2개 등 모두 3,502개이다.

제2부에서는 ‘三(삼)’ 자로부터 ‘十(십)’ 자까지 각각 그 자에 대한 문자를 수집, 주해하고 있다. 예컨대, ‘삼강三綱 : 군신君臣·부자父子·부부夫婦’, ‘사궁四窮 : 환鰥·과寡·고孤·독獨’, ‘칠규七竅 : 이耳·목目·구口·비鼻’ 등과 같다. 여기에 수록된 어휘의 수는 3자 49개, 4자 24개, 5자 29개, 6자 22개, 7자 8개, 8자 8개, 9자 5개, 10자 8개 등 모두 153개이다.

제3부에서는 국문으로 된 일상 속담의 문자 총 203개를 가나다순으로 모아 그 뜻풀이를 하였다. 예컨대, ‘가물에 콩 나기 : 극히 희소한 사事의 비譬’, ‘닷곱장님 : 시력이 약한 인人’, ‘콩팥칠팔 : 잡담을 위하는 사事’ 등과 같은 것이다.

제4부에서는 수수께끼 총 260개를 가나다순으로 모아 일련번호를 붙이고 해답에도 역시 같은 번호를 붙였다. 예컨대, 가부 (1)에 “가죽 속에 털 난 것이 무엇이냐?”에 대하여 끝에 붙인 ‘풀이’의 (1)에는 ‘옥수수’, 나부의 (31)에 “나는 새의 새끼가 날지 못하는 것이 무엇이냐?”에 대하여는 ‘풀이’ (31)에 ‘구더기’로 나타난다.

제5부에서는 한자 파자漢字破字를 수집하여 제4부와 같이 처리하고 있다. 예컨대, (1) ‘곰배팔이 사람 치는 것이 무슨 자字냐?’에 대하여 (1)의 해답은 ‘以(이)’ 자이고, (60) ‘앉으면 소 되는 성자姓字가 무슨 자냐?’에 대하여 (60)의 해답은 ‘尹(윤)’ 자이다. 여기에 모아 놓은 파자의 총수는 105개이다.

이 책의 가치는 무엇보다도 우리나라에서만 사용되던 한자 어휘 가운데 상당수를 채집하여 수록하였다는 점에 있다. 그리고 이 책 끝에 붙어 있는 수수께끼 모음은 우리나라 최초의 것이다.

[참고문헌] 장덕순 외, 『구비문학개설』(일조각, 1971).

075 『실사총담實事叢譚』

최영년崔永年이 편찬한 설화집. 2권 1책. 1918년 조선문예사朝鮮文藝社에서 간행하였다. 수록된 이야기의 편 수는 상권 99편, 하권 166편으로 모두 265편이나, 이 중에는 설화라 할 수 없는 시화나 풍속·제도에 관한 설명이 10여 편 포함되어 있다. 매 편마다 칠언으로 된 한문 제목에 이어 본문은 한문에 국문으로 토를 달고 있다.

각 내용은 시대별 구분 없이 임의의 순서로 수록되어 있으며, 전편에 등장하는 인물들의 국적은 신라의 김유신金庾信·소지왕, 고려의 김부식金富軾·정지상鄭知常·정유경鄭惟敬·강감찬姜邯贊·김대운金大運 등의 경우를 제외하면 모두 조선조의 인물들이다.

어느 의미로 보면 이 책은 역사상 실제 인물들의 일화집이라고도 할 수 있다. 이 책에 등장하는 인물들을 계층별로 살펴보면, 위로 왕공 귀족으로부터 아래로 기생이나 천민에 이르기까지 실로 다양하다. 예컨대, 임금에 관한 이야기로는 성종·명종·효종·현종·정조에 관한 것들이 보이고, 기생에 관한 이야기로는 성산월星山月(성산기)·일지매一枝梅(평양기)·자동선紫洞仙·무운巫雲(강계기)·매화(곡산기)·일타홍一朶紅에 관한 것들이 보인다. 물론, 그 대부분의 이야기들은 양반들에 관한 것이나 그 중에는 유명·무명의 중인·서인·천민들에 관한 이야기도 더러 있고, 민담적인 자료들도 찾아볼 수 있다. 예컨대, <거울을 처음 본 사람들>(제88화)·<방귀쟁이 며느리>(제228화)·<야래자夜來者>(제60화)·<미궤米櫃> 설화(제40화·제133화) 등이 그것이다.

이 책에 수록되어 있는 작품의 길이는 매우 들쭉날쭉하여 짧은 것은 1.5행에 불과한 것(제212화 <삼장거미고소무三場居尾古所無>)이 있는가 하면, 긴 것은 52행에 달하는 것(제39화 <대사시위인연법大師是謂因緣法>)까지 있다. 참고로 이 책 제1화 <소왈여언역시야笑曰汝言亦是也>의 내용을 번역하면 다음과 같다. "익성공 황희翼成公黃喜는 관청에서 대사를 논하고 큰 의혹을 파헤침에 있어 그 판결함이 물 흐르듯 하되 집안일에 있어서는 도무지 관념하지 않고 화기로써 다스릴 따름이라. 하루는 계집종이 서로 싸우매 한 계집종이 공에게 와 호소하기를 '아무가 극히 간악하나이다.' 하니, 공이 말하기를 '네 말이 옳도다'라고 하였다. 또 다른 계집종이 와 호소하기를 '그가 심히 악독합니다.' 하니, 공이 말하기를 '네 말이 옳도다'라고 하였다. 공의 생질이 옆에 있다가 성낸 빛을 띠고 나아가 말하기를 '아저씨의 흐릿함이 심하십니다. 아무는 저러하고 아무는 이러하니 아무가 옳고 아무가 그르거늘, 어찌 이같이 흐릿하십니까?' 공이 웃으며 말하기를 '네 말도 역시 옳도다.' 하고 독서를 그치지 않아 끝내 분별하지 않았다."고 한다.

[참고문헌] 최영년 찬, 『실사총담』(조선문예사, 1918).

076 『앙천대소仰天大笑』

1913년 박문서관에서 간행한 소담집笑譚集. 표지에는 '골계박사滑稽博士 앙천대소仰天大笑'라 되어 있으나, 내제內題에는 '앙천대소仰天大笑 녹동綠東 선우일저鮮于日著'로 되어 있으며, 판권란에는 '저작 겸 발행자 선우일'로 되어 있다. 전권에 걸쳐 총 101개 항목이 수록되어 있으나, 그 중에는 순수 소담으로 볼 수 없는 것들이 상당수 포함되어 있다. 가령 제1항 <우리들은 쌀이로다>는 '쌀'의 독백 형태를 빌려 인간의 욕심과 어리석음을 꾸짖은 것이고, 제2항 <신철학新哲學>은 세부 항목으로 다음과 같은 내용을 포함하고 있다. ① 금전 없는 것이 금전 있는 것보다 낫다. ② 사람은 모두 타인의 눈을 사랑하고 자기의 몸은 사랑치 않는다. ③ 천하 만물이 기어이 반대로 간다. ④ 죽은 사람은 산 사람보다 값이 많다. ⑤ 성내는 것보다 웃는 것이 힘이 크다.

이처럼 이 책에 수록된 자료들 중에는 훈계조이거나 신문물 및 그에 대한 의식을 나타내 주는 것이 많다. 가령 제목만을 훑어보아도 '철도부설청원', '전당국', '신산술문제', '학위청구제출논문', '측량설계청부광고', '가정보험주식회사', '특별세 증가' 등의 신문물 관련 단어들을 쉽사리 발견할 수 있다.

순수 소담에 속할 만한 자료 60여 편 중에도 이러한 현상은 꽤 두드러지게 나타난다. 가령 어떤 사람이 세수를 하면서 비누를 먹거늘 곁에 있던 사람이 이유를 물으니 그 사람은 "겉의 때는 내버려 두고 속때부터 먼저 씻으려 한다."고 대답하였다든지, 시골 사람이 기차를 탈 때 3등표를 사 가지고 1등칸을 타려다가 쫓겨난 뒤, 인력거를 타려다가 "나는 돈이 적으니까 3등에 앉으리라." 하고 발판에 앉았다는 예들이 그러하다.

결국, 이러한 이야기들은 새로운 문명이 갑자기 밀어닥쳤을 때 생길 수 있는 수용자들의 당혹감을 과대하게 희화화한 것으로 보인다. 『앙천대소』는 이전에 발간된 소담집 『개권희희開卷嬉嬉』(1911)의 한문 현토식 문체를 벗어나 국문 문체에 접근되어 있다. 따라서 이후에 발간된 국문 설화집들에 적지 않은 영향을 미쳤을 것으로 생각된다.

[**참고문헌**] 선우일, 『앙천대소』(박문서관, 1913; 재판 1917) / 조동일, "1910년대 재담집의 성격과 내용"(『배달말』 9, 배달말학회, 1984) / 조희웅, 『설화학강요』(새문사, 1989).

077 야담野談

(1) 개념

역사적 사건이나 인물에 관하여 민간에서 전해 온 이야기. 야사野史·야승野乘·패사稗史·패설稗說 등의 용어로 통용되기도 하나 엄밀한 의미에서 같은 개념은 아니다. 야담이 야사를 바탕으로 하고 있으나 야사보다 허구성이 중시된다는 점에서 야사와 구별되며, 넓은 의미로는 설화에 속하는 것으로 볼 수 있다. 야담은 민간에서 구전되던 설화적 모티프들이 결합되어 생성된 것이며, 문자로 정착된 뒤에도 여전히 입에서 입으로 전승되어 설화와 같이 유동문학적流動文學的·적층문학적積層文學的 성격을 가지기 때문이다. 그러나 설화보다 실사實史에 치중한 면이 많다는 점에서 설화와 구별되기도 한다.

문학의 장르상으로 볼 때 야담은 서사장르류에 속한다. 그러나 서사장르류의 하위 양식, 곧 장르종種으로서의 야담은 성립되기 곤란하다. 왜냐하면, 야담 속에는 신화·전설·민담뿐만 아니라 소설적인 작품까지 포괄되어 있어 그 자체가 장르종이 될 수 없기 때문이다. 결국 야담은 정식 장르 명칭은 아니다. 따라서 종래 문학의 한 양식 명칭으로 '야담'이 많이 쓰였던 것은 엄밀한 장르 의식에서였다기보다 '민간에서 전해온 이야기'를 총괄하는 통념에서 비롯된 것이라 할 수 있다. 요컨대, 야담은 학술적 장르 명칭이라기보다 관습적 장르 명칭인 것이다.

이러한 야담은 초기에는 단순한 이야깃거리에 지나지 않았으나 점차 본격 문학작품에까지 접근해 갔다. 특히, 조선시대 말 산문문학이 발달하는 추세에 힘입어 소설화의 경향을 띠게 되었다. 야담의 기록자는 단순한 줄거리의 복사에서 나아가 하나의 단편을 바탕으로 이를 부연·윤색하거나 또는 여러 단편들을 결합하여 장편화하기도 하였으며, 단편에 창의創意를 가하기도 하였다. 그리하여 야담이 종전처럼 단순한 견문見聞의 재현에 그치지 않고 거기에 기록자(개인작가)의 창작적 요소가 덧붙여졌을 때, 이제껏 민중 속에 전승되는 설화에 지나지 않던 야담이 마침내 소설문학으로까지 변모될 수 있었다.

(2) 특징

야담은 이야기꾼들에 의해서 이야기되거나, 또는 유식자에 의하여 문자화된다. 일단 문헌에 정착된 이야기는 또 다른 유식자에 의하여 전사轉

寫되거나 또 다시 구전되기도 한다. 이러한 야담의 전승적 특질 때문에 현전하는 많은 야담들의 내용은 유사성을 띠게 되는데, 이는 설화자나 기록자가 자신의 견문을 충실히 전하려 하는 데에 연유한다. 가령 유몽인柳夢寅이 찬撰한 『어우야담』에는 "견문에 따라 『어우야담』을 지었다.(隨見聞者於于野譚)"고 기록되어 있고, 이희준李羲準(이희평설李羲平說도 있음)이 찬한 『계서야담溪西野談』에도 "야담은 견문에 따라 기록한 것이다.(野談者隨見聞而記錄也)"라고 쓰여 있는 것이다.

야담의 내용은 흔히 화자話者나 기록자가 기억 상실을 메우기 위하여, 또는 흥미 제고提高를 위하여 그들 임의대로 첨삭하거나 개변하는 경우가 있다. 그러나 이러한 경우라도 임의로 창작한다기보다 자신의 기억 한 구석에 남아 있던 설화적 재산을 끄집어내어 혼입시키는 것이 일반적이다. 이처럼 설화적 요소에 창작적 요소가 쉽게 끼어들 수 있고, 또 양자 사이에 명확한 경계선을 긋기 어렵기 때문에 하나의 작품을 놓고 야담인가 소설인가 하는 논쟁이 종종 야기되어 왔으며, 심지어 소설의 발생 시기를 『삼국유사』에까지 올려 잡으려는 가설까지 제기되기도 했다.

설화성과 아울러 제기되는 야담의 또 하나의 특징은 역사성이다. 야담은 주로 역사적 사건, 역사적 인물과 관련된다. 야담이 흔히 야사나 인물 전설처럼 보이는 것은 바로 이 때문이다. 야담의 작자, 즉 민중은 야담을 통하여 그들의 역사의식을 허구화한다. 그들은 야담 속에서 역사적 인물을 허구적 인물로 재창조하기도 하고, 가상의 인물을 역사적 실제 인물로 만들어 내기도 한다. 물론, 야담 속에서 재창조된 인물들과 역사적 실제 인물들이 동일시될 수는 없다. 야담적 사실은 결국 '참 역사'가 아니기 때문이다. 다만 야담의 의사역사성擬似歷史性은 민중의 꿈과 이를 성취하고자 하는 그들의 바람으로부터 생겨난 허구의 소산이라 할 수 있다.

야담(설화)의 발생은 상고시대까지 소급할 수 있으나 오랫동안 구두로 전승되어 왔기 때문에 그 발생 연대를 짐작할 수 없다. 문헌상으로 볼 때, 최고의 문헌 중 하나로 알려진 『구삼국사舊三國史』가 현재 망실되어 그 자세한 내용을 알 수는 없으나, 이를 바탕으로 이루어진 후대 문헌들의 내용으로 미루어 여기에는 정사正史 외에도 민간에 떠돌아다니던 이야기들이 많이 수록되어 있었을 것으로 여겨진다. 이어 8세기 초 신라의 김대문金大問에 의해 화랑이나 승려, 또는 민간에 구전되는 일사기문逸事奇聞들을 모은 것으로 생각되는 『화랑세기花郎世紀』·『고승전高僧傳』·『계림잡전鷄林雜傳』 등이 저술되었다고 하나 이 역시 불행히도 산일散佚되어 현재 전하지 않는다. 현전하는 야담집류 중 최초의 것은 『수이전殊異傳』이라 할 수 있다.

이 책의 편자 및 편찬연대에 관하여는 여러 이설이 있어 단정짓기 어렵지만, 승려인 각훈覺訓의 『해동고승전海東高僧傳』의 기록인 '약안박인량수이전若按朴寅亮殊異傳'을 따른다면, 이 책은 박인량의 생몰 연대(1047?~1096)로 미루어 대략 11세기 후반의 문헌으로 추정된다. 그러나 이 책 역시 산일되어 그 원래의 모습은 거의 알 수 없고, 다만 여러 책에 흩어져 전하는 일문佚文들을 참고하여 볼 때 민간 야담을 바탕으로 상당히 문학성 있는 작품들이 수록되었던 것으로 생각된다. 오늘날 우리가 확실히 참고할 수 있는 옛 문헌으로 『삼국사기』·『해동고승전』·『삼국유사』 등을 들 수 있다. 특히, 『삼국유사』와 같은 문헌은 '유사遺事'라는 명칭이 시사하는 의미나, 책머리의 저자 자술自述, 즉 기이편紀異篇에서도 분명히 나타나는 바와 같이 야담적 사실들을 의도적으로 채록해 놓고 있어 야담집으로 간주할 만하다.

13세기나 14세기에도 아직 야담집다운 문헌은 찾아볼 수 없었으나, 현전하는 약간의 문집이나 이른바 패관문학서稗官文學書들에서 다소나마 야담적 자료들이 산견散見된다. 가령 최자崔滋의 『보한집』과 이제현李齊賢의 『역옹패설』이 그러한 예이다. 또한 이 무렵에는 민간설화를 바탕으로 하여 씌어진 이규보李奎報의 〈동명왕편東明王篇〉도 나왔다. 15세기 후반에 이르러 비로소 설화집의 편찬이 본격적으로 시작되었다. 그리하여 서거정徐居正의 『태평한화골계전太平閑話滑稽傳』, 성현成俔의 『용재총화慵齋叢話』,

강희맹姜希孟의 『촌담해이村談解頤』를 비롯하여, 서거정의 『필원잡기筆苑雜記』, 남효온南孝溫의 『추강냉화秋江冷話』, 이륙李陸의 『청파극담靑坡劇談』, 조신曺伸의 『소문쇄록謏聞瑣錄』과 같은 문헌들이 나타났다.

16세기에는 송세림宋世琳의 『어면순禦眠楯』, 그 밖에 어숙권魚叔權의 『패관잡기稗官雜記』, 정미수鄭眉壽의 『한중계치閑中啓齒』, 김안로金安老의 『용천담적기龍泉談寂記』가 있었고, 17세기 전반에는 유몽인의 『어우야담』이 나왔다. 유몽인의 『어우야담』은 '야담'이라는 명칭을 표제에 붙인 최초의 책이었다. 이 무렵에 이루어진 성여학成汝學의 『속어면순續禦眠楯』, 차천로車天輅의 『오산설림五山說林』, 이수광李晬光의 『지봉유설芝峯類說』, 김시양金時讓의 『하담파적록荷潭破寂錄』 등에도 다수의 야담적 자료가 들어 있다.

17세기 후반에는 홍만종洪萬宗의 『명엽지해蓂葉志諧』가 나왔고, 그의 『순오지旬五志』·『해동이적海東異積』 등도 야담 연구에 유용하다. 18세기 전반에는 신돈복辛敦復의 『학산한언鶴山閑言』, 이희겸李喜謙의 『청야만집靑野謾輯』, 정재륜鄭載崙의 『공사견문록公私見聞錄』 등이 등장했다.

18세기 후반에서 19세기 전반에 걸친 시기는 전 시대에 꽃을 피우기 시작했던 산문정신이 드디어 결실을 맺은 시기였다. 문학사상 두드러진 산문화의 경향은 판소리·소설·잡가·장편가사·사설시조와 같은 문학 장르를 완성시켰을 뿐만 아니라 야담의 집대성도 이루었다. 이 시기에 편찬된 대표적인 야담집으로는 『동패낙송東稗洛誦』·『선언편選諺篇』·『해동야서海東野書』·『기문총화記聞叢話』·『계서야담』·『청구야담靑丘野談』·『동야휘집東野彙輯』 등을 들 수 있는데, 특히 마지막 세 문헌은 각각 312편, 293편, 260편의 자료를 담고 있어 우리나라 '3대 야담집'이라 부를 만하다. 이들 중 편찬자가 알려져 있는 것은 『계서야담』과 『동야휘집』뿐이다. 20세기 들어 본격적인 근대문학이 시작된 이후에도 야담은 여전히 대중적인 인기를 누리고 있었다. 그리하여 여러 출판사들이 꾸준히 '야담'이니 '사화'니 하는 부류의 책들을 출판하였다.

1926년에 한양서원漢陽書院에서 간행된 강효석姜斅錫의 『대동기문』도 그

러한 책 중의 하나이다. 야담에 대한 관심이 높아짐에 따라 점차 문단에
는 야담을 전문으로 집필하는 작가군까지 생겨났다. 이들의 작품은 종전
의 야사·야담집의 자료들을 윤색하거나 재창작한 것들이 대부분이었으
나 창작소설 못지않은 대우를 받으며 신문·잡지의 지면을 차지하고 있
었다. 가령 1934년 10월에 창간되어 통권 55호를 기록한『월간야담月刊野
談』이나, 1935년 12월에 창간되어 통권 110호를 기록한『야담野談』과 같
은 월간지들의 장수長壽는 당시 대중들의 야담 취향을 보여주는 그 한 예
라 할 것이다.

   광복 후 지금까지도 야담 관계 서적은 끊임없이 간행되고 있다. 1950
년대에서 1970년대에 걸쳐『야담』·『야담과 실화』등 수종의 월간잡지
가 나온 바 있으며, 상당한 권책卷冊으로 이루어진 야담 전집류도 여러 차
례 간행되었다. 1960년대 초에는『한국야담사화전집』(1960, 동국문화사),
『한국야담전집』(1961, 신태양사),『정통한국야사전집』(1961, 청운사) 같은
것들이 거의 동시에 경쟁적으로 출간되었던 것이다.

(3) 연구 및 전망

   민간에서 야담이 유행했던 것과는 대조적으로 1970년대 초까지 이에
대한 학자들의 연구 성과는 그다지 만족할 만한 수준에 이르지 못했다.
야담에 대한 집중적인 연구가 없었음은 물론이려니와, 그에 대한 가치 평
가도 별로 온당한 것이 아니었다. 대개의 경우 학자들은 개설서에서 약간
의 지면을 할애하여 야담에 대한 관심을 보여주는 정도에 그쳤다. 그것도
야담 자체를 고찰하기 위한 것이 아니라 소설사를 기술하면서 소설의 전
단계로서 야담을 상정하여 '설화의 소설화' 또는 '소설의 배경설화'를 언
급하거나, 한문학사를 기술하는 과정에서 한문학 작품의 예로서 야담집이
나 야담 자료를 논급하였던 것이다.

   광복 이전의 야담 관련 논문 중에서 특별히 논급할 만한 것으로 조윤

제趙潤濟의 "설화문학고說話文學考"(『문장文章』, 3권 3호, 1941. 3)가 있다. 이 글을 통하여 조윤제는 설화에 대한 제반 문제를 개관하는 가운데 야담에 대해서도 언급하여 그 가치를 높이 평가하고 연구의 필요성을 역설하는 등 매우 주목할 만한 발언을 남겼다.

야담에 대한 본격적인 논의가 이루어진 것은 1970년대에 들어서였다. 상당한 수의 신진학자들이 연구 대열에 참가하여 다양한 측면으로 야담을 집중 고찰한 결과 풍성한 성과를 얻고, 국문학 발전에 상당한 기여를 할 수 있었다. 이 기간 동안의 연구 동향을 요약하면, ① 용어 및 장르론(야담은 야담인가, 설화인가, 소설인가, 수필인가?), ② 고전소설에 미친 야담의 영향(배경설화론 혹은 야담과 소설의 비교연구), ③ 단일 설화집에 관한 연구(『태평한화골계전』·『어우야담』·『동야휘집』·『청구야담』·『계서야담』·『삽교만록』 등에 대한 연구), ④ 단일 작품에 관한 연구(야담 작품에 반영된 사회경제적 특성), ⑤ 이야기꾼에 관한 연구(이야기꾼과 기록자 또는 야담집의 편찬자에 대한 연구) 등을 들 수 있다.

야담 연구의 첫걸음은 자료의 발굴·정리·분류 작업으로부터 시작된다. 자료 수집에 있어서는 야담집의 발굴뿐만 아니라 각 문헌 및 나아가 구전 자료까지 거두어 모으는 일이 중요하다. 자료를 정리할 때에는 그 자료가 수록되어 있는 문헌의 편찬연대 및 편찬자 또는 편찬의도, 편찬방법, 나아가 유사 자료와의 비교, 전후대 문헌자료와의 영향 수수관계 등까지도 규명되어야 할 것이다. 야담의 분류는 『동야휘집』 편자에 의해 최초로 시도된 것으로 추정된다. 그러나 19세기 중엽에 이루어진 이 분류는 한정된 자료를 바탕으로 한 것이었으므로, 이것을 모든 야담 분류에 적용하기에 매우 미흡하다. 그러나 앞으로 보다 완전한 분류체계가 이룩될 수 있을 것으로 기대된다.

야담은, 과거 다른 기록문학 장르가 양반 위주의 것이었음에 비해, 양반과 상민이 공유하던 문학 장르라는 점에서 문학사적 의의를 지닌다. 야담은 민중 속에서 탄생되어 민중들에 의해 향유되어 왔다. 그러므로 그 속에는 민중의 꿈과 생활이 투영되어 있다.

야담 속에는 역사적 사실이 정직하게 반영되어 있기도 하지만, 때로는 역사적 사실과 정반대의 왜곡된 모습이 나타나기도 한다. 상층 계급에 의한 역사보다 야담에 투영된 민중의식 속에서 '참 역사'가 재구성될 수도 있다. 따라서 기록야담의 연구에 있어 문면文面에 나타나 있는 기록자의 연구뿐만 아니라, 배면背面에 숨어 있는 화자와 독자의 연구도 중요하다. 이러한 연구는 이야기에 투영된 민중의식을 추출해 내거나 야담의 소설로의 이행 과정을 밝히는 데 중요한 시사점을 줄 수 있을 것이다.

설화의 내용을 분석하여 설화 향유층이 표현하고자 했던 주제나 인간상, 나아가 세계관·인생관을 파악하는 일이 중요하다. 야담의 문학사적 의의는 그것이 통시대적 작품이라는 데 있다. 즉, 야담은 기록문학 이전 단계에서부터 시작되어 현재는 물론 미래에까지도 지속될 것이며, 문학의 다른 장르에 끊임없이 소재를 제공해 왔고, 또 앞으로도 제공할 것이다. 특히, 조선시대 말기의 소설의 발생 및 발달에 야담이 커다란 기여를 했다는 점이 결코 간과되어서는 안 될 것이다. 조선시대 말기에 비롯된 산문정신의 대두는 야담의 집성, 판소리의 정립을 가져왔고, 이러한 시대적인 분위기 속에서 소설문학이 출발할 수 있었던 것이다. 그러므로 앞으로 야담이 소설에 끼친 영향에 대한 연구에서는 소재의 대비뿐만 아니라, 구조나 형식 등의 계승 문제들에 대해서도 검토되어야 할 것이다.

[참고문헌] 장덕순, 『한국설화문학연구』(서울대학교출판부, 1970) / 이우성·임형택, 『이조한문단편선집』, 상·중·하(일조각, 1973·1978) / 조희웅, 『조선후기 문헌설화의 연구』(형설출판사, 1980) / 조윤제, "설화문학고"(『문장』 3-3, 문장사, 1941) / 이석래, "고대소설에 미친 야담의 영향"(『성곡논총』 3, 성곡학술문화재단, 1972) / 현길언, "야담의 문학적 의의와 성격"(『한국언어문학』 15, 한국언어문학회, 1978) / 조희웅, "문헌설화의 연구"(『한국문학 연구입문』, 지식산업사, 1982).

078 『어면순禦眠楯』

조선 중기에 송세림宋世琳이 편찬한 한문 소담집. 편자의 아우 세형世珩에 의하여 간행되었다. 확실한 편찬 연대는 알 수 없으나, 서序·발문을 참고하면 1530년(중종 25) 전후일 것으로 추측된다. 송세림은 젊어서 과거에 급제하여 관리 생활을 시작하였으나, 질병으로 태인으로 낙향하여 은거하다가 갑자사화가 일어나자 다시 진출할 뜻을 버리고 향리에서 일생을 마쳤다고 한다. 태인에서 얻어들은 촌간村間의 희화戲話들을 모은 것이 『어면순』이다.

이 책은 송신용宋申用 교주로 『속어면순』·『촌담해이村談解頤』와 함께 1947년에 정음사正音社에서 활자본으로 간행되었으며, 다시 1958년에 민속학자료간행회에서 낸 유인본 『고금소총古今笑叢』에도 수록되었다. 이 『고금소총』본은 상·하 2권으로 되어 있으며, 상권에 20편, 하권에 62편, 합계 82편의 이야기가 수록되어 있다. 한편, 고려대학교 도서관에 소장되어 있는 필사본 『어면순』에는 22편만 실려 있다.

이 책의 서문은 송세형이, 발문은 정사룡鄭士龍이 썼다. 두 사람은 모두 송세림 및 이 책이 지니는 가치를 약술하였다. 내용은 '잠을 막아 주는 방패'라는 뜻의 책 이름을 내걸고, 우스운 이야기들을 모아 놓은 것으로, 그 대부분이 음담패설에 속하는 것들이다. 개중에는 〈임돈독전林敦篤傳〉·〈모로금전毛老金傳〉 등과 같이 전기체傳記體로 된 것도 있다. 〈주장군전朱將軍傳〉과 같은 것은 남근男根을 의인화한 가전假傳 작품이다.

『어면순』에 수록된 자료에는 3~5언으로 된 제목이 붙어 있으며, 제20화(『고금소총』본 권 상에 해당)까지는 '사신왈史臣曰'이라는 평설이 붙어 있다. 『어면순』을 보유補遺하기 위하여 17세기 초에는 성여학成汝學의 『속어면순』이 편찬되었다.

[참고문헌] 『고금소총』(민속학자료간항회, 1958) / 동국대학교 한국문학연구소 편, 『한국문헌설화전집』, 7(태학사, 1981).

079 『어수록禦睡錄』

　　조선 후기에 장한종張漢宗이 편찬한 한문 소담집笑譚集. 제목이 『어수신화
禦睡新話』로 되어 있는 것도 있다. 『어수록』은 장한종이 화원畫員으로서 수
원 감목관監牧官을 지낼 때 지은 것이다. 책머리에 있는 자서에 의하면, 이
책은 임신년(1812) 정월 편자의 재종숙이 내방했을 때 기록한 것이라 한다.

　　편찬 동기는 책 이름 그대로 잠을 쫓게 할 목적(禦睡之方)이었으며, 여러
날 동안 한가한 틈을 타서, 야어고담野語古談과 자신이 실제 겪은 일 중에
서 권징勸懲이 될 수 있는 것들을 골라 쓰고, '열청재어수신화閱淸齋禦睡新
話'라 한 것이다. 그러므로 개중에는 편자 자신의 술회로 이루어진 자료
들도 10여 편 가량 있다.

　　널리 알려진 판본으로는, 1947년 서울 정음사正音社에서 '조선고금소총
제1회 배본'으로 송신용宋申用이 교열하여 출간한 『어수록』과, 1958년 민
속학자료간행회 편으로 출간된 유인본 『고금소총』에 실린 『어수신화』가
있다.

　　이 책에 실린 자료의 총 수는 130편이지만, 유인본 『고금소총』에 실린
『어수신화』 목차에는 제3화 '실응입지失鷹立旨' 및 제45화 '인슬구산人虱求
山'이 빠져 있어 총 128편인 것처럼 되어 있다. 각 편에는 4언으로 된 제
목이 붙어 있다.

　　수록 내용 중 예를 들면 다음과 같은 것이 있다. <우형구곡愚兄久哭>은
바보에 관한 이야기이다. 어떤 곳에 형제가 있었는데 형은 어리석은 데
비해 아우는 영리하였다. 형제가 친상을 당하여 함께 성묘하러 가서 아우
는 슬픔을 다하여 효도를 표했으나, 형은 그렇지 않아 아우가 몹시 민망
스럽게 여겼다. 그 후 첫여름을 맞아 형제가 다시 성묘를 갔는데, 이번에
는 형이 울음을 그칠 줄 몰랐다. 이에 아우가 생각하기를 '이제 형이 철
이 들었나 보다. 저 울음을 언제 그칠지 모르겠다.' 하고 형에게 울음 그

치기를 권하며, "날은 저물고 갈 길도 머니 이제 그만 그치는 게 좋겠다." 고 하였다. 이에 형은 더욱 슬피 울며, "느티나무 잎이 저렇게 성해졌는데도 떡 한번 못 먹었으니 어찌 슬프지 않을까."라고 하였다.

한편 <대구미래大丘未來>는 동음이의어를 이용한 소담笑譚으로, 그 줄거리는 이러하다. 한 생선집에서 혼례를 행하려고 여러 고을의 일가들을 초청하였다. 해가 저물어도 오지 않은 이가 많아, 한 나이 많은 어른이 주인을 불러, "우리 일가들이 온 이가 적으니 어쩐 일인가?" 하고 물었다. 주인이 즉시 대답하기를, "여느[연어鰱魚] 일가는 거의 다 왔습니다만, 아직 대구[대구어大口魚, =댁의] 아저씨가 안 보이는군요."라고 하였다. 내용은 대부분 무명 인물들의 일화이며, 그 중에는 매우 노골적인 음담패설도 많이 포함된 이야기도 있다.

[참고문헌] 『고금소총』(민속학자료간행회, 1958).

080 어숙권魚叔權

생몰년 미상. 조선 초기의 문인. 본관은 함종咸從. 호는 야족당也足堂 또는 예미曳尾. 좌의정 세겸世謙의 서손庶孫이며, 감찰監察 맹렴孟濂의 서자이고, 평릉찰방平陵察訪 숙정叔貞의 아우이다. 1525년(중종 20) 남곤南袞의 청으로 설치된 이문학관吏文學官에 참여하여 최세진崔世珍에게 수업하였다. 이 때 비슷한 처지의 민개珉介 (또는 천량자天諒子)·이숙李叔 등과 교유하였다. 1533년 하절사夏節使를 따라 중국에 다녀왔다. 1536년에 원영사遠迎使 소세양蘇世讓을 따라 의주에 머물며 시를 논하였다. 1537년에 이문학관으로서 중국 사신을 수행하였는데, 중국 사신이 '학관' 칭호를 '학교의 관官'으로 오인하여 증시贈詩하였다는 일화를 남겼다. 1540년 교서관校書館의 감교관監校官으로 있었다. 김안국金安國의 청으로 찬집국纂集局이 설치되어 『이문제서집람吏文諸書集覽』을 편하는 데에 참여하여 『이문吏文』·『속이

文續史文』을 찬하였으나, 그 책은 현전하지 않는다. 1541년 김안국의 건의로 문과와 같은 제도를 갖춘 한리과漢吏科가 설치되어 초시에 합격하였으나 김안국이 죽자 한리과는 폐지되고 말았다. 같은 해에 하절사를 따라 재차 중국에 다녀왔다. 1554년(명종 9) 『제왕역년기帝王曆年記』 및 『요집要集』의 소략하고 상세함이 한결같지 않음을 보고는 이들을 참조하여 『고사촬요攷事撮要』를 지었다. 당시 영의정인 심연원沈連源과 대제학 정사룡鄭士龍 등의 주선으로 이 책을 주국鑄局에서 인행印行하여 널리 알려지게 되었다.

그는 외국어에 능하여 외교에 많은 공헌을 하였으며, 박학하고 문장에 뛰어나 시평·시론에 일가를 이루어 이이李珥를 가르칠 정도였다고 하나, 미천한 출신이어서 끝내 현달하지 못하고 말았다. 별묘別廟는 서울특별시 강동구 고덕동에 있다. 그 밖에 저술로는 『패관잡기稗官雜記』 6권이 있는데, 『대동야승』과 『해동야언海東野言』에 수록되어 일부만 전한다.

[참고문헌] 『중종실록』 / 어숙권, 『패관잡기』 / 어숙권 등, 『고사촬요』 / 『조야집요』 / 『한국계행보』(1980).

081 <여우구슬> 설화

한 학동이 여인으로 변신한 여우와 입을 맞춤으로써 여의주를 빼앗았으나 하늘을 안 보고 땅을 봄으로써 땅의 이치만을 알게 되었다는 내용의 설화. 신이담神異譚 중 변신담에 속한다. 전국적인 분포를 보이며 <인지人智의 한계> 또는 <구미호와 여의주>·<여우 입 속의 보배 구슬>이라고도 한다. 이들 자료는 대체로 두 가지 유형으로 대별된다.

첫째 유형은 다음과 같은 내용으로 되어 있다. 한 학동이 서당을 다니다가 예쁜 처녀를 만나 사랑하게 되었다. 처녀가 입맞춤만은 허락하지 않으므로 구미호인 줄 알게 된다. 학동은 입맞춤을 허락하지 않으면 다시는 만나지 않겠다고 위협하였다. 어쩔 수 없이 처녀가 입맞춤을 허락하자, 학동은 처녀의 입 속에서 여의주를 꺼내 물고 하늘을 먼저 보았으면 하늘의 일도 잘 알게 되었을 것을, 땅을 보아서 땅 위의 일만 알게 되었다.

한편, 둘째 유형은 다음과 같은 내용으로 되어 있다. 학동 100명을 입 맞춤하여 죽이면 승천할 수 있다는 여우가 여자로 변신하여 한밤중에 서당을 찾아갔다. 마침 서당에서 자고 있던 100명의 학동 중 99명까지 입맞춤을 하였으나 한 학동만은 미리 눈치를 채고 피신하는 바람에 입맞춤을 하지 못하였다. 여자가 매우 애통해 하며 밖으로 나가므로 학동이 뒤쫓아 가 보니, 여자는 공동묘지의 바위 뒤로 숨어 버렸다. 학동에게 추파를 던지며 다가선 여자는 학동의 입 속에 여의주를 넣었다 빼었다 하였다. 여자가 똑같은 짓을 며칠 계속하자, 학동은 기력이 없어져 거의 죽게 되었다. 이유를 알게 된 글방 훈장이 그 여자는 필시 구미호일 것이니 그 여의주를 삼키라고 가르쳐 주었다(이하는 첫째 유형과 유사함.).

두 유형 모두 결말 부분은 "사람들이 땅의 일은 잘 알아도 하늘의 일은 잘 모르는 까닭은 이 때문이다."라고 되어 있어 유래담의 성격을 띤다. '구미호'에 관한 설화는 함경도・평안도・황해도 지역에 특히 많이 전승되는 것으로 보고되어 있다.

이 설화는 전승 과정 중에 특정 인물과 결부되어 전설화하는 예가 많다. 가령 안동 지방에서는 이황李滉의 제자인 조목趙穆의 일화로, 전라남도 해남 지방에서는 윤선도尹善道의 일화로, 충청북도 영동 지방에서는 도선道詵의 일화로, 경기도 양평 지방에서는 이식李植의 이야기로 전승되고 있다.

[참고문헌] 정인섭, 『온돌야화』(일본서원, 1927) / 손진태, 『조선민담집』(향토연구사, 1930) / 『한국구비문학대계』(한국정신문화연구원, 1980~1988).

082 『열상방언洌上方言』

조선시대 영조・정조 때 이덕무李德懋가 수집, 한역한 속담집. 『청장관전서靑莊館全書』 제62권에 <서해여언西海旅言>, <윤회매십전輪回梅十箋>, <산

해경보山海經補>와 함께 실려 있다. 총 99편이 거두어져 있는데, 매 편마다 6언으로 된 속담구를 앞세운 뒤 간략하게 그 뜻을 설명하고 있다. 첫머리 부분에서 몇 가지 예를 들면 다음과 같다.

量吾彼置吾趾(이불 생각하고 발 뻗는다)－言事可度力而爲也 被短而申足 足必露矣(무슨 일이건 제 힘을 헤아려서 해야 한다는 말이다. 이불은 짧은 데 발을 뻗으면 발이 반드시 밖으로 나올 것이다).

惜一瓦屋樑挫(기와 한 장 아끼려다 대들보 꺾인다)－言不愼其始 必遭大患也(시작을 조심하지 않으면 반드시 큰 재앙을 만난다는 말이다).

看晨月坐自夕(새벽달 보려고 초저녁부터 앉았다)－言不及時而太早計也 欲看晨月 及晨而興可也(때를 맞추지 못하고 너무 일찍 서두르는 것을 말한다. 새벽달이 보고 싶으면 새벽에 일어나도 될 것이다).

이처럼 찬자는 우리나라의 속담을 모두 6자로 한역한 위에 압운까지 하려 하였으나 장단이 일정하지 않고, 우리말을 6자로 통일시키고 운까지 고려하여 한역하고자 하였으나 여기에서 오는 많은 억지와 무리가 있다. 가령 '범 없는 곳에 토끼가 스승', '나룻이 석 자라도 먹어야 샌님'과 같은 것을 '곡무호선토谷無虎先兎', '삼척염식영감三尺髯食令監' 따위로 옮긴 것은 한문 문장과 거리가 멀다. 그러나 『열상방언』에 수집된 대부분의 속담은 현대인에게도 여전히 유용하고 또 친숙한 것이라는 점에서, 홍만종洪萬宗의 『순오지旬五志』, 조재삼趙在三의 『송남잡지松南雜識』, 정약용丁若鏞의 『이담속찬耳談續纂』 등과 더불어 속담자료집으로서의 의의가 매우 크다.

[참고문헌] 이덕무, 『청장관전서』 / 김사엽, 『속담론』(대건출판사, 1953) / 이기문 편, 『속담사전』(민중서관, 1962) / 방종현, "속담서설"(『조선문화총설』, 동성사, 1949).

083 ＜오대산오만진신五臺山五萬眞身＞ 설화

신인神人의 현현顯現을 다룬 진신설화眞身說話. 『삼국유사』 권3 오대산오만진신조에 실려 있다. 내용은 다음과 같다.

신라 선덕왕 때(636) 자장법사慈藏法師가 중국 오대산의 문수보살의 진신을 보려고 당나라에 갔다. 태화지太和池 가의 문수보살 석상이 있는 곳에 이르러 7일 기도를 드렸더니 문득 꿈에 부처가 나타나 네 구절의 시를 주었다. 그러나 그 시가 범어梵語로 되어 있어 그 뜻을 알 수가 없었다. 이튿날 한 중이 붉은 비단에 금점金點이 있는 가사 한 벌과 부처의 바리때 하나, 그리고 부처의 머리뼈 한 조각을 가지고 와서 자장에게 물었다. "어째서 시름에 싸여 있습니까?" 자장이 "꿈에 부처님께 받은 시구의 뜻을 풀지 못해 그렇습니다."라고 대답하니, 그 중은 시구의 뜻을 번역하여 일러주었다. 이어 중은 자신이 가지고 있던 가사 등속을 자장에게 주면서 부탁했다. "이것은 석가세존의 것이니 당신이 잘 보관하십시오." 그리고 나서 중은 또 말하기를, "당신 본국의 동북방 명주溟州 경계에 오대산이 있는데 1만의 문수보살이 늘 거주하고 계시니 가서 뵈십시오."라고 한 다음 사라져 버렸다. 이에 법사가 귀국하려 할 때 태화지의 용이 나타나 전날 자장이 만난 중은 문수보살의 현현이었음을 알려 주었다. 법사가 귀국하여 오대산 기슭(지금의 월정사月精寺 터)에 이르러 띠집[모옥茅屋]을 짓고 살다가 드디어 문수보살을 뵙게 되니, 보살은 '칡덩굴이 있는 곳을 찾아가라.'고 하였다. 이 말을 따라 자장은 마침내 지금의 정암사淨巖寺 터를 찾아냈다.

한편 자장법사가 신라로 돌아왔을 때 태자 보천寶川과 효명孝明이 명주에 이르러 유람하다가 문득 두 형제가 모두 속세를 벗어날 뜻을 몰래 약속하고 아무도 모르게 도망하여 오대산으로 들어가니 시위하고 갔던 사람들은 모두 서울로 돌아가고 말았다. 두 태자는 산 속에 이르러 각기 암자를 지어 거기에서 머무르며 부지런히 업을 닦았다. 하루는 형제가 함께 다섯 봉우리에 올라 예하는데, 동대東臺의 만월산에 1만 관음보살이 나타나고, 남대南臺의 기린산에 1만의 지장보살이 나타나고, 서대西臺의 장령산長嶺山에 1만 대세지보살이 나타나고, 북대北臺의 상왕산象王山에 석가여래를 수위首位로 한 500의 대아라한大阿羅漢이 나타나고, 중대中臺의 풍로산風盧山에 1만의 문수보살이 나타나 있었다. 두 형제는 이와 같은 5만 보살의 진신에 일일이 예했다. 날마다 이른 아침에는 문수보살이 진여원眞如院(지금의 상원사上院寺)에 이르러 36종의 형상으로 나타났으니, 두 태자는 늘 골짜기의 물을 길어다가 차를 달여 공양하며 도를 닦았다.

이 이야기 중 특히 보천·효명 두 태자가 5만 진신을 뵙는 이야기는 『삼국유사』의 '오대산오만진신'조뿐만 아니라 다음에 이어지는 '명주 오대산 보질도 태자 전기溟州五臺山寶叱徒太子傳記'조에도 중복되어 나타난다. 또, 자장법사가 문수보살의 진신을 보려고 띠집을 짓고 살던 이야기는 다시 이어지는 '대산 월정사 오류 성중臺山月精寺五類聖衆'조에도 나타난다. 그리고 문수보살이 36종의 형상으로 변하여 나타난 이야기는 '오대산오만진신조'에 구체적으로 기술되어 있다.

총체적으로 볼 때, 이들 조항은 불보살들의 이적을 구체적으로 보여주는 전형적인 불교 설화의 한 예라는 점에서 중요성을 지니며, 오대산 일원의 지명(사원명)전설로서도 의의가 크다.

[**참고문헌**] 일연, 『삼국유사』.

084 『오백년기담五百年奇譚』

최영년崔永年이 편찬한 야담집. 1913년 광학서포廣學書鋪에서 간행되었다. 총 180편의 단편 일화들이 수록되어 있다. 내용은 시대순으로 되어 있으며, 조선 태조로부터 12대 숙종조에 걸친 역사적 인물들의 단편적 전기가 담겨져 있다. 각 이야기의 제목은 2자 내지 8자의 한문으로 되어 있으며, 본문은 국한문 혼용으로 쓰여 있다.

첫머리에는 고려 말 면화를 전래하고 '물래'를 고안했다는 문익점文益漸 및 그 손자 문래文萊의 이야기로부터 시작되어 <무학해몽無學解夢>·<설

중매雪中梅>・<삼인봉三印峰>・<자마풍간子馬諷諫>・<위맹성참僞盟成讖>・<대목위주大木爲柱>(이상 태조 때) 같은 이야기가 수록되어 있으며, 끝부분에는 <명암鳴岩>・<이모취서以貌取婿>・<초룡주장草龍珠帳>・<흉즉길凶則吉>・<이승고소원尼僧固所願>・<벌지멱지罰紙覓紙>(이상 숙종 때) 같은 이야기들이 수록되어 있다.

이 책은 조선조에 유행했던 야담 작품들을 각종 잡록류나 전문 야담집으로부터 발췌하거나 혹은 구비전설까지도 수집하여 독자의 읽을거리로 제공하였고, 나아가 후일 야담문학의 성황을 이루게 한 하나의 계기가 되었다는 점에서도 그 가치가 있다.

[참고문헌] 최동주, 『오백년기담』(광학서포, 1913).

085 『우리동무』

한충韓冲이 편찬한 전래동화집. 1927년 편자의 운향서옥芸香書屋에서 발간하였다. 표지에는 '朝鮮童話(조선동화) 우리동무'라 되어 있다. 최남선崔南善이 서문을 쓰고, 이상범李象範이 삽화를 그렸다. <원猿의 지혜>・<축계망리逐鷄望籬> 등 총 30여 편의 이야기가 수록되어 있다.

이 책의 편찬 의도의 일단을 당시의 잡지 광고를 통해 살펴보면, "요사이…… 우후죽순 모양으로 각처에서 발행하는 무슨 명작이니 걸작이니 하는 동화집들은 원래 언어도 풍속도 다른 서양 동화를 일문日文으로, 일문을 또 조선문으로 중역을 하여 무슨 특별한 취미가 있다고 단언할 수 없습니다. 그리하여 저자는…… 가장 독특한 우리 동화 수집에 뜻을 품고 각 방면으로 많은 노력을 하여 오던 중, 어느덧 2개 성상이란 장구한 시일을 경과한 지 오늘날에야 이르러 여러 가지 재미있고 의미 깊은 우리 동화 중에서도 가장 골계적이요 예술적인 것으로만 겨우 30편을 뽑았으므로……."라고 말하고 있다.

　한편, 최남선은 『동아일보』 1927년 2월 11일자에 기고한 '처음 보는 순조선동화집'이라는 서평에서, "일찍부터 아동문학과 일반문화와의 관계에 남다른 예감銳感을 가지는 우리는 조선 동화계의 진전에 대하여도 저절로 상당한 주의를 가지게 되었다. 그러나 이때까지의 그것에는 그다지 감복할 만한 업적이 없음을 유감이라 아니하지 못할러니, 뜻밖에 일도一道의 희신喜信이 정묘의 세화歲華와 한가지로 우리의 안두案頭를 찾아왔다. 그것은 우인 한충군의 고심을 그대로 표현하였다 할 조선동화집 『우리동무』란 신간물이다.…… 한군의 신저는 무릇 조선동화의 대성大成도 아니요, 또 그 표준적 작품이 아닐는지 모른다. 그러나 그것이 순純한 조선어·조선심·조선 전승에 충실하려 한 초유의 노력임에는 아무나 상당한 경의를 주지 아니하지 못할 것이다."라고 한 바 있다.

　이 책은 그 내용이 충실함은 물론, 삽화·표지·제작 등의 면에서도 호화판이라 할 만하여, 전년도인 1926년에 발간된 심의린沈宜麟의 『조선동화대집』과 더불어 당대의 쌍벽을 이루는 동화집이라 할 수 있다.

[참고문헌] 최남선, "처음 보는 순조선동화집"(『육당최남선전집 9―논설논문―』, 고려대학교 아세아문제연구소 편, 현암사, 1974).

086　우화寓話

　도덕적인 명제命題나 인간 행동의 원칙을 예시例示하는 짧은 이야기. 대개의 경우 우화는 보편적인 지혜를 담고 있는 경구驚句를 설명하는 이야기로서, 경구는 전체 문맥 속에 용해되어 겉으로 드러나지 않는 경우도 있지만, 대체로 이야기 앞이나 뒤에 나타나게 마련이다.

　우화는 장르적으로 보면 서사적인 것과 교훈적인 것이 절충된 단순 형식이라 할 수 있고, 그들이 가르치는 교훈은 비교적 저차원적인 사리 분별을 위한 것이나 실용주의적인 것이다.

우화에는 보통 의인화되어 인간처럼 행동하는 동물이 전형적인 주인공으로 나타나며 그들의 특성도 전형화되어 있다. 가령 여우는 교활하게, 늑대는 탐욕스럽게, 사자는 용감하고 위엄 있게 그려지는 것이다. 따라서 우화라고 하면 대체로 '동물우화'와 같은 개념으로 통하기도 한다. 그러나 동물 주인공이 우화에 필수적인 것은 아니며, 우화에는 그 밖에 나무, 바람, 냇물, 돌 등과 같은 자연물이나 심지어는 추상물까지 등장하고, 나아가 신이나 인간들도 나타난다.

우화는 특별한 예를 제시하여 일반 원칙을 보여 준다. 예컨대 '아무리 멋들어진 묘안이라도 실행할 수 없는 것이면 소용없다'는 교훈을 명백히 보여 주기 위해, '우화 양식의 할아버지'로 불리는 이솝Aesop은 <고양이 목에 방울 달기>라는 예화를 내세웠다. 이 이야기로써 작가는 '실행하기 어려운 공론空論'의 교훈을 그렸던 것이다.

18세기 독일의 작가 레싱G. E. Lessing도 우화를 가리켜 "우리들이 하나의 일반적인 원칙을 하나의 특별한 사례에 주고 이 일반적인 원칙이 직관적으로 인식될 수 있게끔 꾸며낸 이야기"라 정의한 바 있다. 어원적으로도 우화에 해당하는 서구어 fable(영어)・Fabel(독일)・favola(이탈리아어)・fábula(스페인어) 등은 라틴어 'fabula'에서 유래되었는데, 이 말은 '허구적인 이야기'를 뜻한다고 한다.

우화와 일반 민담을 구별 지을 수 있는 특징은, 전자의 경우 행위의 원칙, 즉 도덕이 이야기 속에 짜인다는 데에 있다. 그리고 우화는 교훈적 특성을 지녔다는 점에서 비유담과 비슷하지만, 비유담이 대개 있을 법한 상황에 빠진 인간을 그리며 보다 높은 도덕적 차원에 있는 데 비해, 우화는 주인공이 의인화되어 있고 대체로 기상천외한 상황을 그리며 보다 세속적인 지혜를 준다는 점에서 구별된다. 또한 우화는 속담과도 공통점을 가져, 속담이 실제로 우화를 압축한 것이거나 '태산명동과일서泰山鳴動過一鼠' 같이 풍유적 속담이 축소된 우화로 간주될 수 있는 경우도 종종 있다. 그러나 대체로 우화는 설명적인 이야기를 제공하고 있다는 점에서 속담과 차이가 있다.

우화는 비유담과 함께 문자가 생겨나기 전 구비전승적 문화 속에서 기원하여 인간에게 처세의 지혜를 전승시켜 줌으로써 매우 중요한 역할을 담당하였다. 특히 우화는 의인화된 비인간의 활동상에 대한 청자聽者들의 관심과, 속담 형태로 나타나는 실제적인 처세의 지혜 때문에 일반인으로부터 많은 애호를 받아 왔다.

우화의 기원 장소 및 시대를 단언할 수 없지만 현전 자료로 미루어 볼 때 고대 중동 지방의 셈계Semitic 민족 사이에서 비롯되었으리라는 의견이 지배적이다. 그러나 우화를 시작한 공은 서기전 6세기경 이오니아Ionia의 노예였다고 추정되는 반전설적인 인물 이솝에게로 돌려지고 있다.

이솝이 우화의 작자라는 전설이 널리 퍼짐에 따라 후일 모든 우화가 그의 작으로 돌려지는 경향도 있게 되었지만, 실은 현재 '이솝우화'로 일컬어지고 있는 작품들의 상당수는 중세 말기에 우화 형식이 유행함에 따라 그 이야기들을 모아 편찬되었던 우화집들로부터 나온 것이라 한다.

중세의 우화 작가로 유명한 사람은 영국의 초서G. Chaucer를 들 수 있으며, 17세기에는 최대의 우화 작가라고 할 수 있는 프랑스의 라퐁텐J. de. La Fontaine이 나왔고, 18세기에는 독일의 레싱, 19세기에는 러시아의 크릴로프I. A. Krylov 등이 유명하다. 20세기 영국의 오웰G. Orwell 같은 작가는 우화 형식을 빌려 <동물농장Animal Farm>(1945) 같은 소설을 쓰기도 하였다.

한편 인도에서는 불교도들이 우화를 교화의 방편으로 사용했는데『자타카Jataka』및『판차탄트라Pañchatantra』와 같은 우화집들은 동서양의 각 국어로 번역, 소개됨으로써 세계문학사상에 커다란 기여를 하였다.

중국의 경우도 고대 이래로 많은 철학자들이 그들의 사상을 나타내기 위하여 종종 우화의 형식을 사용하였다. 4~6세기경에는 불교의 교리를 좀 더 쉽게 신도들에게 설명할 수 있도록 하기 위하여 민간전승의 이야기를 빌려쓰거나, 혹은 인도의 불전으로부터 차용한 우화들을 사용하였다

(『백유경百喻經』).

우리나라의 우화적 작품(설화)으로 현전하는 것이 많지는 않으나, 『삼국사기』에 실린 <귀토龜兎> 설화(권41)·<화왕花王> 설화(권46) 등은 그 오랜 예라 할 것이다. 이후 고려·조선조의 많은 가전假傳 및 의인소설擬人小說들은 우화 형식이 발전된 것으로 볼 수 있다.

[참고문헌] 김부식. 『삼국사기』 / 서거정·노사신 등찬. 『동문선』.

087 『월정만필月汀漫筆』

조선 중기에 윤근수尹根壽가 지은 수필 형식의 글. 작자가 견문한 명인들의 시문·언행들을 붓 가는 대로 적은 글이다. 『대동야승』을 비롯한 여러 야사 총서들에는 '월정만필月汀漫筆'로 표기되어 있으나, 『청운잡총青韻雜叢』 및 『시화총림』에는 '월정만록月汀漫錄'으로 기록되어 있다. 월정이란 저자인 윤근수의 아호이며, 『오음잡설梧陰雜說』의 필자인 두수斗壽는 그의 맏형이다. 저작연대는 확실하지 않으나, 내용 중에서 저자가 네 차례나 북경에 왕래한 사실에 대하여 언급하면서 마지막으로 연경燕京에 갔던 만력萬曆 갑오년(1594, 선조 27)에 대하여도 기술하고 있음을 보면, 이 해가 상한선임을 알 수 있다. 마에마 교사쿠[전간공작前間恭作]의 『고선책보古鮮冊譜』에서는 『대동야승』의 기록을 근거로 만력 25년 정유년(1597)을 편찬 연대로 단정하고 있다.

이 책에 대해서는 『연려실기술』 별집 야사목록 및 『증보문헌비고』 권246에 기록되어 있고, 이본으로 『대동야승』(권57)본 외에도 『광사』(제9집, 권122)·『패림』(권14)·『한고관외사』(권30)본 등이 있다. 『시화총림』(권하卷夏)본은 다만 9항에 지나지 않는 초략본이다.

한편, 『월정별집月汀別集』(4권 2책)에도 만필이 포함되어 있는데, 이것과 『월정만필』을 대조해 보면 체재나 순서뿐 아니라 내용에 있어서도 출입이 많다. 『대동야승』의 『월정만필』은 제목이 붙어 있지 않고 한 항목이 끝나면 줄을 바꾸어 기록하였는데, 이렇게 하여 총 53장에 걸쳐 약 130여 항목이 수록되어 있다.

이 책의 주요 내용은 중국 및 우리나라의 역사 고증·풍속·문장·필법·시화詩話·인물·설화·풍수·복서卜筮·중사中使 접대 등에 관한 것인데, 중국은 3대(하·은·주)로부터 명나라 때까지, 우리나라는 기자조선에서부터 조선조 선조 때까지의 일을 담고 있다. 그 중에서도 중국 관계는 명나라, 특히 저자가 네 차례에 걸쳐 연경을 왕래하면서 견문한 인물, 풍속, 제도 등에 관하여 기록하였다. 우리나라 관계는 조선조 중기의 기묘사화나 을사사화에 관하여 비교적 소상히 기술하고 있어 이 시기 정치사회사 연구에 많은 도움이 된다. 뿐만 아니라, 국내외 문인들이 주고받은 한시들은 문학사 연구에 보탬이 된다.

[참고문헌] 『국역 대동야승』, Ⅴ(민족문화추진회, 1975) / 전간공작, 『고선책보』(동양문고, 1944~1957).

088 <은도끼 금도끼>

정직한 나무꾼은 금도끼를 얻고 욕심쟁이 나무꾼은 쇠도끼마저 잃게 된다는 내용의 설화. 신이담神異譚에 속하는 설화 유형의 하나이다. <금도끼·은도끼·쇠도끼> 혹은 <정직한 나무꾼> 등으로 일컬어지기도 한다. 이 설화가 언제부터 우리나라에서 구연되기 시작하였는지 정확히 알 수는 없으나, 서양에서 이솝우화에 수록된 <헤르메스와 나무꾼>으로 보아 서기전 수백 년 전부터 알려졌음을 알 수 있다. 물론 헤로도투스의 말대로 이솝이 서기전 620~560년의 실제 인물인가는 재론의 여지가 많으나, 『이솝우화집』의 편찬이 서기전 347~285년에 이루어진 것이라 하므로, 그 속에 포함된 이야기의 역사도 그만큼 오래되었음이 분명하다. 그리하여 이 이야기의 분포는 매우 광범위하여, 아르네-톰슨Aarne-Tompson의 '설

화의 유형' 729번 <물속에 빠뜨린 도끼>의 분포지는 리투아니아·프랑
스·프랑스계 캐나다·중국 등으로 나타나고 있다. 그러나 여기에는 우
리나라를 비롯한 베트남·일본 등의 현지조사 보고 예가 누락되어 있다.

이 이야기의 줄거리는 다음과 같다.

① 한 나무꾼이 산으로 가 나무를 찍다가 잘못하여 도끼를 연못 속에
빠뜨려 버렸다. 할 수 없이 울고 있자니 연못 속으로부터 백발 노인이 나
타나 금도끼·은도끼를 차례로 보여 주며, "이것이 네 것이냐?"고 물었
다. 정직한 나무꾼은, "아닙니다. 제 도끼는 오래된 쇠도끼입니다."라고
대답하였다. 이에 노인은 나무꾼의 정직함을 칭찬하며 세 도끼 모두를 주
었다. ② 한편, 이 이야기를 전해 들은 이웃의 욕심쟁이 나무꾼이 정직한
나무꾼의 흉내를 내고자 하였다. 그러나 그는 금도끼·은도끼마다 제 것
이라고 대답하여 노인의 노여움을 사 금도끼·은도끼는커녕 제 쇠도끼마
저 잃고 말았다.

이 설화 유형은 위에서 구분해 놓은 것처럼 두 가지 유형이 있다.

즉, <금도끼·은도끼를 얻은 정직한 나무꾼>①과 <쇠도끼마저 잃은
욕심장이 나무꾼>(①＋②)이다. 요컨대 이 이야기에서 나타내고자 하는
것은 정직 또는 선의 승리라고 할 수 있고, 정직한 자와 정직하지 않은
자, 곧 선과 악의 2원칙인 대비에서는 후자가 실패하게 함으로써 교훈적
의도를 분명히 드러내고 있다. 이 이야기는 초등학교 교과서나 저학년용
아동 도서들에 흔히 나타난다.

[참고문헌] 김창활 역, 『이솝우화집』(을유문화사, 1975) / 『한국구비문학대계』(한국정신문화연구원, 1980
~1988) / S. Thompson, *The Types of the Folktale* (Helsinki, 1964).

089 『이언총림俚諺叢林』

조선 말기에 편찬된 편자 미상의 소담笑譚과 수수께끼집. 총 78면(39

장). 한글 필사본. 저지楮紙에 한글흘림체[궁체宮體])로 씌어 있다. 이 책의 이름은 표지에 밝혀져 있는 대로 '이언총림'이 옳겠으나, 때로는 내용 첫머리에 있는『뎡일남뎐』을 서명으로 쓰는 경우도 있다. 그러나 내용을 검토해 보면 '뎡일남뎐'은 전체 서명이 아니라 제일 첫 작품의 제명에 지나지 않으므로, 이것으로 책이름을 삼는 것은 잘못된 것이다.

『이언총림』은 스킬렌드W. E. Skillend의『고대소설古代小說』에 처음으로 소개되었다.『고대소설』에서 '역사 이야기들historical stories'이라 한 것은 아마도 '사화史話'나 '사담史譚'을 뜻하는 것이 아니라, '전승적인 이야기'를 의미하는 것으로 생각된다.

한편,『국어국문학』제44·45합병호(1969. 7.)에 부록으로 실린 '낙선재문고 목록 및 해제'에서는『이언총림』을 "민담집으로, <정일남전>을 비롯해 대청大淸 '진풍'[건륭의 잘못] 말의 한 조선 상고商賈 이야기, 그리고 16편의 수수께끼, 재담·농기서弄譏書 및 짤막한 이야기 20여 종이 실려 있음."이라고 설명하였으나 이 책에는 소담 25편, 수수께끼 69편, 희시戱詩 11편 등 모두 105편이 실려 있기 때문에 이 해설은 다소 잘못된 듯하다. 내용을 구비문학 장르에 따라 분류하면 ① 소담, ② 수수께끼에 대상을 묻는 것, 수 알아내기, 방법 말하기, 파자破字 수수께끼, 희시 등으로 되어 있다.

이 책은 19세기 말 내지 20세기 초에 필사된 것으로 추정되는데, 비록 연대상으로 그리 오래되지 않았다 하더라도, 한글로 씌어진 몇 안 되는 구비문학 자료집의 하나로서 그 가치가 크다. 현재 한국학중앙연구원의 장서각에 소장되어 전한다.

[참고문헌] 조희웅, "이언총림"(『구비문학』 5, 한국정신문화연구원 어문학연구실, 1981).

090 이원명李源命

1807(순조 7)~1887(고종 24). 조선 후기의 문신. 본관은 용인龍仁. 초명은 원경源庚. 자는 치명穉明, 호는 종산鍾山. 할아버지는 예조판서를 지낸 재학在學이고, 아버지는 형조판서 규현奎鉉이며, 어머니는 반남박씨潘南朴氏이다. 1829년(순조 29) 정시 문과에 병과로 급제하였다. 1850년(철종 1) 성균관 대사성에 오른 뒤, 1855년 경기도 관찰사, 1860년 이조참판·도총관, 1861년 형조판서를 지내다가 같은 해 11월에 정사로 청나라에 다녀왔다. 1862년 대호군·사헌부대사헌, 1863년 광주廣州 부유수府留守를 거쳐 이조판서로 치사致仕하였다.

저서로는 1869년에 지은 것으로 추정되는 문헌설화집『동야휘집東野彙輯』8권 8책이 있는데,『동야휘집』을 편찬하면서 역대 야담집을 참고하여 형식을 가다듬는 데에 치중하여 야담의 규범을 마련하고자 하였으나, 오히려 설화로서의 생기와 개방성을 희생시켰다. 시호는 문정文靖이다.

[참고문헌] 조희웅,『조선후기 문헌설화의 연구』(형설출판사, 1980) / 권태을, "『동야휘집』소재 야담의 유형적 연구"(석사학위 논문, 영남대학교 대학원, 1979).

091 <이태조구산지李太祖求山地> 설화

조선 태조의 선조 묘지에 관련된 설화. 신이담神異譚 중의 풍수담風水譚에 속하는 설화 유형의 하나이다. 차천로車天輅의『오산설림초고五山說林草藁』및 작자 미상의『자경지함흥일기慈慶志咸興日記』등에 실려 전한다. 내용은 다음과 같다.

이태조가 미시微時에 함흥에서 친상을 당하였으나 좋은 지관을 만나지 못하여 아직 산지를 정하지 못하고 있었다. 그 때 종아이가 나무를 하러 산으로 갔다가 길에 앉아 쉬던 스님과 상좌를 만났는데, 그 중 스님이

"저기 아래 것은 장상將相이 날 자리에 불과하나 위의 것은 당세에 왕후王侯가 날 자리"라 하는 말을 엿들었다. 종아이가 빨리 달려가 태조에게 고하니, 태조는 즉시 말을 달려 10여 리를 쫓아갔다. 이윽고 두 사람을 만난 태조는 말에서 내려 공손히 절하고 자신의 집으로 가기를 요청하였다. 처음에는 사양하던 두 사람도 태조의 거듭된 간청에 어쩔 수 없어 마침내 동행을 허락하고야 말았다. 그리하여 두 사람을 자신의 집으로 모신 태조는 정성을 다하여 융숭히 대접한 뒤 친상을 당한 자신의 처지를 말하고 산지를 보아 줄 것을 청원하였다. 스님은 "구름같이 떠돌아다니는 중이 무슨 산술山術을 알겠습니까?" 하고 거절하였으나, 상좌가 "남의 성의를 차마 저버릴 수 없으니, 저번 그 자리를 가리켜 주면 좋겠습니다."고 권유하여, 결국 스님도 왕후의 혈을 일러 주고 가 버렸다.

그 곳이 환조桓祖의 능침인 정화릉 터였으며, 스님은 나옹懶翁, 상좌는 무학無學이었다고 한다. 이 설화는 이성계의 조선조 건국을 합리화하려는 목적의식에서 꾸며 낸 이야기일 것으로 추측된다. 풍수설을 빌려 조선조의 건국이 결코 우연이 아닌 천명에 의한 것임을 강조하려 한 것이다.

그런데 한 가지 흥미 있는 일은 『오산설림초고』보다 약 반세기 앞선 중국 명나라의 왕문록王文錄의 『용흥자기龍興慈記』에도 이와 비슷한 이야기가 명태조인 주원장朱元璋의 선조 묘지에 얽힌 이야기로 수록되어 있다는 점이다.

우리 민간에서는 이태조의 부친과 명태조의 부친이 함께 백두산에서 묘지를 구하였다든가, 또는 조선 출신인 주원장과 이성계가 각각 중국을 치러 나가다가 한 주막에서 만나 같이 술을 마셨다는 전설들이 전하는 것을 보면, 위 두 책에 수록되어 있는 설화의 유사성도 무슨 곡절이 있을 듯하다. 사실로써 살핀다면 중국 남방 출신인 주원장과 함경도 출신인 이성계가 함께 술을 먹었을 리 없으며, 더구나 두 사람의 부친이 함께 묘지를 찾았을 리도 없다. 이는 아마도 일찍이 손진태孫晉泰가 설파하였듯, 금태조나 청태조가 모두 조선계였으며, 이성계와 주원장이 똑같이 한미한 집안 출신으로서 거의 동시에 국가를 창건하였다는 점에서 유추하여, 자연 이태조와 명태조를 함께 놓고 보려는 의식에서 생겨난 것으로 볼 수 있다. 따라서 두 기록의 유사성은 우연의 일치일 수도 있겠지만, 위와 같은 속신에서 비롯된 모방의 결과일 수도 있다.

[참고문헌] 차천로, 『오산설림초고』 / 『자경지함흥일기慈慶志咸興日記』 / 손진태, 『조선민족설화의 연구』(을유문화사, 1947).

092 이희준李羲準

1775(영조 51)~1842(헌종 8). 조선 후기의 문인. 본관은 한산韓山. 자는 평여平汝. 호는 계서溪西로 알려져 왔으나, 형인 희평羲平의 호가 잘못 전하여진 것이라는 설도 있다. 군자감정 산중山重의 손자로, 예조참판 태영泰永의 다섯째아들이다. 뒤에 현영顯永에게 입양되었다. 1805년(순조 5) 증광 문과에 을과로 급제하여, 1809년 한림도당회권翰林都堂會圈에 올랐다. 1825년 예부승지 가선대부嘉善大夫가 가자加資되고, 1827년 이조참판이 되었다. 1830년 경기감사로 부임하여 칙수불부勅需不敷·우역조폐郵驛凋弊·환곡모축還穀耗縮의 삼폐三弊를 상소하여 윤허를 얻기도 하였다. 경기감사의 임기가 찼으나 주전사업鑄錢事業이 막 펼쳐졌기 때문에 유임되었다가 1832년 물러났다. 이듬해인 1833년 경기암행어사 이시원李是遠이 주전 통용의 폐해에 대한 계啓를 올리고, 삼사의 탄핵을 받아 황해도 배천으로 유배당하였다가 이듬해 신위申緯와 함께 풀려났다. 1834년 헌종이 즉위하자, 고부 겸 주청부사告訃兼奏請副使로 중국에 갔다. 1837년 부태묘祔太廟 때 종헌관終獻官으로 가자되고, 공조판서에 올랐다. 1838년 동지정사冬至正使로 다시 중국에 갔으며, 형조판서·예조판서를 거쳐 1840년 사헌부대사헌을 지냈다. 시문에도 능하였다. 『계서야담』이 그의 편저라고 전하나 형인 희평의 저술이라는 설도 있다. 시호는 문정文靖이다.

[참고문헌] 『철종실록』/『국조방목』/『고선책보』/ 조희웅, 『조선후기 문헌설화의 연구』(형설출판사, 1980).

093 이희평李羲平

　　1772(영조 48)~1839(헌종 5). 조선 후기의 문신. 본관은 한산韓山. 자는 준여準汝, 호는 계서溪西. 할아버지는 군자감정 산중山重이고, 아버지는 예조참판 태영泰永이을 지녔으며, 도영道永에게 입양되었다. 그의 집안은 노론 벌열층으로서 혜경궁 홍씨의 외척이기도 하다. 부인 풍산홍씨는 효행으로 이름이 높아 정려된 바 있다. 태인현감을 지낸 심능숙沈能淑과 교우관계를 맺었다. 1810년(순조 10) 사마시에 급제하였고, 전주판관 및 황주목사를 지냈다. 24세에 사도세자의 무덤이 있는 수원으로 가서 혜경궁홍씨의 회갑잔치를 하였다는 내용의 국문체 기행문인 <화성일기華城日記>를 지었다. 또한, 생부 태영의 행적을 주요내용으로 삼아 104편의 설화를 모은 『과정록過庭錄』을 남겼다. 보통, 동생인 희준羲準의 편저로 알려져 왔던 『계서잡록』과 『계서야담』은 두 사람의 호가 바뀌어 잘못 전하여졌을 가능성이 높아서 이희평의 작으로 추정할 수도 있다.

[참고문헌] 『한산이씨족보』/ 조희웅, 『조선후기 문헌설화의 연구』(형설출판사, 1980) / 한산문헌총서편찬위원회, 『한산문헌총서』(대전 : 농경출판사, 1981) / 이현택, "계서 이희평 문학연구"(석사학위 논문, 국민대학교 대학원, 1983).

094 <인봉소引鳳簫>

　　작자·연대 미상의 번역소설. 3권 3책. 필사본. 이 소설은 국내 창작이 아니라 중국 작품의 번역임이 알려지기 전까지 필사본의 겉장에 적혀 있는 대로 '麟鳳韶(인봉소)'라는 이름으로 통용되었다. 그러나 이는 '引鳳簫(인봉소)'의 잘못으로 밝혀졌다. '인봉소'라는 작품명은 내용에 등장하는 백인白刃이라는 남주인공과 봉낭鳳娘·하소何簫라는 두 여주인공의 이름에서 각각 '인刃'·'봉鳳'·'소簫' 한 자씩을 따서 붙인 이름이다.

이 소설의 한문 원본에 대해 중국의 손해제孫楷第는 그의 『중국통속소설서목中國通俗小說書目』에서, <인봉소> 4권 16회는 청무명씨淸無名氏 작으로 일본 나이가쿠문고[내각문고內閣文庫]와 대련만철도서관大連滿鐵圖書館에 있으며, 풍강반운우楓江半雲友가 편집했다고 하였다.

이 작품은 송나라 희령 연간熙寧年間, 즉 신종神宗 때로부터 시작되어 원우 연간元祐年間, 즉 철종 때에 이르기까지의 사실史實을 시대적 배경으로 하고 있다. 특히 신법당新法黨과 구법당 사이의 당파 싸움이 허구화되어 있어, 몇몇 가상적 주인공을 제외한 나머지 부차적 인물들은 대부분 역사상의 실존 인물들이다.

백인(자字는 미선眉仙)은 눈 덮인 산 경치를 구경하다가 우연히 매화 숲 속에서 황소를 탄 노인[황독객黃犢客]을 만나게 된다. 이 노인은 미선의 앞날을 예언한 몇 줄의 시구와 함께 들고 있던 산호 채찍을 주며 명심해서 잘 간직하면 앞으로 유리한 징험이 나타날 것이라는 말을 남기고 눈 속으로 사라진다. 이때 조정에서는 왕안석王安石이 신법을 행한다며 선량한 충신들을 내치고 기강이 문란해진다. 미선의 아버지 백양 등이 화를 입게 되고, 그 화가 미선에게까지 미친다. 미선은 난을 피해 정처 없이 유랑하다가 은신처에서 봉랑과 하소라는 여자를 만나게 된다. 이때 지난날 황독객이 주고 간 산호 채찍이 그들의 결연에 큰 구실을 하게 된다. 또, 그 황독객으로부터 받은 시구가 모두 징험을 나타냈음을 깨닫게 된다.

이와 같이, 이 소설은 전반적으로 황독객의 예언이 실현되는 과정을 중심으로 진행되며, 전체적인 작품의 주조主潮는 '도교적 운명론'으로 일관되어 있다.

[**참고문헌**] 조희웅, "<인봉소> 연구"(『고전문학연구』 2, 한국고전문학연구회, 1974).

095 일화逸話

　세상에 그다지 알려져 있지 않은 이야기나 정전正傳에서 빠진 이야기. 일종의 비사秘史이다. 이에 대응하는 영어 'anecdote'도 그리스어의 'anekdoton'에서 유래한 말로서, 그 의미는 '출판되지 않은 것unpublished'이란 뜻이다.

　일화는 단일 사건이나 모티프로써 구성되어 있는 구비문학의 기초적인 유형이다. 이들은 개별적으로 또는 종합적으로 이루어지기도 하며, 긴 이야기의 구성요소를 이루기도 한다. 일화의 특징은 무엇보다도 그 내용이 대중의 추앙을 받던 역사적 인물들의 언행을 이야기한다는 점에서 사실성을 띠며, 처음부터 핵심적인 요소만 전승하려 하기 때문에 그 묘사가 매우 짧고 단순하다는 점이다. 즉, 개인 특히 역사상의 명사나 일사逸士들의 기행奇行에 대한 대중적인 관심으로 반복 전승되며, 흔히 교훈이나 오락을 위한 예화로서 이야기된다. 시간이 흐름에 따라 그 일화의 사실 여부는 알 수 없을 정도로 변모되기도 하고, 똑같은 일화가 각각 다른 개인에게 부수되기도 하며, 심지어는 허구적이거나 전설적 인물에게 부수되는 일도 많다. 실례로 한 일화를 들면 다음과 같다.

　정조가 수원 능행을 하였다가 밭 가운데에 있는 돌담을 보고 무엇이냐고 물었다. 곁에 모시고 있던 윤행임尹行恁이 돌담이라고 대답하였더니, 정조가 다시 묻기를 "돌담이면 왜 돌지를 않는고?" 하였다. 이에 윤행임이 "그 돌 밑에 밭이 받치고 있어 돌지 못합니다."라고 대답하였다.

　이 군신 간의 일화는 일설에 의하면 옛날 의주에 살던 말 잘하기로 유명한 조개달趙介達과 의주부윤과의 이야기라고도 전한다. 이 경우 돌담이 왜 돌지 않느냐는 의주부윤의 물음에 "맨 돌이라서 돌지 못합니다."라고 하였다고 하여 대답이 다소 다르기는 하지만, 구비전승에 있어 이런 차이는 별로 문제되지 않는다. 경우에 따라서 많은 이야기들이 한 사람의 특정 인물에 대한 일화로 수렴되는 경우도 있는데, 가령 '오성과 한음', '김선달’ 등의 예가 그러하다.

한편, 일화의 기능이 도덕적인 것으로부터 오락적인 것으로 점차 바뀜에 따라 진지한 일화도 익살스러운 일화로 바뀌어 가는 경향이 있었다. 즉, 경험적 충동이 우세한 명사들의 교양 있고 진지한 일화가 허구적 충동이 우세한 희학戲謔과 결부된 기이하거나 골계적인 일화로 변하였다. 그리하여 현賢·우愚 또는 보답과 처벌과 같은 진지한 일화의 중심적 테마가 우스꽝스러운 실수나 모면·기행·거짓말·과장·사기·농담·재치·임기응변 따위와 같은 것들로 바뀌어, 골계적인 일화의 중심 테마를 이루게 되었다.

문헌에 기록되어 있는 명인 일화들의 상당수가 재담, 어희語戲, 탁상 연설 등에 기초를 두는 데 비하여, 수많은 골계 일화들은 둔사遁辭나 임기응변을 기초로 하고 있다.

[참고문헌] 이재선, 『한국 단편소설 연구』(일조각, 1975) / Maria Leach, ed., *Standard Dictionary of Folklore-Mytholology and Legend*(New York : Funk and Wagnalls, 1949).

096 <자린고비> 설화

지독히 인색한 사람의 행동을 우스꽝스럽게 과장하여 다룬 설화. ‘자린곱이, 자린꼽쟁이, 꼬꼽쟁이, 꼽재기, 자리꼼쟁이’ 설화로도 불린다. ‘자린고비’라는 말은 어느 지독한 구두쇠 양반이 부모 제사 때 쓸 제문의 종이를 아껴 태우지 않고 접어 두었다가 두고두고 써서 제문 속의 아비 ‘고考’ 어미 ‘비妣’ 자가 절었다고 하여 ‘저린 고비’에서 생겨났다고 전한다. 구전 자료가 전국적으로 분포되어 있으며, 지역적으로는 청주의 자린고비가 가장 유명하다.

가장 흔한 이야기로는, 지독한 구두쇠인 어떤 영감이 며느리에게 지키도록 한 장이 자꾸 줄어드는 것을 이상히 여겨 스스로 지키고 있다가 파리가 앉았다가 날아가는 양을 보고 어느 만큼인가를 좇아가 결국 파리를 잡아서 뒷다리에 묻은 장을 빨아먹고 왔다는 내용이 있다. 도망가던 파리가 어정대던 곳이라서 '어정개', 자린고비 영감이 파리를 놓치고 "아차 이제 놓쳤구나!" 하였다고 해서 '아차지고개'라는 이름이 붙었다는 등의 지명전설과 연결되기도 한다.

구전 자료에는 위와 같은 유형이 많이 보이지만 세간에 더 알려진 것은 자반고등어에 얽힌 이야기이다. 구두쇠 영감이 자반 생선을 한 마리 사서 천장에 매달아 놓고 식구들에게 밥 한 숟가락 떠먹고는 자반을 한 번씩 쳐다보게 하였는데, 아들이 어쩌다가 자반을 두 번 쳐다보니 구두쇠 영감이 "얼마나 물을 켜려고 그러느냐." 하고 아들을 야단쳤다는 내용이다. 이 이야기는 더 발전되어 어떤 사람이 구두쇠 영감이 어쩌나 보려고 담 밖에서 자반 생선을 한 마리 던져 넣자 마당을 쓸고 있던 영감이 "아이쿠 밥도둑놈." 하고 질겁을 하면서 생선을 도로 담 밖으로 던져 버렸다는 내용으로 변하기도 한다.

보통 과장담은 과장 행위가 일회로 끝나는 경우도 있지만 대립 내지 점층을 이루어 중첩되는 예가 많은데, 자린고비설화도 두 명의 구두쇠가 등장하여 경쟁담 형식을 띠는 예화가 많이 있다. 점층되는 형식에서 주인공 구두쇠와 대비되는 인물은 동네 사람·친구·아들·사돈 등 다양하지만 대표적인 인물은 며느리이다. 며느리 역시 구두쇠로 생선장수가 오자 짐짓 사는 척 한참 주물럭거리다가 고기는 사지 않은 채 생선장수는 돌려보내고 생선을 주물럭거리던 손을 씻어 그 물로 국을 끓였더니, 자린고비 시아버지는 며느리에게 그 손을 물독에 넣어 씻었더라면 두고두고 고깃국을 먹을 것을 아깝다고 나무랐다는 이야기가 대표적이다.

자린고비설화는 두 명의 구두쇠가 등장해서 누가 더 지독한가를 겨루는 본격적인 경쟁담 형식을 띠기도 한다. 가령, 주인공은 부채를 아끼느라 살을 두 개만 펴서 부치는데, 또 한 구두쇠는 부채를 편 채 고개만 할랑할랑 흔들더라는 이야기이다.

이런 이야기는 예로부터 전승되어 오던 것으로서 문헌설화에도 종종 나타난다. 대표적인 예화로 『태평한화골계전太平閑話滑稽傳』의 이야기를 보면 청주의 구두쇠와 충주의 구두쇠가 만나 전자가 후자에게 문종이를 주었다 돌려받았는데 후자는 그 창호지에 묻은 자기네 밥풀을 돌려 달라고 하였다는 이야기가 있다.

이 설화는 지독하게 인색한 사람을 풍자하는 과장담이지만, 화자들은 단지 우스갯소리로 여기는 것만이 아니라 "그만큼 아꼈다.", "부자인데도 일을 손에 놓지 않았다." 등의 설명을 첨부하면서 근검한 생활의 모범을 보인다는 면에서 교훈적인 내용으로 받아들이기도 한다.

[참고문헌] 서거정, 『태평한화골계전』 / 『한국구비문학대계』(한국정신문화연구원, 1980~1989).

097 <재주가 비상한 처녀>

재주가 비상한 한 처녀가 자신의 재주에 걸맞은 배우자를 구하는 내용의 설화. 소담笑譚의 한 종류인 과장담에 속하는 설화 유형이다. 신이담神異譚적인 성격이 강하지만 이야기 각편들에 웃음을 자아내려는 의도가 두드러져 보인다는 점에서 소담으로 분류한다. 현재까지의 채록 상황은 수 편에 지나지 않는다. 각편에 따라 세부적인 차이는 있지만 기본 줄거리는 대체로 같다.

어떤 재주가 비상한 처녀(가령 하루아침에 모시를 베어다 실을 만들고 베틀에 걸어 베 3필을 짤 수 있는)가 자신에 걸맞은, 재주가 비상한 배우자를 구하려 하였다. 이에 한 총각이 지원을 하였는데, 그는 하루아침에 산에 가서 목재를 베어다 12칸 짜리 기와집을 지을 수 있는 재주가 있었다. 그러나 그가 지어 놓은 집을 조사해 보니 문설주 하나가 거꾸로 맞춰져 있어 쫓아 버렸다. 다음에는 하루 식전에 벼룩 석 섬을 잡아 코를 꿰어 말뚝에 매어 놓는 재주를 가진 총각이 응모하였다. 그러나 이 총각 역시 수만 마리 중 단 하나의 벼룩을 코를 꿰지 않고 목을 매서 말뚝에 매어 놓은 것이 발견되어 쫓겨났다. 몇 년이 지나도록 합당한 배필을 구하지 못한 처녀는 절망한 나머지 높은 벼랑 위에서 몸을 던져 죽으려 하였다. 마침 벼랑 밑을 지나다가 이를 본 한 남자가 급히 대나무 밭으로 가서 대나무를 베어 쪼개서 소쿠리를 만들어 처녀를 살짝 받아 구해 냈다. 남자의 재주에 감복한 처녀는 그를 배우자로 삼기로 작정하였다.

이 같은 과장담 유형에는 <해인사 중과 석왕사 중의 절 자랑>이라는 것도 있는데, 동 설화 유형이 사물의 크기를 과장한 경우라면, 본 설화 유형은 인간의 능력에 대한 초월적인 상상력을 바탕으로 한 것이다. 이와 비슷한 유형으로 <재간꾼 4형제> 설화를 들 수 있다. 이 이야기 역시 네 사람의 재간꾼이 각각 초인적인 재주(예컨대 알아내기, 훔치기, 쏘아 맞추기, 짜 맞추기 등)로써 과업을 수행한다. 하여튼 이러한 이야기들의 구연은 청자에게 교훈을 주려는 내면적 의미보다 재미를 주고자 하는 외면적 목적이 더 강한 것이라 할 수 있다.

[참고문헌] 한국구비문학회, 『구비문학개설』(일조각, 1971) / 임석재, 『임석재전집─한국구전설화』, 3 · 8(평민사, 1988 · 1991).

098 쟁장설화爭長說話

동물들이 누가 더 나은가를 경쟁하는 내용을 다룬 설화. 동물경쟁담에 속하는 설화 유형으로, 일찍부터 <두껍전> 계열의 고전소설 삽화로도 이용되었다.

내용은 동물들 사이의 '누가 더 나은가' 하는 다툼(내기)으로 진행되는데, 가령 '누가 더 나이가 많은가?' · '누가 더 키가 큰가?' · '누가 더 빠른가?' · '누가 더 술을 못 먹나?' · '누가 더 먼저 햇빛을 보았는가?' 등과 같은 경쟁에서 이긴 자가 최상의 지위 혹은 음식물 등을 차지하게 된다.

이 유형의 이야기에 흔히 등장하는 동물들은 거북·두꺼비·사슴·여우·토끼·호랑이 등인데, 대체로 이 중 셋이 동시에 등장하는 경우가 많으며, 최후의 승리자는 가장 미련하고 약한 것처럼 보이는 약자, 즉 두꺼비인 경우가 보통이다. 반면 강자인 호랑이는 어이없게도 두꺼비에게 패배하기 마련이다. 대표적인 예로 손진태孫晉泰의 『조선민족설화의 연구』에 수록되어 있는 <사슴[녹鹿]·토끼[토兎]·두꺼비[섬여蟾蜍]의 나이 자랑> 이야기를 살펴보면 다음과 같다.

옛날 한 곳에서 살고 있던 사슴과 토끼와 두꺼비가 어느 날 잔치를 베풀고 상을 받게 되었는데, 누가 먼저 상을 받느냐 하는 문제가 일어났다. 그리하여 제일 나이 많은 편이 상을 받기로 하고 사슴부터 말하였다. "나는 천지개벽할 때 하늘에 별을 해 박는 일을 거들어 준 적이 있으니 내가 제일 연장일 것이다." 토끼가 질세라 말하였다. "나는 하늘에 별을 해 박을 때 쓴 사닥다리를 만든 나무를 손수 심었다. 그러므로 내가 연장이다." 잠자코 양자의 말을 듣고 있던 두꺼비가 갑자기 훌쩍훌쩍 울기 시작했다. 왜 우느냐고 물었더니 두꺼비가 대답하였다. "내게는 자식이 셋이 있었다. 그들이 각각 나무 한 주씩을 심어, 그 나무로써 맏아들은 하늘에 별을 해 박을 때에 망치 자루를 만들고, 둘째아들은 은하수를 팔 때에 쓴 삽자루를 만들고, 셋째아들은 해와 달을 박을 때에 망치 자루를 만들어 일을 했는데, 불행히도 세 아들이 모두 그 일 때문에 죽고 말았다. 지금 너희들의 말을 들으니 죽은 자식들 생각이 나서 우는 것이다." 그리하여 두꺼비가 가장 연장자로 판정되어 첫 상을 받게 되었다.

원래 이 설화는 불전설화佛典說話에서 유래된 것이라 하는데, 우리나라에도 일찍부터 이 이야기가 전승되었던 듯하다. 이 유형의 설화는 김정국金正國의 『사재집思齋集』을 비롯하여 박지원朴趾源의 소설 <민옹전閔翁傳>에도 들어 있고, 『두껍전』 계열의 고전소설, 곧 <노섬상좌기老蟾上座記>·<녹처사연회鹿處士宴會>·<두껍전>·<섬공전蟾公傳>·<섬노장전蟾老丈傳>·<섬동지전蟾同知傳>·<섬설록蟾說錄>·<섬자호생의 설전蟾子狐生舌

戰>·<옥포동기완록玉浦洞奇玩錄>·<장선생수연록獐先生壽宴錄>·<호섭전虎蟾傳> 등과 같은 이본들에서 매우 중요한 역할을 하고 있으며, <장끼전>과 <토끼전>에도 이 유형의 흔적이 보인다. 특히, <호섭전>의 경우에는 '나이 자랑'·'강 건너뛰기'·'키 자랑' 같은 쟁장설화의 여러 모티프가 함께 들어 있다. 쟁장설화의 중심적 골격, 곧 약자가 재치로써 강자를 이긴다는 근본적 구성은 약자의 편에서 보면 통쾌한 카타르시스가 될 수 있어, 이 설화 유형의 유행을 촉진시켰을 것으로 보인다.

[참고문헌] 손진태, 『조선민족설화의 연구』(을유문화사, 1947) / 조희웅, 『한국설화의 유형적 연구』(한국연구원, 1983).

099 전생담前生譚

사람은 죽었다가 다시 태어나고, 태어났다가 죽는 일을 반복한다는 불교의 윤회사상을 바탕으로 한 설화. 불교의 교리에 의하면 사람이 죽어서 다시 태어날 때는 꼭 사람으로 다시 태어나는 것이 아니라 동물이나 식물 또는 그 밖의 것이 될 수도 있다고 하는데, 이야기 속에서도 전생과 현생과 후생이 사람이거나 동물계나 식물계를 오고갈 수도 있는 것으로 되어 있다.

우리나라 설화자료집 가운데 전생담이 명쾌하게 서술되어 있는 문헌의 예는 『삼국유사』이다. 『삼국유사』에는 김대성金大城·김유신金庾信·문무대왕文武大王·죽지랑竹旨郎·연개소문淵蓋蘇文·혜공惠空, 사복虵福의 어머니, 욱면郁面·악룡 등의 전생과 후생에 얽힌 이야기들이 실려 있다. 그 가운데 가장 대표적인 예는 김대성의 일화이다.

대성은 모량리 출신으로 집안이 궁색하여 부자인 복안福安의 집에서 고용살이를 하고 있다. 어느 날, 개사開士 점개點開가 복안에게 시주를 권하며 보시를 하면 만 배의 복을 받는다고 하는 소리를 듣고, 노임으로 받은 밭을 법회에 보시하여 뒷날의 응보를 빌었다. 얼마 뒤에 대성은 죽었다가 재상 김문량金文亮(『삼국사기』에는 김문량金文良으로 표기되어 있음.)의 아들로 다시 태어나 전생의 어머니와 현생의 부모를 두루 공양하고, 얼마 안 되어 이승의 어버이를 위하여 불국사를, 전생의 부모를 위하여 석불사를 창건하였다. 이것은 불교의 윤회사상과 인과응보의 원리가 결합되고 그 위에 사찰연기설화가 첨부된 전형적인 전생담이다.

인간계와 동(식)물의 세계를 오가는 경우로, 원효元曉의 벗인 사복의 어머니와 욱면은 전생에 경을 싣고 다니던 암소였고, 혜통惠通이 당나라에서 물리친 악룡은 신라에 와서 버드나무로 탁신하여 혜통과 가까운 정공鄭恭을 괴롭혔다고 한다.

구전되는 자료로는 '자식으로 태어난 짐승의 후환'에 얽힌 이야기가 가장 두드러진 유형이다. 그 내용은 뱀·지네·구렁이·벌레 등을 해치거나 함부로 죽인 주인공에게 앙갚음을 하기 위해 그 동물이 아들로 태어나 집안을 망하게 만들어 전생의 원한을 갚는다는 이야기이다. 이러한 이야기로는 허적許積·허목許穆 등이 주인공인 허씨 집안의 내력으로 전하는 예화가 있다. 이러한 이야기에는 한번 맺힌 원한은 다음 생에라도 풀어야 한다는 사고방식이 드러나며, 사람이건 짐승이건 원한을 사서는 안 된다는 교훈이 담겨 있다. 죽은 뒤에 인도환생하는 구전설화에서는 전생의 공덕이나 정성 등이 강조되면서 귀한 신분으로 다시 태어나기도 하고 전생에서 미진했던 인연을 현생에서 다시 잇기도 한다.

<생거진천사거용인生居鎭川死居龍仁>이라는 이야기는 전생담에서 파생된 특이한 유형이다. 이것은 진천에 살다 죽어 저승에 갔다가 아직 수명이 남아 있어 이승으로 돌아왔으나, 본래의 몸에 다시 영혼이 들어갈 형편이 못되어 용인에서 살다 죽은 다른 사람의 몸에 의탁한 주인공이 두 곳의 가솔을 다 거느리고 산다는 내용이다. 이 밖에도 깃털(옷감·종이 등)을 통하여 사람을 보면 전생의 모습을 볼 수 있다는 것이나 전생을 알아맞히는 이인異人 등의 전생담에서 번져 나갔을 것으로 보이는 모티프들도 있다.

구전자료의 전생담은 문헌자료의 전생담에 비하여 불교적인 색채가 비교적 엷게 나타나고 있으며 인과응보의 사상이나 한풀이 등이 강조되면서 변신담와 아주 가까운 위치에 놓여 있다.

[**참고문헌**] 일연, 『삼국유사』/『한국구비문학대계』(한국정신문화연구원, 1980~1989).

100 『절도백화絶倒百話』

편자 미상의 소담집. 1912년 신문관新文館에서 발간되었다. 『개권희희開卷嬉嬉』와 합본되어 있으며, 양 책 모두 국한문혼용으로 짤막한 소담 100편씩을 싣고 있는 등 그 체재나 성격이 매우 비슷하다.

이 책의 편찬자는 확실하지 않으나 본문 첫머리에 '절도백화絶倒百話 원석산인집圓石散人輯'이라 되어 있다. 이 책의 첫머리에는 합인哈人 명의의 '절도백화 첫머리에 제함(題絶倒百話首)'이라는 머리말이 있는데, 그 속에서 인생에 대한 웃음의 효용을 들고 이 책의 의의에 대하여 간략히 서술해 놓았다. 이어 목록에는 매 편마다 2~5자의 한문 제목이 붙어 있으며, 그 중에서도 오언화제五言話題가 주종을 이루고 있다. 단, 제화만은 '마슈거리'라는 한글 제목을 붙여 특이하다. 제목 다음에는 웃음에 대한 동서양의 경구―『장자』·『한서』·클랩E. E. Clapp·한국―를 별면에 게재하여 놓았다.

본문은 한문에다 국문 현토를 하는 정도에 지나지 않아 한문 해독 능력이 없으면 읽을 수 없게 되어 있다. 그 내용의 기술 태도는 희곡 각본처럼 주인공을 먼저 내세운 뒤 그들의 언행을 적는 방식을 취하였다. 가령, 제1화의 경우를 예로 들면 다음과 같다.

> 子 : 每入科場에 必失一物(매입과장에 필실일물) : 매번 과거 시험장에 들
> 어갈 때마다 반드시 한 가지 물건을 잃어버렸습니다.

父 : 作大帒ᄒ야 與之曰爾入場中이어든 每物을 必納于此帒(작대대하야 여지
　　 왈이입장중이어든 매물을 필납우차대) : 큰 자루를 만들어 주며 말하
　　 기를, 네가 시험장에 들어가거든 모든 물건을 반드시 이 자루 안에
　　 넣어라.
子 : 又自科場而退(우자과장이퇴) : 또 시험장으로부터 물러나왔습니다.
父 : 爾筆墨은 如何며 爾書籍은 如何(이필묵은 여하며 이서묵은 여하) : 네
　　 가 붓과 먹은 어찌하였으며 책은 어찌하였느냐?
子 : 幷在帒中(병재대중) : 모두 자루 속에 있습니다.
父 : 爾帒는如何(이대난 여하) : 네 자루는 어찌하였느냐?
子 : 아·차!

　　이 책의 끝에는 국국도인局局道人의 후지後識가 붙어 있는 외에, '정신'
이라는 소담 한 편이 첨부되어 있다. 서문을 쓴 '합인'이나 후지의 '국국
도인'은 모두 '하하' 또는 '쿡쿡' 따위의 웃음소리를 의인화하여 끌어 쓴
가칭에 지나지 않는다.
　　이 책이 지닌 가치는 『개권희희』와 더불어 신문학 초기의 소담집이라
는 점, 더욱이 그 내용들이 민간에서 널리 구전되어 온 것들이며, 이들이
후대 소담 전승에 큰 영향을 끼쳤을 것이라는 점 등을 들 수 있다.

[참고문헌] 최창선. 『개권희희·절도백화』(신문관, 1912)

101 『조선민담집朝鮮民譚集』

　　손진태孫晉泰가 펴낸 한국 설화집. B6판. 1930년 동경의 향토연구사鄕土
硏究社에서 간행하였다. 그 뒤 1966년 동경의 이와사키미술사岩崎美術社에
의하여 『조선의 민화朝鮮の民話』라는 제목으로 민속민예쌍서民俗民藝雙書 제
7권으로 개간된 바 있는데, 이 때에는 머리 부분에 김소운金素雲의 <조선
의 민화에 대하여朝鮮の民話について>라는 해설을 넣은 대신, 뒤에 붙어

있던 부록과 색인은 제외해 버렸다. 오늘날 『조선민담집』의 원본은 1981년 10월 25일 태학사太學社에 의하여 간행된 『손진태선생전집』 전 6책 중 제3분책에서 찾아볼 수 있다.

손진태는 이 책을 발간하기 이전에 이미 1927년 8월부터 15회에 걸쳐 『신민新民』이라는 잡지에 국문으로 "조선민족설화의 연구"라는 논문을 연재한 바 있는데, 이 글은 1947년 을유문화사乙酉文化社에서 '조선문화총서' 제1집으로 합편 간행되었다. 『조선민담집』에는 모두 154편의 자료가 실려 있는데, 이를 좀 더 세분하면 다음과 같다.

① 신화·전설류 51편, ② 민속·신앙에 관한 설화 33편, ③ 우화·돈지설화頓智說話·소담 47편, ④ 기타 민담 23편이다.

따라서, 저자가 책 이름에서 사용한 '민담'이라는 용어의 범위는 '민담'에 한정된 것이 아니라 '신화'와 '전설'까지 포괄하는 광의의 것임을 알 수 있다. 학계에서 '민담'이라는 용어가 공식적으로 사용되기 시작한 것은 이 책이 시초인 것으로 추측된다.

『조선민담집』은 저자도 '범례'에서 밝히고 있는 바와 같이 ① 자신이 직접 채집한 자료를 중심으로 하고, 그 밖에 약간의 기고寄稿도 첨가하였으며, ② 문헌에 보이는 설화나 다른 사람의 설화집에 이미 소개된 설화는 대체로 빼 버렸고(<콩쥐팥쥐>, <옥새 찾은 사신> 등), ③ 외국 기원의 설화라도 현재 민간에서 널리 유전되고 있는 설화는 채록하였으며(<한근의 살>, <바닷물이 짠 이유> 등), ④ 화자話者의 이야기를 기록자의 창의創意를 가함이 없이 거의 원문 그대로 기록하고 있다. 저자는 이 책에 수록된 자료들을 1921년부터 1930년에 걸쳐 틈틈이 수집하였는데, 주요 채집지는 서울·괴산·김천·왜관·달성·여수 등지이다.

이 책의 의의는 학문으로서의 설화 연구를 위하여 최초로 편찬된 자료집이라는 데에 있다. 물론 이 책 이전에도 서구인이나 일본인에 의한 한국 설화집이 전혀 없었던 것은 아니었으나, 그들 대부분은 한국의 풍물을 소개하기 위한 것이 아니면 아동들을 위한 동화집 수준을 벗어나지 못한 것이었다. 이 책이 비록 일본어로 되었다는 폄貶은 있으나, 최근까지만 하더라도 질과 양적인 면에서 이 책을 능가할 만한 한국 설화집이 없었다. 이 책은 설화력說話曆, 즉 채집 연월일 및 채집 장소·화자 등을 기록하여 연구 자료로서 신뢰도를 높이고 있으며, 부록으로 중요 설화에 대한 외국의 유사 자료를 수록하여, 설화의 비교 연구 자료를 제공한다는 점에서도 의의를 지닌다.

[참고문헌] 손진태, 『조선민담집』(동경 : 향토연구사, 1930) / 손진태, 『손진태선생전집』, 3(태학사, 1981).

102 <조웅전趙雄傳>

작자·연대 미상의 고전소설. 1책. 국문 필사본. 군담소설軍談小說류 중 가장 널리 읽혔던 작품으로 많은 이본들이 전하고 있다. 간혹 <조원수전>으로 표제가 되어 있는 경우도 있다. 지금까지 알려진 필사본 160여 종을 비롯하여 판각본으로 경판·완판·안성판으로 간행된 바 있으며, 활자본은 약 20여 종이나 알려져 있다. 이렇게 다양한 이본들은 대체로 단편의 경판계(약 20장, 혹은 30장)와 장편의 완판계(전 3책, 각 책 약 30장) 두 가지로 분류될 수 있다. 그러나 이 양종의 내용을 상세히 대비하여 보면, 이들 사이에 근본적인 차이는 별로 발견되지 않는다.

전체적 구성은 세 부분으로 나뉘어, '조웅과 이두병의 대립, 조웅과 번왕의 대립, 조웅과 이두병의 대립' 순으로 전개되어 간다. 이 작품의 줄거리는 다음과 같다.

중국 송나라 문제 때 승상 조정인이 이두병에게 참소를 당하여 음독자살하자, 외아들 조웅도 이두병의 모략을 피하여 어머니와 함께 도망간다. 온갖 고생을 하며 유랑하던 조웅 모자는 다행히 월경도사를 만나 강선암으로 들어가 지내게 된다. 그 뒤 도사를 찾아가 병법과 무술을 전수받은 조웅은 강선암으로 돌아가던 도중 장진사 댁에서 유숙하다가 우연히 장소저와 만나 혼인을 약속한다. 이 때 서번이 침입하여 조웅이 나아가 이를 물리친다. 한편, 스스로 천자라고 한 이두병이 조웅을 잡기 위한 군대를 일으켰으나 도리어 조웅에게 연패한 끝에 사로잡히고 만다. 천자는 이두병 일파를 처단한 뒤 조웅을 제후로 봉한다.

이 작품은 '영웅의 일생' 형식을 거의 그대로 따르고 있다. 그러나 다른 작품에 비하여 특이한 점은 주인공의 탄생에 있어 아들 낳기를 기원하는 정성이나 태몽, 혹은 천상인의 하강과 같은 모티프가 나타나지 않는다는 것이다. 또한 이 작품에는 작가의 목소리가 거의 드러나지 않으며, 전체분량의 약 3분의 1이나 되는 군담도 구체적·사실적이기보다는 추상적·설명적이고, 도술로 바람과 비를 일으키거나 호랑이와 표범으로 변하는 등의 도술전도 제거되어 있다. 다른 군담소설의 주인공들이 대부분 천상계 인물의 후신으로서 초인적인 능력을 발휘하여 위기를 극복하여 가는 데 비하여, 이 작품의 주인공은 자신의 힘보다는 초인의 도움으로 운명을 개척해 간다.

이 작품의 애정담은 특히 전통적 유교 윤리와는 어긋나는, 부모의 허락 없는 혼전성사婚前性事를 그리고 있어 이채롭다. 그리고 이 작품에 나타나는 7언의 삽입 가요는 모두 10여 개나 되는데, 그 중에는 88구나 되는 장편도 있다.

작자는 조웅을 철저한 천명사상天命思想으로 무장시켜 권선징악이라는 주제의식을 잘 그리고 있다. 국립중앙도서관과 장서각에 소장되어 전하며 그 밖에 단국대학교 율곡기념도서관(구 김동욱 소장본) 등에도 소장되어 있다.

[참고문헌] 조희웅, 『조웅전』(형설출판사, 1978).

103 『죽창한화竹窓閑話』

조선 중기에 이덕형李德泂이 지은 일화만록집. <죽천만록竹泉漫錄> 또는

<죽천한화竹泉閑話>라고도 하는데, 이는 저자의 호인 죽천竹泉에서 따온 것이다. 이 책의 이름은 이본에 따라 일정하지 않아 『연려실기술』 별집 야사 목록 및 『대동야승』(권70), 『설해說海』(제91책) 등에는 '죽창한화竹窓間(閑)話'로 되어 있지만, 『국조인물지國朝人物志』 인용 서목에는 '죽천만록竹泉漫錄' 또는 '죽창잡화竹窓雜話'로 나타나고, 『아주잡록鵝洲雜錄』 소수본에는 '죽천한화竹泉閑話'로, 『광사廣史』(제8집)·『총사叢史』(제18책) 소수본에는 '죽천한설竹泉閑說'로 되어 있다.

마에마 교사쿠[전간공작前間恭作]의 『고선책보古鮮冊譜』에 의하면 이 중 광사본 『죽천한설』은 저자의 또 다른 저서 『송도기이松都記異』가 혼기混記된 것으로서 편차가 혼란되어 있으며, 그 밖에 재산루在山樓 소장본 『죽천한화』도 양자를 혼기하여, 처음에는 『송도기이』의 서문을 넣고, 기사는 『죽천한설』로부터 초략 기재한 외에, 후반에는 저자가 지은 것으로 생각되지 않는 민간의 소설류를 첨부하고 있다고 한다. 한편, 『야승野乘』(제5책)에 있는 <이죽천덕형한설李竹泉德泂閑說>에도 『송도기이』 전문全文과 『죽천한설』에 들어가야 할 기사 3개 항이 더 들어가 있다.

이 책의 기록들은 단번에 이루어졌다기보다 붓 가는 대로 다년간에 걸쳐 쓰인 것임을 알 수 있는데, 기사 중 "김신국金藎國 등이 무신년(선조 41, 1608)에 서용敍用되었는데 이 해에 여순汝諄은 귀양 가서 섬 속에서 죽었다. 그런 지가 지금 40년인데……" 운운하는 대목으로 미루어 이 책의 하한 연대가 거의 저자의 몰년인 1645년까지 이름을 짐작할 수 있다.

이 책의 대체적인 내용은 저자 자신이 견문한 풍속·제도·풍수·점복·몽사夢事·당쟁·인재·과거 등에 관한 것들을 포괄하고 있으며, 개중에는 특히 저자의 동족인 한산이씨韓山李氏들에 관한 항목들이 많이 눈에 띈다.

[참고문헌] 홍만종, 『시화총림』 / 전간공작, 『고선책보』(동양문고, 1944~1957).

104 <지게가 져다 버린 범>

호랑이를 퇴치하기 위해 마련된 여러 장애물을 거쳐 맨 마지막에 지게가 호랑이를 져다 버린다는 내용의 설화. 설화의 형식담 중 누적적 진행 형식을 취하는 반복담의 한 유형이다.

손진태는 『조선민족설화의 연구』(1947)에서 이 이야기의 이름을 <쇠똥에 자빠진 범>으로 지은 바 있으나, 현재까지 기록, 보고된 국내 자료 10여 편을 검토하여 보면, 쇠똥이 전혀 등장하지 않거나 쇠똥 대신 개똥으로 되어 있는 것도 많은 반면, 모든 자료의 결말이 지게가 범을 져다 버리는 것으로 되어 있어 '지게가 져다 버린 범'이라는 명칭이 더 합리적일 것으로 생각된다. 이 유형은 우리나라에서 매우 널리 알려진 것인데, 그 중 대표적인 것 둘만 요약하면 다음과 같다.

(1) 제1유형 : ① 할머니의 무밭을 호랑이가 못 쓰게 만들었다. ② 할머니는 팥죽을 쑤어 주겠다며 호랑이를 초대하였다. ③ 장독간의 화로에는 꺼진 숯불, 부엌의 물통에는 고춧가루, 선반의 행주에는 바늘, 부엌문 밖에는 쇠똥, 마당에는 멍석, 대문간에는 지게를 준비하였다. ④ ㉠ 호랑이가 춥다고 하자 할머니는 장독간에 가서 불을 가져오라고 일렀다. ㉡ 숯불이 꺼졌다고 하자 입으로 불어 보라고 하였다. ㉢ 눈에 불티가 들어갔다고 하자 물통에 씻으라고 하였다. ㉣ 호랑이가 아프다고 하자 선반에 있는 행주로 닦으라고 일러 주었다. ㉤ 이에 비로소 속은 줄 안 호랑이가 부엌문으로 뛰어나오다가 쇠똥을 밟아 미끄러졌다. ㉥ 멍석이 와서 호랑이를 둘둘 말았다. ㉦ 지게가 호랑이를 져다 바닷물 속에 내버렸다.

(2) 제2유형 : ① 호랑이가 팥을 까고 있는 할머니에게 팥 까기 내기를 제안하여 시합에서 할머니가 졌다. ② 할머니가 울고 있자니, 파리가 날아와 말하였다. "팥죽 한 그릇 주면 못 잡아먹게 하지." 이하 바늘·달걀·게·지게·절구통·멍석 들이 차례로 등장하여 똑같이 제안한다. ③

㉠호랑이가 방에 들어가려다가 바늘에 찔렸다. ㉡불을 켜려 하니 파리가 꺼 버렸다. ㉢불을 헤쳤더니 달걀이 튀어나와 눈을 쳤다. ㉣물통에 씻으려 하니 게가 나와 물었다. ㉤놀라 뛰어나가니 절구통이 때렸다. ㉥멍석이 와서 말아 버렸다. ㉦지게가 져다 강물에 버렸다.

이 두 유형 중에서 앞에 것은 할머니 자신의 꾀로, 뒤에 것은 도움을 얻어서 호랑이를 물리친다는 점 외에는 별로 다른 점이 없다. 특히, 두 번째 유형은 동물들이 의인화되어 있다는 점에서 동물담으로 분류될 수도 있겠으나, 전체적인 이야기가 일정한 형식을 따라 진행된다는 점에서 형식담으로 분류되는 것이다.

우리나라의 구전 자료들을 정리해 보면, 대체로 악한 자는 호랑이, 약한 자는 할머니로 되어 있는 것이 보통이다. 그러나 각편에 따라 악한 자가 건장한 사내로, 약한 자가 처녀로 되어 있는 것도 있다. 또한, 원조자들도 다소 차이가 나타나는데, 원조자 및 그들의 보복 과정을 정리해 보면, '[방 안]파리(혹은 풍뎅이) → [잿속]달걀(혹은 밤) → [물통]게(또는 고춧가루) → [부엌 바닥]쇠똥(개똥) → [문지방 위, 또는 들보 위]절구통(또는 맷돌) → [마당]멍석 → 동아줄 → [대문간]지게 → (호미)'의 순서로 보복이 진행된다.

이 유형을 집중적으로 연구한 핀란드의 아르네Aarne. A.는 위와 같은 유형을 아시아형이라 하고, 유럽형을 다시 둘로 나누어 서구형西歐型인 <야영하는 동물들*The Animals in Night Quarters*>(AT 130)과 동구형東歐型인 <여행하는 수탉·암탉·오리·핀·바늘*Cock, Hen, Duck, Pin, and Needle on a Journey*>(AT 210)로 나누었다. 이에 따르면 우리나라 자료들은 유형 210에 해당된다고 하겠다.

아르네에 의하면, 이 이야기는 아시아에서 발생하여 서남아시아로부터 발칸 반도를 거쳐, 러시아·독일·이탈리아·스페인에까지 미치고, 동쪽으로는 중국·한국을 거쳐 일본에 이르고, 한편 몽고를 거쳐 베링 해협을 건너 캐나다·북미 서안西岸으로, 또 한 갈래는 마얀마 반도를 거쳐 수마트라·자바로 전파되었다고 한다. 손진태도 『조선민족설화의 연구』에서 이 설화는 불전설화佛典說話에서 유래하여, 티베트와 몽고를 거쳐 우리나라로 유입된 것이라 추정한 바 있다.

그런데 같은 아시아형에 속하는 이야기라 하더라도, 지역에 따라 심한 차이를 보여 주고 있다, 에버하르트W. Eberhard에 의하면, 중국에는 이 이야기가 20여 곳에서 채집, 보고되었는데, 설화 중의 악한 자가 돼지나 둔갑한 고양이·범·곰·괴물·도둑·표범·원숭이 등으로 매우 다양하게 나타난다고 한다. 또한, 일본에서는 이 이야기가 <사루카니갓셍>[원해합전猿蟹合戰]이라는 유형의 후반부에 포함되어 전국적으로 분포되고 있을 뿐만 아니라, 옛 문헌에도 기록되어 있고, 일본의 5대 민담 중의 하나로 꼽히고 있을 정도이다. 일본의 경우에는 악한 자가 보통 원숭이로 나타나고, 약한 자는 게, 원조자는 밤(혹은 달걀)·전갈·바늘·쇠똥·절구 등으로 나타난다.

[참고문헌] S. Thompson, *The Folktale*(1946) / 조희웅, "설화연구의 제측면"(『고전문학을 찾아서』, 문학과지성사, 1976).

105 지략담智略譚

이인異人이 아닌 평범한 인물이 꾀를 써서 남을 속이기도 하고, 반대로 남에게 속기도 하는 이야기를 다룬 설화. 숙종대왕·박문수·김삿갓·김선달형·꾀보 하인 등이 자주 주인공으로 등장하고, 이 밖에 오성과 한음, 푸대접을 받는 사위, 아전, 학동, 상좌 등도 나온다.

숙종대왕·박문수 등 지체가 높은 사람이 자기 정체를 숨기고 자기보다 지위나 능력에서 열세인 상대방을 꾀를 써서 도와주기도 하고, 마음씨가 나쁜 자, 악행을 저지르는 자의 소행을 밝혀서 처단하기도 한다. 그러나 이들이 언제나 이기기만 하는 것이 아니라 뜻밖에 자기들보다 한 수 위인

상대, 즉 이인이나 지혜로운 아이를 만나 오히려 지략에서 눌리기도 한다.

지략담에서 가장 두드러지는 주인공은 김선달형 인물이다. 그들은 남다른 기지로 곤궁한 처지를 모면하려고 남들을 속이지만 그 대가는 한 끼의 식사, 하룻밤 잠자리 정도로서 악행이라도 죽을 만큼의 큰 죄는 아니다. 자기 능력에 닿지도 않는 일을 맡고 나서거나, 상대방의 물건을 슬쩍하여 도리어 맡겨 놓고 그 대신 음식을 먹는다. 모르는 사람을 아는 체하거나 친척을 가장하기도 하고, 가짜 부고를 내어 부의금을 거두고, 빚쟁이에게 빚은 저승에서 갚았노라고 둘러댄다. 대동강·초친 팥죽·밀반대기 등 엉뚱한 물건을 팔아먹고, 어리석은 체하면서 남의 음식을 먹어 치운다. 자신이 무엇인가를 훔친 다음 점잖은 사람에게 누명을 씌우고, 음식을 공평히 나눈다면서 혼자 먹어 치운다. 콧대 높은 기생·처녀·과부를 허술한 주인공이 뜻밖의 술수로 차지한다.

이런 김선달형 인물은 지방마다 특색이 있으며, 김선달은 방학중·정만서·정수동·태학중 등으로 바뀌어 나타나기도 한다. 김선달형 인물도 언제나 성공만 하는 것이 아니다. 똑똑한 안사돈이나 말 잘하는 아낙네 등에게 한 수 지기도 한다. 그리고 김선달형 인물은 아니지만, 이러한 지략담에는 평소에 푸대접을 받던 사위가 장인(장모)에게, 혹은 꾀보 하인이 상전에게 어떤 기회에 꾀를 써서 평소의 울분을 설욕하는 이야기도 있다.

지략담은 자주 경쟁담의 형태를 띠기도 하고 소담笑譚으로 연결되기도 한다. 호랑이·여우 등 힘이 강한 상대를 여우·토끼·두꺼비·게 등의 약한 쪽이 꾀로써 물리치는 동물담도 지략담에 속한다.

[참고문헌] 『한국구비문학대계』(한국정신문화연구원, 1980~1988) / 최운식, 『충청남도민담』(집문당, 1980).

106 <지하국대적퇴치地下國大賊退治> 설화

지하국에 사는 괴물을 퇴치하고 납치된 여자를 구해내어 혼인하게 된다는 내용의 설화. 신이담神異譚에 속하는 설화 유형이다. 자료에 따라서는 <괴물(혹은 독수리)에게 납치되어간 세 미녀>·<금돼지(혹은 미륵돼지)의 자손 최치원> 등으로 되어 있기도 하다. 이 설화 유형은 우리 민간에서 가장 널리 알려진 것 중의 하나로서, 그 대체적인 줄거리는 다음과 같다.

옛날 어느 곳에 한 여자가 괴물에게 납치당했다. 여자의 부모가 재산과 딸을 현상으로 내걸고 용사를 구하자, 어떤 용사가 나타나 혼자(혹은 부하와 함께) 여자를 찾아 출발하였다. 천신만고 끝에 용사가 괴물의 거처가 지하에 있음을 알게 되고 그 곳으로 이르는 좁은 문도 발견하였다. 밧줄을 드리워 부하들을 차례로 내려 보내려 했으나 모두 중도에 포기하고 말아 드디어 용사 자신이 지하국에 이르렀다. 용사는 우물가 나무 위에 숨어 있다가 물을 길러 나온 여인의 물동이에 나뭇잎을 훑어 뿌려 자신의 존재를 알렸다. 용사는 여인의 도움을 받아 괴물의 집 문을 무사히 통과하였다. 여자가 용사의 힘을 시험하려고 바위를 들어보게 했으나 용사가 들지 못하자, 용사에게 '힘내는 물'을 먹였다. 힘을 기른 용사는 마침내 괴물을 죽이고 납치되었던 사람들을 구하여 지상으로 올려 보냈다. 그러나 부하들은 용사를 지하에 남겨둔 채 여인을 가로채 가 버렸다. 그리고 용사는 결국 신령의 도움을 받아 지상에 오를 수 있었다. 용사는 부하들을 처벌하고 여자와 혼인하였다.

이 설화는 아마도 우리나라 설화 중에서 가장 복합적인 구성을 지닌 대표적인 이야기일 것이다. 따라서 이 설화는 완결된 소설적인 허구성을 지니고 있어 소설로의 이행이 쉬웠으리라 생각된다. <김원전>·<금령전>·<최치원전> 등과 같은 고전소설 중 상당수가 이 설화를 차용하고 있음을 볼 수 있다. 또한, 『전등신화』의 <신양동기>나 <홍길동전>·<설인귀전> 등에서도 이 설화가 이용되고 있음으로 보아, 이 설화의 국내 전승은 매우 오랜 역사를 가지고 있음을 알 수 있다. <김원전>이나 <최치원전>은 <지하국대적퇴치> 설화를 거의 그대로 사용하고 있다.

한편, <홍길동전> 역시 홍길동이 '율도국'을 세운 뒤, 요괴굴에서 요괴를 퇴치하고 그 요괴에게 납치되었던 여인을 구출하여 아내로 삼은 점에서는 똑같다고 볼 수 있다. 그리고 <금령전>에서도 주인공 해룡이 머리 아홉을 가진 괴물에게 납치당한 공주를 구출한 뒤 혼인한다는 점에서 일치한다. 이상과 같이 몇몇 고전소설들이 내용에 있어 일부 유사성을 보이는 것은 똑같은 원천으로서 <지하국대적퇴치> 설화를 소재로 차용했기 때문이다.

<지하국대적퇴치> 설화는 우리나라 전국뿐만 아니라 전 세계적으로 널리 분포되어 있다. 아르네A. Aarne-톰슨S. Thompson에 의하면, 이 설화의 유형으로 AT 300 <용 살해자>, AT 301 <곰 아들>, AT 303 <두 형제>와 같은 것이 유명한 것인데, 랑케K. Ranke에 의하면, 유형 300은 368 유화, 유형 303은 770유화가 채집되었음을 알 수 있다. 이 3유형 중 우리나라의 자료들은 유형 301과 매우 비슷하다. 유형 301은 <납치당한 세 명의 공주>로도 알려져 있어 명칭부터 우리 설화와의 관련성을 짐작하게 해 준다(우리나라의 예에서는 흔히 세 명의 원님 딸 혹은 부잣집 딸이 납치된다). 사실 이본에 따라 조금씩 세부적인 차이점은 가지고 있으나 대체적으로는 비슷한 것으로 보아 우리나라 자료들은 유형 301의 전파임에 틀림없다. 즉, 세계적인 표준형이 '3공주의 납치→ 영웅의 등장→ 초인적 능력을 지닌 3명의 부하→ 밧줄을 타고 지하계에 도착→ 괴물 퇴치→ 공주들을 먼저 지상으로 올려 보냄→ 3명의 부하가 영웅을 지하국에 유기→ 신령 혹은 독수리의 도움으로 영웅이 지상으로 오름→ 부하들을 처벌하고 막내 공주와 혼인하'는 순서로 진행되는데, 우리나라의 것도 이것과 별로 다르지 않다.

유형 301의 역사를 살펴보면 어떤 학자는 <베어울프 이야기>의 전반에 나타나는 베어울프와 그레텔의 싸움이 실은 유럽에 널리 전해 오던 설화(AT 301)에서 이루어진 것으로 추정하여, 적어도 1000년 이상의 역사를 가진 것이라 한다. 분포 지역은 매우 광범위하여 유형 301이 전승되

고 있는 지역만 훑어보아도 유럽 전역(특히 발틱 제국과 러시아), 근동·
인도·극동·북아프리카·미국·캐나다 등이 알려져 있다. 이 중 극동에
서는 중국·몽고·한국·일본 등에 고루 분포되어 있는데, 이들은 원래
몽고의 <부롤다이>설화가 전파된 것이라 한다.

[참고문헌] 손진태, 『조선민담집』(동경 : 향토연구사, 1930) / 손진태, 『조선민족설화의 연구』(을유문화
사, 1947) / 조희웅, 『한국설화의 유형』(일조각, 1996) / S. Thompson, *The Types of the
Folktale*(Helsinki, 1964).

107 『진담록陳談錄』

　　편자·연대 미상의 야담집. 『진담론陳談論』이라고도 한다. 필사본 『임장
군경업전林將軍慶業傳』에 첨부되어 있는 『진담록』의 끝부분에 '세재숭정기
원후사신미중하하한歲在崇禎紀元後四辛未仲夏下澣'이라 기록하여 놓았는데, 이
는 1811년(순조 11)으로 추정된다. 그리고 같은 책 표지 뒷장 아랫부분에
'갑술유월순오일화산농필甲戌六月旬五日華山弄筆'이라　한　기록에서　갑술은
1814년으로 추정된다. 그러므로 이 책의 편찬연대 하한선은 적어도 1811
년이 되는 셈이다. 유전본流轉本으로는 1958년 민속학자료간행회의 이름으
로 간행된 유인본 『고금소총古今笑叢』에 들어 있는 것과, 같은 해 설향노부
雪香老父의 간행사를 붙여 나온 유인본 『소림집설笑林集說』에 들어 있는 것
이 있다. 이 중 뒤의 것은 필사본 『임장군경업전』에 첨부되어 있는, 『성
수패설醒睡稗說』과 『진담론』을 전재하였다고 한다. 『진담록』에는 서문이나
발문도 없으며, 제목은 2~5자의 한문구로 되어 있다.
　　수록된 자료 총 49편은 모두 무명 인물들의 이야기들뿐인데, 이들 중
상당수는 지금도 민간에서 흔히 들을 수 있는 것들이다. 예를 들면 <돌
보다는 쌀이 많다.>, <본래 머리가 있었던가?> 등으로 음담패설에 속할
만한 것이 3분의 1 이상이나 포함되어 있다. 양반들에 대한 평민들의 신
랄한 풍자를 나타낸 이야기도 적지 않은데, 예를 들면 <견구납배見狗納

拜>·<가탁장비假托張飛> 등이다. 또한, <동서변東西辨>·<다자다구多子
多懼>와 같은 자료들은 한문자를 이용한 어희담語戲譚이라 할 것이다. 각
자료마다 편찬자의 간략한 해설이 붙어 있고, 이어 'O' 표를 한 뒤 논평
을 곁들이고 있는 점이 특이하다.

[참고문헌] 『소림집설笑林集說』(1958) / 『고금소총古今笑叢』.

108 진신설화眞身說話

부처 혹은 보살, 신인神人 등이 사람의 형태로 현세에 출현하여 기적으로
써 중생을 제도한다는 내용의 설화. 종교, 특히 불교 설화 유형의 하나이다.
일연一然이 찬한 『삼국유사』 중에서 진신설화의 성격을 띠고 있는 자료
들을 찾아보면, 권3의 <흥륜사 벽화 보현興輪寺壁畫普賢>·<삼소관음 중
생사三所觀音衆生寺>·<미륵선화 미시랑 진자사彌勒仙花未尸郎眞慈寺>·<남
백월이성 노힐부득 달달박박南白月二聖努肹夫得怛怛朴朴>·<낙산 이대성 관
음 정취 조신洛山二大聖觀音正趣調信>·<오대산오만진신五臺山五萬眞身>·<명
주 오대산 보질도태자 전기溟州五臺山寶叱徒太子傳記>·<대산 월정사 오류
성중臺山月精寺五類聖衆>, 권4의 <원광 서학圓光西學>·<관동 풍악 발연수
석기關東楓岳鉢淵藪石記>, 권5의 <광덕 엄장廣德嚴莊>·<경흥우성憬興遇聖>·
<진신수공眞身受供>·<월명사 도솔가月明師兜率歌>·<낭지승운 보현수朗
智乘雲普賢樹>·<연회 도명 문수점緣會逃命文殊帖> 등으로, 『삼국유사』 중
에서도 권3~5의 '탑상塔像'·'의해義解'·'신주神呪'·'감통感通'·'피은避
隱'에 집중적으로 수록되어 있다.
이 중 <진신수공>의 삽화인 효성왕이 진신 석가를 몰라본 이야기는 다
음과 같다. 효성왕이 처음 왕위에 오르자 망덕사望德寺를 세우고 낙성회를
열어 친히 가서 공양했다. 그 때 한 누추한 모습의 비구승이 뜰에서 몸을
움츠리고 왕을 향하여 청하였다. "소승도 또한 재에 참석하기를 바랍니

다.” 왕은 그에게 말석에 참예할 것을 허락했다. “그대는 어디에 사는가?” 이에 중은, “비파암琵琶嵒에 있습니다.”라고 대답하였다. “그럼 지금 돌아가거든 다른 사람들에게 국왕이 친히 불공하는 재에 참석하였다고 말하지 말라.”라고 하였다. 이에 중이 웃으면서 대답했다. “폐하도 또한 다른 사람에게 진신 석가를 공양했다고 말하지 마십시오.” 말을 마치자 그가 몸을 솟구쳐 하늘로 날아올라 남쪽을 향하여 가 버렸다. 왕이 놀랍고 부끄러워 동쪽 산으로 달려 올라가 그가 간 방향을 향하여 멀리서 절하고 사람들로 하여금 가서 찾게 했다. 그는 남산 삼성곡參星谷이라고 하는 곳에 이르러 바위 위에 지팡이와 바리때를 놓아 두고 숨어 버렸다. 사자가 와서 복명하니, 왕은 드디어 비파암 아래에 석가사釋迦寺를 세우고, 또 그의 자취가 없어진 곳에 불무사佛無寺를 세워 지팡이와 바리때를 나누어 두었다.

진신설화 속에서 진신을 나타내 보이는 신들은 석가불을 비롯하여 관음보살·문수보살·보현보살·미륵보살·지장보살 등이며, 진신을 목도하게 되는 인물들은 대체로 수도승 아니면 호법인護法人으로 나타난다. 물론 이같이 불교의 이적異蹟을 전해 주는 진신설화들은 포교의 목적상 필요했던 것이겠으나, 이러한 설화는 불교뿐만 아니라 여타의 종교에서도 흔히 나타난다.

[참고문헌] 일연, 『삼국유사』.

109 <참새 기다리는 호랑이>

참새를 잡게 해준다는 토끼의 꾀에 넘어가 화상을 입은 호랑이에 관한 설화. 동물담으로 분류된다. 민간에서는 이 유형만이 독립적으로 전승되기보다는, <호랑이의 꼬리낚시> 및 <돌떡[석병石餠] 먹는 호랑이> 유형과 연합되어 하나의 이야기를 이루는 것이 보통이다. 따라서 이들 셋을 통칭하여 <토끼와 호랑이> 설화라고 하기도 한다. 우리나라에서는 흔히

'꾀쟁이 토끼(혹은 여우)'와 '바보 호랑이'의 형식으로 이야기되고 있지만, 외국에서는 '꾀쟁이 여우(혹은 이리)'와 '바보 곰'의 형식으로 이야기된다. 이야기의 줄거리는 다음과 같다.

① 호랑이에게 잡힌 토끼가 꾀를 내어 많은 참새를 잡게 해주겠다고 약속하였다. ② 토끼가 호랑이를 억새(혹은 대나무) 숲 속에 데려가 눈을 감고 앉아 있게 하고는 억새에 불을 붙이고 도망하였다. ③ 호랑이는 억새 타는 소리를 참새 떼가 날아드는 소리로 알았다가 화상을 입었다(혹은 타죽었다)는 내용이다.

때로는 이야기 끝에 호랑이털이 얼룩덜룩하게 된 연유를 설명하는 경우도 있다. 이 이야기에 해당하는 외국의 이야기로는 <건초더미 위에서의 도장塗裝 *Paintings on the haycock*>, <더 좋은 먹잇감을 데려오게 해 주오 *Let me, catch You better game*>를 들 수 있다.

앞엣것은 곰이 새들의 무늬를 부러워하자, 여우(또는 이리)가 이를 달래어 건초더미 위에 누이고 불을 지른다는 내용이다. 뒤엣것은 사로잡힌 동물이 맹수에게 자기보다 더 나은 먹잇감을 데려오겠다고 속이고 도망한다는 내용이다. 이 설화는 강자와 약자의 대결에서 강자의 우매함과 약자의 지혜로움을 대비시켜 궁극적으로 약자가 승리함을 우화로써 나타내주고 있다.

[**참고문헌**] 조희웅, "한국설화의 연구"(『국문학연구』 11, 1969) / S. Thompson, *The Types of the Folktale*(Helsinki, 1964).

110 『창가루외사倉可樓外史』

조선 후기에 김려金鑢가 엮은 야사 총서. 현재 완질본이 전하지 않아 그 전모를 확실히 알 수 없으며, 현재 남아 전하는 것은 자필自筆 사본 61책뿐이다. 현전 각 책 표제의 서명 밑에 표시된 책차冊次에 의하면 마지막 책은 제74책이다. 각 책은 모두 2권씩으로 이루어져 있으며, 매 권은 최소 28장, 최다 48장이고, 각 책은 대체로 65장에서부터 75장 내외로 되어 있다. 매 책 제1장은 목록항으로, 제1행에는 총서명인 '창가루외사' 및 책차, 제2행 상단에는 '목록'이라는 2자, 제3행에는 개별 야사의 서명 및 권차를 적고, 제2행과 제3행 하단에는 '金慮印(김려인)'이라는 3자로 된 4각 음각인陰刻印을 찍었다. 특히 인장에는 편자의 이름 중 '려鑢' 자가 '려慮' 자로 되어 있다. 종이는 한지이고, 각 면은 20행, 각 행은 20자로 된 정사본精寫本이다. 현전 총 61책은 제1책, 제13책~제42책, 제44책, 제46책~제74책이고, 제2책~제12책, 제43책, 제45책의 13책은 결본이다.

현전 서목을 살펴보면, 홍만종洪萬宗의 『동사제강東史提綱』 상·하(제1책), 김군석金君錫의 『동각산록東閣散錄』 2~26(제13책~제25책), 이원익李元翼의 『이상국일기李相國日記』 1~7(제25책~제28책), 신희업申喜業의 『계갑시사록癸甲時事錄』(제29책~제42책), 이존중李存中의 『국조명신록國朝名臣錄』 전집 2~3 ; 6~14(제44책·제46책~제50책), 동 별집 1~11(제50책~제55책), 동 외집 1~16(제56책~제63책), 동 속집 1(제64책), 동 후집 1~21(제64책~제74집) 들이다. 이로 미루어 결본의 내용도 추측해 볼 수 있는데, 현전 제13책 권25가 『동각산록』 2이므로 결본 제12책 후반 권24는 『동각산록』 1임이 분명하고, 현전 제44책 권87이 『국조명신록』 전집 2이므로 결본 제43책 후반 권86이 『국조명신록』 전집 1이고, 제43책 전반 권85는 『계갑시사록』 29임을 알 수 있다. 또 결본 제45책 권89 및 권90은 각각 『국조명신록』 전집 4와 5에 해당함도 알 수 있다.

한편, 편자의 문집인 『담정유고澹庭遺稿』 소재 '창가루외사제후倉可樓外史題後'라는 글에 의하면, 『창가루외사』는 적어도 7종의 야사를 집성한 것임을 알 수 있으나, 현전 자필 사본에는 그 중 『재조번방지再造藩邦志』와 『석담일기石潭日記』를 제외한 위의 5종만 남아 있다.

『담정유고』 소재 '창가루외사제후'의 순서와 현전 자필 사본의 서목이 일치하는 것으로 보아, 현전본의 결본 제2책에서 제12책 전반 권23까지는 『재조번방지』와 『석담일기』의 2종이 들어가야 할 부분으로 추정된다. 또한 『담정유고』의 '제재조번방지권후題再造藩邦志卷後'에 "이에 잘 베끼어 12권으로 만들어 여러 외사外史에 붙였다."라 하였으므로, 권수에 틀림이 없다면, 제2책 권3에서부터 제7책 권14까지의 12권이 『재조번방지』이고 나머지 제8책 권15부터 제12책 전반 권23까지가 『석담일기』였을 것으로 생각된다. 그런데 현전 『창가루외사』에 의하면 자필 사본이 74책 148권인 데 비해 『증보문헌비고增補文獻備考』에는 120권이라 되어 있어 상당한 차이가 나는데, 그 까닭을 정확히 알 수 없다.

한편 편자 김려는 이 총서 외에도 현재 한국학중앙연구원과 미국 하버드대학교에 소장되어 있는 또 다른 야사 총서인 『한고관외사寒皐觀外史』를 편찬한 것으로 알려져 있다. 그런데 『한고관외사』에 수록되어 있는 81종의 서목과 『창가루외사』에 수록되어 있는 7종의 서목 간에 합치되는 것이 전연 없으므로, 양자는 상보적으로 편찬된 책인 듯하다. 이 책에 수록되어 있는 문헌 대부분이 유일본은 아니지만 편찬자의 자필본이고, 또 잔존본의 양도 상당하므로 유서 혹은 이본 연구에 있어 매우 중요한 자료라 할 수 있다.

[참고문헌] 정형우, 『조선시대 서지사 연구』(한국연구원, 1983).

111 <천냥점千兩占> 설화

가난한 사람이 많은 돈을 주고 산 점괘 덕분에 거듭되는 위기를 면하고 행운을 얻는다는 내용의 설화. 신이담神異譚 중 예언담豫言譚에 속한다. <세 가지 점괘>·<삼인위덕三忍爲德> 등으로도 불린다. 이제신李濟臣이 저술한 『후청쇄어鯸鯖瑣語』 또는 『청강쇄어淸江瑣語』에 실린 이야기는 4세기 초의 중국 문헌인 『수신기搜神記』에 있는 것과 일치하고 있다. 저자는 알 수 없으나 조선 후기 문헌으로 추정되는 『교수잡사攪睡襍史』에 <신복

기험神卟奇驗>이라는 제목으로 수록되어 있다. 전국에 걸쳐 널리 구전되고 있다. 줄거리는 다음과 같다.

한 가난한 사람이 돈을 벌려고 길을 떠났다가 도중에 만난 점쟁이에게 천 냥을 주고 세 가지 점괘를 샀다. 그 결과 첫 번째 점괘대로 타고 가던 배를 바위 밑에 대지 않았더니 배가 바위에 깔려 전복되는 사태를 피할 수 있었다. 그 다음에는 '밉거든 곱다고 하라'는 두 번째 점괘대로 이무기를 용이라 하니, 이무기는 용이 되어 승천하고 이무기가 살던 넓은 땅을 차지하게 되었다. 마지막으로, 집으로 돌아가니 아내가 반기자 '반기거든 기어라' 하는 점괘대로 기었더니, 마루 밑에서 칼을 품고 있는 간부姦夫를 발견하여 처치할 수 있었다는 이야기이다.

세계 여러 지역에 분포되어 있는 이 유형의 설화는, 예언을 유훈遺訓에 의하여 얻거나 혹은 구입購入에 의하여 얻는 두 가지 형태가 있는데, 우리나라 자료들은 후자에 속한다. 다른 나라 설화들은 예언의 가짓수가 다양한 데 비하여 우리나라의 것은 대개 세 가지여서 설화의 원형적인 모습을 잘 보존하고 있다. 우리나라 자료에서는 첫 번째 예언으로 국제적인 모티프인 '위험한 샛길'보다 '배의 전복' 모티프가 많이 나타나는데, 일본도 마찬가지 양상을 보이고 있어 주목된다. 두 번째 예언은 서구의 것과 다른 고유한 모티프로 보인다. 세 번째 예언에 '부정한 아내' 모티프가 나타나는 것은 공통되나, 외국의 경우 아내의 부정이 남편의 오해에 기인하지만, 우리나라 것은 부정이 사실로 밝혀진다.

각편에 따라, 예언의 내용과 그 실현 양상이 다양하게 구현된다. 지름길 대신 큰길로 가서 호랑이의 화를 피하였다거나, 머리에 묻은 기름을 씻지 않아 간부에게 죽음을 당하지 않았다거나, 또는 점괘를 풀어 여자를 죽인 진범을 잡아 누명에서 벗어났다는 등의 내용이 그 대표적이다. 화가 나도 세 번 참으라는 가르침 때문에 아내 옆에서 자는 처제를 간부로 오인하여 죽일 뻔한 순간을 넘겼다는 변이형도 흔히 나타난다. 고전소설 <정수경전>은 이 설화를 소설화한 작품이다.

[**참고문헌**] 이제신 찬, 『후청쇄어』/『교수잡사』/ 간보, 『수신기』/『한국구비문학대계』(한국정신문화연구원[현 한국학중앙연구원], 1980~1988) / S. Thompson, *The Folktale*(New York, 1946) / 조희웅, "'천냥千兩짜리 예언' 설화(AT 910B) 소고"(『이숭녕선생고희기념국어국문학논총』, 1977).

112 『청구야담靑丘野談』

조선 후기에 편찬된 편자 미상의 야담집. 그 내용과 체재가 비슷한 책들 가운데 내용이 비교적 충실하다는 점과, 그 전사본轉寫本으로 추정되는 『해동야서海東野書』의 필사연대가 1864년(고종 1)이라는 점으로 미루어 보아 19세기 중엽 전후에 이루어진 것으로 추정된다. 현재까지 알려진 이본 15여 종 가운데 중요한 것만 살펴보면 다음과 같다.

① 규장각 국역본 : 19책. 7언 또는 8언의 화제話題를 음만 한글로 바꾸어 놓았고, 문체가 번역투이며, 세주細注가 붙어 있는 점 등을 미루어 볼 때 한문본의 직역이라 할 수 있다. 그러나 편차는 한문본의 어느 것과도 같지 않다. 수록된 자료의 총수는 262편으로, 이 중 다른 본에 전연 나타나지 않는 자료는 1편뿐이다. 당초에는 전 20책이었으나 제20책이 낙질되어 현재 19책만 전한다. 각 권에 수록된 자료의 숫자로 보아 만약 20책이 다 전한다면 총 자료 수가 275편 가량 될 것으로 보인다.

② 일본 도요문고본東洋文庫本 : 8권 8책. 모두 266편의 자료가 수록되어 있는데, 다른 본에서 볼 수 없는 것을 다른 본의 수록 자료와 견주어 보면 결본일 가능성이 짙다.

③ 국립중앙도서관본 : 6권 6책. 책의 크기나 지질이 일정하지 않은 점으로 미루어 원래 결책이던 것을 보책補冊한 것으로 보인다. 수록 자료 총 181편 중 이 책에만 있는 것은 2편이다.

④ 서울대학교 고도서본 : 5권 5책. 국립중앙도서관본보다 책 수가 적으나 수록 편수는 더 많아 217편이나 되는데, 이는 자료를 축약한 탓이

다. 권수의 표시가 표지에는 '인仁·의義·예禮·지智·신信'으로 되어 있고, 속에는 '권지일卷之一' 식으로 되어 있다.

총 217편 중 이 본에만 있는 것은 7편이다. 그 밖에 미국 버클리대학 극동도서관 소장본은 10권 10책으로, 현재까지 확인된『청구야담』중에서 가장 내용이 풍부한 것으로 알려져 있다.『청구야담』소재의 자료 중에서 30여 편 이상이 1세기 이전의 문헌인『학산한언鶴山閑言』과 중복되어 있다.

『청구야담』의 발췌본으로 보이는『해동야서』에는 총 48편이 수록되어 있는데, 그 내용은 물론 제목까지 완전히 동일하다.『계서야담溪西野談』과『청구야담』의 상호 영향 관계는 명확하여 양자 사이에는 공통된 자료가 80여 편이나 될 뿐만 아니라,『계서야담』의 원문이 거의 그대로『청구야담』에 재수록되어 있다. 반면『청구야담』과『동야휘집東野彙輯』의 선후관계가 명확하지 않다. 양자 모두 본격적인 야담집으로서의 체재를 갖추고 있고 수록 편수도 비슷하며, 더구나 그 내용까지 상당히 중복되고 있다. 다만『동야휘집』은 자료를 나름대로의 기준에 따라 분류하고 있는 점이라든지, 한 인물에 대한 여러 삽화를 하나의 제목 아래로 통합시키고 있는 점 등으로 보아,『청구야담』이『동야휘집』보다 먼저 이루어진 것으로 보인다. 양자를 검토해 보면, 전반적으로『청구야담』의 무명 인물이『동야휘집』에서 유명 인물화함을 알 수 있다.

『청구야담』은 여러 야담집 중에서 내용이 풍부하고 세태 묘사가 자세한 것을 특징으로 삼는다.『계서야담』에서는 당시까지도 상당한 비중을 차지하고 있던 사대부들의 간단한 일화를 채택하지 않은 대신, 사대부를 주인공으로 한 이야기라도 행동 양상과 사건 설정이 하층민의 생활을 다룬 것들과 그리 다르지 않게 엮었다. 하층민들이 겪는 사회적 갈등에 깊은 관심을 보이고 세태 묘사에서 주목할 만한 성과를 거두었다. 이를 통해 야담이 소설에 가까운 경지에 이르도록 하였다.

[참고문헌] 조희웅,『조선후기 문헌설화의 연구』(형설출판사, 1980) / 동국대학교 한국문학연구소 편,『한국문헌설화전집』, 2(태학사, 1981) / 박희병, "『청구야담』연구"(『국문학연구』52, 서울대학교대학원 국문학연구회, 1981).

113 『청성잡기靑城雜記』

조선 후기에 성대중成大中이 편찬한 잡록집雜錄集. 1책. 필사본. 성대중은 서얼가문 출신의 문인으로 박지원朴趾源·박제가朴齊家·남공철南公轍 등과 교유가 있던 인물이다. 이 책의 내용은 췌언揣言·질언質言·성언醒言의 세 부분으로 나뉘어 있다.

모두 100여 편의 국내외 야담을 모아놓았다. 먼저 '췌언'은 '헤아려 쓴 말'이라는 뜻으로 10편의 중국 고사를 든 뒤, 각 편의 끝에 '청장평왈靑莊評曰' 운운의 평론을 덧붙여 놓았다. 다음 '질언'은 '딱 잘라 한 말'의 뜻이다. 예컨대, "조화처럼 지극히 교묘한 것은 없으며, 성인처럼 큰 지혜는 없다.(至巧無如造化 大智無如聖人)", "화복은 자기에게 달려 있으며, 득실은 하늘에 달려 있다.(禍福在己 得失在天)", "사람을 믿는 것은 마음을 믿는 것만 같지 못하며 마음을 믿는 것은 배움을 믿는 것만 같지 못하다.(信人不如信心 信心不如信學)" 등과 같이 대구로써 이루어진 120여 항의 격언을 모아 놓은 것이다.

성언은 '깨우치는 말'의 뜻이다. 편찬자의 수필본手筆本을 이병도李丙燾가 소장하고 있으며, 이것이 유일본이다. 1964년 잡지『도서圖書』 제6호에 김화진金和鎭의 소개로 전문이 활자화되어 간행되었다.

[참고문헌] 김화진, "청성잡기"(『도서』 제6호, 을유문화사, 1964).

114 『청야만집靑野謾輯』

조선 후기에 편찬된 야사집. 고려 말부터 조선 숙종 때에 이르기까지의 야사를 뽑아 연대순으로 엮은 책이다. 편찬자에 대하여는 이희수李喜壽설, 이성령李星齡설, 이희조李喜祚설 등도 있으나, 『매산문집梅山文集』 잡록이나 장서각 소장 『청야만집』 서문 끝에 밝히고 있는 이희겸李喜謙설이 여러 모로 보아 타당하다. 이 책의 편찬 연대는, 장서각본 서문 끝에 '세재기미 지동 기기옹서 이희겸歲在己未之冬棄棄翁書李喜謙'이라 한 것으로 보아, 1739년(영조 15)으로 추정된다.

이본으로는 다음과 같은 것들이 알려져 있다.

① 25책본 : 국립중앙도서관, ② 13책본 : 조윤제趙潤濟, ③ 10권 10책본 : 장서각·서울대학교·충남대학교·조수루釣水樓·국립중앙박물관·일본 동경대학·일본 가쿠슈인[學習院]대학, ④ 9책본 : 이대원李大源·일본 동경대학·일본 동양문고·일본 아가와[아천중랑阿川重郎], ⑤ 7책본 : 중경문고中京文庫, ⑥ 6책본 : 이겸로李謙魯, ⑦ 5책본 : 일본 이마니시 류[금서룡今西龍], ⑧ 4책본 : 국립중앙도서관·연세대학교·중앙공무원교육원·김근수金根洙 4책 중 제1권·제4권 소장), ⑨ 3책본 : 국립중앙도서관, ⑩ 1책본 : 국사편찬위원회·김약슬金約瑟·전형필全鎣弼, ⑪ 기타 : 경북대학교·일본 아사미 린타로[천견륜태랑淺見倫太郎]·일본 시데하라 히로시[폐원탄幣原坦]. 그 밖에 1916년에 조선연구회에서 원문과 일본어역을 대조하여 활자본으로 상·하 2책을 펴낸 것도 있다. 이 책은 고려 말부터 조선조 건국 이래의 공사公私 기록들을 역대 왕조의 편목編目 아래 인초引抄하여 이루어진 것으로서, 각 사건에 대하여 그 표목標目을 표시하지 않고 대체로 한데 뭉뚱그려 기록하고 있다.

장서각본(10권 10책)에 의하여 그 내용을 살펴보면 다음과 같다.

① 책머리의 서문에 이어(권1) 고려 말 공민왕~조선 문종, ② 권2 : 단종~연산군 초, ③ 권3 : 연산군 말~중종, ④ 권4 : 인종~선조, ⑤ 권5 : 선조~동서분당~왜란, ⑥ 권6 : 선조, ⑦ 권7 : 임진왜란, ⑧ 권8 : 시서의 변[시서지변矢書之變]~신지익申之益의 소疏, ⑨ 권9 : 의식義拭의 소~인조 원년 동지사 조엽趙曄의 시, ⑩ 권10 : 하담록초荷潭錄抄~무진년 삼학사 중 오달제吳達濟·윤집尹集 두 사람의 입사立祠를 청하였던 영의정 남구만南九萬의 계啓 등이다.

편찬 동기는, 그 서문에서 간흉奸凶의 접적接跡을 예방하고, 국민으로 하여금 제 나라 역사를 알게 하는 데 있다고 설명하였다. 그러나 기술 내용으로 미루어 서인이나 노론의 입장에서 역사를 서술하려는 의도가 있었음도 분명하다.

따라서 이 책은 남인의 입장에서 기록한 남하정南夏正의 『동소만록桐巢漫錄』과 더불어, 각각 양파를 대표하는 저술로서 중시할 만한 것이라고 하겠다. 또한 이 책에는 기술하는 도중 행을 바꾸어 한 자 낮추어 '謹案(근안)'이라 쓴 다음 편자 자신의 의견을 붙이고 있는 점이 특징이다. 그리고 인용서의 주기注記는 빠짐없이 붙이고 있다.

[**참고문헌**] 김근수, "청야만집"(『국학자료』 18, 문화재관리국 장서각, 1974) / 『한국문헌설화전집』, 9·10(동국대학교 한국문학연구소 편, 태학사, 1981) / 『고선책보』(전간공작, 동경 동양문고, 1944~1957).

115 『청야만집속편青野謾輯續編』

조선 후기에 이희겸李喜謙이 지은 야사집. 4권 4책. 필사본. 『청야만집』 본편에 수록되지 못한 것을 속편으로 엮은 것인데, 효종 때부터 숙종 연간에 일어난 당쟁 관계 기사이다. 그 내용은 주로 송시열宋時烈을 중심으로 송준길宋浚吉과의 관계, 윤증尹拯과의 관계, 허목許穆과의 관계 등을 다루고 있다.

각종 문집류로부터 광범위하게 수집한 관계 당사자들의 서한, 탄핵한 소차疏箚, 비판·논의 등이 중심을 이루고 있다. 특히 노론과 소론의 분당이나 기해방례사건己亥邦禮事件에 있어서 노론과 남인의 당쟁 관계에 대한 전말은 매우 상세하게 기록되어 있다. 국립중앙도서관에 소장되어 있다.

116 〈치술령신모鵄述嶺神母〉

경상북도 울주군 두동면에 있는 치술령의 산신. 이와 관련된 산신기원 설화가 『삼국유사』 권1 '내물왕 김제상奈勿王金堤上'조에 전한다.

신라 눌지왕 때의 충신 김제상金堤上(『삼국사기』에는 박제상으로 되어 있음.)이 왜국에 인질로 잡혀 간 왕자 미해美海를 찾아 왜국으로 갔다가 왕자는 돌려보내는 데에 성공하였으나, 자신은 미처 탈출하지 못하고 붙잡혀, 갖은 악형을 당하던 끝에 화형을 당하고 말았다. 처음에 제상이 고국을 떠날 때 그 아내가 소식을 듣고 남편의 뒤를 쫓았으나 따라잡지 못하고 망덕사望德寺 문 남쪽 모래 위에 이르러 드러누워 울부짖었다. 그 친척 두 사람이 부인을 붙들고 집으로 돌아오려 하였는데, 다리를 뻗고 앉아 일어나지 않아 그 지명을 벌지지伐知旨라 하였다고 한다. 그 후에도 부인은 남편을 그리는 심정을 견디지 못하여 세 딸을 데리고 치술령에 올라 가 왜국을 바라보고 통곡하다가 죽어 치술신모鵄述神母가 되었다고 하는데, 아직도 부인을 모시는 사당이 있다는 것이다.

이 신모 이야기와 비교가 되는 자료로 『삼국유사』 권5의 선도신모[선도산성모仙桃山聖母]이야기가 있다. 양 신모담의 성립 기반을 비교해 보면 치술신모담이 산신제의 기원설화로 성립되었을 것으로 여겨짐에 비하여, 선도신모담은 도교적 신앙을 바탕으로 만들어져서 후에 불교적 신앙이 융성해짐에 따라 도불 혼합적인 성격을 띠게 된 것으로 생각된다.

하여튼 두 이야기 모두 산신이 여신으로 되어 있다든가, 또 '치술鵄述'이란 단어가 '소리개'를 의미하는 한편 선도신모담에서도 신모의 부친인 중국 황제가 솔개의 발에 편지를 매어 보내며 신모에게, "소리개가 머무는 곳을 따라가 터를 삼아라."라고 했다는 것을 보면, 두 이야기의 성립에는 민속적인 공동 기반이 있는 것으로 생각된다.

[참고문헌] 일연, 『삼국유사』.

117 치우담癡愚譚

　어리석은 사람들의 어리석은 행동을 중심으로 한 설화. 소담笑譚의 한 종류이다. 흔히 '바보' 이야기로 일컬어지나, 이 유형의 모든 주인공이 반드시 바보는 아니어서 본의 아니게 어리석은 행동을 하게 되는 경우도 있다. 겉으로는 어리숙한 행동을 보이지만 결과적으로는 상대방을 속임수로 골탕을 먹이는 사기꾼의 이야기는 당연히 치우담이 아닌 지략담智略譚에 속한다. 또한 어리석은 행위가 유사한 모습으로 거듭 반복되어 구조적 유형을 만들게 되면 형식담으로 바뀌기도 한다.

　치우담 속에 자주 등장하는 주인공들로는 어리석은 아들·딸, 사위·며느리, 남편·아내, 시아버지·시어머니, 장인·장모처럼 주로 가족 구성원이 많고, 이웃이나 도회인·촌인, 양반·하인, 스승·제자, 스님·상좌들도 적지 않다. 그 밖에 가족 전체나 드물게는 한 마을 사람들 전체가 어리석은 행동을 하기도 한다.

　치우담 중에서 가장 자주 구연되는 이야기의 예로 <처가 (혹은 시가나 사돈가)에 간 사람>나 <조문 간 사람>, <처음 먹어 본 음식>, <하라는 대로 하다가 번번이 낭패본 사람>, <따라 하려다 낭패본 사람> 같은 유형들을 들 수 있는데, 이들은 모두 각각의 주인공들이 어떤 상황에 처하여 적절한 행동을 하지 못하는 데서 바보로 전락되는 이야기이다.

　일반적으로 소담은 서사적 구조보다 그 이야기 자체에 비중이 두어지는 설화의 한 종류이기 때문에 청자는 이야기를 통하여 그 속에 함축되어 있는 의미에 사려 깊게 경청하기보다 주인공의 어리석은 행동이나 혹은 실수에 대하여 마음껏 웃음을 터뜨림으로써, 모처럼 일상 생활의 긴장 상태에서 벗어나 마음의 여유를 갖게 된다. 이러한 의미에서 치우담은 정상이 아닌 주인공의 벗어난 행동들을 통하여, 청자들에 대하여는 자신들의 능력에 대한 안도감 내지 우월감을 느끼게 해 줌으로써 긴장 해소에 크게 이바지한다고 볼 수 있다.

[참고문헌] 조희웅, "한국소담의 연구"(『어문학』 3, 국민대 어문학연구소, 1984) / 김교봉, "바보사위 설화의 희극미와 그 의미"(『민속어문논총』, 계명대출판부, 1983) / 이강엽, "바보 이야기의 유형과 그 의미"(『민속문학과 전통문화』, 박이정, 1997).

118 <토끼와 호랑이>

동물담에 속하는 설화 유형군의 하나. 토끼와 호랑이의 관계를 이야기하는 설화가 단일 유형으로 존재한다기보다 다수가 존재하므로 유형군이라 할 수 있다. 이 유형군에 속하는 설화 유형들은 다음과 같다.

① 호랑이에게 잡힌 토끼가 호랑이에게 자신은 뭇짐승들이 모두 도망가게 할 정도의 강자라고 허세를 부린다. 호랑이는 자신 앞에서 도망하는 짐승들을 보고, 이들이 토끼를 보고 도망하는 것으로 오해하여 자신도 도망한다.

② 호랑이에게 잡힌 토끼가 호랑이보다 더 센 짐승이 있다고 한다. 토끼가 호랑이를 물가로 데려 가니, 호랑이는 물속에 비친 자신의 그림자를 보고 싸우려 달려든다.

③ 한겨울에 호랑이에게 잡힌 토끼가 꼬리를 물속에 넣고 기다리면 많은 물고기를 잡을 수 있다고 일러준다. 토끼의 말대로 하자 꼬리가 얼어붙어 호랑이가 꼼짝할 수 없게 된다.

④ 호랑이에게 잡힌 토끼가 돌을 불에 달구어 이를 떡이라 하고, 꿀을 얻어 오겠으니 기다리라 하고 도망한다. 기다리다 못한 호랑이는 불에 단 돌을 집어 먹다가 혼이 난다.

⑤ 호랑이에게 잡힌 토끼가 참새 떼를 잡게 해 주겠으니 눈을 감고 있으라고 일러준다. 호랑이가 눈을 감고 기다리자, 토끼는 숲에 불을 놓고 도망한다.

⑥ 함정에 빠졌던 호랑이가 자신을 구해 준 사람을 잡아먹으려고 한다.

사람이 토끼에게 재판을 부탁하니, 토끼는 처음의 상황을 알아야겠다고 하여 호랑이를 다시 함정 속으로 들어가게 한다.

이와 같은 꾀쟁이 토끼는 설화적 '사기꾼trickster'의 유명한 예인데, 서구에서는 '르나르 이야기'로 널리 알려져 있다. 동물 사기꾼 이야기의 결말 부분에는 특정 동물들의 현재 모습과 습성이 생기게 된 연유를 밝히는 설명론적인 모티프가 붙어 있는 경우도 많다.

동물 사기꾼은 대개 약자인 경우가 많으며 흔히 탐욕스런 강자로부터 생명에 대한 위협이나 무리한 요구를 받게 되는데, 이 때 겉으로는 강자에게 순응하는 체하면서, 실제로는 그 특유의 슬기로써 어리석기 짝이 없는 강자를 골려주고 위기에서 벗어난다. 이 경우 그가 행한 속임수는 고의적인 것이라기보다 부득이한 상황 속에서 순간적으로 약자가 대처한 자기 방어적인 것이라고 할 수 있다. 이러한 이야기는 인간의 현실을 동물에 가탁하여 의인화한 우화라고 할 수 있다.

[**참고문헌**] 조희웅, "트릭스터(trickster)담 연구"(『어문학논총』 6, 국민대 어문학연구소, 1987).

119 『파수록破睡錄』

편자·연대 미상의 한문 소담집. 이본으로는 서울대학교 중앙도서관에 소장되어 있는 필사본 『파수록罷睡錄』과, 1958년 민속학자료간행회에서 간행한 유인본油印本 『고금소총古今笑叢』 속에 들어 있는 『파수록破睡錄』이 널리 알려져 있다.

『고금소총』본에 의하면, 편자는 '부묵자副默子'로 되어 있고, 편찬 연대도 편자가 쓴 서문 끝에 "세 임술 양월초길歲壬戌陽月初吉"로 되어 있다. 그러나 '부묵자'의 본명이 무엇인지, '임술년'이 어느 해를 가리키는지 명확하지 않다. 『고금소총』본 『파수록』에는 모두 63편의 자료들이 수록되어 있는데, 각 편에는 제목이 없이 'ㅇ' 표로써 시작되고 있다. 반면 서울

대학교본『파수록』에는 총 37편이 수록되어 있는데, 책머리에는 서문이
없이 목차가 제시되어 있다. 이 목차는 자수가 일정하지 않으며, '…사事'
라는 식으로 되어 있다. 예 : 제1화 향군순야견남녀여마롱건선사鄕軍巡夜見
男女如馬弄健羨事, 제2화 관북기표정발인치사關北妓表情拔人齒事 등과 같다. 양
본 모두 매 편의 끝부분에 '부묵자왈副默子曰'이라는 평설이 붙어 있는데,
이를 통하여 편자는 여러 가지 중요성을 강조하고 있다. 이러한 그의 의
도는 자료의 취사선택에도 작용된 듯하다.

  이 책에는『고금소총』에 수록되어 있는 다른 유서類書들과 달리 음담패
설이 거의 보이지 않는다. 간혹 그런 것이 섞여 있기는 하지만 그 표현
수법은 매우 완곡하게 되어 있다.『고금소총』의 서문에서 객客이 부묵자
에게 "하고많은 가언선행嘉言善行(좋은 말과 착한 행실)을 내버려 두고 하
필이면 음란한 이야기를 취하였는가?" 하고 물으니, 부묵자가 "이 책을
보고 착하면 본받고 악하면 경계하여 스스로 깨우칠 뿐"이라 하였다.

[**참고문헌**]『고금소총』(민속학자료간항회, 1958) / 동국대학교 한국문학연구소 편,『한국문헌설화전집』,
         7(태학사, 1981).

120 『팔도재담집八道才談集』

  강의영姜義永이 엮은 설화집. 1926년 경성서적업조합에서 딱지본으로
발행하였다. 판권란에는 저작 겸 발행자가 홍순필洪淳泌로 되어 있으나,
이는 발행자가 저작권을 갖던 당시의 관행을 따른 것으로 보인다. 총 82
면이며, 144편의 단편 설화가 수록되어 있다. 이 책의 간행 의도에 대하
여는 본문 첫머리에 기재되어 있는 6행의 짧은 머리말 속에 대체로 나타
나 있는데, 그것을 현대 정서법에 따라 옮겨 쓰면 다음과 같다.

  "이 세상에 있는 동안에 누구를 물론하고 자손에게 거대한 재산을 물
려주는 것보다 학교에 보내어 학식을 가르치며 지식을 넓히어 인격을 쌓

게 하거나, 또는 서적을 광구하여 공부를 잘 시키어서 어천만사에 막힐 모가 없이 공부만 잘 시키어 주면, 완전한 인재를 이룰 뿐만 아니라 자연이 만종록이 생길 것이요, 평생 여년을 편안히 지낼 수가 있는 이치는 예로부터 지금까지 이미 정한 바라. 고로 영웅 열사가 배우지 않고 되는 이치는 없는 법이니, 이것을 두고 말하자면 혀를 놀리고 붓을 달리지 아니하여도 자연 알 것이로다."

이로써 보면 이 책은 제1차적으로 지식을 전달하려는 목적 하에서 편찬되었음을 알 수 있다. 따라서 이 책의 수록된 이야기의 대다수는 소담笑譚에 속하는 지략담智略譚이나 치우담癡愚譚 중심으로 되어 있다. 수록된 작품의 수로도 이 책은 근대 초기 설화자료집으로 참고할 만한 가치가 있다.

[참고문헌]『팔도재담집八道才談集』(경성서적업조합京城書籍業組合, 1926).

121 『풍암집화楓巖輯話』

조선 후기에 유광익柳光翼이 엮은 야사·야담집. 『어우야담』·『국당배어』·『부계기문』·『기재잡기』·『태평한화』·『용재총화』·『공사견문록』·『청파극담』·『동각잡기』·『추강냉화』·『석담일기』·『필원잡기』 등 총 45종에 달하는 문헌으로부터 뽑은 자료들을 대체적으로 연차순으로 수록하고 있다.

현재까지 알려진 이본으로는, 국내본으로 규장각본(7권 7책), 성균관대학교본(7권 2책), 고려대학교본(1책), 김약슬본金約瑟本(1책), 장서각본『야승野乘』(제25책) 소수본所收本, 도남본陶南本『패림稗林』 소수본, 남애본南涯本(1책) 등이 있고, 국외본으로는 시데하라본[폐원탄본幣原坦本](1책), 아가와본[아천본阿川本](3책), 야스요시도[정가당靜嘉堂]문고 소장『패림』 등이 있다. 그 밖에 일본의 『광사廣史』(제7책) 수재본과 『총사叢史』(제27·28책)

수재본도 있었다고 하나 이들은 모두 망실되어 현재 전하지 않는다. 장서
각본(『야승』 제25책 수록)의 내용은 권1~권7에는 역대의 사적이 실려 있
고, 권8~권10에는 유별 사담史譚이 실려 있다.

[참고문헌] 동국대학교 한국문학연구소 편, 『한국문헌설화전집』, 8(태학사, 1981) / 전간공작, 『고선책보』
(동양문고, 1944~1957).

122 풍유설화諷喩說話

도덕적 교훈을 설명하는 짧은 설화. 표면적으로는 인물과 행위와 배경
등 통상적인 이야기 요소들을 모두 갖추고 있는 동시에, 그 배후에 정신
적·도덕적·역사적 의미가 담겨 있는 이중적 구조를 가진 이야기 형식
이다. 따라서 구체적인 심상의 전개와 함께 추상적 의미의 층이 그 배후
에 동반되므로 풍유담을 올바로 이해하려면, 표면적 의미와 병행되는 숨
은 의미를 깨닫는 것이 중요하다. 이 경우에 대체적으로 표면적 이야기의
차원(스토리)이 청자聽者에게 즐거움을 제공한다면, 내면적 풍유의 차원
(의미)은 도덕적 교훈을 주게 된다.

풍유담의 종류는 현실풍유담과 관념풍유담의 두 가지가 있는데, 현실
풍유담이 역사적 인물이나 사건을 풍유한다면, 관념풍유담은 덕·악덕·
심성心性·성격 유형 따위의 추상물을 의인화한다. 따라서, 역사와 관련된
언참言讖(미래의 사실을 꼭 맞추어 예언하는 말)들은 현실풍유담에 속할
것이며, 『삼국사기』 권46 열전6 설총조에 보이는 <화왕花王> 설화와 같
은 것은 관념풍유담에 속할 것이다. 그 밖에 설화라고 할 수는 없지만 서
사적 문학 형식에 속하는 고전소설에도 풍유담이 종종 나타난다. 가령 숙
종이 계비 인현왕후仁顯王后를 폐출하고 장희빈張禧嬪을 왕비로 맞아들인
데 대한 성심聖心을 깨우치기 위하여 김만중金萬重이 지었다는 <사씨남정
기謝氏南征記>는 넓은 의미의 현실풍유담에 속할 것이요, 심성을 의인화하

였다는 이른바 '천군계天君系' 소설들(<수성지>·<천군연의>·<천군본기>)은 관념풍유담에 속할 것이다. 관념적 풍유담은 추상적 관념의 구체화이므로, 일반적으로 관념 그대로를 작중 인물의 이름으로 삼는 경우가 많다. 예컨대, 고려 때의 가전 작품으로 '술'을 의인화한 <국순전麴醇傳>에는 국씨麴氏(누룩)·모牟(보리)·주酎(술)·순醇(술)·청淸이 작중인물로 되어 있다.

풍유담은 이야기 전체가 풍유적인 것도 있지만 때로 어떤 이야기 속의 한 부분만이 풍유로서 된 것도 있는데, 이러한 것은 삽화적 풍유담이라 할 수 있다. 그리고 우화寓話·비유담比喻譚·종교적 강담宗敎的講談들은 모두 풍유담의 특별한 형태로서, 넓은 의미의 풍유담에 포괄된다.

[참고문헌] 이상섭,『문학비평용어사전』(민음사, 1976) / M. H. Abrams, *A Glossary of Literary Terms*(3rd. ed, Holt, Rinehart and Winston, Inc., 1971).

123 『학산한언鶴山閑言』

조선 숙종 때 신돈복辛敦複이 견문한 이야기들을 모아 놓은 야담집.『야승野乘』제21책에 실려 있다. 편자에 대하여는 내표제內表題 하단에 '신돈복저辛敦複著'라 명기되어 있을 뿐만 아니라, 이를 뒷받침해 주는 기록들이 본문 중에도 보인다. 총 100편의 이야기가 수록되어 있다. 그 중 30여 편이 『청구야담靑丘野談』과 중복되는 것으로 보아, 『청구야담』은 『학산한언』에서 상당수의 자료를 차용하였음을 알 수 있다.

내용은 주로 시화詩話·권학勸學·풍수風水·효자孝子·의인義人·응보應報·도술道術·신귀神鬼·신수神獸에 관한 이야기와 기타 명나라의 멸망 원인, 명나라 유민遺民들의 청나라에 대한 불복종, 우리나라의 국토와 인물, 중국 명사들의 국토 편력 및 우리나라 인물들의 몰경험에 대한 견해, 조양래趙陽來의 신점神占, 영변 길정녀吉貞女와 신명희申命熙의 결연담, 김성항金成抗부부의 일화, 정선鄭敾의 그림에 대한 평, 임경업林慶業장군 일화, 규염객虬髯客과 연개소문淵蓋蘇文의 상관에 대한 견해, 촉蜀나라 후주後主 왕연王衍이 한소열漢昭烈의 후신後身이라는 이야기, 연·계燕薊의 장례 풍속 등이 수록되어 있다. 『야승』은 장서각도서에 있다.

[참고문헌] 조희웅, 『조선후기 문헌설화의 연구』(형설출판사, 1980) / 동국대학교 한국문학연구소 편, 『한국문헌설화전집』, 8(태학사, 1981).

124 한국고전문학회韓國古典文學會

한국 고전문학의 연구를 위해 설립된 학술 단체. 한국 고전문학에 관한 연구 조사 및 연구 결과의 보급을 향상시키고자 1970년 7월 4일 소장 학자들을 중심으로 '한국고전문학연구회'가 결성되면서 시작되었다. 초대 회장은 김열규金烈圭이며, 그 밖의 발기인들은 김병국金炳國·김진세金鎭世·민병수閔丙秀·서대석徐大錫·성기열成耆說·성현경成賢慶·이상택李相澤·이석래李石來·조동일趙東一·조희웅曹喜雄·최내옥崔來沃이었다.

연구 업적 발표는 처음에는 월례발표회 형식으로 이루어졌는데, 그 제1회 발표회가 1970년 9월 26일 서울대학교 문리대 국문과 연구실에서 열렸다. 이후 점차 회원이 늘어남에 따라 서울 시내에 있는 각 대학의 장소를 빌려 발표회를 계속하였다. 이듬해 8월 제10회 발표회가 열린 뒤 이어 학회지 『고전문학연구古典文學研究』 제1집이 간행되었는데, 모두 9편의 논문이 수록되었다.

이 논문집의 체재상 특징으로는 우선 목차에 각 논문들의 제목에 이어 요약된 결론을 제시했다는 점과, 각 논문마다 상세한 논평 및 응답을 첨부하여 학계에 본격적인 토론의 풍토를 마련하였다는 점을 들 수 있다.

월례발표회는 1995년 12월까지 한 번도 빠짐없이 계속되다가, 학회의 세분화 추세에 따라 1996년에 이르러 제180차부터 격월 발표회로 변경

되어 2001년 6월 현재 215차 정례 학술발표회를 가진 바 있다. 그리고 특히 1999년 12월 제204차 발표회부터는 매번 서평을 포함시키게 되었다. 1994년부터는 정례 학술발표회 중 하계(8월) 및 동계(2월) 방학 기간에는 기획주제에 의한 학술발표대회를 개최하고, 뒤에 이를 단행본으로써 계획 출판하고 있다.

한편 학회지는 초창기에는 재정 형편상 정기적으로 간행되지 못하다가 1986년에 제3집, 1988년 제4집이 간행된 데에 이어 1990년 제5집부터 연간으로 간행되었으며, 1998년 6월 및 12월에 각각 제13집 및 제14집이 간행되면서부터 반 연간으로 바뀌었다. 특히 제13집부터 게재 논문의 질적 향상을 위하여 논문심사운영위원회를 두고 투고된 논문들에 대하여 해당논문 관련 전공학자 2인을 심사위원으로 위촉하게 하였고, 심사 결과의 투명성을 위하여 심사 경위도 학회지를 통하여 공표하도록 하였다. 제14집부터는 이를 좀 더 강화하여 학계의 권위자로 구성된 편집위원회를 구성하여 심사위원의 선정 및 그 심사 결과에 대한 최종적인 판정을 내리도록 하였으며, 제17집(2000. 6)부터는 심사위원수를 각 논문당 5인으로 확대 실시하였다. 학회지『고전문학연구』는 1999년 후반에 한국학술진흥재단의 등재잡지로 공인되었다.

학회에서 간행한 기획도서로『한국소설문학의 탐구』(1978)·『근대문학의 형성과정』(1983)·『고전소설연구의 방향』(1985)·『문학작품에 나타난 서울의 형상』(1994)·『문학과 사회집단』(1995)·『국문학과 불교』(1996)·『국문학과 도교』(1998)·『국문학의 구비성과 기록성』(1999) 등이 있다.

현재 학회 구성은 회장 1인 간사 1인, 평의원 다수(역대 회장), 편집위원 5인 이내, 이사 10인 이내, 간사 약간명으로 되어 있다. 그간 회원수도 비약적인 증가를 보아 2001년 5월말 현재 정회원 662명, 단체회원 50개소에 이르는 전국적인 학술단체로 성장하였다.

[참고문헌] 한국고전문학회,『고전문학연구』, 제1집~제18집(한국고전문학회, 1971~2000).

125 『한국구비문학대계韓國口碑文學大系』

한국정신문화연구원韓國精神文化硏究院(현 한국학중앙연구원)에서 간행한 전국 구비문학자료 조사보고서. 자료집 82책, 부록 3책(유형 분류 및 색인). 1979년부터 1985년에 걸쳐 조사 작업이 이루어졌고, 보고서는 1980~1992년에 걸쳐 책으로 간행되었다. 이 방대한 조사사업은 1978년 6월 한국정신문화연구원의 창립과 함께 설치된 어문학연구실에서 주관하고, 실제 작업은 별도로 구성한 구비문학자료 조사협의회에서 진행하였다. 동 협의회는 1979년 7월 우선적으로 조사요원의 지침서로서『구비문학 조사방법』을 펴냈다. 이어, 구체적인 자료 수집을 위한 수차에 걸친 세미나 및 협의회를 거쳐 각 지역별로 조사위원을 선정하여 실제 조사 작업에 착수하였다. 그 결과 1980년 16책, 1981년 15책, 1982년 3책, 1983년 12책, 1984년 13책, 1985년 6책, 1986년 6책, 1987년 8책, 1988년 3책 등 모두 82책이 간행되었다. 자료집에 이어 별책부록 (Ⅰ)『한국설화유형분류표』와 (Ⅱ)『한국설화색인집』은 1989년에, (Ⅲ)『한국민요·무가유형분류표』는 1992년에 추가되었다.

조사기간 동안에 실제로 채록이 행해져 보고서가 간행된 시군 지역과 대상 지역 숫자(괄호 속 숫자)를 대비해보면, 서울 도봉구 1(1), 경기 11(25), 강원 9(23), 충북 6(12), 충남 6(17), 전북 8(17), 전남 9(26), 경북 14(30), 경남 10(27), 제주 4(4), 총 78(182)개처로, 총 대략 대상지역의 40%가 조사되었음을 알 수 있다. 총서에 수록된 자료의 총량은 설화 1만 4,941편, 민요 5,922편, 무가 375편에 달하였다. 이를 지역별로 분석하여 보면 다음 [표]와 같다.

권수	편저자	지역편명	발행연도	설화	민요	무가
〈서울·경기〉						
1-1	조희웅	서울 도봉구편	1980	151	21	

1-2	서대석	경기도 여주군편	1980	169	51	5
1-3	성기열	경기도 양평군편	1980	106	73	
1-4	조희웅	경기 의정부시·남양주군편	1981	276	20	
1-5	성기열	경기 수원시·화성군편	1981	135	14	
1-6	조희웅	경기 안성군편	1982	156	34	26
1-7	성기열	경기 강화군편	1983	319	66	9
1-8	성기열	경기 인천시·옹진군편	1983	155	16	3
1-9	조희웅	경기 용인군편	1984	82	26	19
	(소계)			(1,549)	(321)	(62)

〈강원〉

2-1	김선풍	강원 강릉시·명주군편	1980	141	90	10
2-2	서대석	강원 춘천시·춘성군편	1981	131	36	2
2-3	김선풍	강원 삼척군편	1981	196	47	6
2-4	김선풍·김기설	강원 속초시·양양군편①	1983	257	27	3
2-5	김선풍·김기설	강원 속초시·양양군편②	1983	209	39	48
2-6	서대석	강원 횡성군편①	1984	193	103	8
2-7	서대석	강원 횡성군편②	1984	151	41	
2-8	김선풍	강원 영월군편①	1986	311	5	
2-9	김선풍	강원 영월군편②	1986	153	82	28
	(소계)			(1,742)	(470)	(105)

〈충북〉

3-1	김영진	충북 충주시·중원군편	1980	126	67	15
3-2	김영진	충북 청주시·청원군편	1981	161	15	11
3-3	김영진	충북 단양군편	1982	175	43	
3-4	김영진	충북 영동군편	1984	203	41	2
	(소계)			(665)	(166)	(28)

〈충남〉

4-1	인권환	충남 당진군편	1980	167	41	1

4-2	박계홍	충남 대덕군편	1981	162	79	
4-3	서대석	충남 아산군편	1982	156	20	6
4-4	박계홍	충남 보령군편	1983	172	57	4
4-5	박계홍	충남 부여군편	1984	242	55	3
4-6	박계홍·황인덕	충남 공주군편	1984	149	35	1
(소계)				(1,048)	(287)	(15)

〈전북〉

5-1	최래옥	전북 남원군편	1980	209	78	
5-2	최래옥	전북 전주시·완주군편	1981	232	94	
5-3	최래옥	전북 부안군편	1983	213	33	1
5-4	박순호	전북 군산시 옥구군편	1984	186	67	11
5-5	박순호	전북 정주시·정읍군편①	1987	182	56	
5-6	박순호	전북 정주시·정읍군편②	1987	148	38	5
5-7	박순호	전북 정주시·정읍군편③	1987	196	70	
(소계)				(1,366)	(436)	(17)

〈전남〉

6-1	지춘상	전남 진도군편	1980	94	92	
6-2	지춘상	전남 함평군편	1981	186	78	
6-3	김승찬	전남 고흥군편	1984	140	81	3
6-4	박순호	전남 승주군편	1985	243	90	8
6-5	이현수	전남 해남군편	1985	181	106	9
6-6	최덕원	전남 신안군편①	1985	277	74	1
6-7	최덕원	전남 신안군편②	1985	197	66	23
6-8	최래옥·김균태	전남 장성군편	1986	203	158	5
6-9	최래옥·김균태	전남 화순군편①	1987	248	106	1
6-10	최래옥·김균태	전남 화순군편②	1987	228	103	3
6-11	최래옥·김균태	전남 화순군편③	1987	196	92	
6-12	최덕원	전남 보성군편	1988	259	119	28
(소계)				(2,452)	(1,165)	(81)

〈경북〉

7-1	조동일	경북 경주시·월성군편①	1980	212	38	
7-2	조동일·임재해	경북 경주시·월성군편②	1980	171	90	3
7-3	조동일·임재해	경북 경주시·월성군편③	1980	170	17	
7-4	최정여·강은해	경북 성주군편①	1980	132	269	3
7-5	최정여·강은해	경북 성주군편②	1980	114	213	5
7-6	조동일·임재해	경북 영덕군편①	1981	222	21	
7-7	조동일·임재해	경북 영덕군편②	1981	186	49	4
7-8	최정여·천혜숙	경북 상주군편	1983	250	154	2
7-9	임재해	경북 안동시·안동군편	1983	279	143	4
7-10	임재해	경북 봉화군편	1984	181	43	6
7-11	최정여	경북 군위군편①	1984	139	43	
7-12	최정여	경북 군위군편②	1984	140	41	2
7-13	최정여·천혜숙	경북 대구시편	1985	172	62	3
7-14	최정여	경북 달성군편	1985	146	61	8
7-15	최정여·천혜숙·임갑낭	경북 구미시·선산군편①	1987	174	31	
7-16	최정여·천혜숙·임갑낭	경북 구미시·선산군편②	1987	157	81	
7-17	임재해	경북 예천군편①	1988	185	43	8
7-18	임재해	경북 예천군편②	1988	137	112	
	(소계)			(3,167)	(1,511)	(40)

〈경남〉

8-1	정상박·유종목	경남 거제군편①	1980	135	100	
8-2	정상박·유종목	경남 거제군편②	1980	167	100	
8-3	정상박·유종목	경남 진주시·진양군편①	1981	227	54	
8-4	정상박·유종목	경남 진주시·진양군편②	1981	196	87	
8-5	최정여·강은해	경남 거창군편①	1981	202	142	
8-6	최정여·강은해	경남 거창군편②	1981	165	137	
8-7	정상박·유종목	경남 밀양군편①	1983	171	66	2

8-8	정상박·유종목	경남 밀양군편②	1983	174	97	
8-9	김승찬	경남 김해시·군편①·②	1983	281	68	2
8-10	정상박·유종목	경남 의녕군편①	1984	195	67	2
8-11	정상박·유종목	경남 의녕군편②	1984	159	155	
8-12	정상박·유종목	경남 울산시·울주군편①	1986	165	81	5
8-13	정상박·유종목	경남 울산시·울주군편②	1986	178	45	3
8-14	정상박·유종목	경남 울산시·울주군편③	1986	224	104	4
	(소계)			(2,639)	(5,647)	(364)

⟨제주⟩

9-1	현용준·김영돈	제주 북제주군편	1980	49	16	6
9-2	현용준·김영돈	제주 제주시편	1981	134	11	1
9-3	현용준·김영돈	제주 서귀포시·남제주군편	1983	30	236	2
	(소계)			(313)	(263)	(9)
	[총계]			(14,941)	(5,922)	(375)

『한국구비문학대계』가 간행되기 이전의 구비문학을 조사한 자료로 문화공보부(현 문화관광부) 문화재관리국에서 주관하고 한국문화인류학회가 대행한 『한국민속종합조사보고서』가 있었다. 그러나 조사지역이 매우 한정되었을 뿐만 아니라 채록 보고된 자료의 양도 매우 적었다. 그 밖에도 각 대학 국어국문학과에서 실시한 현지조사가 적지 않았다. 그러나 역시 산발적이고 국지적으로 행해졌으며, 실제로 자료가 채록 보고된 경우는 매우 드물었다. 조사된 자료가 활자화된 경우라도 학술적으로 이용하기에는 매우 불만족스런 것이 대부분이었다. 따라서 전국적인 조사를 바탕으로 대량의 자료가 채록된 『한국구비문학대계』의 학술적 의의는 그만큼 크다고 할 수 있다. 이 대계의 장점은 조사 자체가 철저한 사전계획에 따라 진행되었기 때문에, 조사지역이 특정지역에 편중되지 않고 전국적으로 안배되어 있다는 점을 들 수 있다. 또한 채록이 지침서에 의거하여 일관된 방법으로 행해졌기 때문에, 자료의 신뢰성이 매우 높다는 점이다.

이『한국구비문학대계』의 각 권은 우선 시군별 지역 개관에 이어 동면별 조사마을 개관, 제보자 설명이 있고, 본문은 그 다음에 수록되어 있다. 각 자료는 순번과 녹음테이프 번호에 이어 조사장소, 연월일, 조사자 이름, 제보자 사항(이름, 성별, 연령)이 우선 제시되고, 자료의 제목 다음에 조사의 상황을 설명한 뒤 마지막으로 본문이 나온다. 매권 말에는 자료의 목록이 첨부되어 있다.

자료의 본문은 될 수 있는 한 발언 그대로 적되, 방언이나 제보자의 부연설명·반복 구연 등도 그대로 채록하고 있다. 나아가 화자나 청중의 태도나 개입까지 살리는 것을 원칙으로 하였다. 이해하기 어려운 단어나 구절 들에는 주를 붙임을 원칙으로 하고 있다.

『한국구비문학대계』에서 처음 사용된 이상과 같은 자료조사 및 정리 방법은 이후의 구비문학 자료 조사자들에게 전범典範처럼 널리 사용되고 있다. 앞으로 이 대계는 구비문학 연구뿐만 아니라, 민족문화를 탐구하려는 인문사회과학 제 분야에 있어 매우 중요한 자료가 될 것이다. 또한 전통의 현대적 계승을 시도하는 여러 창작 예술 분야에도 다양한 영감을 주는 원천이 될 것이다. 이 책에 채록된 자료가 담겨 있는 현지조사 과정에서 녹음한 원 테이프는 모두 한국학중앙연구원(전 한국정신문화연구원)에 보관되어 있다.

[**참고문헌**]『한국구비문학대계』, 전 85책(한국정신문화연구원, 1980~1992).

126 『한국설화문학연구韓國說話文學硏究』

장덕순張德順이 지은 설화문학 연구서. 1970년 서울대학교 출판부에서 간행하였다. 이 책은 지은이가 1960년대 이래로 학술지에 발표하였던 구비문학 또는 설화문학 관계의 논문들을 모으고, 새로 쓴 글들도 상당수 더하여 1970년에 간행한 것으로, 서문 총 7페이지에 본문 총 569페이지로 되어 있다.

그 내용을 살펴보면, 우선 '설화문학론 서설'에서 설화의 개념 및 분류, 한국설화 개관, 방법론들이 다루어졌다. 다음 '설화의 연구'장에서는 설화 자체의 연구를 주로 하였는데, 건국신화에서 종합설화의 성격을 지니고 있는 고려의 건국신화를 분석하였다. 그리고 한국적인 특성을 지니고 있는 대표적 설화와 문학성이 짙은 설화들(이조 초기의 호색설화, 호虎설화, 용전설, 꿈전설, <효불효>·<열불열> 전설, <야래자> 전설, <단군> 신화)을 다루면서, 설화문학의 성격을 가급적이면 설화의 세계에서 추출 하려 하였다.

다음 '설화와 고대소설'장에서는 설화와 고전소설 간의 문제를 다루었 는데, 그 주요 대상은 '둔갑설화'와 <옹고집전>, '발치설화拔齒說話 및 미 궤설화米櫃說話'와 <배비장전>, <지하국대적퇴치> 설화와 <김원전>, 시 애설화屍愛說話와 소설, 풍수설화와 소설·임백호林白湖 일화와 소설 같은 것들이다.

'설화와 현대소설'장에서는 주로 고전설화를 소재로 한 현대 단편소설 들을 고찰하였는데, 그 구체적인 작품들은 <당나귀 귀 임금> 설화, <여 이驢耳> 설화와 방기환方基煥의 <귀>, 공처설화供妻說話와 정한숙鄭漢淑의 <예성강곡>, <해랑사海娘祠> 전설과 정한숙의 <해랑사의 경사>, <천관 사天官寺> 전설과 황순원의 <차라리 내 목을> 같은 것들이다. 그리고 <명주가溟州歌> 전설과 황순원의 <비늘>, <도미都彌> 설화와 박종화朴 鍾和의 <아랑의 정조>, 김동리金東里의 <원왕생가>, 최인훈崔仁勳의 <온 달>, 꽃전설과 오영수吳永壽의 <수련>·<실걸이꽃>, 역사力士·새전설 과 김동리의 <황토기>. 오영수吳永壽의 <소쩍새>, 못[지池]전설과 장응 탁張雄鐸의 <전설>. 한무숙韓戊淑의 <돌> 같은 것들이 있다.

'설화와 시가'장에서는 고시가·서사무가·현대시의 소재로 된 설화를 정리하였으며, 마지막으로 '문헌설화의 분류'장에서는 『삼국사기』·『삼 국유사』·『고려사』·『세종실록지리지』·『동국여지승람』·『조선읍지』

들의 들어 있는 설화를 문헌별로 분류한 다음 그 대체적인 줄거리를 제시하고 있다.

요컨대 이 책에서는 한국설화의 특성 및 그것이 서사 내지 서정 문학에 끼친 영향을 고찰하면서, 종적으로는 한국문학사의 원류를 살피고, 횡적으로는 한국문학 전반의 설화성을 살펴보려는 의도로써 저술된 것이다. 이 책은 무엇보다도 고전과 현대, 산문과 운문, 구비와 문헌 전승을 아우르고 있기 때문에, 한국문학 나아가 한국설화 연구자들의 입문서임과 동시에 전공서로서도 필독서의 하나가 된다고 할 수 있다. 초판이 절판된 후에 1995년에 박이정출판사에서『성산장덕순선생저작집城山張德順先生著作集』전 10책 중 제3책으로 간행한 바 있다.

[참고문헌] 장덕순,『한국설화문학연구』(서울대학교 출판부, 1970).

¹²⁷ 〈한 근의 살〉 설화

살을 베어내야 하는 위기에 처한 사람이 살을 베되 살만 벨 수 없는 조건을 지켜야 한다는 판결 덕분에 살아나게 되었다는 내용의 설화. 소담笑譚 중 지략담智略譚에 속한다. 구전되는 자료를 찾기는 힘든 편이다.

동문수학하던 두 친구가 한 여자를 두고 서로 다투다가 사이가 나빠졌다. 여자는 부자인 친구와 혼인을 하고, 가난했던 친구는 열심히 재산을 모아 부자가 되었다. 반면 여자를 차지한 친구는 가세가 기울자 자신의 친구에게 부득이 돈을 빌려야 했다. 기한 내에 돈을 갚지 못하면 살 한 근을 베어 주기로 하고 여자를 차지하지 못한 친구에게 돈을 빌리게 되었다. 돈을 갚지 못하자 관장官長에게 판결을 부탁하러 갔다. 관장도 해결하지 못하고 있는데, 관장의 어린 딸이 살 한 근을 베어 내되 피는 흘리지 말아야 한다고 해서, 돈을 빌린 사람은 위기를 넘겼다.

이 설화는 북구권과 동구권에도 많이 분포되어 있고, 아내가 남편을 위해 지혜를 발휘하는 것으로 설정되어 있다. 그래서 외국의 것은 아내의 순결성이 강조되는 반면, 한국의 것은 예사롭게만 보이던 사람의 지혜가 부각된다. 1378년 피렌체 사람 조반니Giovanni가 저술한 『라 페코로네』에 수록된 이야기가 셰익스피어W. Shakespeare의 <베니스의 상인>에 직접적인 원천이 되었다고 한다.

국내 구전자료에는 배꼽 세 근을 내기로 걸고 바둑을 두었는데, 관장의 아들이 배꼽을 도려내되 더도 덜도 말고 꼭 세 근이어야 한다고 판결했다는 내용도 있다. 이 설화는 <베니스의 상인>과 내용이 흡사하여 외국의 것이라고 오인하기 쉽다. 그러나 구전자료에 나타난 설정이나 어린아이의 지혜가 발휘된다는 점 등으로 미루어 보아 한국 전래 설화로 추정된다.

[참고문헌] 손진태, 『조선민담집』(동경 : 향토연구사, 1930) / 『한국구비문학대계』(한국정신문화연구원, 1981~1988) / S. Thompson, *The Folktale*(New York : Holt, Rinehart & Winston, 1946).

128 『해동기화海東奇話』

조선 후기에 지어진 편자 미상의 야담집. 1책. 필사본. 고려에서 조선조까지의 역대 인물에 관한 일화를 여러 문헌에서 뽑아 수록하였다.

발췌한 문헌은 이수광李晬光의 『지봉유설芝峯類說』, 박동량朴東亮의 『기재잡설企齋雜說』, 이덕형李德泂의 『죽창한화竹窓閑話』, 찬자 미상의 『파한신화破閑新話』, 조신曺伸의 『소문쇄록謏聞瑣錄』, 성현成俔의 『용재총화慵齋叢話』, 남효온南孝溫의 『추강냉화秋江冷話』, 임방任埅의 『수촌만록水村漫錄』, 서거정徐居正의 『필원잡기筆苑雜記』, 김시양金時讓의 『부계기문涪溪記聞』, 허균許筠의 『파인식소록巴人識小錄』, 유몽인柳夢寅의 『어우야담於于野譚』, 이제신李濟臣의 『후청쇄록鰟鯖瑣錄』, 찬자 미상의 『국창배어菊窓俳語』, 서거정의 『태평한화太平閑話』, 이륙李陸의 『청파극담靑坡劇談』, 임경任璟의 『현호쇄담玄湖瑣談』, 정재륜鄭載崙의 『한거만록閑居漫錄』, 김득신金得臣의 『종남총지終南叢志』,

유성룡柳成龍의 『서애잡록西崖雜錄』, 찬자 미상의 『비장잡기裨將雜記』, 김정국金正國의 『사재척언思齋摭言』, 차천로車天輅의 『오산설림五山說林』, 정재륜의 『공사문견록公私聞見錄(동평문견록東平聞見錄)』, 최자崔滋의 『보한집補閑集』, 이규보李奎報의 『백운소설白雲小說』, 이정형李廷馨의 『동각잡기東閣雜記』, 찬자 미상의 『남계집南溪集』, 이이명李頤命의 『소재집疎齋集』, 김시양의 『하담파적록荷潭破寂錄』, 이처사李處士(이기李墍)의 『송와잡기松窩雜記』 등이지만, 원전명의 오기도 꽤 눈에 띄며, 출전이 누락되어 있는 경우도 매우 많다.

이들 내용이 『기문총화記聞叢話』와 거의 합치되는 점으로 미루어 양본은 이본으로 간주하여도 좋을 듯하다. 서울대학교, 국립중앙도서관 및 고려대학교 도서관 등에 소장되어 있다.

[참고문헌] 동국대학교 한국문학연구소 편, 『한국문헌설화전집』, 5(태학사, 1981).

129 『해동야서海東野書』

조선 후기에 편찬된 편자 미상의 야담집. 1책. 필사본. <연초동권로속단현憐樵童權老續斷絃>으로부터 <방도원권생심진訪桃源權生尋眞>에 이르는, 수록된 자료 48편의 내용이 『청구야담靑丘野談』과 완전히 합치되는 점으로 미루어, 이 책은 『청구야담』의 발췌본으로 추정된다.

책 끝에 '갑자유월일취월필서甲子流月日取月畢書'라고 되어 있다. 이것으로 보아 1864년(고종 1)으로 생각되는 갑자년에 필사되었음을 알 수 있다. 장서각 도서에 있다. →『청구야담』

[참고문헌] 조희웅, 『조선후기 문헌설화의 연구』(형설출판사, 1980) / 동국대학교 한국학연구소, 『한국문헌설화전집』, 6(태학사, 1981).

130 〈향득사지할고공친向得舍知割股供親〉 설화

신라 경덕왕 때 향덕向德이 자신의 넓적다리 살을 베어 아버지를 봉양
하였다는 내용의 설화. 효행설화에 속하는 설화 유형으로, 『삼국유사』 권
5 효선孝善 제9와 『삼국사기』 권9 신라본기 제9 경덕왕景德王 14년조 및
동 권48 열전 제8 향덕조에도 실려 있다. 세 기록의 내용을 비교해 보면
그다지 큰 차이가 없으나, 열전의 것이 다소 상세하게 되어 있다.

『삼국유사』 '향득사지할고공친'조에 따르면 향덕은 웅천주熊川州(지금
의 공주公州) 사람으로, 흉년이 들어 그 아버지가 굶어 거의 죽게 되자, 자
신의 넓적다리 살을 베어 봉양했다. 고을 사람들이 이 사실을 자세히 위
에 아뢰니 왕이 곡식[조租] 500석을 상으로 주었다고 한다.

'향득사지할고공친'조에는 이 같이 매우 간략한 내용이 실려 있는 데
비해, 『삼국사기』 열전조에는 다음과 같은 사실이 더 기록되어 있다. 즉,
향덕은 웅천주 판적향板積鄉 사람이며, 그 아버지의 이름은 선善이요 자는
반길潘吉으로서, 모친의 이름이 전하지 않는다는 것, 또한 경덕왕 14년
(755)에 큰 흉년이 들어 백성들이 굶주리고, 더구나 나쁜 병까지 돌아 향
덕의 부모 역시 병이 들었고, 특히 그 어머니는 콧병으로 위독하였는데
향덕이 어머니의 코를 입으로 빨아 병을 낫게 하였다는 것, 임금이 곡식
300석과 집 한 채 외에 전답 약간을 하사하였다는 것, 그리고 후에 그의
효행을 기려 그가 살던 마을을 효가리孝家里라고 일컬었다는 것 등이다.
열전에는 향덕의 사적에 이어 같은 '할고공친' 효자인 성각聖覺의 이야기
가 수록되어 있다.

이 같은 '할고공친' 설화는 '단지공친斷指供親' 설화 및 '효감생물자래孝
感生物自來' 설화와 아울러 가장 보편적인 효행설화 유형이다. 후대의 『신
증동국여지승람新增東國輿地勝覽』의 예를 보더라도, 권17 '공주 고적'조의 '효
가리'의 '향덕 이야기'를 비롯하여 이 '할고공친' 유형 사례가 18개, '단

지공친’ 유형 사례가 71개, ‘효감생물자래’ 유형 사례가 50개가 수록되어
있다.

[**참고문헌**] 김부식, 『삼국사기』 / 일연, 『삼국유사』 / 이행 등찬, 『신증동국여지승람』.

131 형식담形式譚

　일정한 형식에 따라서 내용이 전개되는 설화. 설화의 한 종류로 단일
모티프로써 이루어지는 것이 대부분이고, 또 궁극적으로 웃음을 자아낸다
는 성질이 소담의 경우와 일치하기 때문에, 내용상으로 본다면 형식담은
소담 속에 포괄될 수도 있다. 그러나 소담이 내용에 치중하는 이야기임에
비하여, 형식담은 일정한 형식, 즉 ‘틀’에 치중하는 이야기이다. 이 틀은
연쇄에 의한 누적성, 또는 반복성을 띠는 것이 보통이다. 서구에서는 형
식담을 ‘formula tale’이라 하고, 이 술어를 정의하여 “어떤 전통적인 형식
을 따르고 있는 설화의 한 종류로서, 이러한 종류에 있어서는 줄거리가
플롯에 비하여 부차적이다.”라 하고 있다.

　형식담은 기본적인 형식(틀)에 따라서 내용이 전개되고 있기 때문에 내
용보다 형식에 치중하는 것이라고 하여 내용이 무시된다거나 소홀히 여
겨진다는 뜻은 아니다. 특히, 형식담의 한 종류인 누적담과 같은 것에서
는 형식에 못지않게 내용도 중시된다. 설화 자체가 ‘이야기’를 뜻하는 것
이므로 의미 없는 설화란 있을 수 없기 때문이다.

　형식담의 주요 특성은 다음과 같다.

　첫째, 일정한 형식에 의하여 이야기가 진행되기 때문에 화자는 그 형식
을 항상 기억하고 있어야 한다는 것이다. 특히 누적담과 같은 것에서는
그 이야기의 사슬(고리)에서 하나만 빠져도 이야기 진행이 곤란하게 된다.
언뜻 보아 매우 복잡해 보이는 형식담의 형식도 실은 앞뒤가 서로 대응
하는 의미 관계에 의하여 진행되어 가기 때문에 화자가 이야기의 첫머리

만 잘 기억하고 있다면, 뒷부분은 별 어려움 없이 술술 풀려 가게 되어 있다. 그러나 이를 듣는 청자가 보기에는 화자가 그토록 복잡한 이야기의 형식을 용하게도 기억하고 있다는 데 대하여 감탄을 하게 되는 것이다.

둘째, 어희적語戲的인 요소가 강하여 그 중의 어떤 것은 말장난, 즉 언어유희에 지나지 않는 것도 있다. 예를 들면, "오리는 5리는 날아도 오리, 10리를 날아도 오리 하니 어째서냐?", "할미새는 젊어서도 할미새, 늙어서도 할미새 하는 것과 같다." 등등의 문답이 이어지는 <재치 문답>과 같은 이야기가 그러한 예이다. 또, <꼬부랑 할머니>와 같은 것은 같은 음[동음同音] 내지는 같은 운[동운同韻]을 사용함으로써, 민요에서 볼 수 있는 '머리따기' 또는 '꼬리따기'와 같은 형식을 취한다. 따라서, 민요와 장르가 분명하게 구분하기 어려운 것도 있을 수 있다. 예를 들면, <김 서방 나무하러 가세>와 같은 것이 그러하다.

셋째, 반복성을 띤다. 반복은 어희적 형식담이 대부분이나 <끝없는 이야기>에서와 같이 동일 어사語辭나 동일 행위의 반복으로 되는 것과, 누적적 형식담의 대부분처럼 행위의 연쇄 또는 점층적 누적으로 되는 것이 있다. 반복이란 설화의 일반적인 특징으로서 형식담 이외의 설화에서도 보이기 때문에 형식담을 판별하는 절대적인 척도가 되지는 못한다. 가령 <떡보와 사신>·<문자 쓰는 사람> 등의 소담도 형식담의 성질은 가지나 이들을 형식담으로 분류하지는 않는다. 이들에서 보이는 반복은 형식담에서 보이는 반복처럼 연쇄 누적성을 띤 것이 아니라 단순한 나열이나 병렬에 불과하기 때문이다.

넷째, 화자가 이야기에 싫증을 느꼈거나 이야기 밑천이 떨어졌는데도 조름에 못 이겨 이야기를 계속해야 하는 경우에 꺼내는 이야기라는 점에서 둔사적遁辭的이라 할 수 있다. 물론 형식담 전체가 둔사적이라는 뜻은 아니고, 특히 어희적인 형식담이 대부분 그러하다는 뜻이다.

다섯째, 동물담 속에서도 동물이 등장하여 인간의 언어와 행동을 나타내지만 형식담에서는 동물뿐만 아니라 일반 사물까지 등장하여 인간의

역할을 하는 것으로 나타난다. 가령 <지게가 져다 버린 범>과 같은 유형
에는 각편에 따라 조금 차이가 있기는 하지만 파리·풍뎅이·달걀·국
자·자라·게·고춧가루·송곳·바늘·밤·쇠똥(개똥)·절구통·멍석·
동아줄·지게·호미 등이 등장한다. 그러므로 이 유형은 동물담으로 분
류하지 않고 그 누적적 형식이나 등장인물의 다양함을 고려하여 형식담
으로 분류하는 것이다.

여섯째, 허언적虛言的이며 과장적이다. 형식담의 이와 같은 성질은 그것
이 이야기의 내용보다 이야기를 한다는 행위 자체에 흥미의 초점이 두어
지기·때문에 생긴 것으로 생각된다. <새빨간 거짓말>이라는 이야기는 두
말할 여지도 없거니와 <새끼 세 발>·<조 이삭 하나>와 같은 유형에서
도 이러한 허언성·과장성이 엿보인다.

이제까지 조사, 보고된 자료를 바탕으로 하여 한국의 형식담을 분류하
면 둔사적 형식담과 누적적 형식담으로 대별할 수 있는데, 전자가 내용보
다 형식에 치중하는 이야기임에 비하여, 후자는 일정한 형식을 유지하면
서 내용도 중시하는 이야기이다.

둔사적 형식담은 이야깃거리가 떨어졌을 때 조름에 못 이겨 내놓는 비
장의 무기이다. 누적적 형식담은 내용을 중심으로 보면 분명히 소담에 속
하는 것이나, 그 특이한 형식으로 보면 소담과 자연히 구별된다. 둔사적
형식담과 누적적 형식담을 그 형식(혹은 내용도 참조)에 따라 세분하면
다음과 같다.

① 둔사적 형식담 : ㉠ 어휘적 특성을 지닌 것(운율을 가진 것, 문답의
형식을 위한 것, 허언적 내용을 가진 것, 같은 음을 이용한 것), ㉡ 단형적
短形的인 특성을 지닌 것, ㉢ 무한적無限的인 특성을 지닌 것, ㉣ 설문적設問
的인 특성을 지닌 것(택원擇願, 청답請答에 관한 것).

② 누적적 형식담 : ㉠ 행운에 관한 것, ㉡ 불행에 관한 것, ㉢ 징치懲治
또는 보복에 관한 것, ㉣ 문답에 관한 것, ㉤ 시키는 대로 따라 하는 바보
에 관한 것, ㉥ 회귀적 특성을 지닌 것. 한국 형식담의 유형은 80여 종에

달한다.

[참고문헌] 조희웅, "한국의 형식담"(『한국학논총』 3, 국민대학교 한국학연구소, 1980).

132 〈호랑이 껍질을 쓴 당나귀〉

어리석은 당나귀의 행위를 우화화한 설화, 동물치우담癡愚譚의 하나이다. 세계문학사상 당나귀는 대체로 어리석은 동물로 희화戱畵되는 경우가 많은데, 우리 설화에서도 〈호랑이 껍질을 쓴 당나귀〉를 비롯하여, 〈노래하는 당나귀〉·〈소금 짐을 지고 가던 당나귀〉·〈큰 쥐 작은 당나귀〉 등이 모두 그러하다.

이 설화의 내용은 이솝우화로 널리 알려져 있는데(Chambry 본, 279번), 호랑이 껍질(이솝우화에서는 사자 껍질)을 쓴 당나귀를 모든 동물들이 사자로 오인하여 회피하다가 강풍에 호피虎皮가 벗겨져(혹은 무심코 당나귀의 소리를 질러) 정체가 드러나는 바람에 웃음거리가 되었다는 것이다.

이 우화는 많은 사람들이 실제보다 대단하게 보이려 하나, 그것이 헛된 짓이라는 점을 이야기하고 있다. 지금까지 보고된 바에 의하면, 이 유형이 국내에서 채집된 예는 극히 적으며, 아르네-톰슨Aarne-Thompson의 『설화유형 색인집』에도 아시아 지역에서 보고된 예로는 인도의 것만을 기록하고 있다. 이 인도의 이야기는 어떤 당나귀 사육자가 자신의 당나귀에 호랑이 껍질을 씌워 남의 밭에 있는 곡식을 마구 뜯어먹게 하다가 당나귀 울음소리 때문에 발각되어 몰매를 맞았다는 내용이다. 국내에서는 현지조사를 통한 보고의 예가 적은 점으로 미루어 이 설화의 국내 유입은 그다지 오래되지 않은 듯하다.

[참고문헌] 강의영, 『팔도재담집』(영창서관, 1918) / 김창활 역, 『이솝우화집』(을유문고 186, 을유문화사, 1975) / 조희웅, 『한국설화의 유형적 연구』(한국연구원, 1983).

133 <호랑이 목에 걸린 가시>

호랑이 목에 걸린 가시를 빼 주고 그 보답을 얻게 된다는 내용의 설화. 동물보은담에 속하는 설화 유형의 하나로, <호랑이의 보은>으로도 널리 알려져 있다.

이야기의 줄거리는 어떤 사람(의원·나무꾼·길손·포수·대사·효자 등)이 호랑이 목(혹은 발)에 걸린 가시(혹은 뼈·비녀·동곳·못 등)를 빼 주고 그 보답을 얻게 된다는 것이다. 현재까지 전국에 걸쳐 많은 현지조사 자료가 보고된 바 있는데, 이들을 그 내용에 따라 정리하면 대략 다음과 같다.

① 제1유형 : 의원이 호랑이 목에 걸린 비녀를 빼 주고 그 보답으로 황금을 얻는다.

② 제2유형 : 서울 가던 나그네가 호랑이 목에 걸린 뼈[인체人體]를 빼 주고 그 보답으로 호랑이 등에 올라타고 순식간에 서울에 도착한다.

③ 제3유형 : 가난한 총각이 호랑이 목에 걸린 뼈를 빼 주고 그 보답으로 배우자를 얻는다.

④ 제4유형 : 어떤 사람이 호랑이의 목에 걸린 뼈를 빼 주고, 죽은 뒤 호랑이의 지시로 명당에 묻히게 된다.

⑤ 제5유형 : 주인공이 호랑이 앞발에 박힌 못을 빼 주었는데, 후일 그가 반역죄로 호랑이 굴에 던져지는 형벌을 받았으나, 호랑이의 보은으로 목숨을 구한다.

⑥ 제6유형 : 주인공이 늙은 호랑이 목에 걸린 비녀를 빼 주고 종종 호랑이의 보답을 받았다. 서울에 호환虎患이 심하여 나라에서 포수를 현상 모집하니 호랑이가 주인공에게 자신을 잡을 방법을 일러 주었다. 호랑이 말대로 하여 호랑이를 잡고 상을 받게 되었다.

⑦ 제7유형 : 어느 절의 대사가 호랑이 목에 걸린 뼈를 꺼내 주었더니

호랑이가 그 보답으로 미녀를 물어다 주었다. 대사는 여자와 의남매가 되어 두 사람 다 불도佛道에 정진하였다.

⑧ 제8유형 : 효자가 호랑이 목에 걸린 가시를 빼 주었다. 병든 노모가 한겨울에 홍시를 먹고 싶다고 하자 호랑이를 타고 홍시를 구하게 된다.

이상의 설화가 지닌 공통적 의미는 백수百獸의 왕이라 일컬어지는 호랑이와 같은 맹수도 자신이 입은 은혜를 반드시 갚는다는 점을 강조하는 것이라 하겠다. 위의 여러 유형 중 특히 제6유형은 『삼국사기』에 있는 <김현감호金現感虎>와 밀접한 관련을 지닌 것이며, 제7유형은 <오뉘탑> 혹은 <희방사의 유래> 설로 널리 알려진 것이고, 제8유형은 <효자와 홍시>라는 설화유형의 변형이다.

이 설화와 상응하는 외국의 예를 찾아보면, 아르네-톰슨Aarne-Thompson의 『설화유형 색인집』 제156번 <사자의 발에서 뽑아낸 가시>를 들 수 있고, 이 이야기는 중국과 일본에도 잘 알려져 있다.

[참고문헌] 김부식, 『삼국사기』 / 『한국구비문학대계』(한국정신문화연구원, 1980~1988) / S. Thompson, *The Types of the Folktale*(Helsinki, 1964).

134 <호랑이의 꼬리낚시>

토끼의 꾀에 넘어간 호랑이가 꼬리로 낚시하다 얼어붙었다는 내용의 설화. 동물담에 속한다. <꼬리로 물고기 잡는 호랑이> 등으로 불리기도 하며, 독립적으로 이야기되기도 한다. 하지만 '토끼와 호랑이' 연쇄담 속의 한 삽화로 이야기되는 경우가 많다. 즉, <돌떡 먹는 호랑이>나 <참새 잡는 호랑이>와 같은 삽화와 아울러 하나의 설화를 형성하고 있는 것이다. 이 설화는 우리나라를 비롯하여 전 세계적인 분포를 보이고 있다.

우리나라에 전승되는 이야기의 대체적인 내용은 추운 겨울날 호랑이에게 잡힌 토끼가 물고기를 많이 잡게 해 준다고 속이고 호랑이를 냇물가로 데려가 꼬리를 물속에 넣고 기다리게 하여 그 꼬리가 얼어붙어 꼼짝 못하게 하였다는 것이다.

이 유형의 기원에 대해서는 북방기원설이 추정되기도 한다. 북방지역에 나타나는 얼음 속에 꼬리를 넣는다는 모티프가 남방으로 갈수록 두레박이나 다른 물건을 꼬리에 달아 놓는 모티프로 바뀌어 나타나기 때문이다. 예컨대, 『이솝우화』에서는 여우가 이리의 꼬리에 바구니를 달고 돌을 넣어 꼬리를 잘리게 한다. 핀란드의 설화학자 크론K. Krohn에 의하면 이것은 <꼬리낚시>의 변형이라고 한다.

한편, 서구의 유명한 동물담 『르나르이야기Roman de Renart』는 원래 서로 관련 없이 독립된 지편枝篇(현전 27편)들로 이루어진 것이다. 크론은 이 지편들 중에서 가장 전형적인 것을 다섯 개 골라 원형을 재구성해 냈다. 이것이 아르네-톰슨Aarne-Thompson의 유형분류(AT) 제1번부터 제5번이다. 이 다섯 개 유형 중 우리나라에서 지금까지 발견되고 있는 것은 그 두 번째 것, 즉 <꼬리낚시The Tail-fisher>뿐이다. 이 유형 속에 등장하는 주인공들은 지역에 따라 매우 다양하다. 예컨대, 우리나라의 경우 흔히 토끼와 호랑이의 대립으로 되어 있지만, 유럽이나 소련에서는 여우와 곰(또는 이리), 일본에서는 수달(또는 여우·곰)과 원숭이(또는 여우) 등으로 되어 있다. 대개의 경우 약한 동물이 강한 동물을 만나 위기에 봉착하지만, 약한 동물은 꾀로써 위기를 벗어나고, 어리석은 강자를 징벌하게 된다. 이것은 민중의 소박한 생각의 표현이라고 볼 수 있다. 즉, 약함과 강함, 슬기로움과 어리석음, 착함과 악함의 대립이라는 세태를 동물우화로 풍자하고, 약한 자에 대한 동정심이나 권선징악을 암시하려 했던 것이다.

[참고문헌] 성기열, 『한일민담의 비교연구』(일조각, 1979) / S. Thompson, *The Folktale*(New York Holt, Rinehart and Winston, 1946) / 조희웅, "한국설화의 연구"(『국문학연구』 11, 1969).

● 참조 원고

위의 글들은 원래 한국정신문화연구원편찬부 편, 『한국민족문화대백과사전』, 전 28책(한국정신문화연구원, 1988~1995)에 기고했던 글들로, 한국학중앙연구원(전 정신문화연구원)의 허락을 받아 재수록하였다.

II. 문화와 상징

앞장에 이어 이 장에는 '한국 문화와 상징'에
관한 단편적인 글들을 수록하였다.
원출전은 동아출판사의 『한국문화상징사전』 ①(1992)・②(1995)이다.
당초 집필했던 것은 편집 과정을 거치는 동안에
바뀌거나 삭제된 내용이 많으므로
여기에는 당초 썼던 원고를 중심으로 수록하였다.
이 역시 임의 청탁에 따라 씌어졌던
글들이므로 체계적이지도 못하고
극히 지엽적이라는 흠결을 부끄러이 여기나,
흩어져 있는 자료들을 모은다는 의미에서
본서에 함께 수록하게 되었다.

 강

(1) 신화

① 모태, 경계선

고구려 시조 주몽의 어머니 유화柳花는 강의 신 하백河伯의 딸이다. 하느님(천제天帝)의 아들 해모수解慕漱가 그녀를 유혹하여 웅심산熊心山 아래 압록변鴨綠邊에서 사통私通하고 아들을 낳았는데, 이가 주몽이다. 이 모티프는 천신天神과 수신水神의 결합에서 오는 치자治者의 지위와 권력을 상징한다. 그리고 유화는 고구려의 수호신으로서 신묘神廟에서 받들어지고 태후太后의 예로써 섬겨졌다. 그러므로 강은 고구려 건국의 신성한 모태母胎를 상징하고 있다. 또 강은 희망의 땅으로 들어가기 위한 통로, 즉 낙토樂土의 길목이다. 추격병에 쫓긴 주몽은 어별魚鼈의 도움으로 강을 건너 졸본부여卒本扶餘를 건설하였고, 무신巫神 바리공주는 갖은 고난 끝에 강을 건너 서천 서역국西天西域國에서 생명수를 얻었다. 여기서의 강은 두 세계兩界의 경계선으로 존재하고 있다.

(2) 무속·민속

① 수신水神의 거처

강은 우물, 못, 바다 등과 아울러 수신水神이 거처하는 곳으로 인식되어, 고대 국가에서는 강에 제사를 지내기에 이르렀다. 강은 하나의 성역聖域으로서 신앙의 대상이 되었음을 의미한다. 고구려는 3월 3일이면 낙랑樂浪의 언덕에 모여 돼지와 사슴을 잡아 산천에 제사를 지냈고, 신라에서도 삼산 오악三山五岳과 명산 대천名山大川에 제사를 지냈는데, 이를 대, 중, 소로 구분하였다.[1) 이것은 고려에 전승되어 '팔관八關은 하늘과 명산대천,

동신을 섬기기 위한 것'[2]라 하였다. 조선 시대에는 옛날(신라) 제도에 의거하여 산천에 지내는 제사에 등급을 두려는 시도가 있었다. 그 결과, 산천단山川壇이나 산천 성황山川城隍 등의 제도가 확립되었다. 그리고 산천의 신에 바쳐지는 제사는 국가의 관리 하에 엄격한 규제를 하였고, 대궐 안에 산천단을 두고 왕이 제사를 주관하기도 하였다. 이와 같은 강은 신의 거처로서 중요한 신앙의 대상이었음을 나타내고 있다.

(3) 풍습

① 경계선

공간적으로 강은 이 쪽과 저 쪽을 구분짓는 경계선을 상징한다. 그래서 우리 선인들의 의식에서는 가시적 시공적時空的 거리의 강을 흔히 형상화하고 있다. '강 건너 불 구경'이나 '강 건너 호랑이'라는 말은 강의 가시적 거리만큼 나와 상관 없다는 식의 무관심을 나타낸 말이다. 그리고 '강은 건너가 봐야 안다.'는 말은 외양만으로 판단할 수 없다는 뜻이고, '강물은 위로 흐르지 않는다.'는 말은 순리를 거스를 수 없다는 뜻이다. 또, 도도한 역사의 흐름을 장강의 물결에 비유하기도 하고, 강물의 쉼 없는 행위에서 끊임없는 재생과 활력을 추출해 내기도 하였다. 그러나 불필요한 근심이나 쓸데없는 공상을 하는 사람을 두고 '강에 뚜껑할 놈'이라고 하고, 대세를 모르고 분별 없이 방책을 세우는 사람은 '강물을 손바닥으로 막는 자'라고 비꼬기도 하였다.

- 강 건너 호랑이
- 강 건너 불구경

---

1) 『삼국사기』 권32 지志1 제사.
2) 『고려사』 권2.

- 강물은 건너가 보아야 한다.
- 강물은 쉬지 않고 흐른다.
- 강물은 위로 흐르지 않는다.
- 강 하나가 천리다.

② 길조, 풍요

선인들은 꿈에 강을 보면 길조吉兆로 쳤다. 즉, 꿈에 강과 모래를 보면 문장文章이 더하고, 강과 바다의 물이 넘치면 크게 좋으며, 강물이 집 안으로 밀려들면 대길하다고 하였다. 이것은 농경 사회에서 강물의 수급이 곧 농사의 풍흉과 직결되는 문제였으므로, 풍부한 물이 주는 풍요와 꿈의 예시 기능이 더해져 생긴 해몽이다. 강이 지닌 포용력과 풍요가 상징적으로 나타난 것이다.

- 강물도 쓰면 준다.
- 강물에 가랑비 오기다.
- 강물이 많아도 배 채울 물은 없다.
- 강물을 손바닥으로 막겠다는 격이다.
- 강에 뚜껑할 걱정한다.
- 눈물이 강을 이룬다.
- 꿈에 강과 모래를 보면 문장이 더한다.
- 꿈에 강과 바다에 물이 넘치면 크게 좋다.
- 꿈에 강물이 집안으로 몰려 들어오면 대길하다.

002 꿀

(1) 풍습

① 강장强壯, 장수長壽

꿀은 민속에서 만병통치와 장수를 상징하는 음식의 하나로써 여겨져 왔다. 희랍의 주신 바쿠스가 원래 벌꿀신이었다고 하듯이 꿀과 인류와의 관계는 매우 오래 되었을 것으로 생각된다. 기록이 증명하는 바로도 인류는 수천 년 이래로 꿀이 인간에게 매우 유익한 것임을 알고 그것을 건강 증진에 이용하여 왔다. 과학적으로 꿀의 성분을 분석한 바에 의하면 꿀에는 헤모글로빈을 만드는 철분을 비롯하여 그 밖에 동, 인, 염소, 칼륨, 칼슘, 나트륨, 마그네슘 등 여러 가지 미네랄이 포함되어 있다고 한다. 그리하여 꿀을 복용하면 조혈, 궤양 방지, 혈압 강하, 구토 방지, 이뇨, 살균력 등에 특효가 있다고 한다. 민간에서는 꿀을 복용하면 피로감이 없어지고 체력 증강의 느낌이 생기며 식욕이 증진하고 혈색이 좋아진다고 믿어져 왔다. 가령 우리는 한여름 더위에 지쳤을 때나 숙취 후에 꿀물을 타먹는 습관을 가지고 있다. 이는 단순한 속설을 따른 행위가 아니라 그 효과가 과학적으로 증명된 사실이다.

② 귀물貴物

꿀은 강장식으로서뿐만 아니라 음식을 달게 하기 위한 조미료로써도 사용된다. 특히 설탕을 몰랐던 선조들은 자연식으로의 꿀은 매우 소중한 것이었다. 하지만 꿀은 손쉽게 구할 수 있는 게 아닌 귀인들만이 즐길 수 있던 귀물이었다. <먹으면 죽는 약>이란 설화가 있다. 어떤 서당의 훈장이 모처럼 꿀단지를 얻었다. 그리고 학동들에게 '먹으면 죽는 약'이라고 단단히 이르고 벽장 속에 갈무리해 두고 몰래 꺼내 먹곤 하였다. 그러나 어느 날 훈장이 볼 일 때문에 출타한 틈을 타 영리한 아이들이 꿀단지를 꺼내어 모두 먹어버렸다. 그리고 아이들은 스승이 아끼는 벼루를 일부러 내동댕이쳐 깨뜨려 버린 후 이불을 뒤집어쓰고 꾀병을 앓고 있었다. 저녁 때 돌아온 스승이 앓는 아이들에게 "어디가 아프냐?"라고 묻자, 아이들은 "스승님이 가장 소중히 아끼시는 벼루를 깨뜨려 버리고는 죽을 셈으로 벽장 속에서 독약을 먹었습니다."라고 대답하였다.

③ 중요, 유익

꿀은 달다. 따라서 꿀을 음식에 바르는 것은, 달지 않은 내용물에 단 것으로써 겉치장을 하는 것이다. '당의정糖衣錠'이란 것이 그냥 먹기에 는 매우 어려운 쓰디쓴 약에 달콤한 것을 입힌 것으로서, 사람에게는 유익한 것이 되겠지만, '꿀을 친다'거나 '꿀같이 달콤한 말' 즉 '감언甘 言'이란 것은, 속 내용에 겉을 씌운 점에서는 다를 바가 없겠으나, 그 겉포장이 무익한 것이란 점에서, 양자가 뜻하는 바는 전연 다르다고 할 수 있다.

속담에 '꿀 먹은 개 욱대기듯', '꿀 먹은 벙어리요 침 먹은 지네라'라 는 말이 있다. 이는 '단 것', 나아가 '좋은 것'을 맛보았지만, 그 속 마음 을 겉으로 드러내지 못하는 경우를 빗대어 하는 말이다. 한편 '사또상에 꿀종지'라든가 '진상 가는 꿀병 동이듯', '꿀도 약이라면 쓰다', '꿀단지 겉 핥는다', '꿀은 달아도 벌은 쏜다'란 속담들에는 꿀이 단순한 단 음 식이란 의미를 넘어서 '중요한 것', '유익한 것'이란 의미까지도 내포하 고 있다.

003 돼지

(1) 신화

① 신통력, 신의 사자

돼지는 신에게 바치는 제물임과 동시에, 국도國都를 정해 주는 신통력을 지닌 동물로 전해진다. 고구려 유리왕 21년, 하늘에 제물로 바치기 위해 기르던 돼지인 교시郊豕가 달아났다. 왕이 희생을 맡은 설지薛支로 하여금 뒤쫓아 가 잡게 하였다. 국내성 위나암尉那巖에 이르러 돼지를 잡아 그 곳 주민의 집에 맡겨 기르게 하고, 돌아와 왕에게 "그 곳은 산수가 깊고 험하며 오곡을 심기에 알맞을 뿐만 아니라, 미록麋鹿과 어별魚鼈이 많으므로 국도를 그 곳으로 옮기면 민리民利가 무궁할 것이며 병란兵亂도 면할 것입니다."라고 하였다. 왕은 직접 가서 그 곳을 살펴본 후에 국도를 옮겼다. 고려 태조의 조부인 작제건作帝建은 서해 용왕을 도와주고 용왕의 딸과 함께 돼지를 얻었다. 고향으로 돌아와 돼지를 우리에 넣으려고 하였으나, 들어가지 않고 송악松岳의 남쪽 기슭에 가서 누웠다. 이곳이 뒷날의 고려 도읍지이다.3) 고구려와 고려는 돼지에 의해 도읍지를 발견했다. 이는 돼지에게 신통력이 있음을 의미한다. 따라서 돼지는 신의 뜻을 전하는 사자使者의 상징으로도 나타난다.

다음은 또 다른 예이다. 고구려의 산상왕山上王에게 아들이 없었다. 그래서 산천에 기도하였더니, 꿈에 천신이 나타나 소후少后로 하여금 아들을 낳도록 하겠다고 하였다. 왕 12년 11월에 하늘에 제사에 쓸 돼지(교시郊豕)가 달아나자, 이를 맡은 벼슬아치가 들어가 주통촌酒桶村에 이르렀다. 좀처럼 돼지를 잡을 수 없었으나 한 처녀가 잡아 주었다. 돌아와 이 사실을 왕에게 아뢰니 왕이 이를 이상히 여겨 밤에 미복微服으로 그 여자의

---

3) 『삼국사기』 본기 유리왕琉璃王.

집을 찾아가 관계한 후 아들을 낳았다. 교시의 인연으로 왕이 그 처녀와 상관하게 된 데에서 아들의 이름을 교체郊彘라고 하였다. 이 아들이 산상왕의 뒤를 이은 동천왕東川王이다.[4]

(2) 무속 · 민속

① 제물

돼지는 오늘날에도 제의의 희생犧牲으로 바쳐지고 있다. 이런 습속은 매우 오래 된 것이다. 고구려에서는 음력 3월 3일에 낙랑의 구릉에 모여 사냥을 할 때, 돼지와 사슴 등을 잡아 하늘과 산천에 제사를 지냈다. 유리왕 19년에 희생용 돼지(교시郊豕)가 달아나자, 두 신하로 하여금 쫓게 하였는데, 장옥택長屋澤에서 그 돼지를 붙잡아 각근脚筋을 끊었다. 왕이 듣고 노하여 "하늘에 제사 지낼 희생을 어찌 손상시켰느냐?" 하고 두 사람을 죽였다.[5] 이와 같이 예부터 제천祭天의 희생에 돼지가 쓰였으며, 이것을 매우 신성시하였다. 조선 시대에 와서도 멧돼지를 납향臘享의 제물로 썼다. 동지가 지난 제3미일未日을 납일로 정하여 종묘와 사직에 큰 제사를 지냈는데, 이 때 멧돼지와 토끼를 사용하였다. 오늘날에도 무당의 큰 굿이나 동제洞祭에 제물로 돼지가 바쳐진다. 특히 굿에서는 돼지 머리를 주로 쓰지만, 동제에서는 통돼지를 제물로 사용한다.

(3) 풍습

① 방위, 시간

해방亥方은 24방위 중의 하나로, 북서북北西北이다. 또 시각, 날, 달, 해

---

4) 『삼국사기』 권16 고구려본기 산상왕山上王.
5) 『삼국사기』 권13 고구려본기 유리왕琉璃王.

[연年]로 구분할 때 해시亥時는 오후 9~11시경이다. 그래서 9시경은 해초亥初, 10시경은 해정亥正, 11시경은 해말亥末이라고 한다. 해일亥日은 일진이 돼지[해亥]에 해당하는 날이다. 해월亥月은 월건月建이 돼지로 된 달, 곧 음력 10월이다. 해년亥年은 60갑자 중에서 돼지띠인 해, 곧 해亥자가 포함된 해이다.

② 근신

민간에서는 정월 상해일上亥日을 근신하는 날로 인식한다. 신라 비처왕毗處王(소지왕)은 까마귀와 쥐, 돼지, 말 등의 인도로 궁주宮主와 승려의 사통私通을 알게 되어 위기를 면하였다. 이로부터 나라 풍속에 매년 정월 첫 쥐날, 말날, 돼지날에는 백사를 삼가 근신하였다.[6]

③ 지신地神, 풍년

『동국세시기』에는 조선 시대 나라의 행사로서 궁중의 환관들 수백 명이 횃불을 땅 위에 이리저리 내저으며 “돼지 주둥이 지진다.”라는 소리를 지르며 돌아다녔다. 여기에서의 돼지는 지신地神을 상징한다. 또 종곡種穀을 태워 주머니에 넣어 재신宰臣이나 근시近侍에게 나누어 주기도 하였다. 이러한 행사는 풍년을 기원하는 뜻이었다.

④ 길상吉祥

민간에서는 상해일로부터 세 해일亥日에 걸쳐 찹쌀로 상해주上亥酒라는 술을 빚었다. 또 여인들은 상해일에 두부로 얼굴을 닦았는데, 그 이유는 얼굴이 희어진다고 믿었기 때문이다. 이는 돼지의 검은빛과 반대되는 뜻을 취한 것이다. 해몽解夢을 할 때, 돼지는 흔히 길상吉祥의 동물로 등장한다. 꿈에 돼지를 보면 ‘복이 온다.’거나 ‘음식을 얻는다.’고 하며, 돼지를

---

6) 『삼국유사』 권1 기이紀異 1 사금갑射琴匣.

잡으면 대길大吉하다고 하여 '돼지꿈'을 길몽으로 간주하였다. 장사꾼들에게는 '정월 상해일에 장사를 시작하면 좋다.'는 속신이 있다. 이처럼 돼지가 재물과 관련된 것은, 돼지가 가계의 기본적인 재원財源이었기 때문이며, 그 한자 '돈豚'이 '돈[금金]'과 음이 같은 데에 연유한다.

- 돼지꼬리를 먹으면 글씨를 잘쓴다.
  → 돼지 꼬리가 꼬불꼬불한 데서 생긴 말인 듯.
- 꿈에 돼지를 보면 복이 온다(혹은 재수가 있다).
- 꿈에 돼지를 보면 음식을 얻는다.
- 돼지를 두 번 보면 의복을 얻는다.
- 꿈에 돼지를 잡으면 대길하다.
- 꿈에 돼지를 사오면 좋다.
- 정월 상해일上亥日에 장사를 시작하면 좋다.

⑤ 흉조

돼지를 흉조로 여기거나 금기시하는 속신도 있다. 꿈에 돼지가 죽으면 나쁘다거나, 산부가 돼지고기를 먹으면 아이의 피부가 거칠고 부스럼이 많다고 하였다. 그리고 탐욕스런 성정性情의 사람을 돼지에 빗댄 말도 많다. '돼지 같은 욕심' 또는 '파리한 돼지 두부 앗은 날 먹듯한다.'는 등이 그러하다. 게으른 사람을 일러 '일에는 굼벵이, 먹는 데는 돼지.'라 하였다. 미련한 짓거리를 일러 '돼지는 돼지다.'고 하며, '그을린 돼지가 달아맨 돼지 흉본다.'는 말도 있다. 또, 듣기 싫은 목소리로 크게 노래 부를 때, '돼지 멱따는 소리' 또는 '돼지 불알 까는 소리'라고 한다. 그리고 '돼지는 목청 때문에 백정 신명을 돋운다.'는 말이 있다. 이는 백정이 돼지를 잡을 때에 돼지가 질러 대는 소리에 신명을 내듯, 남이 불쌍하게 된 것을 보고 즐긴다는 가학적加虐的인 뜻이 담겨 있다.

- 꿈에 돼지가 스스로 죽으면 나쁘다.

   → 돼지가 죽는다는 것은 재산상의 손실이 되기 때문이다.
- 돼지가 새끼 낳을 때 검정옷을 입고 보면 부정탄다.
- 돼지우리를 함부로 청소하면 돼지가 자라지 않는다. → 돼지는 더러운 동물이라는 통념에서 비롯된 오해. 이는 실제와 반대이다.
- 돼지고기를 먹으면 피부가 거칠어지고 부스럼이 많다.

⑥ 탐욕, 대식, 비만, 나태

- 돼지 같은 욕심이다.
- 꿀꿀돼지이다.
- 돼지같이 처먹는다.
- 돼지를 그려 붙인다.
   → 음식을 나누어 먹지 않고 혼자만 먹을 때 농으로 하는 말이다.
- 돼지같이 먹고 소같이 일한다. → 많이 먹고, 일도 많이 한다는 뜻이다.
- 파리한 돼지 두부 앗은 날 먹듯 한다. → 염치없이 음식을 먹는다.
- 일은 송곳으로 재 긁어내듯 하고 먹기는 돼지 소 먹듯 한다.
   → 일은 하지 않는 사람이 먹기는 많이 먹는다.
- 일에는 굼벵이요 먹는 데는 돼지이다.

⑦ 미련함

- 돼지는 돼지다. → 미련한 사람은 미련한 짓밖에 못한다는 뜻이다.
- 돼지가 깃을 물어 들이면 비가 온다. → 미련한 돼지도 일기를 알 듯이, 미련한 사람도 알아맞히는 것이 있다.

⑧ 흉

- 그슬린 돼지가 앉은 돼지 흉본다.
- 그슬린 돼지가 달아맨 돼지 흉본다.
- 누운 돼지가 앉은 돼지 흉본다.
- 동여맨 돼지가 갇힌 돼지 걱정한다.
- 똥 묻은 돼지가 겨 묻은 돼지 흉본다.

• 언덕에 자빠진 돼지가 평지에 자빠진 돼지 나무란다.

⑨ 하찮음, 천함

• 돼지목에 진주 목걸이
• 돼지우리에 주석 자물쇠

⑩ 더러움

• 돼지는 구정물에 살찐다.
• 돼지는 우리 더러운 줄 모른다.
• 돼지떡 같다. → 돼지 먹이 모양으로 범벅으로 된 것이 지저분하다.
• 상놈의 새끼는 돼지 새끼고 양반의 새끼는 고양이 새끼다.
  → 상놈은 가난했기 때문에 그 아이들이 더러웠고, 양반은 잘 살았
    기 때문에 그 아이들이 깨끗하였던 데서 생긴 말이다.

⑪ 시끄러움

• 돼지는 목청 때문에 백정의 신명을 돋군다.
  → 백정이 돼지를 잡을 때 돼지가 질러대는 소리에 신명을 내듯 남
    이 불쌍하게 된 것을 보고 즐긴다는 뜻이다.
• 돼지 멱(목) 따는 소리를 한다.
• 돼지 불 까는 소리를 한다.
• 모주 먹는 돼지 껄대청이다. → 껄대청은 컬컬하게 쉰 목소리이다.

⑫ 치료제

뱀에게 물렸을 때나 급상한急傷寒에는 해년 해월 해일에 짠 참기름(삼해
유三亥油)을 먹었다. 곶감을 먹고 체했을 때에는 돼지고기를 먹였고, 성홍
열猩紅熱에는 돼지똥을 물에 풀어 먹였다. 그리고 산모가 젖이 부족하면 돼
지 족발을 먹이었는데, 이렇게 하면 젖이 많이 난다고 믿었기 때문이다.

004 둘[이二]

(1) 풍속

① 양편

민속에서 둘이란 숫자가 가장 현저하게 나타나는 것은 놀이에서의 편 갈음이다. 혼자 하는 것이 놀이는 될지언정 시합은 될 수는 없다. 그리하여 윷놀이, 그네뛰기, 널뛰기, 제기차기, 자치기 같은 놀이도 편갈음 여부에 따라서 시합이 될 수 있는 것이다. 시합에서는 대체로 그 참가자를 양편으로 가르게 마련이며 그 결과에 따라 이기는 자와 지는 자가 생기게 마련이다. 널뛰기, 씨름, 장기, 바둑과 같은 민속놀이는 기본적으로 두 사람이 참여함으로써 이루어지는 경기이다.

② 흉조

둘이란 수는 일반적으로 첫째가 아닌 '버금'의 뜻을 지님과 아울러 '거듭, 반복'의 의미도 아울러 지닌다. 따라서 둘은 불만족스럽거나 부정적인 결과와도 관련된다. 민간의 속신어에 '머리에 가마가 둘이면 두 번 장가 간다.', '한 사람의 머리를 둘이 빗으면 그 사람이 죽는다.', '반지를 둘째 손가락에 끼면 어머니가 돌아가신다.', '두 사람이 약을 함께 쓰면 약의 효력이 없다.', '두 사람이 한 대야에서 세수하면 싸우는 일이 생긴다.' 등이 있는데, 이 말들의 사실 여부나 이유와는 관계없이, 이들 예들에서 둘이란 숫자는 죽음이나 불화와 같은 흉조와 관련된다. 이는 근본적으로 홀수는 양수, 짝수는 음수라는 음양 이원론적인 사고와 유관한 것으로 보인다.

(2) 설화

① 대립 / 병립

설화에 동시에 등장하는 인물의 최대치는 2이다. 혹은 이 경우 양자는 교훈적 이원론didactic dualism에 의하여 극단적인 대립성을 띠는 경향이 있다. 등장인물의 경우뿐만 아니라 이원론적 세계관은 플롯 구석구석에 작용하여 빈부, 귀천, 생사, 방향(상하, 전후, 좌우), 원방圓方, 표리表裏, 명암, 주야晝夜 등의 대비가 보인다. 극히 착한 백성에 비하여 양반은 극도로 악하며, 어리석은 원님에 비하여 하인은 매우 슬기로우며, 욕심 많은 부자는 속임수를 쓰려 하지만 가난뱅이는 정직하다. 때로 백성은 착하고 슬기로우며 정직한 데 반하여 양반은 악하고 어리석고 거짓되기도 하여, 전형적인 '흥부놀부'의 상像이 나타난다. 한편 숫자 2는 '대조'의 의미뿐만 아니라 '유사'의 의미를 지니기도 한다. 그리하여 신이담에 등장하는 양신兩神, 형제, 오뉘 혹은 쌍둥이, 두 친구는 적대자가 아니라 동일 목표를 향하여 협조하는 동행자이기도 하다. 이처럼 숫자 2는 신이담 속에서 양극 관계인 대립이 아니면 동등 평형 관계인 병립으로써 나타난다.

005 마늘

(1) 무속 · 민속

① 벽사

예로부터 마늘은 쑥과 함께 벽사辟邪의 기능을 하는 것으로 믿어 왔다. 마늘의 독특하고 강한 향기가 악귀나 액厄을 쫓는 힘을 지니고 있다고 생각했기 때문이다. 옛날 사람들이 밤길을 떠나기 전에 마늘을 먹었다. 그 이유도 여기에 있다. 밤길의 마늘 트림은 각종 사귀邪鬼나 병귀病鬼를 물리치고 호랑이도 도망가게 한다고 믿었던 것이다.

(2) 풍습

① 흉조

민속에서 마늘은 불행의 원인이 되기도 하여 다음과 같은 금기의 말이 전해 온다. 마늘을 남에게 줄 때 1개만 주면 나쁘다, 마늘을 뜰 안에 심으면 해롭다, 마늘이나 파 뿌리를 아궁이에 넣으면 부스럼이 난다, 마늘 껍질을 태우면 집안이 가난해진다.

② 주력呪力, 치병

근대 과학에 의해 마늘은 곰팡이, 대장균, 포도상구균 등을 살균하고 해독력이 있음이 밝혀졌다. 이것이 마늘의 효능과 어떤 관련이 있는지 밝혀지지는 않았으나, 민간에 전승되어 오는 민간 요법으로 다음과 같은 것이 있다, 티눈에는 마늘을 끼워 놓는다, 귓병에는 귀에 마늘을 끼운다, 탈모 증의 해당 부위에 마늘즙을 바른다.

006 　수數

(1) 풍습

① 다수

설화에 동시에 등장하는 인물의 최대치는 2이다. 혹은 이 경우 양자는 교훈적 이원론didactic dualism에 의하여 극단적인 대립성을 띠는 경향이 있다. 2에 의해 표현되는 2분적 대립은 등장인물에만 한정되어 나타나는 것이 아니다. 이원론적 세계관은 플롯 구석구석에 작용하여 빈부, 귀천, 생사, 방향(상하, 전후, 좌우), 원방圓方, 표리表裏, 명암, 주야晝夜 등의 대비가 보인다. 한편 숫자 2는 '대조'의 의미뿐만 아니라 '유사'의 의미를 지니기도 한다.

설화에 나타나는 실제적 인물이나 사물의 최대치는 3이다(예외적으로 4가 적용되는 수도 있다). 숫자 3은 3분적 세계관에 기인한 것으로서 그 원래의 상징적 의미는 둥근 하늘을 뜻하며 일반적으로는 조화나 균형, 갈등의 해소, 충족함을 가리킨다. 숫자 3은 특히 탐색quest 테마를 지닌 이야기에 흔히 나타나는데, 이것은 인물은 물론 시간이나 사건(난제, 과업), 사물 등에 두루 적용된다.

설화 중에서 숫자 4 이하가 특별한 역할을 담당하는 경우는 매우 드물다. <결의 4형제>와 같은 특수한 경우도 있지만, 대체적으로 4 이하는 명수名數나 개수槪數의 의미밖에는 나타내지 못한다. 4, 7, 12 같은 수 상징은 인간과 자연(특히 천문역상天文曆象·시간현상)과의 접촉에서 생긴 것으로 보이며, 사방(전후좌우, 동서남북), 사계, 4요소(지수화풍地水火風), 7일(일주一週), 7日7야夜, 7×7=49, 3×7=21, 12궁宮, 12지支, 12시, 12월들이 그러한 예이다. 5와 10은 손가락의 수에서 보이는 것처럼 꽉찬 수를 나타내어 설화에서는 흔히 시간이나 장소의 제한을 나타내는 데에 쓰인다. 한편 9는 3의 3배수로서, 여기에 하나가 더해지면 숫자가 다시 시작되므로, 하나가 부족한 듯하면서도 사실상 9는 숫자의 끝, 최대 혹은 최고치이다. 따라서 구미호九尾狐, 구곡주九曲珠, 구중 궁궐, 9월 9일 등에서의 9의 의미는 다수를 의미한다. 설화에서 99나 999가 제한적 수치로 자주 등장하는 것은 이러한 수의 관념에서 비롯된 것이다.

⁰⁰⁷ 연꽃

(1) 풍습

① 풍요, 다산

연꽃의 씨주머니 속에는 많은 씨앗이 들어 있다. 이에 기인하여 연꽃은 풍요와 다산을 상징한다. 그림이나 건축물, 자수, 양탄자 등에 그려진 연꽃은 풍요를 상징하고, 부인의 의복에 그려진 연꽃은 다산을 상징한다.

② 불타의 진리

음력 4월 8일에는 절을 찾아가 재齋를 올리고 연등撚燈을 하는 풍속이 있다. 『열양세시기』나 『동국세시기』에 의하면, 이 때 세우는 등간燈竿은 자녀의 수대로 하였다. 남보다 크고 높은 것을 자랑으로 알았다. 등간 위에는 꿩의 꼬리털을 꽂아 물들인 비단으로 기旗를 만들어 줄을 매고, 그 줄에 등을 매달았다. 등의 모양은 형형색색으로 여러 가지이다. 과실 모양, 연꽃 모양, 어류 모양, 동물 모양 등 그 종류가 많다. 등에는 '태평 만세', '수복' 등의 글을 쓰기도 하고, '기마 장군상'이나 '선인상'을 그리기도 하였다. 그 중에서 연꽃 모양의 등은, 불타의 진리를 밝히고 그 진리가 사방에 퍼지는 것을 상징한다. 연꽃 자체가 불타를 상징하는 것과 함께, 연등은 빈자 일등貧者一等 설화와 어울려 진실한 구도求道의 뜻을 내포하고 있다.

③ 청정 무구淸淨無垢

연꽃은 더러운 곳에 처해 있어도 항상 밝은 본성을 간직하고 있다. 연꽃이 지닌 상징적 의미는 청정함, 순수함, 완전무결함이다. 속담에, "연꽃은 흙탕물 속에서 핀다."라고 했다. 이 말은 빈천한 집안에서 훌륭한 인물이 나거나 나쁜 환경에 물들지 않고 성취했음을 가리켜 하는 말이다. 이름에 쓰인 '연蓮' 자는, 남자는 그가 불제자임을, 여자는 청정 무구의 기원을 담고 있음을 암시한다.

④ 여성

'연보蓮步'란 미인의 걸음걸이를 뜻한다. 연꽃과 잉어로써 여성과 남성을 상징하는 민화는 사랑과 풍요의 상징화이다. 경우에 따라서 남자는 잉어가 아닌 연지蓮枝로 표현되기도 한다. 꿈에 연꽃을 받으면 딸을 얻을 태몽으로 전해 온다.

⑤ 약재

연꽃은 예부터 실생활에서 약재로 사용하였다. 종자는 허약증이거나 불면증, 위장병을 앓는 사람들이 복용하였다. 연잎은 수종水腫, 소변 불통, 토혈, 혈변 등의 증세에 사용되었고, 연근은 지사제止瀉劑나 건위제로 사용되었다.

(2) 종교

① 중생衆生

보리수 아래에서 깨우쳐 부처가 된 석가모니는, 인간들이 호수의 연꽃으로 보였다고 한다. 어떤 것은 진창 속에 있기도 하고, 어떤 것은 진창을 헤어나려 하기도 하며, 어떤 것은 간신히 머리만 물 위로 내밀고 있기도 하고, 어떤 것은 꽃을 피우려고 애쓰기도 한다. 이러한 연꽃의 모습은 고해를 이겨내기 위해 노력하고 있는 중생의 다양한 모습을 표현한다고 할 수 있다.

② 불성佛性

불상은 신성한 연꽃 위에 앉아 있는 모습이다. 이것은 무명無明과 어리석음, 곧 진창 속에 살더라도 더럽혀지지 않고 보살이 되어야 한다는 염원이 담긴 것이다. 관음보살이 왼손에 든 연꽃은 중생이 원래 갖춘 불성佛性을 의미한다. 나아가, 연꽃은 극락세계나 절을 상징하기도 한다. 예를 들어, 연화세계나 연방蓮邦은 극락세계를 말하고, 연경蓮境이나 연사蓮舍는 사원을 말한다.

③ 윤회

연꽃의 생김새를, 축을 중심으로 방사되는 바퀴살에 비겨, 연꽃은 윤회輪廻의 가르침을 암시하는 것으로 생각한다. 따라서 연꽃은 윤회의 상징이기도 하다.

④ 도교, 신선

도교에서 연꽃은 여덟 신선 중의 하나인 하선고何仙姑의 문장紋章으로 여긴다. 하선고는 씨앗 주머니가 달린 연꽃 줄기를 차고 있는 모습으로 묘사되는데, 이 씨앗 주머니 속에는 씨앗이 많이 들어 있어서 연꽃은 자식 번성의 상징이 되기도 한다.

(3) 동양문화

① 군자, 선비

연꽃은 본래 인도산으로 불교와 깊은 관계가 있으나, 중국에 들어가서는 불교를 떠나 세속화되었다. 북송 시대의 유학자 주돈이周敦頤는 <애련설愛蓮說>에서 '내가 오직 연꽃을 사랑함은, 진흙 속에서 났지만 물들지 않고, 밝은 물결에 씻어도 요염하지 않으며, 속이 소통하고 밖이 곧으며, 덩굴지지 않고 가지가 없기 때문이다. 향기가 멀수록 더욱 밝으며, 깨끗이 우뚝 서 있는 품은 멀리서 볼 것이요, 다붓하여 구경하지 않을 것이니, 그러므로 연은 꽃 중에서 군자라 하겠다.'고 하였다. 여기서 연꽃은 군자 또는 고고한 선비를 표상한다.

② 중심, 최후의 계시

인도에서의 8장화판의 연꽃은 브라마Brahma(브라만교의 창조신)가 있는 중심으로, 브라마의 신비한 출현이다. 1,000장의 꽃잎이 있는 연꽃은 최후의 계시를 상징한다. 중심에는 대개 삼각형이 있고, 그 내부는 무정형을 나타내는 공허이다. 5화판의 연꽃은 탄생, 통과의례, 결혼, 휴식, 죽음을 상징한다.

③ 작은 발

중국의 한 군주는 총애하는 부인을 연꽃 위에서 춤을 추게 했다고 한다. 어떤 이는 무대 위에 연꽃 무대의 주단을 깔아 놓고 그 위에서 춤을 추었다고도 한다. 그 작은 연꽃 잎 위에서 춤추기 위하여 전족을 했다는 이야기가 있다. 그래서 전족을 '만련彎蓮'이라고도 한다.

④ 사랑, 다복

'연蓮'은 '하荷'(연꽃 하)로도 쓴다. '하荷'는 중국음으로 '화和'(화할 화)와 '합合'(합할 합)과 동음이다. 그러므로 두 송이의 연꽃을 그린 그림은 화목과 사랑을 뜻한다. 씨앗이 여러 개 보이는 연꽃은 다자다복多子多福을 상징한다. 한 송이 활짝 핀 연꽃과 한 마리 물고기는 처녀와 총각을 뜻하며 사랑을 상징한다.

⑤ 신성

　라마교도들이 기도할 때 외는 산스크리트의 '옴 마니 밧메 훔'은 '연화대상의 그 분이시여!'의 뜻으로, '나의 영혼이여, 연못의 평온한 심연으로 떨어지기 전(열반에 들기 전)의 연꽃 잎에 맺힌 옥 같은 이슬 같을지어다.'라는 의미도 지닌다.

(4) 역사 · 문학

① 예징豫徵

　신라 제36대 혜공왕 때, 못과 잉어가 함께 커지고, 별이 떨어지며, 대궐 북쪽 뒷간 속에서 두 줄기 연蓮이 나고, 봉성사奉聖寺 밭에서 연이 나며, 범이 궁성 안에 들어오고, 배나무에 참새가 수없이 모이는 등 변괴가 있었다. 『안국병법安國兵法』 하권에는 이러한 변괴가 있을 때에는 천하에 큰 병란이 일어난다고 하였다. 과연 석 달 동안에 96명의 각간角干이 서로 싸워 나라가 대단히 어지러웠다.[7]

② 재생

　진평왕 때 죽령(조령이라야 함) 동쪽 100리 가량 되는 곳의 사불산四佛山 큰 바위에 석가여래를 새기고 홍사紅紗로 싼 것이 하늘에서 그 산정에 떨어졌다. 왕이 기이하게 여겨 그 바위 옆에 대승사大乘寺라는 절을 짓고 『묘법연화경妙法蓮華經』을 외는 승려에게 절을 맡겨 바위를 공양하게 하였다. 그 승려가 죽어 장사를 지냈더니 그 무덤 위에 연꽃이 났다.[8]

---

7) 『삼국유사』 권2 기이 2 혜공왕惠恭王.
8) 『삼국유사』 권3 탑상塔像 4 사불산四佛山 · 굴불산掘佛山 · 만불산萬佛山.

③ 고승

신라의 고승 연회緣會는 영취산에 은거하며 늘 『법화경法華經』을 읽고 보현보살의 관행법을 닦았다. 뜰의 못에는 연꽃 두세 송이가 사시사철 시들지 않았다. 그 기이함을 듣고 원성왕이 연회를 국사로 삼으려 했으나 연회는 벼슬에 얽매임이 싫어서 도망하였다. 그러나 연회는 도중에 문수보살을 만나 깨닫고, 국사로 일하였다.[9]

008 용

(1) 신화

① 물의 신

용은 못이나 강, 바다와 같은 물속에 살며, 비나 바람을 일으키거나 몰고 다닌다고 여겨져 왔다. 용은 물과 불가분의 관계를 지닌다. 따라서 용은 물의 신이면서 우사雨師의 성격도 지닌다. 용과 물의 상관성은 전국 도처의 용정龍井, 용호龍湖, 용지龍池, 용추龍湫, 용담龍潭, 용소龍沼, 용강龍江 등의 지명을 보아서도 알 수 있다. 또, 용을 위한 제사 장소가 모두 물가라는 점도 용의 수신水神 성격을 방증해 준다. 『동국여지승람』에는 가뭄이 계속될 때, 용정, 용담, 용연, 용지, 용추 등에 기우祈雨했다는 많은 사례가 있다. 『삼국사기』에는 '용 2마리가 금성 우물 속에 나타났는데, 소낙비가 쏟아지고 번개가 치며, 성 남문에 벼락이 떨어졌다.'[10]는 기록이 있다. 또, 서해 용왕의 아들 이목璃目이, 몹시 가물 때, 보양선사寶壤禪師의 청으로 제멋대로 비를 내렸다가 하느님[천제天帝]의 노여움을 샀다는 이

---

9) 『삼국유사』 권5 피은避隱 8 연회도명緣會逃名 문수점文殊岾.
10) 『삼국사기』 신라본기 혁거세왕.

야기도 있다.[11] 농경 문화권과 용 신앙은 밀접한 관계가 있다. 따라서 우리 민족도 일찍이 용 신앙을 가졌을 것으로 추정된다. 단군신화에, 환웅이 태백산 꼭대기에 강림할 때 동반했던 풍백風伯, 우사雨師, 운사雲師도 용의 의인화로 보인다.

② 시조始祖

신화 속에는 수신인 용과의 혼인이 많이 나타난다. 이들은 이른바 이류교혼異類交婚이라 할 수 있는데, 국조國祖나 군주, 씨족조氏族祖 등 귀인의 어버이로 나타난다. 신라의 석탈해는 용성국龍城國 왕과 적녀국積女國 왕녀 간의 소생이다. 고려 태조 왕건은 작제건作帝建과 용녀龍女의 소생인 용건龍建의 아들이다. 고려 왕씨는 용종龍種이라고 할 수 있다. 또, 백제 무왕武王인 서동薯童은 그 어머니가 과부가 되어 서울 남지변南池邊에서 살던 중 그 연못의 지룡池龍과 교통하여 출생하였다. 후백제 시조 견훤甄萱은 광주光州 북촌의 부잣집 딸이 지렁이[구인蚯蚓]와 교혼하여 낳았다고 하는데, '지렁이'와 '지룡池龍'의 음이 유사한 점으로 미루어, 서동의 경우와 같다고 볼 수 있다. 씨족의 시조 신화로서 창녕 조씨昌寧曺氏의 경우, 그 시조인 조계룡曺繼龍은 용의 후예로 전한다.

③ 호국신護國神

용은 수신으로서 지상계의 비를 관장하는 외에, 호법신護法神 또는 호국신護國神의 역할도 한다. 『삼국유사』에는 이들에 관한 많은 예가 보인다. 호법의 경우, <명랑법사明郎法師와 해룡>'(명랑 신인), <보양조사寶壤祖師와 서해 용>(보양 이목), <의상대사義湘大師와 동해 용>(낙산 2대성), <자장율사慈藏律師와 지룡池龍>(황룡사 9층탑), <진표율사眞表律師와 용왕>(관동 풍악) 등이 있다. 호국룡의 경우, 문무왕대(문호왕 법민, 만파식적)와

---

11) 『삼국유사』 권4 의해義解 5 보양이목寶壤梨木.

원성왕대에서 볼 수 있다. 그 중에서 문무왕의 경우, 왕은 죽은 후에 호국룡이 되어 불교와 국가를 수호하겠으니 시신을 동해 중의 큰 바위에 장사지내라는 유언을 하였다.

④ 제왕帝王

천후天候의 다스림이 절대적으로 요청되는 농경 문화권에서 군왕과 용은 자연스럽게 결합되었다. 양자 간의 동질감이 더욱 확대됨에 따라, 용은 군왕과 관련되는 사물이나 비범한 인물에게까지 상징적으로 작용하였다. 『삼국사기』에 '흑룡이 한강漢江에 나타났는데, 잠깐 동안에 구름과 안개가 끼여 캄캄하더니 날아가 버렸다. 이어 왕이 죽었다.'12)는 기록은 용이 왕과 결부되어 있음을 보여주는 예이다. 여기서 흑룡이 왕의 죽음의 전조前兆가 되는 것은, 검은색이 북방 및 암흑 등과 아울러 상복喪服을 나타내는 상징성 때문일 것이다. 『삼국사기』 열전 궁예弓裔조에, 왕창근王昌瑾이 한 백발 노인에게서 옛 거울을 하나 샀다. 그 거울 속에, '사년巳年 중에 두 용이 나타날 텐데, 한 용은 청목靑木[송악松岳] 속에 몸을 숨기고, 다른 용은 흑금黑金[철원鐵原]의 동쪽에 모습을 드러낼 것이다.'라고 쓰여 있었다. 이 참언讖言 속의 두 용은 고려 태조와 태봉 왕 궁예를 가리킨 것이다.

조선의 국조 신화가 담겨져 있는 『용비어천가』 제1장에는 건국하기까지의 여섯 선조를 '해동 육룡海東六龍'으로 표현했다. 『동국이상국집東國李相國集』의 <동명왕편東明王篇>에는 하느님[천제天帝]의 아들 해모수가 하늘에서 지상으로 하강할 때, '5마리의 용이 끄는 수레(오룡거五龍車)'를 타고 왔다고 했다. 이 용은 제왕 자체를 가리킨 것은 아니나, '제왕=용'의 관념이 왕의 부속물에까지 확대된 예라고 할 수 있다.

---

12) 『삼국사기』 권25 백제본기 비유왕毗有王.

009 은銀

(1) 풍습

① 부귀

은은 금 혹은 동과 아울러 광물을 대표하는 금속류이다. 더구나 은은 그 희귀성으로 인하여 금과 더불어 매우 중요한 귀금속으로 여겨져 왔다. 현실적으로 민간에서 은을 금에 버금하는 재산 목록에 넣었다. ‘금비녀 은비녀’, ‘금팔찌 은팔찌’ 같은 패물은 물론 ‘금쟁반 은쟁반’ 하는 것은 짝을 이루어 많은 전통 문학 작품들에 등장한다. 널리 알려진 <금도끼· 은도끼·쇠도끼> 이야기는 물론 인간이 정직해야 함을 강조하기 위한 우화이나, 연못에서 나온 산신령이 가장 귀중한 금도끼로부터 순차적으로 들고 나와 인간을 시험하였다는 점에 묘미가 있다. <혹부리영감>으로 알려진 이야기에서도 ‘금 나와라 뚝딱 은 나와라 둑딱’이라고 하여, 은은 인간이 부富를 갖추고자 할 때 우선적으로 등장하는 귀금속임을 알려주고 있다.

그러나 은은 반드시 금에 버금하는 의미만을 지니고 있는 것만은 아니었다. 실은 상당수의 민속 예들에서 은은 금과 병칭되되 금에 부차적인 의미로서보다 오히려 금과 양립적이거나 대등적인 의미로서 사용되고 있다고 보는 편이 옳을 것이다.

민요

자장자장 잘도잔다 / 우리아기 잘도잔다 / 은자동이 금자동이 / 은을 주면 너를 살가 / 금을 주면 너를 살까 (자장가) ; 달아달아 밝은달아 / 이태백이 노던달아 / 저기저기 저달속에 / 계수나무 박혔으니 / 은도끼로 찍어내고 / 금도끼로 다듬어서 / 초가삼간 집을짓고 / 양친부모 모셔다가 / 천년만년 살고지고 / 천년만년 살고지고

② 장식裝飾, 덕, 재산

은銀은 독자적으로 그 가치를 드러내는 일도 많다. 속담의 예를 보면 '개 뼈다귀에 은 올린다.' 하면 전혀 쓸데없는 데에 돈을 들여 장식함을 말하며, '속곳 벗고 은가락지 낀다.' 하면 어울리지 않는 치장을 말한다. 또, '홀아비는 이가 서 말, 과부는 은이 서 말.'이라는 속담은, 과부는 알뜰하여 재산을 모으고 살 수 있지만, 홀아비는 헤퍼서 군색하게 살아간다는 뜻이다. '같은 값이면 은가락지 낀 손에 맞으랬다.'는, 이왕이면 덕망 있는 사람에게 꾸지람을 듣는 편이 낫다는 뜻이다. 또 '땅 파다가 은 얻었다.'는 심상한 일을 하다가 의외의 이익을 얻었다는 말이며, '은에서 은 못 고른다.'는 도일하거나 유사한 많은 것 중에서 제가 원하는 것을 찾기가 어려움을 나타낸 말이다.

〈모밀노래〉
　드는낫 얼른갈아 / 전전히 후려다가 / 도리깨로 난장맞쳐 / 맷돌에다 곱게갈아 / 가는체에 쳐내어서 / 냉수에다 반죽하고 / 홍두깨에 옷을입혀 / 은장도 드는칼로 / 실낫같이 썰어내어 / 갖은양념 간맞추어 / 은반상에 차린국수 / 올라가는 구관사또 / 내려오는 신관사또 / 이리와서 맛만보소 / 맛만보면 더달래리

그 밖에 '꿈에 은비녀를 보면 부귀를 다투게 된다'는 속신은 은이 단순한 귀중품에서 나아가 궁극적으로 부귀나 명예까지도 상징해 주고 있음을 알 수 있다. 꿈에서 금이나 옥 같은 보물을 보는 것도 부귀나 영예의 예조라 하였음은 물론이다.

③ 여성

민속에서 금은 남성을 상징함에 비해 은은 여성을 상징한다. 이러한 성 상징은 오행설과 관계있을 듯하지만, 서양에서도 이와 똑같은 상징 관념

이 있는 것을 보면 반드시 그렇지만은 않은 것 같다. 해방 전에 함경도에서 채록된 무가의 예를 보자.

> 옛날옛적에 미륵님이 / 한쪽손에 은쟁반들고 / 한쪽손에 금쟁반들고 / 하늘에 축사祝詞하니 / 하늘에서 벌이떨어져 / 금쟁반에도 다섯이요 / 은쟁반에도 다섯이라 / 그벌이 자라나서 / 금벌은 사내되고 / 은벌은 계집으로 마련하고 / 은벌금벌 자라나서 / 부부로 마련하여 / 세상사람이 나왔어라
>
> — 무가 : <창세가>

이 무가에서 '금벌은 사내되고 / 은벌은 계집으로 마련하고'에서나 마지막 부분의 '금쟁반에 떨어진 금벌은 남자로 되었고, 은쟁반에 떨어진 은벌은 여자로 되어 최초의 인간 선조로 되었다.'에서 말하듯이 '은쟁반'의 '은'은 여성을 나타내는 것으로 활용되었다.

④ 별무리

희게 반짝이는 은의 성질에 유추하여 행성군行星群을 은하銀河, 은하계, 은하수 등으로 부른다.

⑤ 축복

예부터 결혼 60주년을 축하하는 회혼례回婚禮가 있어, 자식들과 친지들이 모여 성대한 잔치를 베풀며 기념해 오고 있다. 관직에 있는 사람은 나라로부터 음식이나 옷, 또는 궤장几杖이 하사받기도 했다. 이와 비슷한 풍습으로 유럽권에서는 혼인 25주년 기념일을 은혼식銀婚式이라 한다(최근 우리나라에서도 은혼식을 기념하여 축하하는 사람이 늘고 있다).

⁰¹⁰ 잠

(1) 풍속

① 휴식 / 남녀 행위情事

인간이 깨어 있는 상태에 비하여, 잠이란 휴식 상태를 의미한다. 어린 아이에게 자장가를 불러주는 행위는 아이를 잠들게 하여 쉬게 하고자 하는 것이다. 그러나 때로는 잠이 단순한 휴식만을 의미하지 않는 경우도 있다. '상주함창 공갈못에 연밥따는 저처녀야 연밥줄밥 내따주께 요내품에 잠들어라' <모내기노래>란 민요는 남녀간에 애정 행위를 잠으로써 은근히 표현한 것이다.

② 죽음

죽음을 가리켜 흔히 '영원히 잠들었다'고 하거나 한자어로는 '영면永眠했다'는 말을 사용한다. 한편 민간에서는 사람이 잠든다는 것은 일시나마 죽음의 상태로 빠지는 것으로 생각하여 왔다. 잠이 드는 순간 인간의 영혼은 그 육신으로부터 분리된다고 생각하는 것이다. 우리 민담에 널리 알려진 <혼쥐> 이야기는 이러한 상태를 가장 잘 알려주는 것이 아닌가 한다. 그 내용은 부인의 무릎을 베고 잠든 사람의 코로부터 나온 '혼쥐'가 여러 곳을 돌아다니다가 다시 돌아와 코속으로 들어간 후, 잠에서 깨어난 사람이 부인에게 꿈속에서 당하였던 여러 가지 이야기를 들려 주었다는 이야기이다. 아마도 일정한 시간을 경과한 후에 그 혼쥐가 회귀하지 못하였으면 그 사람은 죽었을 것임에 틀림이 없다. 이처럼 혼쥐의 복귀 곧 영혼의 회귀가 이루어지지 않은 상태가 죽음이다. 때문에 민간 신앙에서는 자는 사람의 얼굴에 그림을 그려 둠으로써 일시 육체를 떠났던 영혼이 영원히 회귀하지 못하게 될 것을 두려워하였다. '자는 얼굴에 환칠을 마라'는 금기어도 그래서 생긴 말일 것이다.

011 쥐

(1) 무속·민속

① 신성神性

황해도 서흥瑞興의 서도 신사鼠島神祠 전설은 쥐가 신앙의 대상이었음을 보여 준다. 옛날 서흥에 외적外敵이 침입했다. 그러자 한 승려가 흰 쥐[백서白鼠]로 화해 외적의 진으로 들어가 활과 화살을 모두 쏘아, 적을 패주하게 하였다. 그러나 쥐로 변신한 승려는 곧장 나장산羅帳山의 암혈로 들어가 죽었다. 이에 사람들은 그를 서도의 신으로 삼아 제사하였다.

② 재물財物

복장伏藏(숨긴 재물)은 쥐가 지킨다고 한다. 쥐가 부지런히 먹이를 모아 놓기 때문에 생긴 말이다. 그래서 "쥐띠 해에 태어난 사람이 잘 산다."는 속신이 있다. 쥐의 훔치는 행위가 늘 인간의 지탄의 대상이 되는 반면, 그 근면성은 추장推獎되어 왔다. 속담에 "쥐가 소금 나르듯 한다."는 것도 쥐의 근면성을 말하는 것이다. 민간에 전승되는 설화 중에 <혼쥐>가 있다. 도둑질을 생업으로 하는 사내가 낮잠을 잘 때, 코에서 팥알만한 생쥐 한 마리가 기어 나왔다. 이를 바느질하던 그의 아내가 보았다. 그래서 이 생쥐를 따라가며 잣대, 다림질 판 등으로 길을 터 주었다. 그러자 그 생쥐는 복장인 황금더미 속으로 들어갔다고 한다. 여기서도 쥐와 도둑, 재물의 연관성이 드러난다.

③ 요물妖物

쥐가 온갖 질병의 매개체임은 근대과학이 밝혀 낸 바이다. 그러나 우리의 민속에서 쥐는 인간으로 둔갑하여 재앙을 초래할 수도 있기 때문에, 가까이해서는 안 된다고 여겼다. 이는 "손톱을 함부로 버려서는 안 된다."는 금기와 관련된다. 즉, 손톱을 깎아 함부로 버리면 쥐가 주워 먹고 버린 사람으로 둔갑한다는 것이다. 고전소설 <옹고집전>이나 <진가쟁주眞假爭主> 설화는 그런 유이다.

(2) 풍습

① 방위, 시간

자방子方은 24방위 중의 하나로, 정북正北이다. 또, 시각, 날, 달, 해[연年]로 구분하는데, 자시子時는 오후 11시에서 새벽 1시까지이다. 그래서 11시경은 자초子初, 12시경은 자정子正, 새벽 1시경을 자말子末이라 한다. 자일子日은 일진이 쥐[자子]에 해당하는 날이다. 자월子月은 월건月建이 쥐로 된 달, 곧 음력 11월이다. 자년子年은 60갑자 중에서 쥐띠인 해, 곧 '자子' 자가 포함된 해이다. 한편, 자오선子午線이란 지구의 북극[자子]과 남극[오午]의 양극을 이은 선이다.

② 근신謹愼

민간에서는 정월 상자일上子日이 근신하는 날이다. 신라 비처왕毗處王(소지왕)은 쥐와 까마귀, 돼지, 말 등의 인도로 궁주宮主와 승려의 사통을 알게 되어 위기를 면하게 되었다. 이로부터 나라의 풍속에 매년 정월 첫 쥐날, 말날, 돼지날에는 백사를 삼가 근신했다.13)

---

13) 『삼국유사』 권1 기이 1 사금갑.

③ 풍년 기원

상자일에는 여러 가지 풍속이 행해졌다. 조정에서는 풍년을 비는 뜻으로 곡식의 씨를 태워 비단 주머니에 넣어 측신側神들에게 나누어 주었다. 이 주머니를 자낭子囊이라 한다. 또, 시골에서는 콩을 볶으면서 "쥐주둥이 지진다."는 주문을 외었다. 충청도 지방에서는 아이들이 풀을 묶어 들판을 태웠는데, 이를 "쥐불 놓는다."고 하였다. 정초에 윷을 던져 그 모양으로 새해의 길흉을 판단하는 윷점이 있다. 대개 3번을 던져 짝을 짓는다. 이 때 '도, 도, 개'가 나오면 "쥐가 창고에 들어갔다." 하여 길조로 여겼다. '걸, 개, 모'가 나오면 '고양이가 쥐를 만난 격'이라 했다. 쥐와 관련된 길조어로서, "꿈에 쥐가 달아나면 기쁜 일이 생긴다.", "쥐띠는 밤중에 나야 잘 산다." 등이 있다.

④ 도둑, 왜소함

속담에서는 그 지닌 본뜻은 다르나, 소재로 사용된 쥐는 대부분 도둑을 가리킨다. "곳간庫間 쥐는 쌀 고마운 줄 모른다.", "나라에는 도둑이 있고, 집 안에는 쥐가 있다." 등이 이에 속하며, 서절구투鼠竊狗偸, 서적鼠賊의 경우도 같은 뜻이다. 그리고 쥐가 꼭 작은 동물이라고 할 수는 없으나, 우리의 속담에서는 작거나 하찮음을 쥐로 비유한 예가 많다. 그 중에서 생쥐나 쥐꼬리, 쥐간에 이르면, 그 왜소함의 표현이 극대화된다. "쥐꼬리만 하다.", "쥐불알만 하다." 등과 한자어로 서간鼠肝, 서배鼠輩, 서사鼠思 등이 있다.

- 고간庫間의 쥐는 쌀 고마운 줄 모른다.
  → 항상 혜택을 받으면 그에 대한 고마움을 모르게 된다는 뜻이다.
- 나라에는 도둑이 있고 집안에는 쥐가 있다.
- 낮말은 새가 듣고 밤말은 쥐가 듣는다.
- 작은 놈은 쥐가 도둑질하듯 허고 큰 놈은 고래가 삼키듯 범이 채가

듯 한다.
- 소같이 벌어 쥐같이 먹으랬다.
- 쥐 한 마리가 태산을 소란하게 한다.
- 쥐 XX 같다.
- 쥐꼬리(혹은 쥐간) 만하다.
- 쥐꼬리는 송곳집으로 쓸까.
- 쥐구멍에도 볕 들 날 있다.
- 생쥐 볼가심할 것도 없다.

⑤ 약자, 재빠름

고양이와 쥐는 먹고 먹히는 천적으로 흔히 강자와 약자를 표상한다. 그 래서 "고양이 쥐 걱정한다."는 비아냥도 있다. 그러나 재빠르고 약삭빠름 에 비김도 많다. "약기는 생쥐", "얼굴에 생쥐가 오르락내리락한다." 등이 그 예이다. 그리고 개와 고양이가 여의주를 찾아오는 이야기에는 쥐의 무 리가 동원된다. 고양이의 위협에 의해, 깊이 감추어진 여의주를 찾아오는 데서 쥐의 생태가 잘 드러난다.

- 약기는 생쥐새끼다.
- 얼굴에 생쥐가 오르락내리락한다.
  → 인색하고 잔꾀가 많게 생긴 사람을 가리킨다.
- 물고기가 숨듯 쥐가 도망치듯 한다.
- 빠르기가 쥐새끼 같다.
- 쥐 잡는 데는 천리마도 고양이만 못하다.
- 풀방구리에 쥐새끼 드나들 듯 한다.

⑥ 원수지간

- 고양이가 쥐 걱정해 주듯 한다.
- 고양이가 쥐 마다 할까.
- 고양이는 소리 없이 쥐를 잡는다.

- 궁지에 몰린 쥐는 고양이를 문다.
- 눈먼 고양이 잡으라는 쥐는 안 잡고 씨암탉만 물어 죽인다.
- 배부른 고양이는 쥐를 잡지 않는다.
- 쥐 본 고양이다.

⑦ 길조吉兆

- 꿈에 쥐가 달아나면 기쁜 일이 생긴다.
- 꿈에 쥐가 사람의 옷을 썰면 구하는 바를 얻는다.
- 방안에서 쥐가 돌아다니면 귀한 손님이 온다.
- 쥐띠는 밤중에 나야 잘 산다.
    → 쥐띠를 가진 사람으로 때[시時]가 밤인 사람은 재복이 있다.
- 상품은 쥐가 갉으면 높은 값을 받는다.

⑧ 흉조凶兆

- 꿈에 쥐가 사람을 물면 크게 나쁘다.
- 장독에 쥐가 빠지면 집안에 나쁜 일이 있다.
- 진통 앓을 때 쥐구멍을 막으면 해롭다.
- 집안에 쥐가 많으면 우환이 생긴다.
- 화재가 나려면 쥐가 도망간다.
- 배가 가라앉으려면 쥐부터 도망친다.
- 집안에서 쥐가 질주하면 홍수를 만난다.
- 상인이 여행 중 쥐가 앞길을 건너가면 강도를 만난다.
- 집안에서 쥐가 새끼를 옮기면 수재나 화재를 당한다.
- 쥐구멍에 흙을 쌓으면 집안 식구가 죽는다.
- 쥐가 옷을 갉으면 그 옷 임자에게 불길한 일이 생긴다.

『삼국사기』 혜공왕惠恭王 5년 11월조에 "쥐 팔천 마리 가량이 평양을 향하여 갔다."는 내용도 흉조를 나타낸다.

⁰12 태양

(1) 신화

① 태초의 혼돈混沌

　무속 신화 <천지왕 본풀이>에서는 태초의 혼돈 상태 때에 2개의 태양이 있었다. 이 두 태양의 열을 과잉으로 공급하여 사람이 타 죽게 되자, 하늘의 천지왕은 아들에게 명하여 1개를 없애 버렸다. 이로써 인간계는 질서 있게 정리되어 번성했는데, 나라와 고을, 마을로 갈리어 잘살게 되었다는 것이다. 함경남도 지역에서 채록된 서사무가 <창세가創世歌>에도 이와 같은 2개의 태양이 뜨는데, 여기서는 미륵님이 혼돈을 정리했다. 두 무속 신화의 공통된 주제는, 태초의 혼돈을 정리하고 우주의 질서를 바로잡는다는 근원적 해석이 주를 이룬다. 여기서 2개의 태양은 태초의 혼돈을 상징한다.

② 천제자天帝子, 국조國祖, 신성함

　개국 신화에서의 태양은 현대인이 일반적으로 인식하고 있는 불덩이 형태가 아닌 알[난卵]이나 일광日光 등으로 나타나는데, 이는 하느님 또는 그 아들[천제天帝]이나 국조國祖를 상징한다. 이 같은 선인들의 의식에 내재하는 천제자로서의 태양 묘사가 단적으로 기술되어 있는 것은 이규보의 『동국이상국집』의 <동명왕편>이다. 해모수는 하느님의 아들로서, 처음 하늘에서 내려올 때 오룡거五龍車를 타고 왔다. 그에 따르는 100여 인은 모두 흰 고니를 탔으며, 채운彩雲이 위로 뜨고, 음악 소리가 구름 속에서 울렸다. 웅심산熊心山에 머무르며 10여 일이 지나 내려오는데, 머리에는 오우관烏羽冠을 쓰고, 허리에는 용광검龍光劍을 찼다. 그리고 아침에는 인간세상에서 살고, 저녁에는 천궁天宮으로 돌아갔다. 여기서, 해모수의 오룡거, 오우관, 용광검 등은 모두 태양이나 일광의 변형된 상징이다. 아침과 저녁의 거처가 다르다는 그의 거동 역시 하루 동안의 태양 운행을 상징하고 있다. 광개토대왕의 비문에는 고구려의 시조 추모[도모都牟], 곧 주몽은 하느님의 아들로서 알에서 태어났다고 하였다. '모두루묘지牟豆婁墓誌'에도 그가 일월日月의 아들이라 하니, 일월의 '월月'은 자수를 맞추기 위한 허자虛字에 불과하므로 곧 태양의 아들이다. 이것은 중국의 사료인『삼국지三國志』위서魏書에도 주몽이 햇빛의 작용으로 잉태했다 하고,『논형論衡』,『후한서後漢書』등에도 유사한 뜻으로 기록되어 있다.

③ 왕권

태양의 화신인 군왕에 관한 것은 주몽뿐만 아니라, 신라의 박혁거세朴赫居世와 김알지, 가락국의 김수로왕의 탄생에서도 나타난다. 혁거세가 태어날 때에 하늘에서 땅으로 전광電光과 같은 빛이 수직으로 내려왔으며, 그 곳에 알이 하나 있었다. 이 알에서 나온 이가 바로 혁거세이며, 동천東川에서 목욕시키니 몸에서 광채가 나고, 일월도 청명淸明 하였다고 한다. 그래서 '혁거세赫居世'란, "빛과 밝음으로 세상을 다스린다[광명이세光明理世]."는 뜻이다. 김알지는 금빛 찬란한 궤에서 태어났고, 김수로왕은 하늘에서 내려온 금합자에 든 알에서 태어났다. 이것으로 보아, 신화에서는 왕이 곧 태양이었고, 왕도 스스로 태양의 아들이라 하여 절대적 권능과 신성함을 나타내었다. 이 밖에 태양에 관한 설화로『삼국유사』,『동국여지승람』등에 전하는 <연오랑과 세오녀> 이야기가 있다. 여기서 태양과 달의 정精인 연오랑과 세오녀가 일본으로 갔기 때문에 신라에서는 빛을 잃었다고 하였다. 그리고 그 이름에 나타나는 까마귀[오烏]는 바로 태양을 상징하는 삼족오三足烏임을 알 수 있다.

(2) 무속 · 민속

① 기복신祈福神

동해안별신굿 절차에 일명 세존世尊굿이라고 하는 '일월맞이굿'이 있다. 이것은 별신굿 진행에서 둘째 번에 행해지는데, "해 돋아 일월맞이, 달 돋아 월광맞이굿을 올린다."는 사설로 시작하여 만사형통의 축원으로 끝난다. 그런데 이 '일월맞이굿'을 달리 '세존굿', '중굿'이라 하는 이유는 일신日神이나 월신月神, 세존이 모두 천상에서 내려온 신이기 때문이라고 하지만, 그 근원은 청배무가請拜巫歌로 부르는 <당금애기풀이>에서 찾을 수 있다. 즉, 당금애기가 태몽을 꾸는데, '한짝 어깨에는 해가 돋구, 한짝 어깨에는 달이 돋구, 하늘의 별 세 낱이 입으로 들어가구.'한 것이 삼형제로 태어나며, 이들이 훗날 '삼제석三帝釋'이 된다. 이것은 풍습에서의 꿈풀이와도 연관된다. 또, 황해도의 무속에서도 이러한 일월맞이를 볼 수 있는데, 여기서는 '일월대'를 세운다. 이 일월대는 큰 소나무에 일월과 칠성의 무늬가 있는 일월명두日月明斗를 달고, 옥황선녀를 위한 치마 저고리와 일월성신을 위한 도포를 매단다. 그리고 '해는 따다 일월명두, 달은 따다 소슬명두'로 사설을 시작하여 자손만대의 부귀 영화를 축원한다. 이 같은 굿의 내용으로 보아, 우리의 무속에서는 태양이 신으로서 인간에게 복을 가져다 주는, 기복의 상징적 대상이었음을 알게 한다. 민간의 주술적 치료 방법의 하나로, 아이들이 눈에 삼이 들었을 때 아침에 태양이 떠오르는 것을 보게 하는 것도 같은 맥락에서 이해되어야 할 것이다.

(3) 풍습

① 아들

무속 신앙을 저변에 깔고 민간에 전래되는 꿈풀이법에는 태양이 남성을, 달이 여성을 상징하는 경우가 많다. 즉, 꿈에 태양을 삼키거나 달과 합쳐지는 것을 보면 아들을 낳고, 해와 달이 한꺼번에 방 안에 드는 꿈은 귀한 아들을 낳을 징조라 하였다. 반대로, 태양과 달이 떨어지는 꿈은 부모에게 근심이 생긴다고 하여 근신하였다.

- 꿈에 해를 보거나 삼키면 아들을 낳는다.
- 꿈에 일월이 합하면 아들을 낳는다.
- 꿈에 해와 달이 방안에 들면 귀한 아들을 낳는다.
- 꿈에 해가 품속에 들면 아들, 달이 품속에 들면 딸을 낳는다.
- 꿈에 해와 달이 떨어지면 부모에게 근심이 생긴다.

② 서조瑞兆

태양을 보는 꿈은 좋은 일이 있음을 예고하는 서조瑞兆로 믿었다. 꿈에 태양이 뜨고 구름이 걷히면 좋은 일이 있을 길조이고, 햇빛이 집 안을 비추면 귀인이 찾아온다고 하였다. 그런데 태양이 단독적으로 등장하는 것보다 달과 결합되면 그 의미가 강해진다. 일월이 하늘에서 밝게 빛나는 꿈을 꾸면 벼슬을 얻고, 일월이 처음 나오는 꿈을 꾸면 집안이 번성한다고 하였다. 또, 해와 달을 등에 지거나 가슴에 안거나, 보고서 절을 하는 꿈은 대길한 것으로 여겼다. 속담에서도 서조에 비견되어 쓰이는 경우가 많아, '9년 장마에 해 돋는다.'라든지, '구름이 지나면 해가 뜬다.'는 말이 있다.

- 꿈에 어둠이 가시고 밝아지면 좋은 일이 있다.
- 꿈에 해가 뜨고 구름이 없으면 길하다
- 꿈에 햇빛이 비치면 좋은 일이 있다.
- 꿈에 햇빛이 집안을 비치면 귀인이 찾아온다.

일월 병합의 경우

- 꿈에 일월이 하늘에서 밝게 빛나면 벼슬을 얻는다.
- 꿈에 일월이 처음 나오는 것을 보면 집안이 번성한다.
- 꿈에 일월이 온몸에 비치면 벼슬을 얻는다.
- 꿈에 일월을 등에 지고 가슴에 안으면 대길하다.
- 꿈에 일월에 대하여 절을 하면 대길하다.

③ 청춘, 진리

태양은 청춘을 상징한다. "해가 서산에 기운다."는 말은 사람이 늙어 죽을 때가 되었다는 뜻을 가지고 있다. "줄로 해를 잡아맨다."는 말은 늙어 가는 청춘을 아쉬워한다는 뜻이다. 그러나 "해가 서쪽에서 뜬다."는 속담은 세상의 이치가 뒤바뀐다는 뜻이니, 이 때의 태양은 진리 또는 이 세상에서 일어나는 보편적이거나 일반적인 사실을 상징한다 하겠다.

- 해가 서산에 기울어진다.
- 긴 줄로 해를 잡아 매겠다고 한다. → 어서 죽을 때가 되었다.
- 해가 서쪽에서 뜨겠다. → 세상이 변할 징조가 생겼다.
- 9년 장마에 해 돋는다.
  → 몹시 기다리던 끝에 좋은 일이 이루어지려 한다.
- 9년 장마에 해 바라듯 한다. → 몹시 기다린다.
- 구름이 지나면 해가 뜬다. → 고생 끝에 좋은 일이 온다

(4) 역사 · 문학

① 임금

태양은 조선 시대 선비들의 시가에 나타난다.

삼동에 베옷 입고 암혈에 눈비 맞아 / 구름낀 볕뉘도 쬔 적 없건마는 /

서산에 해 지다 하니 눈물겨워 하노라. (조식)

　월출산이 높더니마는 미운 것이 안개로다 / 천왕 제일봉을 일시에 가리었다 / 두어라, 해 퍼진 후면 안개 아니 거두랴. (윤선도)

　구름이 무심탄 말이 아마도 허랑하다 / 중천에 떠 있어 임의로 다니면서 / 구태어 광명한 날빛을 덮어 무삼하리오. (구름＝간신 / 날빛＝성총聖聰)

여기서 볕뉘, 해, 월출산 등은 임금이나 임금의 은혜[성총聖聰]를, 구름, 안개는 간신배를 상징한다. 태양이 유일무이한 존재로 높은 곳에서 따뜻한 빛을 온 세상에 보내듯이 임금도 그러한 상징체로 생각했다.

② 풍요, 자애慈愛

태양은 임금이라는 도식적인 상징이 현대 문학으로 오면서 보편적 관념이나 개인의 심상에 비추어 노래되었다.

　해는 모든 것에게 젖을 주었나 보다. / 동무여, 보아라. / 우리의 앞뒤로 있는 모든 것이 / 햇살의 가닥－가닥을 잡고 빨지 않느냐. (이상화, <비 갠 아침>)

　돌담에 속삭이는 햇발같이, / 풀 아래 웃음짓는 샘물같이, / 내 마음 고요히 고운 봄 길 위에 / 오늘 하루 하늘을 우러르고 싶다. (김영랑, <돌담에 속삭이는 햇발>)

　여기 피비린 옥루玉樓를 헐고, / 따사한 햇살에 익어 가는 / 초가 삼간을 나는 짓자. (조지훈, <흙을 만지며>)

이상화는 태양이 주는 풍요와 자양분을, 김영랑은 봄 햇살의 다정함을, 조지훈은 햇살 속의 휴식을 표현하고 있다. 이와 같이 태양은 만물을 생육하는 어머니의 품이며, 그 품에서 만물은 영글어 가고 휴식을 취한다. 햇살의 자애는 결코 편벽되거나 조급하지 않다.

③ 영원성, 광명, 역동성

태양은 태고의 영원과 함께 오랜 어둠을 물리쳐 깨뜨리는 희망으로서 존재한다.

머언 태고 적부터 훈풍을 안고 내려온 / 황금가루 화분花粉은 분분히 이글거리던 그 태양이로다. 처음 꽃이 생겼을 때, / 서로 부르며 가리켜 조화造化를 찬탄하던 / 그 아름다운 감동과 면면綿綿한 친애를 아느뇨. (유치환, <오오랜 태양>)

해야, 솟아라. 해야, 솟아라. 말갛게 씻은 얼굴 고운 해야, 솟아라. 산 너머 산 너머서 어둠을 살라먹고, 산 너머서 밤새도록 어둠을 살라먹고, 이글이글 애띤 얼굴 고운 해야, 솟아라. (박두진, <해>)

살아서 설던 주검 죽었으매 이내 안 서럽고, 언제 무덤 속 화안히 비춰줄 그런 태양만이 그리우리. (박두진, <묘지송>)

동천이 불그레하다. 해가 뜬다. 시뻘건 욱일旭日이 불쑥 솟았다. 물결이 가물가물 만경창파萬頃蒼波엔 다홍 물감이 끓어 용솟음친다. 장壯인지 쾌快인지 무어라 형용하여 말할 수 없다. (박종화, <청산 백운첩靑山白雲帖>)

유치환은 태고의 창조와 유구한 역사의 증인이던 태양을, 박두진은 억압과 탄압의 세월 속에서 다시 살아 숨쉬는 광명을, 박종화는 솟아오르는 태양의 역동성을 표현하고 있다.

- 나의 가는 곳 어디나 백일白日이 없을소냐? (유치환, <일월>)
- 거기는 한번 뜬 백일이 불사신같이 작열하고 / 일체가 모래 속에 사멸한 영겁의 허적虛寂에 / 오직 알라의 신만이 / 밤마다 고민하고 방황하는 열사熱沙의 꿈. (<유치환, <생명의 서>)
- 해와 하늘빛이 / 문둥이는 서러워 / 보리밭에 달 뜨며 애기 하나 먹고 / 꽃처럼 붉은 울음을 밤새 울었다. (서정주, <문둥이>)

④ 강한 힘

남성 원리를 대표하는 태양은 강한 힘, 젊음, 적극성, 전투력 따위를 상징한다.

전원으로! 여기 끊임없는 샘물이 솟네 / 여기 영원한 새로움이 흘러나네 / 더운 태양과 강건한 대지의 / 자라나는 여름의 전원으로. (주요한, <전원송田園頌>)

⑤ 좌절, 상실

아랫방은 그래도 해가 든다. 아침결에 책보만한 해가 들었다가 오후에 손수건만해지면서 나가 버린다. (이상, <날개>)
날이 저문다. / 먼 곳에서 빈 뜰이 넘어진다. / 무한천공無限天空 바람 겹겹이 / 사람은 혼자 펄럭이고, / 조금씩 파도치는 거리의 집들 / 끝까지 남아 있는 햇빛 하나가 / 어딜까 어딜까, 도시를 끌고 간다. (강은교, <자전自轉 I>)

- 붉은 해는 서산마루에 걸리었다 / 사슴의 무리도 슬피 운다 / 떨어져 나가앉은 산 위에서 / 나는 그대의 이름을 부르노라. (김소월, <초혼招魂>)
- 여기 해와 달은 늘 소멸이다. 생명 안엔 회신灰燼의 바람과 주검의 바다가 통한다. (이종학, <해체의 시>)
- 길은 한 줄기 구겨진 넥타이처럼 풀어져 / 일광의 폭포 속으로 사라지고 / 조그만 담배 연기를 내어 뿜으며 새로 두시의 급행차가 들을 달린다. (김광균, <추일서정秋日抒情>)

태양은 생명력의 상징이기도 하지만, 그 이면은 소실을 뜻하며 좌절과 상실을 나타내기도 한다. 이상과 강은교의 경우는 이것이 두드러지게 형상화된 예이다.

⁰¹³ 토끼

(1) 무속ㆍ민속

① 여성 원리

달의 이칭인 토월兎月은, 달 속에 토끼가 살고 있다는 전래의 민간 의식에서 유래하였다. 달을 자세히 보면 거무스레한 부분이 있는데, 이는 달 속의 토끼가 떡방아를 찧고 있는 형상이라고 말해 왔다. 생리학에 대한 지식이 부족했던 옛날, 토끼는 수컷이 없어서 암토끼가 달을 보고 배태한다든지, 새싹의 눈을 핥고 새끼를 가진다는 설까지 있었다. 그리고 암토끼가 입을 통하여 새끼를 낳는다고 믿기도 하였다. 토끼가 입으로 새끼를 토해 낸다는 속설은 토끼 토兎자와 토할 토吐자의 음이 같은 데에 말미암은 것이다. 토끼는 달과 연관되어 여성 원리에 속하는 동물, 즉 달 동물로 여겨 왔다. 이는 물론 달의 주기와 여성의 생리 현상, 달의 차가움과 음陰과의 관련 등으로 달과 여성을 묶을 수 있고, 또 달과 토끼를 묶을 수 있으므로, 결국 '달-여성-토끼'는 같은 고리를 이룬다.

② 길흉

묘일卯日에 남의 집 남자가 집 안에 들어오면 좋다고 한다. 토끼가 여성 상징의 동물이기 때문이다. 반면에, 정월 묘일에 남의 집 여자나 나무 그릇이 집 안에 들어오면 좋지 않다고 한다.

③ 언청이

임신한 부인이 토끼고기를 먹으면 언청이를 낳는다고 한다. 토끼의 윗입술이 찢어진 데서 유추되어 생겨난 속설이다. 언청이를 한자로 토순兎脣, 토결兎缺이라 하는 것도 같은 이유에서이다.

(2) 풍습

① 꾀쟁이

일반적으로 토끼를 꾀보, 꾀쟁이로 생각한다. 따라서 우리의 설화에서 약자인 토끼를 지자智者로 내세우는 반면, 강자인 호랑이를 우자愚者로 전형화한 경우가 많다. 민간에 널리 알려진 <꾀쟁이 토끼와 어리석은 호랑이> 이야기가 그 대표적인 예이다.

② 재빠름

토끼는 재빠름을 상징한다. "토끼 도망하듯 한다."는 말은 토끼의 재빠름을 나타낸 말인데, 이를 한자 성어로 '탈토지세脫兔之勢'라 한다.

③ 소심함

토끼의 행동에서 파생된 말로, "놀란 토끼 같다.", "토끼가 제 방귀에 놀란다."는 말이 있다. 행동의 경망함이나, 남몰래 저지른 일이 염려되어 스스로 겁을 집어먹음을 이르는 말이다.

014 하나[一]

(1) 주기周期

민간에서의 하나의 개념은 흔히 시간적 주기를 나타내는 것과 관련이 되어 있다. 그리하여 인간 태어나서 1년이 되었을 때를 한 돌이라 하고, 혹은 60세를 지내 다시 60갑자가 시작될 때를 환갑이라 하여 성대한 축하연을 베풀고 있다. 아마도 이러한 한 주기가 지니는 의미는 일정한 시간의 완결이자 새로운 시작이라는 점에서 중요한 것이겠다.

(2) 시작, 단수, 고립, 동일, 한창

일반적으로 '하나'라는 단어는 오직 하나가 있음을 가리킨다. 속담의 예를 들면 '열의 한 술 밥', '열 시누이가 밉지 않고 한 시누이가 밉다' 등과 같은 것이 그러하다. "한 술 밥에 배부르랴.", "천 리 길도 한 걸음 부터!", "매도 처음 맞는 것이 낫다." 등의 말에서 하나는 첫째 번으로서 시작의 의미를 가진다.

'하나'는 단수의 개념에서 그치지 아니하고 좀 더 확장된 의미를 갖는 경우가 많다. 가령 '한 손뼉이 울지 못한다'에서는 고립의 상태를, '한 날 한 시에 난 손가락도 길고 짧다', '한 솥 밥 먹고 송사 간다'에서는 동일 함을, '열흘 길 하루도 아니 가서', '한 냥짜리 굿하다가 백 냥짜리 징 깨 뜨린다'에서는 적음을, "뻐꾸기도 유월이 한 철", "메뚜기도 한 철"이라 는 말에서는 한창때라는 뜻이 나타나고, "하나를 알면 열을 안다."는 말 에서는 전부를 뜻한다.

● **참조 원고**

　한국문화상징사전편찬위원회文化象徵辭典編纂委員會 편,『한국문화상징사전』 1-2(동아출판사, 1992 ; 1995)의 기고문을 옮겼다. 그러나 '꿀 · 은 · 수 · 하나 · 둘 · 잠' 항과 같은 경우는 출 판사측의 수정 편집을 거치지 아니한 필자의 원고 그대로 수록하였다.

참고문헌

자료집

干寶, 『搜神記』.

姜義永 編, 『八道才談集 팔도지담집』, 京城書籍業組合, 1926.

姜義永, 『쌀쌀웃음』, 朝鮮圖書株式會社, 1916.

姜斅錫 纂輯, 『大東奇聞 全』, 漢陽書院, 1926.

姜希孟, 『私淑齋集』.

姜希孟, 『村談解頤』.

姜希顔 / 李炳薰 譯, 『養花小錄』, 乙酉文庫 118, 乙酉文化社, 1973 ; 2版 1974.

權文海, 『大東韻府群玉』.

權應寅, 『松溪漫錄』.

權應寅, 『松溪集』.

權踶・安止・鄭麟趾 等撰, 『龍飛御天歌』.

金東縉, 『無雙諺解 新舊文字集 附破字及수수꺽기』, 德興書林, 1923.

金富軾, 『三國史記』.

金守溫, 『拭疣集』.

金正國, 『思齋摭言』.

金昌活 譯, 『이솝寓話集』, 乙酉文庫 186, 乙酉文化社, 1975.

金和鎭, 『靑城雜記』, 『圖書』 6, 乙酉文化社, 1964.

길운 정리, 『백일홍』, 연변인민출판사, 1979.

김성배 엮음, 『한국수수께끼사전』, 언어문화사, 1973 ; 재판 1976.

金一根 校註, 『明皇誡鑑諺解』, 景仁文化社, 1974.

金宗瑞・鄭麟趾 等, 『高麗史』.

段成式, 『酉陽雜俎』.

東國大學校附設 韓國文學研究所 編, 『韓國文獻說話全集』, 太學社, 1981.

李基文 編, 『俗談辭典』, 民衆書館, 1962.

李秉岐 選解, 『要路院夜話記』, 乙酉文化社, 1949.

李晬光, 『芝峯類說』.

李佑成・林熒澤, 『李朝漢文短篇選集』 上・中・下, 一潮閣, 1973・1978.

李濟臣 撰, 『鰜鯖瑣語』.

朴彭年, 『朴先生遺稿』.

房玄齡 等撰, 『晋書』.

徐居正 等, 『續東文選』.

徐居正, 『東人詩話』.

徐居正, 『四佳集』.

徐居正, 『太平閑話滑稽傳』.

徐居正·盧思愼 等, 『東文選』.

徐有英, 『錦溪筆談』.

鮮于日, 『仰天大笑』, 博文書舘, 1913 ; 再版 1917.

偰循 等, 『三綱行實圖』.

成侃, 『眞逸遺稿』.

成三問, 『成謹甫集』.

成任, 『太平通載』.

成俔, 『慵齋叢話』.

世祖, 『釋譜詳節』.

世宗, 『訓民正音』.

世宗·世祖, 『月印釋譜』.

孫晉泰, 『孫晉泰先生全集』, 太學社, 1982.

孫晉泰, 『朝鮮民譚集』, 東京 : 鄕土硏究社, 1930.

송재선, 『우리말속담큰사전』, 서문당, 1983.

申叔舟, 『保閑齋集』.

沈宜麟, 『朝鮮童話大集』, 漢城圖書株式會社, 1926.

安平大君, 『匪懈堂集』.

安輝濬·李炳漢, 『夢遊桃源圖』, 藝耕産業社, 1987.

梁誠之, 『訥齋集』.

魚叔權 等, 『攷事撮要』.

魚叔權, 『稗官雜記』.

延邊民間文學硏究會 編, 『朝鮮族民間故事選』, 上海文芸出版社, 1982.

列禦寇, 『列子』.

柳夢寅, 『於于集』.

柳方善, 『泰齋集』.

尹根壽, 『月汀漫筆』

尹祥, 『別洞集』.

李德懋, 『靑莊館全書』.

李晬光, 『芝峯類說』.

李承召, 『三灘集』.

李鍾出 編, 『한국의 수수께끼』, 螢雪出版社, 1965.

李荇 等撰, 『新增東國輿地勝覽』.

李羲平, 『溪西野談』.

李羲平, 『溪西雜錄』.

一然, 『三國遺事』.

任東權, 『韓國의 民譚』, 瑞文文庫 031, 瑞文堂, 1972.

林明德 編, 『韓國漢文小說全集』, 中國文化大學・韓國精神文化研究院, 1980.
任晳宰, 『任晳宰全集 2 韓國口傳說話－平安北道篇』 II・III, 평민사, 1988~1989.
長春道人 輯, 『笑天笑地』, 新文舘, 1918.
前間恭作, 『古鮮冊譜』, 東洋文庫, 1944~1957.
鄭炳昱 編, 『時調文學事典』, 新丘文化社, 1970.
鄭寅燮, 『溫突夜話』, 日本書院, 1927.
鄭麟趾, 『學易齋集』.
朝鮮總督府, 『文敎の朝鮮』, 朝鮮總督府, 1925~1945.
朝鮮總督府, 『朝鮮の謎』, 朝鮮民俗資料 第一編, 大阪屋号書店, 1925.
陳壽, 『三國志』.
崔東洲, 『五百年奇譚』, 廣學書鋪, 1913.
崔常壽, 『朝鮮民間傳說集』, 乙酉文化社, 1947 ; 재판 1950.
崔常壽 編, 『朝鮮수수께끼辭典』, 韓國民俗學叢書 6, 朝鮮科學文化社, 1949.
崔世珍, 『朴通事諺解』.
崔永年 撰, 『實事叢譚』, 朝鮮文藝社, 1918.
崔榮典, 『百花譜』, 創造社, 1963.
최운식, 『충청남도민담』, 집문당, 1980.
최운식 편저, 『한국의 민담』, 시인신서 20, 시인사, 1987.
崔昌善, 『開卷嬉嬉・絶倒百話』, 新文舘, 1912.
崔恒, 『太虛亭集』.
編著者未詳, 『古今笑叢』, 民俗學資料刊行會, 1958.
編著者未詳, 『攪睡襍史』.
編著者未詳, 『국역 대동야승』, 민족문화추진회, 1975.
編著者未詳, 『國朝榜目』.
編著者未詳, 『奇聞』.
編著者未詳, 『記聞叢話』.
編著者未詳, 『낙성전』.
編著者未詳, 『大東野乘』, 慶熙出版社, 1969.
編著者未詳, 『笑林集說』, n.p., 1958.
編著者未詳, 『淑香傳』.
編著者未詳, 『禮記』.
編著者未詳, 『俚諺叢林』.
編著者未詳, 『인봉소・낙성비룡』, 慶熙出版社, 1968.
編著者未詳, 『慈慶志咸興日記』.
編著者未詳, 『朝野輯要』.
編著者未詳, 『靑邱野談』.
編著者未詳, 『靑野謾輯續編』.
編著者未詳, 『稗林』, 探求堂, 1969.

編著者未詳, 『韓國系行譜』, n.p., 1980.

韓國古典文學會, 『古典文學硏究』, 第1輯~第18輯(韓國古典文學會, 1971~2000).

韓國口碑文學會, 『韓國口碑文學選集』, 一潮閣, 1977.

韓國精神文化硏究院, 『韓國口碑文學大系』, 韓國精神文化硏究院, 1980~1988.

韓山文獻叢書編纂委員會, 『韓山文獻叢書』, 大田 : 農經出版社, 1981.

韓山李氏族譜編纂委員會, 『韓山李氏族譜』.

韓相壽, 『忠南의 口碑傳承』 上, 韓國藝術團體總聯合會 忠淸南道支會, 1987.

韓相壽, 『韓國民譚選』, 正音社, 1974.

洪萬宗, 『蓂葉志諧』.

洪萬宗, 『旬五志』.

洪萬宗, 『詩話叢林』.

『明宗實錄』.

『成宗實錄』.

『世宗實錄』.

『英祖實錄』.

『中宗實錄』.

『哲宗實錄』.

Carpenter, Frances. Tales of A Korean Grandmother. Royal Asiatic Society Korean Branch, Doubleday & Company, 1947.

연구논저

權泰乙, "『東野彙輯』 所載 野談의 類型的 硏究", 碩士學位 論文, 嶺南大學校 大學院, 1979.

金敎鳳, "바보사위 說話의 喜劇美와 그 意味", 『民俗語文論叢』, 啓明大出版部, 1983.

金根洙, "靑野謾輯", 『國學資料』 18, 文化財管理局 藏書閣, 1974.

金烈圭 外, 『民談學槪論』, 一潮閣, 1982.

金烈圭, "言語競合談과 수수께끼談의 類型 硏究", 『震檀學報』 42, 震檀學會, 1976.

金思燁, 『俗談論』, 大建出版社, 1953.

金錫夏, "牽牛織女聚會 說話의 文學的 展開", 『국어국문학』 49·50, 국어국문학회, 1970.

金善豊, "수수께끼", 『우리 민속문학의 이해』, 開文社, 1979.

김선풍·김금자, 『한국민간문학개설』, 민속학연구 1, 국학자료원, 1992.

金聖培, "한국수수께끼의 硏究", 『師範大學論叢』 1, 東國大學校 師範大學, 1978.

金烈圭 外, 『우리 民俗文學의 理解』, 開文社, 1979.

金宇鍾, "隱喩法 論考", 『현대문학』 통권 27호, 現代文學社, 1957. 3.

魯 迅, 『中國小說史略』, 1930.

李康沃, "『六美堂記』와 『錦溪筆談』의 比較分析을 통한 小說과 野談系 敍事體의 關係樣相 考察", 『韓國學報』 42, 一志社, 1986.

李寬逸, "景文王 說話와 카타르시스", 『文湖』 4, 建國大學校 國語國文學科, 1966.

李秉岐, 『國文學槪論』, 一志社, 1961.

李秉岐・白鐵, 『國文學全史』, 新丘文化社, 1957.

李商燮, 『文學批評用語事典』, 民音社, 1976.

李石來, “古代小說에 미친 野談의 影響”, 『省谷論叢』 3, 省谷學術文化財團, 1972.

李在銑, “수수께끼와 그 詩學的 性格”, 『創作과批評』 8-4, 1973.

李在銑, 『韓國短篇小說研究』, 一潮閣, 1975.

李賢澤, “溪西 李義平 文學研究”, 碩士學位 論文, 國民大學校 大學院, 1983.

朴天圭, “梅翁閒錄”, 『國學資料』 5, 文化財管理局 藏書閣, 1972.

朴熙秉, “『靑丘野談』 研究”, 『國文學研究』 52, 서울大學校 大學院 國文學研究會, 1981.

方鍾鉉, “俗談序說”, 『朝鮮文化叢說』, 東省社, 1949.

白川靜, 『字統』, 東京 : 平凡社, 1984.

서대석, 『군담소설의 구조와 배경』, 한국문화연구원 한국문화총서 5, 이대출판부, 1985.

成耆說, 『有緣 : 水余成耆說文集』, 仁荷大學校 出版部, 1989.

成耆說, 『韓國口碑傳承의 研究』, 一潮閣, 1976.

成耆說, 『韓國說話의 研究』, 仁荷大學校 出版部, 1988.

成耆說, 『韓日民譚의 比較研究』, 一潮閣, 1979.

小堀桂一郎, “‘影響’研究をめぐる諸問題”, 『比較文學の理論』, 講座比較文學, 8, 東京大出版會, 1976.

孫晋泰, 『朝鮮民族說話의 研究』, 乙酉文化社, 1947.

申月均, “韓國笑話의 研究”, 碩士學位 論文, 仁荷大學校 大學院, 1981.

아리스토텔레스 / 孫明鉉 譯, 『詩學』, 博英文庫 47, 博英社, 1975.

아리스토텔레스・호라티우스 / 千丙熙 譯, 『詩學』, 文藝文庫 47, 文藝出版社, 1977.

梁柱東, 『麗謠箋注』, 第7版, 乙酉文化社, 1963.

이강엽, “바보 이야기의 유형과 그 의미”, 『民俗文學과 傳統文化』, 박이정, 1997.

李崇寧, 『中世國語文法』, 乙酉文化社, 1961.

李仁榮, “『太平通載』 殘卷 小考－特히 新羅殊異傳 逸文에 대하여”, 『震檀學報』 12, 震檀學會, 1940.

李泰極 編, 『時調研究論叢』, 乙酉文化社, 1965.

張德順, “最初의 浪漫的 作品 新羅殊異傳 附 崔致遠과 雙女墳”, 『韓國古典文學의 理解』, 一志社, 1973.

張德順, 『韓國說話文學研究』, 서울大學校 出版部, 1970.

張德順・趙東一・徐大錫・曺喜雄, 『口碑文學槪說』, 一潮閣, 1971.

張孝鉉, “六美堂記의 作者 再論”, 『古典小說 研究의 方向』, 새문社, 1985.

鄭炳昱, “雙花店攷”, 『文理大學報』 第10卷 第1號(통권 17호), 서울大 文理大, 1962. 5.

鄭炳昱, 『國文學散藁』, 新丘文化社, 1959.

鄭炳昱, 『韓國古典詩歌論』, 新丘文化社, 1977.

鄭亨愚, 『朝鮮時代 書誌史 研究』, 韓國研究院, 1983.

조동일, “1910년대 재담집의 성격과 내용”, 『배달말』 9, 배달말학회, 1984.

趙東一, 『人物傳說의 意味와 機能』, 民族文化叢書 1, 嶺南大學校 民族文化研究所, 1979.

趙潤濟, “說話文學考”, 『文章』 3-3, 文章社, 1941.

趙潤濟, 『朝鮮詩歌의 研究』, 朝鮮文化叢書 6, 乙酉文化社, 1948.

曺喜雄, “‘손 없는 색시’(AT 706) 攷”, 『水余成耆說博士還甲紀念論叢』, 仁荷大學校 出版部, 1989.

曺喜雄, “‘千兩짜리 豫言’ 說話(AT 910B) 小考”, 『李崇寧先生古稀紀念國語國文學論叢』, 1977.

曺喜雄, “<떡보와 사신> 설화(AT 924) 小考”, 『韓國古典散文研究』, 同和文化社, 1981.

曺喜雄, “<인봉소> 研究”, 『古典文學研究』 2, 韓國古典文學研究會, 1974.

조희웅, “국문학과 세계문학”, 『古典文學研究』 20, 韓國古典文學會, 2001. 12.

曺喜雄, “낙성비룡과 蘇大成傳의 비교 고찰”, 『冠嶽語文』 3, 서울大學校 國語國文學科, 1979.

曺喜雄, “文獻說話의 研究”, 『韓國文學研究入門』, 知識産業社, 1982.

曺喜雄, “說話研究의 諸側面”, 『古典文學을 찾아서』, 文學과知性社, 1976.

조희웅, “세계문학을 향한 국문학 연구의 과제와 전망”, 『국문학과 세계문학 (4)』, 2003 韓國古典文學會 冬季學術大會 發表要旨集, 2003. 2. 12.

조희웅, “세종시대의 산문문학”, 『세종문화사대계 I 어학·문학』, 세종대왕기념사업회, 1998. 12.

曺喜雄, “수수께끼 小考”, 『文化人類學』 4, 韓國文化人類學會, 1971.

曺喜雄, “俚諺叢林”, 『口碑文學』 5, 韓國精神文化研究院 語文學研究室, 1981.

曺喜雄, “日文雜誌 『문교의 조선(文敎の朝鮮)』에 대하여 : 주로 서지면과 자료면을 중심으로”, 『書香의苑』, 7, 서울大中央圖書館, 1969. 12[版權紙 1970. 1].

曺喜雄, “昌寧人과 國文學(上·下)”, 『一源』, 창간호, 창녕조씨중앙화수회, 1993. 12 및 재창간호, 일원, 1995. 5.

曺喜雄, “트릭스터담(Trickster)譚 연구”, 『語文學論叢』 6, 國民大 語文學研究所, 1987.

曺喜雄, “韓國古典詩歌 Metaphor 論考”, 『文理大學報』 13 : 1·2, 서울大 文理大, 1967. 12.

曺喜雄, “韓國說話의 研究”, 『國文學研究』 11, 碩士學位 論文, 서울大學校 大學院, 1969.

조희웅, “韓國說話學史起稿”, 『한실이상보박사회갑기념논총』, 형설출판사, 1987.

曺喜雄, “韓國笑譚의 研究”, 『語文學』 3, 國民大 語文學研究所, 1984.

曺喜雄, “韓國의 動物譚”, 『白影鄭炳昱敎授還曆紀念論叢』, 刊行委員會, 1982.

曺喜雄, “韓國의 形式譚”, 『韓國學論叢』 3, 國民大 韓國學研究所, 1980.

曺喜雄, 『說話學講要』, 새문社, 1989.

曺喜雄, 『朝鮮後期文獻說話의 研究』, 螢雪出版社, 1980.

曺喜雄, 『趙雄傳』, 螢雪出版社, 1978.

曺喜雄, 『韓國說話의 類型』, 一潮閣, 1996.

曺喜雄, 『韓國說話의 類型的 研究』, 韓國研究院, 1983.

宗　懍, 『荊楚歲時記』.

朱鍾演, 『韓國小說의 形成』, 集文堂, 1987.

眞木琳, “朝鮮の說話－虎の話－”, 『朝鮮』 272, 朝鮮總督府, 1938.

秦聖麒, 『南國의 傳說』, 一志社, 初版 1959 ; 改訂版 1968.

車玉德, “<낙성전>, <방한림전>, <쌍완기봉>의 구조와 의미”, 未刊行 論文.

車溶柱, "雙女墳 說話와 遊仙窟과의 比較研究", 『語文論集』 23, 高麗大學校 國語國文學研究會, 1982.

車天輅, 『五山說林草藁』.

崔康賢, "新羅殊異傳 小考 續", 『국어국문학』 26, 국어국문학회, 1963.

崔南善, "新羅 景文王과 希臘의 미다스王", 『怪奇』 I, 동명사, 1929.

崔南善, "처음 보는 純朝鮮童話集", 『六堂崔南善全集 9－論說論文－』, 高麗大學校 亞細亞問題研究所 編, 玄岩社, 1974.

崔南善, 『朝鮮常識問答－風俗篇－』, 東明社, 1947.

崔來沃, "수수께끼의 구조와 의미", 『口碑文學』 4, 韓國精神文化研究院 語文學研究室, 1980.

崔來沃, 『韓國口碑傳說의 研究』, 一潮閣, 1981.

崔仁鶴, 『韓國昔話の研究』, 東京：弘文堂, 1976.

프로이트／李庸濩 譯, 『꿈의 解釋』 上, 白潮出版社, 1967.

玄吉彦, "野談의 文學的 意義와 性格", 『韓國言語文學』 15, 韓國言語文學會, 1978.

Abrams, M. H., *A Glossary of Literary Terms*(3rd. ed, Holt, Rinehart and Winston, Inc., 1971).

Brooks, Cleanth & Warren, Robert Penn, *Modern Rhetoric*, New York：Holt, Rinehart and Winston, 1945 ; 1948.

Buchan, David, "Folk Literature", Martin Coyle, etc. ed. *Encyclopaedia of Literature and Criticism*, London：Routledge, 1990.

Cassirer, Ernst, *An Essay on Man*, New York：Bantam Books, 1944.

Dundes, Alan ed, *The Study of Folklore*, Englewood Cliffs, N.J.：Prentice-Hall, 1965.

Frazer, J. G., *The New Golden Bough*, New York：Criterion Books, 1959.

Langer, Susan K, *Philosophy in a New Key*, Cambridge, Mass., Harvard University Press, 1942.

Leach, Maria ed., *Standard Dictionary of Folklore-Mythololgy and Legend*, New York：Funk and Wagnalls, 1949.

Paik, L. G., "Korean Folk-Tales and Its Relation to Folk-Lores of the West", 『朝鮮民俗』 2, 朝鮮民俗學會, 1934.

Propp, V. J. *Morphology of the Folktale*. Ed. Svatava Pirokova-Jakobson, trans. by Laurence Scott, Publications of the American Folklore Society, Inc, Bibliography and Special Series 9 ; Indiana University Research Center in Anthropology, Folklore, and Linguistics, Publication 10, Bloomington, Indiana：Indiana University Press, 1958 ; 2nd rev. ed. Trans. by Laurence Scott and revised by Louis A. Wagner, Austin：University of Texas Press, 1968. (프로프, 블라디미르／유영대 옮김, 『민담형태론』, 새문社, 1987 / 프롭, 블라디미르／黃仁德 譯, 『民談形態論』, 大邦文藝 16. 大邦出版社, 1987).

Richards, I. A. & Ogden, C. K., *The Meaning of Meaning*, London：Routledge & Kegan

Paul, 10th edns., 1956.

Richards, I. A. *The Philosophy of the Rhetoric.* Oxford : Oxford University Press, 1965.

Thompson, Stith. "Folk Literature." *Britanica.* 1979.

Thompson, Stith. *Motif-Index of Folk-Literature-A Classification of Narrative Elements in Folktales, Ballads, Myths, Fables, Mediaeval Romances, Exempla, Fabiliaus, Jest-Books, and Local Legends*-Vol. 3, Indiana University Press, 1979.

Thompson, Stith, *The Folktale*, New York : Holt, Rinehart and Winston, 1946.

Thompson, Stith, *The Types of the Folktale*, Helsinki, 1961.

Ullmann, Stephen, *The Principles of Semantics*, Oxford : Basil Blackwell, 1963.

Utley, Francis, Lee, "Folk Literature : An Operatinal Definition", Alan Dundes, ed., *The Study of Folklore*, Englewood Cliffs, N.J. : Prentice-Hall, 1965 / JAF 74. 1961.

Wellek, René & Warren, Austin, *Theory of Literature*, New York : Harcourt, Brace & World, 1949 ; 1956 (白鐵 · 金秉喆 共譯, 新丘文化社, 1959).

ㅈ

ㅈ

용어 찾아보기

저자 조 희 웅

주요 경력

서울 출생
서울대학교 문리과대학 국어국문학과 졸업
동 대학원 문학석사 · 박사
한양대학교 전임강사
하버드대학 및 규슈대학 객원교수
국민대학교 교수를 거쳐 현 명예교수

주요 저서

『구비문학개설』, 『조웅전』(완판 교주), 『조선후기 문헌설화의 연구』, 『한국구비
문학대계』(1-1 서울 도봉구 편, 1-4 경기 의정부시 · 남양주군 편, 1-6 경기 안성
군 편, 1-8 경기 용인군 편), 『한국설화의 유형』, 『설화학강요』, 『이야기문학 모
꼬지』, 『고전소설 이본목록』, 『고전소설 작품연구 총람』, 『고전소설 문헌정보』,
『Korean Folktales』, 『경기북부 구전자료집』 Ⅰ·Ⅱ(공편), 『고전소설 줄거리 집
성』 Ⅰ·Ⅱ, 『편옥기우기』(공역), 『영남 구전자료집』 1~8(공편), 『영남 구전민
요 자료집』 1~3(공편), 『고전소설 연구보정』 상·하, 『조웅전』(경판 교주), 『이
야기문학 가을걷이』, 『이야기문학 실타래』

글누림 학술 총서 4

이야기문학 징검돌

초판 인쇄 2009년 3월 15일 | 초판 발행 2009년 3월 25일
지은이 조희웅
펴낸이 최종숙 | 책임편집 권분옥 | 편집 이소희 추다영 한호정
펴낸곳 글누림출판사 | 등록 제303-2005-000038호(등록일 2005년 10월 5일)
주소 서울시 서초구 반포 4동 577-25 문창빌딩 2층
전화 02-3409-2055, 2058 | 팩시밀리 02-3409-2059
홈페이지 http://geulnurim.co.kr | 전자우편 nurim3888@hanmail.net
ISBN 978-89-6327-018-0 93810

정가 40,000원

* 잘못된 책은 교환해 드립니다.